1988 年，在江西

1995 年前后，参加笔会，在一条船上

在家中

2006 年，在某大学讲座

2006 年，获全国师德标兵荣誉

在北京某公园

在旅游途中

在政协调研会上发言

在陕西历史博物馆

随政协调研组参观包钢

梁晓声自选集

梁晓声◎著

天地出版社 | TIANDI PRESS

图书在版编目（CIP）数据

梁晓声自选集 / 梁晓声著 .—成都：天地出版社，2017.5（2021.9重印）
（路标石丛书）
ISBN 978-7-5455-2673-8

Ⅰ. ①梁… Ⅱ. ①梁… Ⅲ. ①中国文学—当代文学—作品综合集 Ⅳ. ① I217.2

中国版本图书馆 CIP 数据核字（2017）第 053074 号

梁晓声自选集

出品人 杨 政
著 者 梁晓声
责任编辑 陈文龙 欧阳秀娟
封面设计 今亮后声
电脑制作 九章文化
责任印制 葛红梅

出版发行 天地出版社
（成都市槐树街 2 号 邮政编码：610014）
网 址 http://www.tiandiph.com
http://www. 天地出版社 .com
电子邮箱 tiandicbs@vip.163.com
经 销 新华文轩出版传媒股份有限公司

印 刷 廊坊市印艺阁数字科技有限公司
版 次 2017 年 5 月第 1 版
印 次 2021 年 9 月第 2 次印刷
成品尺寸 160mm×238mm 1/16
印 张 37
字 数 606千
定 价 98.00 元
书 号 ISBN 978-7-5455-2673-8

咨询电话：（028）87734639（总编室）
购书热线：（010）67692522（市场部）

序言

王蒙

新华文轩集团在做一套当代作家的自选集，第一批将出版陈忠实、史铁生、张炜、韩少功、王蒙的自选作品，目前签约的则还有熊召政、王安忆、赵玫、方方、池莉、苏童等同行文友，今后还将考虑出版港澳台及海外华语作家的自选作品。好事，盛事！

现在的文学创作并没有太大的声势，人们的注意力正在被更实惠、更便捷、更快餐、更市场、更消费也更不需要智商的东西所吸引。老龄化也不利于文学作品的阅读与推广，因为老人们坚信他们二十岁前读过的作品才是最好的，坚信他们在无书可读的时期碰到的书才是最好的，就与相信他们第一次委身的情人才是最美丽的一样。新媒体则常常以趣味与海量抹平受众大脑的皱折，培养人云亦云的自以为聪明的白痴，他们的特点是对一切文学经典吐槽，他们喜欢接受的是低俗擦边段子。

孟子早就指出来了，“耳目之官不思，而蔽于物。物交物，则引之而已矣。心之官则思，思则得之，不思则不得也。”他强调的是心（现在说应该是“脑”）的思维与辨析能力，而认为仅仅靠视听感官，会丧失人的主体性，丧失精神的获得。因为一切的精神辨析与收获，离不开人的思考。

当然，耳目也会激发驱动思维，但是思维离不开语言的符号，而文学是语言的艺术，是思维的艺术，是头脑与心灵而不仅仅是感觉的艺术。文艺文艺，不论视听艺术能赢得多多少百倍更多的受众，文学仍然是地基又是高峰，是根本又是渊薮。文学的重要性是永远不会过时与淡化的。

当代文学云云，还有一个问题，“时文”难获定论，时文受“时”的影响太大。学问家做学问的时候也是希罕古、外、远、历史文物加绝门暗器，不喜欢顺手可触、汗牛充栋的时文。

但读者毕竟读得最多最动心动情最受影响的是时文。时文而晒一晒，静一静，冷一冷，筛一筛，莫佳于出版自选集。此次编选，除王蒙一人而外都是文革后“新时期”涌现的作家，基本上是知青作家。知青作家也都有了三十年上下的创作历程与近千万字的创作成果。几十年后反观，上千万字中挑选，已经甩掉了不少暂时的泡沫，已经经受了飞速变化与不无纷纭的潮汐的考验，能选出未被淘汰的东西来，是对出版更是对读者的一个贡献。以第一批作者为例，陈忠实的作品扎根家乡土地，直面历史现实，古朴淳厚，力透纸背。史铁生身体的不幸造就了他的悲天悯人，深邃追问，碧落黄泉，振撼通透，沉潜静谧。张炜对于长篇小说的投入与追求，难与伦比，乡土风俗，哲思掂量，人性解剖，一以贯之，未曾稍懈。韩少功更是富有思辨能力的好手，亦叙亦思，有描绘有分解，他的精神空间与文学空间纵横古今天地，耐得咀嚼，值得回味。我的自选也忝列各位老弟之间，偷闲学学少年，云淡风清，傍花随柳，作犹未衰老状，其乐何如？

我从六十余年前提笔开写时就陶醉于普希金的诗：

我为自己建立了一座非人工的纪念碑，
……所以永远能和人民亲近，
我曾用诗歌，唤起人们善良的感情，
在残酷的时代歌颂过自由，
为倒下去的人们，祈求宽恕同情。
……不畏惧侮辱，也不希求桂冠，
赞美和诽谤，都心平静气地容忍。

看到文友们的自选集的时候，我想起了普希金的诗篇《纪念碑》。每一个虔诚的写者，都是怀着神圣的庄严，拿起自己的笔的。都是寄希望于为时代为人民修建一尊尊值得回望的纪念碑来的。当然，还不敢妄称这批自选集就已经是普希金式的纪念碑，那么，叫路标石就好。几十年光阴荏苒，总算有那么几块石头戳在那里，记录着时光和里程，记忆着希冀和奋斗，还有无限的对于生活、对于文学的爱惜与珍重。它们延长了记忆，扩展了心胸，深沉了关切与祝福，也提供给所有的朋友与非朋友，唤起各自的人生百味。

目录

长篇小说

雪　城（选章）

第一章

忍耐。

几千名接站者忍耐着透骨的寒冷和近乎绝望的期待在他们心中造成的愤怒。

火车站忍耐着愤怒的人们。

种种不安在车站广场上空的宁寂中悄悄流动着……

苏联红军烈士纪念碑镇定地俯视着万头攒动的人群……

“站长，要不要开探照灯？”

“暂时不要……”

“治安警察可以出动了吗？”

站长思忖片刻，尽量从容地回答：“不必……”随即补充了一句，“站内的可以出动了……”

他放下听筒，缓缓坐到椅子上，翻开值班日记，匆匆写了一行字：“一九七九年十二月二十六日……”他还想写什么，却难以组织准确的词汇。

广播开始了：

“站台工作人员注意，站台工作人员注意，113 次列车就要进站了，请做好接站准备，请做好接站准备，请……”

站长立刻放下笔，起身大步跨到窗前，凝望广场。他心中对广播员充满了感激。

全世界任何一个国家的任何一个火车站，广播员的声音都永远是那么一种职业性的，那么一种缓而慢之的，那么一种能够安定人心的语调和节奏。每一个国家的国徽和国旗是不同的，但所有国家所有火车站的广播员，却仿佛就是同一位可敬的女性，一位熟谙世界各国语言的女性。

感激她们那种至亲至爱的声音！

我们的地球上没有一个火车站的广播员是男性，正说明在火车站这种地方，人类的心理是多么需要那种温良的、至亲至爱的、女性的声音来安抚。

火车站是人性的磁场。

A 市火车站女广播员的声调是优雅沉着的。然而全体站台工作人员一听到，还是紧张地从各处迅速跑到站台上，肃立在安全线以内，如同组成“散兵线”的士兵。

出站口预先得到站长的命令，绝不放入一个接站者。站台上除了那道蓝色的“散兵线”，再无他人，呈现着一种类似戒严的空寂情形和防备状态。

113 次列车并非什么极端重要的军列，亦非中央高级领导人或秘密来访的某外国元首的专列，车上更没有足以危害一座城市的可怕的瘟疫传染者。

它是历史的债车。

黑龙江生产建设兵团的四十余万知识青年，东北广大地域内近百个农场的知识青年，分散在无法计数的东北各农村的插队知识青年，所有这些在十年动乱中被城市抛弃或抛弃了城市的知识青年，这些当年“堂吉诃德”式的或被哄上被骗上被硬推上历史“游艺车”的“红卫兵”，开始了如钱塘江潮般迅猛的大返城！

113 次列车，是为他们临时增加的车次。可以认为它是返城知识青年们的专列。他们的人数加在一起，少说也有八九十万。相当于一个中小城市的迁移。它首次运行即将抵达 A 市。它已晚点十三小时，毫无疑问还将继续晚点下去。鬼知道它什么时候才能到达终点站上海！

A 市是它运行中的第一大站。在此站，它将撇下两千多名知识青年。另有一千七百多名几天前乘其他车次抵达 A 市的知识青年，正如丧失了编制和纪律的溃军败旅，蚁群似的拥在车站大楼内，期待着转乘知青“专列”兼程南下。他们早恨不得插上双翅飞回各自朝思暮想的城市。他们由于不情愿而没办法的滞留，耐性崩溃瓦解，盲目的怨气和怒气达到顶点，随时欲寻找机会发泄。这种怨气和怒气，已不复是千百少男少女缺乏磨炼的急躁情绪，而是成熟了的一代人长久积压的委屈和愤懑。

从哪一天起他们开始产生了这种心理？

这个研究兴趣留给社会心理学家们吧！

可以认为是他们当年或自愿或被迫地离开城市那一天，也可以认为是他们或留恋或诅咒着离开东北广大土地那一天。

谁也无法在历史的某一页上准确记载下这一天的日期，只有他们每个人自己心中清楚。

蚁聚在车站大楼内的一千七百多名知识青年，使每一个车站工作人员都切身感受到了威胁的存在。车站大楼内仿佛四处堆集着易燃物和爆炸品。车站工作人员对返城知识青年们畏而避之，唯恐与他们发生摩擦。一次微小的摩擦，也可能导致一场难以平息的骚乱，使这北方铁路线上的大枢纽站瘫痪掉！

站前广场的几千名接站者，有返城知识青年们的父母，有他们的兄弟姐妹，有他们各种关系的亲人。有的竟举家而来。十一年前，他们送走的是孩子；十一年后的今天，他们将迎接的，是孩子的爸爸和妈妈，是须眉男子和老姑娘。十一年前，他们是在站台上送别，耳畔锣鼓喧天，鞭炮齐鸣，口号歌声此起彼伏；十一年后的今天，他们却在站前广场上迎接，没有红旗飘舞，没有标语招摇，只有漫天飞雪！

好一场大雪！下了整整一白天，仍在下。在一九七九年十二月二十六日这个夜晚，纷纷扬扬普天降落。它仿佛要掩盖住什么！

十一年前历史轰轰烈烈地欠下了债。

十一年后的今天，时代匆匆忙忙地还这笔债！

无数木牌高低参差地举在黑压压的人头上，写着各种各样的字句：

“毛毛，出站后到这里！”

“张晓军，爸爸在此！”

“孟丽芬，二哥接你来了！”

……

天气格外寒冷，零下三十一度。西北风从人们头顶嗖嗖刮过。几千名接站者跺踏双脚，其声犹如百面军鼓乱擂。坚硬的大地震颤着！

接站的几千人，比车站大楼内的知识青年们更焦急，更愤怒。因为他们在风雪之中，严寒之中。车站大楼的各个门都有警察把守，没当日的火车票不许入内。事实上，车站大楼的容人量确已超“饱和”了。

出站口的铁门从里面锁着。铁门内，几名铁路工作人员，袖着双手，泥胎似的僵立不动，对千百人的咒骂声充耳不闻，钢网将他们和接站的人群隔开，使他们多少获得一种安全感。

“接站的同志请注意，请让开出站口前的道路，以免阻挡113次列车的乘客出站……”

广播员至亲至爱的，燕子呢喃般的声音，在广场上空悦耳地回荡着。广播员是很懂得一点心理学的，她不说“返城知识青年们”而说“乘客”，希望不寻常的事情，变成寻常的事情。

但这毕竟是不寻常的事情！十一年来笼罩着千家万户的忧愁，一旦被历史的巨笔果断地画了一个句号，对知识青年和他们的父母及亲人们所造成的冲击力，是强大而又猛烈的。他们面对事实，却仍半信半疑，好像错过了今天这个日子，明天事实就会变成梦幻或泡影似的。

接站的人群顿时亢奋起来，反而愈加骚乱。所有的人都企图挤到最前面去，第一个从出站口将他们要迎接的人拽出。那道钢网铁门，在他们看来，仿佛是现实与梦幻的可透视的屏障。他们恨不得推倒它，冲垮它，毁灭它！

人群外围，两个年轻妇女，刚刚把一张大白纸好歹总算贴上出站口对面一家小吃店的泥墙，纸上写着：“王文君，我们实在太冷了，只好回家去。大姐和二姐。”听到广播后，她们毫不犹豫地将它一把扯下，扭身就朝出站口跑，像两只黄鼬似的钻入人群中。

透过铁门钢网，接站的人们看到一队铁路治安警察跑步出现，分列两排，从站台到出站口形成了一道警戒线。

113次列车，终于载着A市千家万户的希望，疲惫地呼哧呼哧地喘息着，宛如一条巨大的钢铁爬虫，无精打采地驶入了站台。车头吐出的阵阵蒸雾弥漫了站台，制造了片刻寂然的梦境。但列车带来的一股疾风转眼又将梦境刮散。每一扇车窗都打开了，每一个窗口都探出三四颗戴着皮或棉的帽子的脑袋，伸长着脖颈，热切而惊诧地张望着空荡荡墓地一般宁静的站台。从他们面前闪过的，没有他们的亲人，只有站台清冽的灯辉下，铁路工作人员一张张严峻的面孔，一道蓝色“散兵线”，还有从站台到出站口那两道紧密的白色警戒线。

愤怒！

摆脱了纪律和理智束缚的愤怒爆发了！

“你们他妈的为什么不放人接站？！”

“我们是土匪强盗吗？！”

“存心跟我们知青哥儿们过不去是不是？”

“老子这么多东西怎么带出站呀？”

“不下车了！不放人接站，咱们都他妈的不下车啦！”

“呸！你姥姥的！……”

一口唾沫，吐在一位铁路工作人员脸上。他缓缓地抬手擦去，宽容地苦笑了一下，对身旁的另一位铁路工作人员说：“我女儿也在这趟车上。”

对方低声说：“你留神点，发现了，我帮你先接到咱们休息室去。”

他回答：“别了，有她妈妈和她哥哥在站外接她……”

“今晚可能要出事。”

“但愿别出事。”

几乎每一节车厢都传出怒骂声。“知青专列”是没有卧铺的。他们像塞在罐头里的鱼，一个紧贴一个地塞满每节车厢。大多数人没有座位，互相挤靠着，许多人实际上仅有立足之地。他们重新体验了一次当年“大串联”的旅途滋味。从列车开动起，乘务员们就都像隐身人似的“消失”了，聪明地将自己倒锁在休息室里，不再露面。不能指责他们，列车上没有他们“为人民服务”的余地。烧水炉早就熄灭了，“凉开水”早被喝光了，餐车里也挤满了人，根本无法开饭。列车上的广播员却很忠于职守，准时播音。上午是“二人转”，中午是“二人转”，下午还是“二人转”。“咿呼嗨，呀呼嗨”开始前，她总是像报幕员一样，热情饱满地说上一句：“下面请欣赏……”使人猜想她只有那么一张宝贝唱片可放，而她那句热情饱满的话也是录在唱片上的。“二人转”唱的是知识青年战天斗地的词，对这车听众来说，无异于是一种讽刺。广播员主观认定，车厢里的每一个返城知识青年，既然在东北各农村生活了整整十一年，必定对这种东北农村曲艺感情深厚，百听不厌。却不知道，有几节车厢的喇叭线，早被扯断了。而许多返城知识青年，为了不辜负广播员兜售艺术的热情和美意，当唱针开始划出第一声“呼嗨”之前，就以更饱满的热情众口喊出“呼嗨”了。

在这中世纪贩奴船般的旅途中，他们的食欲、困意，每一根最微小神经的最末梢，全都麻痹了。许多人的文艺细胞和创造性思维，却变得空前活跃，才华横溢。

这是一种本能，如同被扔进舱底的鱼儿的蹦跳。

“老三听，不但战士要听，干部也要听，哪一级，都要听，听了就要唱，要在‘呼嗨’上狠下功夫……”

他们在“呼嗨”上下的功夫是那么狠！

把“文革”中“副统帅”的语录歌加以篡改，使他们获得极大快感，乐此不疲。每节车厢里失掉了职务的知青“干部”们，耳听“呼嗨”之声唱成一片，则只有默然而已。彼一时，此一时，在这次列车上，没有什么“干部”，也没有什么“战士”了，都是返城知识青年。等待他们的，都将是相同的命运——待业，在城市重新寻找到一个继续生活下去、奋斗下去的点。大返城造成了他们之间地位上的平等，起码在本次列车上，在误点十三小时的旅途中是如此。平等的意识，对大多数人来说，永远是能够获得某种安慰的意识。他们又疲惫又亢奋的头脑，还来不及预见到，城市将在他们之中，划分出多么细致又多么难以超越的“等级”。划分得很细，很细。

这种互相体验到的平等意识，使熟人或生人之间，极自然地产生了一种亲近感。谁都明白，一回到城市，城市便会将他们隔离开来。他们不再是社会无法忽视的一个庞大集团，而成了单独的、孤立的“个体”。无论他们情愿或不情愿，无论十一年来朝夕相处的或在列车上刚刚互报姓名的，他们将再也没有时间和机会，人数众多地重聚在一起，他们将必须以全副的精力在城市寻找和占据一道起跑线，开始新的冲刺。他们对城市所怀抱的一切希望，都只能从一道新的起跑线上去实现。一代人有一代人的命，这是他们这一代人的命。

如果说他们，这逝去了青春的，心理和精神上都感到疲惫不堪的一代，这几十万，近百万，数千万知青大军，由于“上山下乡”的使命宣告结束，而产生一种解脱感的话，那么也可以说，他们由于将要离别，将要被城市所分化，心灵中产生了溃疡般的忧郁、迷茫、惆怅、失落状态和彼此依恋的情愫。

当列车进站后，除了那些将头探出车窗的人，更多的人则在互相告别。那是很动人的场面：久握不放的双手，依依不舍的拥抱，真挚的眼泪，泣不成声的话语……女知青的感情充分体现这一代人珍重友谊的性格色彩，她们两个、几个，甚至十几个抱作一团，不能抑制地放声大哭。哭声在这种时刻是有传染性的。对于不同城市的知识青年们来说，是离别，也可能意味着以后永难相见。谁知生活会不会恩赐给他们重逢的机会呢？而他们目前又是多么需要在一起！比任何时候都更加需要在一起，需要不被分开。

他们不要被分开！他们心里都有些怕……

哭声一片，从车厢内传到站台上。

挤不到一块儿去的男知青，就放开嗓门大喊："赵东利，我下车了啊！"

"你下车吧，我可没法帮你忙了呀！"

"不用。我的东西都从窗口扔出去了！你还有什么话要说呀？"

"没什么说的了，你快下车吧！"

"那我就下车了啊！"

"下吧！"

"到了上海立刻给我写信啊！"

"一定！"

"我下去了！"

"你他妈快下去，还啰唆什么呀！一会儿下不去啦！"

"好，我下！……"

"哎！你小子长点记性，往后别再顶撞当官的！千万记住啊！"

"记住了……"

最后这一句话，已是哭着说出来的了。

肃立在安全线以内的站台工作人员，听到车厢里的哭声和告别的话语，也一个个为之动容。他们对挑衅性质的咒骂，保持着可敬的默然。

广播员又开始了她那种至亲至爱的、安定人心的广播："返城知识青年同志们，你们辛苦了！由于接你们的亲人很多，站台容纳不下，为确保车站的正常秩序，我们一律不放入本次列车的接站者，请你们谅解。站台工作人员，将协助你们出站……"

她那温良悦耳的声音，并没有起到什么安定作用。列车还未停稳，就有人跳到了站台上。手提包、行李捆、小木箱、网兜，各种各类物件，纷纷从车窗扔出，散乱地落在站台上。车门开处，如水闸提起。这时的列车，宛若每一节车厢都发生了猛烈的爆炸，知青们仿佛是被爆炸力从窗口和车门抛射出来的一般，片刻拥满了站台，将由站台工作人员组成的蓝色"散兵线"冲垮了，裹卷走了，也将由铁路警察组成的白色警戒线冲垮了，裹卷走了。几个被摔破的手提包内装的是面粉和黄豆。面粉在千百双鞋的践踏之下，像石灰一样飘飞起来，造成一片白色的粉雾，与满天雪花搅和在一起，许许多多的人踩在滚珠似的黄豆上，一片片滑倒，站台上乌烟瘴气。

潮头一般的人流势不可当地涌向出站口……

出站口的钢网铁门还没来得及打开，在这股人流的冲击下，手指粗的铁链，铿然有声地断了！

站内站外一片呼喊声，一片嘈杂声，一片无法平定的局面，一片激动的骚乱，一片骚乱的激动，升上广场夜空，震颤着，缭绕着，交织着，扩散着……

城市突然睁开它的夜眼——两只安装在车站大楼顶上的备战时期的探照灯，它射出雪亮的巨大光束，往人群中交叉地扫来扫去。它似乎想要威胁人们。

一九七九年冬，在那些千百万知识青年大返城的日子里，对每一座十一年前将十几万、几十万知识青年欢送到农村或边疆的城市，对每一个将儿子或女儿打发到农村或边疆的家庭，都是一些同样严峻同样不得安宁的日子。十一年前送走的愈多，十一年后负担得愈重。对一座城市是如此，对一个家庭也是如此。

整个列车上只有一个人还没下车。一个女知青。她一动不动地坐在空荡荡的车厢里，神色麻木，从窗口呆望着混乱的站台。打扫卫生的乘务员踢踢她的脚："你要住车上呀！"

她走出车站后，人群已开始朝四面八方流动。呼儿唤女、喊姐叫弟的声音涛叠浪涌，表达出难以描绘的兴奋和极乐之悲。

城市的夜眼雪亮雪亮，扫过来了，又扫过去了。

"姐姐！姐姐！孙玉蓉！姐姐！……"在所有的呼唤声中，一个少女的叫喊显得格外尖脆，格外悲凉。悲凉中隐含着凄怆。她循声望去，见一个穿着肥大"棉猴"的矮小身影，逆着四散的人流被冲撞得左旋右转。那少女的叫喊声就是这"棉猴"发出的。少女的身体一定很瘦弱，几乎整个被包裹在"棉猴"之中。"棉猴"显得那么空荡，仿佛它具有神奇的魔法，在自行移动。

"姐姐！孙玉蓉！孙玉蓉！……"尖脆的叫喊声沙哑了，在拖得很长的尾音的过渡之后，变成了茫然的哭泣。

孙玉蓉——这个美好的符号所代表的姑娘是谁？为什么没有赶上这次"知青专列"？临时改变了返城的日期？返城之前出了什么意外的事？

她在火车上听说，某团的一辆客车，开往火车站途中翻下一座桥梁……

她心中替那少女预感到一种不幸。她望了那少女许久，直至那少女在人群中隐失了，才回过头，随着人流向前走。

她撞在什么人身上了，定睛一看，见是一对老夫老妻，互相挽着，像一高一低两块并立的太湖石。他们在寒冷中抵挡着人流的冲撞。他们不呼唤，不走动，就是那么寂寂地、互相依靠地、一动不动地伫立着。那又瘦又高的老人，端正地高举着一块丁字木牌，如体育运动会的引领员。木牌上面写着："赵运祥和赵运瑞，爸爸妈妈在这里！"是毛笔字，笔力雄浑，看得出有很深的书法功底。老人那张清癯的脸，在她心中留下了一见难忘的印象。那雕刀镂刻般的皱纹，那目光凝滞的眼睛，那结霜的胡须，那双没戴手套的、高举着木牌的、无疑早已冻僵的手……她心中倏然产生了一种极其强烈的冲动，很想用自己最大的声音替这老人呼喊几声："赵运祥和赵运瑞！……"

然而她将自己这种冲动压制下去了。她低低地对他们说了一句："对不起……"从他们身边绕过，又向前走去。

在火车上，她非常非常思念家庭，思念父母和弟弟妹妹，希望站着打个盹之后，一睁开眼睛就到家了。但此刻，当她的双脚踏到了这座城市站前广场坚硬的、铺雪的路面时，她却并不那么想立刻回到家中了。她倒很想在这里留一阵，为的是要最终看到，那两位老父老母是否接到了他们的两个儿子，那穿着肥大"棉猴"的瘦小少女是否接到了她的姐姐……

有人从治安警察手中夺过了手提话筒，盲目地呼喊他要接的人的名字。治安警察夺回了话筒，将那人朝一辆警车拖去。于是有几个返城知识青年拥了上去，于是又有几名治安警察拥了上去，于是一阵斥骂，于是一场厮打，于是响起了警笛声……

十几辆摩托开过来，包围了广场……

广场上的人渐渐四散得稀少了，剩下的几百人还聚集在出站口。钢网铁门已重新锁上了，站台内空空荡荡。铁门外的人，却仍怀着不泯的期待扒着钢网朝站内张望……

她再听不到那少女喊叫姐姐的尖脆嗓音了。她不由得转身寻找，见那一高一低两块僵立不动的"太湖石"旁，多了一个"石猴"。那瘦高的老人一条手臂紧搂着那少女的肩膀，那少女则替老人举着木牌，努力举高……

呵，你这期待的老父亲哦！

呵，你这期待的老母亲哦！

呵，你这期待的小妹妹哦！

呵，你们迟归的儿子和姐姐们哦！

但愿他们都没有乘坐那辆翻到桥底下的公共汽车……

她心中一阵难过。

她在心里默默地说："两位老人，你们回家去吧！小妹妹，你也回家去吧！你们的儿子和姐姐是会回来的，一定会回来的！也许明天，也许后天……"

据说那座桥四米多高，汽车的大部分砸进了冰河。

"姚玉慧同志，姚玉慧同志，原生产建设兵团三师二团七营教导员姚玉慧同志，听到广播后，请马上到苏联红军烈士纪念碑下，那里有车接你，那里有车接你……"

车站广播员那种至亲至爱的声音始终如一。

她迟疑了一下，朝苏联红军烈士纪念碑快步走去。这座碑，曾被用一块巨大的帆布从上至下罩了起来。如今，它也像许多受迫害的人一样，获得解放，重见天日了。望着它，她心中油然产生一种亲切感。它是代表这座城市的标志之一。她知道，这座碑得以重见天日，是自己的父亲——粉碎"四人帮"后由中央任命的市长亲自作出的决定。看来父亲的性格在十年政治风云的浮沉中一点都没有改变，还是那么敢为敢当。她替自己的父亲骄傲。

它是历史。她想。将历史罩起来，这是多么滑稽可笑多么愚昧透顶的行径！

同时她心里又产生了一种惆怅。父亲又做了一市之长，而她自己却再也不是什么教导员了，永远。父亲如今重新获得的，正是她如今所失去的。这并非指权力而言，她并不崇拜权力，也没有操权握柄的野心和欲望。是指价值而言，指能够使一个人时刻充满自信的个人价值而言。这种价值，对她来说，究竟是失去了，还是根本没有真正获得过呢？她开始怀疑了。当她和几千名返城知识青年登上113次"专列"时，便开始思考，开始怀疑了。

碑下果然停着一辆小汽车。不是她所常见的"上海"，也不是仅在出租汽车站还超龄"服役"的五十年代的苏联小汽车。也许只有在这座城市的马路上，如今还可以看到那种五十年代的、黑甲虫般的、破旧的苏联小汽车驶来驶去。它们也是历史，使人回想起两个国家的友好年代。它们与童年和少年时期的某些难忘的幸福的记忆，至今仍保留在这一个返城知识青年，这位现任市长的女儿，这位档案上记载着曾担任过营教导员的老姑娘心里。

而眼前这辆小汽车，样式很高级，也很美观，它是崭新的，一看便知，不是国产汽车。她不禁感到，自己对这座城市已经很陌生了。就连这座城市的马路上如今奔驶着哪几类较常见的小汽车，也一无所知，甚至不知道自己的父亲每天乘坐的是什么牌的小汽车。

她不禁苦笑了一下。

虽然很冷，司机门的车窗却是摇下来的。司机正坐在驾驶座位上吸烟。车内传出美妙的音乐，音量不大不小。

她不能判断是不是接自己的那辆小汽车，也不愿贸然上前询问。

一个人匆匆从车站大楼的方向走到了小汽车跟前。

车后门打开了，探出一个姑娘秀发披肩的头，颇有几分不耐烦地问："还没接到？"

被问的，是个穿呢大衣的青年，没戴帽子。他扫兴地回答姑娘："也许没坐上这次车，反正广播员已经广播了，我们再等一会儿吧。"

姑娘嘟起了嘴："真是的！没坐上这次车，就该拍封电报告诉家里嘛！"青年说："再等十分钟。不，五分钟。还等不着，就回去！"

姑娘用撒娇的语调说："别等了！反正她也不会带多少东西回来！我还没吃晚饭呢，你大概忘了吧？咱们还有一场八点五十的电影呐！"

青年看了看手表，说："来得及。等不着，让刘师傅直接开车送我们到影院。"又转对司机说，"刘师傅，你还要到电影院去接我们回家哟！"

"没说的！"中年司机乐于效劳地回答，同时朝青年递过支烟。

她终于确信，这辆小汽车正是接自己的。因为她已认出，那青年是自己的弟弟。

"明辉！"她叫了一声。

弟弟猛转身回望，疾步上前，一下子亲亲热热地搂住了她，显出高兴万分的样子大声说："嘿！姐姐你怎么这时候才出站啊？你听到广播了吗？我还以为接不着你了呢！你怎么就背着一个破书包哇？你的东西呢？"

几年未见，弟弟长高了，差不多要比她高出一头，相貌堂堂，英俊而潇洒，成为一个小伙子了。

"东西提前托运了，可能过几天才会到。"她挣脱弟弟的搂抱，退后了一步。自从当上教导员，她便很不习惯别人用过分亲热的举动对待自己了，尤其不习惯男性过分亲热的对待。即使是自己的亲弟弟，她也觉得有点别扭。何况弟弟已不再是从前的小弟弟了，何况还当着司机和一个陌生姑娘的面，她觉得自己的脸微微热了一阵。天黑，弟弟是不会看出她脸红的。

“姐姐你真是的！你还会有些什么宝贝东西，值得从北大荒千里迢迢地托运回来呢？不能随身带的扔在北大荒算了，快上车吧！”弟弟拉起她的手，和她一块儿走到小汽车跟前。坐在车内那姑娘，替他们打开了车门。

弟弟对她的亲热，虽然是她所不习惯的，却在她心中引起了一种温情柔意。亲人之所以与外人不同，就在于使人感到亲。

弟弟大大方方地向她介绍那姑娘：“她是倩倩，我的女朋友。”倩倩朝她嫣然一笑，将身子挪到座位里端去，给她让出了位置。

车内有空调，一股暖气扑面。倩倩没穿外衣，只穿了一件紧身的桃红色的高领毛衣。

“我还是坐到前边吧！”她说。她那件兵团战士的大衣尽是油污和灰土，怕弄脏了倩倩那件漂亮的毛衣。

她将弟弟推入车内。司机替她打开了前车门，她坐到了司机旁的位置上。

司机关上车门，摇上车窗，戴上白手套，刚要开车，车头前出现了一个人。

司机又打开车门，探出头吼：“这不是出租汽车，别挡道！”

“我知道这不是出租汽车。”那人说，“请问我们教导员是不是在车里？”他肩搭两个沉重的手提包，拎着一个更大的手提包。司机没开车灯，她看不清那人的脸。

弟弟也打开车门，探出头训斥：“什么教导员？莫名其妙！”

“我们营教导员姚玉慧……我刚才听到广播，说这里有一辆小汽车是接她的……我……一条腿是假腿，东西又多，而且也没方便的公共汽车可乘……不知为什么家里人没来接我……我……我想请求……”

她明白了。他是她那个营的战士。她想打开车门，却一时不知车门应如何打开。

“这不是接你们教导员的车！”弟弟说罢，嘭地关上了后车门。

司机也嘭地关上了前车门，将车倒几米，偏转车头，从那人身旁驶过。

“明辉，你怎么这样！”她回头责备弟弟，心里非常不高兴。

汽车转眼离开了广场。

“停一下，把他带上吧！”她替自己的战士请求司机。

“姐姐，你算了吧！”弟弟说，“简直可笑至极！都返城了，还大言不惭地找什么教导员！‘我……一条腿是假腿……’骗人的鬼话，傻瓜才会相信！

只有电影《奇袭》里的李承晚兵才上当呐！”每句话都带有嘲讽意味。

倩倩被弟弟模仿那个知青语调说的话，逗得咯咯笑了起来。她的笑声很甜。那个知青的语调并无丝毫可笑之处，而弟弟夸张的模仿，也完全缺少幽默感，根本不至于引人发笑。

当姐姐的一点也不明白弟弟的女朋友究竟觉得有什么可笑的。

“教导员我……”从广场上，传来了不堪入耳的一句辱骂。她觉得全市的人都可能听到了。倩倩的笑僵在了脸上。她自己脸上又一阵发烧。车上四人都显得很难堪。

“他没骗人，他说的肯定是真话！”虽然她被骂了，她还是认为，若不替她的战士辩护，那自己真是太卑劣了。她不禁回头看了一眼，那个知青仍站在原地。

她正欲第二次请求司机停车，弟弟却没容她请求，反驳道：“姐姐你也别说得那么肯定，我看你是有点太偏袒你们北大荒返城的残兵败将了！”

从车内镜中，她瞥见了弟弟的脸——一脸冷漠的神气。

“残兵败将”，这四个字使她的自尊受到了严重刺伤！她心中倏然产生了一种难以克制的恼怒。她，和他们，那几十万北大荒返城知识青年，难道果真是一批“残兵败将”么？不！不是！……不是……可她竟一时找不到足以将弟弟反驳得哑口无言的话。欲驳无词，这使她心中更加恼怒。她几乎想斥骂弟弟一句。然而姐弟之间刚刚见面，她不愿和弟弟展开辩论或争吵，那无疑会使弟弟的情感也受到伤害。尽管是弟弟首先伤害了她的情感，却分明是无意识的。无意识的是应该原谅的，弟弟身边还坐着他的女朋友呢！

她也从车内镜中瞥见了倩倩那双眼睛。她此刻才注意到，那双眼睛很大，很迷人，长长的睫毛微微朝上翻卷着，正以一种带有研究意味的目光暗暗睇视她。

于是她向后侧过身，瞧着弟弟，笑了笑，用仿佛闲谈般的语调说：“对于他们，我要比你更有发言权。因为我几天前还是他们的教导员。虽然现在不是了，但并不意味着我和他们之间就不存在任何联系了。谁如果侮蔑了他们，同样也等于侮蔑了我……”

弟弟避开了她的目光。倩倩讪笑着。大概她还没听过那么肮脏的骂人话吧？当年的知青教导员心中暗想。她意识到自己说出口的话，使弟弟太难以承受了，而她心中想到的话更多。她有些后悔。车内小小的空间，一时被令人感到窒闷的沉默所充盈。弟弟将脸转向了车窗外。倩倩垂下了睫毛。这种沉默是她那番话所造成的，她有些窘迫起来。她又笑了笑，笑得很不自然。她企图以微笑向弟弟和倩倩表达歉意，却不怎么成功。弟弟没有转过脸来，倩倩也没有翻起睫毛。她识趣地坐端正了，观看迎面飞闪过来的各种灯光变幻莫测的夜景。"听段音乐吧！"她希望打破沉默。司机扭开了收听装置，一手熟练地掌握着方向盘，用另一只手调拨了一会儿，没有拨到什么音乐，关掉了。车内镜中又出现了倩倩那双眼睛，还是以刚才那么一种研究的目光，暗暗睇视着她。虽然明知自己的睇视被觉察到了，却并不转移视线。那双眼睛似乎在逼问：你对什么事情都这样认真吗？有必要吗？你会永远如此吗？……

她被那双眼睛盯得愈加不自在起来，可又难于逃避那双眼睛的盯视。她索性闭上了自己的眼睛，打盹。"姐……"弟弟轻轻叫她。她不想睁开眼睛，不作声，不动。她忽然感到非常疲乏。在火车上，别人曾让出座位给她坐了一小会儿，那是很舒适的一小会儿。可那种舒适，与此刻坐在小汽车软垫座位上的舒适是无法相比的，她全身的骨骼和肌肉都处于一种惬意的松懈状态。她有些困意沉沉了。

弟弟又叫了她一声，并轻轻在她肩上推了一下。她不得不睁开眼睛。她的眼睛又一次和车内镜中那双眼睛相对了。我到底有什么值得研究的呢？她暗想。心里挺恼。仅仅为了避开那双眼睛的睇视，她干脆转过身，询问地望着弟弟。弟弟试探地说："姐，我刚才的话叫你不高兴了？""古怪想法。"她笑了，觉得自己笑得很虚伪。为了掩饰起这种虚伪，她伸手在弟弟头上抚了一下，又转向倩倩，故作诧异地问："明辉说过什么可能使我不高兴的话么？"倩倩依然睇视着她，慢言慢语地回答："他说了，你也真不高兴了。"她说："哦？你这么认为？那么依你看，现在究竟是应该我向他道歉呢？还是应该他向我道歉？""这是你们姐弟之间的事，与我无关！"那双始终带有研究意味的大眼睛中，闪耀出可爱的狡黠。大概在她发怒的时候，模样也一定是怪可爱的吧。二十九岁的、曾经当过营教导员的老姑娘，心中突然产生了一种莫名其妙的妒忌。弟弟说："姐，你猜我刚才在车站内碰到了什么事？"表情异常郑重。

她不动声色地瞧着弟弟。她这种近乎漠然的平静，含有非常明显的讥讽——小弟弟，这十一年我经历了多少你没有经历过的事啊！又见过多少听过多少你没见过没听过的事啊！你讲讲吧，看你讲的事能不能震动我？

“有个军人，怀抱一个不满周岁的孩子，找到了值班主任。他说，半小时前，一位年轻的母亲，请求他替她抱一会儿那孩子，自己去买点东西。可是他左等右等，那位母亲却一去不归，孩子哇哇哭起来。他这才发现，包孩子的小被中掖着一封信，觉得奇怪，便抽出来，打开看了。信上写着：‘阿妈是插妹，阿爸是插兄。全体大返城，三十才归家。娇儿私生子，送给亲人解放军。’可那军人是边防部队的未婚军官。值班主任也不知这件事该如何处理，建议那军人将孩子送到失物招领处去……”

弟弟用缓慢的、绝不带任何感情色彩的语调讲完这件事，沉默片刻，掏出烟盒，吸起烟来。

“真作孽！”司机充满义愤地咒骂了一句。没有主语，不知他骂的是毫无责任感的父亲，还是抛弃骨肉的母亲，抑或这件事本身。

倩倩那双眼睛咄咄逼人地盯着她，尖刻地问：“那位母亲，很可能也是你那个营的战士吧？”

她不由得慢慢转过了身去，她不能够继续迎视弟弟和倩倩的目光。其实他们的目光中并没有流露什么明显的含意，但她还是经受不住。倩倩的话使她内心发寒。受到震动了么？不，谈不上受到震动。北大荒已将她的心变得刚硬了。

送给亲人解放军——她甚至认为，对那位母亲来说，不失为一个办法。带着一个私生子回到大上海待业，那将会是种怎样的处境呢？女人天生是女人的伙伴，女人最能体谅女人的难处。虽然她没结婚，不是母亲，却能体谅。但她还是感到心寒，像吞了一块冰。

小汽车停住了。前面，一辆无轨电车脱缆，堵塞了交通。不远处的公共汽车站聚集了许多许多人，几乎全是返城知识青年。一辆公共汽车靠站，他们蜂拥而上。在这个寒冷的夜晚，他们谁不想立刻回到朝思暮想的家中呢？

“姐，难道你听了那样的事，往后还愿偏袒你们那些残兵败将吗？”讥讽的弓箭转到了弟弟手里。

她沉默不语。她用这种方式妥协。她真想不明白，弟弟是怎么了，何以刚见面就要继续一场她本不情愿继续下去的辩论呢？把她逼到一个哑口无言的死角，难道弟弟竟会获得什么快感不成吗？因为他身旁坐着他漂亮的女朋友，就非争回刚才被反驳的面子不可吗？

“没有勇气抚养自己所生的孩子的女人，是最不值得尊敬也最不值得同情的女人！”倩倩用甜美动听的语调说。

“住口！”她突然怒喝一声。从车内镜中，她看到倩倩用一只手下意识地捂住了自己的嘴，眼睛由于吃惊瞪得更大了。可爱的瓷娃娃，应该早点让你知道我是有脾气的，今后对你可大有好处呢！她生气地想，并以命令的口吻对司机说：“开回车站去！”“姐，你要干什么？……你别做傻事！”弟弟急了，他意识到了什么。她大声说：“你想教导我？我教导过一个营！”“你抱回家一个私生子，妈妈会犯心脏病的！”“把车开回去！”她简直是在怒吼了。“好，就听你姐的吧！”司机服从地说。挡住去路的那辆无轨电车终于挂上了缆。司机抢行其前，将小汽车拐上了快速车道，说：“不能原路返回了，只能绕道。”她不再开口，只希望车速更快。谴责是一种最普遍的权利。弟弟那漂亮的瓷娃娃虽然一见面就不使她喜欢（为什么，她自己一时不明白，也许仅仅因为太漂亮了的缘故），但说的话并非毫无道理。我要抚养那孩子——她这个决心是异常坚定的。失物招领处——见他妈的鬼！二十九岁的老姑娘突然产生一种想骂人的强烈冲动。

小汽车减速驶进了一条僻静的街道。街道一旁，是高墙深院。她上当了。但为时已晚，车开进了有军人站岗的宽阔大门，缓缓行驶在甬路上。“你……你敢骗我？！”她怒视着司机。车停在一幢苏式小楼前，司机转脸瞧着她，嘿嘿笑。“姐，到家了。”弟弟说。她一动不动地呆坐着。弟弟伸过手臂，替她打开了车门。司机说：“我是为你好哇！你如果抱回来一个小猫小狗的，你爸爸妈妈也许还会喜欢。但市长的女儿，当过生产建设兵团营教导员的人，抱回家来一个私生子，别人会怎么看你？你爸爸、妈妈、弟弟、妹妹需要替你向多少人去作解释？这绝不会给他们增加快乐……”说完，若无其事地吸起烟来。那副样子，仿佛积了一次德，等着听千恩万谢似的。她恶狠狠地回答：“谢谢！”那句肮脏的骂人话仍震动着她的耳膜。

“姐，快下车吧！你瞧，妈妈和妹妹出来迎接你了！”弟弟在她身后用赔着小心的语调说。妈妈和妹妹果然出现在台阶上。她不得不下车。“姐姐！”妹妹跃下台阶，张扬着双臂向她扑来。一扑到她跟前，便双臂搂住她的脖子，兴高采烈地说：“姐姐，我想死你了！你终于也返城了，这下，咱们全家大团圆了！太好了！我太快乐了！”说罢高呼：“知青大返城万岁！”悬起双腿，将身体吊在她脖子上，转了一圈。

她挣开妹妹双臂，将妹妹掐腰举起，轻轻放在一旁。十八岁的妹妹，身体竟那么轻。妹妹却说："姐你好大力气哟，我五十三公斤呢！""玉慧……"母亲的声音有些颤抖，注视着她，一步步走下台阶。"妈……"她迎向母亲。她心中此时萌发了一种巨大的委屈。在这返城的第一天，她就开始隐隐地觉得，城市，包括自己的亲人，对她，对他们，对十一年前敲锣打鼓、轰轰烈烈送走的长子长女们，竟那么缺乏认识，缺乏理解。她真想扑入母亲怀中，将脸贴在母亲胸前，感受母亲充满柔情的爱抚。然而她却没有这样。她又一次控制住自己内心的冲动。为什么？为什么要时时控制住自己的感情？连她自己也不能明白自己。这种对自己内心里强烈情感的控制，不是造作的，也不是自觉的，更不是虚伪的，仅仅是一种心理习惯而已。不，她并非习惯如此，她从来就不习惯如此。这是疾病。是的，是一种心理疾病，一种被生活长期禁锢所致的心理疾病。她是在完全不知不觉的情况下染上这种疾病的，它不损伤人的机体，却销蚀人的心灵。它仿佛已成为她身体内的一种素质，溶入到她的细胞和血液中了。她希望有一天能从自己体内排除这种不良的东西，却常常对自己感到无可奈何。要做到，她明白需要别人的帮助……

她望着母亲，微笑了。

"妈，我……回来了……"她这么说，声音很轻。

她真没法像妹妹那么高兴，虽然她很想显出那么高兴的样子。母亲紧紧地将她抱在怀中，好像搂抱的不是一个二十九岁的老姑娘，而是自己五六岁的弱女。她再也无法继续控制自己的感情，泪水一下子涌了出来。母亲和弟弟妹妹簇拥着她走入楼内。父亲从楼梯上走了下来，父女俩在半楼梯面对面相遇。父亲说："你瘦多了……"女儿说："爸爸，你老多了……""不老，就奇怪了。"父亲苦笑着，手掌在她脸上轻轻拍了几下。

这是父亲表达父爱的一种特殊方式，而且，仅仅是表达对她这个长女的父爱的一种特殊方式。她第一次从北大荒探家，父亲打量着她穿兵团服的女民兵式的飒爽英姿，许久才说："你长大了。"也像今天一样，用宽厚温暖的手掌在她脸颊上轻轻拍了几下。从那以后，她每次探家与父亲见面时，父亲总是如此表达对她的爱，不曾换过另一种方式。她后来逐渐理解，那"第一次"，是父亲对她的"宣言"。这"宣言"意味着，她已不应再需要父亲像她小时候那样爱抚她了。她曾为此多么嫉妒过比她小十一岁的妹妹啊！

"爸爸，你就拿这么冷淡的态度待我姐姐噢？"

妹妹替她表示抗议。

父亲说："依你我该怎么待你姐姐呀？"

"你起码也得亲姐姐一下吧？姐姐都三年没回家啦！"妹妹理直气壮。父亲哈哈大笑。妹妹扑到父亲怀中，噘嘴装作生气的样子，大声嚷叫："这有什么好笑的？坏爸爸，坏爸爸！"一副小女儿状。十八岁，妹妹的年龄，也正是她到北大荒去的年龄。十八岁还有资格撒娇，不能不说是一种幸福。那种古怪的嫉妒心理又产生了。"好啦，好啦，你呀，处处对我提出过分的要求，你姐姐是不会愿意我把她当成一个小女孩的……"父亲边哄边推开妹妹，将脸转向弟弟，换了一种严厉的语气说："明辉，我预先已经告诉过你，不要坐我的车去接你姐姐，你怎么不听我的话？"

"得换三次公共汽车呢！"弟弟讷讷地回答，牵着他那漂亮瓷娃娃的手，就要上楼去。"站住！"父亲喝了一声，瞪着他说，"换三次公共汽车又怎么样？""我也预先告诉过你，让我坐公共汽车去，我就不去！"弟弟抢白了父亲一句。"混账！"父亲恼怒了。"哎呀，你也管得太严了！车不是闲着的吗？"母亲替弟弟辩护起来。倩倩挣脱弟弟的手，一扭身想下楼去，被母亲拦住。"别生气。"母亲将她和弟弟一块儿推上楼去了。父亲看了母亲一眼，问："你认为我过分了？"严厉的神色丝毫未减。母亲不满地说："得了，你有完没完？玉慧刚到家，你就当着她和倩倩的面训明辉，让明辉怎么能接受得了呢？"小妹却捂上了耳朵："烦死了，烦死了！"还跺了下脚，随后一边推着她上楼，一边说："姐，甭理他们，让他们辩论去！"

她上楼后，听到父亲在忧心忡忡地说："本市的人口，在几天内，将增加二十多万返城知识青年，他们将伸手向我这个市长要工作，要房子，甚至可能要妻子，要丈夫，这一切好对付吗？我不愿我的女儿在返城的第一天就成为二十多万中特殊的一个！我不能不考虑影响……"

"爸爸，您别教训弟弟，要教训就教训我，弟弟也是为我。"她想把事因揽到自己身上，便扶着楼栏，朝下望着父亲说，"我绝不会成为二十多万中特殊的一个。"

父亲仰起脸瞧了她一眼，不再说什么，下楼去了。

母亲走上楼来，将她领向一个房间，一边说："妈已经替你放好了洗澡水。先洗个澡，换身干净衣服，休息一会儿。今天是咱们全家第一次团圆，咱们晚饭索性吃得迟点！"

弟弟和倩倩刚好从另一个房间走出来。倩倩身穿一件掐腰雪花呢大衣，比她初见时显得更窈窕，更有风度。弟弟说："妈妈，我们不吃晚饭了，看电影去！"说罢，拉着瓷娃娃的手，双双下楼而去。"你们回来！"妹妹追下两级楼梯，大嚷一句。楼下的门哐当响了一声。母亲满面歉意地望着她……

第二章

这是一幢别墅式小楼。楼上一个十四平方米的房间，屋顶很高，给人的空间感大于它的实际面积。墙壁四角有花型雕饰，一米半以下用木板镶嵌。年代过久，透明漆已退光，木质本身的独特纹络却仍很美观。木板上部的墙壁喷成雾状的淡蓝色，使整个房间被一种幽雅富贵的情调所笼罩。地板是红松木的，褐色给人以稳重感。刚打过蜡，非常光洁。对门的墙，砌着壁炉。两个长翅膀的小天使背负着一面椭圆形的镜子，将冬日下午的阳光反照在镀银的铁床上。那壁炉已不能再生火，现代化的暖气片安装在炉膛内，散发着暖流。房间里暖烘烘的。

她舒适地侧躺在床，半醒半睡。早晨妹妹到她的房间来过一次，替她拉开了紫绒窗帘。窗台上摆着一盆水仙，翠灵灵的修叶，使人赏心悦目。一束碧绿举着一朵洁白的初放的花朵，那么典雅，那么素，那么美。在这座北方城市中，是很难在什么人家里见到水仙的。妹妹告诉她，是父亲的老战友从南方带来的。枕边放着一本书——《简·爱》，她中学时代百读不厌的书。"文化大革命"中，连同其他的书，被她自己亲手烧了，那是为了表示追求革命思想的愿望。当时，她曾以为，这本书，和她亲手烧掉的那许许多多书，将永远不会再被后世后代的中国青年们所读到了。她心中当时既惋惜又庆幸。庆幸自己读过了这本书，记住了一位她所崇拜的叫夏洛蒂·勃朗特的英国女作家，知道了世界文学史上的一件罕事：一位普通的英国教士家庭中，出现了三位留名后世的女作家。她曾有过极幼稚的想法：如果教士的女儿们最有可能成为作家，她真希望自己的父亲不是一位市长，而是一位教士。自从她读过《简·爱》后，在她的情感世界中，就永远存在了一位最亲密的女友——"简"。在她入了党，成为教导员后，她内心里极隐秘的那一层情感，也从未背叛过"简"。有多少个夜晚，她在心中与"简"对话，讨论友谊、爱、永恒的情感、人格和心灵……都是非常严肃的讨论。甚至讨论如何做好政治思想工作的种种问题，二十世纪七十年代中国青年的理想和精神追求……，也都是非常严肃的讨论。世界上谁最理解她？当然是“简”。没有第二个人比“简”更能理解她，更能认清她，更能深入到她的心灵之中。父亲母亲也无法代替“简”。然而她却经常对别人说：“最了解我的是营长。”营长——六三年转业到北大荒的，只有小学三年级文化的、语言粗鲁的山东大汉，她的入党介绍人。也是将她从班长提到排长提到指导员最后“培养”为教导员的人。他对别人谈到她时，则说：“小姚，我的人！只要我当营长，谁他妈的也别想撤换她这个教导员！”

营长是好营长，好共产党员。除了语言粗鲁这一条，按照党章的其他标准衡量，死后有资格被追认为“党的好战士”。并非谁都有资格公开讲这样的人最了解自己。这是一种殊荣。营长也自认为给予了她殊荣。

但这种“了解”是多么空泛啊！甚至可以说是虚假的。事实上，一个男人永远也无法了解一个女人。他无论怎样努力，都是深入不到女人们的心灵内部去的。女人的心灵是一个宇宙，男人的心灵不过是一个星球而已。站在任何一个星球上观望宇宙，即使借助天文望远镜，你又可能知道多少，了解多少呢？

原则性强、组织能力强、工作责任心强……除了这几方面“强”，营长对她再一无所知。

入党介绍人——最了解自己的人，符合逻辑，却并不那么符合生活。女人无论成为一个什么样的女人，都有希望某个男人充分了解但又使男人们无法企及的许多方面。这是她如今通过自己的心灵体验逐渐明白的道理。还不明白这个道理的女人，不是一个成熟的女人。有些女人，在她们刚刚踏入生活大门不久，便明白了这个道理。她们是幸运的。有些女人，在她们向这个世界告别的时候，也许还一直没明白这个道理。她们真是不幸得很。她不算幸运，也不算很不幸。她明白得晚了点，但还不算太晚……

她在半睡半醒的状态中，一动不动地，静静地思索着。

这种静真美好啊！她努力回忆，回忆不起在到北大荒后的十年，不，十一年中，有过享受这种美好的时刻。不惜时间流逝，不被周围的任何事物干扰。像是在梦里，又知自己不是在做梦。可以静静地去想，可以去想与一位教导员毫无关系的事，可以只想与女人相关的事，这简直是一种幸福。

然而营长的影子时时执拗地介入到她安宁明朗的思想中。她驱赶他，不愿让他破坏自己此刻的心境，他却不走。

“我最了解你！”他大声说，一遍又一遍，仿佛这至今仍是他的权力。

“最了解我的人是营长。”在她已明白这句话的虚假性后，她仍这么说。知道自己在说谎，没有勇气彻底推翻自己原先的立论。因为许许多多的人，已经非常信服地接受了这一点。她自己在某一时期内，也习惯了说这句话。在营党委的组织生活会上说；在党内展开批评与自我批评的时候说；在需要介绍自己如何成长为一个知青干部的讲用会上说；甚至还将这句话写在存入档案的思想小结上。

除了自己的入党介绍人，她难道可以说另外一个什么人最了解自己吗？那将会使多少人失望和震惊啊！第一个感到自尊心受到严重伤害的，当然会是营长。一个不愿说谎的人说谎话时，也等于在伤害自己，是对自尊的很严重的自践，但她宁肯受到伤害的是自己。

难道她可以对别人说出“简”么？“简”——什么意思？可悲，与她接触和相处过的那么多人中，竟没有一个人知道“简”。

“我的朋友，最亲爱的朋友啊！”她的手动了一下，拿到了《简·爱》这本书，轻轻抚摸着破损的封面，像抚摸一位最亲爱的女友的手。

从今以后，我要对人说：“最了解我的人是‘简’，是你！”她想。不，不是“了解”，而是“理解”。“了解”是一个肤浅的、有距离感的词，“理解”才是与心灵相通的词。对于营长，她就从来没有用过“理解”这个词。最初是因为不明白这两个词之间的区别，以后是因为明白了这两个词之间的区别。

她静静地想着，想着，抚摸着那本自己中学时代最喜欢读的书，心中产生了一种悲哀，一种凄凉，想哭。

女教导员、女政委、女常委……历史在它的某一时期，不允许这样的女人们更像女人，不允许这样的女人们身上保留着女人的情味。在北大荒的时候，她常常从别人对自己的态度中感到自己仿佛是一个中性的人。哪个男人如果公然敢用瞧一个女人那种眼光瞧她一眼，那是肯定会被认为大逆不道的，也无疑会激怒她。而女人们如果对她表示过分亲昵，则会被视为“马屁精”，遭到背地里的谩辱。男性对她敬而远之，女性对她远而敬之。女教导员不是女人，是党的一级“代表”。

一次，营党委委员们坐在一起，围桌讨论制定“知识青年三大纪律八项注意”。有人主张加上“洗澡避女人”这一条。有人不同意，认为这一条在进行一般连队教育时强调一下就可以了。加上这一条，就必须从已列出的八条中去掉一条。否则，变成三大纪律九项注意，不伦不类。主张加上这一条的，坚持非加上这一条不可。为了加上这一条，理所当然地应该去掉已列出的某一条。双方争论起来，直至面红耳赤、出言不雅的地步。仿佛坐在他们之中的她，并不是个女人。几个男人关于“洗澡避女人”这个命题所说的一些话，是比他们赤身裸体当着某个女人的面洗澡，更会使一个女人感到羞赧的。

最后营长拍了一下桌子，吼道：“乱他妈的争个什么劲儿！男人不就是多那么三两肉，女人不就是少那么三两肉吗？让教导员决定！教导员点头，就加上。教导员摇头，就不加！教导员也代表我的意见啦！”

真是莫大的荣幸啊！营长在任何问题上，一向都很尊重她的意见，一向都有意建树她的威信。

于是所有男人们的目光都注视在她脸上。

她当时觉得全身的血液都朝脸上涌……

只有特殊情况下，比如要选派代表参加什么隆重的会议，名额中强调一定要有女代表，她的性别才在特殊的情况下有了特殊的意义。

营部搬家时，她在连队蹲点，是话务员和通讯员替她搬的东西，结果将她的一本厚厚的日记丢失了。整本日记都是写给一个人的信，写给“简”的信。二十一封半。

日记终于是找回来了，但已不知被多少人看过。她为此对话务员和通讯员大发了一顿脾气。

不久，许多人都在背地里窃窃私语，说教导员害了单相思，爱上了一个姓“简”的。议论最初在营机关范围内传播，后来就蔓延到了离营部较近的几个连队。有人甚至怀着某种低俗的兴趣暗中调查了解。在全营也没查出一个姓“简”的男性，只查出三个姓钱的，其中一个还是老头。于是“简”像一个具有神秘色彩的影子，伴随着她出现在各处，接受众多不可思议的目光的检阅。

营长不得不找她谈话了，开门见山地问她：“‘简’是谁？”

她镇定地回答：“根本没有这么一个人。”

她怎么可能爱一个根本不存在的人呢？营长不相信她。这太荒唐嘛！

“那么，你解释解释，那本日记是怎么回事啊？”营长刨根问底。

怎么解释？没法儿对这个只有小学三年级文化的山东大汉解释清楚。

她反问：“你也看过我的日记了？”

营长摇头，说没看过，听传的。

她心中有了底，现编现讲，说那本日记，并不是她的，而是她小姨的。说她小姨是某出版社的外文翻译。说日记上写的是小姨翻译的最后一部书的手稿，没译完，小姨就生病死了。说她保留这本日记，是出于对小姨的怀念。

营长完全相信了她的话，营长在任何事情上从未怀疑过她的话。营长相信她就像相信自己一样，因为营长认为他太了解她了，怀疑她就等于怀疑自己。营长从不怀疑自己。

营长在全营机关会议上替她辟谣。大发雷霆，说要追查造谣者和传谣者，严加惩处。说造教导员的谣，就等于造他营长的谣。

“我最了解教导员！教导员爱上什么人，我能不知道么？她能不向组织汇报么？组织能不掌握情况么？组织能不对这个人进行各方面的了解么？教导员若爱上什么人，不像你们所想的是件简单的事！他妈的谁今后再敢说一个‘简’字，我割掉他的舌头……”

营长是好意，绝对的好意。营长维护她的尊严和形象不受谣言伤害，正如维护他自己的尊严和形象一样。

关于小姨的感伤而富有人情味的谎话，由她的入党介绍人之口，当众重讲了一遍。所有的人似乎都相信了，几个人的头渐渐低了下去。

她就在营长身旁，正襟危坐，神情庄重。她不得不摆出一副受到无端伤害然而宽容为怀的样子，迎视着种种对她表示歉疚的目光。

她心里却非常难过。那是一种不得不以庄重的神情去加以掩饰的难过。她那么轻易、那么成功地欺骗了营长，自己的入党介绍人又那么严厉、那么无私地欺骗了更多的人。为了什么呢？究竟是为了“简”，还是为了爱？也许仅仅是为了维护一位女教导员的中性的形象！那一天，她第一次对自己产生了一种怜悯，也第一次对自己产生了一种恐惧心理。我已虚伪到了怎样的地步啊！我已变得不是我自己了！为什么没有勇气当众承认，我心中时时感到空虚？为什么没有勇气当众承认，我多么希望别人像对待一个普通女人那样对待我？为什么没有勇气承认，我多么嫉妒那些漂亮的、开朗的、魅力迷人的姑娘，幻想像她们那样，无论出现在哪里，都能吸引众多小伙子爱慕的、而不是准备接受批评的目光；幻想像她们那样被英俊潇洒的青年苦苦追求，幻想像她们那样暗中交换小伙子们写给她们的情书看，与情人偷偷幽会在小河边或桦林中？为什么没有勇气当面对营长宣告：“你根本不了解我……”这些思想，从那一天起，开始如剐如割地折磨她的灵魂。在这种痛苦的折磨中，她开始正视自己的灵魂。

从别人的眼中，她看清了自己。

她终于明白，自己对于“简”的那种依恋，那种沟通，是一个女人与自己封闭的心灵的沟通，是一个女人对女人本应具有的一切的依恋。不幸的是，她更想成为一个女人。而别人和生活要求她迫使她成为一个教导员。“简”是不漂亮的，她也是不漂亮的。“简”不是十九世纪英国穷牧师女儿的影子，“简”就是她自己。

“把外表的虚饰当作真正的价值。让刷白的墙壁证明洁净的神龛……”

直至那一天她似乎才真正对《简·爱》这一本书中的这一句话有所理解。

“简”却比她还要幸运些。“简”心中有一位罗切斯特先生。她心中只有女人的孤独，还有那些政治思想工作条例……

那一天她将日记烧掉了。

谣言被权威消灭了。

灵魂被思想灼焦了。

营长以为一场庸俗无聊的风波已经过去。

而她却缩入自己的灵魂之中更加不敢钻出来。

她给营长织了一件毛衣，为了表示对于一位监护自己的党内同志的感激。无论如何，营长毕竟有许许多多的理由要求她对他表示感激，但营长从未向她或向别的什么人流露过这种要求。帮助青年干部树立威信，树立尊严，这是营长视为己任的，也是一名共产党员应该具备的好品质。有了什么责任，营长总是挺身而出，将她护在身后。有了什么获得荣誉的机会，营长又总是毫无怨言地，非常真诚地将她推到前面。

无论如何，营长是位好营长，好党员，好干部。营长的的确确有许多值得她学习，值得她尊敬的品质。但营长却不是一位好丈夫。好营长与好丈夫在生活中往往不一定那么和谐地统一在一起。

营长经常打老婆。某些老婆，是天生需要经常被丈夫们捶捶打打的。营长的老婆就属于这一类老婆。都说山东女人勤劳，那女人却懒得出奇。除了做饭，任什么家务活儿也不干。而她还没有懒到连饭也不做的地步，则完全是因为她还没有懒到连饭也不吃的地步。营长家里很脏，脏得他羞于让别人到他家去。那女人比营长小十三岁，正是心猿意马的少妇年华。营长没本事拴住她的性情，她便渐渐自己悟会了一套倚门卖俏的手段，干起了陈仓暗度的勾当。丑女人生出这种心思，也会有饥不择食的男人闻腥而至，何况那女人不丑。一张黑红的瓜子脸挺端正，不胖不瘦的身材挺苗条，再加上一双善于投出色饵的眼睛，无异于向男人们打出块招牌——“愿者上钩”。

皇后风流，就有偷香窃玉的国手。营长的老婆不正经，就有敢冒营长之大不韪的色鬼。营长前脚出门，那女人后脚也出门，打扮得整整齐齐，油头粉面。营长往东，她往西。营长往西，她往东。挎着个小篮，上山去采“木耳”，采“蘑菇”，采“猴头”。一采一天。回来的时候，衣扣也缺了，头发也乱了，疲惫不堪却兴致勃勃。

于是营长家里的木耳、蘑菇、猴头就多起来，多得营长经常送给回城市探家的营部机关知识青年。于是营长就不愁没有佐酒的菜了。于是营长就觉得自已的老婆也可爱起来。终于有一天营长吃出那木耳、蘑菇、猴头滋味不对，插上家门将老婆狠狠治了一回。那女人从窗口逃出，一路奔到营部，风风火火，大哭大闹。营部只有她一个人，正在记录团里的电话通知。她只好放下电话劝那女人安静下来。那女人便坐在她对面，像面对一位法官，抽抽搭搭地大声诉苦。“哪个男人像他？从我嫁给这土鳖，他就只会老一套！……”“什么老一套啊？”她不懂，却觉得有义务替营长教育那女人一番。

“恩爱夫妻，一年三百六十多个晚上，总得换个花样吧？可是他……就会老一套……完了事，背过身去就打呼噜，鸡鸭踩蛋还扇扇翅膀叫两声呢！……”那女人却不知羞耻地给她上了一堂房事课。“你！……你滚出去！”她觉得脸上要着火了。“你是教导员，营长打我，我不找你找谁？”那女人振振有词。她跑出了营部，跑到老远老远的地方，跑到小河边，在一棵大树下默默站立了许久……第二天营长见了她的面，还奇怪地问她脸色为什么不好了。她说没什么。营长就吸烟。吸了一支，接着又吸一支。连续吸了好几支，才吞吞吐吐地对她说：“小姚，我家那贱女人找你哭闹来了？那骚货，就该一棍子打断她的腿，叫她往后看得见山，上不了山！”“营长，我……得去问问打字员，团部的电话通知打印出来没有……”她欲借故走开。营长却一把抓住了她的一只手，恳求地说：“小姚，昨天那事，你可得替我遮掩啊！传出去，我这营长没脸当了！……”她默默地点了一下头，觉得面前这个山东大汉非常可怜。她暗中进行调查，将与营长老婆有瓜葛的那几个男人，发配到了很远很远的山沟连队。她并未向他们作任何解释，他们心虚，也不敢表示出任何不满。她第一次觉得，权力有时候并非可恶的东西。那也是她第一次没与营长商量，便果断地行使了教导员的权力。

毛衣断断续续地织。织成后，营长已打发老婆回山东探家去了。

毛衣是灰色的，粗线的，平针织的，又紧又厚，肯定很暖和。她没织花样，倒是想织，不会。她还是到了北大荒才跟同宿舍的姑娘们学起织毛衣来的。当上了教导员后，就再没摸过织针。以前她认为女教导员静静地坐在某处运针走线，如果被谁看见了，是有点大煞风景的。没什么事可做的时候，她就将《毛泽东选集》或马恩列斯原著翻开，放在膝上，似看非看，似读非读，似动脑筋钻研又根本不是在动脑筋钻研。其实她一翻开那些领袖们的著作就头疼。因为她已经通读过数遍了，获得过三次通读毛著和马恩列斯著作标兵的荣誉。一次是营的标兵，一次是师的标兵，一次是全兵团的标兵。并没有谁要求她必须手不释卷地学习毛著和马恩列斯著作，是她自己这样要求自己。当上了标兵，就得努力争取永远将这个角色扮演下去。标兵一旦不再是标兵，也就连一个普通人都不再是了。那是非凡的苦难。某团的一位上海姑娘，连续两年获得了标兵的荣誉，第三年没被评选为全兵团的标兵，自杀了。她一想到这件事心就抖。她知道这样的事一旦降临到自己身上意味着什么，意味着她不仅仅失去了个人的荣誉，而且也破灭了她那个团、她那个师的各级首长对她抱有的希望。群众也会对她另眼相看。标兵——这是那个时代的一种图腾，是群众心理的需要。没有的地方，没有的人群中，群众会造出来一个。这图腾一旦失去了光环，群众会再造一个。而失去了光环的那一个，就成为过了时的徽章。没有一颗坚强的心是经受不住这种摆布的。她有时不但害怕自己，也害怕群众。她常常感到人人都像自己一样，变得那么混账！

连续——这个词，应用在化学和物理学中，就产生核反应。作用于一个人的心理，就很可能促使一个人去死。

在兵团颁布选举全兵团学习毛著和马恩列斯著作标兵动员令之前，她就知道，师首长给团首长打来了长途电话，说她是全师最有希望被选为全兵团标兵的青年干部，关心地询问到她一年来各方面的表现和工作情况。

团长也给营长打来了电话，说：“姚教导员要是在选举之前出了什么差错，我撤你的职！”

营长将团长的话转告了她，并且当天就将七连和九连的两个“秀才”调到了营部，整天关在屋里写她的事迹材料。

团长还派了团宣传股长来到营部，亲任两个“秀才”的组长。三个人不是关在屋子里伏案埋头，就是围住她无休无止地提问题，他们很善于引导她说出一些闪光的话。她非常体谅他们的良苦用心，不得不道出许多豪言壮语。那其实无异是一种摧残人耐性和神经的游戏——语言文字游戏。她道出的那些闪光的话，不过是许多当时很流行很时髦的“豪言壮语”的翻版。举一反三，发挥用之。比如“活着干，死了算！”她换另外一种说法：“死了不能干，活着才拼命干！”——就成为她，三师二团七营女教导员姚玉慧说出的“豪言壮语”了。

她不是语言大师，她只有以这种办法应付别人，也应付自己。

事迹材料完成后，她暗暗庆幸自己没有被搞成精神病。

她的事迹在《兵团战士报》上登载了。

她终于被评为全兵团的标兵了。

当营长预先将这个消息透露给她时，她一转身就跑开了，在白桦林中哭了一场。

营长从那天起却喜形于色，不分场合地搓着两只大手，笑得合不拢嘴，反反复复说：“太好啦！太好啦！小姚你可为咱们全团全师都争了光哇！连续三年，不容易得很哩！我这个入党介绍人，也沾了你的光，跟着你感到光荣哇！……”

从那时起，她内心深处开始害怕荣誉，害怕自己曾一度努力争取的种种荣誉。每种新的荣誉，都仿佛一块压在她身上的大石头。她早已撑不住了，要被压垮了。她终于懂了，荣誉越多，越高，她越不是一个人，越不是一个女人了。

织一件毛衣，这念头，不仅仅是为了对营长表示感激而产生的，也是一种反叛。反叛什么？反叛谁？并不具体，并没有什么明确的思想坚定着这一念头。不，这种反叛的念头绝不是思想，是一种心理，一种朦胧的下意识，一种软弱的本能。如此而已。

“我肯定我们应该回击！”

“简”在劳渥德学校受到虐待后，不是勇敢地说过这样的话么？

那么她就要织一件毛衣。

女人的，也可以认为是人的原始悟性，使她深深地感觉到自己是在受着种种的虐待，一种文明的，不伤及皮肉的，堂皇的虐待。因而也就没有谁体谅她，怜悯她，帮助她摆脱。恰恰相反，有多少人心里还对她隐藏着嫉妒。

织毛衣！织毛衣！！织毛衣！！！

当她开始织那件毛衣时，她才觉得自己在某一方面又有点多少像一个女人了。织毛衣，对一个女人来说，是多么美妙的事情啊！静静地坐着，光滑的织针在手中运动着，柔软的毛线有条不紊地一环环缠绕在织针上，不知不觉中变成袖子，变成领口……更美妙的是，不必强装出一副认真钻研或颦眉思索的样子。她甚至暗想，织毛衣远比装模作样地学毛选或马恩列斯著作，更能使一个女人变得聪明起来。

许多人看见她织毛衣，起初自然都表示出极大的惊诧。

“教导员，你还会织毛衣呀？”“教导员，看这颜色，你不是给自己织的吧？”“教导员，你要急着织成的话，我有空时帮你织呀？”“给营长织的？……营长也怪可怜的，还从没见他穿过一件毛衣呢！”

……

不久，营部机关的人们也就习惯了看见她静静地坐在某处织毛衣。她有些后悔说出了是给营长织的。一个女人给一个男人织毛衣，这是很容易引起许多庸俗的猜测或闲言碎语的。却根本没有什么闲言碎语刮进她耳朵里。所有营机关的人们，仿佛都普遍认为，营长和教导员之间的关系，无论亲密到何种程度，也肯定不会逾越圣洁的同志式的关系。人们对此深信不疑，仿佛营长和教导员都是没有性与爱这两根神经的人，是同性的人。关于“简”的那些并无恶意纯粹是出于好奇的蜚短流长被营长严厉地加以扑灭之后，人们仿佛普遍认为那是营长替她当众发表的一次郑重宣言：她绝不会爱上什么人，也根本不需要爱。

“小姚，听说你是给我织的啊？抓紧织，今年冬天我就等着穿它啦！”营长对她大加鼓励。知道自己做的是别人所期待的，她心中产生了一种莫名其妙的喜悦，一种潜在的兴奋。甚至在开营党委会的时候，她也一反常态，不再那么严肃地瞧瞧这个，望望那个。她埋头坐在一旁织毛衣，别人不问到她什么话，她往往一言不发。

营党委委员们竟连这一点也渐渐接受了，习惯了。既然营长都不批评她，他们何苦对她加以指责呢？营长为什么不批评她，这是她不甚明白的。因为毛衣是给他织的么？管它为什么！反正没人批评她，提醒她，告诫她注意什么，使她感到暗暗高兴。织毛衣！织毛衣！！织毛衣！！！她几乎是在报复谁似的织着。教导员的身份，标兵的影响，连续获得三次的荣誉……通通见鬼去吧！她常常一边织着，心里一边恨恨地这么想。

毛衣织成的那一天，是星期天。营机关宿舍里只有她一个人，电话员小孙和文书小周都到连队看同学去了。

收了最后一针，天已经黑了。她长长地舒了口气，像完成了一件复杂而又艰巨的工作那么快活。看看手表，九点多了，小孙和小周肯定不会赶回来了。她将毛衣用一块方头巾包好，铺展被褥，想早点睡。洗了脚，脱了衣服钻入被窝，却又睡不着。光顾织毛衣，忘了往炉膛里加柴，火早熄了。屋里有点冷，又出奇地静。

她感到异常孤独。

小孙的同学在十连，小周的同学在十三连。她们当然都是去看望各自的男同学的。有个男同学在某连队，能够经常彼此看望看望，多好！她也有男同学。同班的，同校的，都有。分散在各个连队。但她明明白白地知道，他们中的哪一个，都不需要她人老远地跑去看望他们。如果她这样做了，他们会感到惊诧的。除了惊诧，可能再也不会有其他表示。他们中的任何一个，也绝不会大老远地跑到营部来看望她。他们看望她也认识的每一个女同学，就是从未看望过她。小学时期，她是市长的女儿。中学时期，她仍是市长的女儿。这一点，使她无论与小学还是中学的同学，都难以结下亲密的友情。那时候她自己好像也不需要友情。她在班级和学校里独往独来，高傲而孤僻，优越感极强。

在北大荒，她也当过一个时期“走资派”的女儿，但属于“可以教育好的”一类。不久父亲便被“解放”了，“结合”了，“长期挂职休养”了，她又成了“革命干部的女儿”。于是成了班长、排长，进而成了副指导员、指导员、教导员。于是，在她是“走资派”的女儿那一时期，曾主动接近过她的一个男同学，又跟她疏远了。

她真希望哪一天有个什么人突然推门而入，声明是来看望她的，那她将会对这个人内心里充满了感激！

小孙和小周的男同学，其实就是他们各自的恋人。她们常常背着她凑在一起说悄悄话，有时忧郁，流泪；有时欢乐，嬉笑。而当她一出现在她们面前时，她们就变成了另一种样子。

“听说星期天食堂吃饺子？”

“嗯。”

“开饭时如果我不在，别忘了替我打呀！打两份。一份三两的，一份八两的。”

“谁要来看你？肯定是个男的！”

“还会有谁来看我？我那位呗！他说每个星期都是我下连队看他，他有点过意不去！”“别，千万别让他来营部看你，打电话告诉他，你去看他！”“为什么啦？”“用问？教导员眼皮底下，你们这次见面能愉快么？我想象得出，她肯定会这么说：‘营部不是谈情说爱的场所！’不把你那位鼻子气歪了才怪呢！……”“我看教导员有点不正常，自己不需要爱情，还希望别人都是石头！”“那是嫉妒！吃不到葡萄的人，总说葡萄是酸的嘛！”“哈哈哈哈……”一次，她无意中听到了她们议论她的这番话。那是夏天，她们在宿舍里，她在宿舍外。她们的笑声，从窗口飞出，像一把针甩在她心头上。她猛地推门跨入宿舍，使她们大吃一惊，笑声戛然而止，胆怯慌乱地瞧着她，似乎都不敢喘气了。她气得脸色苍白，双手发抖，狠狠地瞪着她们。她们同时迅速避了出去。接连几天，她们在她面前惴惴不安，诚惶诚恐。她却没有因为这件事故意找她们的什么差错。如果她想报复她们，那是有很多机会也很容易的。然而她没有。如果说她还在某些方面像她自己，那么大概也就只有这一条了——不实行报复。她还不甘连自己最后的本质都由自己污染了。“营部不是谈情说爱的场所。”——这是营长的话，并非她的话。她不过是将营长在营党委会上说的这句话，在营机关星期六例会上又宣布了一遍。营机关的女知青多：电话员、卫生员、食堂的炊事员、招待所的服务员、文书、宣传干事、妇女干事……营长的话的确说得尖刻了些，但她自己当时确也认为这一点不无强调的必要。她那颗受到伤害的心痛苦而委屈……

屋里太静了，也太冷了。火炕冰凉，忘了烧。电压不足，一百度的电灯，还比不上四十度的电灯亮，像一只昏黄的独眼，冷漠地瞪着她。

外面也是那么静，听不到风声，世界仿佛死了。她忽然觉得，这个夜晚，她自己一个人，无论如何也是不能够形单影只地度过了。她一下子坐了起来，发了一会儿呆，又匆匆地穿好衣服，穿上了鞋。她挟起那件用头巾包着的毛衣，推开门走了出去。她都不知道外面是什么时候开始下起了雪的，雪很大，仍在下。月光皎洁，四野一片银白。大而柔软的雪花，时时飘落在她脸上。一接触到她的脸颊，顷刻便融化了。几排营部的家属房，窗子全黑了，人们也许早已进入了梦乡。

她走着，走着，不假思索地，机械地走着，仿佛有一条看不见的绳索在前面拽着她。走到一排房子最东头的一家小院外，她站住了。是营长家。窗帘拉着。忽闪不定的，微弱的光亮透过窗帘布，被滤成了蓝色的，晃在玻璃上。她想营长还没睡。她犹豫片刻，轻轻走入小院，轻轻走到门前，轻轻拍门。“谁？”营长的声音。听来粗暴，使她猜想他正在独自生闷气，或者由于非常讨厌此时此刻有人登门打扰而恼火。“我……”连她自己也不知道为什么，回答的声音竟那么低。“小姚？……”营长披着棉袄开了门，闪身将她让进屋里。桌上点着极短的一截蜡烛，摆着半瓶酒，一只粗瓷大碗，一小盘咸菜。营长家里似乎比她的宿舍里更少生气，更少温暖，更昏暗，也更窒闷。“怎么不开灯？”“灯泡坏了。”“到办公室去先取一个啊！”

“不用，这样挺好。你怎么还没休息？有事？”

“没事……我来给你送毛衣……”她说着，将毛衣放在炕上，自己也坐在炕沿上。营长打开头巾，拿起那件毛衣，高兴了，笑了：“你织得还真快。”她说：“一点都不快。早该让你穿上了！”营长看了她一眼，默默放下毛衣，不再说话。屋里充满酒气。营长身上也散发着酒气。营长又走到桌前，端起粗瓷大碗，扬起头一口喝干了剩在碗里的酒。营长的酒量是全团干部中出了名的。她也能喝三两白酒，在许多次会餐的场合上练出来的。她忽然极想喝酒。“营长，也给我倒半碗。”她以一种好胜的口吻说。“你？……”营长转身又看了她一眼，倒了半碗酒，双手端给她。她接过碗，一饮而尽，顿时觉得一股火热和辛辣从胃里直冲头顶。营长默默接过碗，又将那一小盘咸菜递给她。她用手背抹了一下嘴，摇摇头，推开了。“我走了。”她喃喃地说。“那你就走吧。”营长说，“这酒劲挺冲，保你回到宿舍睡一宿安稳觉。”

她站起身，就想走。她自己心里明白，她到这儿来，并不单纯是送毛衣的，毛衣明天也可以送给营长，也不是为了喝上半碗白酒的，酒解除不了她内心此时此刻的空寂。

与眼前这个有许多理由受到她感激，而她从来也没有当面对他说过一句感激之词的男人交谈了几句毫无意义的话，还喝了他半碗白酒，她似乎也就得到了一些满足。同时又觉得渴望获得的半点也没有获得。

她的头开始有些晕了。

她想，她应该走了。

她的双脚却还将她钉在那里。

你究竟需要什么？——她在心里问自己。已经开始朦胧的意识对这个问号很漠然。营长站在她面前，定定地瞧着她。她又说："我走了……"营长又说："那你就走吧……""你试试毛衣吧，如果不合身，我拿回去拆了重织。""不试也罢。哪会不合身呢！""你还是试试。""那……我就试试……"营长一抖肩膀，将棉袄抖在炕上，拿起毛衣往身上比量。她不想立刻回到她那很冷也很静的宿舍。她说："你得穿上试试呀，这我怎么看得出来合身不合身……"营长听了她的话，就脱下了套头的破旧绒衣。像北大荒的不少男人一样，营长也没穿衬衣，他们认为光着身子穿绒衣更暖和。这是她完全没想到的。在昏暗的烛光的照耀下，他宽厚的脊背闪着皮肤的光泽。他那两条粗壮的胳膊，他那仿佛能挑起千斤重担的肌肉发达的双肩，他那像穿了救生衣般高高隆起的胸脯，竟使她无比震惊！她第一次看见这个自己平素非常熟悉的魁梧男人赤裸着上身。而且她离他这样近！那种震惊是强大的，使她心理上一时间还来不及产生任何变化，甚至连一个女性的微妙的羞赧也来不及产生。她呆呆地看着他，像看着一个用石头凿的人。营长拿起衣服刚要往头上套，不知为什么，转脸看了她一眼。在这一时刻，在他的目光与她的目光相碰的瞬间，她的心才突然怦怦激跳起来，她感到脸像被火烤一样灼热。她下意识地低了头，但随即又抬起了头。这是一种奇特的心理。她从营长那炯炯的目光中，感到自己是一个女人。这种她几乎从来没有体验过的意识，彻底击败了她一向很冷静很善于自持的理智。她内心里骤然生起一种强烈而又迷乱的渴望！

她对它不知所措，也似乎期待它已久。

这震惊，这渴望，被动地期待进一步发生什么事并可怜地害怕果真发生什么事的恐惧，如几股飓风在她心房里喧嚣冲腾。

这是她从未体验过的一场灵魂深处的大骚乱，这崭新的奇异的体验使她的灵魂此时此刻变成了一匹脱缰的烈马。她的灵魂于是获得了一种无羁的快感和一种战栗的兴奋。

她觉得自己身上的每一根最细小的神经都完全失控了。期待和恐惧双重的本能逆向挣扎，撕裂着她的灵魂，像狮爪撕裂一只小兔。她偏不垂下她的头。她咄咄地迎视他的目光。她固执地勇敢地骄傲地快活地对自己挑战！她的理智卑下地绝望地对她喊叫：你怎么能这样！而她的灵魂激动地大声回答：

我为什么不能这样！她觉得她身在大裂谷的无底的断堑，疾速地坠落着。她觉得她就要晕倒了。那小小的一截蜡烛，跃起最后一朵光亮，终于不甘地熄灭了。“蜡……”究竟说出口了这个字，还是仅仅想到了这个字，她自己也不知。两条粗壮的男人的胳膊，猝地将她紧紧搂抱住了。没有反抗。没有趋就。没有激情。没有柔情。恐惧也消失了。情感，精神，心理，三个世界一大片空白！沉入她心底的两种本能不再互相挣扎，疲竭地喘息着。不，那是他的喘息。粗重，短促，急迫，散发着酒气。她酥软得连微微睁开一下眼睛的气力也没有了。她仿佛觉得自己已变成了胶状的什么半死不活的东西，粘在他身上，又在往下流。她仿佛觉得自己被一只章鱼的吸盘牢牢吸住，也被它的八条触臂整个抱拢。可以认为那一时刻她是死了。死在现实中，活在另一个涅槃的境界。两处都是黑暗的地方。持续的鼓声引导她迷醉的灵魂走向某一不可知的归宿。不是鼓声。是男人的冲动的狂野的心跳！

一只大手，迫不及待地从衬衣底下探入她怀中。乳罩带被扯断了。结满厚茧的大手，肆意揉搓着她的乳房。那是此前任何一个异性都没有轻触过一下的。她呻吟起来。她那瘫软的身体像受到惊扰的海星，本能地收缩着。灵魂却不知道该逃向哪里。她张开着嘴，才感觉能够呼吸到空气，而另一张嘴立刻堵住了她的嘴。那张嘴贪婪地拼命地裹吮着，像要通过她的口，将她的心裹吮出来，囫囵吞下。她感到自己的身体似一小片棉絮那么轻，被强壮的手臂抱起来，无声无息地放在炕上。她仿佛被颓倒的土墙掩埋住了……那只饥渴的大手，如动物似的，忙忙匆匆地向下抚摸……突然他抖了一下，一跃离开了她的身体。她听到一串雷声。理智渐渐归复到她身上的最初一瞬间，她就明白了他为什么那样迅速地跃开。不是雷声，是啪啪的拍门声。她一下子坐了起来，惊得呆住了！对她来说，那一片刻，是黑暗之中最最可怕的片刻。世界末日呈现眼前她也不过恐惧如此！“营长！营长！……”外面是文书小周焦急的声音。她和他都屏住了呼吸。她连抻一下衣服都不敢。门，并没有插。“营……”门突然被拉开了。文书闯进了屋里。“营长……”小周蓦然缄口，僵立在她和他面前。也许是很长久的一段时间，也许是极短暂的片刻死寂。小周一扭身跑了出去，将一句话留给她和他：“管理员的爱人难产，得赶快派车送团部！……”她不知道自己是怎样离开营长家的。她来时留下的足迹已被新雪覆盖得看不出了。她不知道自己走了多久才走回到宿舍门前的。更新的雪来不及覆盖归返的足迹。雪厚了。那一行足迹深深的。她真希望她不过是做了一场梦。但她身后那一行足迹不容置疑地证明她在这个雪夜的一段非常历程。她一点也不想进入到宿舍里去。宿舍里还亮着灯。她知道小周也不在里边。宿舍肯定还那样寂寞，那样冷清。她背靠着门，坐在门槛上，呆呆地凝望着她的足迹。她觉得她的心灵上也留下了一行足迹，深深的，将永远存在。不可能被什么覆盖，不可能被什么清除。那一行雪地上的足迹在她眼中变成了红色的，染红它的是她心里的血。你满足了吗？你满足了吧！她对她的灵魂说，充满了轻蔑。灵魂一声不吭。教导员的自尊开始严厉审判一个女人的空虚。灵魂罪过深重地缄默着。我要获得的并不是刚才发生过的那件事。不，不是！“简”，“简”，只有你才能理解我！只有你才能替我作证！只有你才能替我辩护！可你是不存在的……她的泪水唰唰地往下淌。

羞耻感，这面别人看不见的镜子，逼照着她的脸。

她在这面镜子里瞧见一座殿堂像小孩子搭的积木一样坍塌了。每一块都变成“人格”两个字，断裂着，重叠着，堆压着，如一座坟。她双手捧起一捧雪，捂住了脸。雪化了。又捧起一捧……小周明天就会将这件事传遍全营的，会非常神秘地将今晚亲眼所见的情形讲给别人听的。那我就完了。营长也完了。我和他从前的一切正常的关系都将被蒙上可耻的堕落的色彩。一种拯救自己的本能仿佛从极遥远的什么地方将她的理智呼唤回来了，按捺住它并迫使它担负起拯救自己也拯救另一个人的责任。又一起恶毒地诽谤教导员的谣言？！彻底否认这件事？！我今晚根本没到过营长家？！无中生有？！用两个领导者的牢固威信加在一起作为有力武器进行回击？！但愿雪下得更大更快更厚，马上覆盖掉我留下的那一行足迹。在它还没有被任何人发现之前。但愿明天早晨在宿舍和营长家之间，白茫茫一片大地好干净！可如果我得救了，小周将落到什么下场？欺骗得了别人，能欺骗得了自己吗？心灵上的那一行足迹是大雪无法覆盖也无法掩埋的啊！他也绝不会与自己订攻守同盟！他不是那种人！自己这些念头，绝不会也在他的头脑中产生！卑鄙！卑鄙！！卑鄙啊！！！这一连串的念头卑鄙得太可怕了！她的灵魂被自己这一连串念头吓得瑟瑟发抖！不！不！！不！！！……她竟失声叫嚷出了一个“不”字。她下意识地用一只手背堵住了嘴。

不……

她想。那样做了我不但不能使自己获得拯救，反而会堕落到自己和别人都无法再拯救的地狱中去！既然已经发生了，就让一切形式的审判对我开庭吧！“简”，你要给我勇气啊！她又捧起了一捧雪，塞进口中。可耻！堕落！荒唐！毫无意义的一时的冲动！……既然已经发生了，就承担吧！后悔已晚了就绝不要后悔！她决定对自己进行冷酷无情地挑战！将会是一败涂地地挑战……“教导员……”她猛抬头，小周不知何时出现在面前。她缓缓站了起来，手中还攥着一把雪。小周问：“教导员，你怎么不进屋？”月辉下，对方的眼睛异常明亮。“我……屋里太闷了……”她喃喃地说。她的视线不禁从对方的肩头望过去：雪地上，另一行脚印从公路的方向插过来，与她自己的那一行脚印并行至此。但愿这是一场梦。她心里还这么想。为了掩饰内心的慌乱，她尽量用一种正常的语调问：“管理员的爱人送往医院了吗？”“已经送去了。营长也跟去了……”小周低声回答。她没从小周的声音中听出什么特殊的意味。她的心多少安定了一点。她又说：“替我想着点，明天给营长家送一只灯泡。”小周默默地点了一下头。她进一步说：“我正在营长家和他谈冬季干部集训的事，灯忽然就灭了，接着你就来找营长……”小周用更低的声音说：“教导员，这还用解释吗……”沉默的一方是她自己了。这是比对方虚伪的沉默。但她只有沉默——因为对方的话把她“将”死了。

幸亏对方很快就使她从尴尬之中挣扎出来了。

“教导员，多冷啊，咱们进屋去吧！”小周微微笑了一下，推开了门。进屋后，小周说：“嘿，屋里也这么冷！”她说：“我没想到你今天晚上还会赶回来。”小周说：“那你自己就不怕睡凉炕啦？”她说：“我自己无所谓。”小周说：“傻瓜才会像你一样！你睡凉炕的次数还少吗？得什么妇女病再后悔就晚了！”说完，便蹲下身去，抡起斧头劈柴。她望着这个一向对自己恭而不敬、顺而不近的北京姑娘，心头倏地滚过一阵热浪。她赶紧生火烧炕……直至熄灯后，两人再没说什么话。她穿着毛衣躺下了。想到自己被扯断了带的乳罩，她不敢当着小周的面脱下毛衣。她彻夜失眠，然而她不敢辗转。她几乎一动不动地仰躺了一夜，瞪大眼睛望着屋顶……一天，两天，三天过去了……一个星期，两个星期，三个星期过去了……什么也没发生。任何轻波微涟也没有。好像那件事根本就是她做的一个梦。倒是小周对她似乎比从前亲近了些。而小孙因为小周对她的态度如此，也不再视她为需要提防的人了。只有几位营党委委员们表示过一点奇怪。他们奇怪的仅仅是营长为什么不穿上教导员为他织的那件毛衣？不合身？她和营长的话，对某些重要问题的意见，在营党委委员们中间，仍具有决定性的，互相补充的威信。在各种工作会议或营党委会议上，营长还是常说那句话："让教导员决定吧，她也代表我！"在评选究竟谁有资格获得某种荣誉的时候，营长还是像从前那样，用无私的口吻说："我看就是小姚吧，她原则性强，组织能力强，工作责任心强，又是连续三年的标兵……"说时，还是像从前那样，连看也不看她。

营党委委员们，营机关的所有人们，对此依然如从前一般毫无疑义，心悦诚服。

但营长的这些话，在她听来，已不能像从前那样激起她心里由衷的感恩图报的回响了，她似乎觉得这些话是受了污染的，隐裹着心照不宣的肮脏内涵。

这是负着罪过感的灵魂对心理的反馈。

她明知自己非常不应该那样去领会营长的那些话，不应该对自己对营长这么无情这么严厉地进行并不公正的审判，不应该将自己也将营长的人格否定得那么彻底。

然而沉重的罪过感以及由此造成的一系列的连锁反应的自裁意识，在她心灵中扩散，糜烂，腐蚀，形成一环又一环的痛苦链条，紧紧地箍在她身上，无法挣脱。

当没有第三者的时候，她和营长不能够再用正常的语调说一句话，不能够彼此迎视一眼。仿佛两个人的内心里都蛰伏着一个魔鬼。不是她逃开了，便是他逃开了。

天天读，政治学习，传达文件，还是由她主持的事。

腐化、堕落、败坏、丑恶行为、不良意识、生活作风、道德品质、灵魂、世界观、自己割自己的尾巴，伪装是不能持久的等等等等。这些像《圣经》上的戒条一样，充斥语录本中，思想教育材料中和文件中的词句，使她口读着，心颤着。这些词句，这种对人的灵魂进行消毒的形式，是她以前所习惯的，读起来朗朗上口的，视为神圣职责的。而现在，却变成了一遍又一遍往她灵魂上刷的镪水。每天的这种时候，她都觉得自己仿佛是被捆绑起来扔进了镪水池。那是她每天都要经受折磨的时候，那是她每天最难度过的时候。度过后，常常是一头冷汗。

然而在别人听来，教导员的声音仍像从前一样，咬字清晰，发音标准，铿铿然具有警告的力量。职务的训练，使她成为全营读语录、读材料、读文件最适合的人。

她心中暗暗开始诅咒这永无休止的种种宗教式的压迫人灵魂的形式了。

因为在这种形式中真正感到灵魂受压迫受践踏的是她自己，而不是别人。别人可以将头低下去偷偷打盹，可以剪指甲，可以用笔在破纸片上乱涂乱画，可以抠鼻孔，可以抓耳挠腮，可以胡思乱想……会过去的，就会过去的，这一切都会过去的，总会过去的……她只有如此抚慰自己。她变了，憔悴了，常常发怔发痴。

一天，她独自沉思地坐在办公室里，营长走了进来。她知道是他走了进来。她没动，没看他。他从头上扯下皮帽子，语无伦次地，绝望之极地说："我受不了啦！我再也不能忍下去啦！共产党员……明人不做暗事……虽然我们没有……那个……但是想……那个的念头……就是犯了作风错误！我档案中没有过任何污点，可是这污点在我心上了……共产党员对党的一颗红心啊，从此就有污点了啊！我要在营党委会上主动坦白交待自己的严重错误，我要把我的……丑恶灵魂彻底暴露在大家面前！我……我不是人！我甘心情愿接受大家的批判！我要请求给我党纪处分！我……我不配当营长！……他妈的我……共产党员对党的一颗红心……他妈的好端端地糟蹋了啊！……"

这山东汉子痛不欲生，由于话说得太急，满嘴吐出白沫，像一只螃蟹。他一边说一边撕扯自己的领口，一颗扣子蹦飞了。他那样子仿佛神经有点错乱了，有点让人感到可怕也有点让人感到可怜。

她慢慢站起，朝窗外瞥了一眼，猛地转过身，低声然而恨恨地说："别嚷叫！你忍受不了啦？你怎么就不问问我还能不能忍受？……"他半张着嘴，瞠目瞪着她。她又一字一句地说："忍受不了，也得忍受！"他呆住了。他那粗壮的脖子青筋暴起，他那突出的喉结上下一动，口中咕噜有声，像把什么要涌出口的东西艰难地咽了下去。她想：如果你心中真有个鬼，你就咬紧牙关，把它憋死在你心里！别让它钻出来吓你自己也吓别人！"你要是敢交代半句，我就自杀！"她的话每一个字都说得冷冰冰凉嗖嗖的。她不是在威胁他，她心里就是这么想的，而且也肯定会这么做。他呆呆地望着她。他渐渐低下头去，渐渐地转过他那高大魁梧的身体，无声地推开门，无声地走出去了。她仍呆呆地靠着桌子站立，凝视着他摔在炕上的狗皮帽子，许久许久一动不动。狗皮帽子仿佛变成了一条狗踡在炕上。人竟是多么自私啊！自私的是我还是他呢？她第一次像今天这样恶狠狠地对待自己的入党介绍人。污点，错误……这两个词就能说明那件事吗？人啊人，你为什么在不折磨别人也不被别人所折磨时，还要自己折磨自己，自己虐待自己呢？难道人有灵魂就是为了虐人或自虐的吗？她突然伏在桌子上痛哭起来。

“教导员你哭什么？……”“教导员你有什么不顺心的事啊？……”她想止住哭声，拭去眼泪，装出没事的样子，可已经来不及了。走进来的是小周和小孙。她们站在门口迟疑了片刻，便同时走到她身边，左边一个，右边一个，两个人的两只手轻按在她肩上，俯下身关切地询问她。“没什么……我……心里突然有点烦……”她窘迫地说。第一次被人发现在哭，她真觉得无地自容。小孙不安地说：“教导员，我俩以前对你……太不亲近了，你可别往心里去啊！……”

她触摸了一下小孙按在自己肩头上的那只手，苦笑着说：“别这么想，是个人都有心烦的时候，女人心烦了就爱哭，我也是个女人啊！……”

小孙真挚地说：“教导员，我可是第一次听你说这种话呀！你心里有什么烦恼的事儿，就不能放下教导员的架子对我俩说说吗？我俩今后也不对你保密，也会对你说的！……”

比她小四岁的电话员小孙，是个性格活泼的上海姑娘，不过有时善良得过于可爱。她微微地摇了摇头。不能说，傻姑娘！不能对你说，也不能对任何人说，我永远都不会说啊！那不是一般的烦恼忧伤，那是个魔鬼！它会吓坏了你，我要把它憋死在我自己心里！

小周到底比小孙大两岁，懂事些。她说：“别缠着教导员了，你这不是在给人添烦？……”说罢，拉着小孙朝外走，走到门口又扭回头说：“教导员，中午我们替你把饭打回来！”

两个姑娘走出去之后，她立刻站起来，从兜里掏出手绢在水盆里洗了几下，慌慌地擦自己的脸……

三天后，各连的伐木队都集合到营里了。原定是由一位副营长带队进山的，可营长非要去不可。谁也拗不过他，只好由他。他当天就带队离开了营部，没跟谁告别，只是将一些未安排妥的工作写在纸上，让人转给了她……伐木队一钻进深山老林，就三四个月不出来。她将营长留下的那页纸压在玻璃板底下，常呆呆地瞧着它，心想：你逃避谁呢？逃避什么呢？男人，男人，你比女人还懦弱！……副营长乐得有人顶替自己进山，便请了探亲假，赶回吉林老家与老婆孩子过团圆年去了。全营的工作都落在她一个人肩上了。她默默地处理着各连队汇报上来的种种问题，调解某连队领导班子内部的矛盾，促进连队与连队之间的团结，视察全营的机务检修工作，了解知识青年的思想状况，做计划生育的动员报告……她的工作能力从来没有得到过那么充分的发挥。不久，团里又指示三营抽出六百名强壮劳力参加全团兴修水利大会战。她又理所当然地成了水利大军第三支队总指挥。营机关的工作人员也几乎全都编入了支队，只留下了电话员小孙看守转插台，接电话；管理员开介绍信，盖图章。

六百人住在工地上临时搭起的简陋工棚和破棉帐篷里。要在两山之间垒起一道石坝，还要炸平两座山坡，修建起几十米深的水库库底。六百人都将自己最破最脏的衣服从连队穿来了，像一批苦役犯。六百人的劳动态度虽然说不上热情高涨，但起码可以说是非常自觉的。因为他们都是各个连队的党团员，而且他们经过动员后相信了，这绝不再是马歇尔计划。水库设计图纸不是团里的某位领导一时兴之所至、异想天开的结果，而是从省农学院请来的几位教授实地勘察后认真绘制的。只要汗不白流，力气不白出，人们也就不发什么牢骚和怨言。那是精神很容易将人变成物质，而物质又很廉价的时代。一面锦旗可以使一个班、一个排、一个连、一个营，甚至一个团一个师的人们忘记他们是人而非劳动机械……

工地上每天爆炸声不断，巨石源源地从山坡滚下，再被一双双肩膀抬走。号子声，打钎声，铁镐与坚石的碰击声，从扩音器传出的工地宣传员的快板声响成一片。

那是她的组织能力和工作责任心结合得最出色的一段日子。她既是总指挥，也是普通劳动者。抬石头、打钎、抡镐，她什么都干，她仿佛存心要把自己累垮似的。然而她那并不强壮的身体却似注射了兴奋剂，对劳累失去了正常反应。

她完全能理解营长为什么非要顶替副营长带领伐木队进深山老林了。六百人在工地上度过了除夕之夜。从各连队抽调了几名男女知青，前一天临阵磨枪，赶排了几个节目，无非是二人转、对口词、数来宝、快板、山东快书、男声小合唱、女声小合唱、男女声小合唱……内容也无非是工地上的好人好事。就在雪地上、月光下为六百人演出。却只有极少的人去看，索然无味地看了一会儿，发声喊，一哄而散。

第二天开早饭前，各连的领队全来找她，替战士们要求，允许回连队去看看。她向团里请示，团里不答应。人们普遍不满起来。这种不满是有道理的。既然放三天假，为什么不让回各自的连队去看看呢？老职工们有不放心的家事要回去料理，知识青年们也盼望着寄到连里的信件和包裹。团里不答应也有道理：三天内六百人不能重新集中怎么办？大坝在三月底不能如期建成，几条河的汛水送下来，将可能前功尽弃……

但她还是自作主张——想回连队的，都可以回去！各连领队将她的话传达后，工地上一片欢呼。甚至有人高喊："教导员万岁！"一个小时后，六百人就从工地上消失得无影无踪。团里得到了消息。团长亲自打来了电话，口气相当严厉："小姚你好大胆！三天后六百人集中不起来，我开你的全团批判会！"听得出来，团长是真火了。

她镇定地说："团长你最好也把我这个教导员撤了，我早就不想当了""你！"话筒里传出了团长拍桌子的声音。她轻轻将话筒放下了。团长从来没对她发过火。她也从来没对团长那么放肆过。然而自己从来连想象也不曾想象过的事发生了。诱导这一切具有强烈叛逆性质的行为的潜因究竟是什么？是自己变坏了的性格？还是那件毛衣？她很难承认自己的性格变好了还是变坏了。就算变坏了吧，也比她从前的好性格更富有人情味了。至于那件毛衣，她敢肯定，是织得很细心的。一个女人织的第一件毛衣比一个鞋匠学徒做的第一双鞋要有意义得多。她想：谁不明白这个道理谁就连起码的人性都不能领悟。

她决定不回营部，独自留在工地上。孤寂曾使她感到过空虚，而她已对空虚不再害怕。空虚有时是人心灵的自然现象，就如同雾是宇宙的自然现象。人对自然现象不必讳言，对一切最自然的事文过饰非才是人的最不自然的行为。

她很奇怪自己的头脑中为什么会产生这些古怪的思想。这是自然的？还是不自然的？她觉得自己快成一个经常与自己进行诡辩的哲学家了……小周原本是要回营部去的，可又突然决定陪她留下来。她心里明白，小周回营部是假，要到十三连去是真。她逼着小周去搭十三连的马车，小周说什么也不肯。

天黑后，两个人把帐篷里的大铁炉子烧得红红的，把铺位挪近了，谁也不干扰谁，靠着被子各做各的事。小周看信，她用硬皮笔记本垫在膝上写信。

她一封三页纸的信写完了，小周那封信还没看完。她不禁问："谁写给你的信这么长？能当一本书读了！""他……"小周头也不抬地回答。"十三连的……同学？"她好奇地问。一位女教导员竟对自己下级的男朋友的信产生了好奇心，她觉得自己这位女教导员简直变得不成体统、有失身份了。小周抬起头，对她微笑默认。她不便再问什么，一时又找不到其他事可做，就枕着被子躺下，心想：要是有谁也给自己写这么长的一封信多好呢！小周仿佛猜着了她在想什么，反问："教导员你想看么？""我？我看你的男朋友写给你的信？你真是乱开玩笑！"

她的脸倏地红了。小周咯咯笑了，说："那有什么啊？我们的信不怕别人看。可以抄在黑板报上让所有的人都看！"她说："可惜全团恐怕也找不出那么大的一块黑板呀！"小周说："教导员你好像有点不相信？不相信让我念给你听！"她双手捂上了耳朵："你真太不害羞了！念我也不听！"小周说："你不听我偏念。他这封信写得太好了！真的！你听着……我开始念了啊：亲爱的，吻你。你早已知道我是多么爱你。可你未必意识到你对我有多么重要。因此我要在这封信里告诉你这样一条真理——好女人是一所学校。一个好男人通过一个好女人走向世界。学校！我们女人是一所学校！我当时看到这一行字我都哭了！"

她故意用一种无动于衷的语调说："文书同志，那只能证明你自己被爱情的甜言蜜语搅昏了头脑。"捂住耳朵的双手，却不由得放下了。

将女人比作一所学校——这思想真伟大得可以。她有生以来还是第一次听到这种话。难怪有人说，恋爱使人头脑聪明。这封信的开头就大有语不惊人死不休的意味。

小周却不理她是在听还是真不愿听，只管很激动地念下去："一个男人的一百个男朋友，也没有一个好女人好；一个男人的一百个男朋友，也不能代替一个好女人。好女人是一种教育。好女人身上散发着一种清丽的春风化雨般的妙不可言的气息，她是好男人寻找自己，走向自己，然后又豪迈地走向人生的百折不挠的力量。"

她渐渐地坐了起来。

小周继续念："一位外国诗人写下过这样一首诗：天下没有比对于一位姑娘的初恋更灵巧的教师／不仅将男子心内卑污的一切抑制下去／也教给他们高尚的思想，可爱的言词，礼貌，勇敢，追求真理的心／和使人成为堂堂男子的一切。"

小周望着她，那种目光在默默地问：教导员，难道你不认为这封信写得好么？

她低声说："念呀！"

于是小周又开始念："这个道理简单而又深刻：世界是由男女组成，当有一个好女人在你身边时，你的世界才是完整的。'妇女是社会变化和发展的酵素。'"

"什么？"她没听明白，立刻问了一句。

"酵素。"小周将这两个字大声重复了一遍，说，"你别打断我，认真听下去。刚才那句话，是马克思说的，信上写着。再听：当你走向战场和类似战场的生活，身后有一位好女人相送，那死也不是可怕的了。当你感到身心疲倦透顶的时候，一只温柔的手放在你的额头，一觉醒来，你又变成了朝气蓬勃的人。当你糊涂又懒散，自卑自叹，挺不起腰杆，好女人温柔的指责，像一条鞭子，抽打着你前进。"

小周念到这里，又停住了。这次是开口而不是用目光问："教导员，多好多美啊！每一个女人看了这样的一封信，都会发誓要做一个好女人的！"这二十三岁的平时很文静很善于蓄存感情的姑娘，被恋人的这封信感动得热泪盈眶。仿佛她若不对这封信表示赞美，就会立刻同她争吵起来似的。

"我并没有打断你啊！"她说，"我在认真听着呢！"

激动的情怀使小周的语调发抖："好女人使人向上。事情往往是这样：男人很疲惫，男人很迷惘，男人很痛苦，男人很狂躁。而好女人更温和，好女人更冷静，好女人更有耐心，好女人最肯牺牲。好女人暖化了男人，同时弥补了男人的不完整和幼稚，于是男人就像一个真正的男人走向世界。世界上男人想女人，女人想男人，想了几千年。好男人需要一个好女人，好女人需要一个好男人。人人都能满足，这有多么美好……"

沉默。

她在沉默之中想：小周啊你是多么幸福！每一个女人听你念了这封信都会嫉妒你的啊！能写出这封信的小伙子，他的爱情对一个姑娘来说是世界上最宝贵的。

她喃喃地问："念完了么？"

小周说："念完了。"

她说："可我听着像没完。"

小周犹豫了片刻，说："还有半页没念完。这半页挺叫人扫兴的……我还不是一个好男人，所以我写不出这样一封信。但是我把你当成我的好女人！

我深深地爱着你。有了你的爱，我会成为一个堂堂男子汉的。这封信是我从别人那儿抄来的，这封信在我们连所有的小伙子中间暗暗抄来抄去，连姑娘们也如获至宝，开始暗中传抄了。可见大家都多么想做好男人和好女人啊！这封信你可千万别让教导员发现，那说不定她会在全营展开一场大清查呢！……吻你……完了。”

“就这样……完了？”

“就这样……完了。”

“是有点让人扫兴。”

“所以我不愿念完。”

这封信如此结束，预先让她猜上三天三夜她也猜不到。

过了许久，她再没作声。

是啊，她想，若在几个月前，这样的一封信落在她手中，她肯定会在全营各连展开一场大清查的，也肯定会向团政治部写份详详细细的报告。可是在她经历了那个非常的夜晚后，不，更确切地说，在她开始织那件毛衣后，她已经会用女人的心去感应某些事情了。荔枝熟了，果核硬了。核桃熟了，外壳硬了。她的心态变了，可人们仍只能看到它的外壳。

她又苦笑了。

小周颇有些不安地问：“教导员，你笑什么？”

她平平静静地回答：“笑我自己。”

“你……是不是真生气了？”

“我生谁的气呢？”

“你没生气就好。”

“我没生气。”

“教导员，你说这封信写得……美吗？”

“写得很美。”

“你真这么认为？”

“真的。”

“教导员，你第一次对我说了心里话。”

“以后，我还会对你说心里话。”

“谢谢你，教导员。”

“应该我谢谢你，念这么美的信给我听。”

“我知道你肯定会愿意听。”

“是吗？”

“嗯。”

小周站了起来，像三级跳运动员似的，轻盈地一跳，跳过两个铺位，扑通一声落在她身旁，就势坐了下去，一条胳膊从她背后揽过来，将手搭在她肩上，亲昵地依偎着她说：“教导员，我陪你留下来，就是要找机会跟你讲讲心里话呀！教导员你也谈恋爱吧，你都二十五岁啦！你喜欢的小伙子到底该是什么样的？你要是信得过我，就告诉我，我会帮你发现的！爱人啊，像天上飞的鸟，你得留心去发现它。一旦发现了，就要想方设法逮住它。我觉得我现在没有爱就不行，真的！人干吗要装模作样非跟自己过不去呢？教导员，有时我心里真替你挺难过的，难道你心里就真不希望有个小伙子爱你吗？我和他每个星期都见面。不见一面，我下一个星期简直就没法儿过，他也是。见上一面，哪怕只说几句话，甚至什么都不说，互相看一会儿，我心里就满足了，踏实了。失去了他对我的爱，我内心里会空虚死的。真的！我讲的可句句是真话……”

“别说了！”

“你不爱听？”

“谁会爱我呢？”

“你得先能够爱别人！”小周仿佛在固执地证明自己也可以当她的教导员似的，只管对她循循善诱地说下去，“他抄寄给我的那封信我至少看了二十遍，每看一遍我内心里都感动得要哭。他不是那么好的男人，长得也一般，吸烟很凶，还挺邋遢……可我已爱上他了，有什么办法呢？只能由着自己去爱。这事最自然而然不过啦！我才不愿违着自己的心呢！也不管别人对我如何看法，只要我想他了，就一定设法跟他见上一面，像那封信上写的那么好的男人不多，那么好的女人也不多。我是普普通通的女人，他是普普通通的男人。普普通通的女人更需要一个男人爱，普普通通的男人也更需要一个女人爱。就是这样，就是这么一回事！”

“可你不是一个女人，你才二十三岁，你还是一个姑娘。”

“女人是因为产生了爱情才成为女人的！”

听了这句话，她不禁扭转脸看了小周半天。

“二十三岁爱上一个小伙子难道就不光彩了吗？非得熬到二十八九岁成了

老姑娘才可以去爱？我偏不！就是有这么一条法律我也要以身试法！”小周愤慨起来。

“你可以这样，但我不行。我二十三岁的时候，就当上副指导员了。兵团明文规定，男二十八岁女二十五岁以下不许谈恋爱。”她淡淡地说，又补充了一句，“再说连以上知青干部谈恋爱，要向党组织汇报，这你也知道。”同时暗想：自己二十三岁就当上了副指导员，也许是天大的不幸。

“可你如果现在爱上了什么人，你就不会跟营长……”小周突然意识到失口了，咽下了后半句话。

她的整个身体一时像水泥一样凝固了。她一动也不动，僵硬地坐着，两眼呆呆地望着一个角落。

经过了不短的时间才一片片一块块焊接起来的四分五裂的自尊心，又被别人当面一击粉碎了！

复整的自尊心是多么不堪一击啊！

“教导员，我……我……我不是故意说这句话的……”小周慌乱了，搂住她，急切地解释着，表白着，“那天晚上的事……我对谁也不会讲半个字！真的！我发誓！我什么也没看见……我永远永远……我要是说了，就叫我的一双眼睛瞎了！可是……可是我真替你难过替你害怕呀！你应该爱一个什么人了，可你千万别做蠢事啊！你不爱他，这不可能！你也开始爱吧！可就是别做蠢事！为什么不去爱，而非要去做蠢事啊！……”小周将脸埋在了她怀里。

她什么也不回答。她无话可答。她只是感激地用一只手紧紧地，紧紧地攥着营部文书的手。

她心里又渗出血来……

“公主该起床喽！”

随着一句台词式的话，门开了。妹妹双手端着钢精托盘走进来，托盘上放着两只带盖的钢精杯，几片面包。

妹妹走到她床前，不知该把托盘放在什么地方，转身看见一把椅子离床不远，就伸出一条长腿，用脚尖钩住椅子的横掌，将椅子钩到了床边，然后将托盘放在椅子上。

她从仿佛很遥远很遥远的过去回到了现实中来。非常感激妹妹这时候出现，否则她还会在一个残破的梦里失魂落魄地蹒跚，一直都被一个高大魁梧的黑色的影子所惊悸。

“姐姐，你简直快成一位老公主啦！”妹妹退后一步，双臂交叉抱在胸前，歪着头，像瞧着一个没出息的孩子似的说，“你都回来四天啦，自已知道不？大门不出，二门不迈，每天懒洋洋地躺在床上，衣来伸手，饭来张口，我倒快变成专门伺候你的仆人啦！”

她有点不好意思了，窘迫地笑笑，伸手去端钢精杯。“先别动！”妹妹轻轻将她的手打开了，嗔怪地说，“伺候你好几天了，连点表示都没有？”她强作一笑，说：“你还需要听一句谢谢吗？”“那当然！”妹妹一副理直气壮的样子。“谢谢！”“这还像话。”妹妹坐到了床上，仍然像瞧着一个没出息的孩子那么瞧着她。她打开一个杯盖，见杯中是牛奶。打开另一个杯盖，见杯中是咖啡。“牛奶加咖啡，面包夹香肠，姐姐你简直过的是贵族生活呀！妈妈吩咐了，要顿顿保证你的营养。你想吃什么，就给你做什么吃……”妹妹拿起那本《简·爱》，一边信手翻着，一边用嫉妒的语调说。她吃一口夹肠面包，喝一口牛奶，再喝一口咖啡，觉得这种生活真是让人满足。

妹妹刚才不说，她还真的不记得自己已回家几天了。在这几天内，她整个人处于一种异常慵懒的状态。她觉得可以，并且能够处于如此一种慵懒的状态中，置身在这样一间清洁安宁的房间里，躺在这样一张柔软舒适的床上，半点也不受时间概念的督促，简直是无与伦比的享受。她觉得她的身心在十一年的“屯垦戍边”生活中是耗费得太多了。她真希望今后有许许多多这样的日子，希望在今后很长很长一段时期内，不被别人和生活要求去做什么。更准确地说，不要被别人和生活推到某种行动中去。无论是身体行动还是思想行动。

人啊，真是不可思议！人那么能够适应艰难困苦，也那么能够适应享受和安逸。愈是经历过一些艰难困苦的人，愈那么贪图享受和安逸，愈那么容易沉湎在享受和安逸之中。

生活啊，也是如此不可思议！仅仅十几天以前，她还是生产建设兵团的一位女教导员，喝一口开水都得自己烧，对许多人许多事担负着许多责任和义务。而如今她却只是女儿和姐姐了，只是一个二十九岁的老姑娘了，受到全家每一个人的关心和照料，仿佛成了一个刚从医院里接回来的大难不死的小女孩。坐在床上吃夹肠面包，喝牛奶咖啡，神仙过的日子！

妹妹仍趴在床上翻着《简·爱》，一边翻一边问：“姐，你喜欢这本书吗？”书中，划满了红笔道和黑笔道，显然不知有多少像妹妹一样年龄的少男少女们的指纹留在每一页上了。那些硬直的或波状的笔道表明了他们精神的饥渴。

她已吃完了面包，将喝剩的牛奶咖啡兑在一只杯子里，一小口一小口地细细品着那种甜中带苦的味道。听了妹妹的话，她不假思索地回答："从小学五年级起，它就是我的枕边之物了。"

"但是这些话你当时怎样理解的呢？"妹妹发问后，轻声读了起来，"'如果自尊心和环境需要，我可以一个人生活。我不必出卖灵魂去换取幸福。我生来就有一个宝库，让我能够活着，哪怕一切外在的乐趣会给剥夺，或者只用我出不起的代价，才能获得。'姐姐你第一遍读的时候就能理解吗？"

她慢慢放下了杯子，沉思良久，终于摇头——如果当时就能理解，也许如今内心便不会有这许多苦涩的失落！

"还有这段话，都是罗切斯特化装成一个干瘪老太婆对简说的……"妹妹又读了起来，"我兼顾了良心的主张，理智的劝告。我知道，在奉献的幸福之杯中，只要察觉到一点耻辱的渣滓或一丝悔恨的苦味，青春就会立刻逝去，鲜花就会立刻凋谢；而我，并不要牺牲、悲哀、分离——这些不是我的爱好。我希望培育，不希望损失——希望赢得感激，不希望挤出血泊或泪水；我的收获必须是在微笑、亲热和甜蜜之中……"

"够了！"她大声说。

妹妹无比惊讶，抬头瞧着她："你的记忆力真好！书上是这么写的——破折号，'够了，我想我是在一种美妙的……'"

"我叫你不要念下去了！"她无端地生起气来。

"烦了？莫名其妙！"妹妹合上书，仰躺在床上，睁大她那双少女清澈的眼睛思索着什么。

她又端起杯，像喝凉水一样，将甜的苦的一口气喝了个精光。

"妈妈哭了。"妹妹自言自语。

"为什么？"她审讯似的问。

"为你那件衬衣，都快洗透明了。"

"我对它有感情，穿五年多了。"

"妈妈在它上边洒了几滴眼泪，就随手把它扔进垃圾箱了。"

"……"

"不过爸爸当时说了一句很有趣的话。"

“怎么说？”

“一位女教导员的衬衣，如果不穿成渔网就扔了，效果不好！”

“你胡说。”

“爸爸就是用的这个词——效果！不信你今天晚上当面问问他。”

效果——讽刺谁呢？讽刺自己的女儿？一定要当面问！

她变得那么敏感，似乎周围充满了对自己的不公正的讽刺和挖苦，包括父亲和妹妹在内。“你刚才为什么要偏偏对我读书上那两段话？”她猛转身俯视着妹妹，恼怒地质问。“怎么是偏偏呢？……”妹妹不由得坐了起来，委屈地说，“我天天伺候你，你倒对我这样！我是随便翻到那一页，就读了起来……”“拿走吧！”“什么？”“这本书！托盘！我还想再躺一会儿！”妹妹站了起来，不满地说：“姐姐你别用这种口气吩咐我！你在家里可不是教导员，我也不是你的勤务兵！”“住口，我从来没有过勤务兵！”“那么你想在家里补上这点遗憾啰？”“小妹你再跟我耍贫嘴，我可真火了啊！”“你已经火了。可我并没招你也没惹你，莫名其妙！”妹妹不悦地端起托盘，夹起书，转身就走。妹妹走到门口站住，回头说：“姐姐你们当时烧掉这本书和许多书的时候，大概没为我们想过吧？”她已经躺下了，又腾地坐起来大声说：“当然为你们想过！怕你们中毒！变成修正主义的接班人！”

“谢天谢地，你们没烧干净。”妹妹耸了一下肩膀，做了个鬼脸，将门用后背顶开一条缝，倒退着挤出去了。

她又闭上了眼睛，希望重新归复到一种安宁的无梦的睡眠状态中去，却不能够了。

她也的确是有点躺腻了，睡足了。

这几天，白天的大部分时间内，家中只有她一个人和阿姨。她每天都躺到九十点钟，不慌不忙地起床，不慌不忙地梳洗，然后不慌不忙地坐到餐桌旁，等阿姨端上她爱吃的饭菜，不慌不忙地吃。然后又回到自己的房间，坐在沙发上静静地看一会儿书，或者打开录音机听一会儿音乐，或者换个房间走动走动，或者到阳台上去站一会儿，然后再接着躺到床上去。

对静，对床，对舒适，对慵懒，她已经开始养成了一种习惯。

父亲每天在她起床之前，就早早地到市委去了。母亲是省教育厅人事处处长，却起码比一位女议员的社会活动还要多。弟弟呢，在她返城的前几天，才从部队复员回来，等待安排工作。或者说，是在耐心地选择最理想的工作。

他复员前提升为连长。他认为一个复员的“尉官”有充分的理由要求社会分配给他一个最理想的工作。她曾和弟弟交谈过几句，弟弟认为对自己最理想的工作单位是电台、电视台、报社、出版社、话剧团、歌舞团、旅游局、市委机关。可见他的理想是很不具体的。他那么自信，断言无论是电台节目编选人、电视节目主持人、记者、编辑、演员、干部，全能愉快胜任。倩倩是市话剧团的演员，一个还默默无闻但似乎不久的将来就会名声大噪、家喻户晓的演员。她和弟弟一样，对自己的前途充满信心。“到了那时候，我们就会……”弟弟爱说这句话，倩倩也爱说这句话。仿佛到了某个时候，整个世界都属于复员尉官和漂亮的瓷娃娃了。

一句自我陶醉的空话。她想。然而自己——返城知青，二十九岁的老姑娘，尽管当过教导员但其貌不扬，连能够说一句陶醉自己的空话的资格都没有！她真羡慕弟弟和倩倩。倩倩才二十二岁，弟弟还不满二十五岁。仅仅这一点，就足以令她羡慕的了。年轻和漂亮，这是装在女性左右衣兜里的宝贵财富。她的一个衣兜从来就是空的，另一个衣兜也被时间彻底扒窃了。在这两方面，她如今是一个乞丐。而倩倩的“衣兜”却是丰满的，就像她那高耸的迷人的双乳。在漂亮的瓷娃娃面前，她常感到无比自卑，如同一个穷光蛋在一个大富翁面前一样。弟弟和她形影不离，每天不是关在他的房间里卿卿我我，相偎相依，便是打扮得超俗脱凡，双双外出。他们仿佛有那么多可做或筹划着做的事。他们仿佛认为，只有他们自己，才是这座城市的真正主人。即使在她面前，他们都毫不掩饰他们的优越感。她甚至觉得，轻狂浅薄在他们身上也有着异乎寻常的魅力。

妹妹在省图书馆工作，也许是由于受工作环境的濡染，迷上了文学。图书馆离家不远，妹妹中午回家吃饭。在短短的吃饭时间里，妹妹也要喋喋不休地和她大谈文学，妹妹相信自己将会成为本市的一位最年轻的女作家。妹妹能讲出本省本市每一位较有名气的作家的作品，以及他们的种种个人情况和家庭情况。而且不论讲到的是老作家还是中青年作家，总是声明在先：“他是我的朋友……”批评起他们的作品来，就像要求严格的中学教师批评糟糕透顶的学生的作文。

母亲，在她回到家里的那天晚上，在那顿为她接风洗尘的丰盛的晚餐桌上，用保证的口吻和态度对她说，她今后的工作，一点也不用她自己去想，父母会替她安排得令她非常满意的。

她听从了母亲的话，这几天内尽量不去想工作问题。对于这样一个问题，自己能够不用去想，那当然是再好不过。但完全不想，却又做不到。在心境最散淡最安宁的时候，也会不由自主地去想一想。

一个二十九岁的一无专长的其貌不扬的老姑娘，究竟适合做什么工作呢？弟弟那种种愿望，她都不敢妄想。当工人？从当学徒工开始？那的确很可悲。当什么机关或部门的政工干部，倒是她的本行。可生产建设兵团的教导员做知识青年政治思想工作的经验，就算她颇具这方面的经验，又有多少适用于城市呢？当老师？她自信还行，但也只能当小学老师。中学生她是教不了的。她有自知之明——初中三年的一切课程，她几乎忘得一干二净。当售货员？公共汽车售票员？她无法忍受这样的下场。纵然她自甘忍受，可想而知，家人也无法忍受。首先是母亲就必定无法忍受。

她觉得自己好像成了没有希望推销出去的废品。

她看了一下手表，十二点半了。她突然极想离开房间到外面走走，便一下子坐了起来。

返城第一天，饭前洗完澡，穿着家里预先替她买的一件崭新浴衣走出浴室，她就再也没有见过她穿回来的那身衣服。它们永远地从她的生活中被“扫地出门”了。

她现在穿的这身衣服，从里至外，都是母亲预先为她买的。

她刚要下床，一眼发现床头柜上放着一双崭新的、样式美观的、高跟的棕色靴子。靴下压着一页纸。她拿起靴子，看那页纸，见上面写着这样几行字：姐，这双靴子是我给你买的。我知道你不喜欢棕色，但我犹豫再三，还是给你买了一双棕色的，没买黑色的，因为黑色也许会使你联想到北大荒的土地。我希望你永远忘掉北大荒，永远不再联想到那个地方……

看着那几行字，她又发起呆来。棕色的，高跟的，活见鬼！她想，她穿上这双靴子一定会显得滑稽可笑。

她穿着袜子下了床，弯腰往床底下瞧。她要寻找到她穿回来的那双大头鞋。她记得她穿回来的那身衣服被“扫地出门”后，放在床底下的大头鞋还在，没被发现，可是现在它不见了。是什么时候被发现，被“扫地出门”的，她不知道。

这个家是那么干净，母亲不允许任何有碍观瞻的东西存在。她又缓缓坐在床上了，茫然地瞧着那双靴子。棕色的……高跟的……活见鬼！那双靴子像两只松鼠睥睨着她。她恨不得将它们撕碎！在这个家里，在她身上，任何从北大荒带回来的东西都没有了。母亲和妹妹仿佛是在帮助一个获释的囚徒斩断与监牢有关的一切联想。又一次“脱胎换骨”么？她觉得生活真他妈的荒谬！十一年前，她按照生活对她的要求，去“脱胎换骨”。十一年后，又得再来一次！“脱胎换骨”就那么好玩么？让觉得无所谓的人试试看！可是那两只“松鼠”和她穿回来的那双大头鞋相比，又是那么美观，那么高雅，仿佛具有某种不可抗拒的吸引力，吸引她欣赏它们，诱惑她穿上它们。只有女性某些时候才会对一双鞋产生那样一种被吸引被诱惑的心理。她使劲踢腿，将穿在脚上的两只紫绒拖鞋甩到壁炉前一只，门口一只。然后拿起一只靴子，对它怀有股报复般的仇恨，向后仰着身子，用力往脚上套。费了九牛二虎之力，却无奈穿不到脚上去。她将靴子咚地一声摔在地上，才发现靴腰上是有拉锁的。

毫不费力地穿到脚上，很合脚，不大不小，不肥不瘦。在房间里小心翼翼地走了几个来回，说不出是种什么体验，自我感觉并不良好，觉得变成了一个小脚老太婆似的。

这是她生平第一次穿高跟皮鞋。

皮鞋她是穿过不少双的。上幼儿园的时候穿过皮鞋，上小学的时候穿过皮鞋，上中学的时候也穿过皮鞋。从前妈妈总是要使自己女儿的穿着与一位市长女儿的身份相称。记得她在中学第一次穿上一双黑色的样式很普通的皮鞋时，引起班里不少女同学的羡慕，甚至是嫉妒。刚刚经历了三年自然灾害，六十年代初的中学生们，他们的穿着和现在的中学生相比，是多么的寒酸啊！

她仿佛站在两个高高的支点上，失去了穿着大头鞋那种脚踏实地的感觉。

她迈着小脚老太婆那种步子，一扭一拐地走到立柜前。每走一步，都要不由自主地摆动双臂调整身体平衡。

棕色的……高跟的……他妈的！

她站在壁橱的穿衣镜前，端详着自己，像面对一个陌生的女子一样，竟有些不敢自认。

这个穿着一件金黄色的高领毛衣（倩倩送给她的）、熨线笔直呢子裤的形象，就是我么？

还有这双棕色的、高跟的皮靴！

这哪里是我呢！

她又往镜前迈了一小步，更细心地观察镜子里的形象，要判断出镜子里那个形象究竟是不是自己似的。由于心境从来没有像这几天中这么散淡安宁过，由于从来没有接连这么多天足足地睡过懒觉，由于每天可以用温水洗脸，由于可以不怕被人议论地往脸上擦高级的护肤霜，她的脸上被北大荒冬季的寒风和夏季的炎日所吹晒皱了的表皮，好像褪去了。脸变得白皙了些，也容光焕发了些，双唇也似乎变得红润了些。

我也许并不像我自己认为的那么不好看吧？她自我安慰地想。

生产建设兵团教导员那种严肃的，随时准备批评什么人和事，随时准备进行思想教育的职业性的气质，如今在她身上是半点也看不出来了。

看得出来的只是她内心的散淡，神态的慵懒，目光的怅然若失和迷惘。她不知道，究竟哪一个形象，更是她自己的庐山真面目；哪一个形象，更符合自己，更对头一点。

她已习惯了那个身为女教导员的自我，尽管这个自我折磨过她，但毕竟是她习惯了的。她有点不甘于承认镜子里那个形象就是自己，有点排斥镜子里那个自我，就像蜗牛不愿缩进陌生的躯壳一样。

她心情复杂地转过身，离开镜子，一小步一小步地走到窗前。外面在下雪。雪，城市的雪，岁末的雪，在她心中唤起了一股温柔。妹妹唯恐黑色会使她联想起北大荒的土地。而这白色竟也促成万里翩思！这是瑞雪啊！瑞雪兆丰年。离开北大荒的时候，那里只下过一场小雪。但愿那里也开始下大雪了……她从衣架上取下件呢大衣披着，轻轻推开落地窗，迈着多少掌握了一点技巧的步子走到阳台上。雪花很大，洁白而蓬松，飘飘漫漫地，悄无声息地下着。阳台扶栏上，积了十几公分厚的雪。她攥了一把，觉得手心一阵沁入心肺的冰凉。

这一九七九年最后的一场大雪，下得那么从容，那么缱绻。从阳台上，可以看到那些低矮的屋顶，被雪覆盖得洁白。阳台左侧，有一棵大树，树冠齐阳台高。雪花在树枝上绣挂得厚重了，便悄然坠地，像无数紧紧拥抱在一起的小生灵，不能共存，但愿同死，连叹息也不发出。

飘漫的雪花阻挡了她的视线，使稍远一点的市容变得非常虚幻。她的目光聚视在一个固定的方向，穿透雪幔，瞩望朦胧的天际。

几天来，她第一次走出房间，直接呼吸到室外的空气。空气仿佛被大雪过滤了，净化了，那么新鲜，那么清冽，驱除了笼罩在她内心里的慵懒，使她精神为之一爽。

她用奇异的目光观看周围的环境。这是一个幽深而宁寂的大院，两米多高的水泥围墙上布满玻璃刺。在她家的这幢小楼左侧，是车库，右侧是勤杂人员住的一排砖房。铺雪的甬路上，除了两行被雪掩盖的车辙，再没有任何痕迹。甬路两旁，是剪修齐整的柏树女墙。银白压着苍翠，使人赏心悦目。附近没有繁华的马路，听不到车辆过往之声和嘈杂的市声。高墙外，是一条僻静的小胡同，一个人影也没有。

她家原先并不住在这里，是在她返城前不久才搬来的。她对这个地方既感到陌生又感到新奇，总的印象很不坏。这里像所疗养院，她觉得自己的身心都很需要在这么一种良好的环境里进行疗养。本市的二十几万返城知识青年中，全部从北大荒返城的四十几万知识青年中，除她之外，谁能如此得天独厚？这么一想，她又不得不承认自己真是幸运！

这儿离江边不远。她可以望到冰封的松花江，望到江桥和防洪纪念塔的塔顶。一列火车正鸣叫着从江桥上通过，车头喷吐的烟雾，被漫天飞舞的大雪按捺着，不能上升，也难消散，经久地缭绕在桥栏之间。防洪纪念塔孤立地傲矗于一切建筑物之上，像一根熄灭了的大蜡烛。几只鸽子，绕着塔端盘旋。鸽哨声时而悠远时而贴近，虽然单调，却很悦耳，撩人思绪。

他们都在哪儿呢？她忽然想：城市真是强大，吞没二十几万返城知识青年，如同巨鲸吞没海面的泡沫一样！他们可能正在许多不同的屋顶下，像她一样，平息着返城后最初几天内的种种激动心情。北大荒有北大荒的严峻性，城市有城市的严峻性啊！很难说哪一种严峻性小些。她和他们，这一代人命中注定了，要从一种严峻的现实，进入另一种严峻的现实。而接着面临的，仍是现实的严峻性。

上山下乡——返城待业。

西西弗斯的石头。

这一代人又滚到了高山下。

她真想大喊一声："紧急集合！"并且想象着，随自己一声高喊，会不会从那些大街小巷和胡同中，从那些楼房，那些院落，那些棚户住宅区，奔涌出一批批兵团战士，集结在她所伫立的这幢楼的阳台下，像在北大荒一样，听从她声音洪亮地颁发命令？

但她并没有喊。她明白，这种冲动是可笑的，这种想象是荒唐的。兵团不存在了。营不存在了。教导员也不存在了。好比一台车床，由于所谓机械疲劳而突然解体了，其中的一个部件，即使是很主要的一个部件，便也丧失了存在价值一样。北大荒今后需要的，将是具有丰富农业生产经验的实业者。而在北大荒的十一年中，生活并未能够使她成为这样一个人。作为一名教导员，她心中那种隐隐的，仿佛有什么对不起北大荒的内疚，无疑比一般返城知识青年更深些。然而她并不因自己离开了北大荒感到后悔，正如那些留下的人，经过严肃的思考决定留下一样，她也是经过严肃的思考才决定离开的。一个人，在丧失了存在价值的地方，是很难在短时期内重新寻找到真正有意义的位置的。

她忍受不了这个。

但自己在城市中的位置又究竟在哪儿呢?

西西弗斯的石头。自己也是其中的一块，这种思想像恶毒的小人一样对她进行着嘲笑……

她摸了一下衣兜，很想吸一支烟。在北大荒，她学会了吸烟。但搭上返城列车之后，她就暗暗发誓，回到城市，绝不再吸一口烟。一个其貌不扬的老姑娘，还吸烟的话，可能更加使城市难以容忍!

却多么想吸一支烟，哪怕只吸几口。

一只大胆的麻雀不知何时落在阳台扶栏上，缩着颈子，歪着头，放肆地瞅着她。

从背后传来一阵旋律优美的音乐，是从弟弟的房间里传出来的，想必弟弟和倩倩一道从外面回来了。

突然响起一阵鞭炮声。她觅声望去，见高墙外的一个大杂院门口，有个老头用竹竿挑着一挂燃爆的鞭炮。几个孩子围住老头，饶有兴趣地观望。她这才发现，那大杂院的对开院门上，贴着两个金色的双喜字。

一辆黑色的、漆光多处剥落的小汽车，戴花披彩，像一只童话中的瓢虫，从街上笨拙地拐入胡同，缓缓行驶。

汽车在贴有囍字的大杂院门口停住，从院里涌出一群男女，其中一个打开车门，请出身着西服的新娘子来。于是两个手捧点心盒的小女孩就从盒里抓出一把把彩纸屑，向新娘子劈头盖脸乱抛乱撒，一时间满空散紫翻红，碎瓣飞舞。

人们乱乱哄哄热热闹闹地簇拥着新娘子进院去了，只将司机和他的车撇在院外。司机厌烦地拂去身上的细碎纸屑，从车头上一把扯下红花彩条，毫不惋惜地扔在地上，钻进汽车，开车走了。

她忽然想到，就要过新年了。这个日子，是个结婚的好日子。新婚燕尔加上新年快乐，那将会是一种什么体验什么心境呢？但愿自己也能选择一个好日子结婚……

这个想法使她不禁苦涩地笑了一下。

她闭上眼睛，一动不动地站立着，默默地数着一二三四……想用这种自我催眠的办法，摆脱有关结婚的系列念头，却不能够。这念头像一只蜜蜂或蝴蝶，一嗅到思想花朵的芬芳，就围绕着不肯飞去了。她只有听凭欲望的风筝，将自己升上幻觉的高空。她心驰神往，仿佛自己悠悠地飘下了阳台，飘入了那个门上贴着金色“囍”字的大杂院。她恍然觉得自己变成了那个新娘。而新郎是谁呢？怎么会是他呢？怎么会是那个北京小伙子王亚军呢？……

那是她当上教导员不久的事，全营连以上干部在干训队集训期间，她任集训队队长，五连副连长王亚军任集训队副队长。他和她互相配合得很好，他很尊重她。她生了几天病，他徒步来回走了一百多里，回连队为她取了两袋北京寄的麦乳精。

集训结束后，他单独找到她，对她说：“教导员，配合你工作这一个月里，我增加了不少工作经验和组织能力，现在就要分手了，我想和你谈谈，一块儿往山下走走好么？”

她以异常庄重的表情瞧着他，似乎对他的话进行了一番很严肃的思考，才点了一下头。她本愿放下一位女教导员的不苟言笑的架子，却放不下来。她无论如何也想象不到自己那张脸当时在他看来是多么呆板多么冷峭。

她和他肩并肩沿着雪径信步走下山，走入了一片柞树林。说不清是他引导着她走到了那里，还是她引导着他走到了那里。柞树枝扯住了她的头巾，她差点摔倒，他急忙扶住了她。仿佛在那一时刻，他们才同时发觉走入了林中。他们离干训队的营房已经很远很远了，他们互相看了一眼，神态都有些不自然起来。女教导员和一位年轻的副连长，避开人们，来到柞树林中，若被谁发现了，会怎么想怎么说呢？柞树林显然不是谈工作的最好地方。当时她忽然想起了中学时代班里几个男同学编的下流的顺口溜：“一男一女，走在一起，旁边无人，钻进树林……”

“我们到公路上去吧！”她急促地说了一句，就撇下他，大步匆匆地朝林外走。走到公路上后，她四周瞭望，并没发现一个人影，怦怦跳动的心才渐渐安定。

他低着头，一声不响地跟到公路上来了。他站在她对面，默默地注视着她。他的胸膛在黄棉袄下起伏着，他的目光是火热的。他张了张嘴，想说什么，却什么也没说出来。

她要求自己低下了头去。

她感觉到他向自己伸出了一只手，猛地抬起头，后退了一步，声色俱厉地说："不许这样！"

他却只不过是从她的头巾上摘下了一片枯叶。

"我觉得，你还是很有工作能力的，对任何工作都充满热忱，也很认真，只是，有时看问题不够全面，爱急躁，爱发火。毛主席教导我们说：'政治路线确定以后，干部就是决定的因素。毛主席还说：'虚心使人进步，骄傲使人落后。'我听到有的同志背后反映，说你有点翘尾巴了。比如那一次，因为食堂晚饭开迟了，才耽误了许多同志的集合时间，可你……"

这番话她早已对他说过一次了，他也很诚恳地接受了她的批评。她明明知道他此时此刻希望听到的不是这样一番话，她明明知道他急切地激动地期待着她说的完全是另外一些话。她明明从他脸上看出来了，她说的话，他一句也不感兴趣，一句也没听进去。而她，却偏偏说的是那些话，说的是完全不必走出这么远，避开人们说的话！她当时真是暗暗恨透了自己啊！她摆脱不了政治思想工作者那种循循善诱，诲人不倦的口吻。仿佛不用这种口吻说话，她就不会说话了似的。她心里也明明知道，清清楚楚地知道，哪怕自己什么话都不说，只默默地望着他，哪怕也不必望着他，只默默地垂下头去，将倾吐内心话语的时机转让给他，对他都会意味着是一种平等的感情上的回报。可是她偏偏好像一个感情方面的吝啬鬼，一头冷血动物，什么也不给与，什么也不回报。她也明明白白地看了出来，他内心里当时是受了多么大的委屈，多么严重的伤害。

而她却仍要喋喋不休地继续说下去："你是知青副连长，你们连是五好连队，你肩上的担子不轻。一个连队各方面的工作有无成绩，首先取决于这个连队的知青工作开展得如何。因此你更要积极主动地配合连长和指导员，在狠抓知识青年扎根边疆的政治思想工作方面……"

她的话在任何人听来都无比正确，但就不是她想说的话，他想听的话。

“谢谢你教导员同志，我将永记你的批评帮助！”他突然打断她的话，猛转身，头也不回地走了。

她呆呆地望着他的背影，一直望着他走上山顶……

以后，她到五连去过几次，每次见到他，他对她的态度，总比她还严肃。并且总说这样一句话：“请教导员批评帮助！”每次她都伪装得非常镇定地咽下这种当面进行的，只有她和他内心里明白的报复。她也曾想寻找机会向他解释，但始终鼓不起勇气，也没有寻找到那样的机会。即使有机会，她又能主动对他如何解释呢？解释什么呢？误会？是他对她的误会？还是她对他的误会？他并没有明确向她表露过什么啊！

不久，五连和另外的两个连队，全体调到别的团去了。从此她再没见到过他，也再没听到过他的什么情况……

他如今怎样了呢？返城了？还是留在北大荒了？结婚了么？和一个什么样的姑娘结婚了呢？漂亮的还是不漂亮的？

时隔多年，她内心里竟还保留着对他的记忆，连她自己都感到惊奇。她忘不掉他步行一百多里地为她从连队取回两袋麦乳精这件事。至今回想起来，淡淡的感伤和惆怅之中，她的心灵还体会到一种消亡了的柔情，一种冷冽的缠绵，一种仿佛被捂盖着的馨香。她想：但愿人的头脑能够更长久地保留这样一些记忆，哪怕仅仅是一些记忆的碎片。它在人心灵空荡的时候，毕竟能给人带来一些小小的慰藉啊！

她觉得有点冷了，裹紧了一下大衣，并翻起了大衣领。

那朵被司机扔在雪地上的，完成了短暂的喜庆使命的红花，刮到了另一个院门外。恰巧有一个人端着盆站在院内，哗地一声，从院内泼出一盆脏水，泼在红花上。于是它顷刻就冻在路面上了。两条红纸，被风吹得飞扬起来，像它的两条手臂在舞动挣扎。

小汽车已经快开出胡同去了。她的目光追望着它，发现胡同的另一头，迎着汽车走来了一列行人，一列三个人组成的横队。其中两个，抬着一架花圈，一架全白的花圈。她一眼便看出，那三个人，都是北大荒返城知识青年。抬花圈的两个穿着破旧的黄棉袄，另一个穿着同样破旧的黄大衣，一颗扣子也没扣。也可能那大衣一颗扣子也没有了。他们都戴着兵团发的那种羊剪绒的棉帽子。他们帽子上、肩上落了厚厚的雪花。可以判断，他们抬着这架花圈已经走了很久。

雪，依然纷纷扬扬地飘着。路面上的雪已半尺多厚。他们，在这条小胡同的雪路上，踩出了第一行深深的足迹。他们的步子虽然迈得很大，但行进的速度却很缓慢。他们脸上的表情都很特殊，与其说那是一种悲哀，毋宁说是冷漠的。他们的出现，使这条热闹了一小会儿又寂静下来的胡同，增添了一种异乎寻常的气氛。他们缓慢地，肃穆地，似悲哀实则冷漠地向前走着，走着，走着，仿佛踏着一支无声的哀乐的节奏。

不可思议……

她想，城市就是这样的不可思议！一阵结婚的鞭炮声后，竟引出了一架缟素的花圈！这便是城市的生活色彩，它将幸福和死亡随心所欲地同台公演！

缓缓行驶的小汽车继续往前开，不停的喇叭声催促那三个人让路。但他们似乎压根儿没听见，仍然迈着那种缓慢的肃穆的步子往前走。车与人，终于相遇了。车，不得不停下了。人，也不得不停下了。车与人僵持着。那三个人，毫无让路的意思，一动不动地站着，也不放下花圈，如同一组雕塑。

他们可能就会吵起来，甚至动手打起来。在大返城的日子里，她曾亲眼看到他们丧失了理智之后干出过什么事！而他们如今是变得太容易丧失理智了，一颗小小的火星溅到他们身上，他们都会爆炸的。

不，我不能站在高处眼看着他们闹起一场什么乱子！不能让这三个玷污了二十几万本市返城知识青年的声誉！声誉对二十几万返城知识青年来说，目前是太珍贵太重要了！一种责任感，一种并非昔日教导员的责任感，而是今天一个返城知识青年的强烈自尊心理，促使她急转身离开阳台。

她忘记自己穿的是高跟皮靴，下楼时扭了脚，险些从楼梯上跌下去，幸亏双手抓住了扶栏。给父亲开车的郭师傅正好走上楼，打量着她，好奇地问：“嚯，认不出来了，这是要到哪儿去呀？”

“出去走走。”她双手仍不敢离开楼梯扶栏，半侧着身子，一级一级往下走。一只靴子的高跟一踏实，那只脚腕就疼一阵。

郭师傅跟下了几级楼梯，问：“扭脚脖子了？”

她狼狈地“嗯”了一声。

“那还出去？”

“你别管我。”

“要是想散散心，我开车带你在市里头兜一圈？”

“难道市长同志为此从没批评过你吗？”她抢白了他一句。

“你扭脚脖子了么！”郭师傅嘿嘿笑着说，“特殊情况，特殊对待。”

她火了，瞪着他厉声说道：“别把我当成我弟弟或他那个瓷娃娃，我可不喜欢别人跟我油嘴滑舌的！”

郭师傅一怔，知趣地将身子闪开了。她忍着疼，故作一种从容不迫的样子，昂然下楼而去。走到楼外，身体失去了楼梯扶栏的支撑，有些不敢再向前迈动脚步了。他妈的这高跟！她由恼火而发狠了。她向前轻轻滑动步子，移到楼外阳台的一根水泥柱子旁，双手扶着它，踏下一级台阶，高甩起一条腿，使劲朝台阶的坚硬棱角踢去。几乎没有发出什么声音，那只靴子的高跟就掉了下来。他妈的样子货！她甩起另一条腿，照样又是一脚踢去，第二只靴子的高跟也遭到了同样下场。她觉得自己顿时矮了一截，同时获得了一种脚踏实地的安稳感。她想：这种感觉就对劲了。她一瘸一拐地跑出院子，绕过高墙，向那条胡同跑去。跑入胡同，见司机正站在车旁，对那一组送花圈的“雕塑”指手画脚，斥骂不休。一组“雕塑”岿然不动。待司机骂够了，“雕塑”之一才动了起来。动的是穿破旧黄大衣的那一个。他的身体缓缓向右侧转，同时缓缓抬起一只手臂，然后猛地转正身体，向司机当胸一拳。仿佛一组分解动作，司机的上半截身子躺倒在车头上。两个抬花圈的，仍抬着花圈，仍一动也不动。好像他们果真就不是人，确是雕塑。司机也是个小伙子，当然不甘吃亏，转眼就扑了上去。两个抬花圈的，同时后退一步，分明是怕被两个打架的撞坏了花圈。

他们立刻又变成了“雕塑”，无动于衷地冷眼旁观他们的伙伴和司机打。“住手！”她喊一声，跑到了他们跟前。穿黄大衣的首先住手了，因为司机已仰面朝天倒在雪地上。她对他训斥：“人给车让路，这是起码的交通规则，你们也太横行霸道了！”他乜斜了她一眼，对她的话毫无反应，又用冰冷的目光虎视眈眈地钳着司机。他虽然比司机矮半头，但从他的脸上，从他的眼睛里，从他整个人身上充分显示出来的那种令人感到十分可畏的，预备痛痛快快大打出手，借以发泄胸中什么郁积仇恨的气势，显然对司机产生了比铁拳更瘆人的威慑。

两个抬花圈的，始终一动不动，一声不吭，但那种冷峭的沉默更加显得咄咄逼人。他们那种沉默意味着严厉的无声警告：识趣点，要是惹得我们放下了花圈，那可就有你的好果子吃了！

司机爬起，胆怯地看了他们一眼，恨恨地说："老子惹不起你们，躲得起你们！我忘不了你们的，后会有期！"穿黄大衣的又向司机跨近一步。她插身于二人之间，大声道："你太野蛮了！"司机慌忙钻入车，将车向后倒去。穿黄大衣的微微眯起眼睛，不屑一顾的目光从她脸上扫过。她这时才发现，花圈的一条挽联上写的是：兵团战友徐淑芳千古。

另一条上写的是：兵团战友王志松哀挽。她的眼睛不禁瞪大了。徐淑芳？这个名字有些熟啊！对了！她想起来了，在她那个营，五连饲养班，有一个本市的女知青，名字就叫徐淑芳。一年半以前，那个徐淑芳顶替她男朋友的返城手续返城，团里认为这是违反原则的，不批。是她多次向团里打报告，多次亲自到团里各方面疏通，好不容易才为徐淑芳拿到了准迁证。记得当她将准迁证交给徐淑芳时，徐淑芳哭了，对她说："教导员，你是营干部中最好的好人，我一辈子也忘不了你！"

徐淑芳的眼泪，徐淑芳的话，当时曾使她这位教导员受了多大的感动啊！"好干部"，这样的话她已经听腻了。但是"好人"两个字，却是她生平第一次当面获得的评语。她甚至认为，"好人"两个字是包容一切内涵的，对世界上所有人都不例外的最高评语。

徐淑芳还对她说："教导员，我返城后一定经常写信向您汇报我在城市的工作和生活情况，不管我的处境怎样，任何情况下，我都绝不会丢咱们北大荒知识青年的脸！"

这些话，她今天回想起来，心中别有一番滋味。

徐淑芳后来却一封信也没有给她写过。

是重名？还是同一个人？

她不由得指着花圈向他们问道："这个徐淑芳，是三师二团七营五连饲养班的知识青年吗？"

他们，默默地，从头到脚，从脚到头地审视着她，不回答她的问话。

她觉得他们都很面熟，难道都是她那个营的战士？

他们对她的冷漠使她简直无法忍受。她暗想：如果我穿的不是呢大衣，不是棕色皮靴，而是棉兵团服，大头鞋，他们怎么会用这样一种目光瞧着我？幸亏靴子的高跟被踢掉了，否则我将会在他们面前感到无地自容的。

"我……我也是从北大荒返城的知识青年……"她几乎是怀着无比羞愧的心情，向他们声明。她本还想说一句："我是二团七营教导员。"但话到舌尖，又卷回去了。她明白，这样的身份，在这种情形之下，也许不讲更为明智。

他们的脸上，除了无动于衷的冷漠表情之外，又呈现出了毫不掩饰的轻蔑。

她的声明并未起到她所希望起到的作用，并未能将她自己向他们那一方推近，也并未能将他们向自己这一方拉拢，反而在他们身上产生了相反的作用。他们仿佛视她为一个多年前就早已通过某种不正当的，甚至是不光彩的，可耻的手段达到了返城目的，如今在城市如鱼得水，混得非常得意的女知青了。她知道某些女知青当年为了达到返城目的付出的都是什么。她也知道知识青年们把她们称作什么——“乘海盗船返城的姑娘”，浪漫而具有惊险意味的说法，它的副标题是——出卖肉体。

她真想对他们大喊：“我不是！我毫无魅力，难道你们眼睛瞎了？！”

她承受不住他们的目光，转身朝汽车看去。胡同太窄，参差不齐的院落使它更加窄。小汽车像一只倒行的蜗牛，速度非常之慢，还没有退出十米远。

“教导员同志，请您也让开路！”

穿破旧黄大衣，打了司机的那一个，粗野地瞪着她，用冷冰冰的口吻说出礼貌之至的话。潜台词是——好狗不挡道！

果然是七营的战士！也许和徐淑芳是一个连队的吧？她怎么死了呢？可怜的徐淑芳！而他们竟敢如此轻蔑几天前还是他们教导员的自己！如果是在北大荒，她一定要让他们明白，亵渎教导员的尊严该受什么惩罚！然而她默默地让开了路——历史在今天改变了她和他们之间的关系。此刻她只不过是一个挡住了他们去路的女人罢了！他们撇下她，一前二后，呈三角形队列，又踏着无声的哀乐行进。他们步行的速度要比汽车倒退的速度快，当他们与汽车之间的距离由十米缩短至两米左右时，他们不再超越这个距离了。小汽车被他们一尺尺逼退着。她跟在他们身后走，好像变成了这个队列的一员。车轮碾过那朵冻在路面的红花，将它碾扁了，碾脏了。他们的脚，一双穿大头鞋、两双穿棉胶鞋的脚，也从它身上踏过。她怀着怜悯看了它一眼。在她眼中，它仿佛刚才还具有生命，而现在已经死了。他们走至贴着金色“囍”字的大杂院门外，前导者站住了，两个抬花圈者随着也站住了。小汽车终于退出胡同，司机从车内探出头，喊：“浑小子们，你们他妈的怎么没死在北大荒啊？！”他们仿佛没听见，两个抬花圈的看着那个穿黄大衣的，穿黄大衣的仰头望着门牌号。

院内比胡同的路面低很多。院门后有一道土岗，起到阻挡雨水灌入院内的堤坝作用。院内人家不少，房子低矮破旧，门户多而杂乱。院中央搭起了一座席棚，席棚下垒了一台灶。灶口火光熊熊，棚下热气腾腾。一个穿件褪了色的蓝套头球衣的小伙子，正从沸锅中提起一只鸡，不在行地拔鸡毛。她从阳台上看见的那几个孩子，以观魔术那种浓厚兴趣，在灶旁围了一圈。那小伙子一手倒提两只鸡爪子，另一只手一根一根地往下拔鸡毛，好像对付的不是鸡，是刺猬。他手上似乎涂了胶，拔下的每一根鸡毛都粘在手上，直往围裙上抹。拔一根，抹一次，脏围裙粘满鸡毛。院内弥漫着荤腥味，她一阵恶心。

新房在院子最里的一个角落，两个门斗挤住一扇倾斜的窄门。门上不但贴着金色“囍”字，两侧还贴着喜联。上联：男才女貌天生一对；下联，亲爱和睦地产一双。横批：妒极羡煞。

新房内传出一阵阵劝酒声，祝贺声，划拳声。

她站在阳台上时对“结婚”两个字产生的种种神秘而幸福的想象，被眼前所见耳边所闻抹了一层滑稽色彩。女人要结婚，是因为到了不知该将自己怎么办才好的年龄——她想起了小周说过的这句话。

拔鸡毛的小伙子快活得像他自己是新郎一样，一边拔，一边念念有词：“拔萝卜，拔萝卜，拔呀拔呀拔不动……”逗得孩子们嘻嘻哈哈。

忽然孩子们都不笑了。小伙子感觉到气氛不对，抬起头，一时间提着鸡怔住，呆呆望着她和他们。他们中的一个，穿黄大衣的那一个，上前一步，冷冷地，几乎是用命令的口吻说：“通告一声，我们讨杯喜酒喝。”小伙子的目光已注视在花圈上，听了对方的话，将还没对付完的鸡放在锅台上，问：“这花圈……”“关你什么事？”“黄大衣”的口气仍那么冷。“花圈上写着我嫂子的名！”小伙子瞪起眼睛来，脸也涨得通红。“原来如此！”“黄大衣”冷笑道，“那就把你新嫂子请出来，我有话对她讲！”

“放你妈的屁！”小伙子从锅台上操起一把剔骨尖刀，从席棚下跃出，声色俱厉地说：“你们存心来闹事的啊！告诉你们，我们郭家兄弟不是好惹的！聪明点，就把花圈扔到院外去，喜酒管够你们喝！不聪明，咱们白刀子进去，红刀子出来！”边说边晃着刀，预备展开一场恶斗的样子。

她看出来，他有点跛足。

“黄大衣”谨慎地保持着冷峭的镇定。两个抬花圈的，见对方手中攥着尖刀，一脸恶色，彼此示意，轻轻放下花圈，同时上前一步，一左一右，护在“黄大衣”身旁。

“放下刀子！你们之间一定是发生了什么误会……”她劝阻小伙子。

“好哇，还跟来个哭丧的！溅你一身血就有你哭的机会了！”他用另一只手凶狠地推开她。她趔趔趄趄倒退数步才站稳。

“黄大衣”说：“别拿刀吓唬人。它要渴了，先喝的肯定是你的血！”

几个孩子跑入新房。人们从狭窄倾斜的门内一拥而出。这小院顿时被双方一触即发的紧张气氛所笼罩。

“立伟！”一个人大步走到小伙子跟前，从他手中夺下刀，将他推到了席棚底下。这人的身材，比“黄大衣”高不少，也强壮许多。一团绸布小红花——新郎的标志，别在的卡中山装上兜盖上。新郎朝花圈看了一眼，随后一一打量三个不速之客，不卑不亢地问：“我们之间肯定没发生什么误会吗？”“黄大衣”缓慢地回答：“肯定。可你也不妨当成一场误会。”双方的语气，都那么平静，那么从容，那么镇定。甚至可以说，那么——礼貌。新郎又问：“如果我把花圈当礼物收下，你们会感到满意了吗？”“黄大衣”摇摇头：“那太难为你了，叫新娘当着我们的面把它烧掉吧。我们今后就再也不会来到这个院子里了！”新郎犹豫了一会儿，缓缓转过身去，用目光在宾客中寻找新娘。众多男女宾客醉红的脸中有一张如纸般苍白的脸。失去了身份的女教导员早已注意到，并早已认出：她是当年自己那个营的战士徐淑芳。新娘却根本没注意到她。新娘的目光牢牢盯在“黄大衣”脸上。凝固的目光。“黄大衣”的咬肌明显地凸现了。新娘的表情也是凝固的。她的嘴微张着，她的双眉极度意外地高扬着，她那双大睁着的眼睛里，苦苦的哀求，深深的内疚，如山一般的委屈，如渊一般的情感，如面对地狱一般的惊悸，都如死一般凝固在文秀的脸上！仿佛零下二百七十度的制冷机，在这张脸表情最复杂最多意最真实最生动最难以捕捉最难以描摹的瞬间，将它冻结了。

她不忍注视，可目光却被牢牢吸在那张脸上！新郎又缓缓转过身来，对“黄大衣”低声说：“我替她。”他走向席棚，从灶膛内抽出一根燃烧的木柴，将花圈点着了。人们默默地瞧着花圈。火焰飞舞，灰烟升腾。它在众目睽睽之下烧毁，坍在雪地上，化了一片白雪。院内飘散着呛人的焦味。花圈架噼啪作响，仍爆着无数的小火星。一只只黑色的大蝴蝶，在空中旋舞蹁跹。新娘猛转身跑进屋里去了。“黄大衣”和他的两个伙伴默默肃立，像为一个死者哀悼。“我跟你们拼了！”席棚下突然发出一声怪叫，新郎的弟弟又跃出来，扑向“黄大衣”。新郎拦挡住弟弟，狠狠给了弟弟一记耳光！他的弟弟捂住脸，像截木桩似的，僵立在他面前。“黄大衣”转身朝院外走去。他的两个伙伴跟随在他身后。“站住！”新郎喝了一声。他们站住了，同时转身。新郎吩咐一个孩子：“你去拿一瓶酒来，再拿四个杯子。”男宾女客都泥塑木雕一般，谁也不说一句话。公众的沉默是公理的沉默。人们仿佛都明白了什么。那孩子拿着一瓶白酒和四个杯子出来了，交给新郎后，立刻与其他的孩子们站到一起去了。孩子们也怯怯地沉默着。新郎走向那三个造成这种沉默的人，说：“你们还没喝喜酒呢！”“黄大衣”迟疑了一下，接过酒杯。他的两个伙伴看了他一眼，也各自接过酒杯。新郎从容不迫地给四只杯里都倒满了酒。他们一饮而尽，然后同时相互亮了一下杯底。新郎从他们手中一一收回杯，问：“你们导演的这场戏该算结束了吧？”“黄大衣”说：“你这个角色扮演得很出色，不容易。”一只手伸入大衣兜，掏出钱包，弯腰放在雪地上。他的两个伙伴也各自默默取出钱包，放在雪地上。他们大步走出了这个院子。花圈仍在燃烧。

大人孩子们都不能马上从沉默中挣扎出来。新郎捡起三个钱包，走到花圈前，将它们投入了余焰。刮起一阵风。纸灰被刮得在地上打转，在人们腿脚间像耗子似的窜来窜去。突然，新房里传出一个女人的尖叫声，“不好啦，新娘割手腕了……”

第一个作出反应的是新郎。他像一头豹子，撞开人们，冲入新房。紧接着，纷纷反应过来了的人们，一齐朝屋里拥。门太窄，拥不进屋去的，就堵在门外。

“躲开！躲开！别挡住我！让我进去！”姚玉慧对堵在门外的那些人推着，拽着，擂打着。桌椅相撞之声，餐具落地之声，毫无意义的吵吵嚷嚷之声，在屋里造成一阵骚乱。

她总算挤入屋内，见新郎已将徐淑芳抱到了床上，一只手紧紧握住她的左手腕，一声声叫她的名字。

新娘昏在新郎怀中，地板上一摊鲜血。崭新的床单上，新郎新娘身上，也尽是血。屋里的其他人，一个个傻呆呆地围着新郎新娘。有两个女宾客，互相用手绢揩擦她们衣服上的血迹。

“你们，都出去！”姚玉慧大声命令那些束手无策的人。他们以各种各样的目光瞧着她。她对谁都不加理睬，又大声说：“不需要你们！出去！”不知为什么，他们竟服从了她，一个个悄然退出去。防止再有人进来，她将门插上了。新郎抬头看了她一眼，低声问：“你能帮我很快叫到一辆出租汽车吗？”她看得出，虽然对新郎来说，她是最陌生的，他对她还抱有几分怀疑和不可理解，但她的镇定，获得了他的信赖。她回答：“能。”新郎握着新娘腕子的那只手动了一下，血立刻从伤口涌出。她说：“握紧，冷静点。”她扯下毛巾绳上搭着的一条还没用过的毛巾，用它将新娘的手腕一层层缠住；接着掏出自己的手绢，将毛巾扎紧。

她对新郎说：“把你的手绢也给我。”

新郎赶紧掏出自己的手绢递给了她。她又用他的手绢，在新娘手腕上方扎了一道。这一切她做得很有经验，在兵团时，她受过战场救护训练。“你等着，我马上就会叫一辆车来。”她说完这句话，便匆匆打开门走出去了。人们立刻围住她询问：“新娘怎么样了？”“还昏着吗？”也有人发表局外者的议论：“嗨，什么事都是可以说清楚的嘛，何必寻短见呢！”“那几个兵团返城的小子也干得太损了……”她无心理他们，一口气跑回家中，见郭师傅、弟弟和倩倩正从楼上不慌不忙地走下来。她开口便问：“车在吗？”郭师傅回答：“在。”“开车跟我去！”“哪儿去？”“别问！”“这……”郭师傅为难地看着弟弟。弟弟说：“姐，话剧团的团长今天约我到他家去谈谈，我已经晚了……”倩倩也说：“是谈明辉到话剧团当演员的事……”她打断瓷娃娃的话：“晚了又怎么样？你们坐公共汽车去！”倩倩怔住了。郭师傅说：“我可是将车偷偷开出来的啊，四十分钟后你父亲要去省委开会……”“少啰唆！”

第三章

天完全黑了。市立一院急救室外的乳白色长椅上，坐着姚玉慧和新郎。长长的走廊，除了他们，再无别人。尽端一盏壁灯亮着，幽蓝的光腼腆地偎向长椅。急救室门旁，竖着人体形的立牌，正圆的“头”上，写一“静”字。新郎低俯着身，十指插进理过不久的硬发中。他这样坐了很久了。姚玉慧身子紧靠椅背，头仰着，抵着墙壁。坐得很端正，目不转睛地望着一扇窗。月光在窗上均匀地涂了一层铂。从徐淑芳被推入急救室，她和他就坐在这张长椅上，彼此没说一句话。她没有想说话的情绪，她能理解他也是。

她和他都在等。一个等待的是自己的新娘，一个等待的是自己当年的一个女战士。在他们两个人之间，很难说谁比谁的心情更为焦急，更为复杂。

她暗想：他爱徐淑芳吗？今天这件事发生之后，他还会爱她吗？又想：这么晚了，自己还陪着他坐在这张长椅上，是不是值得？他需要一个人陪着他等待吗？总得有一个人坐在这里等待。这是他无法推卸的责任，可并非也是她的责任。是她迫令父亲的司机将徐淑芳送到了医院里，是她挂的号；是她找到母亲认识的医生，非常顺利地办理完了一切住院手续。她能做的，她都做了。实际上是替他做了。没有她，今天够他应付的。

她又根本不是为他做这一切的。他是谁？她连他姓什么还不知道呢！与他毫无关系。甚至他爱不爱徐淑芳，徐淑芳爱不爱他，他们是怎样认识，以什么为基础或者为条件决定结婚，徐淑芳与那个“黄大衣”从前又有过什么样的感情纠葛，也与她毫无关系。如果花圈挽联上写的不是“徐淑芳”三个字，而是另一个人名，她根本不会走入那个大杂院。虽然那个大杂院仅与她的家一墙之隔，她也很可能永远不会产生走入那里的念头，很可能与这个坐在她身旁的新郎老死不相往来。

她所做的一切，仅仅是为了徐淑芳；因为徐淑芳曾说她是个“好人”，她忘不了。

急救室的门无声地开了，新郎一下站起，却不是徐淑芳被推出来，而是一位中年女医生走了出来。女医生露在口罩上方和白帽子下方那双质询的眼睛，盯了他片刻，也盯了她片刻，转身走了。

女医生的目光中包含着对她的不良的猜测意味。新郎又缓缓坐下了。她却不愿再与他坐在同一张长椅上，她不愿被第二个人再用女医生那种目光看一眼。她想自己会发怒的。她走到窗前去，背对新郎站着，抬起手腕瞥了一眼手表——八点多了。“你走吧。”他说。她没回答。“你陪着我没有什么意义。”“我根本不是为了陪你，我想再看她一眼。”她的语气非常生硬，并未转身。“你……从前认识她？”“这个问题对你很重要吗？”“也重要，也不重要。”“也算认识，也算不认识。”他们便都沉默了。

急救室的门第二次打开，徐淑芳被推出来了。他立刻起来，跟在手术车一侧走，俯身低声说：“我会每天都来看你。”仰躺着的徐淑芳，将头扭向了一旁。推手术车的护士说：“别跟她讲话。”急救室内又走出来一个护士，将他从手术车旁推开。他抗议道：“我是她丈夫！”那个护士连看也不看他一眼，说：“你明天到病房来看她吧。”两个护士将徐淑芳推出了走廊，其中一个随手关了走廊尽头那盏灯。

他呆呆地站立了一会儿，又走回长椅，缓缓坐下。看他那样子，是打算坐在长椅上过夜了。她看了他一眼，也走了。医院大门两侧的灯辉，温情脉脉地将她那映在雪地上的身影牵引过去，又依依不舍地送出了大门。雪，不知何时停了。雪后的夜晚格外寒冷，她打了一阵哆嗦。她这时才发现，两个大衣口袋里一分钱也没有，只好走回家。她独自地在人行道上走着。走到商场附近，夜市还没散。小摊床上的自制瓦斯灯，照耀出一张张扑朔迷离的脸。招徕生意的喊叫此起彼伏，不绝于耳。

这里，只有这里，城市的夜晚还在延续白天的喧闹。城市像一个精力过剩的女郎，在寻欢作乐的白天之后，又开始进行夜晚的逢场作戏。许多人被卖的欲望和买的念头激动着，争执不休，高声大嗓地讨价还价。也有人鬼鬼祟祟地凑在一起，做着看去是神秘的其实是非法的交易。还有的人，可疑地挨挨擦擦，东窥西探。

为了少绕一段路，她从夜市中穿过。她被一个人撞了一下。前后左右的瓦斯灯光下，一张看不清眉目的男人的脸，一张阔嘴对她莫测高深、意味深长地笑着。她厌恶地从他身边挤过去。那人追随着她，伴着她边走边小声说："想找个地方暖和一会儿吗？"她站住了，凛凛地瞪着那人。她并不像别的姑娘被这种人纠缠住时那么害怕，只是产生了一种强烈的憎恶，憎恶得想狠狠扇那人一记耳光。对方意识到猎捕错了目标，悻悻地嘟哝一句："不识抬举！"转身溜了。

她刚要继续往前走，忽然听到附近有一个熟悉的声音在叫卖："凤凰烟，牡丹烟，谁买带过滤嘴的凤凰烟牡丹烟！……"叫卖声并不高，但叫卖者的嗓音非常洪亮，非常浑厚。在这里，在这熙熙攘攘的、热热闹闹的、乱乱哄哄的、空气中浮动着种种买卖欲望的夜市上，虽然这叫卖声是那么与众不同，是那么容易那么明显地同所有的叫卖声区别开来，但并没有格外引起什么人的注意。在本市，带过滤嘴的凤凰烟和牡丹烟极难买到。只有将吸一支好烟看成莫大享受的人，才会注意到这声音的存在。

而她之所以注意到这叫卖声了，是因为她对这声音太熟悉了。

"凤凰烟！带过滤嘴的凤凰烟啊！带过滤嘴的凤凰烟牡丹烟啊！……"

这叫卖声流露出的，与其说是招徕的热情，莫如说是焦躁的期待。不，是由此而产生的屈辱的愤怒！

一件毛衣外加一件呢大衣，是难以抵挡北方十二月底夜晚彻骨的寒冷的。

她已经快被冻僵了，而且，她也感到非常饿了。从离开家到现在，她滴水未进。两片夹肠面包，一杯牛奶和一杯咖啡所产生的热量，早就从她的体内挥发干净了。她觉得自己的胃像一只打足了气的球胆，空空如也。她恨不得一步就迈回家中，卧在自己那张舒服的床上，饱吃几片夹肠面包，再慢饮一杯牛奶和一杯咖啡。

可是那叫卖声像一个非常熟的人在频频召唤她，使她不能够不站住，转动着头寻找叫卖者。

她寻找到了——一个穿兵团黄大衣的高身影，站在离她不远的一家商店门外，背朝着她，继续用那种浑厚洪亮的男低音叫卖。一见到那身影，她立刻便知道他是谁了，向他走了过去。

“刘大文！”她走到他身边，叫了他一声。

“姚教导员？”他转过身来，上下打量了她好一会儿，才认出她。

她用冻得发抖的声音说：“真……想不到，会在这……种地方遇到……你……”

“这是个好地方啊！白天不能公开进行的买卖，夜晚在这里可以拍手成交。你看，这么晚，这么冷，还是有这么多人在这个地方流连忘返，为了占对方的便宜吹牛撒谎，以假乱真，尔虞我诈，生活多他妈的丰富多彩呀！”刘大文还是那么嘻嘻哈哈，显出由于见到她而非常高兴的样子。但她看得出来，这种高兴的样子是装的。

她瞧着他，一时觉得再无话可说。

他却说：“教导员你真是只要风度不要温度啦！这种地方光识货，不看人。”

他分明是在挖苦她。

她并未生气。这个刘大文，是全团出了名的活宝，团长政委都对他认真不得。

她很严肃地问：“你怎么能在这里卖香烟呢？”

他夸张地表示出十二万分的惊讶，故作天真状地反问：“别人可以在这里卖东卖西，卖活的卖死的，为什么我就不能在这里卖香烟呢？”说罢，放开嗓音又叫卖起来：“谁买凤凰牌牡丹牌香烟啊！带过滤嘴的啦！机不可失，时不再来呀！……”

她喝道：“别喊了！”他停止叫卖，满不在乎地望着她。她压低声音说：“你曾是我们七营的骄傲，你曾是团宣传队长，你曾是我们全师知识青年人人皆知的金嗓子，你不能在这种地方丢我们返城知识青年的脸啊！……”他用反问的语气回答：“大概也让你这位教导员感到丢脸了吧？”“难道你就一点自尊心都没有了吗？”“自尊心？一个返城知识青年的自尊心一文不值！”他温文尔雅地微笑着抢白她，“我在街道待业青年办事处登记时，告诉他们，沈阳军区歌剧团曾三次派人到生产建设兵团来要我，三次都因为被团里卡住没去成。你知道他们说什么？他们说：‘那只能怨你的命不好。城市不需要歌唱家。回去耐心等着吧，半年后我们也许能给你找个什么临时工作干干！’他妈的在这座城市里有谁欣赏我的嗓子啊？除了我，你在谁眼里还是一位教导员呀？”

她，又不知说什么好了。他却放开他那浑厚的嗓子，高声唱起音阶来，“导来咪发嗦啦希导……导希啦嗦发咪来导……”几十颗人头一齐向他转过来。他们见他并没有做出什么异常的举动，纷纷扭回头，又去注意那些瓦斯灯照耀下的摊床了。他对她苦笑道：“瞧见了吧？他们大概以为我的神经有点不正常呢！”她用极低的声音说：“我求求你，别这样作践自己……”“这可不能算是作践自己。”他很认真地反驳，“这是幽默感。幽默感体现男子的风度，体现女人的教养。教导员你连一点幽默感都不具备吗？”

她用更低的声音说：“我今天心里很难过，你就别再用这些话来挖苦我了！”她几乎是在恳求他了。她本希望从他身上多少获得一点返城知识青年之间彼此相通的某种情感，可是真正得到的却完全相反。她撞到了一堵看不见摸不着的心理隔墙上。她更加感到了一种扩散在内心里的大的失落和大的孤独。

然而他却不能够体会到她此时此刻的心情，继续对她进行挖苦：“你心里很难过？这可真是对我的莫大安慰！我有妻子，有女儿，两个。他妈的长这么大从来没获得过什么成对的好东西，却创造出了一对双胞胎！我得负起责任和义务养活老婆孩子，做了丈夫也做了父亲，我总不能再向自己的父母伸手要钱了吧？这才叫男子汉大丈夫的自尊心呢。两个孩子要吃糖葫芦，我没钱给她们买，一人给了她们一巴掌！教导员您心里的难过大概不属于这一类吧？不过知道您心里也很难过我还是挺高兴的，这才能多少体现出来点生活的公平是不是？您究竟为什么难过啊？大概总不会是因为您的孩子想吃糖葫芦而您没钱买吧？哦，抱歉抱歉，我忘了您还是个独立的女性呢！”

这一番话对她心理上和情感上的双重伤害是太惨重了！她目不转睛地

瞪了他许久许久，不明白这个在兵团时整天嘻嘻哈哈，用滑稽的行为和逗趣的语言解除过许多人内心忧愁的活宝，为什么返城后也居然变得如此尖酸刻薄？

她眼前又浮现出了那架燃烧的花圈。

“导来咪，牡丹烟……嗦咪发嗦，凤凰烟……嗦发嗦，带嘴的……”

刘大文的男低音盖住了一切叫卖声！

她猛转身离开了他。

刘大文追上她，说：“教导员你可别生气啊，今晚见到你，我还真是挺高兴的。城市把咱们打散了……记得在火车上有人还高谈阔论说大返城是战略转折，农村包围城市……”

他长长地叹了口气。

她向他伸出手：“给我支烟。”

“我忘了你是会抽烟的……你冷吧？我们找家没关门的商店进去多说一会儿？三百多万人口的一座城市里，各奔东西，兽上山鸟入林，忽拉一下就四散了，见了面都灰不溜秋的……”

“就在这儿说吧！”

其实她已什么话都不愿说了，只想赶快回到家里。温暖的房间，舒适的床，牛奶，咖啡，安闲散淡，慵懒清静……她本另有一个好世界。

他脱下大衣披在她身上。她见他穿着棉衣，便不推让，用大衣紧紧裹住身子，双手交插在袖筒。他从书包里掏出一盒烟，瞧着，说：“真有点舍不得！”撕了封，替她插在嘴上一支，自己也叼上一支，接着掏出火柴，划了几次没划着，终于划着一根，一只手拢着，刚想替她点着烟，却被一个突然走过来的人噗地一口吹灭了。

他愣愣地瞧着那个人。他虽然生就的高个子，但却不壮，挺瘦，还有点驼背，抬大木时压的。争凶斗狠的本领，他是半点也没有。面临突然的挑衅，发木而已。

那个人身后，还站着两个人。她不安起来，以为他们是想无事生非的流氓，担心他会无缘无故挨顿揍。他们并非流氓。为首的那个人冷冷地说：“跟我们走，我们是市场管理所的。”说罢，从他肩上扯下了装满烟的书包。刘大文对她做出一个古怪的苦笑表情，慢慢伸出一只手说：“后会有期……”另一个市场管理员瞪着她说：“你也得跟我们走！”“我？我为什么要跟你们走？！”“别喊！叫你跟我们走，你就得跟我们走！”刘大文说：“她与我无关。请你们对她说话有礼貌点，她是我在兵团的教导员！”对方讽刺道：“教导员？教投机倒把的？因为有她这样的教导员，才有你这样肆无忌惮的投机倒把分子吧？”他们周围已围了一圈人，人们哄笑起来。“你看那女的，还叼根烟呢！”“瞧她这一身，不军不民，不土不洋！嘿，靴子还是平底儿的！这算是哪一派时髦？”“刚才那个男的还给那个女的点烟呢！”“唉，今后社会上有了他们这一批呀，治安成大问题喽！”人们的奚落、嘲笑、侮辱，像一锨锨石块朝这两个返城知识青年劈头盖脸地扬过来。

刘大文被激怒了，吼道：“你们他妈的家里就没有一个返城知识青年吗？”

这句话起了作用，人们安静了，有些人默默转身走了。

为首的那个市场管理员却说：“得啦，你别争取同情了！我们家也有返城知识青年，两个，可没一个像你们这样的！”他用手一指姚玉慧，“我女儿不像你，一返城就变成这样子，像只换毛的野猫，还叼根烟卷，还冒充什么教导员！”又用手一指刘大文，“我儿子也不像你！一盒烟多卖三毛钱，你这叫牟取暴利你懂不懂？我接连注意你两天了！你要是偷偷摸摸地，我也就睁只眼闭只眼，装看不见。可你嗓门比所有的人都高，你这不是往我们眼睛里滴眼药水嘛！”

另一个市场管理员说：“别跟他们扯淡！带他们走！”

刘大文内疚地瞧着她。

她这时反而无所谓，将手中那支烟朝地上一扔，踩了一脚，对刘大文说：“咱们别在这儿被展览了，跟他们走！”

于是，一个市场管理员走在前边，两个返城知识青年跟在后边，另外两个市场管理员一左一右夹持着他们，分开人群，向夜市外挤去。

他们就这样被带到了市场管理所。那里的几个男女管理员，纷纷打量了他们几眼，照旧各干各的事。有的抽烟，有的剪指甲，有的织毛衣，有的下棋，还有一个，用一根火柴棍专心致志地掏耳朵，而且还用另一只手接着，好像能掏出一颗珍珠，怕落地摔碎似的。那三个带他们进来的人，一个蹲到炉前去烤火。一个用手套垫着，将炉盖子上的饭盒拿到办公桌上，打开饭盒，坐在一把椅子上，津津有味地吃饭。第三个对他们说：“别站在屋当间碍事！”将他们推到一个墙角，就走到下棋的那两个身旁，俯下身，双手撑着膝盖观棋。

谁也不理他们，他们实际上等于面对墙角被罚站。

刘大文转过身，朝墙上一靠，从兜里掏出刚才开封了的那盒烟，低声说：“他们抽，咱们也抽！咱们抽的还比他们抽的高级呢！”说罢，向她递一支，她摇头。他自己叼上了。

“不许抽烟！”一个人走过来一手打掉了他叼在嘴上那支烟，接着从他兜里掏走了那一盒，狠狠瞪他一眼，说，“到了这地方，只许我们抽烟，不许你们抽烟！”

刘大文耸了一下肩，说：“我并不想抽烟，只想闻闻烟味。你们抽对我也一样。”

“是吗？”那个人笑了，笑得有点不怀好意，慢条斯理地说，“这点小方便，我可以照顾你。”用手指从烟盒下往上一弹，弹出一支烟，低头轻轻一叼，衔着，点着后，深吸一大口，缓缓对着刘大文的脸吐出一缕青烟，问：“好闻么？”

刘大文使劲抽了一下鼻子，郑重地回答：“您有口腔炎吧？”那个人笑了，伸出一只手，侮辱地在他鼻子上扭了一下：“你长了个狗鼻子。”两个下棋者中的一个，朝这边抬起头，望着那个人问：“什么牌的？”“凤凰的。”那人转身离开了。“来一支。”于是那人抛过去一支。“我也来一支。”于是那人又抛过去一支。“凤凰的呀？也给我一支呀！”那个四十来岁的，织毛衣的女人，放下了毛衣。那人瞟她一眼，嬉皮笑脸地说：“你又不会抽，犯的什么瘾啊！”“你管我犯的什么瘾呢！”女人跳起来，将一盒烟抢了去。那人从背后拦腰抱住女人，说：“不还给我，我可就把你按倒了！”女人笑骂道：“你敢！你敢！你这兔崽子手往哪儿摸呀！”于是他们全体哈哈大笑起来。一个高叫：“按倒！按倒！”另一个酸溜溜地大声说：“到底是抢烟啊，还是抢人啊！”刘大文饶有兴趣地瞧着他们闹成一团，不无羡慕地说：“我要是能分配到这个市场管理所工作，也就心满意足了！”见姚玉慧紧皱眉头，又说：“教导员你要是看不惯，还是脸朝墙吧，我是挺爱看的！”

她真是实在看不惯，也从未看见过这种情形。多年的兵团教导员工作，使她看不惯许多事情，不能容忍许多事情。这种男女之间的胡闹，她认为简直是当面对她进行的最严重的侮辱，比刚才在夜市场受到的侮辱更甚十倍！

女人被那个男人按倒了，却仍紧抓那盒烟不放；其他人极为开心，鼓励着这种胡闹发展下去。

她的脸变得紫红紫红。她看见桌子上有电话，趁他们没注意，迅速走过去，一把抓起了电话，非常快地拨完了号码。“放下电话！”一个人对她吆喝了一声。“我给市长打电话，我是他女儿！”她本不愿亮出这张“王牌”。但她看出来了，如不亮出这张“王牌”，不知自己还会受到什么无法忍受的侮辱，也不知什么时候才能离开这个鬼地方。她要逃避伤害了她的现实。却没有进一步想到，她所受的伤害，比起返回这座城市的二十几万知识青年来，不过是微小的擦痕。她的话，把他们全体都镇住了。就在他们将信将疑的时刻，家里有人接电话了，是弟弟。她对着话筒大声说：“我不要你接电话！我要爸爸亲自接电话！爸爸，我……我……”她拿着话筒，再也忍不住，哭了。“你在哪儿？你怎么了？发生了什么事？你快说……”话筒里，传来父亲不安地，急切地询问。她再说不出一句话，也不能停止哭。他们中的一个，看来是个头头脑脑，终于从呆愣状态中反应过来，立刻走到她跟前，从她手中畏缩地拿过话筒，怯声问：“您是姚市长吗？我是市场管理所，对，您的女儿这会儿正在我们这里……您先别生气啊，请让我对您解释一下……是，是……我不解释了……是……发生了一点小误会，我们并没有把她怎么样……您不必派车来，我们保证立刻就找辆车把她送回家！”他放下电话，转身一一瞪着带她和刘大文来的那三个市场管理员，吼道：“你们搞的什么名堂？自讨苦吃！还不快去拦一辆车！要拦小汽车！”

那三个人惊慌失措地看看她，匆匆走出去了。

那个小小的人物，马上换了一副和颜悦色的面孔，低三下四地对她说：“真是的！这算怎么一回事儿呀！我们那三个同志太没经验了，使您受委屈了，我们……”

如果他不是那么一副低三下四的嘴脸，她心中的怒气还不至于爆发出来。可他偏偏装出那么一副低三下四的嘴脸！

她感到再也忍无可忍了。她突然叫喊：“滚开！”对方吓了一大跳，灰溜溜地退到一边去了。其余那些人，仍在发呆。那小人物确实感到事情有些不美妙了。他又凑到刘大文跟前，说：“您这位同志做证，我们并没有把她怎么样呀！”刘大文不动声色地伸出一只手：“把我的烟还给我！”“当然，当然……”那人旋转着身子，四处寻找，发现刘大文的书包在一把椅子上，一步跨将过去，拿起来讨好地还给了刘大文。刘大文接过书包，大大咧咧地往肩上一挎，朝那个女人翘了翘下巴。那人就转身去看那女人，见她手中还拿着那盒烟，便走过去从她手中夺了下来，并一一夺下了拿在另外几个人手中的，因为刚才那场胡闹没来得及点着的几支烟，插进烟盒，替刘大文揣入兜里。

刘大文推开他，冷笑道：“你们并没把她怎么样？你们还要把她怎么样？她是我在兵团时的教导员，我们在兵团时要称她营首长的！可你们那三个混账东西，却在夜市场当众侮辱她！”

“这不应该，这很不应该……”那人诺诺连声。不再是教导员的女教导员，骤然间对这个地方产生了无法遏制的愤恨。她突然捧起电话机，高举过头，狠狠摔在地上。话筒先落地，话机砸在话筒上，将话筒从中间砸断，话机外壳也碎了。她却并不感到充分发泄了愤怒，又捧起桌上的饭盒狠狠摔在地上。

饭菜遍地开花。她要把这地方毁灭，可再也没有什么东西好摔了。她凶狠地瞪着他们，剧烈地喘息着。他们完全被震慑住了。他们以为市长的女儿肯定有点精神上的毛病。无跟的靴子，呢大衣外披着破旧的兵团黄大衣，这种穿着就够古怪的了！他们怎么就没瞧出来呢！教导员之说，毫无疑问是那个倒卖香烟的小子信口开河，胡说八道！可市长的女儿怎么又会跟这样一个其貌不扬的小子搅在一块儿呢？唉唉，知识青年中，什么匪夷所思的事儿没有啊！再说，市长这女儿也其貌不扬……

刘大文两根手指夹着烟，吞云吐雾，幸灾乐祸地瞧着他们，一副悠然自得的样子。“我们并没把你怎么样啊！”那小人物又嘟哝了一句。刘大文喝道：“你还敢这么说！”他立刻缄口。这时，那三个人回来汇报：“拦住一辆公安局的吉普车，在外边等着呢……”见屋里的情形大不对头，面面相觑。

刘大文将抽了半截的烟盛气凌人地往地上一扔，轻蔑地扫了他们一眼，说：“教导员，我们走！”高傲地搂着她的肩膀，像搂着情人的肩膀一样，从他们面前检阅般地走过，一脚踹开门，扬长而去。

门外果然停着一辆公安局的小吉普车，红色独眼还在无声转着。那小人物送出门外，替两个返城知识青年打开车门，心怀不安地继续解释：“这完全是误会，请代我向市长同志问好……”姚玉慧不理他，对刘大文说：“我不坐车！”刘大文附和道：“对，我们不坐这辆公安局的警车，好像我们是罪犯似的！”又转脸看了那小人物一眼，奚落地说：“我们绝不会代你向市长同志问好的！”他们如一对散步情人似的走了。拐过街角，刘大文将手臂从姚玉慧肩上放下，哈哈大笑起来，笑得无比开心，笑弯了腰。“你笑什么？……”她板着脸问。他却笑个不停。“别笑啦！”她呵斥他，自己却忍俊不禁，也无声地笑了。她羞愧地说："我刚才真像个疯子是吧？我想我刚才是有点……歇斯底里大发作……""啊不，你可千万别这么想。"他终于忍住笑，非常庄重地说，"教导员，你刚才表现得出色极了，风度大大的！""因为披着你这件破大衣？""因为你把他们统统都给镇住了！""主要是因为你的书包又回到了你身上，你才这么赞美我吧？""那你把我看得太狭隘了，是因为你的勇敢。""勇敢？哼！"她向前走去。

"是勇敢！"他肯定地说，跟在她身旁走着，又要搂她的肩膀。她将他的手臂打开了。他的情绪却有些兴奋得古怪，仿佛刚刚看完了一场好电影，按捺不住地要加以评论。

他侃侃而谈："你知道，你拿着电话听筒哭的时候我心里想什么？我想我们在北大荒锻炼了十一年竟还那么没出息，我们的教导员竟还是个小女孩！可你把电话摔了的时候，我真想亲你！接着你又摔饭盒，我真想大喊：'教导员万岁！'就像那一年在水库工地上，你敢于不把团长当成回事儿，下令放我们回各连队时的心情一样！你自己还记得吗？有多少知识青年围在你的帐篷外，蹦着高喊'教导员万岁'啊！"

她当然记得。那是她个人反叛史上的一次辉煌战役，也是一次大的自豪和大的骄傲，她怎么能忘记呢？她却摇了摇头。"你不记得啦？对你说句坦率的话，教导员，只有两次你真正使我产生了一点敬意。一次就是当年那件事，一次就是今天这件事……"她严肃地说："你的话简直使我怀疑，你是在怂恿我明天开始杀人放火！"

"你怎么把我想得那么坏啊！"刘大文叫了起来，"我自己不会去做的事，从来不怂恿别人去做！但是在需要的时候表示出一点愤怒，总不算过分吧？"

"那你自己当时为什么不表示出一点愤怒来呢？"她好像问得很天真，其实是在挖苦他。"我？可惜我不是市长的女儿啊，不敢。"他叹了口气。"鼻子还疼吗？""鼻子是无所谓的……我要是能当上一个市场管理员有多幸福！"不知不觉，他们已走过了五条横马路，快走到她家了。她站住，将大衣还他。他说："你穿回去吧！给我留个今后去找你的借口。"她一时不明白他说这句话的含意。"我去找你的时候，就是请求你帮我什么忙的时候。我当然不会经常去找你的，但也许真有需要你帮忙的时候……"她明白了，在他眼中，她已不再是教导员，而是市长的女儿。

她点了一下头，又将大衣披在身上。

“我说得这么露骨，你不轻视我吧？”

她微微摇了摇头。

“今天你就帮了我的大忙。”他拍拍书包，苦笑道，“一文没赚，还赔了三分，因为开了一包。”她怜悯地望着他说：“把你的书包给我，我可以再帮你一次小忙。”“你替我……投机倒把？”“就算是吧。”“那怎么行！怎么能让你去替我干这个！”他双手按住书包，仿佛生怕被她夺去。“有什么不行？我父亲爱抽凤凰烟和牡丹烟。”“赚你父亲的钱？！”“赚市长的钱。”“我不！你这是在当面骂我！”“咱俩分利。这你就心安理得了吧？你以为我向父亲母亲弟弟妹妹伸手要钱花时，就不觉得难为情了吗？”“你怎么至于落到这种地步？从北大荒两兜空空回来的？”“差不多是这样吧。攒下了三百多元钱，都留给营部管理员了……

他老婆死了，撇下了四个孩子……”

她至今仍觉得自己在这件事上有罪过，事实上她没有任何罪过。那一天夜里，并非是因为她在营长家里，而耽误了送那女人去团部医院的时间。卡车在半路陷入了雪窝，是管理员的命，也是那女人的命。

她从刘大文肩上扯下了书包带。刘大文在机械地争夺中松了手。他呆呆地望着她转身走了，直至她的身影一拐消失了，他才开始慢慢往回走。马路上一个人也没有，一辆车也没有。城市安静了，酣睡了。他忽然很想唱歌。他已经很久很久没有唱过歌了。返城后，连他自己也忘了，他有一副多么好的嗓子。“城市不缺少歌唱家。”那个街道待业青年办公室的人说的这句话，像一根刺，深深地扎在他心里。

他真想向城市证明自己有一副完全够资格当歌唱家的好嗓子啊！尽管它不缺少歌唱家。

他情不自禁地放开自己那浑厚宽广的男低音，引吭高歌：喜儿喜儿你睡着了，你爹说话你不知道……

当年，他就是凭这副好嗓子，从连宣传队调到营宣传队，从营宣传队调到团宣传队，从团宣传队借调到师宣传队，参加第一届全兵团文艺宣传队大汇演。

在佳木斯，在兵团总部的大礼堂，当他从台口走到舞台中央站定时，台下许多人发出了笑声。那是他生平第一次站在真正的舞台上。从台口走到舞台中央那几步，是他从默默无闻走向自己的荣誉的历程。他当时是那么缺少自信。后来人们告诉他，那几步他走得像一位农村老大娘。他站得也毫无风度，肩膀歪斜着，一肩高，一肩低……

可是，当他敞开自己的嗓子开始歌唱后，台下一片安静。不，一片肃静。

他唱的就是歌剧《白毛女》中杨白劳的唱段。他本来只应唱一段，可是人们用一遍又一遍的热烈掌声将他从台后唤出来。他唱了全部杨白劳的唱段！他的嗓子将参加汇演的三百多个宣传队的队员们镇住了！刘大文的名字在他们中间变成了最响亮的名字！虽然他的容貌一点也不出众，但各师团的女宣传队员们，却都不放过随时随地的机会向他投以最起码是友好的目光，并希望他能注意到她们的目光。他注意了。结果她们中有一个后来便成了他的妻子。

汇演结束后，兵团宣传部部长给他那个师的师长打电话："告诉你一件事，兵团宣传队又增加了一个人。"

师长明白兵团宣传部长的意思，回答得很巧妙："我们师宣传队少一个人没什么，但你如果采取扣留的方式，不是太不照顾我这个师长的情绪了吗？"兵团宣传部长照顾了师长的情绪，师长却一点也不照顾兵团宣传部长的情绪。他回到师里的第一天，师长就找他谈话："刘大文你听明白了，但凡是个好东西只有傻瓜蛋才愿送人。我可不是傻瓜蛋！只要我当一天师长，你就是我这个师的人！从现在起，宣传队长是你了！"

以后，沈阳军区文工团来调过他，省歌舞团也来调过他，他的种种锦绣前程，都被"喜爱人才"的师长软拖硬顶断送了。

兵团解体，改为农场，各师团的宣传队也随之解散。宣传队员们入林投渊，另寻出路。名噪一时的"金嗓子"，成了无处栖身的"寒号鸟"。良机已逝，时过境迁。在师里继续混下去，谋求个轻闲工作，他觉得没趣。怀着些许凄凉，几缕幽怨，他又孑然一身地回到了七营。营里也正"精简机构"，没个适当的位置安排他。他便又回到了自己的老连队，重新当农工。

也就是在这个时候，那位兵团汇演时对他一见钟情，与他通了半年信的上海姑娘，不远千里，从佳木斯市兵团造纸厂来到生活条件非常艰苦的二龙山下，带着一股炽烈的爱情投入了他的怀抱。

连队的知识青年们对他真好。他们还需要他，还需要他的嗓子。劳动休息的时候，他们常常向他提出请求："大文，给咱们唱歌吧！"

他一次也没拒绝过他们的请求。即使在他心情最不佳的情况下，也没拒绝过他们。只要他们愿听，他便唱。他有了一个生活伴侣，他们有了一个新节目——“男女声二重唱”。

她原是兵团宣传队的女高音独唱队员，一位漂亮的上海姑娘，性格温良，气质文静。来到连队不久，便主动提出跟他结了婚。

婚后，他们那一间半低矮的泥草房，成了连队知青们的“快乐园”，几乎每天傍晚，家中都聚集着男女知青们。聊天，扯淡，吹牛。几对有情人们，腻烦了河旁树下的幽会，偏爱在他家里那种特殊的热闹气氛中公开表现你娇我爱，促进感情发展；他们往往至夜才归。他们在，她就欢欢乐乐，有说有笑。他们若要她唱歌，她便大大方方地唱。像他一样，从不拒绝他们。他们若要听男女声二重唱，她便走到他身边，轻轻偎靠着他，柔声说：“我唱低点，你唱高点啊，我伴你。”他们走了，她就勤快地敞开门窗放走烟雾，倾倒茶根，涮洗茶杯，扫瓜子皮、土豆皮、榛子壳。然后就跪在炕上铺展被褥。接着又下到地上，转入厨房去烧洗脚水……

当他将妻子搂在怀中，欲睡未睡之时，他常常闭着眼睛暗想：我刘大文真他妈的幸运啊！我凭什么与这么好的一位姑娘结了婚，就凭一副嗓子吗？于是陷入对女性对生活的不可解的迷惑之中。

有一天夜里，他做了一个梦。梦见他和妻在山上伐木，林中突然刮起一阵旋风。风过后，妻不见了，雪地上只留下了妻的一只手套。他焦急得四处狂奔，大声呼喊妻的名字，听到的却只是自己的回声。喊着喊着，他变成了一个哑巴。最后无论怎样喊，竟连一点声音也发不出来了……

他惊醒后，出了一身冷汗。

妻仍偎在他怀里，脸贴着他的胸膛。

一缕月辉从窗外洒进来，映在妻那张美丽的脸上。妻睡得那么香甜，他觉得妻那张脸美丽得胜过天仙。他一下子将妻紧紧搂住，亲吻着妻的头发，无声地哭了。那时刻无边无际的爱充满他的心间。自从他朦朦胧胧地开始感到需要去爱和被爱那一天起，他就没对爱情两个字抱过多大希望。也从没想象过自己会这么深这么痴地去爱一个女性，更没想象过自己会被一个美丽而温良的女性这么深这么痴地爱着。他总觉得自己获得的幸福是非分的，就像一个美梦，总有一天是会如同烟云一般倏然飘散的。这种无法摈除的想法使他内心里恐惧极了，他哭出了声音。

妻被他哭醒，吃惊地问：“怎么了，你？”

他捧住妻美丽的脸，注视着这张美丽的脸，任自己的眼泪往下淌着，用发颤的声音说：“我爱你！”

妻仿佛没有听懂他说出的这三个字。

他又说了一遍：“我爱你啊！”

“哦，我知道……你这个……傻孩子，我知道的呀！”妻吻了他一下，又将脸儿贴在他胸膛上，同时用一条手臂温柔地搂住了他的脖子，悄声说：“你呀你，快睡吧。”

他非常了解自己。他知道得清清楚楚，除了一副得天独厚的嗓子，自己在许多方面都不过是一个极平庸的人。乐观一点说，也只不过是一个极平常的人。

听人讲“胖大海”是保养嗓子的好东西，他请求上海知青从上海为自己搞到了一点，像长生不老药一样泡在罐头瓶里，每天喝三次。

“你的嗓子更需要的是专业水平的训练，而不是喝‘胖大海’，我可以当你的指导老师。虽然我的嗓子先天条件远不如你，但声乐知识比你多得多！”妻很认真地对他说。

“你？”他有些不相信。

“怎么？不相信？对了，我从没告诉过你，我祖父是声乐教授，我父亲是歌唱家……”

看得出来，妻不是在开玩笑。

他怔住了。

沉默了许久，他才低声问：“你为什么不早告诉我呢？”

“我以为这一点在我们的爱情中不是很主要的。”

“可你还说你父亲死了……”

“是死了，在‘运动’期间。”

妻见他的表情那么异样，不安地问：“因为我以前没告诉过你这些，你生气了……”他勉强微笑了一下，阴郁地回答：“没有。”妻说：“可你的样子像是生气了。”他说：“我永远也不会生你的气。”妻柔情地望了他片刻，又问：“真的？”他将妻子轻轻拥抱在胸前，说：“真的。”可是他的内心里，从那一天产生了一种潜在的自卑。在他的家族中，没有一个人，曾与音乐有过丝毫的缘分……他慢慢推开妻子，盯着她的眼睛，低声问：“你爱我，就是因为我有一副好嗓子？”妻说：“瞧你问得多怪呀！”可是他固执地问：“你回答我。”妻说：“我没想过。”他说：“那你现在开始想。”妻说：“不，我才不傻乎乎地去想呢！爱就是爱，想也想不明白的。明明白白的爱，让别人去爱吧！”妻抿着嘴儿笑了，用手指在他鼻梁上轻轻刮了一下。他不由得朝镜子里瞥了一眼，看到了自己那张缺少男子魅力的脸：额头太宽，眼眉太粗，嘴唇太厚，下巴有些翘……一张令自己感到沮丧的脸。“佳木斯市比这个山沟里强百倍，你一点也不后悔？”“不啊。”“要是有一天你忽然感到后悔了，你怎么办？”“除非你欺负我。”

“天啊，我……欺负你？！”他叫了起来。

“你可永远别欺负我呵！”她用双臂搅住了他的脖子。

他凝视着妻，暗暗替她感到惋惜：糊里糊涂地爱上了自己这么一个人，而且爱得那么深那么痴情，那么天真又那么幸福。他心中产生了一种羞愧，好像一个大人靠着大人的狡猾，做了一件对不起一个好孩子的事一样。他担心有一天这个好孩子变得聪明了，这个大人可就无法拯救自己了。

从那一天始，妻认真地做起他的音乐指导教师来。在小河边，在白桦林中，在山顶上，每天清晨，都留下他们碰碎露珠的脚印，都出现他们双双的身影……

有一类年轻女性，在她们做了妻子之后，她们的心灵和性情，依然如天真纯良的少女一般，她们是造物主播向人间的稀奇而宝贵的种子。世界因为她们的存在，而保持清丽的诗意；生活因为她们的存在，而奏出动听的谐音；男人因为她们的存在，而确信活着是美好的。她们本能地向人类证明，女人存在的意义，不是为世界助长雄风，而是向生活注入柔情。

连队所有的男知青都羡慕地甚至是嫉妒地说：“刘大文这小子真比一位国王还幸福！”

而刘大文则不无自豪地回答他们：“王冠和我的妻子比起来算什么！”

他们是全连知青中的第一对夫妻。直至大返城开始，仍然是第一对夫妻。连里的其他几对有情人儿，对他们既充满了羡慕，又下不了决心像他们一样结婚。

某些小伙子私下问刘大文：“大文，你坦白告诉我们，到底是恋爱幸福，还是结婚幸福？”

他非常严肃地思考了一番之后，很自信地回答他们：“幸福是一种感觉，是别人无法体验到的。恋人和醉汉是同一类人。而结婚呢，好比你潜到了爱河神秘的水底！男人女人要结婚，是因为他们彼此爱到了恨不得让自己变成爱人身体一部分的地步！你们都还不想结婚，证明你们都还没有爱到我们这分儿上，继续爱吧！”

幸福和寻欢作乐是同父异母的两姊妹。人性与好女人生出了幸福；人性与坏女人生出了寻欢作乐。幸福的男人与一个好女人结为伴侣便会感到终生幸福；不幸的男人与一百个坏女人厮混也总归还是不幸。北大荒没有寻欢作乐的场所和条件，刘大文和他的爱妻沐浴在很清苦又很清丽的幸福之中。如果有谁以为他们整天都可以无忧无虑地手携着手，互相依偎着逗留在小河边，漫步在白桦林，伫立在山顶上，那就大错而特错了。他们要在冬季里每隔几天就上山砍一次柴，然后将木柴用小爬犁从几十里外的大山深处拖回家中。他们每年秋季都要抹一遍房子，扒一次炕洞。他们春季夏季还要精心侍弄自留地，保证自已有足够吃一冬的萝卜、土豆和白菜。还有其他许许多多没结婚的知识青年们不必操心的事。在北大荒要维持一个小家庭的正常生活，可绝不像给表上弦那么简单那么容易。也许正因为生活是清苦的，他们才尽心尽意地培育着他们的幸福，如同在瓦盆沙土中培育一株娇贵的小花。

有一个星期天，他和妻又上山砍柴，天黑了才回到家里。刚吃过晚饭，他便疲劳得一头躺倒睡去了。第二天早晨，不是妻轻轻推他，他还醒不过来。他睁开眼睛，见妻已穿好了衣服，斜坐在炕沿上，瞅着他，戏谑地说：“未来的大歌唱家，今天想旷课呀？”

他翻了个身，嘟哝道：“还没睡够呢，今天算了吧！”又闭上眼睛，要继续睡。“那可不行，起来，起来，大懒孩子！”妻不停地推他。他围着被子坐了起来，打了一个大哈欠，忽而想到了一个长久以来想要对妻提出的问题，便问：“你这么下功夫地指导我，是不是真希望我将来能成为一名歌唱家呀？”妻回答：“要是有那一天，多好呀！”妻的话令他格外认真起来，又问：“要是永远不会有那一天呢？”妻回答：“我相信，总会有那么一天的！好运气迟早会向我们招手的！你的嗓子先天条件好极了，你才二十七岁，咱们还可以耐心地期待十年啊！三十七岁正是歌唱家的黄金时代！”他什么话都没有再问，什么话都没有再说，默默地穿好衣服，牵着妻的手走出了家门。

那一天，他终于明白终于理解了，歌唱已成为他们生活中不可缺少的维他命。那一天，他暗暗下定决心，为了实现妻对他的希望，他要耐心地期待着好运气……

不久，妻怀孕了。妻的腹部已经明显地鼓大了，每天早晨还要陪他走出家门去幽静处练声。为了让妻能够多睡一会儿，他每天天不亮就悄悄爬起来，丝毫也不敢惊动妻子，无声无息地独自走出家门。唯恐妻醒了会起来去寻找他，他将门从外面锁上。

妻是在团部医院里生下一对双胞胎女儿的。

接产室并不隔音。他在外面听到了妻一阵阵痛苦地喊叫，他以为妻肯定活不成了，几次发疯般地往接产室里冲，都被勇敢的护士像拦一头狂暴的野牛似的拦住了。那一天他把女人生孩子这种事至少诅咒了一百遍。

他被允许走入产妇病房后，见妻脸色苍白，冷汗将头发湿得像刚洗过没擦干似的。当着两个女护士的面，他心疼地捧住了妻的脸，说："我真是害怕极了！我以为你活不成了！"

妻柔弱无力地双手轻轻推开他，娇嗔道："还有脸说呢，是你把我害苦了！"

两个护士吃吃地笑起来。

她们走入婴儿室，一人抱出一个哇哇哭叫不止的小东西给他看。

一个护士还揶揄地说："快瞧瞧吧，你这当丈夫的值得自豪啊！别人得千斤，你得两千斤，'过黄河超纲要'啊！"

他将脑袋扭向了一边，不看。

他心中暗想：为了你们这两个小东西出世，你们的妈妈险些活不成了！

孩子的诞生，给他们的生活中增添了许多乐趣，也使他们为小家庭的生活更操劳了。妻不得不自行解除了音乐指导教师的义务，担负起了一个年轻母亲的种种职责。他也不得不从妻身上匀出一半的感情一半的爱，平均分配给两个一模一样，连他和妻也很难辨别姐妹的女儿。

妻的话少了，笑少了，活泼少了，再也不唱歌了。偶尔一唱，唱的也是中国或外国的摇篮曲。低低地唱，轻轻地哼。更多的时候，则是匆匆忙忙，急急切切地做这做那。一个婴儿，足以使一对初做父母的年轻夫妻的生活颠倒。两个婴儿，足以使他们的生活颠来倒去。双胞胎女儿并不像串联电路。一个渴，一个却饿；一个酣睡，另一个啼哭。刚刚拍睡了啼哭的，酣睡的又醒了，哇哇发出某种讯号。妻忙乱起来的时候，仿佛一位转动了十几个盘子的冒牌杂技演员，顾此失彼，手眼不一。有时候他们什么事也干不成，一人怀里抱着一个女儿，并肩坐在炕沿上，晃着身子低声合唱摇篮曲，合唱往往由于裤子被尿湿了才得以停止。

连队没有托儿所，妻不能出工干活了。四口之家，仅靠他一个人的三十七元工资维持。妻的奶不足，两个孩子常饿得啼哭。而奶粉又是很难买到的。连队没养奶牛，他每天都要跑到八里地外的另一个连队去买一次牛奶。他不能让房顶漏雨了，墙壁透风了，炕洞堵了，柴不够烧了，自留地荒芜了，也不能不参加各种会：大批判会，政治学习，团组织生活。在各种名目的联欢会上，唱歌仍然是他义不容辞的事。

妻用默默的、无言的温情抚慰着他们艰难的小家庭。

也就是从那时起，他的性格变了。他不再是一个内向的人，他变得在妻面前极爱说说笑笑嘻嘻哈哈了，耍贫嘴，出洋相，学着插科逗哏，并不出色地扮演一个无忧无虑、快快活活的乐天派角色。甚至往脸上抹了锅底灰，翻穿着皮袄，装作一只大狗熊，从地下跃到炕上，从炕上扑到地下。为了什么？为了从妻的脸上看到由衷的欢笑，看到从前那种少女般的天真烂漫的光彩。

妻是曾被他逗得咯咯笑过，后来就任他怎么逗也不笑了。有一次就哭了。

"你……你怎么会变成这样了啊！"妻泪眼汪汪地瞧着他，伤感地问。

"我……我是想逗你开心……"他讷讷地坦白自己的动机。

"可我……真不想看你变成这样……"

"那……我……再也不这样了……"

可是原先的性格已经复归不到他身上了。他从一个很内向的人变成了一个活宝，却不能从一个活宝再变成一个内向的人了。他感觉到他的生活需要耍贫嘴和出洋相，也如同生命需要维他命一样。在人前，他愈来愈是一个活宝；只有在妻的面前，他才能够努力做到像原先的他，妻所习惯了的他。有时候他甚至连自己也搞不明白了，究竟哪一个他才是真实的他，哪一个他才是伪装的他。

大返城期间，离开连队前，上海知青李凤林找到他，开诚布公地对他说："大文，跟你商量件事，我想……想向你要一个女儿……"

那时，他的两个女儿都已快三岁了，都长得非常美丽可爱，那白净的皮肤，那修长的眉，那会说话的眼睛，那微微嘟起的嘴唇，都像她们的妈妈，没有一个人见了这一对儿双胞胎姐妹不喜爱的。他爱两个女儿，一点也不逊于爱妻子。

听了李凤林的话，他惊讶万分，连想都未想一下，就一口回绝："不行，不行！你开的什么玩笑！你要是非常喜爱女孩儿，将来让你老婆给你生一个不就得了嘛！要我的图什么呀！”

“你不是有两个嘛！”李凤林不放弃进一步争取的希望。“我有两个，可他妈的这也不是二一添作五的事呀！”他认为李凤林荒唐透顶。

“你先别急，你听我讲……”李凤林似乎不达目的不肯罢休，耐心地说，“我告诉你，我回上海后，可以继承十几万块的遗产。我们家那幢小洋房，也迟早会退还的。我向你发誓，你将哪个女儿给我了，我保证你那一个女儿从小到大幸福得像一位小公主。你仍然是她的父亲，你随时随地都可以去看望她，她也随时随地可以去看望你……我呢，我只不过，想做她的一个抚养人……”

他觉得对方简直是在大白天说梦话，他仿佛坠入五里雾中，完全被对方搅糊涂了，蒙头蒙脑地问：“你小子又有洋房又有钱，返城后找个漂亮老婆，不就什么都齐了嘛！还是刚才那句话，喜爱女儿，叫你自己的老婆给你生嘛！女人生男人，不敢打保票，女人生女人，成功率在一半以上！”

李凤林却火了，凶狠地说：“我他妈的不想结婚！你到底给不给我一个。”他也火了：“不给！你不想结婚，那你就是天字第一号的大傻瓜！大白痴！难道无论多么漂亮的女人都不能使你动心么？”李凤林的脸倏然涨得紫红紫红，咬牙切齿地说：“你老婆就使我动过心！她没成为你老婆之前，我给她写过情书！”他用尽全身之力扇了李凤林一个大嘴巴子。李凤林看了他一眼，转身跌跌撞撞走了。

连里的卫生员赵晓刚走过来问他：“你为什么打他？”他怒不可遏地说：“这小子他妈的不是人！他纠缠着向我要一个女儿，我不给，他就说……他对我老婆动过心……”赵晓刚望着李凤林的背影，低声说：“他够可怜的啊，这辈子算别想结婚了，完了……”“活该！”“是你把他害的。”

“我？……”

“你还记得有一次盖房子的时候，你跟他扛一根大梁，你溜肩了，大梁那一头砸了他一下，将他砸昏了么？”他记得这件事，好像砸在李凤林小肚子上。“过了几天，他就住院了。全连没有一个人知道他因为什么病住院，只有我知道。那一次是砸到了使一个人断子绝孙的地方，医学上叫作性神经坏死……”他呆呆地发了半天愣，突然一把揪住赵晓刚的衣领，大声吼道：“你胡说！”卫生员掰开他的手，整理了一下衣领，两眼盯着他说：“我要是李凤林，没准儿早把你宰了！”说罢，一转身走了。他像个站在被告席上的罪大恶极的犯人似的，一动也不动地在那里站立了足有五分钟。李凤林竟没有把他宰了，在今天之前也从没有明显地对他表示过仇恨，反而使他觉得自己简直无法理解那个眉清目秀的上海知青了。性神经坏死……这几个字像一条毒蛇紧紧盘绕住他的心，啮咬着他的心，并往他心内吐注毒液。我刘大文真是作了天大的孽啊！我毁了好端端的一个人！……他感到有一把刀凉森森的刀刃压在他后脖颈上，猛一回头，身后却并没有人。他怀着一种无名的惶恐往家里跑去。两个女儿并排躺在炕上，都睡着。两只小手，牵在一起。两张小脸蛋都是那么俊秀，那么可爱。他站在炕沿前，犹犹豫豫地瞧着她们。他终于下了决心，慢慢地轻轻抱起了一个女儿，转身就往外走。妻端着洗衣盆从外面进来，奇怪地问：“孩子睡得好好的，你要往哪儿抱她呀？……”“我……”他不知如何回答才好。“你尽没事找事，弄醒了，又得我哄！”妻放下盆，从他怀中抱过孩子，又慢慢地轻轻地放在炕上。妻见他神色异常，又问一句：“你怎么了？”

“没怎么。”

他不敢正视妻的眼睛。他想哭。他想用头撞墙。他一转身又冲出了家门……

李凤林比他提前三天离开了连队。李凤林平素人缘不错，全体知青和许多老职工依依不舍地送行，一直送出连队，送到公路上，望着他搭上一辆卡车从他们的视野中消失……

知青中只有他没去送。连妻也去送了。妻回到家里问他：“你跟小李闹过什么别扭吗？”他摇了摇头。“那你为什么不去送？让别人怎么猜想呢？”妻第一次责备他。他低声说：“我不是留在家里看孩子嘛！”“可你要有点打算送的样子，我就留在家里看孩子了！”“……”“好几个人说，刘大文真不够意思！”“你他妈的住嘴吧！”他第一次对妻子以那么粗暴的态度说话。妻怔怔地瞧着他，眼中顿时充满了泪水。她噙着泪走到厨房去，抽泣起来。他内疚地跟到厨房，将妻搂在怀中，说：“别生我的气，你不知我心中有多么难过……”妻止住抽泣，轻声问：“因为小李的走？”他没回答。“听人讲，小李是知青中如今最幸运的一个，返城后不但可以继承十几万遗产，还会有一幢带花园的小洋房，真的？”他仍没回答，只是将妻搂得很紧很紧。妻偎在他怀里，又像开玩笑又像很认真地悄声说：“你不是在嫉妒人家吧？”他摇摇头，低声回答：“我们是多么幸福啊！”妻听了他的话，便微微闭上眼睛，将脸温顺地贴在他胸前，用双唇衔弄他衣服上的一颗纽扣。他抚摸着妻的头发。

一滴眼泪缓缓从他眼中溢出，顺着他的面颊滚落下来，藏进了妻的头发中。他和妻就那样站立了许久。终于，他开口问道：“小李给你写过情书吗？”妻睁开了眼睛，仰起脸注视着他：“你为什么哭了？你怎么知道这件事的？”“他亲口告诉我的。”“可是我……我连看也没看就还给他了呀！”“你当时看一看就……好了，也许你以后将会过上人人羡慕的生活……”同时他心中暗想，那自己肯定就不会跟李凤林合扛一根大梁，自己也就不会犯下那罪孽的过失……“再不许你说这样的话。”妻推开了他，生气地说，“你要是再说这样的话，我就不爱你了！”当他们一家四口乘上那辆“返城知青专列”后，妻一路是多么兴奋啊！“我不是对你说过吗？好运气迟早会向我们招手的！返城了，你可以到省歌舞团去了！”“他们要我，那已经是几年前的事了。如今他们可能早就把我这个人忘掉了。”“你要对自己有充分的信心，你要让他们重新赏识你。”而他一路都在想的，却是一家四口回到城市后住哪儿。妹妹和妹夫到火车站去接的他们。家中只有一大一小两间住屋。大的十二平方米，小的七平方米。父亲母亲住小屋，妹妹妹夫结婚还不到一个月，住大屋。妹妹妹夫将新房让给了他们住，各自搬到工厂集体宿舍去了。妹妹的工厂在市内，妹夫的工厂在市郊。自从搬到各自的工厂去后，到目前为止还没有机会同时在家中相聚过一次。妹妹星期日休息，妹夫星期六休息；妹夫上夜班，妹妹上白班。

就在昨天，也就是今天这么晚的时候，他从夜市场踯躅地往家中走，经过一条被年轻人称作“爱情之巷”的街道。那条小街道，两旁都是工厂的高墙，只有三根电线杆子，竖在街头、街尾、街中。三根电线杆子上都没有灯。在这寒冷的漫长的冬季寻找不到谈情说爱场所的情侣们，就把那条小街道当成了他们的“伊甸园”。他们穿着厚实的棉衣互相拥抱，戴着手套彼此爱抚，脉脉含情地借着冬季清冽的月光注视对方眉睫挂霜的眼睛，用冰冷的嘴唇去亲吻对方冰冷的嘴唇。任凭飘落的雪花将他们渐渐变成一对对一双双雪塑……电业局的工人们不止一次为这条小街的三根电线杆子安装过街灯，但第二天夜晚到来后，这条小街依然是黑暗的。而令人难以置信的是，在这条小街上，竟从未发生过什么非常事件。连流氓歹徒们也不到这里来滋扰。因为他们如果在此寻衅，这里的每一个小伙子都会变成勇猛的斗士，无需呼吁，就会立刻结成同仇敌忾的阵营。

昨天晚上比今天晚上还寒冷。

有一对情侣手臂从身后互相搂着，像对儿幽灵似的拐出那条小街，缓缓地走在他前面，距离他只有三步远，一边走一边喁喁私语。

男的说："我真想你。"

女的说："我也想你。"

男的又说："哪天给你哥哥和你嫂子买两张电影票，让他们一块儿去看场电影不行吗？"

女的忧愁地说："可他们肯定会不去的。哥哥嫂子都在待业，又有两个孩子，哪有心思去看电影啊！"

男的沮丧而苦闷地长长叹息了一声，又抱着一线希望说："要不下个星期六你请一天假到我们工厂去行不行？我们工厂大仓库旁有间小破房，没有人到那里去……"

从他们的话语中，从他们的背影，他判断出来了，他们是自己的妹妹和妹夫。

他站住了，望着他们渐渐走远，自己转向另一条街道。

回到家里，他整夜无法入睡。他几次想推醒妻，跟妻商量，将家里的煤棚清理一下，四口移进去住。但看看两个幼小的女儿，看看妻那张失去了往日光彩的脸，他不忍推醒她，跟她商量这样的事。从到家的第二天她就开始生病，不断咳嗽，明显地瘦了。

没结婚或虽结了婚没孩子的返城知青，比他和妻的处境总会强一些，因为他们毕竟不至于两袋空空地回到家中。而他和妻，在北大荒一分钱也没有积攒下。小家庭中增添了两个孩子后，使他们的生活每一个月都很拮据。返城的路费，还是预先精打细算节省下来的。妹妹给过他十五元钱，他如数交给了妻。妹夫也给过他十五元钱，他也如数交给了妻。妻说："这三十元钱我们无论如何不能乱花，谁知道我们待业要待到哪一天啊！"

"哥哥，嫂子，你们要是缺钱花可别不吱声啊！"妹妹又几次说过这样的话。妻感激地回答："不缺钱花，真的不缺钱花，你们给的那三十元钱，我们还一分也没花呢！""我们带了一些回来，还够维持几个月的。"他用谎话欺骗妹妹。其实妻也欺骗了妹妹。那三十元钱已经花掉了二十二元七角四分——妻为他买了一件铁灰色的卡中山装。他曾将这件体面的衣服套在兵团战士的破黄棉袄上，在妻的鼓励之下去歌舞团碰了一次运气。费了半天口舌，传达室的老头才放他进入歌舞团大楼。他找到办公室，一位好像是领导者模样的人心不在焉地听他说明来意，用连点礼节性的热情都没有的口吻回答他："我们的人员已经超编了，将要淘汰下来的歌舞演员还不知道往哪儿安排呢！"他恳求地说："那么您能不能先听我唱一首歌？"对方不耐烦地打断了他的话："对不起，我还有些事务要处理。"

几天后就过新年了。他发誓再也不接受妹妹和妹夫给的钱。妹妹是二级工，妹夫也是二级工。妹妹妹夫要赡养两位老人。母亲一辈子是家庭妇女，依靠父亲的退休金吃饭。父亲是从一个小小的街道工厂退休的，退休金每月十四块。

他双手插在破黄棉袄衣兜里，缓慢地走着。两个女儿跟随他和妻返城后才知道世界上还有一种叫糖葫芦的又好看又好吃的东西。他因为打了两个女儿而有些难过。

想到了女儿，便也想到了妻。妻大概已经搂着女儿们睡熟了吧？走过的每一条街道，每一条马路，都是那么寂静，一个人影也没有。城市好像服了一万瓶安眠药。他忽然对这座能够安然入睡的城市产生了一种极强烈的嫉妒和怨怒。他想用自己浑厚宽广的声音吵醒它。于是他又敞开喉咙引吭高歌：

喜儿喜儿你睡着了，你爹说话你不知道……

他的歌声是那么低沉那么悲怆那么凄凉那么辽阔！如一道久阻的闸门骤启，一切的心潮一切的感触一切的愁绪一切的郁闷奔泻千里，顺笔直的大马路翻涌向前！仿佛一只看不见的孤鹏巨鹫，在这寒冷的夜晚从这宁寂的大马路上空翱翔而过，双翼将风扇往四面八方的街巷！

他真是很久很久没有像这样敞开喉咙唱歌了。连他自己也惊奇于自己的歌声竟如此冲天动地，如此浩荡辉煌。再也没有比万籁俱寂的夜晚的城市更理想的舞台了。他幻想着有一千名穿黑色夜礼服的大提琴手排开在他身后弓弦齐运为他伴奏，另外有一千名平鼓手隐蔽在马路两旁的一条条街巷之中，如同隐蔽在巨大舞台的两侧。而他觉得这城市的千灯万盏都是为他而照耀的。马路两旁高低参差的楼房将他的歌声制造成多层次的回音，就好像整座城市都跟随着他唱了起来：

不知道……

不知道……

他不由得站住了，朝马路左边望了望，又朝马路右边望了望，没有一幢楼房的一扇窗口是明亮的，只有一盏盏水银路灯居高临下从远远近近瞪着他，仿佛在取笑他。

城市对他的歌声充耳不闻。城市城市你聋了吗？！

他突然举起双臂大喊：

喜儿，你爹把你卖了啊！

卖了……

卖了……

多层次的回音在城市的夜空飘荡着……

一辆摩托车不知是从哪一条街巷中驶出来的，怪叫一声在他跟前刹住。车上插着一面小白旗，旗上写着一个黑色的“警”字。骑在车上的治安巡警一脚撑地，对他猝然喝道：“你是什么人？！”

他如梦方醒，产生了一种想跟这名治安巡警开个无伤大雅的玩笑的念头，便镇定自若地回答：“我是歌唱家啊！”“歌唱家？”治安巡警凌厉的目光上下审视着他。“对，省歌舞团的郭颂是我的老师。歌唱家郭颂的名字你听说过没有？就是唱《乌苏里船歌》的那个郭颂……”治安巡警威严地沉默着。“没听说过？”他表示大为惊讶地耸了一下肩，“那么这首歌你一定听过……”说着，就又唱了起来：

乌苏里江长又长……

“别唱！”巡警呵斥他，问，“你叫什么名字？”

“我……我叫马路红，牛马的马，道路的路，世界一片红彤彤的红……省歌舞团的青年男低音歌唱家马路红，几天前报上登过介绍我的文章，读过吗？写得还不错，就是把我吹捧得过高了。这类文章容易使人骄傲，是不是？”

“拿工作证来！”“工作证……”他佯装在几个衣兜里翻找，一边翻找一边自言自语地嘟哝，“咦，我的工作证呢……可能没带在身上……”“我看你这一身明明是个返城知青！”“对，对！我是返城知青……”“那你说你是歌唱家？！”“请别误会，这并不矛盾啊！我……是三年前返城的，省歌舞团把我从北大荒调回城市的。就是我刚才讲的著名歌唱家郭颂亲自把我调回来的！您怎么不知道郭颂这个名字呢？我仍穿这身兵团战士的服装，是因为今天一些返城知青聚会，我得穿得和大家一样，是不是？要不，会对大家的心理造成不良的刺激，是不是？”

巡警有点半信半疑了，又问："你喝醉了吧？""没有没有！"他连连摇头，"喝酒损伤嗓子，我从小滴酒不沾……"说着，俯下身，对巡警的脸呼出一大口气，"一点酒味也没有吧？"巡警皱起了眉头："你刚才说你叫什么名字？"

"马路红，我这名字很容易记。以后要看演出的话，只要是省歌舞团的演出，去找我。三两张票，绝不成问题！"警帽下那张年轻的脸上浮出了微笑，"那我们算是朋友啰？""当然！""离家还远吗？我用摩托送你一段？""不必。我就要到家了。""走吧！""嗨咿！"他举起手臂，向对方敬了一个很帅的德国党卫军式的军礼，然后迈开步子，以军人的步伐气宇轩昂地走了。那年轻的治安巡警望着他的背影，在头脑中努力回忆对一个名叫"马路红"的年轻歌唱家根本不存在的印象……

他回到家，见妻和两个女儿都已经睡了，悄悄脱去衣服，不发出一点声响地上了床，轻轻躺在妻身旁。两个孩子两个大人占领一张新婚夫妻的双人床，亲密无间。他这时才发现妻并没睡，在默默流泪。"你为什么哭啊？……"他耳语般地问。妻转过身去。他将妻的身子扳了过来，注视着妻，追问："你为什么这样伤心？""我……我把买衣服剩下的那几块钱……丢了……哪儿都找了……找不到……"妻说着，像个孩子似的，嘤嘤抽泣。他要凑合着过新年的种种渺小计划成为泡影了。"丢就丢了吧！"他双手替妻拭去脸上的泪痕。他心中忽然对妻产生了一种极大的怜爱。他冲动地将妻拉进自己的被窝，紧紧地将妻的身体搂抱在自己怀中。妻温柔的美好的身体使他的灵魂感受到真真切切的安慰。这灵魂此时此刻是太疲惫太需要安慰了！他此时此刻什么都不愿去想，什么都不愿去愁，什么都不愿去烦恼了！他只需要她。只需要从她身上所获得的那种超过一切的安慰，只需要将自己沉没在对她充满怜爱的炽烈的情欲之中……

他目不转睛地注视着那张他永远也看不够的脸，喃喃地说："我什么也没有了，只有你和孩子。"

她也目不转睛地注视着他，喃喃地回答："我也是。"

"只要不失去你和孩子，无论在什么情况下，我都会有足够的勇气活下去！""我也是。""如果失去了你和孩子，我肯定会自杀的！""我也是。""我爱你甚于爱我们的孩子。""我也是。""我爱你，我真是不能没有了你啊……""我也是。"于是他在妻的脸上印下了无数亲吻。他鲁莽地解开了妻的衬衣扣，将脸偎在妻的怀里。他闭上了眼睛。

这世界在他的意念中不存在了。他迷乱地吻着，吻着，吻着……

妻无比温柔地抚摸着他的脸，抚摸着他的头发，抚摸着他的脊背。他从妻的抚摸中，贪婪地感受着一种母爱般的怜情。这正是他内心里对妻所深深怀有的，也正是他渴望妻能够给予他的。与其说这是一种冲动的情欲，毋宁说这是一种互相体恤的情愫。他要获得这种心理上的满足的要求，是强大于获得另一种满足的要求的……

妻用她母爱般的抚摸渐渐平息了他那灵魂的和肉体的双重冲动，轻轻吻了他一下，婉语说："睡吧……"

他不作声，也不动。仍将脸孩子似的偎在妻的怀里，感到内心正在一种软弱的状态中重新积聚着某种力量。他自信他明天是又可以为卖掉十几盒香烟而走遍全市各个地方了。

妻又说："今天敏华来了，送来两张明天的电影票……"他一下子被从温柔之乡推到了尴尬而窘迫的现实面前。一个短暂的迷醉的梦境被妻忧愁的轻语击碎了。他的头慢慢从妻那丰满而柔软的胸上抬了起来。他一翻身仰面朝天躺在了妻的身旁。妻却扑到了他身上，紧紧抱住他，用陷入绝境的人那种不寒而栗的语调说："我真是害怕极了啊！害怕我们就这样一年、两年、三年长期待业下去……果真那样我们可怎么办啊！"他猛地推开妻坐了起来，扯过棉袄就掏烟……

第四章

倘若每座城市只有一幢房屋；倘若十几万人，几十万人，一百万人，几百万人都生活在同一个巨大的穹顶之下，像一家人一样；倘若他们都能够成为自己命运的主宰者，有充分的信心和足够的能力抗拒社会的任性对他们命运的摆布，那么城市将会变成怎样的舞台呢？仇恨，这种由高级思维和可怕情感而对人类心灵产生的彼此具有诱发性的污染，是否会消除呢？由此而导致的种种悲剧是否会从社会的节目单上减少一些呢？

呵，你这年轻的城市，你这三百万儿女的母亲呵，当你目睹你的孩子们之间由于受命运的捉弄而彼此仇恨甚至产生彼此杀戮的动机时，你又为什么那样麻木那样无动于衷地缄默着？难道你对他们的爱由于他们人数众多而变得如冰一样冷如水一样淡了么？哦你快看呀，你快将你的脸转向这一条在昨天热闹的喜剧和严峻的悲剧同时发生过的小胡同呀！你快将你的目光注视到那个残留着花圈的灰烬和喜庆的彩纸屑的院落呀！你快将你的制止的呼喊从贴着双喜字的倾斜的门和低矮的窗传入寒酸的新房啊！你看到了么你？你的一个孩子，由于仇恨的作用，又一次操起了尖刀！

世间未经探勘的险境，不在大陆上，不在海洋中，而在人们的头脑和心里。某些人的人格防线一旦受到袭击甚至被突破，他们心底里激起的报复的狂飙是猛烈于一般人十倍的。

郭立伟在磨刀石上霍霍磨刀，猛烈的渴望实行报复的狂飙在他胸膛内卷荡呼啸。他手中的尖刀在磨刀石上推磨一下，报复的狂飙便在他胸膛内冲腾一次。它是那么样的猛烈，仿佛就要鼓破他的胸膛，随之鼓破这小小的新房，在天地间造成一种真正的风暴！

受伤的蚌用珠来补它们的壳。

郭家兄弟之间的手足之情，是他们童年和少年时代经受的种种屈辱和艰难岁月所沉淀的同质岩层。

十几年前，他们家这一带的小街窄巷，还都没有下水道。各家各户的脏水，是靠脏水车运到市郊的下水道总口的，每天早晚各送一次。拉脏水车的，是一匹瘦骨嶙峋的老马，伴着这匹老马走街串巷的，是郭家兄弟的父亲。父亲手持木梆，蹒跚地跟着老马踉踉跄跄的步子，不停地机械地敲着，在每一个大杂院前都必须停一阵。各家各户的人听到梆声，便从家中拎出或抬出脏水桶，倒入铁箱式的脏水车。他们家原先并不住在这一带，家境原先也并不很贫困，甚至还可以说是个小康之家。他们的父亲，曾开过一个卖杂货的小铺子。小铺子归公后，家中曾得到一笔数目可观的款项，父亲每月也有固定收入。后来，他们的父亲由于贪污罪被判了刑。当警车开入他们家住的那条街道时，弟兄俩和许多小孩子一块儿跟在警车后面奔跑，一块儿呼喊："抓坏人喽！抓坏人喽！"警车却在他们家门外停住了，父亲被铐着锃亮的手铐从家中带出来，押上了警车……

那一年哥哥十四岁，弟弟九岁。

他们不相信父亲会是一个贪污犯。他们幻想着明天，后天，最迟大后天，会有另外一辆车，当然不应该是警车，将父亲送回家。警员们会羞愧而负疚地当众向父亲，向母亲，也向他们赔礼道歉，郑重地为他们家恢复名誉。

倒是有另外一辆车开到了他家门前。不是送回父亲，不是来为他们家恢复名誉。

而是查封他们的家。

父亲果真是一个贪污犯，而且是一个长期贪污，多次贪污的贪污犯。

父亲已在法律面前低头认罪了，被判刑八年。

父亲在外还供养着一个只有二十五岁的女人，和那女人姘居了整整六年……

家中的房产、家具、存款都统统被没收充公了。

母亲不得不带着他们来到这条小胡同这个大杂院住下。

他们对父亲的爱，对父亲的尊敬，对父亲的血缘之亲、骨肉之情，连同“父亲”两个字从他们快乐的儿童世界中抹掉了。羞耻如同厚厚的茧壳一层层缠裹住蚕蛹，从此缠裹住了他们还未接触过任何丑恶的幼小心灵。他们不能理解那个在家中似乎对母亲很体贴，在邻居面前似乎很正派的父亲，原来竟是一个伪君子。这种忍心的欺骗使两个天真无邪的孩子生活可怕又可耻的另一面感到强烈无比的震撼。

他们从此变成了两个孤僻的自卑的孩子。

父亲由于生病提前三年获释。

母亲居然还将父亲接回了家！弟兄俩不跟父亲说一句话，也对母亲产生了鄙视，对母亲变得粗暴起来。父亲卑下地承受着儿子们对自己的惩罚，母亲隐忍着儿子们的粗暴。那正是“文化大革命”第二年，两兄弟都没有加入“红卫兵”。他们自认为是比那些“走资派”“右派”“反动学术权威”“资产阶级臭知识分子”的子女们更卑贱的人。那些子女们也还有暗中互相同情的伙伴，而他们则属于“坏分子”的后代。“坏分子”的内涵除了贪污犯还包括盗窃犯、抢劫犯、强奸犯、诈骗犯。他们觉得自己是掉进了社会的垃圾桶里。

按照“给出路”的政策，父亲成了这一带赶脏水车的人，一个哑巴似的最负责的赶脏水车的人。

父亲每天在这一带小街窄巷中敲起梆子的时间，从未早过或迟过一分钟。是想以此向人们表示忏悔？还是想以此获得人们的一点怜悯？只有父亲自己心里知道。从没有谁对父亲表示过什么，他在人们眼中与那匹拉脏水车的老马没有区别。

那匹拉脏水车的老马，生命力是很强的，并没在哪一天如人们担心的那样突然倒下。父亲却在有一天帮一个女人拎起脏水桶往脏水车里倒时突然倒下了。脏水泼了他一身，再也没爬起来。

兄弟俩的耳膜又开始熟悉另外一种声音。一种像木梆声一样单调，但绝不如木梆声那么脆响的声音——一种持续不断的嗡嗡声。

母亲纺石棉线的声音。

每天晚上，在昏暗的灯光下，在那种持续不断的嗡嗡声中，满屋飘飞着白雪般的石棉的飞絮，哥哥伏在小炕桌上，聚精会神地解数学题或几何题，仿佛社会上发生的一切“轰轰烈烈”的事件都与他毫不相干，他要独自进入一个数学或几何的世界里去似的。而弟弟则缩在墙角，瞪大眼睛编织着该属于成年人的梦——塞满一个个抽屉的钱，宽敞的房子，体面的衣着和人们的真诚的尊敬，借以哄骗自己那颗幼小的心灵。

弟弟当时唯一能够获得安慰的是：哥哥在学校里曾是个门门功课都名列前茅的学生。这一点如一缕烛光照耀在弟弟身上，也照耀在弟弟心里。虽然小小的自珍的蜡烛是持在哥哥手中的，却使弟弟感受到了那微弱的烛光对他的宝贵。因为弟弟连任何一点可以持举自照的光辉也没有。弟弟对哥哥的情感之中，也包含有感激、尊重和崇敬。他总在暗暗地想，“文化大革命”早晚会结束的，那时哥哥一定会考入一所名牌大学。那时他将可以不无自豪地对别人说：“我哥哥……”

有天晚上，他早早就躺下了，母亲以为他睡着了，对哥哥谈起了父亲。

“你不要再恨你父亲了，他已经是死了的人了。他也怪可怜的……”自从父亲被判刑后，母亲一下子变得至少苍老了十五岁，变成了一个老太婆。连声音也变得苍老了，没有丝毫韵调了。母亲的声音，就如同那纺石棉线的嗡嗡声的一部分。

哥哥一个字也没回答。

“被坏女人缠住的男人都没个好结果……”

“……”

“你在听妈说话么？”

“妈，你别再对我提他！也不要再对弟弟提他！”哥哥的语气中流露着毫不掩饰的憎恨。纺车疲惫地嗡嗡响了一阵后，他听到了母亲的一声悠长的叹息。这声叹息就像一个因窒闷而昏死过去的人发出的第一声呻吟。“也许是我将他害到那种地步……”母亲又嗫嚅地说了一句。他听到了哥哥摔课本的声音。“你不愿听，妈也得说……妈不定哪天两眼一闭，两腿一蹬，就到阴间去了……不对你说，到了阴间，你父亲的鬼魂会恨我，就像你们恨他……”啪！

又是一响。纺车疲惫地嗡嗡着。“妈觉得你已经长大了，才对你说。户口本上写着，妈和你父亲同岁。其实你父亲比我小五岁……那小铺子早先是你姥爷开的，你父亲是铺子里的伙计。后来你姥爷死了，你父亲就娶了我……那一年你父亲十七，我二十二……第二年就生下了你，隔了五年又生下了你弟。生下你弟后，妈作了一场大病。病好后，就再也没对你父亲尽过一个女人的……本分……”

纺车的嗡嗡声忽然急而大起来了。母亲苍老的、没有丝毫韵调的声音，仿佛从极遥远极幽深的一个洞穴里传来，仿佛带着一股寒潮的冷气，使他感到屋里凉森森的。

“我觉得亏待了你父亲，主动提出要和他离了。他觉得那样又亏待了我，自己良心上过不去……他也舍不得撇下你们，他是真舍不得……那个女人我虽没见过，可我知道你父亲和她的事……我没想到你父亲为了用钱拢住她，会犯下贪污的罪……他当初是真舍不得你们……”

他觉得那股寒潮的冷气直沁到心里，冷得瑟瑟发抖。他一动也不动地躺着，紧闭着眼睛，整个身体绷得都快抽搐起来了。嗡……嗡……嗡……这声音愈来愈大愈来愈快，充满了小小的空间。他觉得母亲正在机械地将她自己，将哥哥，也将他一块儿纺进石棉线。他觉得他的四肢，他的整个身体都像麻花似的扭转着，被一只看不见的巨手抻着，抻着，抻得细细的长长的，又被骤然放松，绕到了纺车轮上……

母亲讲的那些话，从始到终，都没有任何韵调，不带任何感情。她仿佛在尽着一次早晚得尽到的既不是情愿也不是被强迫的义务，那些话像从没拧紧的龙头里滴滴答答淌出来的一股自来水。

听不到哥哥的任何声息。哥哥似乎不存在了。那天夜里他做了一个噩梦：父亲将木梆举在他耳畔，不停地敲击着，不停地对他重复着同一句话：“我是真舍不得你们，我是真舍不得你们，我是真舍不得你们……”父亲的头忽然变成了那匹拉脏水车的老马的马头，大张着马嘴，暴露出一排稀疏的参差不齐的马齿，要啃他的脸……

他惊醒后，出了一身冷汗，被子褥子湿漉漉的……第二天早晨，他第一眼看到哥哥时，觉得哥哥变得陌生了。一夜之间，哥哥那张本来就缺少青年人所应具有的种种表情的脸上，除了阴郁的缄默——如果缄默也可以算作一种表情的话，就再难寻找出别的什么表情的虚线了。哥哥也用一种异样的目光看着他，低声问：“立伟你怎么了？你病了？”只有从哥哥的话语中，还能听出哥哥一向对他深深怀有的手足之情。“我没病……”“那你的脸色为什么这样难看？”

“我……觉得夜里有点冷……”

“冷？”哥哥将一只手放在他额头上。他并未发烧。

……

那单调的持续不止的使人欲眠的嗡嗡声有一天中断了。当哥哥放下课本，弟弟从那种概念化的幻想中抬起头来时，他们才发现母亲已倒在纺车旁。母亲脸上、头发上和衣服上，落着一层灰色的毛茸茸的石棉絮。那种嗡嗡之声首先将母亲催眠了，再也没醒……他们毕竟是爱母亲的，母亲毕竟是他们唯一的相依为命的亲人。他们认为母亲是一个不幸的女人，而不是一个有罪过的女人。他们心中因为母亲的死而充满了悲哀，他们为母亲也为自己默默地流了许多泪，但是他们都没有放声哭。

他们没有请来任何一位邻人帮助料理母亲的后事。他们用温水轻轻地给母亲洗了几遍脸，洗了几遍头发，洗了几遍手，洗了几遍脚。他们给母亲脱去了落满石棉絮的外衣、破旧的衬衣，翻出母亲生前舍不得穿的一套新衣服和干净衬衣，互相配合着给母亲换上了。

当母亲那瘦得可怜的、枯槁的、皮肉松弛的身体赤裸地呈现在他们面前时，他们都不由得慢慢屈下双膝，虔诚地在母亲身体两旁跪下了。

母亲的两只乳房干瘪地塌在条条肋廓清晰可见的胸上，像被婴儿吮扁了的胶皮奶嘴。他忽然产生了一种本能的冲动，他想含住母亲那变成黑色了的乳头，从母亲的乳房中再吸吮到什么，无论是奶汁还是别的什么。

他一下子扑在母亲身上，紧紧抱住了母亲的身体，从心底里叫出了两个字：“妈妈！”过了许久许久，哥哥才轻轻将他从母亲身上拽起。给母亲换好衣服后，哥哥跪在炕上给母亲磕了三个头，他也跪在炕上给母亲磕头。磕了多少，自己也不清楚。兄弟俩将母亲用家中最好的一床被子包住，放在一辆手推车上，推着经过半个城市，推到了远在市郊的火葬场……不久，哥哥拿起了那被父亲敲过的油光的木梆。这是经过哥哥请求，区民政局批准才获得的权利。哥哥挑起了养活自己也养活弟弟的担子。

一天早晨，哥哥没按时醒。弟弟却醒了，悄悄爬起，悄悄穿好衣服，悄悄溜出了家门。他要替哥哥赶一次脏水车。那匹老马刚拐进一条小胡同，一蹄踏在冰上，猝然跪倒。沉重的车辕压断了他的一条腿。不负责任的医生，将他的断腿接得过于草率。石膏拆掉后，他成了一个“踮脚”。又过了不久，哥哥不得不撇下他，到北大荒去了。他从哥哥手里接过了木梆，每天清晨踮着一只脚，敲着梆子，一步一倾地跟随在拉脏水车的老马旁。每天夜晚，当他熄了灯，孤独地躺在炕上后，想到自己将可能一生都成为那辆脏水车的一部分，他就对人生陷入了绝望。他开始抽烟了。二十四元的工资，一半吃到了胃里，一半吸到了肺里。每次将脏水车赶近下水道总口，他都要蹦到车辕上半坐着，一手紧紧扳住车闸。那是一段很陡的下坡路。冬天，路面的雪被一天往返两次的脏水车轮碾压得很实很滑。路尽头有一排七倒八歪的木栅，越过木栅是十几米高的石垒的断壁。脏水车在木栅前调转，脏水就从那里像瀑布般泻下，与全市下水道的脏水汇在一起，形成一条污秽的浊流，缓缓地淌向远处。脏水结成的黑色的、浑黄的、深褐的或浅紫色的冰，相间相衬地悬挂在石垒的断壁上，如同人工合成的水乳石。

天，当他又像往常 样蹦上了车辕，控制着脏水车向下滑时，他心里骤然萌生了一个念头，要与脏水车与那匹苟延残喘而又不堪重负的老马一块儿报销。

他放开了紧扳车闸的那只手，闭上了眼睛。他觉得自己好像坐在一辆雪橇上，耳畔风声呼呼……完全是人的希望生存的本能拯救了他。他猛地睁开眼睛，俯下身去扳车闸，却一头从车辕上栽了下去。他抬头看见了脏水车怎样疾速地推着那匹老马，撞断木栅，从他眼中隐去了，他也听到了一种破碎的声音……他站起来，一步步走到了木栅前，但见车厢已摔为几片铁皮，浊流中露出半个马头和一条马腿……

他自己制造的这场惨剧，使他失业了。

于是某些街道干部们觉得有义不容辞的职责动员他“上山下乡”。

他说：“我算病残青年你们不知道吗？”

他们回答：“贫下中农照样会欢迎你的！你如果都上山下乡了，对那些泡在城市的青年不是更能起带头作用吗？”

他拒绝起这种带头作用。他并不怕艰苦，只想要与什么东西对抗。他能够对抗的唯“上山下乡运动”而已。

城市，你还记得当年那个闻名全市，绰号“半导体”的踮足青年吗？“半导体”不广播革命歌曲，也不广播“最高指示”，“它”只充满血腥的传布斗殴新闻。“它”对那些以争雄斗狠为常事的流氓，具有不可轻视的威胁性。在一般青年中，“它”是传奇式的可畏的一方悍霸；在普通市民中，“它”造成恐惧。

这踮足的青年，在那个动乱的年代中，终于自以为寻找到了体现自己尊严和回击别人欺辱的方式——暴力手段。

他用一株小榆树制作了一根手杖，不是为了助行，而是当成武器。与人打架时，出其不意地倒挥起手杖，钩住对手的脖子，猛力将对手钩倒，然后用手杖痛打。

他不怕死。不怕打死对手，不怕被对手打死。他是个亡命徒。只有每个月收到哥哥从北大荒寄来的汇款单那一天，理智和人性才归复，像鸟儿归巢。但归复是短暂的。有时延续一整天或几天，有时仅仅是片刻的忏悔，瞬间的灵魂不安，又会被新的挑衅和报复的欲念所燃烧。他所进行的种种挑衅和报复，体现着对生活本身、对整个社会的盲目的挑衅与报复。他在种种挑衅和报复之中，获得心理上精神上的快感，获得超乎正常人的非正常的病态体验。他像一颗火药充足但无定时器的炸弹，随时预备自我爆炸，同时炸死他人。

在哥哥每年探家的日子里，他才是安宁的、温良的、本分的，判若两人。甚至不出门，整日呆在家里，变着样给哥哥做好吃的。并且预先警告他的兄弟们，在那些日子里，不论发生什么事，都不许登门去找他。邻居们惧怕他，谁也不愿多事向他的哥哥讲他什么。

有一年哥哥回家探亲，他却被押在监狱里。

哥哥带着母亲的骨灰盒去探监。

隔着铁栏，哥哥给他跪下了，举着母亲的骨灰盒，盯着他，对他说：“咱们老郭家，在城市里的人，只有你一个了。谁提到了你，就是提到了咱们老郭家。难道父亲给咱们家造成的耻辱，你还嫌不够吗？你今天对着我，也对着死去的母亲发誓，出狱后要改邪归正！否则，我以后永远不再回到城市里来了……”

望着哥哥，他耳边仿佛又听到了木梆声，又听到了纺车转动的嗡嗡声……

跪着的哥哥，脸上没有苦口婆心的表情，没有哀哀劝导的神情，没有乞求，没有愤怒，没有悲伤。甚至，也没有希望。任何一种表情都没有，一张“空白”的脸。

他完全看得出来，哥哥心里是有准备不再回到这座城市里来了。

一阵痉挛滚过他的心头。

他说："我什么誓也不发，你两年后再回来一次吧！"

出狱后，他跟兄弟们绝交了。他放弃了一方"首领"的地位。他知道为此他将可能付出什么样的代价——也许是以生命为代价，偿还那些结下的仇恨。他将手杖剁为三截，烧了。他受到了数次报复。每一次都被打得很惨，身上处处是伤。有次被一刀捅进腹部，切断了小肠。路人将他送进医院，他这条命才活了下来……

这个昔日可怕的报复者，在被冷酷无情甚而欲置之死地的报复中，重新赎回了他自己。

……

今天，他又要实行报复了。

他终于停止磨那把尖刀，用手指拭了拭刀锋，自信它可以毫不费力地捅入人身体的任何部位，才插入刀鞘，别在腰间。之后，他坐在沙发上抽烟。边抽，边环视着屋内。

所有家具，都是他为哥哥做的。由于他在狱中表现较好，出狱后被介绍到家具厂去当临时工，学成了一个出色的木匠，转正了。虽然是最后一批，单独一个，但意味着人们承认他的确是改邪归正了。

生活却依然是孤独的，灵魂却依然是寂寞的，精神却依然是空虚的。内心里摈除了进行报复和提防被报复的刺激，反而更容易骚动了。

他害怕孤独，害怕寂寞，害怕空虚。更准确地说，他害怕孤独、寂寞、空虚，会像三条毒蛇，有一天又将他逼回到兄弟们之间。他无法熬受每天下班后回到家中，睡觉前没个人说话那段时间，连他的梦境都是孤独的寂寞的空虚的。他是那么的需要与人交谈，那么的需要向人倾述，那么的需要有人对他表示，他活在这个世界上，对那个人是很重要的。

他终于明白，他所需要所渴望的这一切，都能够用两个字包括：哥哥。

他是在思念自己的哥哥。

他要自己的哥哥在自己的生活中！他要每天都看到他唯一的最亲的人！

只有哥哥才是在他感到活得太累了的情况之下，能够随时让他依靠一会儿的人。

他发誓，要与这个社会再进行一次非暴力的较量。要在社会的强大控制下将哥哥争夺到自己身边来。要给哥哥弄到一张城市户口卡。

那一张硬纸片，当时在城市不公开的浮动的价码，是一千五百元至两千元，或许更高些。

那是不在市场进行的买卖。

他开始为各种各样的人做家具，做各种各样的家具。那都是些可能与一张硬纸片有直接或间接关系的人。他每天下班后，胡乱吃点东西，就又开始比在厂里还紧张的劳作。天天干到后半夜。究竟做了多少家具，自己也记不清，但完全可以摆满一个大家具商店是毫无疑问的。大立柜、高低柜、酒柜、床头柜、单人床、双人床、梳妆台、写字台、沙发、茶几、圆桌、方桌、八仙桌、高椅、矮椅、太师椅……从大到小，什么他没做过?

那个区知青办专管往病返申请书上盖章的贪得无厌的家伙，费尽心机才被他钓上钩。他首先暗暗打听到那家伙的姓名，然后伺守在知青办门口，注意每一个上下班的人，按照别人对他描述的特征，单方面地认识了那张似乎是个正人君子的故作庄重的脸。他曾听人讲过，起码有一个班的下了乡的姑娘，为了在她们的“病返申请书”上盖上掌握在这人手中的那颗图章，为这个人而“献身”。

这人是一个掠夺美丽的“海盗”。

容貌不美丽而又确实有病不适应在农村“脱胎换骨”的姑娘，在他那里是不会获得任何同情的。这人不怜悯眼泪，而容貌美丽的下了乡的姑娘，只要被他看上，就绝不会轻易放过。掌握在他手中的那颗图章，对她们是诱惑力无比的。落入他猎套的姑娘，犹如贪吃的猩猩寻找到的甜蜜的果子。

然而他却没有被一个姑娘控告过。因为某个姑娘一旦对他进行控告，那么她返城的希望将会永远落空，她付出的将会白白付出，而且意味着她失去的将不仅仅是贞操和名誉。企图“偷渡”者是没有勇气控告“海盗”船的大副的。在那个动乱的年代里，“美丽”可悲地成为贬值的通货。它能够交易到的最合算的东西是一张“船”票!

家具厂的颠足的青年木匠，在区“知青办”马路对面的人行道上，第一次看到那家伙时，真恨不得奔过马路去，直奔到那家伙跟前，对那家伙大声说:“为了姑娘们! ”然后用尖刀在那家伙脸上划个十字。

但是他已许久身上不带尖刀一类的凶器了。即使带了，他也不会那么做。他必须与那家伙结识，他得利用掌握在那家伙手中的那颗图章。为了哥哥，也为他自己。

他用三个早晨的时间学会了骑自行车。在第四天的傍晚，当那家伙下了班走出“知青办”不远，正欲跨过马路时，他骑着自行车将那家伙撞倒了。

那家伙被撞得不算特别重，但也不算轻。他分寸把握得恰到好处，结果令他颇觉满意。那家伙从路上爬起后，先是大骂了他一通，接着抓住他的车把不放，装出昏眩欲倒的脑震荡的症状……这正中他下怀。一幕动乱年代的卓别林风格的小小喜剧就这样开始。他惶恐不安地拦了一辆汽车，将那家伙送到了医院。那家伙非要住院不可，这也正中他下怀，他不逃过失地留下了自己的工作证。重要“情节”发展自然，增强了他对“结尾”的信心。第二天他拎着很可观的诸样食品去看望。第三天如此。第四天如此。第五天如此。次次诚惶诚恐，好像契诃夫笔下那个不幸的往将军靴子上啐了口痰的小官吏。

第六天，医生强迫“脑震荡”患者出院了。

他租了一辆小汽车，陪送回家。隔几天，他登门探望。依然是诚惶诚恐，依然拎着很可观的诸样食品。他像个食品推销员似的，接连不断地往对方家里送食品。木匠手艺就是印钱的机器。好吃的东西也能治疗“脑震荡后遗症”。对方的老婆开始对他表示微小的欢迎，对方也不再很明显地厌恶他了。条件成熟了。于是有一次，在对方的家里，他环视着他们的家具，用批判的口吻说：“你们家住的房子不错，可惜家具都太老太旧了。”于是从那天起，一下班，他就买了面包边吃边匆匆往对方家走。他用最细致的手艺和当时最新颖的样式淘汰了他们家一半的旧家具后，开门见山地提出了他的请求。“病返？男的女的？”他明明说的是为自己的哥哥办理“病返”，可对方却好像没听明白似的。“我哥哥……”“噢，哥哥……那么是男的啰……”“男的……”“唉呀，这事不容易呀！如今想走‘病返’这条路回城的知青太多了呀！……”“求求您啦！今后我就是您家的木工，您什么时候需要我做什么，只要通知我一声，我一定来……”“这……有了什么机会再说吧！”“您可千万要记在心上啊！”怀着莫大的希望，他使他们家的家具全部焕然一新。以后他又开始给他们的至爱亲朋做各种各样的家具。当他第二次试探着问及哥哥“病返”的事时，对方搪塞地回答：“我那颗章子，不能随随便便地盖呀！有个原则问题……”“您是不想帮忙了？”“以后再谈好不好？你可答应我这个大衣柜半月内就做成的呀！”

一天，他信步走入一家委托商店，不由得呆住了——他做的好几件家具都摆在那里，标以最高价格……

第二天，他拎着一个纸盒子，出现在对方的办公室。“你怎么可以到这里来找我？”对方有些恼怒。见办公室没有旁人，他插上了门，将纸盒子小心翼翼地放在办公桌上，神秘地说：“我给您带来些好东西。”“你怎么可以……为什么不送到我家去？”对方动心地盯住纸盒子。他不露声色地打开了纸盒盖，里面是一堆血淋淋的东西。“什么？”对方恐惧地后退一步。“猪心、猪肝、猪肺、猪肚儿、猪腰子、猪舌头、猪耳朵、猪……”“岂有此理，我从来不吃这些让人恶心的东西！”“比你还让人恶心吗？”“你……”“听明白了，我今天要你在这份病返申请书上盖章！如果你不盖，三天之内，我就拎着这个盒子到你家去，送给你老婆，里面装的可不是猪下水了，而是人下水，你的！我说到做到！你逃不出我的手心！”“……”“盖章！”他说着从兜里掏出病返申请书放在办公桌上。“你……真是疯了！你竟敢威胁我……”对方一步跨到桌前，伸手去抓电话。

对方的手抓住了电话听筒，他的一只手也有力地抓住了对方那只手，嘲笑地说：“要往公安局挂电话？〇九七〇六，这个号码我比你熟悉，要不要我替你拨？”

对方木然地瞪着他，仿佛被什么超然的力量定住，一动也动不了似的。“公安局的人大概不会来那么快吧？在他们到来之前，我想我早已把你肚子里那些肮脏的东西装在这纸盒里了！干这个我是快手，就用这把刀……”

他从腰间拔出了一柄尖刀，冷笑着抛了一下，接住后，用刀尖在对方腹部郑重其事地比划起来。他当时太想来真的了！“别……”对方的脸都变白了。“盖章！”他低吼一声。“你……放开我的手……”对方哀求着。他缓缓地放开了对方那只手。对方立刻慌乱地拉开抽屉，拿起图章，往印盒里按了一下，在病返申请书上盖了一个血红的章印。他拿起那张纸，很有耐心地等章印干了后，才折起来揣进衣兜。对方的手还握着那颗图章。在对方仍发呆的状态下，他用刀尖在对方那富态女人一般的胖胖的手背上划了一下。那只皮肤保养得很嫩的手背上立刻出现了一道血线，紧接着血流不止。图章掉在桌子上。他平静地说：“往印盒里滴。你盖的这印章不太清楚啊！”“我重盖，我重盖……”对方用带哭腔的语调说，另一只手捂住了出血的那只手。“往印盒里滴！”对方一哆嗦，赶紧照办。他收起刀子，将纸盒盖上，又说：“带回去让你老婆做了尝尝吧，猪下水并不那么令人恶心。”说罢，不慌不忙地朝外走。他走到门前站住了，转回身，警告对方：“今天这件事要是被第三个人知道了，我饶不了你！”说罢，打开门锁，推门悠然而去。门外长凳上坐着三个姑娘，其中一个姑娘不无吸引人之处。他不禁看了那姑娘一眼，心中对她比对另外那两个不好看的姑娘充满了更多的同情……至少可以体面地布置二十个家庭的做工精细的家具，终于换到手了一张返城卡。分离多年的兄弟俩终于重新生活在同一个屋顶下了。

那一段日子，虽然也有无尽的忧愁和烦恼，但他还是感到内心充实了许多，生活像是增添了依赖和希望……

当哥哥将打算结婚的想法告诉了他之后，他是多么高兴啊！为哥哥高兴，也为他自已高兴。

他就要有个嫂子了！家中就要有个女人了！女人，女人，没有一个女人，任何一个家庭，都不是完整的家庭！人类是首先创造了“女人”两个字之后，才想到同时应该创造“家庭”两个字的！女人，对男人们来说，意味着温暖、柔情、抚慰、欢乐和幸福。世界上从来就没有过男人的幸福，而只有女人们带给男人们，并为他们不断设计、不断完善、不断增加、不断美化的幸福。他和弟弟都早已经到了不但被别人视为，也被他们自已意识到是一个“男人”的年龄了！

有一个嫂子，对他来说是非常值得欢悦的事。

当他第一次见到那个将成为他嫂子的姑娘时，他真替哥哥对生活充满了感激。

她清秀，短发乌黑，齐整地梳向耳后，使她那张显示出柔和棱角的，典型的北方姑娘的脸，无遮无掩地明朗地展现人前。这张脸略有些消瘦，带着病容倦色。她看上去很文静，文静中流露出心底的温良。她那凝睇的双眼和沉郁的眉宇间笼罩着一缕愁云。不过并不损害她的形象，反而使他这位未来的嫂子在他心目中愈加美了。他第一次见到她时，便对她产生了一种亲近感，一种敬爱。

当她第二次来到他家里，为哥哥洗衣服时，忽而抬头看了他一眼，低声对他说：“弟弟，把你的脏衣服也拿来让我一块儿洗了吧！”

由一个年长自己三岁的姑娘口中对自己叫出“弟弟”两个字，使他内心里油然萌生一阵感动。生平第一次有一个女性称他“弟弟”啊！他觉得自己以后不但有了一位贤淑的好嫂子，还会同时有了一位可亲亦可敬的姐姐。这双重的特殊情感的获得，使他后怕地想起了当年自己制造的那场惨剧——幸亏没和那辆脏水车、那匹老马一齐摔下断壁，没入污流。否则这一切幸福的感受怎能体验到？

他怀着无比快乐的心情和哥哥一块儿修房子，为哥哥嫂子打家具。房子虽小，虽矮，虽缺少光线，但家具是一定要精工细做的。哥哥嫂子的家具，应是最新式最考究的，应是他亲手所做。这是他的意愿。还有那副对联，是他央人为哥哥嫂子写的……

然而昨天，那三个“不速之客”的突然出现，像复仇三女神蓄谋降临，将哥哥婚礼的喜庆气氛一扫而光，将他已用想象勾勒出了轮廓的一幅非常美好、非常和谐的生活图画撕毁了。他仇恨而幻灭地预感到，她——那个他见第一面时就产生了亲近感与敬爱的姑娘，那个叫他一声“弟弟”就令他内心里产生一阵激动的姑娘，将不再可能成为哥哥的妻子，不再可能成为他的嫂子。在这院子里烧毁的花圈，难道还不足以宣告，没有结束的婚礼不过是一场戏么！

他们追悼什么呢？

一个人不必有很复杂的头脑也会得出判断，她和那三个“不速之客”间，肯定有某种不可告人的，甚至包含着丑恶因素的关系。这种推断彻底捣毁了她在他心目中已经占有、已经巩固的重要地位，使他对她产生了如同对他们一样的仇恨。在花圈带来的无法洗刷的耻辱之上，还要涂一层鲜血造成的惊人色彩！他郭立伟忍受了这个，还有何脸面出入家门？还有何脸面走在这一条胡同中？

他要为自己也为哥哥雪耻。

他昨天跟踪过那三个返城知青，记牢了那个“黄大衣”家的街道和门牌号。

他掐灭了烟，从沙发上站起身，朝门后瞥了一眼——他的手杖从前一向挂在那里，如今墙上只有悬挂过它的钉子还在。

他走到门口，复又站住，转身用一种眷恋的目光打量这小小的失去了真正意义的新房。每一件家具都对他进行着缄默地讽刺。他不能够理解自己的哥哥为什么还要在医院中守着她彻夜不归？她步入他们兄弟俩的生活，不过像一颗有毒的果子掉落在孩子的衣兜里。他心中产生了一个决斗者离家时那种又是刚勇又是苍凉的情绪。或者是他的血溅到那个人身上，或者是那个人的血溅到他自己身上，总之刚才他磨过的匕首要饮血。两种可能，一种结果——他今天不会再回到这个家里了。也许，永远不会再回来了。

难道他当年没与那匹拉脏水车的老马一同摔死，就是为了再蒙受一次奇耻大辱，再进行一次血腥的复仇么？

他几乎要落下泪来。

人的命是很厉害的。他想：我逃脱不了它的摆布，但我可以和它同归于尽！

他猛转身，迈出了家门……

他挤上了一辆公共汽车，人很多，彼此紧靠。一个与他贴身站在前边的女人扭过头，尖声嚷："你怀里揣的什么呀？顶在我腰上！""刀！"他瞪着她，恶狠狠地回答。她哆嗦了一下，胆战心惊地将头转回去，再也没扭过来一次。紧贴着他的肥胖的后背，停止了挤动，变得像块牢牢立着的面板似的。但周围的几个人却向他转过了脑袋。他的话产生一种效果，他的表情加强了这种效果，他周围一阵胆怯的安静。下车时，售票员伸着一条胳膊拦他："票……"他仿佛没听明白，瞪着售票员。售票员见他那充满杀机的神色，也像那个女人似的哆嗦了一下，立刻缩回手臂。光明街十七号——他牢牢记在心里的住址。他跨过马路，拐过一个楼角，朝这住址走去。他在一间铁道旁的小泥房前站住了。这一带的房子，都很矮很破，离铁道很近，可以说就在路基下。垫枕木的碎石块儿，滚到了每一家每一户的院门前。这是一条不成其为街道的街道，土坯的，木条的，锈铁片对付着围成的小院，仿佛在象征性地保护着那些破屋矮房。

他斜靠着小泥房的土坯围墙，背风划了一根火柴，吸起烟来。他一手夹烟，一手插在袄兜里。带鞘的匕首五寸长，他将露在兜外的匕首把掩藏在袖子里，一秒钟内他就可以刀出鞘。

小院里的屋门开了一次，从屋内传出一阵响亮的婴儿的啼哭。屋门顷刻关上，婴儿的啼哭被切断了。有什么人在院里劈柴。劈几下，喘息一阵；喘息一阵，又劈几下。

一个背着书包的少女突然出现在他面前，奇怪地问："你找谁呀？"他看了她一眼，没有回答。那少女疑惑地打量着他，推开小院的门，走了进去。"妈，咱家院门外站着一个人，我问他找谁，他不说话，可还守在那儿不走。"

"找你哥的吧？"一个老太太的声音。

"谁知道！不进屋就让他在那儿等着好了……"屋门又开了一次，显然那少女进屋去了。"这丫头……"老太太嘟哝着。吱呀，慢慢推开院门，问他："你可是找我们志松？"他一时不知如何回答。"那是找别人？这一片的人家没有我不熟悉的，你若找不着哇，只要有个姓名，我领你去。""我就是找你儿子的！"他本想暂时离开，可竟脱口说出了这句话。说了他也并不后悔。他想：明人不做暗事。"那还不快进屋？大冷的天，别在外边冻着啊！"老太太没听出他的口气不对头，往小院里推他。他身不由已地被推进了院子。老太太一边拍打他身上靠的土，一边继续往屋里推他。那少女从屋里走出来，瞥了他一眼，抿着嘴一笑，蹲下身去，从地上拿起斧子，接替她的母亲劈柴。他又身不由已地被老太太推进了屋里。屋内光线很暗。他刚一迈进屋时，不能适应光线的反差，只觉得眼前黑咕隆咚，什么也看不见。他一动也不敢动地站在门口，怕撞在家具上，老太太却抓住他一只手往前拉他。

双眼很快适应了屋里的光线。厨房和正屋子之间没有门，只有门框。破旧的门帘撩在门旁。屋里有扇窗，却不知为什么用碎砖砌上了，还没有抹上墙泥。屋顶开了一个天窗。天窗被外面的阳光所照，厚厚的窗霜正在溶化，往下滴水。天窗四周吊着几个罐头瓶接水。瓶中所接的水或多或少，水珠滴在瓶内，那声音也就不无区别，奏着单调的音乐。

几分钟之前，他，这个专执一念的复仇者，是绝没有想到，自已居然会迈入这个人家的门槛。但是这会儿，他鬼使神差地成了“客人”。“他妈的这么个老太太……”他对自已有点恼火。他神色冷峻地站着，右手仍插在衣兜里，更加谨慎地用衣袖掩藏着匕首。“我们这个家呀，生人进屋哇，就像落在地窖似的！”老太太自言自语，用衣袖将唯一的一把椅子擦了一遍，对他说：“坐吧，孩子。”椅面并没有灰尘。老太太不过是用那一分明习惯了的动作，表示待人接物的热情和诚意。

他不坐。他心中暗暗命令自已：“赶快离开！”“坐呀！”老太太又对他说，并又用衣袖像刚才那样擦了一遍椅子，然后慈祥可亲地瞧着他。“赶快离开！”他第二次命令自已。但他的意识却违反了理智，在老太太那种母亲般的目光的注视下，他身不由已地坐下了。一切都是身不由已。他不安地打量这间狭窄的屋子。家具很破旧，但摆得很齐整。他曾怀着各种复仇的动机，闯入过无数个家庭。他有着一种特殊的心理反应，凡是跨进那些和他家的状况类同的人家，他心中就会自然而然地产生与这一家人的贴近感。他对生活的观察经验告诉他，谁家有女儿，谁家便干净清洁些。他不禁朝挂在墙上的那少女的书包看了一眼。她是初中生？还是高中生？他妈的什么人都幸运地有个姐姐或妹妹，生活太不公平了！

他这时才发现了床上的孩子。那孩子已将小被蹬开，两条小腿轮番向空中踢，咂咂有声地吮着指头，吮得有滋有味。一个大胖小子。

老太太絮絮叨叨地说：“那不，原是有扇窗子的，街道要盖一个公共厕所，盖得离哪家近了，哪家就闹事。后来就盖在咱们窗前了，那时候志松还没返城呐，家里就我和他妹妹。咱们老实啊，不敢像别人那么闹事，我和他妹就捡了些碎砖头，把窗砌了，街道上过意不去，给开了个天窗，还给了五十元钱。钱，咱们是没要，咱们又不是图的钱。不过想着有个公共厕所，街前街后，左邻右舍方便些……”一边说着，一边从小橱里端出盘瓜子放在桌上，又说：“嗑吧，这是过年那每人一份儿。志松早回来几天，还能多一份儿！”见他不去动，就抓了一把给他。

他只好用左手接过去。

“这小东西啊，一醒了就蹬啊踹啊的，没个消停的时候！”老太太又去给孩子盖小被。“赶快离开！”他第三次命令自己。老太太给孩子盖好小被，在炕沿上坐下，双手轻轻按住孩子的两腿，望着他，问：“你和我们志松一个连？”看来她有不少话，想跟什么人唠叨。“哦……是……”他哑声回答，觉得嗓子很干，直想逃。他往起站了一下。

“你怎么不嗑瓜子呀，是和我们志松一批返城的？”

他不得已又坐了下去。总不能像个贼似的逃掉，得走得体面点。他这么想，便对老太太点了一下头。

“唉……”老太太长叹一声，愁容满面地说，“你们这些孩子啊，可真让当父母的操不完的心啊！你们在北大荒的时候，当父母的昼盼夜盼，盼着你们有一天能返城。这不，你们呼啦一下全回来了，一个个老大不小的，家里没个住处，自己没个工作，待业到哪天是头哇？你们好几十万，城里一下子也没那么多现成的工作让你们干呀！听街道的干部们开会时讲，城里还有十多万待业的呢……”

那少女进屋了，打断老太太的话说：“妈，你又叨咕，好像我哥返城了，倒给你添了愁根似的！”边说边俯下身去逗弄孩子。

“妈，您瞧他笑呢，他笑呢！你可真好玩啊！不许吮手，不许吮手，不许……”少女喜欢地想将孩子抱起来。

“唉呀烦死了！他又没哭，你抱他干什么！”老母亲推开女儿，望着他这位“客人”继续唠叨：“愁不愁死！我们志松还抱回一个孩子，说是和他同连队一个知青的孩子，托他抚养的。他又不是个结了婚的女人，怎么就能代人抚养孩子呢！我听了就有点不相信。这孩子到底是怎么回事儿，我真是犯疑啊！可儿子大了，也不好追三问四的了……”

“妈！”女儿制止母亲说下去。

“别管我！对你哥一个连队的人说，又不是对外人说。”老太太抬了一下手，那孩子又将小被蹬开。老太太连忙再给孩子盖好小被，仍旧用双手轻轻压住，望着他说：“你大概准能知道点底细吧？要是知道，就明明白白地告诉大娘。无论这孩子是怎么回事儿，大娘都不会责怪志松的……我这当妈的，天天给这孩子喂奶喂水，洗屎布洗尿布，心里边却一片糊涂……我……我不好受哇……”老太太扭过脸去。

“妈，瞧您……”女儿搂着母亲的肩膀，用自己的手去擦母亲脸上的眼泪。

老太太轻轻推着女儿：“劈柴去，去！”

“斧头让木柴夹住了！”女儿小声说。

“我帮你拔出来！”他一下站起往外就走。

他走到院里，少女也跟到了院里。他往院外走，少女叫住了他：“哎哎，你这个人可真是的！不帮我把斧头拔出来了？”他犹豫一下，弯腰用双手握住斧柄，连同夹住斧头的那块木柴高高举起，狠狠砸下，几下便将那块木柴劈开了。他扔下斧子，直起了腰。

“看来劈柴你还挺行的呢！”少女对他大加夸奖，发现从他兜里掉到地上的匕首，捡起来欣赏了一会儿，奇怪地问，“你身上带着它干什么？我哥哥也有一把，从北大荒带回来的，不过没有鞘。”

他默默从她手中拿过匕首，一言不发，转身便走。“你的腿，是在北大荒受了伤？”少女低声问，跟在他身后送他。他还是一言不发。少女将他送出小院，依着院门又问他：“你叫什么名字啊？我哥哥回来后，要不要告诉他去找你？”

他完全可以一言不发地就那么走掉了。但连他自己也说不清是为了什么，竟站住，回头望着她，说了这么一句：“不必告诉他，我会再来找他的……”

说罢，踮着脚走了。他刚刚拐过这条不成其为街的街口，迎面碰上了他要实行报复的人。他们像棋盘上互相逼住的两个卒子。他右手插入了衣兜。“我想到你可能会来找我的。”王志松直视着他，“我听说过你从前大名鼎鼎的绰号。”

他心中的仇恨，刚才在他完全没有预料到的情况下，似乎被一个老太太唠唠叨叨的话和慈祥亲切的对待平息了许多，由于面对面地遇到王志松，又倏然增强起来。他插在衣兜里的右手紧紧握着匕首柄，踮着脚，一步步向对方走近。

王志松不动，直视着他，毫不畏怯地说：“离我家太近了。”他站住了，一时不明白王志松这句话的意思。“也许熟人看到，会跑到我家去告诉我母亲和我妹妹，她们会受到惊吓。”王志松镇定地解释。孝子之心无论在任何时刻都具有打动人的力量。郭立伟的心弦像被谁的手指轻轻拨动了一下。对方的母亲刚刚还把他当作“客人”，唠唠叨叨地跟他说了那么多不见外的话，他不能不考虑对方的话。“我们到路基那边去！”他低吼了一声。王志松朝路基望了一眼，点点头，转身踩着碎石蹬上了路基。“是好样的你别溜！”他紧跟在王志松身后。一个正常人的蹬坡速度毕竟比一个跛足者的蹬坡速度快得多。王志松听了他的话，等着他跟上来。他们差不多并肩蹬上路基，同时跨过铁道，走下路基另一侧。他脚下碎石滚动，差一点使他重重地跌倒。王志松伸出一只手，及时扶了他一下，他才没有滚下路基去。当他们的双脚都接触到地面后，又开始互相盯视着，对峙着。一阵长久的沉默。他握刀柄的手出汗了。他无法忍耐这种沉默，终于爆发般地吼叫起来：“你他妈的动手哇！”王志松的眉头耸了一下，说：“你打不过我，何况是你找到我头上要打架的。”王志松的话刚说完，他便凶猛地扑了上来。他们像在战场上殊死搏斗的敌人似的，立刻扭打在一起。打了半天，难解难分，谁都没占什么便宜。王志松是在让着他。他完全可以将对方打倒在地，打得对方一时半会儿爬不起来。但他不愿那样。

如果我是他，我也肯定会像他一样，找到一个什么人头上打这一架——这种想法从一开始就盘绕在他头脑中，摆脱不开。他认为自己的报复无可指责，对方来向自己报复也无可指责，他和对方都是在履行什么。这种履行都不是目的，也不能称之为手段，一种行为而已，一种有血性的男人们必然的行动。昨天自己有理，今天对方有理，所以他不忍伤害对方。昨天对方的哥哥表现出甚至可以说是高贵的让步，今天他要向对方表现出同等的让步。

郭立伟一开始并不想动刀。而当他明白自己只靠拳头不可能击倒对方，想动刀的时候，刀早已掉落在雪地上了。对方却没有发现。他又一次向对方扑去，碎石子被他蹬得滚动了一片，没遭到王志松还击，便绊倒了。他趁机从地上抓起匕首。他嗖地将匕首拔出鞘，像头凶猛的獒犬似的，直朝王志松刺。

王志松机敏地闪过，顺势擒住了他的腕子，拼力一扭，匕首落地。这个返城知青被激怒了。他狠狠一拳朝复仇者当面打去，对方后退数步，还是站立不稳，倒下了。对方刚欲爬起来，他跃到对方跟前，击出了更猛更狠的第二拳。第三拳，第四拳，第五拳，第六拳……他双拳左右开弓，如同一个拳击运动员，将对方的头当成了练拳的沙袋。对方双手撑在雪地上，又做了一次挣扎，站不起来了。对方的头慢慢抬起。王志松吃了一惊。一张鲜血横流的脸！王志松喘息着，面对自己双拳“创造”的“杰作”，像一个孩子面对自己糊涂乱抹成的一幅可怕图画，目瞪口呆，对自己的恐惧超过了对鲜血的恐惧。我怎么这样狠？！……他的双拳依然紧握着，却开始不能控制地发抖了。在那张鲜血横流的脸上，一双不甘屈服的眼睛一眨不眨地瞪着他。他心间一阵悸颤。“我不能被你杀死！”他望着那张脸喊叫道，“我不能被你杀死！我死了，我母亲和我妹妹，还有那孩子，他们怎么办？！他们如何生活下去？！你这个混蛋！”那双眼睛仍旧那样地瞪着他。“你不是要复仇吗？你他妈的捅我一刀吧！我可以站着不动，挨你一刀！但你不能杀死我！……”他继续喊叫，并转过了身去，“你这个混蛋！你他妈的捅啊！你复仇吧！你流了多少血，我用多少血还你！……”他身后一点声息也没有。他想象着对方正悄悄爬起来，紧握那把匕首，向自己一步步走近。他一动也未动。

“慢！……”他愤恨地高叫道，“你得让我把我要说的话说出来！那个和你哥哥结婚的姑娘，曾和我在北大荒相爱了整整四年！我的父亲是铁路上的一名扳道工，三年前被火车轧死了。我父亲的单位，为了照顾我们的家庭生活，替我办理了返城手续。可是我没返城，我让她顶替我的名义返城了。因为她当时得了严重的肝病，我怕她会病死在北大荒。离别的时候，我要求她等我三年。三年后，我仍无返城的希望，她可以与别人结婚。她答应了。我们彼此立下了誓言：三年内，谁背叛了我们的爱情，另一方，将在对方的婚礼上送去一架花圈，表明我们爱情的死亡，也是对背叛爱情的一方的惩罚！我为她留在北大荒！我心中只有她一个姑娘，我拒绝过三个姑娘真诚的求爱，我几乎天天做梦都在想她！别人嘲笑我，说我想她快得了精神病。我日日夜夜盼望着有一天能够返城，和她结婚，做一个无比爱自己妻子的丈夫。可是如今我返城了，她竟和你的哥哥结婚了！我们分别才两年多她就变了心！我恨她！……”

他胸膛里一股风暴在呼啸，他还有许多话要说，但他什么话也不想说了。

他期待着背后挨一刀。

却经久没感觉到什么。

“你他妈的捅吧！”他忍耐不住，猛地转过了身。

对方已不知何时走掉了。

雪地上留下一行脚印，还有那把匕首。

一列载着圆木的火车驰过。

他从地上抓起匕首，发泄地朝火车抛去。匕首扎在圆木上，被火车带走了。

车头喷出的雾气，将他笼罩住……

中篇小说

今夜有暴风雪

一

公元一千九百七十九年，春节后，东北松嫩平原，仍然寒凝大地，千里冰封，万里雪飘。

一辆从黑河开往嫩江的长途汽车驶入孙旲县境内不久，突然刹住了。一头羊站在公路正中，拦住了汽车。司机不停地按喇叭，它一动也不动，像具石雕。司机只得跳下车去赶它，走近才发现，它用三条腿站立着。这显然是一只被狼伤害过的羊，它失去了整条后腿，胯上血肉模糊。司机不禁骇然倒退一步。羊，却突然僵硬地倒下了。一位乘客也跳下了车，走到司机身旁，踢了死羊一脚，肯定地说："是兵团的羊。"

司机愕然地看着他。

乘客抬起手，朝远处一指："都走光了，放羊的小伙子连羊群都没顾上移交。"

司机朝乘客指的方向望去，雪原上，几排泥草房低矮的轮廓，不见炊烟，不见人影，死寂异常，仿佛一处游牧部落的遗址——那里几天前还是黑龙江生产建设兵团的一个连队。

乘客瞧着那只死羊："奇怪，狼怎么没把它整个吃掉呢？"看了司机一眼，又说："不捡白不捡，够吃几顿的，羊皮也小不了，我帮你搬到车上！"

"别，别……"司机皱起了眉，他觉得不是好预兆，用手势叫乘客把死羊拖到公路边去……

这辆长途汽车又开动了。

它开出不到一个小时，第二次被拦住。

手提包和行李捆连接在一起，在公路上“筑”起两道“路障”。十几个人站在公路边，从衣着一眼就可以看出，是建设兵团的知识青年，有男有女。

司机只得将车缓缓停下。

知青们有的搬开了“路障”，有的围住了汽车。

司机打开驾驶室车门，用商量的口气对他们说：“你们人不少，东西又多，先别急着上车，车上已经没有空地方了，等我动员一下乘客，给你们腾出点地方……”

一个男知青感激地说：“那你可真是个好人！”

司机砰地关上驾驶室车门，见“路障”已搬开，便呼地将车开过去了。乘客中有人扭转身，朝后车窗看了一眼，说：“何必呢，大家互相挤一点，就可以让他们都上来了！”“让他们上来，一路准没好事！”司机嘟哝一句，加快了车速。

司机忽然从车镜里看到有人骑马从后面追赶，顿时神色惊慌。骑马的人转眼赶上来，却并没有拦车，超车奔驰而去。司机暗暗吁了口气。

汽车顺公路刚拐过一个山脚，几乎所有的乘客都和司机同时发现，三台拖拉机并列在公路上，四个人站在拖拉机前，三个抱着肩膀，一个牵着马，虎视眈眈地从车前窗瞪着司机。

这里附近也有一个生产建设兵团的连队。

“糟了！”司机叫苦一声，刹住车，双手从驾驶盘垂下，无可奈何而又忐忑不安地朝驾驶座上一靠。

一辆马车这时也从后面赶了上来，车上是刚才被甩下的十几个男女知青和他们的行李捆、手提包。牵马的人走到车前，拉开驾驶室车门，对司机怒吼一声：“下来！”他是那十几个知青中的一个。

司机脸色苍白，十分惧怕，不敢下去。

有一个知青走过来，推开了那个牵马的，对司机说：“别害怕，他吓唬你，我们不会把你怎么样的。请你打开车门，让我们上车吧！车上有我们，再碰到拦车的知青，我们保你平安无事，顺利通过！”羊剪绒的帽子底下，露出两条短辫，一双俊秀的大眼睛恳求地望着司机。是个姑娘。车门打开了……

汽车又路过了一个被遗弃在雪原上的生产建设兵团的连队。

又路过了一个……

当这辆长途汽车开到嫩江火车站，天黑了。十几个知青拎上手提包和行李捆，跳下汽车，奔进了车站。那个姑娘临走时还对司机说了声：“谢谢！”

车站内，站台上、候车室里，几百名知青在等待列车。他们随身所带的手提包、行李捆堆积得像小山。焦急、茫然、惆怅、沉思、冷漠、凄凉、庆幸、肃穆、严峻……各种各样的神色和表情，呈现在一张张男女知青疲惫的脸上。他们有的人从连队到这里，需要四五天。和伙伴们失散了的，大声呼喊着，奔来跑去。丢掉了什么东西的，在别人的手提包或行李堆中翻找着，惹起一片片斥责、争吵。

托运处更加混乱，吹毛求疵的手续，认真过分的查看，咒骂、哀求、抗议、威胁……角落里，在破碎了镜子的立柜旁，一个知青和一个身份不明的旅客正做着一笔买卖：“三十元……”“三十元？！我从连队辛辛苦苦折腾到这儿，要不是无法托运我才舍不得……”“三十五！再多一元也不加！”“好，好，三十五就三十五！”卖了立柜的知青，接过钱就走。刚走了几步，又转回来，还给对方钱，大声说：“不卖了！”抬腿一脚，大头鞋将立柜踢了个窟窿。接着又是一脚，又一个窟窿……一个怀里抱着孩子的女知青跑过来阻拦，用上海口音嚷叫着：“你疯了！好端端的一个立柜，泄啥气！”

“哇！……”孩子哭了……

列车进站了。

几百名知青像狩猎一只庞大的野兽般，包围了每一节车厢的车门、窗口。手提包、行李捆，纷纷从打开的窗口塞进车厢。等不及从车门挤上车的，就从窗口爬。

“孩子别从窗口……”

已经塞进去了。车厢里传出孩子的哭声……

另一个窗口，一场难舍难分的离别！

姑娘在站台上，小伙子在车厢内。小伙子从窗口探出身，姑娘拽住他的胳膊，哭着、喊着：“我不放你走！我不放你走！我不放你……”

小伙子泪流满面。

几个知识青年同情地望着他们。

有人摇着头，轻轻地说：“北大荒姑娘……”

车站上的广播喇叭响了：“各位旅客请注意，本次列车晚点四小时……下面广播天气预报，嫩江地区，零下二十四度。黑河地区，气温继续下降，受西伯利亚寒流影响，今夜有暴风雪……”

……

这是北大荒四十余万知识青年大返城期间的一个夜晚，在东北最北边陲，在驼峰山上，黑龙江生产建设兵团某师三团工程连战士裴晓芸，今夜第一次在边境哨位上站岗。

“六号坐标”矗立在积雪皑皑的驼峰山顶。它被寒冬包裹了一层霜的外壳，远远望去，通体反射着镀银般的冷冽的光。

月，凝冻在夜空，似一面冰块磨成的圆镜，刚用雪擦过，连蟾宫的虚影也擦去了。夜空澄净，澄净得异常，令人感觉到潜伏着某种不祥，仿佛大自然正暗暗汇集威慑无比的破坏力量。偶尔，纱绢一样的薄云从夜空疾迅掠过，云影在苍茫的雪原上匆惶地追随着。稀寥的星怯视着大地。大地上的一切都显出畏惧，屏息敛气。没有风，伸出雪面的蒿草的枯叶，树木细弱的秃枝，都是静止的。荒原一片沉寂。驼峰山两峰之间的山沟里，狼嚎声不绝，引起近处村子里阵阵狗吠。狗吠声过后，愈加沉寂。这种凛峻的沉寂，是北大荒暴风雪前虚伪的征兆。

裴晓芸肩枪站在哨位上。她摘下棉手套，借着月光看手表——差七分九点。今天是她的生日，九点是她的诞生时刻。二十五年前，这一天，这一时刻，她从母腹中降生。刚生下来不会哭，护士倒提着她的身子，在她屁股上打两巴掌，她才哇地哭响。在她对这个世界发出第一声啼哭的同时，母亲猝然离开了人间，没来得及看她一眼，也许听到了她那一声哭啼……

是父亲告诉她的，在她的第五个生日。那天，父亲从幼儿园接她回家，她一路哭着闹着向父亲要一个妈妈。幼儿园的孩子们都有妈妈，为什么单只她没有妈妈呢？那是她幼小心灵首次意识到比别的孩子缺少什么，首次感到生活对她不公正，首次向生活提出抗议，用跟父亲哭闹的方式。她不愿比别的孩子缺少什么，她要一个妈妈，正如向父亲要一个布娃娃。回到家里，她哭闹得乏了噘着小嘴生闷气，不吃饭，不睡觉，不理睬父亲。父亲是大学哲学系讲师，在社会科学方面，是辩证唯物主义的忠实宣传者。但在解释自身生活时，又是个带有宿命论色彩的人。“别哭。”父亲对她说，“从小失去妈妈的孩子，生活中不止你一个。告诉我，你为什么忽然想要一个妈妈呢？”“小朋友都说，妈妈比爸爸好。”父亲呆呆地注视着她，许久无言。“爸爸，我要一个妈妈，就要！”父亲默默地从床下拖出皮箱，打开来，找到旧相集，把她抱在膝上，一页一页翻给她看。所有照片，都是一个年轻而美丽的女人的。

父亲合上相集后，说："她就是妈妈。"妈妈？妈妈多年轻！妈妈多美丽！每张照片上的妈妈，都面露温柔的婉雅的微笑。那种微笑告诉别人，也告诉自己的女儿——我曾在这个世界上非常幸福地生活过。"妈妈在哪呀？为什么从来不回家？""妈妈在另一个世界。""我要到那里去，我要去找妈妈！"父亲苦笑了。"孩子，我们每一个人迟早都是要到那个世界去的，但我们现在不能去找妈妈。我在这个世界上还有许多没做完的事，而你呢，还没有开始做什么……"她不明白父亲的话。"妈妈……死了……"死——她明白。她哭了。"记住，妈妈是为生下你而死的。"父亲轻轻抚摸着她的头，向她讲述了在她出生那一天妈妈所经受的痛苦。"妈妈是歌唱家，你想听妈妈唱的歌儿吗？"

泪珠从她的小脸蛋上滚落下来，落在花兜兜上，落在父亲手上。

宝贝，你爸爸参加游击队，正在过着那动荡的生活……

唱片缓缓旋转，播放出妈妈唱的动听的歌声。她觉得唱片就是父亲说的"另一个世界"，妈妈就生活在那里，在那里天天都唱歌。妈妈的歌声冲淡了"死"这个严峻的字在她那颗幼小心灵中造成的阴霾。父亲收起唱片说："孩子，挑选一张妈妈的照片吧，由你自己珍藏。"她凭孩子的意识得出判断，那些照片，不，妈妈，对于她也许还不如对于父亲那么重要。她从中挑选了一张最小的二寸照片。从那一天开始，她那儿童的心理和情感世界，比一般孩子更早地趋于成熟，趋于丰富了。以后，她经常在小朋友们面前声明："我也有妈妈。""你妈妈在哪儿上班呀？""你妈妈怎么从来没到幼儿园接过你呀？""你是个撒谎的孩子！撒谎就不是好孩子！""骗人！狼来啰！狼来啰！……"被羞辱所包围时，她就从兜里取出妈妈的照片，大声说："喏，你们看，我妈妈！"大声地说出这句话，她获得一种朦胧的安慰，一种空泛的满足。渐渐长大，她才愈来愈体会到，母亲对一个人，尤其对一个人的童年和少年时期，何等重要！人，首先是从母亲身上来洞察生活，认识生活的。也首先是从母爱之中体验到自己的存在价值的。父亲往往教会孩子用理智的眼睛去看世界，母亲则往往教会孩子用情感的眼睛去看世界。从小失去母爱的孩子，生活在其短浅的视野中难以展现全貌。仅仅这一点，就意味着不幸。

上体操课，她从平衡木上摔下来，左腿骨折，在家中躺了一个多月。父亲给她洗脸，洗手，洗脚，梳头。甚至给她剪手指甲和脚趾甲。有一天，父亲给她朗读《海涅诗选》，她突然说："爸爸，给我擦擦身子吧！"父亲怔怔地瞧了她一会儿，没有回答，没有任何表示，合上了诗集。晚上，她的三个女同学来到家里。父亲预先烧好了一大盆热水，备好了毛巾和香皂，找出了她需要换的内衣，而后对三个女同学说："麻烦你们了。"便转身走出她的房间。门，被一个女同学轻轻从里面插上了。她们开始七手八脚地给她脱衣服，脱得一丝不挂……

同学走后，她无声地哭了。她虽然感谢她们，虽然觉得身体清洁爽适了，但内心却受到一种不能明言的挫伤，萌生了一种复杂的委屈……

父亲走进房间，她用被子蒙上了头。父亲默默地在她床边站立许久才离去。她听到了父亲离去之前轻微的叹息，不知是为他自己，还是为她……

那一年，她十五岁。从此，夜晚九点这一时刻，对她来说就变成神圣的时刻了。每到这一时刻，她就凝视着大挂钟，久久地凝视着。她那少女的心灵便超越了时间和空间，与另一个世界中的不曾见过面的母亲的心灵贴近了，融合了，合而为一……

少女的心灵具有特殊功能，愈是感到缺少什么，愈容易靠想象来弥补。想象总是比生活本身更完美更迷人。对母爱的殷殷向往和饥渴，使她对仅有的父爱更加感到不满足。

不久之后，父亲也被从这个世界上夺走了，那是在十年动乱的第二年……她成了一个情感方面的赤贫者。对于情感需求极其细腻，内心世界稚嫩而丰富的少女，这种赤贫状态是足以风化灵魂的。幸而，她熬过来了。灵魂熬过来了。灵魂孕育着对生活的一点点的希望，便不会像肝脏一样硬化……

此刻，裴晓芸又看一眼手表——九点。这大概是她第一百次独自膜拜这一神圣时刻了。她摘下手套，一只手伸进内衣兜，摸出一个小小的塑料夹，里面夹着母亲那张二寸照片。端详着母亲的照片，二十五岁的上海姑娘情不自禁跪下了，月光将她肩枪的身影，清晰地映在雪地上。

她心中有许多许多话要对母亲说，在这个夜晚，在这一时刻。她想说："亲爱的妈妈，今夜我是这么高兴！我被批准成为战备分队的战士了！今夜我第一次站岗……"

她想说："亲爱的妈妈，我肩上这支枪，得来可真不易啊！别人早就发给了枪。而我，在不久前才获得这样的信任……"

她想问："妈妈，我，是同别人一样离开北大荒，还是留下呢？离开，这里有我感情上难以割舍的东西。留下，我会感到孤独，感到被遗弃……”

她想问：“妈妈，即使我回到上海，谁又是我的亲人呢？上海有我可以得到关怀，可以完全信赖的人吗……”

她想问……

忽然觉得有什么东西触碰她——一只狗，一只体大如豹的狗。浑身黑毛，在月光下闪着黑缎般的光。粗颈、方头、大耳、阔嘴，样子十分凶猛。

她没受惊吓，这只狗对她有特殊的感情。它叫“黑豹”，名字是工程连的知青们起的。它的母亲一共生下六只小狗崽，连它在内。老母狗一天跟着砍柴的马车上山，被猎人设下的野猪套套住，活活喂了狼。六只小狗崽因断奶饿死五只，“黑豹”被男知青排排长曹铁强抱回宿舍，像哺喂婴儿般，养活了下来。它是男女知青们的宠物。它长大以后，看仓库、守麦场，报答知青们的恩泽。有人带它到哨位来站过一次岗，它便又增加了一项义务，每到深夜，自觉跑来，和站岗的人做伴，直至天明。

“黑豹”认出裴晓芸，两只前爪扑在她身上，伸着脖子要舔她脸，讨她的喜爱。她拍拍“黑豹”的头，又捧着它的阔嘴巴往自己冻红了的脸颊上贴一下，推开它，缓缓站起来。因刚才跪在雪地上，即使在“黑豹”面前她也难为情了。她心中顿时萌发了哨兵的神圣责任感和战士的英武气概。

“黑豹”耍着活泼劲纠缠她。

“‘黑豹’，不许跟我胡闹！”她严厉地呵斥它，挺直身，肩正枪，目光巡视着冰封的黑龙江江面。“黑豹”听话地卧在她脚边，昂头专注地望着天空中的一颗星。

一会儿，她感到寒冷了。她后悔没穿棉大衣，棉大衣太肥，平时就不爱穿。何况今夜她第一次站岗，臃臃肿肿的，有失一个哨兵英姿！可是毕竟感到寒冷了。又看一次表，过两个小时，就会有人来接岗，坚持得了。她双手都摘下手套，放在嘴边哈了一阵，又搓了一阵，解开一个衣扣，交叉地伸进棉衣里，紧紧地夹在腋下取暖。脚也冻得有些疼了，她轻轻跺踏着。“黑豹”披着毛皮大氅，似乎并不寒冷，卧在雪窝里一动也不动，不再望星星，侧头瞧着她，眼睛流露出对她的嘲意。

“坏东西！”她骂它一句，转身向山下望去。团部机关一片漆黑，一幢幢砖房和机关食堂的高大烟囱，轮廓分明。只有团部会议室的四扇窗子，透射出灯光。

她不禁想到了他，他下午四点就到团部去开紧急会议，显然到现在这个会还没散。不知这是一次什么样的重要会议，为什么开到这样晚。

他，或许在发言吧？

或许，发过言了，正从窗口朝外望，想望到她？

傻瓜！他根本望不到她！

她微笑了……

二

全团各连连长、指导员聚集在团部会议室。室内烟雾缭绕，空气污浊得令人窒息。几个烟灰缸插满烟蒂，像小盆景中的假山石。不少人继续吞云吐雾。

会议从下午四点开到六点，吃过晚饭，接着开到现在。每个人都意识到，这是一次严峻的会议。

团长马崇汉，比任何一个人都更加清楚这次会议的严峻性。知识青年大返城的飓风，短短几周内，遍扫黑龙江生产建设兵团。某些师团的知青，已经十走八九。四十余万知识青年返城大军，有如钱塘江潮，势不可当。一半师、团、连队，陷于混乱状态。唯独三团，由于地处最北边陲，交通不便，消息阻隔，返城飓风的势头还没有真正席卷到这儿。三团的知识青年们，近几天才刚刚开始从亲友、同学和家书中获得返城信息。各种迹象表明，他们也在暗中骚动起来了。

兵团总部下发了一个紧急文件：为缩短从兵团体制恢复到农场体制的过渡时期，为尽快稳定各师团的混乱局面，组建起各师各团连队新的领导机构，重新形成生产秩序，确保春播。知识青年的返城手续，必须在三天以内办理完毕，逾期冻结，春播后各师团酌情自决。

急件被马崇汉扣押，不向连队传达。

三天，三个二十四小时，只要拖延过三个二十四小时，全团八百余名知识青年，就可能被永久地钉在各连队的花名册上了。他曾同政委孙国泰就这一点交换过看法，却遭到老农场干部孙国泰的坚决反对。

“我们没有权力扣压兵团总部的急件。没有权力。”政委严肃地回答他。

“当然，我一个人是没有权力这样做的，因此才同你商量嘛。你，和我，如果我们两个人的意见统一了，在特殊情况下是可以代表党委的嘛。”马崇汉温良恭俭让地说。

凭着与对方多年共事的经验，孙国泰知道，对方越是在他面前表现得温良恭俭让，越证明根本没把他的意见当成一回事。虽然他是政委。孙国泰也明白，马崇汉所以要在决定八百余名知青命运的这一严峻大事上“征求”自己的意见，无非是要自己表明一种态度，表明一种“赞同”的态度。有了他这种态度，哪怕是一种含糊“赞同”的态度，不，哪怕是缄口不言，那么，这件严峻的事情，这一首先从马崇汉头脑中产生出来的个人意志，便可以被对方也被别人认为是“党委的决定”了。

“党委也没有权力做出这样的决定。”老政委态度鲜明。

“政委同志！”马崇汉语气强硬起来，“别忘了，你是一位团级领导，是一位思想工作者，在当前这种局面下，为生产建设兵团保留一部分青年力量，是你我的共同责任！”

老政委被激怒了。政委同志？他曾被对方当作同志看待过吗？思想工作者？多么尊重的称谓。可是在这方面，对方曾允许他充分发挥过作用吗？说什么为兵团保留一部分青年力量，说什么共同责任，真是冠冕堂皇！好听的话都叫你马崇汉挑着说了。难道你心里就一点都不感觉对这些知识青年们有愧吗？

他压下怒气，慢言慢语地说：“团长同志，你不觉得为生产建设兵团思考的晚了些吗？许多知识青年是怎样来到北大荒的，你应该比我心里更清楚！”

“你……”马崇汉一时说不出话来。

兵团组建的第二年，马崇汉作为兵团代表，乘飞机来往于各大城市之间，做了一场又一场的精彩演说式的动员报告：正规部队的性质，不但发军装，还发特别设计的领章帽徽，居住砖瓦化，生活军事化，生产机械化……如此这般天花乱坠，欺骗了多少知识青年啊！

马崇汉立了一功，但他也被多少知青诅咒啊！

此刻，老政委孙国泰盯着团长马崇汉那张刮得发青的五官分散的脸，不禁又想到了十年前就是在这个会议室里，为他召开的“欢迎会”上的情形。那次“欢迎会”也是由团长马崇汉主持的。马崇汉向全团机关工作人员介绍他时，十分钟大摆他的老资格和革命经历，三十分钟大批他在农场时期犯下的种种“路线错误”。

他当时猛然站起来，声音洪亮地说："马团长对我的介绍，等于为我树了一个碑，立了一个传，盖棺定论。千秋功罪，自有历史评说。据我所知，我们共产党没有为活人树碑立传的惯例，马团长这番话，就算是我的悼词吧！既然我还没有死，追悼会现在可以结束了！"

从那一天开始，他就意识到，团长马崇汉是要故意在他们之间造成一种领导地位上的悬殊差异的。但十年之中，在每一个无论大小的原则问题上，他从没有向对方妥协过。虽然，他是一批被罢官撤职了的老农场干部中，幸运地获得"解放"的，时时有从领导地位上再次被打翻下去的可能。

从开会到现在，他还一句话没说，坐在角落里，一支接一支地吸烟。

马团长今天格外沉得住气。参加会议的人们沉默着，他这个主持会议的人也沉默着。他扫视着人们的脸，想从每个人的表情上，窥测他们的内心活动。公务员小张又一次走了进来，交给他一条"牡丹"烟。他将包烟纸扯开，东甩一盒，西抛一盒，将一条烟顷刻分光，自己仅留下一盒。他抽出一支烟，在桌面上笃笃顿了半天，却没有点燃，而拿起了暖水瓶，往茶杯里倒水，只倒出半杯水。

"小张！"

小张应声而至。

他用下巴朝暖水瓶示意，小张领会地默默拎起几只空暖水瓶去打水。

坐在马团长对面的，是工程连指导员郑亚茹，她看了马团长一眼，说："我表个态吧！"

大家的目光都集中在她身上。

团长马崇汉轻轻咳嗽了一声。

"我认为……目前……对于我是一个考验关头。我……赞同团长……不，赞同团党委……"大家都听得出来，这几句话，她说得并不轻松。

团长嘴角浮现了一丝不易被人察觉的微笑，向她投去极为满意的一瞥。

她刚抬起头，一接触到团长的目光，立刻又将头低了下去，掏出手绢擦汗。她是出汗了，细密的汗珠沁聚在她那清秀的眉宇间和端正的鼻梁上。

老政委孙国泰站了起来，用纠正的口气缓慢地说："不，不是团党委的决定，团党委没有做出过这样的决定。"

马团长怔了一下，随即大声说："不错，党委是没有来得及做决定。"他用一种特别加以强调的语调说出"没来得及"四个字，之后也站了起来，肩膀一耸，将披在肩上的大衣抖落在椅背上，接着说："不过，今天在座的，除了我和孙政委，还有几位也是党委委员，其他同志，都是各连队的连长和指导员，我看，这次会议就算是一次党委扩大会议也未尝不可嘛！"他停顿了一下，将脸转向郑亚茹，换了一种亲切的安抚的口吻，又说："你刚才的发言很好，态度很明确嘛，你就算代表工程连党支部第一个表态了。"

"郑指导员只能代表她自己，不能代表我们工程连党支部。"在最后一排座位上，有人说话了。大家的脸一齐转向这个人，说话的是工程连连长曹铁强。

郑亚茹尴尬又不知所措地瞧着他。

马崇汉从桌上拿起刚才想吸而没吸的那支烟，已经划着根火柴，听罢曹铁强的话，脸色沉了下来。燃烧的火柴在手中晃了晃，熄灭了，被狠狠地插在烟灰缸里。

"这么说，你，是反对的啰？如果是这个意思，也算一种表态嘛！"他说这话时，并不看曹铁强。说完，紧接着喊："小张，倒烟缸！"

小张立刻悄无声息地走进会议室，从桌上拿起烟灰缸。

"叫你打开水，你怎么没打来？"马崇汉又一次拿起水杯。

"开水房锁着门。"小张讷讷地回答。

"再去打一趟！"马崇汉口气中流露出愠怒。

曹铁强瞅了团长一眼，又瞅了小张一眼，待小张走出去，才说："是的，我反对。"郑亚茹的脸红得像要渗出血来。马崇汉的目光如伤人利器，咄咄地射向工程连连长。对于这个东北小子，他心中耿耿于怀地记着一笔账。此时此刻，这笔账的账簿子又翻开了……

全兵团大搞"公物还家"运动那一年，马崇汉亲自带着工作组，坐镇工程连抓试点。他是个很善于总结各种运动经验的人。在这一点上，能力要比政委孙国泰高一筹。几天内，他就总结出了一套"三字经"——一看，二查，三搜。就是：各家各户的天棚地窖要看看，所有知青的箱子要查查，凡属公家的东西，一针一线，都要搜回来。"三字经"通过电话线，由马团长亲口传达到全团三十几个连队，指示照办之，推广之。"运动"得全团鸡犬不宁。

一天，马崇汉来到男知青宿舍，发现大火炕炕头一床褥子底下，垫着三块杨木板。他亲自动手将木板抽了出来，木板着炕的一面已经烤黄。"是谁垫在褥子底下的？"中午召开了全连大会，马崇汉指着三块搬到会场的木板，严厉追究。“团长，是我……”小瓦匠单书文怯怯地站了起来。“你为什么要把公家的木板垫在褥子底下？”团长瞅定他的脸，字字拖长地问。军大衣很有派头地披在团长高大魁梧的身上，风度如革命样板戏《智取威虎山》中的“二〇三”首长。“我……我……我怕烤着了褥子……”小瓦匠脑袋耷拉在胸前，不敢正眼看团长。“抬起头！”小瓦匠的头沉重地抬了起来，眼睛却盯着自己的衣扣。“你自己的褥子烤着了，你心痛。公家的木板烤着了，你就不心痛。这叫什么？这就叫——损、公、利、己！”团长的大手掌啪地在桌子上拍了一下。小瓦匠浑身一颤。“岂有此理！限你明天早饭以前，把检查交到工作组来，不得少于五千字！”团长声色俱厉。

晚上，小瓦匠从炕洞里往外扒炭火，一锨锨端到宿舍外，倒在雪地上。“哎，你这是干什么？”有人抗议了，“我褥子底下还冰凉呢？”“将就点吧！”从不跟任何人发生口角的小瓦匠，憋了一肚子的气，都通过这四个字发泄出来。抗议者二话不说，从炕上蹦下来，往炕洞里塞满了木柴。出身于封建官僚家庭的小瓦匠由于背着个甩不掉的包袱，甘做人下人，是知青中的弱者，对别人一向逆来顺受，不敢也没有能力维护自己的尊严。他没再从炕洞里往外扒火，默默地卷起自己的褥子，无法睡觉，便将一只小肥皂箱搬到地上，坐着个木墩写检查。

写了撕，撕了写，写写撕撕，撕撕写写，一本信纸转眼扯去了大半本。五千字！自己把自己往高得不能再高的纲上线上联系，搜肠刮肚，抓耳挠腮，却无法写满一页纸！

当年的男知青排排长曹铁强从外面查岗回来，见状问：“你怎么还不睡？”“你叫我怎么个睡法？”小瓦匠可怜巴巴地反问一句。曹铁强摸了一下炕面，不再说什么，转身又走出去了。一会儿，他从外面扛进来那三块杨木板。“垫上吧！”“我……不敢……”“叫你垫上你就垫上，明早再扛回原处去，没人知道。”“万一……”“我顶着！”马团长是一位最讲“认真”二字的共产党员。当男宿舍响起一片鼾声时，他又神不知鬼不觉地来了。他是为那三块杨木板而来。拉亮电灯，见三块杨木板又被垫在了小瓦匠的褥子底下，马团长愤慨极了。他不唯最讲“认真”二字，而且最讲“服从”二字。军队使他养成了坚决服从首长一切命令的习惯，他要将这一点作为优良传统灌输到知识青年们的脑袋里去。他最不能容忍对首长的命令阳奉阴违。在他本人即首长，阳奉阴违者又是他的战士的情况下，更不能容忍。

他猛地掀掉小瓦匠的被子，拽着小瓦匠的胳膊，将小瓦匠扯到了地上。

小瓦匠穿着衬衣衬裤，光脚站在地上，揉开蒙眬的睡眼，半睁半闭的，也没看清对方是谁，啪地甩手给了对方一记耳光："开你妈的什么玩笑！"

马团长被这一耳光打愣，呆呆地站在小瓦匠对面。小瓦匠跳上炕，钻进被窝，又蒙头睡了。马团长一声未吭，转身就走。这一幕，被排长曹铁强躺在被窝里看得分明。马团长一出门，他立刻爬起来，跨过几个人的身子，推醒了小瓦匠。"你知道你刚才打了谁一记耳光？""打谁谁挨着！""你打了团长！""别……逗了……""你看，地上是谁的大衣？"小瓦匠爬起，探身朝地上一瞧，心中不由暗暗叫苦。地上果然有件军大衣，不是团长的是谁的！"快起来，把木板拆下！"曹铁强帮他的忙，二人慌乱地从褥子底下抽木板。其他人被惊醒，一个个翻身趴在被窝里，莫名其妙地瞧着他俩。

"深更半夜，你们搞什么名堂！"不知哪一个，从地上拎起一只大头鞋，朝他俩扔过去。大头鞋打在小瓦匠后脑勺上，小瓦匠"哎哟"一声，双手倒捂着后脑勺，仰躺在炕上。

"谁打的？谁？！"曹铁强厉声喝问。几颗脑袋畏惧地缩进了被窝。这时，外面进来三个人，都是团警卫排的，是跟马团长一块儿来到工程连的。为首的，是警卫排排长刘迈克。他们，虽不属于工作组成员，但在工程连战士们面前，却显示出一种优越感。这种优越感似乎在时时表明，他们，即使算不得"高级知青"，起码也是"特别知青"。因为他们是"拿枪杆子"的，是经常跟随各级团首长的。他们是半享受职业军人待遇的。

刘迈克一进大宿舍，首先从地上捡起马团长的军大衣，拍拍土，然后踢了踢小瓦匠垂在炕沿的赤脚："起来起来，跟我们走。"

小瓦匠坐起，一见是三个警卫排的，顿时变了脸色，讷讷地问："到哪儿去？""连部，马团长有请。"警卫排长一副闹着玩的样子。"我……我不去……"小瓦匠往曹铁强身后躲。"不去？那哪成啊！"小瓦匠的胆怯使警卫排长开心，他用命令的口气对另外两个警卫排的战士说："带走。"那两个便上前去拖小瓦匠。他们被曹铁强推开了。曹铁强抢先一步，身子挡在宿舍门口，冷冷地说："你们，简直成了马团长养的狗了，叫你们咬谁就咬谁？"刘迈克愣了一下，后退一步，眯缝起眼睛，咄咄地盯住曹铁强的脸，一字一句地反问："你说什么？我没听明白。"曹铁强讥讽地说："你腰间扎条武装带不伦不类，劝你还是解下来的好。""你看不惯？"刘迈克真的缓缓解下了武装带，在手中摇晃着。“别碰着我！”曹铁强又说了一句。刘迈克唰地一声将武装带朝他抽过去。曹铁强一偏头，武装带的铁卡子抽在门框上。他朝门框瞥了一眼，门框上留下了一道痕迹。“别怕，吓唬吓唬你，闪开吧！”刘迈克的武装带仍在手中摇晃。曹铁强动也不动。武装带第二次抽了过来。这一次，他躲闪未及，肩头挨了一下，白衬衣绽破，立刻渗出血来。他捂着肩头，从门旁闪开了。刘迈克也不看他，悍然往外就走。曹铁强出其不意，照他下巴猛击一拳！这一拳那么有力，刘迈克踉跄倒退，撞在脸盆架上。一排脸盆翻落，一只漱口缸子滚到红火彤彤的炕洞里。刘迈克爬起，惯于争凶斗狠的脸扭歪了，扑过来与曹铁强扭打作一团。小瓦匠吓傻了，瞪大惊骇的眼睛，像只耗子似的缩在墙角。另外两个警卫排的战士，同时上前，对曹铁强拳打脚踢。刘迈克的霸悍早已激起工程连知青们的公愤，这时眼见自己的排长要吃亏，哪里还按捺得住！他们发声喊，纷纷从火炕上跳下地，一个个赤腿露胸地投入了恶斗。从地上打到炕上，从炕上滚到地上。战斗结束后，警卫排长和他的两个战士被结结实实地捆了起来。

刘迈克凶恶地说：“曹铁强，你不计后果是不是？”

“啪！”有人给了他一耳光。

连部里，团长马崇汉坐在椅子上吸烟。

他好生恼火！

身为团长，被知青打了一记耳光，简直是奇耻大辱！

对于知识青年，从正规部队到生产建设兵团那一天起，他就产生了一种敌对情绪。不，也许用敌对心理这个词更准确。

什么生产建设兵团？用他自己的话说，参加革命多年，到头来落了个“七〇（零）八三（散）的装甲（庄稼）部队”的团长当！幸而，没脱掉军装。当上三团团长后，了解到这个团原先不过是个劳改农场，更令他替自己愤愤不平！这么个团长和“草头王”有什么两样？

然而，“草头王”却并不那么好当。知识青年，既不同于“一切行动听指挥”的正规部队的战士，也不同于“向解放军学习，向解放军致敬”的革命群众。他们到底算什么呢？在他眼中，他们简直是“蝗祸”，是“洪水猛兽”，是从城市蔓延到边疆的“瘟疫”！可他们毕竟是成千上万，几万，十几万，几十万，浩浩荡荡的四十多万！一批又一批地涌来了，卷来了。是戴着大红花，敲锣打鼓地被从城市欢送来的。一来就声明："我们要做北大荒的新主人！"不错，"最高指示"说他们是来"接受再教育的"，而且"很有必要"。但实际上，他们的马列主义水平高不可攀。若要问共产主义运动发展史、巴黎公社失败的经验教训、当前中央路线斗争的营垒划分和斗争焦点，他们都能侃侃而谈。在这方面，每一个都有资格当他这位团长的教师！他们不但了解过去，而且仿佛能预知未来，中国革命和世界革命，整个儿装在他们发热的头脑里！他们是经过风雨、见过世面的，根本不把他一个小小的团长放在眼里！连中央首长，他们也敢炮轰，也敢油炸，何况他马崇汉！

他深知自己缺少驾驭他们的能力，恰如一个人，完全没有信心和气魄，但又被命运所捉弄，不得不驾驭一匹难驯的劣马。

多可悲！

有时扪心自问，他承认，他们中的一些人，是被他骗到北大荒的。但他自己不也是被骗来的吗？何况说到四十万的话，那可没他的干系。他马崇汉没这么大本事，那是一场运动的力量。

他所有郁闷在胸，积压在胸的怨气、怒气，准备痛痛快快地发泄在小瓦匠身上。他要好好调教"它"，当成一匹牲畜调教。当然，犯不上用鞭子的。

听到外面的脚步声，他坐得更端正，表情更威严，目光更冷峻，咄咄地盯着连部的门。

门开处，第一个进来的是警卫排排长刘迈克。鼻青脸肿，浑身灰土，双臂被反绑着。衣领撕掉了。衣扣只剩下了一颗。第二个进来的，是警卫排战士。第三个进来的，是警卫排战士。一个排长两个战士，他派去传带小瓦匠的，都成了狼狈不堪的"俘虏兵"。

他霍地站了起来！

跟在三个"俘虏兵"后面走进连部的，是曹铁强。"他们，据说奉了你的命令去绑我排战士单书文的，我反对这样做。他们不听我的阻拦，首先动武，我命令我的战士教训了他们一顿。现在我把他们给您带回来了。我自己，明天听从你的发落。"曹铁强说完就走。已经走出门外，又转过身，对团长点了一下头，那意思好像是说："祝您晚安！"

曹铁强一回到大宿舍，就被他的战士们团团围住。"我早就瞧着警卫排这三个家伙狐假虎威的样子不顺眼，今天可让他们知道咱们工程连的人不好惹了！""刘迈克在文化大革命中欠了我一笔账，今天我才出了口恶气！""这就叫不是不报，时候未到，时候一到，一切都报……”七言八语，激昂兴奋。小瓦匠满面阴云，一言不发，默默叠被子，卷褥子，叠好卷好，用毯子包上，用行李绳捆。“你这是干什么？”曹铁强问。“干什么？今天的事，全是我惹起来的。马团长能放过我吗？我今天夜里就扛着行李到团部警卫排去投案自首，当二劳改！”这话，像一盆冷水，劈头盖脸朝大家泼来。曹铁强沉默了一会儿，在小瓦匠后脑勺轻轻拍了一下，说：“你犯什么案了，竟要自首去？你别怕，我一人做事一人当。”

男女宿舍是一栋房子，中间被过道分隔开。这时女知青们也都来了，询问刚才发生的事。

有人问、有人答的时候，裴晓芸挤到曹铁强跟前，神色慌张地说：“不好了！马团长给团部警卫排打电话，说咱们工程连的男知青聚众闹事，要警卫排立刻派三十个人来，还说，还说……”

曹铁强迫问：“还说什么？”“还说……全副武装，一级战斗准备……”“你怎么知道？”“我今天夜里看麦场，刚才经过连部门口。”身材瘦弱娇小的裴晓芸，替男知青们担惊受怕得瑟瑟发抖。

沉默。

各种表情在一张张脸上变化着，每个人都预感到面临着威胁。“你们……快躲起来吧！”裴晓芸比谁都焦急不安。所有人的目光，同时集中在排长曹铁强身上，那些目光是复杂的。“躲？”他被这个字激怒了。这个字从一个姑娘嘴里说出来，而且分明是主要针对他说的，他觉得当众受辱。

“听着。”他对全排战士说，“事态是我扩大的，我还是刚才那句话，一人做事一人当。你们可以预先把我捆起来，等警卫排的人到了，将功赎罪！”

言词刚烈，语气豪壮。这番话，是从小说里读到过的，还是看了什么电影印象太深记住了，连自己也闹不清楚。

大家被感动了。由感动而敬佩，由敬佩而义愤，由义愤而激发起一种类似“同仇敌忾”的情绪。这种情绪抵消了年轻人们本来就易于丧失的理智。而丧失理智有时是件痛快的事。

“排长你说的算什么话？！把我们都看得胆小如鼠吗？！”“警卫排有什么了不起？比这严重的事件我们经历得多了！”“与其在这儿瞎嚷嚷，等着警卫排的人来，像抓犯人似的一个个把我们抓走，莫如跟他们大干一场！”“对！咱们去打他们的埋伏。”于是，在“文攻武卫”中培养起来的盲目英雄主义的驱使下，他们匆匆穿好衣服，拥出了大宿舍，各人找到可以当作武器的物件，集合起来，向村外而去。女知青们也不肯错过这一表现英雄主义的机会，纷纷跟了去。只有几个没有去，她们赶紧跑向连长和指导员那儿报信。离连队十几里远的山坡下，他们埋伏在公路两旁的小树林中。不久，一辆卡车从山路上缓驶下来，工程连的战士齐声呐喊，冲出树林，包围了卡车。车下，铁锨钢叉，横握竖举；棍棒锄头，左右相逼。车上，警卫排的枪口，也指向了工程连的战士们，双方剑拔弩张。一触即发的关头，有人策马从山上飞奔而下。来人是老政委孙国泰。马头几乎碰上了车头。他才猛勒马嚼，勒得那马竖起前蹄，打了个立桩。

"给我把枪都放下，妈妈的！"他两眼闪亮，样子十分可怕。警卫排的枪纷纷挎到肩上去了，但有人还不服气，说："我们是奉团长的命令……"

"现在命令你们的是我政委孙国泰！谁再啰嗦，我叫他就地挺尸在这里！"老政委从腰间嗖地拔出了枪，用枪筒在卡车驾驶室的铁顶上砸了一下，向司机喝道："你给老子把车开回团部去！"

司机乖乖地掉转车头，卡车顺原路开回去了。老政委长长地吁了口气，跳下马，扫视着工程连的战士们，问："谁带的头？""我。"曹铁强低声回答。老政委走到他跟前，目光死死地盯在他脸上，又问："你是谁？""工程连男知青排排长。"声音更低了。啪！一记耳光打在他左脸上，他的手刚捂住左脸，右脸又挨了一记耳光！

又有人骑马从连队的方向赶到这里，跳下马，双膝跪在雪地上，说出一句震动人心的话："你们都是离家千里的孩子，你们要互相动武，就先打死我！"

是指导员，当地剿匪战斗中立过一等功的英雄……

铁锨钢叉，木棍锄头，从一双双手中落地。一片哭声惊扰了林中的宿鸟。政委孙国泰一迈进工程连连部，就指着团长马崇汉大吼："马崇汉！老子毙了你！"……

这件事虽然发生在知识青年刚到边疆不久，但曹铁强却永远也无法忘记。每每回想起，总还会产生不寒而栗的后怕。那时，自己多么缺少理智，多么鲁莽啊！他曾不止一次半夜三更从噩梦中醒来，浑身冷汗淋漓地想到，如果老政委那天夜里迟一步赶到，自己还会不会躺在这个知青大宿舍的火炕上？还有他们，他排里的战士，是不是也还会躺在火炕上，发出那么安然的鼾声？

如果他和他们中的某些人，成了那次“英勇行动”中的不幸者，幸存的人今天将会怎样谈到他，谈到那次“英勇行动”呢？

他们会恨他的。

不幸者的父亲和母亲们也会恨他的。

如果别人成了不幸者，而他自己是个幸存者呢？

那更加可怕，对他来说。

每天清晨出早操，他站在全排战士的面前，望着他们的脸，心中便会产生一种对他们的深深的内疚和愧意，恨不得跪在他们面前，请求他们的饶恕。

这种负罪感折磨了他的心灵若干年。虽然，他的任何一个战士都没有在他面前提起过当年那件事。也许大家都忘记了，也许谁也没有忘记，而是有意不提。但他自己却经常想在某一种场合、某一种时机，重提当年那件事。目的只有一个，希望大家痛骂他一顿，甚至暴打他一顿。

理智是年轻人在成熟过程中攻克的最后一个堡垒。攻克了，他们便成为能够掌握自己命运，也能对别人的命运施加影响的生活中的强者。这是要付出代价的。不过有人付出的代价惨重，相比之下有人付出的代价轻微罢了。付出代价的同时，他们也必然会丢掉对他们来说是十分有害的东西——轻举妄动和不计后果。

曹铁强正是从当年那件事中发现了自己危险的弱点，也正是从那件事之后，他成熟起来了。

当年的男知青排长成为今天工程连的连长，从某种意义上讲，“袭击警卫排事件”对他来说是一次“淬火”。经过那次“淬火”，他才成为一个具有钢一样的弹性和硬度的人。

但是其中的哲学，是不会从团长马崇汉的头脑中产生的。马崇汉因为当年那件事，受到了党内记大过的处分，而且被通报全兵团。如果将他今天主持召开紧急会议的动机再深剖一层，也是和当年那件事分不开的。

他希望，为兵团保留八百余名青壮年劳动力，能够被上级赞赏，撤销干部档案中的处分。而这关系到，兵团解体之后，他能不能重新回到部队去。档案中带着一次处分，他是没指望重返部队的。不能重返部队，他便只能落到一种无可奈何的境地——由团长变为一个农场场长。这无疑更加可悲。八百余名知识青年一走而光，将他这位团长弃留在北大荒，那岂不等于是命运对他的一种恶意捉弄和冷酷惩罚吗？

他今天的内心活动，可以用八个字概括——瞻念前程，意冷心灰。不过这种内心活动并没从他脸上暴露丝毫。他此时恍然醒悟，到会者们沉默的原因只有一个——在这么严峻这么重大的问题上，他们要首先知道政委是什么态度。

他意识到，自己十年来那种在任何事情上都能左右局面、举足轻重的威信，今天面临了公开的挑战！甚至怀疑他自以为曾有的威信，根本就没存在过！

他感到一种惆怅和悲哀。而政委孙国泰刚才的发言又是对他那么不利！工程连连长曹铁强又分明不把他这位团长的意志放在眼里！他现在毕竟还是团长！纵然八百余人的去留他决定不了，一个连长的命运他还是可以决定的！“交代工作”，只消他一句话，就可以拖住这名哈尔滨知青三天，叫他终身后悔！难道这哈尔滨的小子就毫无顾忌吗？他怎么敢？！马崇汉盯着曹铁强正要说句什么有分量的话，一个女人突然闯进会议室，身后跟进两个女孩。是他的妻子和女儿。马崇汉好不惊诧！四天前他打发她们回老家，怎么这会儿又做梦似的出现在他面前了？“把宿舍钥匙给我。”妻子向他伸出一只手。“你……车票丢了？”他怔怔地问。“根本就没买到火车票！”妻子大声嚷嚷，“要不是在黑河碰上个熟人，连长途汽车票也别想买到！我们娘儿仨好不容易挤上一辆长途汽车，开出黑河镇不到两小时就被知识青年给截住了。嫩江县城、火车站，返城知青像逃荒，连大车店都住满了！我们娘儿仨……在火车站蹲了两天……跟你来到兵团，可倒了八辈子霉！待不下，走不了，亏你还大小是个团长呢！呜呜呜……”团长妻子放声哭起来。公务员小张拎着几只暖水瓶走进来。马崇汉心烦意乱，拿起水杯朝小张递过去。好像胸膛内有干柴烈火在燃烧，他觉得口焦舌燥。“水房锁着，到处也找不见烧开水的人。”小张嘟哝地说明没打来水的原因。“岂有此理！”马崇汉把手中的水杯高高举起，狠狠摔在地上，啪的一声粉碎了。小张一反往常对团长的敬畏，大声说：“少来这套，我不侍候你了！”说罢，扬长而去。

马崇汉脸色青了。他的目光又瞪向妻子，从衣兜里掏出串钥匙，扔在她脚边。妻子怯怯地瞄他一眼，赶紧弯腰捡起钥匙，扯着两个孩子离开会议室。

电话铃响了。郑亚茹也瞄了团长一眼，走过去拿起听筒，低声问：“找谁？”接着把听筒递给团长。马崇汉皱着眉头接过听筒。对方问：“你是马团长本人吗？”“我是马崇汉！”他粗声粗气地回答。“马崇汉，听着！你召开的这个紧急会议，不必再开下去了！”

就这么两句，口气像“最后通牒”，一说完，对方就挂上了电话。

马崇汉拿话筒的手剧烈地抖动。许久，他才扫视着大家，沙哑地说：“有人把我们开这次会的内容泄露了。”接着，严厉地问：“谁会议期间打过电话？或者，接过电话？”

“我接过一次电话。不过，是长途。”曹铁强回答，他这时站了起来。“长途？”马崇汉根本不相信地追问。“是长途。”曹铁强很镇定地回答。尽管他很镇定，尽管大家对召集这样一次会议，内心各持己见，但目光还是同时质疑地射向了他。政委孙国泰，也严肃地望着他。“好像……有什么情况！”郑亚茹突然离开窗口，走到会议室门前，同时推开了两扇门。

一股寒风灌进来，将雪粉扬在人们脸上。几扇没插上的窗子被这股寒风吹开了。开会的人们，或从窗口向外望，或从门口向外望，但见不计其数的火把，分成几队，从山坡上，从荒原上，从公路上，从四面八方，朝团部汇聚而来……

三

裴晓芸站岗两个多小时了，再过一小时，就该下岗了。但她这会儿就已经快被冻僵了。“黑豹”也感到了寒冷，它开始在雪地上兜着圈子奔跑。它身上发出的热量结成霜，染白了黑皮毛。

“‘黑豹’！”裴晓芸把狗唤到身边，弯下腰对它说，“回去吧，‘黑豹’，回去吧，回到连队去吧！到大宿舍去，趴在炕洞前，那多舒服，多暖和，何苦陪着我一块儿挨冻呢？”她简直是在哄它，像在哄一个人。

“黑豹”瞪着那双善于和人交流情感的眼睛瞅她，分明听懂了她的话。它的眼睛追随着她的目光，也朝连队的方向望去。“瞧，最南边那一排灯光，就是大宿舍！”她又低下头对它说了一句。“黑豹”却一动也不动。它的身子忽然抖了一阵，又开始在雪地上奔跑。她望着它，拿它毫无办法地摇摇头。月亮好像挂在原来的地方，一寸也没移动。但月面已不那么明净，变得朦胧了。夜空的蓝色加深了，深蓝混合着漆黑。夜空似乎被来自宇宙之外的某种自然力量所压低。起风了。这风是突然刮起的，异常猛烈，而且辨不清方向，朝她迎面横扫过来。她侧转身，弯下了腰。风过之后，四野顿时迷茫。

“黑豹”在奔跑中突然站住，昂着头，略显不安地瞭望着荒原。

在荒原的尽头，在寒夜神秘而威严的幽远处，一场大暴风雪狰狞地注视着生产建设兵团的女战士和这只狗。

然而她并没有预感到什么威胁，她在瞧着那只狗。

“黑豹”使她又想到了他……

也许因为她和他不是同一个城市的知识青年？也许因为她和他不是同一批来到北大荒的？也许因为她是全连姑娘中最其貌不扬、最沉默寡言的一个？也许因为她是一个政治上有“特嫌”的歌唱家和某个大学里的“反动讲师”的女儿？……他不曾注意过她。而她，也从来不敢主动接近他，主动跟他说一句话。因为，他是威信很高的男知青排排长，是全连最英俊的小伙子。

年轻人们，小伙子也罢，姑娘也罢，总是希望从自己身上发现某种值得自信的东西——高于别人的威望、渊博的知识、受人赞扬的品质、友好相处的人缘、家庭出身优越、政治有前途，甚至，包括俊美的容貌等等等等。一点儿值得自信的东西也没有，这样的年轻人便会离群索居，产生自卑感。

裴晓芸在所有人的面前都会产生这种自卑感，她有时甚至自己鄙视自己。

她身上半点值得自信的东西也没有，连一个少女最可自慰，最起码的那点儿自信——容貌方面的自信都没有。

她到北大荒以后，从来也没有像其他的姑娘那样，偷偷拿面小镜子自己端详自己，欣赏自己。她认为自己是个半点可爱之处都没有的丑姑娘，一只丑小鸭。

是啊，她的身材那么瘦弱，小手小脚的，像是发育不良没长开似的。她那张小女孩般的脸上，永远笼罩着悲哀的愁云，一接触到什么人的目光，她便会情不自禁地立刻垂下睫毛，掩住那双怯生生的眼睛。

一方面，她因为自己是那么不引人注意而自卑。另一方面，她又但愿任何人在任何场合下都不注意到她的存在。有天中午下暴雨，男女知青跑出大宿舍，遮盖土坯。苫席不够用，她把自己身上披的雨衣也盖到土坯上了。她在暴雨中淋得像一只落汤鸡，衣服裤子紧紧地贴在身上，模样滑稽而可怜。他不禁多看了她几眼，她竟像被一只大猩猩所注视似的，吃惊地呆愣了一刻，转身而逃，令他大惑不解。那天他才知道，女知青排还有这么个叫裴晓芸的上海姑娘，才十六岁，在全连知青中年龄最小。但她也并没有从此引起他多注意一点。而她，后来则更加有意地处处回避他。

就在那一年冬季的一天半夜里，全连紧急集合，男女知青都拉出了连队，一气儿跑了十多里路。演习紧急集合，大宿舍里是不许开灯的，手电筒也不许打亮。

跑步急行军途中，又演习了一次“围山搜敌”。曹铁强是演习行动的总指挥，在大家都已经搜索到半山腰时，他回头望了一眼，见有人刚跑到山脚下，艰难地踩着没膝的深雪向山上攀登。“那是谁？快跟上来！”他大声喊。落伍者摔倒了，而且没有立刻爬起。他跑到那人跟前才认出，是她。“跑一段路就受不了啦？别那么娇气！都像你这个样子，打起仗来怎么办？”他有些生气，对她大加训斥。他拉着她的一只手，将她从雪窝里拽起来，也不管她跟得上跟不上，几乎是粗暴地拖着她往山上跑。她一声不响地被他拖着跑了一段山路，又一个跟头跌倒在雪中。“你别装熊，快起来！自己跟上去！”他更加生气了，索性放开她的手，那语气完全像在战斗中，呵斥一个无能的士兵。“我……我的脚……”“你的脚怎么了？”她扒开埋住双脚的厚雪，甩掉两只手上的棉手套，双手攥成拳，使劲擂自己的双脚。借着月光，他这才发现，她穿的竟是一双网球鞋！他怔住了，半天才说出话：“你……怎么穿着这样一双鞋？”她没有回答，她不再擂自己的脚了。她的双手忽然捂住了脸。她的肩头开始轻轻耸动着，她无声地哭了。他猛地弯下腰，将她再次拉起，强行背上，朝山下就跑。“不，不，我不！冻掉双脚，我也要……”她挣扎着，拳头擂着他的背。

他并没有放下她，任她的拳头一下接一下地在自己背上擂打。他背着她深一脚浅一脚地跑下山，接着跨开大步朝连队跑。十几里路，他的脚步毫不减慢，越跑越快，径直背着她跑进女宿舍，将她放在火炕上，拉亮了灯。

她那张小脸哭得如同泪人儿一般，泪水在她脸上结成薄冰，一缕鬓发冻在她的脸颊上。他呼哧呼哧地大口喘气，汗湿透了衬衣和绒衣。“别动！”他对她说，摘下帽子，扔在炕上，拿起一只脸盆，转身奔出宿舍。他从外面端进一盆雪，她果然一动未动地垂着双脚坐在炕沿上。

网球鞋和她的双脚冻在一块儿了，他无法替她脱下来。“剪刀！”她茫然地瞧着他。“你的嘴巴也冻住了吗？我问你有没有剪刀！”她默默地朝摆在窗台上的一只小木箱指了指。从小木箱里取出一把剪刀，他从她脚上剪下了那双网球鞋。接着，小心翼翼地剪下了她的袜子。他将她的双脚按在雪盆中，迅速地用雪搓起来。他一边搓她的脚，一边抬起头，瞧着她的脸，低声问：“疼吗？”她垂下了睫毛，只吐出一个字：“不……”“不疼才糟糕！”他更快地用雪搓她的脚。一盆雪搓化了。“这会儿开始疼了吧？”“不……”“还不？有没有……像被火烧一样的感觉？”“有……一点点……”“冻掉双脚，在北大荒可不是没有过的事！小时候我的脚也冻过，我妈妈就像这样子给我搓。”他从毛巾绳上扯下条毛巾，要替她擦脚。“别，那不是我的毛巾。”她用轻微的声音说，这时才怯生生地看了他一眼。他的目光不禁注视在她脸上，心中实在不可理解，这种时候，她为什么还会对生活中的这般小事如此认真。“那是我们排长的擦脸巾。”“那又怎么样？”“她会生气的。”“是你自己这样认为吧？”

她摇了摇头：“她真会生气的。她对我和对别人不一样。”

“为什么？”

“因为……因为我和别人不一样。”

他不再问她什么了。他心中明白了。他缓缓地将郑亚茹的毛巾搭在毛巾绳上。“边上第三条毛巾是我自己的。”他取下了她自己的毛巾。“让我自己……”她向他伸出一只手要毛巾。他没给她，他轻轻地替她擦干了双脚，慢慢解开自己的衣扣，撩起绒衣和衬衣，半裸出宽阔的结实的胸膛，将她的双脚暖在自己胸上。“啊！不，不……”她慌乱起来，她骇然了。她欲缩回自己的双脚，他用绒衣将她的双脚包裹住，紧抱在怀里。“别动！”语气那么严厉，同时瞪了她一眼。她挣动了几下，没有挣回双脚。他的手那么有力！她的脸红极了，她一下子用双手捂上了脸。“当年我妈妈对我也是这样做的。”第二次提到他的妈妈，他的语调中流溢出一种深情。她还能再有何种表示呢？还能再说什么呢？她一动也没再动，双手依旧捂着脸。渐渐地，她感到自己的两只脚恢复了知觉，温暖了，也开始疼了。他胸膛里那颗年轻人的心，强有力地跳动，传导到她的心房。她自己那颗少女的稚嫩的心，也仿佛刚从一种冷却状态中复苏，怦怦地激跳。许久许久，他们之间没有再说一句话。一滴泪水，从她的指缝中滴落下来，随即，又是一滴，又是一滴……是因为过分受感动？是的，当然是。但泪水绝不仅仅是因为受感动而倾涌，还因为……他提到了他的母亲，用那样一种深情的语调提到他的母亲。而她却从未领受过母爱的慈祥和温柔。为了领受一次，她宁肯自己的双脚被冻掉！同样的做法，这北方的小伙子从他母亲那里学到，施加于她，诚挚之中带有几分强迫。

如果是母亲的话，她起初心理上会产生慌乱和骇然？区别就在于此。虽然深受感动，但也触碰到了她的隐衷。她那颗少女的心不但稚嫩，而且那么细腻。所有细腻的情感都被她的双唇封锁在心里。因此，她的内心世界比别的姑娘更加丰富，也更加充满矛盾和变化。这样的一颗心当然不是他所易于了解的。他发现她在落泪，问：“你怎么又哭起来了？”

这时，外面响起一片纷乱的脚步声，夹杂着吵嚷。紧接着，门开处，女排的姑娘们拥进宿舍。她们一见他在女宿舍中，他和她那种不寻常的样子，都呆呆地站立住，用猜疑的目光望着他们。

在众人的目光之下，她显出无地自容的样子，仿佛自己是个小偷，被当场逮住。她猛地从他怀中收回双脚，窘迫而羞涩。“用被子包上脚。”他平静地对她说。转过身，问姑娘们：“你们这样看着我干什么？”没有谁回答他的话。“简直是拿着弟兄们开玩笑！演习演习，半路上丢了战备演习指挥员！”“不是丢了，咱们大排长准是叫敌人俘虏啦！”男宿舍传来发牢骚的怪话和嘻嘻哈哈的笑声。郑亚茹最后一个走进宿舍，她的目光在曹铁强身上差不多停了半分钟，然后，缓缓地转移到裴晓芸身上。裴晓芸已经坐到火炕上，用被子包住了双脚。她低着头，不敢瞅姑娘们。“哼！真丢人！”郑亚茹大声说了一句。“你说谁？”曹铁强有点恼火了。“我说谁，你心里明白！”郑亚茹向裴晓芸瞪了一眼。他的同班同学，当着所有姑娘们的面，对他说出这般带有侮辱性的话，使他感到格外不能容忍。他几步跨到她面前，咄咄地盯着她的脸，质问地说：“我不明白！你今天非得当着大家的面对我讲清楚不可！”“讲清楚就讲清楚！我说的不是别人，就是你！还有她！你们俩！趁着大家演习，你们两个跑回来，在宿舍里搞什么见不得人的勾当！”

“你……混蛋！”曹铁强大吼一声，对郑亚茹扬起了拳头。但他毕竟克制住了自己，拳头并没有落下去。如果不是当着所有姑娘们的面，这一拳也许会落下去的。

“裴晓芸穿了一双网球鞋就跑了出去，你们知道不？她的脚冻伤了，如果不是我把她背回来……可你们，都想到什么地方去了！”郑亚茹怔住了。曹铁强指着一个姑娘说：“你，去把那盆雪水倒了！”又指着另一个姑娘说：“你，去把卫生员找来！”两个姑娘不知是慑服于他的恼怒，还是出于同志之间的义务感，彼此望了一眼，一个服从地去倒那盆雪水，另一个立刻转身去找卫生员。其余的姑娘，都向裴晓芸围拢过去。郑亚茹独自站在原地，显得极尴尬。“你和我的关系，并不比别人特殊，不过曾经是同班同学，你没有资格像刚才那样对待我！”曹铁强冷冷地对她说完这番话，愤愤地离开了女宿舍。郑亚茹慢慢走到自己的铺位前，呆立了一会儿，突然扑倒在火炕上，抱着自己叠得四四方方的被子，哇地一声大哭起来。“排长，都是……都是我不好，就算他刚才的话，是对我说的……”裴晓芸望着排长，心里感到无比内疚。“你别装好人！”郑亚茹倏地坐起身，对裴晓芸狠狠地嚷了一句，之后又倒下去抱着被子哭。有几个姑娘赶紧过来劝排长。从那一天起，女排所有的姑娘都看得出来，排长对裴晓芸更加冷漠了，好像排里从此不存在裴晓芸这个人了似的。她们也看得出来，她们的排长和男排排长之间，以前那种比别人亲近的同学关系中，出现了一道看不见的屏障。

而裴晓芸和曹铁强之间，又恢复到了那种几乎谁都不接触谁的关系。

然而，裴晓芸多想找个时机对曹铁强说句感激的话啊！即使仅仅从情理上讲，这样的话也是应该对他说一句的。可是，每当她和他单独在一起，还没来得及开口，郑亚茹便会忽然出现。能够和他单独在一起的机会又是那么难得！

春节前，连里不知出于何种安排，对每一个请假回城市探家的知青，都毫无例外地批准。也许是出于对知识青年的体贴和关怀吧！知青先后离开连队。最后，男排只剩下了一个人——曹铁强。女排只剩下了两个人——郑亚茹和裴晓芸。裴晓芸知道，排长所以迟迟没有动身离开连队，一定是想和曹铁强结伴探家，同去同归。可曹铁强为什么迟迟不回城市探家呢？他舍不得他养的那只小狗？也许是的。他那么喜爱那只狗？她哪里知道，出于对她的同情，他决定放弃那次探亲假了。他不忍心将知青中的一个小阿妹，孤独地撇在连队。

她和排长两个人住在空荡的宿舍里，却谁也不理睬谁。在排长郑亚茹面前，裴晓芸更自卑。排长是一位军队干部的女儿，正牌的“红五类”：排长是老初三毕业生，在学校成绩优异，据说要不是因为“文化大革命”，学校要保送她上重点高中呢；排长是市红代会常委，来到北大荒之后，还被请回城市参加过一次红代会常委会；排长在全排姑娘们眼中是具有男性威严的；排长是在全团名声响亮的人物；排长是很美的，高于一般姑娘们的个子，飒爽的身姿，乌黑而浓密的短发，裹着一张椭圆形的五官端正的脸，两条眉毛不但细而长，还很英气，一双丹凤眼，总是投射出自信的矜傲的目光。

女排的姑娘们，谁都知道，她们的排长在暗暗地爱着男排排长曹铁强。

天生一对，地产一双，大家都这么认为。但也有姑娘对两位排长之间的关系发表过预言性的看法：“两个自尊心都太强的人，是无法结为生活伴侣的。”这话是背地里谈论过的。

姑娘们都不能理解的是，她们的排长明明爱着人家，又总是随时随地有意无意在她们面前扮演一个无穷烦恼的被追求者的角色，尽管这种角色她扮演得极成功。

裴晓芸在这一点上却自以为是能理解排长的。“不会高傲，就不懂得爱情的艺术。”她忘记了自己过去曾从哪一本小说里读到这句话的。排长一定也读过这本小说，因为排长既会高傲，必然也就对爱情的艺术深通谙达了。

她非常希望排长也能理解她，哪怕一点点。非常希望自己能和排长处好关系——一般的战士和排长的关系，对她来说就很知足了。她不敢奢望比这更进一步的友好关系。她觉得自己不配，排长是什么样的人物！

两个人，按照同样的时刻，早、午、晚活动在大宿舍里，却彼此不说一句话，不正视一眼，这是多么别扭！有几次，她想主动张口和排长说话，排长却好像能够猜度到她的心思，每每在这时候走出去了。其实，她最想对排长说的，无非只有一句话：“排长，我是敬佩你的呀！我心甘情愿处处听你的吩咐，服从你的命令！”

就像一粒沙子含在河蚌体内，久经揉磨，变成了珍珠。这句话也是许许多多话在她内心经过无数次筛选的结果，这句话无论从任何意义上都是她的心里话。

排长竟不给她说出这句话的机会。有天晚上，排长不知到哪里去了。她一个人百无聊赖地坐在火炕上，坐在窗前，把嘴贴在玻璃上，一口接一口地用哈气暖化玻璃上的霜花。

玻璃上渐渐哈出了一个可见夜色的小洞。从这个小洞，她朝外面窥望。有两个人在月辉下向宿舍走来，分明是排长和他——曹铁强。他们走到宿舍门前那棵大杨树下，同时站住了，对望着。

她向他走近了一步。他也向她走近了一步。他们拥抱在一起了。他们的嘴唇相吻了。裴晓芸的脸倏地从窗前侧转开，双手下意识地捂上了那个小小的霜洞。少女的心狂跳不已。这是她第一次亲眼看到男女之间的情爱举动。她仿佛看到了自己所绝不应该看到的，愧怍极了，不安极了。虽然是无意中看到的。她赶紧展开被子，钻进了被窝。用被子蒙上脸。一会儿，听脚步声，知道排长走进了宿舍。又过一会儿，灯熄了。第二天，当她醒来时，见排长在捆行李。“你醒了吗？”排长说。她没有回答，一时不能相信排长是在对自己说话。排长转身看了她一眼，又说：“帮我捆一下行李可以吧？”不是在对她说话又是在对谁说话呢？她立刻从被窝里爬起来，顾不上穿衣服，也顾不上蹬鞋子，光着脚就跳到了地上。“你先穿好衣服，别冻着。”排长这种从来没有施舍给她的关心，令她深深地感动了。

她匆匆忙忙地穿上衣服，趿着鞋走过去帮排长捆行李。一根绳子，一人手里攥一头。“用不着勒太紧，捆上点就行。”排长一边勒绳子，一边说：“我也要回去探家了，今天就走，和他一起走。”她知道排长说的“他”是谁。内心的欢喜反射在排长的脸上和眼睛里。排长的眼睛比以往更明亮，脸上焕发着娇红的光彩，洋溢着少见的柔情。排长的心境一定像早晨的花园一样！而她自己的内心里，却感到一种空旷和苍凉。从今天起，两个大宿舍，只剩我一个人了，她心中不禁这么想。别人都有家可归，她没有家了，也没有亲人。在大上海，连一个亲人也没有。帮排长捆好行李时，他来到了女宿舍，怀里抱着小狗“黑豹”。“我们今天也要离开连队了，大宿舍就剩下你一个人了，我把它托付给你。”他像将什么贵重之物至诚相托。她从他怀里接过“黑豹”，抚摸着，一句话也没说，只是值得信任地点点头。他默默地环视着女宿舍，问：“你怎么不回上海呢？”“我……回去没意思。”她故意用一种平淡的语调回答他，并且，对他微微笑了一下。

她不愿因自己的凄婉处境破坏他们此刻的良好心境。但她的微笑并没有如她所愿。因为他从她那一现即逝的微笑中，分明细心地观察到了一种苦涩的意味。

“也许，‘黑豹’和你在一起，会减少一点你的孤寂。”他对她这么说，目光是怜悯的。听了他的话，她不禁低下头，将脸贴在小狗身上。她抱着小狗，站在大宿舍门口，久久地目送他们所坐的马车离开了连队……

从那一天，大宿舍里就只剩下她一个人，和一只小狗。白天，她并不感到特别孤独，因为她还要和老职工们一起劳动。他们对她表示了种种关怀。他们，只有他们，才公正地、平等地把她看作几十万来到北大荒的知识青年中的一个。一个从小生长在城市而如今远离城市的女孩子，到了夜晚，那种孤独之感，才咄咄逼人。当外面呼啸起西北风，小“黑豹”就跃上火炕，往她被窝里钻，它也感到了孤独。

刚过完春节，他就从城市返回连队了，是全连第一个回来的知青。那天中午，她正在宿舍里独自吃饭，忽听外面有人叫：“‘黑豹’！‘黑豹’！”接着，是一声口哨。“黑豹”愣怔了一下，立刻像支箭一般蹿到宿舍外面去了。她跟了出去，看见他拎着提包，站在男女宿舍之间的过道里。“他在叫狗，并没有叫我。”见他将“黑豹”抱起，亲爱地抚摸着，她这样想。他对她笑笑：“我应该感谢你，小狗长大了不少！离开这么几天，我还真想它呢！”同样是离别，他心中想的只是狗，一句话也不问到她。她的心被挫伤了。她习惯地在他面前垂下了睫毛，一声不响地退回宿舍。一会儿，他来到了女宿舍，送给她一些从家中带回来的糖、花生、瓜子。“我不要，你自己留着吃吧。”她拒绝收下。她把这些东西视为他给予她的报酬，因为她替他喂养了几天小狗。“这是我的一点心意。”他把那些东西放在火炕上，转身就走。那天深夜，外面又刮起了西北风，像是一头怪兽在嘶叫。她躺在被窝里，难以入睡。她心中产生了一种莫名其妙的委屈，仿佛又受到了什么人的欺负。她哭了，开始哭声还很低微，后来哭声渐渐大起来，无法克制。

第二天早晨，她端着脸盆走到宿舍外面倒洗脸水，他跑步回来，拦住她，问：“你昨天夜里为什么哭？”“我没哭。”她低下头，想绕过他身边走进宿舍。他挡在宿舍门口，固执地问：“是不是你一个人在连队的几天里，有谁欺负你了？你不告诉我，我就不让你进去！”她摇了摇头。他又说：“你为什么不信任我呢？像信任一个大哥哥似的。你……简直不像一个女知识青年，像一个小女孩。我是很愿意在什么事情上帮助你的，真的！”

她还是默默不语。

“世界上有一样东西，对任何人都越多越好，那就是友情。”听了他这句话，她渐渐抬起头，第一次那么勇敢地面对面地正视他的脸。她的目光中既有信任，也有疑问。他脸上的表情是真挚而坦率的。于是，她喃喃地说：“我……怕……”“怕？怕什么？”“怕……夜晚……”“夜晚有什么可怕的？你不是已经一个人度过好多夜晚吗？”“那些夜晚，有小狗和我做伴。现在你回来了，连小狗也不肯和我做伴了。”他的心弦被她低声说出的话语拨动了。对面前这个出于怜悯而想给予一些关照的少女，他是多么缺乏理解啊！当天，他在男女宿舍的墙上各凿了一个小孔，将一根绳子穿过小孔，抻到女宿舍来。“你要干什么？”她瞪大眼睛看着他这样做，很奇怪地发问。他将绳子引到她的铺位前，绳子的一端交在她手中，说：“我在绳子那头拴了一个小铃铛，向大车老板要的，马铃铛，就吊在我头顶上。你睡时，手里握着绳子，做噩梦也不会感到害怕了，梦中我肯定会像天神一样降临你的身边，解危救难！”他因为自己竟想出这样一个哄小孩的主意，说完有点不好意思地笑了。

“你……真逗……”她也笑了。她果然天天晚上手里握着那根绳子睡觉，果然从此不感到孤独，也不怕夜晚，不怕西北风的呼啸了。知青们陆陆续续地返回连队了。绳子被她收起来了，小铃铛他送给了她。他依然是男排的排长。她依然是女知青中最沉默寡言的一个姑娘。生活又回到了原来的样子。虽然如此，她还是真实地感觉到生活对自己来说发生了些什么变化。这感觉是朦胧的。正因为是朦胧的，似乎发生了但又似乎并没发生的变化，才既令她入迷，又令她感到新奇。她是怀着连自己都难以解释清楚的微妙的心理，去细细体验这种新奇的变化的。她战栗地期待着更重要的变化某一天突然发生。她究竟期待的是什么呢？期待着一种什么意义上的变化呢？将会发生什么呢？怎样发生呢？……她什么都不能回答自己，然而她又的确体验到了什么，的确在期待着什么，的确被什么诱惑了。也许什么变化都没有发生，也许什么都不存在，也许令她内心骚动的，不过是虚幻缥缈不可捉摸的憧憬……

女排排长郑亚茹最后一个返回连队，她超假半个月。一回到连队，她就立即向党支部补交了一张诊断书——她在探家期间生病了。诊断书证明这一点，但女排的姑娘们却都看得出来，排长绝没有生过病。并不是从排长外在精神状态得出的结论，而是她处处不自禁地有所流露的内心情绪的真实色彩告诉了她们。一个姑娘若被许多姑娘加以研究，那她内心是难以隐藏住什么秘密的。何况，女排排长早就成为她的战士们的重点“研究项目”了。她们在对她加以诸方面的研究之后，已经积累了不少经验呢！经验告诉她们，排长准是在爱情方面获得了极大成功！不，更准确一点说，是在爱情的“拉锯战”中获得了决定性的胜利。那被征服了的一方，当然是男排排长曹铁强了。她们既替曹铁强惋惜（未免被攻克得太轻松了些吧！）同时，也不无对郑亚茹的嫉妒。瞧她不论说什么话做什么事时，那种自信劲儿！瞧她那双被内心的爱情之火燃烧得多么明亮的眼睛！瞧她浮现在脸颊上的那种幸福的红晕！瞧她独自呆坐，凝眸出神时那暗暗得意的模样！唉！唉！哈尔滨的小伙子那种刚愎和高傲哪去了？怎么就招架不住姑娘的一二个回合呢？在她们面前，他对郑亚茹像块百炼钢，说不定背人时，就变成了绕指柔呢！小伙子们差不多都是这德性吧！

曹铁强的确是被征服了，被情愿地征服了，在和郑亚茹一块儿探家的短短十几天中被她征服了。有谁会想到，小伙子刚愎高傲的性格的茧衣内，包裹着一颗充满情感矛盾的心呢？又有谁能真正理解小伙子对北大荒的开拓事业那种特殊的崇敬呢？他的父亲和母亲，都是北大荒的第二代创业者。父亲原是东海舰队某舰的轮机班长，母亲原是哈尔滨军事工程学院医务所的护士长。父亲是随着十万转业官兵的行列来到北大荒的，当上了开垦雁窝岛的第一支垦荒队的队长。为了给垦荒队踏勘出一条道路，他牺牲在绵亘的大沼泽里，连遗体也无法寻到。母亲哭了三天。三天后，将刚刚背上小学生书包的儿子寄养在老上级家中，自己也坐上了北去的列车。母亲一到北大荒，就坚决要求到以父亲的名字命名的那支垦荒队去。她不久成为中国最早的几名女拖拉机手之一。她驾驶着父亲生前驾驶的那台拖拉机，追随着垦荒队，驰骋在北大荒。艰苦并没有把这个刚强的女性从男子汉们的队列中甩掉。她终于像父亲一样赢得了他们的敬佩，担任了父亲生前的职务——垦荒队队长。她是中国第一名女垦荒队队长。她曾出国参加世界劳动妇女联欢节。以后，她成为中国第一名女农场场长。曹铁强永远也忘不掉九岁时看过的一部影片——《英雄战胜北大荒》。他当时比看任何电影都更加被吸引、被感动。虽然，他没有从银幕上看到爸爸和妈妈，但顶着暴风雪向荒原挺进的垦荒队出现在银幕上时，他相信其中有一台拖拉机一定就是爸爸妈妈驾驶过的。他对北大荒的向往，他对垦荒者们的崇敬，就是从那时开始的。一个五六岁的小女孩，用手绢兜着种子，跟在父亲身后，向肥沃的土地点种……这是影片的一个镜头。他对那小女孩多么羡慕多么嫉妒啊！他在寄给妈妈的信中写上了这样一句话："妈妈，我要到北大荒去！"妈妈的回信很短："孩子，你要学好文化知识，你要长大以后再来！妈妈在北大荒等待着你！"他没有因为妈妈的信写得这样短而沮丧。他完全能够理解，刚刚建立起来的农场，需要创业者们做多少事情啊！何况妈妈不但是创业者，而且是农场场长……

他长大了，每天都带着一种迫切希望自己早些长大的心理一年年地长大了。母亲那封信至今他仍保留着，但母亲，却已长眠在地下数载了。

批判会。批判修正主义建场路线，批判"黑劳模"，批判中国第一个女农场场长。第一个，这本身就是一种罪过！哥白尼是第一个向全人类大声说"地球是绕着太阳转"的人，结果支持他的布鲁诺被教皇下令烧死了。除了耶和华，教会是不能容忍人类还在其他某方面产生什么“第一个”的。中国人虽然相信上帝的不多，原来却有许多人同样具有不能容忍“第一个”的劣根性。

对中国第一个女农场场长的批判形式是别出心裁的。父亲生前开过的那台英雄的拖拉机被用黑漆画上了“×”，母亲被迫令驾着这台拖拉机来到批判会场接受批判。拖拉机像坦克一般冲乱了会场，碾过会台。母亲将拖拉机一直开到山崖畔，她纵身跳下了山崖……

这就是中国第一位女农场场长的结局！这就是十年动乱中发生在北大荒的一幕悲剧！

刚满十八岁的曹铁强没有哭。他在全校第一个报名要求到北大荒去，他要见识见识北大荒那一片吞没了他父亲的沼泽！他要知道母亲是从哪一座山崖跳下去的！他要擦掉父亲和母亲都开过的那台拖拉机上的黑“×”！他要告诉每一个北大荒人，他是谁的儿子，他来了！

他的要求竟没有被批准。

他哭了。只因为此。

代替父母像抚养自己的儿子一样抚养了他十年的恩人，母亲生前的老上级，哈尔滨军事工程学院一位当时也遭到政治厄运的副院长，陪同他第二次来到黑龙江生产建设兵团驻哈联络处。

老人大声质问：“你们为什么不批准他？”

得到的回答是：“因为他母亲的问题……还没有最后作结论，我们政审很严。”

“可他也是他父亲的儿子啊！他父亲的烈士碑还立在北大荒！”老人的手杖使劲捣着地板。

接待人员搓着手说：“我们……做不了主啊！”

“烈士的儿子，竟连继承烈士遗志的权利都被剥夺了！”老人叹息一声，突然拉起他的手，愤慨地大声说，“我们走！北大荒不要你，我带你到五·七干校去！”

“等等！”那接待人员叫住了他们，走到他跟前，拍着他的肩说，“如果你决心到北大荒去，不批准你也可以去嘛！当年转战北大荒的十万官兵，都知道你的父母，都非常怀念他们……”

得到这种暗示，几天之后，他混在第一批奔赴北大荒的知识青年中间，乘上了开往最北边陲的列车……

虽然他是“混”到北大荒来的，但并没有因此被遣送回城市去。北大荒用沉默的诚意接收了他。只有他，才能体察到这种沉默胜过热情的诚意。一下火车，多少人在那一批知识青年中寻找他，握他的手，对他说“好好干”，或者“别给你爸爸妈妈丢脸”。他们，有的认识他的父母，有的并不认识他的父母。他们都是《英雄战胜北大荒》中的那一代创业者。他们从十几里，甚至几百里地外赶来，只是要在火车站见到他，握一下他的手，对他说一两句话。他一个也不认识他们，连他们之中一个人的名字都没有记住。

他要求把自己分到雁窝岛，他的要求没费口舌便如愿以偿。可是，雁窝岛并不像他在《英雄战胜北大荒》中所见的那么荒凉了。那里已经建立起了农场。荒原已经被征服，吞没了父亲的那片沼泽，已经变成水库。来到雁窝岛的第一天傍晚，他独自伫立在水库闸坝上。赤红的晚霞燃烧着淡蓝色的水面，水面浮现出了父亲的容貌。父亲生前经常用口琴吹奏《水兵之歌》，他耳旁仿佛又听到了这支歌那充满火热激情的欢快节拍。口琴是父亲任何时候都揣在衣兜里的爱物，肯定和父亲一起沉没在当年的沼泽底了。父亲的碑就立在水库闸坝的一端，他沿着闸坝走到碑前，仰望着碑顶那台石雕的翘首的拖拉机，心中默默地说：“爸爸，我来了！”他心中突然产生一种悲哀的遗憾。他但愿眼前没有这水库，而仍是一片狰狞的沼泽！对于吞没了他父亲的那一片沼泽，他心中有种强烈无比的挑战情绪，甚至可以说是复仇般的征服意志的啊！但它却已经被征服了。不是被他，而是被别人！他扑倒在岩石碑座下，痛哭了一场。附近没有一座山。不必问什么人他也知道，母亲并非是在这里遭到了那次不公正的批判。有人主动带他来到了机车库，告诉了他哪一台是他父母生前开过的拖拉机，它已经旧了，但保养得很精心。在并列的十几台拖拉机中，它最洁净，黑“×”被用汽油认真擦掉了，还看得出被什么东西认真刮过的痕迹。

带他来到机车库的陌生人告诉他：“这台拖拉机仍保持着当年的作业效率。”

此话对他是多么大的宽慰啊！

第二天，他悄悄地告别了雁窝岛。

他要在北大荒做一个像父母那样的创业者，而不甘仅仅做一个继业者！

于是他被重新分配到了最边远的刚刚开始组建的三团……

他也像所有的知识青年一样想念过家吗？想念过的，不唯想念，更其惦念。虽然军事工程学院的老副院长并非他的父亲，虽然老院长的女儿并非他的妹妹。但他们与他有着父子一样的、兄妹一样的感情。多少个不眠之夜，他担虑着那善良而正直的老人将会进一步遭到什么迫害，担虑着那脆弱的、因小儿麻痹而残疾了一条腿的异姓妹妹的处境。

和郑亚茹一块儿探家回到城市后，他才得知老人确诊为肝硬化后期。他不忍离开他们了。假期一天天接近，他烦躁，他彷徨，他不知道自己应该做出怎样的决定才对。一天晚上，在省军区大院，郑亚茹的家中，在她的房间里，在她关心而温柔地询问下，他向她讲起了自己的父亲、母亲，讲起了老院长父女，讲起了他对他们的感恩之情，倾吐了他内心的矛盾。他想要留在城市照料老院长父女，但又怕连队里的任何一个人都不会理解他，把他视为北大荒的“逃兵”。

他讲完才发现，她早已泪流满面。她忽然像个小孩子似的哭了。她是深深地被他讲述给她听的这一切所打动了。他第一次向她讲述了这么多这么多，而且讲述的都是内心最真实的思想和感受。她不仅感动，同时感激。同学三年。她那一天才知道，他有那样的父亲，那样的母亲！他能够把这一切都毫无隐瞒地告诉她，这足以证明，她在他心目中的位置，毕竟高于所有那些他所认识的姑娘们!

她擦干眼泪，盯着他，问：“今天你对我讲的这些，从没有对任何人讲过吗？”

他发誓般地回答：“没有。”

“如果不是我，换一个人，比如，另外一个你认识的姑娘，你也会把这一切统统告诉她吗？”

他沉默片刻，摇摇头：“不，绝不会……”

她对他的回答非常满意，低下头微笑了。

当她送他走出家门时，说：“你明天有时间的话，我希望能和你一块儿到江畔去走走。”见他犹豫，她又补充了一句：“我有重要的事和你商量。”

第二天，两人徐徐漫步在松花江畔。她默默地和他并肩来回走了许久，才靠着一根栏杆站住，告诉他，省里的几所大学已经开始试行招收工农兵学员，她要尽一切努力为他争取到一个名额。如果争取到了，他就可以有三年的时间，一边在城市学习，一边照料他的恩人父女了。他感激得紧紧握住她的手，不知说什么话才能表达自己的心情。

她听凭他握住自己的手，将脸侧转向松花江，瞭望着冰封的江面，说：“你应该明白，我是因为爱你才这样做的。”

他没有回答她这句话，但他在自己心中暗暗立下了誓言：我今后要开始爱这个姑娘，我再也不能挫伤她对我的爱情！

全连只有他一个人知道，郑亚茹超假半个月，是为他在城市多方奔走。

不久，连里收到了由团部转来的一份哈尔滨医科大学的录取通知书。

曹铁强要离开北大荒，去上大学了！消息在全连传开，所有的知识青年都感到意外。他们从那一天开始用另外一种眼光审视他了。那种目光向他表明，他们怀疑他过去是否值得受到他们那么多的尊敬。

他是怀着一种悲凉的心情离开连队的。

只有一个人为他送行——郑亚茹。

当夜住在团部招待所里，已经十点多了，忽然有人敲门。

他打开门，见门外站着一个陌生的知青。

“你是曹铁强？”

他点点头。

对方走进房间，说：“我想和你谈几句话，你接到了一份哈尔滨医科大学录取通知书吗？”

他迟疑了一下，点点头。他觉得并没有隐瞒的必要。

“你热爱医生这种职业吗？”

“……”

“你愿意毕业后还回到北大荒吗？”

“……”

“你能够成为一名北大荒所需要的出色的医生吗？”

他生气了，反问：“你是谁？我根本不认识你，你有什么权利这样质问我？”

对方缓慢地从兜里掏出一盒烟，缓慢地抽出一支，叼在嘴上。缓慢地擦着火柴，缓慢地吸了几口，眯起眼镜后面一双沉静的眼睛瞧着他，用缓慢的语调说：“我叫匡富春，团部的卫生员。谈到权利，我不但认为我有这种权利，而且认为，任何一个北大荒人都有这种权利。北大荒需要医生，需要出色的医生。争取到一个上医科大学的名额是很不易的，如果被一个对医生毫无职业感情的人，或者被一个仅仅想利用上大学的机会离开北大荒，回到城市去的人占有了这个名额，那未免太令人失望和遗憾了！”

对方的表情和语气，都流露出毫不掩饰的嘲讽，甚至侮辱。但对方所说的这番话，又是那么理直气壮。令人丝毫也不能怀疑这番话有任何不光明磊落的企图或动机。

他虽然感到受了难以容忍的嘲讽和侮辱，但他还是容忍了。他第一次觉得在别人面前心中有愧。

对方又开口说："这个名额本是我争取到的。我曾给医科大学写过一封信，向他们反映了北大荒缺少医生的实际情况，并向他们提出请求，允许我去自费学习。我的祖父和父亲都是医生，而且是很出色的医生。我从小热爱医生这一职业。我向他们提出请求，没有任何个人目的，我只是想成为北大荒所需要的一名出色的医生。我相信给我一次学习的机会，我可以成为一名好医生。他们回信答应了我的请求。可是最近他们给我的又一封信中解释，由于某种原因，答应了我的名额，被我们团里的另外一个人顶替了……"

他怔怔地望着对方，一句话都说不出来。

"我并不想责怪你，更不想和你吵架。我只是来对你说，不管你是否已决定将来当一名医生，我希望你能珍惜这一次学习机会，希望你三年后还能回到北大荒来。北大荒需要出色的医生……"对方看了他一眼，缓慢地抬起手，用食指朝鼻梁上推了一下眼镜，没有任何告别的表示，一转身走出了房间……

第二天，他又回到了连队。

可想而知，郑亚茹对他这样做恼怒到何种程度！无论他怎样向她解释，都不能求得她的谅解。

他几乎是把匡富春对他所说的话一字不差地复述给她听，一遍又一遍，但却只能愈加激起她的恼怒。

"你多高尚啊！可我是为了谁？我在城市四处奔波，拉关系，挖路子，走后门，求爷爷告奶奶，就差没给别人下跪了！整整半个月，两条腿都跑细了，舌头都磨短了，为了谁？！团长心里记着你一笔账呢，根本就不同意让你上大学！也是我一次次跑到团部替你说情，装哭、耍赖，连一个姑娘的自尊心都不顾惜了。可你，你倒成了无比高尚的人，我倒成了顶顶卑劣的人了！高尚不过是一种自我表现欲，这一套我也会。我从明天起要每月给这个匡富春寄拾元钱，写一封信，要写得情意缠绵，鼓励他为北大荒好好学习！他会比感激你更加感激我！"

她果然说到做到，第二天就给匡富春寄出了一封信和拾元钱。不过信中写了些什么，是否情意缠绵，他却不知道了。

他和她又一次闹僵了……

发枪了！

随着边境局势的恶化，全团几个重点连队，包括工程连，组建了“战备分队”。真枪实弹，代替了每天清晨出操训练时的木枪、木手榴弹。枪，比镰刀，比锄头，比拖拉机和收割机更使生产建设兵团的知识青年感觉到，他们不同于一般下乡插队知识青年的特殊价值。

这种特殊价值是他们每个人自我意识的支撑点。他们早已不满足于一年四季仅仅播种和收获了。他们渴望着浴血战场、报效国家的机会！因为他们是生产建设兵团的战士！当初，他们中许许多多的人，正是为了这两个字，放弃了到离家较近、生活条件较好的农村插队的机会，而千里迢迢奔赴北大荒的。他们不怕死、只要能做英雄。他们就怕平凡的生活，艰苦他们已经习惯了。习惯了的就是平凡的，而“平凡”对他们来说是一种软性的挑战。他们没有足够的耐力应付这种挑战。渐渐冷却的政治兴奋在他们身上转化成追求那种惊天地，泣鬼神的英雄壮歌的激情。

但，并不是每一个人都有资格获得战斗武器。枪，只能发给“红五类”。这是内定的原则，但战备形势报告会上的动员令，却是向每一个知识青年发出的。于是一份份申请书由班排长递交到连部。连部讨论通过的申请书，附上鉴定和意见，密封后报到团军务股审批。裴晓芸也写了申请书。那不是一般的申请书。那是用指血写成的申请书。别人，钢笔写的字，尽可表达对党对祖国对人民的忠诚和献身精神。但她不可以，她是入了“另册”的，她十分清楚这一点。只有用血来表达。她想：一腔血都洒在战场上，乃是她心甘情愿的。在烈士队伍中，也许是没有“另册”的吧？她这样相信。她没有按正常程序将申请书交给排长郑亚茹。晚上，连部开会，讨论确定“战备分队”的战士名单。老指导员一份接一份地翻阅申请书，忽然问郑亚茹：“裴晓芸没写？”

女排排长点点头。

指导员又问：“是不是写了没交？”能不能被批准为“战备分队”的战士，和有没有这种要求，意义是并不相同的，每一份申请书，都要作为一种忠诚的证物入档案的。“根本没写，或者写了没交，对她还不是一回事吗？”女排排长不以为然地回答指导员的问话。“这不一样。”指导员很严肃。“你有必要去问问她。”曹铁强看着郑亚茹说。“我认为没有必要。”郑亚茹顶了他一句，坐着不动。裴晓芸就在这时走进连部，将申请书交给指导员，立刻低着头转身走了出去。指导员看着她的申请书，脸色肃穆起来。申请书从指导员手中传到曹铁强手中，又从曹铁强手中传到郑亚茹手中。“我们就最先来讨论这份血书吧！”指导员说完这句话，开始卷烟。这是他内心不平静时的习惯动作。郑亚茹许久都没有放下那份申请书。虽然纸上仅写着五个字：我要一支枪。曹铁强的目光盯着郑亚茹，举起了一只手。指导员随即举起了手。郑亚茹仿佛受到迫使，也缓缓地举起了自己的手。第二天，曹铁强在食堂门口碰见裴晓芸时，对她低声说了一句话：“连队通过了。”裴晓芸的脸色霎时苍白，连薄薄的嘴唇也哆嗦起来。她呆呆地望着他，半天才说：“别骗我啊！”“真的！”曹铁强对她微笑着，肯定地点点头。然而发枪仪式那天，公布完了战备分队战士的名单——竟没有她的名字。眼看着别人从指导员手中接过一支支枪，没等发枪仪式举行完结，她悄悄地转身离开了。她一跑回大宿舍，就哇地一声哭了。曹铁强也跟在她身后来到女宿舍，他想安慰她，却找不出能够安慰她的话。

一个在伤心地哭，一个呆呆地陪坐在炕沿上。一会儿，女排的姑娘们都回到宿舍里了。被批准为战备分队的姑娘们，兴奋地哼唱着，说笑着，一个个将枪拉得哗哗响。郑亚茹拿着两支枪走到曹铁强跟前，说：“给你枪，我替你领了！”他双手接枪时，她一字一句地说：“我判断的果然不错，那里是庄严的发枪仪式，这里是默默的儿女情长。”“就算你说的一点不错，那又怎么样？”他瞪着她。“我能把你怎么样？你就是爱上她了，我也管不着！”他站了起来，将枪朝肩上一挎，走到裴晓芸面前，说：“打起仗来，我要用这支枪，从敌人手里为你缴获一支枪！”

裴晓芸转身欲朝宿舍外跑，被曹铁强拦住了。他扳住她的双肩，盯着她的眼睛，说：“我爱你，听明白了？我爱你！”说罢，他在她唇上吻了一下，这才放开她，挑衅地扫了郑亚茹一眼，走出女宿舍。

他刚出门，裴晓芸晕倒了……

她接连在床上躺了三天，三天内没吃一口饭。卫生员来看过她几次，认为她没有生病，但心理受到了严重刺激。三天内，她憔悴得像一株枯黄的小草。

第四天，她起来了，吃饭了，和大家一起出工了。但不说一句话，像哑巴了。

曹铁强为此深感不安和懊悔。女宿舍只有她一个人在的时候，他来到女宿舍，内疚地对她说："请你相信，我那天对你并无恶意，半点恶意也没有，我……"

"你当众侮辱了我！"她凌厉地打断他的话，"你并不爱我，你只不过是同情我，怜悯我，仅凭这一点，你就以为自己有权当众吻我了吗？就算你真爱我，你也没有这种权利！你曾问过我，我是否爱你吗？"

他像是在被审讯，狼狈极了。她又说："虽然你的同情曾使我感激，但从今以后，我不再需要你的同情了，更不需要你的怜悯。""我……我……"他情不自禁地握住她的一只手，要进行解释。"别碰我！"她严厉地叫了一声，从他手中抽出了自己的手。他默默地注视了她一会儿，退出了女宿舍。郑亚茹站在过道里，显然什么话都听到了，脸上浮现着幸灾乐祸的神情，对他冷笑……

夜里，他翻来覆去，难以入睡。

是啊，我爱她吗？爱这个瘦弱的，阴郁的，内心的自卑和高傲都那么强烈的上海姑娘吗？

同时他想到了郑亚茹。她是爱他的，这一点他毫不怀疑。和许多姑娘比，她身上自然有不少超群压众之处。他曾经以为自己是爱她的，他甚至无数次地迫使自己爱她。然而他却渐渐感觉到这样的爱竟成了一种沉重的负担。他总觉得她身上缺少些什么，也许还是最重要的什么。她并不缺少姑娘的温情。尽管别人如此认为，但那是不公正的。她曾给予过他多少温情啊！天理良心！她也绝不缺少美，缺少魅力。他不能不承认，她是个美丽的姑娘，即使和一百个姑娘站在一起，她也还是会吸引任何一个小伙子的目光。他也不能不承认，她身上具有某种特殊的魅力。更不能不承认，这种魅力常常令他心动。那么她身上究竟缺少的是什么呢？他还思考不清。她似乎像一幅大写意山水画，只可远瞻，不能近观，更不能细细审看。他与她几次和好，又几次疏远，却仍对她很茫然……

这一夜晚，裴晓芸也同样多思少眠。

她为自己对他说的话而追悔莫及。

她是爱他的呀！

我的话对他是不是太过分了呢？如果我不对他说那些话，这爱情会不会变为可能的呢？如果仅仅因为我已说出口的话，伤了他的自尊心，可能而变为不可能，那我是一个多么愚蠢多么不幸的姑娘啊！他多么可恨！他为什么没有想到我也是有自尊心的呢？仅凭这一点就足以证明，他根本不爱我，绝不会爱我。啊，我太自作多情了，我和他之间根本没有什么可能……

回忆，这是一种特殊的精神享受，如果谁确有值得回忆的经历。内心的痛苦、感情的折磨、不公平的处境、破灭的希望、萌发的希望，种种希望变为种种失望后，心灵受到的极猛烈地冲击，这些经历，便是回忆对人具有的非凡魅力。尤其在谁认为自己获得了幸福之后。

今天，站在哨位上的裴晓芸，充满信心地认为自己是一个获得幸福的人。尽管此刻她正受到寒冷的威胁。

突然，她发现了出现在山林中、荒原上、公路上的那几队火把。

“黑豹”竖起了耳朵……

四

最先进入团部区域的，是一辆马车。坐在马车上的人们举着数支火把，火焰被风朝后拉扯成不规则的三角形，仿佛像一面面燃烧的小旗。团部会议室门前宽阔的大道与公路相连。马车从公路拐上大道，马铃哗哗，毫不减速，带一股来势汹汹、横冲直撞的劲头，有如驰骋沙场的古战车。它直抵会议室门口，老板子才高喝一声“吁”，猛刹住车，险些闯进了会议室。

二十几个青年跳下马车。火把的光在夜的胶卷上耀映出一张张若明若暗的脸，每一张脸的表情都那么严峻而冷峭，分不清男女。他们与从会议室走出来的人们对峙着。

三匹马，马腹剧烈地起伏着，喘息声短促而厚重，鼻孔喷出团团热气。它们贪婪地舔着雪。政委孙国泰，走到一匹马跟前，在马身上摸了一下，像洗了把手似的。马身上汗如雨淋。“你们，是哪个连队的？”他问。他们谁也不回答。“把马累成这样，你们于心何忍？”仍没有人回答。沉默，既流露出含蓄的敌意，也分明对他显示出客气。他回头对站在身后的几位连长和指导员说："你们认认，是不是自己连队的马车？""是我们三连的马车。"三连的大胡子连长说着走上前来。"你们会后悔的！你们要对今天的行为所造成的后果负责任！你们每一个人！"他对他的战士们大声吼。"到了这种关头，我们还考虑什么后果？""连长，别吓唬我们，我们不怕。""我们什么都不怕，我们豁出去了！"

……

这些话，在另外几位连长和指导员听来，简直等于挑战！等于公开蔑视他们所有人在连队中的威望，而且是当着团政委的面，他们都气愤了。无论在任何情况之下，当对一个人的放肆，代表对一种领导权力的挑战时，被领导者们就将领导者们的意志统一起来了。

"我提醒你们，你们现在还是兵团战士，我现在还是你们的连长，在你们的返城手续上，还要我签字的！"三连长暴跳如雷。虽然，他不是一个知识青年，可刚才在会议上，他是准备为知识青年，为本连战士的命运大声疾呼地发言的。没想到，他的战士们此刻当众往他脸上抹黑！

"连长，你敢不签字，我们就剁掉你的手！"他的一个战士，慢言慢语地说出这话。说得那么从容镇定，说得那么轻松。但只有白痴才可能会把这样的话当成玩笑。

"住口！"三连指导员也从会议室走了出来，呵斥道，"兵团最高军事法庭还没有解散呢！""我把你捆起来！"三连长朝那个扬言剁掉他手的战士怒冲冲地走过去。"对，把他捆起来！他既然能说出这种话，就能做出这样的事！"另外两个连干部上前欲助三连长一臂之力。

"太不像话！"政委孙国泰突然极其严厉地说。三连长站住了，转过身看着政委，不明白政委是在说自己，还是在说自己那个混蛋战士。"三连长，你把马卸了，牵到团部马号去喂料。"孙国泰低声对三连长吩咐。三连长和指导员对视一眼，服从地去卸马。孙国泰又对三连的战士们说："大家熄灭火把，都进会议室来吧！"他们互相望着，犹豫着。"政委，你们不是还在开会吗？"一个细小的声音问，听得出是个姑娘。"会议室容得下我们二十几个，容得下全团八百余名知识青年吗？"又一个声音紧跟着说，语调中不无嘲讽。

"我们没有必要进会议室！"第三个声音很强硬，口吻中透露着威胁。政委沉吟着。他意识到，作为一个团领导，他平定眼前这种严峻局面的个人能力，也许比自己估计的还要渺小得多。

又有几路人，坐着马车、拖拉机牵引的木爬犁、卡车和二八型轮胎式拖拉机拖曳的挂斗，顺着团部大道朝这里汇聚而来。人嚷声，马嘶声，各种发动机的轰响声，粉碎了夜的暂时的宁静，搅乱了整个团部。

曹铁强发现三连的战士中有一个自己认识，便走上前低声问："我们工程连也有人来吗？""全团知识青年统一行动，你们工程连的人会不来？"对方朝团部大道尽头小桥那里指了指，随后低声问他："结果如何？""什么结果？""你们开的会……""无可奉告。"他应付了一句，匆匆朝小桥的方向走去。是谁泄露了会议的内容呢？他边走边想，无论用多么充分的理由解释，这个人也要对今夜这场骚乱负责。可是，他自己却成了最被怀疑的人。开会期间，他接了一次电话。因为是长途，他才违反了会前宣布的纪律。电话是妹妹从哈尔滨打来的。先打到了连队，由连队转到团部电话总机，又由总机转到会议室隔壁的宣传股。是宣传股的小尤把他从会议室叫出去的。妹妹在电话里告诉他，父亲住院，病情险恶，很想念他，要他无论如何赶快回家一次，动身晚了，也许老人就见不到他了……虽然是长途，他也听得出，妹妹是一边哭着一边和他通话的。他很后悔，刚才在会上没有向大家做一番解释。在会上错过了解释的机会，便意味着永远错过了解释的机会。明天和后天，生产建设兵团将会在它的最后一页历史上记载些什么呢？……

小瓦匠是工程连第一个知道团部紧急会议内容的人。他当时握着电话听筒呆住了。他立刻想到了家中无人照看的体弱多病的老母亲，半天说不出话来。"哥哥，你倒是有什么办法没有啊！""消息……可靠吗？""绝对可靠！"绝对可靠！他多年来连做梦都实现过无数次的返城希望，完全破灭了。

他……能有什么办法呢？

弟弟向他讨办法，莫如向自己的脚后跟讨办法。

从连部回到大宿舍，他失魂落魄地坐在炕沿上，如痴如呆。

"小瓦匠，你这又是怎么了？想老婆了吧？"

"老婆？他丈母娘还不知道在谁的腿肚子里转筋呢！"

"在我腿肚子里！"

"哈哈哈哈……"

大家拿他逗乐开心。

"你们还笑。我这会儿想哭都哭不出来……"他的眼泪顿时唰唰地落……

生活是一个大舞台，每人都是这舞台上的角色。人与人之间的关系，按照生活的规定情景经常重新排列组合。

小瓦匠如今和刘迈克结下了亲如手足的友情。

当年的团警卫排排长，现在是工程连的事务长了。生活本欲捉弄他一次，却启迪了他对生活的悟性。团长马崇汉因为在工程连耍弄军阀作风受到兵团总部的党纪处分之后，警卫排长刘迈克也成了被奚落讥诮的对象，在团部抬不起头来。团党委会上，政委孙国泰直截了当地提出，刘迈克不适合担任警卫排排长职务，并且严肃批评马崇汉用人不当。马崇汉自己也觉得，刘迈克的确成事不足，败事有余。继续将他留在警卫排，或者安排在团部机关，说不定今后还会给自己招惹什么是非。于是找他谈了一次话，婉言暗示，希望他自己能主动提出到基层连队去"锻炼锻炼"，并且向他保证，"锻炼"一个时期之后，还会把他再调到团部来。刘迈克不是傻瓜，听了团长的话，明白自己受到团长信任和器重的日子结束了。他只说了一句话："团长，您随便安置我好了！"第二天，就同时交了两份报告，一份提出辞职，一份要求下连队。收下两份报告，马崇汉内心很歉疚，他毕竟还是挺赏识挺喜爱自己提拔起来的警卫排长的。他希望刘迈克参加全团排以上干部军事常识训练班之后，再考虑具体到哪一个连队去，以此表示安抚。这样做，他觉得心头的歉疚轻松一些，面子上也抹得过去。自己提拔起来的警卫排长这么一个重要角色，岂能悄无声息地就被从团部拨拉到随便哪一个连队去？那也太有损于自己的威望了。作为一个领导者，威望乃是树立自己形象的基础，全部领导艺术的内核。只能不断增强，绝对不能稍有逊减。尤其是在自己刚刚受到处分这一段"非常时期"内。刘迈克清楚团长的良苦用心，也很能体谅团长的处境。他违心地参加了军事常识训练班。训练班结束那一天，马团长做完总结报告后，似乎临时想到地说："有件与训练班无关的事，也在这里向诸位连长指导员们讲一下，警卫排排长刘迈克，主动提出要求下连队去锻炼锻炼。你们哪个连队缺少骨干，当场声明一下。晚了，小刘可就是待嫁的大姑娘，有主了！"他以为自己的话定会造成一种"争夺骨干"的气氛。朝坐在身旁的政委孙国泰瞟了一眼，心中暗想：你不是要把我提拔起来的人撸到连队去，借此机会在团机关拆我的台，不轻不重地整治我一下吗？那么就让你亲眼看到，我提拔起来的人，是很受各连队欢迎的哩！不料他的话说完良久，那些连长和指导员们，竟没有一位应声而起的，刘迈克这个知识青年鲁莽成性，桀骜不驯，他们早有所闻。何况他又无形中成了团长所推荐的人物，要了而不重用，等于扫了团长的面子。委以重任，又肯定会给自己添麻烦。权衡利弊，还是“礼让”了的好。

各连的连长和指导员，都沉默“礼让”起来，团长马崇汉在台上如坐针毡，尴尬极了。

“李连长，小刘到你们连队去怎么样啊？”马崇汉点起九连连长，慢腾腾地问。

九连连长站起来打着哈哈说：“团长，我们连……这个……这个……不是我们不欢迎，实在是这个……这个……”他并没有说出个什么来，就又坐了下去。

马崇汉皱起了眉头。

“许指导员，你们连哪？”马崇汉又点了十四连指导员。

“我们连？团长，我们连的骨干力量还比较强，是不是优先考虑一下其他连队。”十四连指导员姿态很高似的回答，连站都没站起来一下。如果团长“推销”的不是刘迈克这个知青，而是一台拖拉机，哪怕是台破的；或者一匹马，哪怕是匹瘸的，他也准不会有这么高的姿态。

这两个连队干部平时最听马团长的话，此刻却“拒人千里”之外，他坐在台上不能自持了。

“老马，这件事以后考虑吧！”政委孙国泰用商量的口吻对他说，分明在给他垫一块踏脚石，扶他下台阶。

他却不领这个情，他觉得自己不能当众领这个情。如果是别人从尴尬局面中解脱了他，他会很感激的。但对政委孙国泰，他非但不感激，而且产生了误解，认为政委不是在“拯救”他，是在有意刺激他，当众“将”他的“军”。

“小刘，刘迈克，你站起来。你自己说，你想到哪个连队去吧？你说到哪个连队，你今天就是哪个连队的人了，这个主我还是做得了的！”他不理睬政委，却把刘迈克也点了起来。

刘迈克本已处在一种如同当众受辱的地步，这时又不得不站起来。他感到自己像一件卖不出去的什么东西，在被团长“压价拍卖”。明明是“压价”也卖不出去的了，又要拿他强加于人。他紧闭双唇，一句话也不说，脸上红一阵白一阵。自尊心，被当众煎烤着。他过去以为自己是知识青年中一个非凡人物的那种骄矜的自信，在这一刻彻底被从心理上切除了！

曹铁强忽然站起来说：“刘迈克，我们工程连欢迎你！”

这句话从曹铁强中口说出，使马团长大出所料，使所有的人都大出所料。连在台上点燃了烟斗的政委，也拿着烟斗忘记了吸，显出愕异的表情。马团长的目光，一会儿落在刘迈克身上，一会儿又落在曹铁强身上，他感到这么一来自己反而难以做主了。

曹铁强站起来说出这句话，也顿时后悔了。第一，他不是连长，也不是指导员，从职位上讲，他无权说这句话。连长指导员就坐在他身后，他说出这句话，既对他们很不尊重，又会使他们很被动。第二，刘迈克会怎样理解呢？所有的人会怎样理解呢？虽然，他绝非出于半点不良动机。作为一个知识青年，他不忍看到另一个知识青年当众受辱。他觉得那也是对他自己的一种侮辱，是对所有知青的一种侮辱。他必须维护知识青年的共同的人格不受亵渎。他是经常用这把尺子度量自己，也度量每一个知识青年的品格高下。

刘迈克终于开口说话了："团长，我到工程连，其他任何一个连队也不去！"

说完，他离开了会场……

聚餐的饭桌上，刘迈克和工程连的连排干部们坐在了一起。他是心里憋着股劲，偏要和他们坐在一起的，而且偏要坐在曹铁强对面。但他并不看曹铁强一眼，像对面根本没有坐着曹铁强这个人。他的脸冷如冰霜，毫无表情。在聚餐气氛之下，这种毫无表情的表情，恰恰是一种与周围气氛形成反差的异常特殊的表情。这一桌，因为他在座，使每个人都感到很不自在。而这正是他坐到这一桌要达到的意图，给你们制造一点小小的不愉快，他心中暗暗报复地想。我刘迈克到哪儿也是刘迈克，今后领教你们！

当天下午，工程连的马车赶到公路口，有人在路边拦住了车——是刘迈克，身旁放着一只旧木箱，箱子上是行李。他将箱子和行李放到马车上，自己坐在马车最后边，不跟他今后的连长指导员说一句话，更没有理睬曹铁强，呆滞地望着团部渐渐离远……

马车进入连队，首先停在大宿舍门口。指导员对曹铁强说："小曹，你负责在大宿舍给他安排个铺位。"

"不必劳驾。"刘迈克扛着箱子，提着行李，一脚踹开宿舍门，猝然而入。

像从外面闯进来一个强盗，宿舍里的人看见他，立刻停止正做着的事，将目光投射到他身上。他们先是愕然，继而漠然，继而悻悻然、陶陶然。他分明是被"革职发配"，落魄到此。他们看出来了。他们觉得生活的安排真好玩。这令他们满意极了。

刘迈克谁也不看，如入无人之境。他那双蛮性未泯的眼睛，从北炕炕头扫到炕尾，又缓慢地转向南炕，从南炕炕尾扫到炕头。身子，一动未动。

只有南炕，还空二尺宽的位置，在炕头。那是小瓦匠的铺位。小瓦匠挪到炕尾挤了个能铺下半条褥子的地方。

刘迈克先放下箱子，接着把行李放在箱子上。走到那个空铺位前，摸了一下炕面，热得像炭火上的平底锅。炕席，蛛网似的，只剩几条席筋残连。

他犹豫着。

曹铁强走进来，他们默默对视。

“那地方好，预先给你空出来的。”谁冷冷地说这么一句。

刘迈克下了决心，将行李提起，放在炕上，慢慢解行李绳。曹铁强看他一会儿，转身走出去了。

刘迈克刚铺下褥子，曹铁强又走进来，扛着三块木板。

“把木板垫上。”他低声说。

是小瓦匠单书文在褥子底下垫过的三块杨木板。

刘迈克有点茫然地凝视着曹铁强……工程连的男知青们，并不像他们的排长那样宽厚地对待“公敌”。晚上，一盆洗脚水从门顶扣下来，扣在刘迈克头上。“昨晚是谁干的那件事？”第二天出早操，曹铁强向全排战士追究。大家列队在他面前，没人承认。“鬼干的？！”他目光咄咄地扫视着他们。一个个都像聋哑人。刘迈克从队列中站了出来。“我，没必要挨冻吧？”他不卑不亢地说。“你可以回宿舍。”曹铁强平静地回答。望着刘迈克不慌不忙地朝大宿舍走去，曹铁强皱起了眉头。“没有人承认，我就不解散你们！”把脸转向他们时，他又说。

谁都从他的语气听出来，排长的犟劲儿发作了。半个小时过去，有人开始搓手、跺脚、捂耳朵。“立正！”排长高喊一声口令。大家顿时肃立不动。“排长……”小瓦匠怯怯地从队列跨出一步。“你？”“我……”“行啊！你也从被人欺负学会欺负人了？”“我……”“归队！”小瓦匠忐忐忑忑地退回到队列中。“全排听口令，向右转，目标——宿舍，齐步——走！”人人疑惑，不知排长会怎样惩罚小瓦匠，暗暗替他担心。全排进入宿舍，南北两列，站立炕前。刘迈克坐在两列之间火炉前的一块劈柴上，烤破毡袜，毡袜散发出了一股难闻的怪味，他连眼皮都不撩一下。炉盖上放只脸盆，哪个懒汉洗完脸没倒水，一截烟蒂绕着盆边作圆周运行。显然水在由凉渐热。曹铁强将宿舍门敞开一半，从炉盖上端起那盆水，很悬乎地架在门框上。

刘迈克没抬头，目光从眼角瞥视着曹铁强，仍一动未动。“你，去开门。”曹铁强盯着小瓦匠说。小瓦匠朝架在门框顶上的脸盆瞅了一眼，怔怔地瞧着排长。排长神色无情。小瓦匠一步一步向门走去，走到门前，站住，缓缓地扭回头，眼中流露出哀求。曹铁强表情凛然不变。小瓦匠慢慢伸出一只手推门。“住手！”曹铁强厉喝一声。小瓦匠伸出的那只手没立刻收回，他像木偶似的僵立。“把脸盆端下来！”排长又对他吼了一句。小瓦匠一声不响地搬个木墩踏着，小心翼翼，双手把脸盆从门框顶上端下来。“放回原处！”小瓦匠端着脸盆一步一步走到炉前，轻轻将脸盆放在炉盖上。“入列！”小瓦匠看了排长一眼，站到队列中去。所有的人都舒了口气。“大家听着，再发生类似的事，我就以其人之道，还治其人之身！”停顿片刻，排长接着说，“我们不是被流放到北大荒的乌合之众，我们是兵团战士！以后，绝不允许谁敌视谁，绝不允许谁欺负谁，绝不允许谁坑害谁！我们应该学会自己管理自己。我们谁的父母不为我们操心？让父母和亲人少为我们操点心吧！解散！”

“哎呀，什么东西烤着了！”几个人同时叫起来。

刘迈克用木棍掀开炉盖，将烤着了的毡袜塞进炉膛……

挨饿……

兵团战士挨饿了。

一评小镰刀战胜机械化。

二评小镰刀战胜机械化。

三评小镰刀战胜机械化。

四评——小镰刀就是能战胜机械化。

第二年麦收时节，正值报纸发表社论：《发扬延安精神》，团麦收指挥部提出响亮口号——靠小镰刀夺丰收！

“靠小镰刀，可以兼收并得，既获粮食丰收，同时也获思想丰收。南泥湾时期有机械化吗？没有。解放区军民靠什么丰衣足食？靠镰刀！南泥湾精神今天过时了吗？没过时！我们就是要发扬光大南泥湾精神，通过劳动，体力劳动，而非机械化，改造我们的世界观！小镰刀和机械化相比，我们每一个兵团战士要付出更多的汗水！流汗是大好事，种种非无产阶级思想，都会和汗水一起从我们体内排出。也许有人认为，这是自讨苦吃。但这种自讨苦吃的精神，是光荣的精神，革命的精神，应该千秋万代永远继承的精神！自讨苦吃的精神万岁！……"

在麦收誓师大会上，马团长的动员报告气吞山河。广播线将他充满革命激情、革命信心的高昂而雄浑的声音，传送到各个连队。据说，又是政委孙国泰为首的几名党委委员，坚决反对。因此才产生了"四评"。又据说，文章是团长的秘书起草，团长亲自动笔修改才定稿的。每天天刚亮，《东方红》乐曲结束之后，团部女广播员甜美的声音便开始广播："全团指战员注意，全团指战员注意，下面广播重要文章，一评……"

从"一评"至"四评"，每天一评。政委孙国泰为首的反对派，就这样被彻底评倒了。小米加步枪，不是战胜了飞机加大炮吗？小镰刀究竟能不能战胜机械化问题上存在的种种"糊涂思想"，就这样被评得人人明白了。机械收割，以手操纵拖拉机，成了很不体面的事。

团宣传队配合麦收下连演出，场场少不了这样一个赶排出来的节目。五男五女，十个宣传队员，手握镰刀，左翻右舞，伴以歌唱：小镰刀，就是好，就是好，思想革命化，谁也离不了，发扬好传统，它是一个宝，一、个、宝……

麦收战役，在《小镰刀万岁》的歌舞中揭开了序幕。

"喜看稻菽千重浪，遍地英雄下夕烟……"

汗，为播种洒下的汗水、为丰收洒下的汗水、兵团战士的汗水、廉价的汗水，渗透进北大荒的土地里。

这片土地，曾是荒凉的土地。

这片土地，也是肥沃的土地。

这片土地，吸收劳动者的汗如海绵吸水。

这片土地，报答劳动者的汗慷慨无限。

那是怎样的丰收在望的壮丽画卷啊！麦海泛金，一望无边，波翻浪涌，接天铺地。清晨，红日从麦海中跃出。傍晚，夕阳在麦海中沉落。

那是多么喜人的麦子啊！饱满的完全成熟的麦粒，整齐地排列在茁壮的麦秆上。连麦芒，也向收割者们显示出诱惑力。

那是怎样的收割啊！一人一把镰，一人一条"收割带"，用丈量尺划分。宽——一米，长——一百米？一千米？一里？一公里？两公里？……五公里，十里，最大的地块。一个连队的百十号人，分散在这样的麦地里，一到中午，赤日炎炎，前后左右，不见人影，但见麦海无边！谁也接应不了谁。手臂机械地挥运着镰刀，腰，弯酸了，疼了，麻木了。然而，谁也不敢直起腰或者躺下歇一会儿。

都怕“打浪”——成为落在最后的一个。

一旦落在最后，那你就会面对丰收产生绝望，甚至产生恐惧。你会觉得被麦海所吞。尽管你不停地割、割、割，尽管一片又一片的麦子在你眼前倒下、倒下、倒下，但麦海仍然是无边无际的，你别指望有人接应你，谁也顾不了你，谁都在拼命地机械地割。即使有人只超你十米，你也休想赶上！劳动在每个人的心理上只造成一种体验——刑罚。劳动只剩下了单一的目的——摆脱这种劳动！你始终在割，你始终在追赶别人，你无论如何追赶不上，你永远是最后一个。你哭也罢，你喊也罢，你怒也罢，你骂娘也罢，你在地上打滚也罢，随你怎么样！分给你的那条“收割带”，你是必须收割完的。它那么长，那么长，你望不到头！仿佛你在不停地割，它在不断地延长！于是你会感到人的渺小、可悲、可叹、可怜，你会诅咒大丰收！你被这种惩罚式的劳动彻底异化了！

小镰刀，它像孩子抻牛皮筋一样，拽扯着人的意志，意志失去了弹性。

工程连也被拉到了麦收第一线，他们第一次参加麦收。他们握惯了锹、镐、钢钎和大锤的手，拿起小镰刀，眺望着无边无际的麦海，简直不知所措。他们割了半个月，连一块麦地的地头还没啃下来！这样的麦地划分给他们四块！

小瓦匠可悲地成为全连“打浪”的一个。第二十几天早晨，全连队都来到麦地边，一个个瘫软地坐在或者躺在麦捆子上，谁也不想第一个走入麦海。

不知哪连机务排的十几个人走过来，其中一个对他们说：“小镰刀不是能打败我们的机械化吗？这会儿熊了吧？”小瓦匠跳起来，破口大骂：“放你妈的狗臭屁！是我们提出来小镰刀打败机械化的？”他是在发泄。

而他们，拖拉机手和收割机手们，何尝不更想找个时机发泄一下，他们也是和别人一样手握小镰刀战麦海的呀！他们认为他们更有理由发泄。

“这小子骂人，教训他！”他们围住小瓦匠，七手八脚将他抬起，抛向空中。小瓦匠落在几捆麦堆上。他们又将他抬起，又一次将他抛向空中。

小瓦匠爬起来，紧闭两眼，挥舞镰刀，朝他们乱砍乱劈！他们哄笑着逃走了。小瓦匠继续发泄，从地上拖起一个个麦捆，东甩西扔，却没人制止他，大家都用呆滞的目光瞧着他。曹铁强实在看不过眼，喝了一句：“你疯了！”小瓦匠一屁股坐在麦捆上，呼呼地喘粗气。有几个姑娘哼唱起来：

> 昏暗的油灯下，我们想念着爸和妈，迎着太阳出，顶着月儿归，劳累得像牛马，谁来可怜我们这些城市娃？
>
> 爸爸和妈妈呀，后悔当初不听你们的阻留，到如今只有沉重地修理地球，命运像苦酒，没有欢乐只有愁，何日是个头？
>
> 何日是个头……

这支歌，当年曾在北大荒知识青年中怎样地流行过啊！它是知识青年自己谱写的。后来被批判为“反动歌曲”，便没人敢唱了。所有的姑娘们都肆无忌惮地跟着哼唱起来。只有裴晓芸没跟着唱，但她的嘴唇也分明在动。一个男知青扯着嗓子仰天怪叫：“啊！呀！呀！呀……”“哈哈哈哈！哈哈哈哈！哈哈……”几个男知青搂抱在一起，狂笑着，在地上打滚，扑滚散了一捆捆麦子。小瓦匠突然用镰刀往自己手上砍！边砍边发狠地嘟哝：“叫你割！叫你割！叫你割！……”曹铁强倏地跳起，一把夺下小瓦匠的镰刀。鲜血从小瓦匠手上涌出……“我受不了啦呀！”小瓦匠嘶哑地喊出一句，号啕大哭，像孩子般跺着两脚。“卫生员！卫生员！……”曹铁强寻找着卫生员。卫生员没来。他“自己解放自己”了。曹铁强立刻从衬衣上撕下一条布，包扎小瓦匠的手。他鼻子一阵发酸，眼泪唰地淌下来！这时，姑娘们慌乱起来。郑亚茹呕吐一阵之后，昏倒了。她这几天正是“例假”期……

全团耕地面积上的小麦，刚有百分之几收获到各个连队的麦场上，连绵的雨季开始了。实践证明了一条荒谬的“真理”——小镰刀打败了机械化，彻底打败了机械化。几台企图发挥作用的拖拉机，一开进麦地边，就陷入了。像被剁掉了四条腿的蛤蟆，寸步难移。手持镰刀的收割者们，在每一步都深陷到膝盖的麦地里，艰难地跋涉着，抢收着。麦地一片汪洋！割下的泡湿了的麦子，只好用毯子、褥单兜回连队，摊在各家各户和大宿舍的火炕上。

收割者们眼睁睁地看着小麦在麦秆上发芽！

金色的麦海违反季节地变成了绿色的麦海！

放弃小麦！抢收大豆！麦收指挥部不得不改变原定的麦收方案，采纳了政委孙国泰的措施。

就在当天夜里，下雪了。

第二天，全团几百垧大豆被盖在雪被下，白茫茫一片大地好干净……

工程连，从麦收第一线撤下来了。知青们，一个个都折腾垮了，从精神到肉体。休息了两天，他们又接受了修筑战备公路的任务。繁重的体力劳动继续考验着他们的意志。抵御零下三十几度严寒的体内热量，靠的是每天三个馒头勉强供应着。面粉，是发了芽的潮湿的麦子，在团部加工厂连壳磨的。蒸出的馒头，是黑绿色的。生时揉不成形，熟了拿不成个，而且像切糕一样粘手。掉在泥土中，是不太容易寻找到的。

慰问信从各个兄弟团寄到三团党委，需要援助吗？精白面粉会无偿地从各条公路上运到三团来的。

不，不需要援助。

"我们绝不吃亏心粮！我们不能够靠兄弟团养活！我们要勒紧皮带。"

三团党委，代表它的指战员们，用如此有志气而豪迈的词句回答兄弟团的慰问。

马团长带头勒紧了自己的皮带，每天都节约一顿饭。他明显地消瘦了，但是，他那革命乐观主义的精神，并没有稍减。

每天清晨，他都准时地来到团部广播室，亲口对着广播器朗读同一条语录："我们的同志，在困难的时候，要看到成绩，要看到光明，要提高我们的勇气。"接着，播放这首语录歌。怨言，每个人都发过的，骂娘的人也不少。但同甘共苦，这种精神上和心理上的特效稳定剂，抵消掉了人们的抱怨情绪，阻碍了人们大脑的正常思考。

一天，兵团副司令员来到工程连施工工地视察。视察之后，将全连战士集合在一起，做了一次简短讲话。

副司令员说："同志们，你们修筑的是一条很重要的公路。我亲眼看到，你们的劳动是很繁重很艰苦的；也亲眼看到了，你们吃的是什么。我，钦佩你们。我向你们致以军人的崇高敬意！"白发苍苍的副司令员，庄严地举起右手，向大家长久地敬军礼。

大家被深深地感动了。在那一时刻，大家忽然觉得，他们所受的一切苦和累，都是不值一提的了。

副司令员问："哪位是刘迈克同志？"

刘迈克局促地站了起来。

“谢谢你，谢谢你向兵团总部反映了情况。”副司令员又向刘迈克敬军礼……

第二天起，各个连队的大喇叭里就不再听得到马团长朗读“最高指示”了。生活中忽然缺少了这种声音，人们也似乎并不觉得怎样寂寞。第三天，一辆兄弟团的卡车开上山，车上满载一袋袋面粉和蔬菜。公路中段，半山腰，要开凿出一个山洞，做战备油库。炸药代替了镐头。两人一组，轮番爆炸。不知曹铁强是不是有意的，将刘迈克和小瓦匠分在一组。排长这样分了，小瓦匠只好服从，不过心里挺别扭。下班前最后一次爆炸，点了七炮，响了六炮。两人在山洞外等了许久，第七炮还没响。“我去看看。”刘迈克钻进了山洞。山洞里，烟雾刚消散出去，但还弥漫着火药味。刘迈克找到第七个炮眼的位置，见炮眼被炸下的乱石埋住了。

小瓦匠也跟进了山洞，冒冒失失地搬起一块埋住炮眼的大石头。已经燃烧掉一截的导火索，被乱石之间锐利的棱角切压住了，但并没完全死灭。小瓦匠刚搬起那块石头，它又嗤地冒烟了。

“危险！”刘迈克大叫一声。小瓦匠扔下石头，拔腿就朝洞外跑，被另一块石头绊倒。他发蒙了，不立刻爬起，反而闭上眼睛，双手捂着耳朵，身子贴地不动。小瓦匠不知自己在地上趴了多久，却没听到爆炸声。他睁开双目，见刘迈克扑在炮眼上，口中咬着导火索。小瓦匠赶紧跳起来，小心地抠出雷管，拔下了导火索。刘迈克额头上沁出一层冷汗，他浑身瘫软，再也没有一点力量站起来了。他脸色苍白，头，一下子抵在乱石堆。小瓦匠也一屁股坐在地上，怔怔地看着刘迈克。过了许久，他才慢慢站起，去扶刘迈克。刘迈克从口中吐掉导火索，看了小瓦匠一眼，说：“这件事你告诉任何一个人，我就揍你！”一出山洞，刘迈克的双唇和半边脸肿了起来。小瓦匠扶着他回到帐篷，大家见状围住了他们，七言八语地询问。刘迈克不理睬众人，一步步走到自己的铺位前，将身子沉重地仰面躺倒，扯下枕巾盖上了自己的脸。小瓦匠呆立了一会儿，转身跑出帐篷去找卫生员。卫生员跟在小瓦匠身后赶来，从刘迈克脸上掀开枕巾，倒吸了一口冷气。“被火药烧的？”卫生员的脸转向了小瓦匠，“怎么搞的？怎么……会烧到嘴？”“我……”小瓦匠不知如何回答是好。刘迈克瞪着小瓦匠，他脸上冷汗淋漓，眉头拧在一起。曹铁强走进帐篷，走到刘迈克铺位前，俯下身看着刘迈克。刘迈克在他的注视下，又用枕巾盖上了自己的脸。曹铁强抓住小瓦匠的一只手，扯着小瓦匠走到帐篷外。“说！”小瓦匠哇地一声哭了。他心中是多么羞惭啊！扑在炮眼上的应该是他，受伤的应该是他，掩护别人的应该是他，应该是他小瓦匠！他不是对自己那么自信过，在危险的时候，自己肯定会表现得像个英雄人物吗？他不是曾经希望过生活为自己创造一次这样的时刻，让自己有机会表现出英雄的行为吗？他不是曾经对自己说过许多不怕死的话吗？这类豪言壮语不是都工整地写在自己的日记上了吗？他不是曾经那么神往地想象过，假如某一天自己英勇壮烈地牺牲了，他小瓦匠的日记，也会像张勇、金训华等烈士的日记一样，被千百万知识青年满怀敬意地去读吗？这种想象曾给他带来过多少不被人知的安慰！

小瓦匠啊小瓦匠，这个常常受到别人揶揄和奚落的弱者，这个在现实中常常对自身的价值产生悲哀的心灵苦闷孤寂的人儿，仅仅是靠着这样一种对英雄人物和英雄行为的想象，才能够在心理上获得一点点和别人平等的自我意识啊！

可是今天，连这一点点稳定自己心理天平的虚幻而又真实的东西，他都丧失了。他的整个心理天平倾斜了。他对自己彻底绝望了。在危险的时刻，他成了一个可耻的逃生者，做出英雄行为的时机被别人占有了。

他简直觉得无地自容！他哭得那么悲哀！那是一种对自己悔恨到极点的大的悲哀。可是排长并不能理解他的心情。“别哭！”排长吼了一句。小瓦匠猛然跑进帐篷，跑到刘迈克跟前，扑在他身上，边哭边说：“迈克，迈克，我一辈子也不会忘记，是你救了我的命！从今往后，你，就是我的亲哥哥。我，就是你的亲弟弟。我们俩这一辈子都是亲兄弟，我要是做一件对不起你的事，天打五雷轰！……”

刘迈克的双臂，一下子紧紧搂抱住了小瓦匠。盖在刘迈克脸上的枕巾微动着，他也哭了……

半个月后，刘迈克嘴角带着永不消失的伤疤，从团部医院回到了筑路工地。小瓦匠对他说的第一句话就是：“我把咱俩的铺位连在一起了。”他会心地笑了。来到工程连之后，他第一次露出这样的笑容。

曹铁强走进来之后，大家仿佛意识到了什么，纷纷退出帐篷。帐篷里只剩下曹铁强和刘迈克两个人，他们面对面站着，默默地、长久地注视着对方。谁也不清楚，是自己脸上的表情首先发生微妙的变化，感染了对方，还是被对方所感染。他们同时很难为情地笑了。生活，有时像一位父亲，有时像一位母亲，有时严厉，有时慈祥，有时不免粗暴，有时感情细腻，但它总是不忘自己的责任，开导着它年轻的孩子们。

马团长并没有彻底遗忘掉刘迈克。两年前，团里曾调过刘迈克一次，要他当团部招待所所长。他没有离开工程连，他已经和一个老农场职工的女儿组成了工程连的第一个知青家庭……

今天晚上，他怀了孕的妻子秀梅，安闲地靠墙坐在火炕上，一针一线地缝做小衣小裤。他自己，在给未出世的孩子做木马，他的木工手艺很不错呢。

一阵很重的敲门声将这个小家庭的宁静气氛破坏了。刘迈克放下手中的工具，开了门。

在他的小院里，站着全连的男女知识青年。他从他们脸上的表情判断不出发生了什么事情，一时并没有开口问话，而是等待着他们说明情况。

“事务长，连长和指导员都在团里开会，你是唯一的一个知青连队干部，因此，我们来告诉你，我们现在就要到团里去，都去。我们觉得……不告诉你不对。”

瞅着说话的人，他仍闹不明白到底发生了什么事，问：“为什么都要到团里去？”

小瓦匠回答他：“迈克，我们大家都正在被蒙骗啊！”

“蒙骗？谁蒙骗我们？”

“团里。再过三天，就停止办理知识青年返城手续了。可是团里要封锁这个消息，不让全团的知识青年知道。连长和指导员在团里开的就是这个会。对我们大家，只有明后两天的时间了！”

刘迈克不禁“哦”了一声，他想了想，又问：“团里不太可能这样做吧？”

“迈克……你，这都什么时候了，你还不信！

已经有好几个连队给咱们连的知识青年打了电话。今晚，每一个连队的知识青年都会到团部去的，这是一次统一行动。我，今天晚上要代表咱们连队每一个知识青年的意志……”

“你？”刘迈克看着小瓦匠，一时不知自己对这样一件事该表示什么样的态度。

“是的。”小瓦匠点了一下头，“迈克，你知道，我是……非常懦弱的。但团里这样做，对我们知识青年太不公正了。你难道想象不到这意味着什么吗？

会有多少像我这样的知青，他们家里正有像我的母亲一样的老母亲，或者老父亲，正在眼巴巴地盼望着他们回到母亲身边，给予父母一些照顾啊！今天，我要代表大家的意志，并非是因为受了大家的怂恿。不，完全不是，我是自愿的。迈克，你能理解我此刻的心情吗？能吗？”小瓦匠很有感情地说出了这番话，他显得有些激动。

“我……理解……”刘迈克的目光，从小瓦匠脸上移开，逐一地注视着站在小瓦匠身后的每一个知青的脸。他们脸上，也都流露出希望得到他理解的表情。

“你们……需要我怎样做呢？”他终于找到了一句适当的话。

“好迈克，大家预先就猜到了你会说这句话的，我们什么都不需要你做，我们只不过来告诉你，因为你是事务长。而我自己，是希望得到你的理解。你理解我，我……谢谢你！”小瓦匠说完，立刻低下头，转过身，对大家说，“现在咱们走吧！”

他第一个走出了刘迈克家的小院，走得很快，头也不回。好像他怕一回头，就会被刘迈克叫住，加以阻拦似的。“事务长，我们走了。”“事务长，天挺冷的，你快进屋去吧！”“事务长，不管我们到团里去的结果如何，回连队后，我们一定再上山给你家砍一车柴。”他们一齐走出了他家的小院。刘迈克呆呆地站在小院里，望着他们走远。他推开家门，见妻子只穿着袜子站在门旁。“你下地干什么？你这样子会着凉的！”妻子退到炕沿前，缓缓地坐下了。目光，却胶着在他脸上，一刻也不离开。他拿起刨子，又放下了，呆呆地看着没有做成的木马。“他们，都要走吗？”妻子小声问。他抬头看了一眼妻子，似乎不明白她的话，反问：“什么走不走的？”“我全听到了。”妻的声音更细小了。他没有回答，将木匠工具一件件归拢起来，塞到桌子底下去了。

然后，他走到窗前，出神地朝外面望去。“我刚才问你话呢，你聋了？”他仍然一声不响。妻不再问什么，默默地拿起炕上的小衣小裤，接着做。但只缝了一针，便放下了，轻轻地叹了口气，不安地瞅着他。他忽然转过身来，从炕上拿起棉衣，匆匆地穿上，衣扣也没扣好，帽子也没戴，就大步往外走。“你……上哪儿去？”“你都听到了还问什么，我要到团里去！”他的语气中流露出内心的烦乱。

妻从墙钉上摘下他的帽子，递给他。他走回到妻身边，无言地接过帽子。妻，又默默地替他将衣扣扣好。他想说什么，但张了张嘴，却什么话也没说出来。他戴上帽子，走出了家门。

工程连的知识青年们，刚走出连队不远，刘迈克开着二八型拖拉机挂斗车从后面赶了上来。“糟糕，事务长要来截我们回去了！”一个男青年对小瓦匠说。“咱们等他一下，也许他还有什么话。”小瓦匠第一个站住了。大家也都站住了，众人对他的话这样服从，很出他的意外。消息是他第一个知道的，也是他告诉大家的。因此他才无形中成了众人这次行动的组织者。十年来，他第一次体验到，能够代表许多人的意志，每一句话都能够被众人服从，这种感受是多么不一般！然而，这是一次怎样的带头行动啊！内心充满自信的同时，又是那么空泛，甚至有点苍凉，有点苦涩。迈克果真会是来阻拦我们的吗？倘若他很坚决地阻拦，我将如何对待他呢？他这样想，自信动摇，内心开始矛盾着。挂斗车开到他们身旁，停住了。坐在驾驶座上的刘迈克对他们说：“都上车吧，我开车送你们！”小瓦匠一挥手，大家都爬上了车。刘迈克将车开出一段路，忽然在野地里兜了个圈子，调转车头，朝连里开。“事务长，你开人家的玩笑吗？”车斗里有人嚷起来。“迈克，你……”和刘迈克并坐在驾驶座上的小瓦匠，也不免吃惊。刘迈克一边开车，一边大声说：“我得回家一次，跟秀梅说句话。”“什么话，那么要紧？”小瓦匠很难相信。“非常要紧的话！”刘迈克将变速杆推到了快挡的位置上。挂斗车开进连队，直开到刘迈克家的小院外。他跳下驾驶座，几大步就跨进了家门。妻仍像他临出家门时那样子坐在炕沿上，显然都不曾动过一动，低垂着头，黯然神伤，独自落泪。

“秀梅……”他轻轻叫了妻一声。

妻倏地抬起头，有些意外，赶紧侧转身，掩饰地拭去泪水。“秀梅，我回来对你说句话。”他走到了妻身边。“你，你别说了……我知道你要说什么，求求你，别说了。我不怪你就是了，真的。我绝不埋怨你抛弃了我，更不会记恨你的。我不是那样的女人……知青都走了，你留下也会感到孤单的……只是，只是，只是你要……给咱们的孩子起个名……”喃喃的话语变成了伤心的呜咽，妻向墙壁转过身去。

刘迈克用双手扳住了妻的肩头，将妻的身子扳正了过来，盯着妻的眼睛，说：“我不走。”“别骗我。”泪水模糊了妻的眼睛。刘迈克大声说：“我不骗你，我不走。我骗过你一次吗？我就是回来告诉你这句话的，即使所有的知青都走了，我也不走。”泪水从妻的眼中溢了出来，然而那对眸子，还凝聚着疑惑。

“我不能不和他们一块儿到团里去，我不放心。我是事务长，连长和指导员不在连队的情况之下，我对他们每一个人都负有责任啊！可是，我又无权阻拦他们……”妻终于相信了他的话，含着泪微笑了。“去吧，快去吧，别让他们等急了。”妻低声说，轻推着他。他双手捧着妻的脸，俯下头，在妻挂着一滴泪珠的唇上狠狠地亲起来……

曹铁强来到桥头，见“二八”已经过了桥面，挂斗却脱了钩，栽在公路旁。他的战士们，或蹲或站，围聚一起。

他走上前，分开众人——刘迈克紧闭双眼坐在雪地上。小瓦匠和另一个战士，扳着刘迈克的一条腿，活动着刘迈克的膝关节。活动一下，刘迈克皱一次眉头，吸一口冷气。

“怎么回事？”他尽量用平静的语气问。众人都不吭声。小瓦匠抬头看连长一眼，嘟哝：“事务长摔伤了。”刘迈克睁开眼睛，低声骂了句什么话，被小瓦匠扶着站了起来。

发现曹铁强，他顿时停止呻吟，默默地瞅着连长，仿佛有意等待对方首先开口。他已不再是多年前的刘迈克了。生活已经把他磨砺成熟了。他今夜格外理智，心机格外缜细。他觉得连长此刻出现在大家前面，对连长是很不利的。倘若自己说出一句不适当的话，都可能无意之中将连长推到极被动的地位上。

不料曹铁强如此问道：“是你开车把大家拉来的？”他点了一下头。曹铁强紧接着说了一句欠思索的话：“你也来凑这份热闹！”语气中不无恼怒。刘迈克默然良久，才低声回答：“我能不来吗？！”从他的表情，从他的语调，曹铁强立刻领悟到，他在违心地扮演着一个多么不轻松的角色！他惭愧了，于是又低声问：“你……伤得重不重？”刘迈克摇了摇头。

“连长，你……你们……果然开的是那样一个会吗？”黑暗中，不知是谁大声问了一句。曹铁强转过身，一一扫视着他的战士们，似乎想寻找出那个问话的人。但他实际上，是在心中暗暗点了一次名。全连三十二名知识青年，此刻站在周围的是三十一个人，只有一人没来。虽然，月色朦胧，辨不清这三十一人的脸面，但他知道，没来的那个人一定是她——裴晓芸。他抬起手腕，仔细看了一下表——她该下岗了。可是这沉默的一分钟，就等于他对刚才的问话做了回答。而这种形式的回答，当然不令大家满意。

有人愤怒地大声说：“我们还在这儿浪费时间干什么？！去砸了军务股，

各人拿走各人的档案！”“对！一不做，二不休！”“走呀！”“谁打退堂鼓，就他妈的是知青叛徒！”在互相怂恿和互相鼓动下，大家一哄而走。“站住！”曹铁强猛然喝了一声。大家，都站住了。一个个，缓慢地回转过身。一双双眼睛，在月辉下闪烁着不驯的，甚至是敌意的目光。这一双双咄咄地盯着自己的目光，使曹铁强意识到，今天夜晚，他，和他们——自己朝夕相处的战士们之间的关系，是异乎寻常的。他们随时都可能将他——他们每一个人平时都很信任很敬重的连长，视为共同的敌人。正是由于清醒地意识到了这一点，他瞬忽间觉得，内心产生了一种奇异的自信力。他仿佛觉得，自己的身体倏然高大了许多，高大得完全有足够的力量担负今夜可能面临的无论多么严峻的事件。

“这里是生产建设兵团的团部，不是夹皮沟，你们，也不是土匪。我更不是土匪头子，而是你们的连长，我绝不允许你们每一个人胡作非为。”这番话他说得很镇定，镇定中显示出凛然的刚勇，语势中暗示出明显的潜台词——今夜我是怎样说就要怎样做的！

“今夜不服从连长命令的人，绝没有好下场！”刘迈克冷冷地说出了这句话。

曹铁强向刘迈克投去感激的一瞥，接着改换一种缓和了的语气说：“也许，今夜，就是兵团历史上的最后一页。兵团的历史，就是我们兵团战士的历史。我们每一个人，都应该尊重这段历史。不论今后社会将要对生产建设兵团的历史做出怎样的评价，但我们兵团战士这个称号，是附加着功绩的，是不应受到侮辱的！”

他不能准确地判断自己的话是否打动了他的战士们，但没有人反驳。这便使他对自己的话增强了自信。他受到这种自信心的鼓舞，大声说：“听我的口令，整队集合！”

大家在犹豫状态之下迟缓地排成了并不整齐的队形。他走到队形前，面对面地望着他们，问：“你们每一个人，是不是都已经作出了决定，要离开北大荒？”“连长，这还用问吗？！”是小瓦匠说出了这句话。大家用沉默表示，这句话代表他们做了回答。“既然如此，你们到团部来，就只有一个目的，办理返城手续。我相信，团里是会作出正确的决定的。现在，全体向右转，齐步走。”工程连的战士们，在其他各个连队的混乱人群和车辆之间，列队向团部机关区走去。曹铁强走在大家后面，刘迈克一拐一拐地紧随在他身旁。许久，两人之间没说一句话。只听无数双脚踩着积雪，发出沙沙的响声。刘迈克首先打破沉默："团里怎么能够召开这样的会呢？"曹铁强没有回答。刘迈克又问："连长，你……也要走的吧？"

曹铁强这才回答："留下来就真的那么可怕？"

刘迈克理解了连长的话，他感到慰藉地说："连长，咱俩今后就是伴儿了。"

这句话，使曹铁强的心感到异常温暖。他情不自禁地伸出一只手，轻轻搀扶着刘迈克。

一辆马车从他们身旁飞奔过去……

全团八百余名知识青年，从各个连队来到了团部。远的，几十里；近的，十几里。他们围聚在团部会议室外面，数百支火把，将团部机关区映照得如同白昼。没有叫嚷声，没有示威声，他们默默地静立在凛冽的严寒中。

团长马崇汉披着军大衣出现在八百余名知识青年面前。

"知青同志们！"他用做报告时那种洪亮的嗓音说，但却不知道接下去该说什么，于是又重复了一遍："知青同志们，我保证……"却同样不知道自己应该保证什么。

"滚你妈的！"

一个声音从八百余名知青中突然地迸发出来。

"我们不听！我们不受你的骗了！"数百人几乎是异口同声地说。

马团长愣怔了一秒钟，仅仅一秒钟，便低下头，转身走进了会议室。在这一秒钟里，他意识到，自己被知识青年们视为团长的历史，过去了。永远！他心中产生了一种悲哀，一种大悲大哀。但仅仅是悲哀，绝不是悔悟。悔悟是反思的结果。任何虔诚的反思，都是在一秒钟内不会萌发的。

从会议室外走入会议室内，几步路，他却觉得脚下无根，步步艰难。他感到自己仿佛像一棵大树，骤然被雷电击倒了。

他若有所失地走到政委孙国泰面前，第一次用真正恳切的语调说："孙国泰同志，我……请求你……以一个共产党员的……"他无法用语言明确地将自己的意思表达清楚。

政委孙国泰伸出一只手，像是要把对方轻轻推开去。他用这样的手势告诉对方，他完全理解了对方的话。请求他站出来扭转眼前的局面，对方要说的无非就是这句话。请求？他感到这个词对他带有一种侮辱性，尽管他相信对方是恳切的。难道不用这样的词，他会袖手旁观、幸灾乐祸吗？那他还算是一个老共产党员吗？不，连一个北大荒人都算不上了。至于能否扭转这种局面，怎样扭转，他并无把握，更缺少自信。不错，在知识青年当中，他深知自己有着比团长马崇汉牢固的根基。十年来，他的足迹遍布全团二十几个连队。他熟悉他们，爱护他们，关心他们，甚至，还很有些同情他们。他骂过他们，也挨过他们的骂。他的耳膜曾被他们的牢骚怪话几度磨起茧子，他也时时将自己胸中的郁闷烦愁借机朝他们发泄过。这种正常而又畸形的沟通，在他和他们之间架起了理解和谅解的桥梁。可是今夜……

他犹豫片刻，稳步走出了会议室，目光深沉地望着知青们，良久，终于开口说出三个字："孩子们……"他是情不自禁地说出这三个字的。没有用"知识青年们"，没有用"同志们"或"兵团战士们"这样的称谓，而对他们说"孩子们……"，使他们被深深地感动了。他们极安静地望着老政委。"孩子们，"老政委说，"你们，在北大荒度过了整整十年，你们是当之无愧的一代北大荒人。我，以一个老北大荒人的资格对你们说，我感谢你们！因为，你们将青春贡献给了北大荒！"停了一刻，他接着说："如果来得及，我要为你们开隆重的欢送会，欢送你们……离开北大荒……你们相信我的话吗？"

经久的鸦雀无声之后，有人大声说："政委，我们相信你，但我们不相信团党委！""对，我们不相信！""我们相信你又有什么用？！"……

老政委被震撼了！相信一个共产党员，但不相信党的一级组织！

这是多么可悲的现实，这是怎样的错误啊！他略加思索，转身走入会议室内，对团长马崇汉和各连的连长指导员们说："我要求给我代表团党委的权力！"连长指导员们的目光，都集中在马崇汉身上。马崇汉的腮帮子抽动了一下，用记录速度的缓慢语调说："一切都听政委的……"

老政委第二次走出会议室，对知青们大声说："现在，我代表团党委宣布，为了尽快办理每一个人的返城手续，各连队选派两名代表，组成一个临时小组，我任组长……"

这时，暴风雪开始从荒原上向团部区域猛烈袭击了……

五

像台风在海洋上掀起狂涛巨浪一般，荒原上的暴风雪的来势是惊心动魄的。人们最先只能听到它可怕的喘息，从荒原黑暗的遥远处传来。那不是吼声，是尖厉的呼啸，类似疯女人发出的嘶喊。在惨淡的月光下，潮头般的雪的高墙，从荒原上疾速地推移过来，碾压过来。狂风像一双无形的巨手，将厚厚的雪被粗暴地从荒原上掀了起来，搓成雪粉，扬撒到空中。仿佛有千万把扫帚，在天地间狂挥乱舞。大地上的树木，在暴风雪迫近之前，就都预先妥协地尽量弯下了腰。不甘妥协的，便被暴风雪的无形巨手折断。暴风雪无情地嘲弄着人们对大地母亲的崇拜，而大地，则在暴风雪的淫威之下，变得那么乖驯，那么怯懦……

八百余名知识青年被突如其来的暴风雪震慑住了。许多人从连队匆匆出发，穿戴得并不暖和。一路上，差不多已经冻透了。而现在，暴风雪的无形的触手只从他们身上一抚而过，就带走了他们身体内的最后一丁点热量。火把，顿时熄灭了半数。

人群骚乱起来。

“别让火把都灭了啊！”

“快将没灭的火把扔到一起！”

“点火堆！”

……

几条具有号召力的粗犷嗓门疾呼大喊。

火把，一支，两支，三支……纷纷投聚到一起。

篝火，一堆，两堆，三堆……熊熊燃烧起来了。

有人不知从哪儿拎来一桶柴油，浇在火堆上。光焰升腾着，蹿跃着，在暴风雪中“垂死”挣扎着。

人群分散开，围向十几堆篝火旁。

一阵折裂声，一棵大树“扑通”倒下。又一棵，又一棵……有人在锯团部大道两旁的杨树——也许就是他们当年亲手栽下的杨树。

劈砍声。砰……砰……砰……听声音，不像是用的利斧，而像是用的大锤。也许根本不是大锤，而是别的什么铁器。一节节树杈连带枝丫被拖向火堆。

篝火旺烈起来。小瓦匠见大家围在火堆旁，一个个也还是寒冷得瑟瑟发抖，忽然说：“跳舞吧！”“跳舞？哪有这份闲情逸致！”“大家跳吧！跳什么舞都行，比如，‘忠字舞’……”小瓦匠在火堆旁跳起了“忠字舞”，跳得极其认真，像是在台上“献忠心”。

也许是受到他的蛊惑，也许是由于抵抗不住寒冷了，大家先后跟着小瓦匠跳起舞来。起先跳的还算是‘忠字舞’，后来跳的便什么舞都谈不上了。

围在其他火堆旁的人们，也跳起来。所有火堆旁的人们，都跳起来。在这个暴风雪夜，在严寒和篝火的环形夹缝之间，动作古怪地跳动着八百余名被冻得半僵的躯体。生产建设兵团团部笼罩着一种中世纪非洲土人部落的野蛮、原始而神秘的气氛。“他妈的！这些代表们，怎么还没研究出个结果来？”有人开始咒骂。

“关系到八百余名知识青年命运的大事，总得给他们点时间啊！跳吧！不要停下来……”小瓦匠像一个消防队员，谁刚刚冒出点怒火，他就立刻说一句息事宁人的话。

哐……哗啦！是玻璃破碎的脆响。接着，是一阵门窗的木框被劈砍的声音。“听！”小瓦匠停止了“跳舞”。大家都伫立住了。又是一阵玻璃破碎的脆响。“有人在砸机关食堂的门框和窗框。”一个男知青判断地说。“准是为了往火堆里烧！”一个女青年说，“这也太过分了！”

“我们去看看！”小瓦匠朝机关食堂跑去。

“这是什么时候，还管闲事！”一个小伙子嘟哝了一句，却第一个跟在小瓦匠身后，也朝机关食堂跑去。“他俩别吃亏啊！”到底是一个连队的，有人担心了。“男的都去，女的留下，继续跳你们的舞吧！”于是工程连的男知青们，都离开火堆，朝机关食堂跑去。

机关食堂的门被撬开了。知青们在食堂里翻找吃的东西。有人掀开蒸笼，叫起来：“包子！”大家同时围了上去。几十双手在黑暗中抢夺着。“生的！”“呸！呸！呸！……”“点火！蒸熟它！”“别费那事，连蒸笼一块儿抬到火堆去，吃烤包子！”“好主意，抬！”几个人将蒸笼抬出了食堂。“咸菜要不要？”“要！凡是能吃的，都要！”于是有人捧起咸菜坛子往外走，被门槛绊倒，坛子掉在地上，碎了，咸菜疙瘩滚了一地。后来的几个人，什么吃的都没翻找到，狠狠地骂：“这伙自私的强盗，扫荡了个一干二净。”“嘿！发面缸里还有发的面！”“有发面也不错，火堆上烤酸面包吃！”他们把发面团也用衣襟兜走了。

小瓦匠跑到食堂，果然看见有几个人在砸食堂的门窗。小瓦匠跑到他们跟前，大喊一声：“住手！”他们中的一个，身材高大魁梧，半截黑塔似的，不屑地扫了小瓦匠一眼，高高举起手中的大斧，继续劈砍窗框。“你们这是搞破坏！土匪！”小瓦匠扑了过去。对方一拳，就将他打得倒退数步，一屁股坐在雪地上。小瓦匠呼地跳起，骂道：“你妈妈的！这机关食堂是我们工程连一砖一瓦盖起来的，老子今天就是不许你们破坏！”他被激怒了，又毫不畏惧地朝对方扑了过去。

他胸前又挨了狠狠一拳，又跌倒了。“这小子找不自在，揍他！”他们团团围住了他。工程连的男知青们赶到，一见小瓦匠果然吃亏了，纷纷动起手来。

正打得难解难分，老政委孙国泰走到了这里，喝止住了他们。两伙知识青年虽然不再厮打，却虎视眈眈。老政委横身在他们之间，厉声问：“怎么回事？”小瓦匠一指机关食堂的窗子，狠狠地说：“你问他们。”老政委这才发现被砸毁的门窗，心中立刻明白了，问那几个破坏者：“你们是哪个连队的？”“我们，我们……”为首那个剽悍魁梧的，嘴里讷讷着，一转身想跑。其余的几个也想跟着跑。“都给我站住！”老政委猛喝一声。都乖乖地站定了。“说！哪个连队的？”“木材加工厂的。”声音低得勉强能听见。老政委从地上捡起一节被砸散的窗框木，盯着为首的那个破坏者，问：“要投进火堆？”对方畏怯地点了一下头。“这不是你们木材加工厂做的吗？”“是……”“亲手破坏自己的劳动成果？要离开北大荒了，就一点值得北大荒人怀念的都不留下？”“……”“我本有权将你们一个个当作破坏分子逮起来……可是我不想这样做。拿去吧，烧吧，烧你们自己的劳动成果吧！当它燃烧的时候，你们好好想想你们的行为吧……”“……”“拿去，拿去烧吧！今天夜晚别让我再看见你们可耻的几个，滚！”他们一个个默默地转过身，渐渐地走开。“站住！”他们站住了。

“把它拿走！”

他们犹犹豫豫地互相望着，终于有一个人扛起了那扇砸毁的窗架子。他们走远了，消失在黑夜之中了。

老政委将注视着他们的目光收回，望着身旁的这一伙知识青年，问：“你们是哪个连队的？”小瓦匠回答：“我们是工程连的。”老政委“哦”了一声，又问：“你叫什么名字？”“我……单书文……”“小瓦匠？我知道你！想不到我们会在这样的一天认识……”他伸出一只手。小瓦匠迟疑了一下，握住了老政委那只大手，他感到了那只手的劲力和厚厚的茧子。“让我说一句俗话吧，后会有期！”老政委苦笑了一下，放开了小瓦匠的手，对其他人点点头，说：

“多谢了！”大步走开。

暴风雪以更加猛烈的来势扫荡着团部区域，几堆篝火一下子就熄灭了。受到严寒威胁的人们立刻分散开，围聚到仍在燃烧的火堆旁。他们像羊群似的，互相紧紧靠拢着。与其说火堆的存在才不致使他们冻僵，莫如说他们是用身体组成围墙，守护着火堆不被暴风雪扑灭。而暴风雪是那么嚣张！它嘶叫着，想将八百余名知识青年们从大地上扫荡起来，扬到空中。

聚在篝火旁的人的围墙渐渐缩小着，缩小着。

最里层的人喊：“别挤了！要把我们挤倒在火堆上了！”

“我的衣服烧着了！让我挤出去！让我挤出去！”

最外层的人，却呻吟着，蜷缩着，蹲下去了，卧倒下去了。

又一堆篝火熄灭了，引起一片恐惧的骚乱。

“有人昏倒了！”

“快！快背到火堆旁来！”

昏倒的是个女知青。

“她都快被冻僵了！得把她背到谁家里去！”

于是有人背起她朝附近的一幢房子跑去。

砸门声，狗叫声，呼喊声……

团军务股长就是当年工程连的老指导员，他和老连长调到团部后，曹铁强和郑亚茹才被任命为工程连的连长和指导员。他家住在靠山坡的最后一排干部宿舍。

他没有睡，站在家中窗前，一支接一支地吸着卷烟。卷了一支，吸上几口，就扔在地上，踏灭，再卷一支。他出神地望着外面一堆堆篝火的光焰。

他老婆也没睡，坐在炕沿上，陪伴着他。“你，睡吧！”他说，并没有对女人转过身。女人被烟呛得咳了起来，边咳边说：“我看，你……今晚还是找个地方躲躲吧！”军务股长一动也不动。“你不听我的，要是有个三长两短，叫我和孩子们……”女人抽泣起来。“别来这个！”股长不耐烦地吼了一声，仍不转身。女人止住了抽泣。她从墙上摘下股长的手枪，走到股长身边，轻轻推了股长一下：“要不你身上带着这个……”股长这才看了女人一眼，见她递给他的是枪，顿时火了，一掌将女人推了开去：“你叫我拿枪对付知识青年？！”“你……他们来找你的时候，你也好吓唬吓唬他们呀……”“胡说！你给我把枪挂到墙上！”“别的团里，知识青年不是割掉过一个军务股长的两只耳朵吗？”“谣言！”“你亲口对我讲过的！”女人也火了。“我……我……我揍你！”股长凶狠地对女人挥起了拳头。“你，你打吧！给你打！用枪打！打死我……”女人委屈地哭起来，往股长跟前凑，将手枪塞在股长怀中。股长不得不接住了枪。“你开枪呀！你先打死我呀！别让我亲眼看见你叫知识青年们……”女人的声音越来越高。啪！股长打了女人一记耳光。女人哇地放声大哭。炕上的孩子被惊醒了，也“爸爸”“妈妈”地喊叫着哭起来。就在这时，门开了。刘迈克首先一步跨进屋来，后面跟着两名知青，三人肩上都背着步枪。

他们出现得这么突然！而且连门也不敲一下。

女人马上不哭了，从炕上拖过孩子，紧紧搂抱在怀里，目瞪口呆，神色惊恐地瞅着三个不速之客。股长也愣了一下，随即镇定，若无其事地将枪挂到墙上，之后，从容而端正地坐在一把椅子上。“股长，对不起，我们没敲门就……”刘迈克开口道歉。股长看着他，问：“什么事？”“请你立刻就去打开档案柜，为知识青年办理返城手续。”“是你们请我？”“不，是政委。”“政委？他为什么不亲自来？”“这……我有政委亲笔写给你的命令。”刘迈克从兜里掏出折叠着的纸条，递给股长。股长接过纸条，看了一眼，慢慢从椅子上站了起来。刚站起，又坐下去，问：“你们是靠枪从政委那里得来的这张纸条吗？”刘迈克赶紧解释：“股长，枪，是政委同意发给我们十几个人的。今天夜晚情况特殊，我们十几个人组成了一支纠察小队。”股长摇摇头：“刘迈克，我不相信你。”刘迈克急了：“股长，你……你这是跟政委过不去呀！你不跟我们走，我们可要……”“要怎么样？”股长瞪起了眼睛，“要用枪逼着我跟你们走？”广播喇叭忽然响了。“全团机关工作人员注意，我是政委孙国泰，我现在代表党委讲话，我命令你们，将知识青年接到你们各家各户去。机关食堂、礼堂、招待所，所有办公室，今夜都要容纳他们。我同时命令你们，立即担负起各自的职责，做好明晨七点开始办理知青返城手续的种种准备，不得有误。全团机关工作人员注意，我是政委孙国泰，我现在代表党委……”

股长注意聆听着政委的每一句话，从政委的声音里，没有听出违心或被胁迫的屈服语调，他暗暗吁了口气。“我们走吧？”股长第二次从椅子上站起，披上大衣之后，想了想，从墙上摘下手枪，对刘迈克说：“我也算你们那十几个人中的一个。”股长跟着刘迈克他们出了门，股长女人抱着孩子跟到门外，不安地目送他们。

四人从宿舍区往机关区大步匆匆地走。刘迈克走在最后，和股长三个人相隔十几步远。他的左腿开始疼痛了。从挂斗车上摔下来时受的伤并不轻，流了不少血，棉裤和伤处被血粘在一起，每迈一步，都撕扯着伤处，他都吸一口冷气。

他忽然想到了秀梅，她准是还没睡，在等待着他，从团部回去。也想到了自己还未出世的孩子，别人都说她怀的是个男孩，他也希望是个男孩。男孩才似乎更对得起“北大荒人”这四个字。他，一个城市知识青年，将要在北大荒的土地上扎下自己生活的根，并且为北大荒增添了一个小北大荒人，这不是一件寻常的事情。他这么认为，不管别人对这件事如何看法。别人都离开了，他要留下来。他在城市里的所有亲友都会替他惋惜，甚至责骂他。随他们去吧！反正他不能将妻和孩子抛弃在北大荒，只身回到城市去。他刘迈克生来就不是这样的人，做不出这样的事。

何况她对他那么好，婚后两人还没有红过一次脸呢！他不能想象，没有了她，生活还有幸福可言。他留恋北大荒，他崇拜北大荒，崇拜它的荒凉和广袤，崇拜它的严峻和粗犷，崇拜它春天的朴素，夏天的烂漫，秋天的实惠，冬天的气魄。而她，就像是整个北大荒的化身，当他拥抱她的时候，亲吻她的时候，心中也会肃然起敬，对她产生崇拜之情。她并不漂亮，但她健壮，充满了青春气息，充满了生命力，充满了对他和对生活的爱情。她又是那么温柔，那么善于体贴人，那么能吃苦，能劳动……

他，一个矿工的儿子，能够找到这样一位妻子，还有什么不称心如意的呢?

而更主要的是，在他最孤独的时候，在他被许多人视为“公敌”的时候，她是第一个同他接近的人。她，用北大荒姑娘淳朴而富有同情感的心，融化了他对工程连每个人都怀有的敌意。她重新设计了他。她像给小孩子洗脸一样，洗去了他个性上的种种劣质，使他懂得了如何尊重自己和尊重别人，使他获得了人们的信任……

不但是爱情，而且是恩情啊!

这样的妻子怎能遗弃？怎能舍得遗弃?

当……当……当……

物资仓库方向，突然响起急促的钟声。

刘迈克抬头望去，见库房升腾起一股浓烟和火焰。股长三人，已经迈开大步朝那里跑去了。他追在他们后边跑了几步，左腿的伤处一阵剧烈疼痛，使他不由得站住了。他跪下右腿，双手紧紧按住左腿膝盖，想借此减轻一点疼痛。被血痂粘住的棉裤里子和伤处扯开了，他感觉到血又涌了出来，顺着小腿往下淌。

“妈的！”他咬紧牙关，站了起来。忽然，他发现一幢房子里有光亮在漆黑的窗上一掠，分明是手电筒的光亮。那幢房子是团部银行，他警觉起来。他顿时忘记了疼痛，朝银行走去。走到门前，轻轻推了一下门，门虚掩着，被无声地推开了。他一步跨进屋去，大声喝问：“谁在这里？”他头上猛然挨了重重的一击！但他并没立刻倒下去，他的身子摇晃了一下，靠在墙上。同时，他的一只手下意识地抓住了步枪枪带。他没来得及从肩上取下步枪，匕首的寒光在他眼前一晃，刺进了他的胸膛。接着，又刺进了他的腹部。

他缓缓地贴着墙滑倒下去了。

然而，意识并没有从他头脑中消失，他心中十分清楚，自己遇到了什么事情。他看见了一个人影从自己身上跨过，蹿出门去。他双手扶着墙壁，从地上跪了起来。又拄着枪，挣扎着站了起来。一步，两步，三步，他艰难地走到了门外。月光下，银白的雪地上，一个人影慌慌张张向后山跑，拎着一只大手提包。

“妈的，跑不掉你！”他靠着门框，举起了步枪。步枪变得很沉重，手臂颤抖着，瞄不准。他遗憾地放下步枪，托枪的那只手，在衣服上擦了一下，擦到了一种温热的粘糊糊的东西。他知道，那是自己的血。

血，自己的血，令他愤怒了。怒使他倏然产生了一种力量。他第二次举起步枪，手臂不再颤抖了。人影被步枪的准星牢牢地咬住了。他很有把握地勾了一下扳机。砰！枪声很脆。那家伙一跟头栽倒了，手提包落在雪地上。一丝冷冷的微笑，浮现在他嘴角上。他瞄的是后脑勺。“妈的……老子打发你……”他嘟哝着，拄着步枪，像老人拄着拐杖一样，每一步都很吃力地朝那个倒在雪地上的家伙走去。

走近被击毙者身边，他首先看到的，是一双眼睛，一双瞪大的眼睛，目光已经凝滞，但全部地摄录了一颗灵魂的最后欲念——贪婪。月光反射在这双眼睛里，使它们发出幽冷的光。接着，他看清了一张和自己差不多年龄的脸，咧着嘴，仿佛在临死前要喊叫出什么。

羊剪绒的棉帽子，拆洗过的黄棉袄，崭新的大头鞋……

他不禁倒退一步。

他打死了一名知识青年。

拄在手中的步枪，失落在雪地上。

他愣了片刻，转过身去寻找手提包。手提包离他仅有几步远，但他已走不过去了。他扑倒在雪地上，一寸寸地爬了过去，张开双臂，紧紧搂抱住了手提包。他曾听人说过，临死前抱住不放的东西，死后也不会放开。

“抱紧，抱紧，抱紧……我要抱得紧紧的……”对自己的生命下达了最后一次命令，他的头，蓦然地垂了下去，垂在手提包上……

六

暴风雪最初的淫威发作过了，天地间从混沌状态澄清下来，四野暂时恢复了寂静。严寒，则愈加肆虐地折磨着大地上的生命。

站在哨位上的裴晓芸被冻僵了。她感觉不出身体仍是属于自己的，只有大脑还能按照神经信号进行思想。

此刻，她想到了那著名的童话——《卖火柴的小女孩》。她真希望衣兜里装着一盒火柴，不，哪怕仅仅是一根火柴！她明知这是自己的幻觉，但意志受这种幻觉的诱惑，迫使她那戴手套的被冻得硬邦邦的手，在衣兜外面碰了一下。衣兜里什么也没有。她苦笑了。她以为自己苦笑了，其实并没有任何一丝表情呈现在她脸上。

严寒“凝结”了这张脸。

要进行思考，不论想什么都可以，但一定要进行思考。要保持住意识的清醒，千万千万不要让意志也被严寒所“催眠”！这是此刻她整个人的唯一生命火种了。她一遍遍地这样警告和命令着自己。

为什么还没有人来换岗呵……她想转过身朝团部的方向望一眼，但她的双脚像被和大地焊住了一样，无法转动。

火，团部那里有火。有熊熊的篝火。到团部去，到篝火旁去，或者，回到连队去，回到大宿舍去……有一个人的声音，像是她自己的声音，又像是别的什么人的声音，在她耳畔催促着，劝说着。

不，不能够。我是哨兵。我站在边境哨位上。今夜是我第一次站岗。她冷酷无情地答复了自己生命的求存的呼叫。“今夜是你第一次站岗，你会感到害怕吗？”“不，不怕。我很兴奋。”“等你下岗，我来接你，在白桦林旁……”“不……你不是要到团里去开会吗？”“我从团部来。我有话对你说……”“什么话呢？现在不能对我说？”“好多话，现在……来不及了……”她回想着上岗之前曹铁强和她的对话。她知道他要对自己说什么。他要说的话早该对她说了。可他却非等到今夜来接她的时候才说。为什么当时不对她说呢？好多话？不，不，她只要听一句话就够了。他要说的话，不是应该在两年前就对她说的吗？不是应该在驼峰山上那顶帐篷里就对她说的吗？她真恨他！哦，那是一个多么美好的夜晚啊！那烧得彤红的大火炉！棉帐篷里，只有他和她。整个驼峰山上，只有他和她。整个世界……仿佛也只有他，和她。那条战备公路上，洒下了工程连队的多少劳动汗水啊！为他掌钎，那是她最愉快的劳动。他抡着十八磅的大锤，一下接一下砸在钢钎上，声音那么有力，那么有节奏。在她听来，那简直是一种音乐。虎口都被震裂了，手都被震麻木了，手指从早到晚紧握钢钎，放下钢钎，都伸不直了。吃饭的时候，都端不住碗，拿不住筷子了。然而劳动中的心情是多么欢畅啊！她真希望那条公路无止境地向前伸延，他天天抡大锤，她天天为他掌钎。双手磨起了多少血泡，一点水也不敢沾。洗脸的时候，只能叫别人替拧一把湿毛巾，胡乱地擦擦脸了事。可是她和他一块儿采下了多少路石啊，十几吨？几十吨？上百吨？从秋季一直到第二年夏季，绝不会比女娲补天的石头少！虽然没有计算过。

那一次她是多么……神经过敏啊！

当他拄着锤柄，撩起肮脏的衣襟擦汗时，她放下了钢钎，抬头望着他。一块巨石就悬在他头顶上，瞬间就要塌落下来。她尖叫一声，朝他猛扑过去，一下子将他扑倒，搂抱住他，在刚刚铺好石头的路面上滚出十几米远。大家都被她这一迅猛的举动惊得目瞪口呆！当她和他从地上爬起，巨石并没有塌落下来。这时她才看清，巨石是不会塌落下来的，它连着半面山壁，除非用十公斤以上的炸药炸。险情不过是她的幻觉。人们哄然大笑。她尴尬极了，狼狈极了。

他哭笑不得地对她说了一句：“神经过敏！”

“我……”在周围的哄然大笑中，她觉得自己像是一只耍了什么可笑把戏的猴子。她一扭身跑开了，一直盲目地跑到山背后，蹲下身，双手捂脸，哭了。

她觉得自己心底里对他的最隐秘的情感，滑稽地暴露给众人了。

而这正是她最最不愿被人所知的啊！

他竟也不能够理解她！

大家的哄笑对她是多么不公平啊！

姑娘的心受到了多么严重的羞辱啊！

虽然大家的笑声里并没有恶意，也没有嘲弄的成分，不过是劳动休息时一种驱除疲累的无谓的大笑而已……

公路一直修到第二年冬季才竣工。

最后一天，大家都从山上撤回连队去了。只剩下了一顶帐篷，没吃完的粮食、蔬菜，没用光的炸药、工具。

她没有和大家一块儿下山，主动要求留下来看守东西。她内心里有一个小小的个人打算，她要一个人留在山上，将帐篷烧得暖暖的，痛痛快快地洗一个澡。她预先就物色好了一个大油桶，用雪刷干净，在里面是可以洗得很舒服的。从第一年秋季到第二年冬季，全连哪一个人也没有洗过澡。山中有一口小泉眼，但那是炊事班做饭用水的“井”。洗脸水是按供给制限量的，每人每天一盆。在炎热的夏季也不放宽供给。冬季，大家都是用雪来擦脸的。

她，却已经整整七年都没有洗过一次澡了。知识青年返城探家，最大的享受是什么？——洗澡。谁也不会放过多在城市的浴堂里洗一次澡的机会。到家的第一天，往往最迫切要实现的愿望，便是洗澡。离开城市的那一天，最愿意再获得一次享受的，也是洗澡。

她七年内没有探过一次家……

可是，在她那一天晚上将帐篷里的温度烧暖了，并将那只大铁桶费尽气力从外面挪进帐篷，认真仔细地刷干净，和大铁炉并靠在一起后，他却回到山上来了。

那天，他清早就搭一辆顺路的汽车到团里去汇报筑路工程。她以为他会住在团里一天，或者直接赶回连队去的。所以当他走进帐篷，出现在她面前，她意外得有些沮丧。

“你……怎么又回到山上来了？”

“我以为大家不会都回连队的呢，怎么就你一个人留下来？”

“我……看守东西。”

“山上又不会有贼，真是多此一举。”

“排长……排长说……需要留下一个人。”

他在大铁炉旁坐下了，看她一眼，然后摘下棉手套，一边烘烤，一边问：“于是她就指定你留下来？”她从他的语调中分明听出对排长郑亚茹的某种积压已久的不满，赶紧解释：“不，不是，是我自己主动要求留下的。”他沉默了。一会儿，朝她的铺位瞅了一眼，用商量的口气问：“可不可以……把你褥子底下的草分一半给我？”“当然，当然可以……”她走到铺位前，掀起了褥子。“我自己来吧。”他立刻站起，走到她身边，抱起一抱麦秸草，似乎觉得抱的过多了，又放下一些，说：“足够了，这就足够了。”

他抱着草转过身，目光在整个帐篷里扫视一遍，走到帐篷口旁堆放劈柴的一个角落，将草铺在地上，满意地点点头，扭头对她问道：“我就睡这儿，不……妨碍你吧？”

她没有立刻回答，也从自己的铺位上抱起一大抱草，铺在离火炉不远的地方，然后说：“你该睡在这儿，帐篷口很冷。”“不，我就睡这儿。”他在自己铺好的草上坐了下去，身子靠着柴堆，摆出一副舒适的样子。

“随你的便。”她一转身走到自己的铺位前，放下褥子，背朝着他坐在褥子上，从枕头下摸出笔记本和钢笔，开始写什么。“你还写日记吗？”听见他问，她抬起头来，侧转过身，发现他已将帐篷口那抱草抱到了火炉旁铺下，正坐在上面吸烟。“我从来不写日记，没事儿在纸上随便画……你别乱扔烟头，烧了帐篷我可要负责任的。”她合上了笔记本，重又压在枕头下。她和他差不多是面对面地坐着，之间距离不到三步远。她却一时找不到什么话对他说，连自己也感觉得出，自己的一举一动都极不自然。“有什么吃的没有？”他终于又问了一句。“有……”她从枕头旁拿起书包，从书包里掏出两个馒头，接着从兜里掏出小刀，将馒头细心地切成片，走到火炉前，放在炉盖上烤。

他显然是没吃晚饭，已经饿极了，几片馒头被他狼吞虎咽了下去。吃罢，脱了棉袄，往草上侧身一躺，将棉袄蒙头往身上一盖，似乎就要这么睡了。

忽然，他猛地掀掉棉袄，坐了起来对她问道：“有毯子吗？”她一声不响地从自己的褥子底下抽出毯子，递给他。他站起来，将毯子展开，搭在毛巾绳上。毯子成为一道“墙”，将他和她分隔开了。她站在“墙”这边，问：“有这种必要吗？”他站在“墙”那边，回答：“这样不是对你……方便些吗？”她将毯子拉下来，抛给他：“你盖在身上不是更好吗？”他似乎想说什么，但只张了张嘴，并没有说出一个字。他又躺下了，将毯子盖在身上。

她，将马灯的光亮拧暗，退回自己的铺位，缓缓地坐下，从枕头底下再次摸出笔记本，可是并没有打开，拿在手中一会儿，又塞在枕头底下了。她深长地叹了口气，双手捧着腮，郁郁的目光呆滞地凝视着炉膛内闪烁的火亮，脸上呈现出淡淡的忧情苦绪。

他朝她看了一眼，欠起身，盯着她的脸，低声问："你想什么呢？""我……真想洗次澡啊！"她回答，声音同样很低微。这句话是情不自禁地说出来的，话一脱口，她觉得自己的脸倏地火热起来。什么话呀！她追悔莫及。

他又缓缓地坐起来了。她窘迫地避开他的目光，垂下了头。他随即站起身，走到炉前，拨弄炉火，将炉火拨得又红又旺。他又走到柴堆前，抱了一抱劈柴，轻放在火炉旁，一块接一块地往炉膛里塞。塞满炉膛之后，他拿起脸盆，一声不响地走出了帐篷。一会儿，他从外面端进来一盆雪，倒进她刷干净了的那个大铁桶里。

"你……这是做什么？"她明知故问。"雪很快就会化。"他这样回答，拿着脸盆又走出了帐篷。他第二次从外面端进一盆雪倒进铁桶里时，她又问："为我？"他点点头。"我不会……"她本想说，"我不会当着你的面跳进桶里去的。"但出口的话却是："我不过随便说了那么一句，你别当真。""你不洗，我自己洗。"他大步走了出去。他一次又一次出出进进终于将铁桶里倒满了雪。雪在桶内渐渐融化着。他们都保持着沉默，仿佛各自想着心事，谁也不愿主动开口似的，目光也都尽量不去注意对方。不知过了多久，桶内发出了水热时的响声。终于，热雾弥漫，帐篷里的空气由干燥而潮湿了。他走到大铁桶跟前，一只手伸进桶内，试了一下水温，弯腰从铺地草上拎起棉袄，转身向帐篷外走。她倏地站起来，抢先几步走到帐篷口，回转身，面对面地拦住他，说："既然是你自己想洗，那么应该出去的是我。"他不回答，默默地盯住她的脸，分明用目光对她说："你心里是知道的，我并不是为自己，而是为你。别这样对待我真诚的好意吧！"在他这种目光的注视下，她不忍再与他僵持了，从帐篷口闪开了身子。于是他脸上浮现出一种战胜者颇得意的表情，一步跨到帐篷外面去了。她呆呆地站立着，心中忽然竟有些生他的气。

他在强迫我。他！

分明是的。我为什么要对他妥协呢？我这傻瓜！

然而要痛痛快快地洗一次热水澡的欲念竟那么强烈！她简直无法抗拒桶内冒着蒸汽的热水的诱惑。她情不自禁地走到桶前去，一个手指伸进水里泡了一会儿。水，热度正好。她挽起衣袖，整只手都伸进热水里去了。泡了一会儿，她感到自己的那只手，似乎溶解在水中了似的。

她忽然从桶内收回手，走到铺位前，开始急迫地脱衣服。衣服一件一件地从身上脱下来，外衣、绒衣、内衣……胡乱地扔在褥子上。

当她光着双脚，全身赤裸地站在地上之后，她一时间对自己产生了一种莫名的惊惧。马灯的昏黄的光亮，将她的身体涂上了一层枯黄色。她那线条优美的裸体的身影，被清晰地投射在帐篷的帆布墙上。看到自己的身影，她仿佛看到了可怕的魔怪，几乎失声惊叫，下意识地从褥子上扯起一件衣服，围罩在身上。同时，她那恐惧的目光，迅速朝帐篷口一瞥。

只有清冷的月光从外面洒进帐篷。仿佛只在这时她才发觉，周围的世界是多么宁静，一种神秘的宁静。帐篷里是多么暖和！炉火烘烤着她的身体，像夏日的阳光照耀着她。围罩着身体的衣服无声地落在地上了，像跳舞似的，她用脚尖走到铁桶前……

啊！在这个夜晚，在这座山林中，在这顶棉帐篷里，在一只铁桶内，颗粒状的陈雪融化、加热的水，浸泡了她七年没有洗过一次澡的身体。她瘫软在水中了。水没过她的肩部，头枕在桶边上，下面垫着毛巾——一次真正的“盆浴”！

她娴静地闭着眼睛，微微张开着嘴唇，双手交替地，动作极轻缓地搓洗着身体。好像生怕将水搅浑，生怕将一滴水溅到桶外似的。她从容地，不断地朝肩上、脸上、头上撩泼着水。

她真实地体验到人的一种似乎是极端快乐的享受。她快乐得想唱歌，想欢叫。“啊……”但是从她口中只发出了一种类似叹息，类似轻微的呻吟般的声音。她突然深吸了一口气，两臂抱着双膝，将头也沉没到水中了。她在水中潜了足有半分钟才冒出头来。身体贴着桶壁喘息了一阵，开始漂洗自己的黑发……

她洗了好久好久才恋恋不舍地出水。穿好衣服，在火炉边烤干头发，往褥子上仰面一躺，展放开四肢，她就一动也不想动了。她产生了一种奇特的感觉，好像自己的身体失去了重量，在空中漂浮着，比一根羽毛还轻……

她竟那样渐渐地睡着了。她睡了将近一个小时，身体感到冷了，才猛然醒来。哦！天啊！他……她一下子跳了起来，跑到帐篷外。月光之下，她看见他站在离帐篷挺远的地方，没有戴帽子，双手捂着耳朵，不停地跺踏着两脚。她呆住了。两人一同走进帐篷后，他首先走到炉前，将落架了的炭火拨旺，塞进炉膛几块劈柴，这才站起身，瞧着她的脸，问："洗得还好吗？"她很难为情地回答："好极了！"他，微笑了。那是非常亲近的微笑。他第一次对她流露出这样的微笑。她感激地望着他，说："如果今天夜里这件事，让连里其他任何一个人知道，不知会对我……和你，作何想法？"他那双也在瞧着她的眼睛里，有某种奇特的亮光闪过。他用平静的语调说："如果有第三个人知道，那么一定是你自己告诉这个人的。"停顿片刻，他又说："生活中有些事情，还是永远只有两个人知道的好。"他这句话使她的脸红了。他走到马灯前，要拨亮灯芯。"别……就这样，挺好。"她轻声制止他。说完这句话，她觉得脸上更加火热了。心，也无缘无故地急跳起来。她掩饰地拿起脸盆，走到铁桶边去了。"还是我来吧！"他走到她身旁，从她手中轻轻夺下了脸盆，说："你刚洗完澡，冷风一吹，会感冒的。""不，不，这……太过分了！"她要把脸盆从他手中夺回来。

他伸出一只胳膊挡住了她的手。

"难道都不给我一次报答你的机会吗？你曾救过我的命。"她知道他提起的是哪件事，低下了头，讷讷地说："可是，那一次……并没有危险……""难道那块石头果然塌落下来，我才应该对你说感激的话吗？""……""有些事情，只有过后思考，才会理解究竟意味着什么。"她慢慢抬起头，可一接触到他的目光，又立刻将头低下了，许久没有勇气再抬起头正视他一眼。他的眼睛，那一个夜晚好明亮！他不再和她说什么，开始一盆接一盆地往外倒水。当她坐在自己的铺位，他坐在草上，默默相对时，炉火旺起来了。她毫无困意。他分明躺下也是睡不着。外面起风了，帐篷帘被吹得啪啪响。"我们谈点什么不好吗？"他终于主动开口说，语调中带着恳求，仿佛此时此刻的沉默对他是一种难以忍受的折磨。她用勉强能令他听到的细小声音问："谈……什么呢？""你觉得，你们排长是个怎样的人？""这……你应该比我更了解她。""你为什么会这样认为呢？""大家……都是这样认为的。""大家？……""我们女排的姑娘们……"他忽然生起气来，大声说："可是我并不了解她。我曾想努力去了解她，却很难做得到。如果她是你，我相信自己早就了解她了……"她抬起头，吃惊地瞪着他："你……"他不容她打断自己的话，继续说："我是一个烈士的儿子，我父亲是在这块土地上牺牲的，我在生活中处处受到另眼相看，就是犯了错误也会得到庇护，即便做了蠢事也会得到原谅，但我厌烦这个！我是我自己，我要走我自己的生活道路。我不是烈士，我不过是烈士的儿子。可是她却经常对我说这样的话：‘你太不会利用你的政治资本了。你是一个政治上的浪费者！’而且摆出一副苦口婆心、谆谆教诲的样子，我不能忍受这种教诲！……”

她突然叫起来：“你不要再说下去了！”他顿时哑然了。“求求你，不要说了，不要对我说这些话，不要对我说到她，我不想听，我今天什么也没有听到……”她忽然双手捂住脸，侧转身，低声哭了起来。

他不能理解自己说的这些话为什么伤害了她，他怔怔地注视了她一会儿，站起来，慢慢走到她身边，握住她的双手，将她的双手从脸上移开。

她不肯仰起脸来，满怀苦衷地摇着头。他不放开她的双手，将她拉了起来。“不，不……”她仍在摇着头，想从他手中抽出自己的双手，但他将她的双手握得那么紧，那么紧。“我……我……我……”他的呼吸那么急促。她甚至清楚地听到了他的心在胸膛内怦怦地跳。“放开……我……”她呻吟般喃喃地说。她全身都失去了力量，她几乎要昏倒了。他终于放开了她的手，扶住她，使她慢慢坐下去。“我……我……也许，我是不该对你说……这些话……”他的语调中带有几分歉疚。

她将头垂得很低很低，交换地轻轻地抚摸着自己的手背。双手被他握得很疼，手背上留下了他的浅浅的指印。一滴眼泪落在她的手上，接着，又是一滴……自己的泪。

她感到内心里委屈极了。虽然他并没有伤害她。她紧咬着嘴唇，控制住自己没有放声哭出来。“我并没欺负你呀！”他的话显出急躁来。“别理我。我也不知道自己这是怎么了，过一会儿就好了。”她轻声说，抬起头看了他一眼，凄婉地一笑。他一动不动地在她面前站了片刻，猛然转身走开了，并随手拧灭了马灯。帐篷内黑暗了。黑暗中，她听到他在草上躺下去的声音。一声粗重的叹息之后，黑暗邀请来了寂静。她，也轻轻地躺下了。然而，她无法入睡。

一阵窸窣之声告诉她，他又爬了起来。炉中闪耀的火光，映照出了他的身影。他在拨火、加柴。他站起身，呆立了一会儿。他向她走来，在她的铺位前站定了。他，小心翼翼地替她盖上了被子，大概以为她睡着了。他……双膝跪了下去。她立刻闭上了眼睛，一动不动。凭直觉，她判断他正在俯视着自己。她的脸上感到了他的呼吸，男性的缓重的呼吸。这呼吸扑到她脸上，使她心慌意乱。然而她屏息静气，仍然一动也不动。她的双唇，却微微张开了，本能地要求承受某种接触……

竟什么事情也没有发生。她感觉到他慢慢地站起来了，轻轻地离开了她。又是一阵他重新躺在草上的窸窣声……

当她从沉睡中睁开眼睛，天已经亮了。炉火还在燃烧着，帐篷里依旧很暖和。她的毯子，盖在她的被子上面。他已经不在帐篷内了。她匆匆地穿好衣服，走出帐篷。昨夜下了一场大雪，松软的雪地上，留下了一行朝山下而去的脚印……排长郑亚茹和另外两个女知青跟车到山上来拉载最后一批物品。排长见了她的面，没跟她打招呼。她和她们共同往车上搬东西。

她并非由于过分敏感才觉察到，排长异常的目光不止一次地在她身上扫来扫去。“你昨天夜晚一个人留在山上怕不怕？”“睡得踏实吗？”另外两个姑娘在排长不注意她的时候，一人一句，几乎是同时问她。

问过之后，似乎并不想得到她的回答，相互交换着含意玄妙的微笑。她什么话都没有回答她们，只是默默地一件接一件地往卡车上搬装东西。装完车，两个姑娘钻进了驾驶室，她爬上了卡车车厢。“排长，你坐驾驶室吧？我坐车厢。”一个姑娘见郑亚茹还站在车下，打开驾驶室的门，对排长讨好，但又空卖人情，并未跳下来。“不，我要坐在车厢上。”郑亚茹说着，爬上了车厢，坐在她对面的一捆麻绳上。汽车开动了。她和排长虽然面对面地坐着，却谁也不瞧谁一眼。

当汽车在下坡的山路上减慢了速度，排长忽然开口问：“他昨天夜晚，和你一块儿在山上？”犀利的目光冷冷地盯在她脸上。不待她回答，排长又说：“雪地上留下了他的脚印。”和这句话同时说出的潜台词是：“你无法否认的。”她以同样的目光迎视着排长，只简短地回答了两个字：“是的。”也附带着一句潜台词：“那又怎样？”“他……和你……睡一顶帐篷里？”完全是逼问的口气，但吞吞吐吐。“山上不就剩一顶帐篷了吗？”她故意用反问的语气回答，并为自己作出这样的回答感到满意。“这一夜……你们是……怎么度过的？”“审讯吗？”“回答我，我有权利问你！你知道我和他是怎样的关系！虽然现在不像我们刚到北大荒的头几年那样……约束严格了，但对道德败坏的事连里还是要追查的！”排长羞恼了，语势中含着威胁。“无耻！”她冷冷地吐出了两个字。“你……”排长那张好看的脸扭歪了。她也被自己的胆量所震慑了，立刻将目光从排长脸上移开，茫然地瞭望着冬天的荒野和远山的银色轮廓。她内心里却感到一种从来没有过的畅快。汽车在公路上飞快地疾驰，她们时时被颠起来，碰撞在一起，彼此却再没说一句话……

回到连队，他几次迎面碰到她，都侧脸而过，不理睬她，严重地伤了她的心。一天，全连都在大食堂看电影，只有他一个人坐在连部守着电话，记录电话会议。她突然闯进了连部。他手里拿着电话机，吃惊地瞪着她。“我……我有话和你说。”“我在记录。”他生硬地回答。她扑到他跟前，一下子从他手中夺下电话听筒，使劲摔在桌上，大声嚷：“你……我恨你！”

“岂有此理！”他霍地站了起来。

她呆呆地站在他面前，胸脯剧烈地起伏着，嘴唇抖动着，目光盯着他，两只眼睛里渐渐盈满了泪水。那是从心底的感情之泉涌出的泪水。他不知如何是好了，张了几次嘴，才低低叫出她的名字：“晓芸……”他第一次在称呼她的时候将她的姓省略了。她猛地扑在他怀里，像一个受尽了委屈的孩子，放声大哭。“别，别这样……”他拥抱着她，抚摸着她。她却止不住自己的哭声。他冲动地双手捧住她的脸，疯狂般地吻她。吻她的嘴唇，吻她的眼睛，吻她的额头……他的双唇封住了她心中的泪泉。桌上的电话铃嘟嘟地响着。他冷静下来了，朝电话机看一眼，替她拭干眼泪，轻轻将她推开。她，也理智了，难为情地背转过身。“喂，是我。我守着电话机呢！刚才……一个家属，和丈夫吵架了，对，两口子吵架。我已经把他们劝走了……”他已经坐在椅子上，又拿起了听筒。她转过身来看了他一眼，扑哧笑了。他对她眨了眨眼睛。她凝视了他一刻，悄悄地退出了连部。第三天，他带着一队人到师部参加水利大会战去了。她，则留在了连队。一次长久的分离——两年半。通信是保持的，但仅仅几封，几封很短的信，他告知她水利会战的工程情况，她在信上对他讲述连队发生的种种事情……

再后来呢？再后来，再后来，再后来……

站在哨位上的裴晓芸，什么也不能够再回忆起来了。

水……

多热的水啊！

炉火……

熊熊的炉火！

她觉得自己此刻身在两年前大山林中那顶帐篷里，泡在那只大铁桶里，又潜没到雪化的热水中去了……

突然，她的两只眼睛异常明亮起来，她清清楚楚地看见他站在面前。不是别人，正是他！她的他！

啊！他到哨位来接她了。

她向他扑过去，紧紧地搂抱住了他。

“啊！亲爱的，亲爱的，亲爱的……水太热了，真烫啊！不，冷……我真寒冷啊！我眼看就要冻僵了！抱紧我，抚摸我，吻我……我觉得我的双唇好像两块冰一样冻在一起了，用你的嘴唇融化了它吧！吻我，吻我，吻……”

其实，她一个单音也没有发出来。

然而她感觉到了他的拥抱，他的抚摸，他的亲吻……听到了他的声音，像就是在她的耳畔喃喃絮语，又像是从相当遥远处，从太空对她呼唤：“晓芸，亲爱的姑娘！……”

她挺立在哨位上，像“六号坐标”一样。月光将她的黑色身影，投映在边疆大地银白色的底片上。

她面对黑龙江，大睁双眼，枪上的刺刀闪耀着寒光……

她脸上浮现着微笑……

“黑豹”像跑马场上进入亢奋状态的一匹赛马，以疯狂的速度跑回了连队，直奔知青大宿舍。它如猛兽般，撞开男宿舍的门，冲了进去。空无一人……它木立了一刻，腾跃起来，在空中返身，又蹿了出去，扑进女宿舍。女宿舍也空无一人……它在男女宿舍间窜来窜去，往返数次，发出呜呜的低吠。它彻底失望了，焦急地摇动着尾巴，站在大宿舍的过道走廊里，怒吼了两声。它发现了团部方向的火光，一动也不动了。突然，它箭一般向团部奔去……

在团部，在八百余名知识青年中，在十几堆篝火间，在物资库的救火现场，在每一处有人群的地方，这只狗横冲直撞，寻找着工程连的知识青年。

“嘿！这狗真肥，捉住它，捉住它！烤狗肉吃。”围聚在一堆篝火旁的几个男知青，四面围住了它。有的握着刀子，有的持着木棍，有的拿着石头。他们要结果它的性命，要剥下它的皮，要肢解它肌腱发达的身体，放在火上烤熟，吃掉。

他们是又冷又饿。

不知哪一个首先朝它扔出了石头，击在它头上。它嗷地叫了一声，向后退，而后胯上又挨了狠狠一棍。它摇摆了一下身子，栽倒了。他们立刻围上去，一个绳套套住了它的脖子，勒紧了，把它拖拽到一棵树下，吊了起来。求生的本能和兽性在这只驯良的狗身上勃发了。它侧头一口咬住了绳子，用锐利的牙齿将绳子咬断，从半空掉在雪地上。

他们又朝它围上去。它像一头真正的豹子一般跃起，扑向离它最近的一个人，它扑倒了他，朝他的脖子咬下去。那人用手一挡，它咬住了他的手。一声惨叫，它觉得自己从那只手上咬下了什么。它口中含着咬下的东西，龇着白森森的利牙，呜呜低吠，竖起了脖颈上的长毛，伺机再扑。

在痛叫声中，他们惧怕了，退缩了。两根手指从它嘴里吐在雪地上。它突破包围，向救火现场奔去。在那里，它在纷乱的救火人群中，第一个发现的是它的主人。他扛着一箱手榴弹从火海中冲出来，刚刚放在安全的地方，它立刻蹿过去咬住了他的裤脚不肯松口。他低头看见是它，骂了一声："滚开！"用另一只脚将它踢得翻了个身。

"工程连，跟我来，赶快扛手榴弹箱！"他大喊着，又冲进了火海。十几条人影跟随在他身后，也冲进了火海。"黑豹"又发现了小瓦匠，蹿上去咬住了小瓦匠的裤脚。小瓦匠蹲下身，拍着它的头说："'黑豹'，你到这里来干什么？你帮不了一点忙，去吧，去吧，回连队去吧！"它迷惑地松了一下口，小瓦匠挣脱裤脚，也冲进火海去了。"工程连的，组成人墙！"火海中，它辨听出了主人的大喊声。一道人墙隔立在火海之中。他们手挽着手，靠得那样紧密，火舌舔着他们的后背。更多的人在他们的掩护下去扛手榴弹箱。"黑豹"也想冲进火海去，但大火的烈焰令它害怕。它在大火外围来来回回地奔跑着，奔跑之中俯下头啃了几口雪。它突然又朝驼峰山上的哨位奔去……

刘迈克怀孕的妻子在家中期待着他。她安静地坐在炕上，一针接一针给未出世的孩子缝做小衣服。

孩子不会见不着父亲了。这将在北大荒出生的小生命，在她腹中轻轻地动弹呢！她为孩子而庆幸，也为自己感到了幸福。她那颗将要做母亲的心，此刻踏实极了。她内心充满了对生活的信赖和深情，也充满了感激。

听到狗叫声和狗爪子的扒门声，她愣了一下，放下手中的小衣服，下地开了门。门刚打开一条缝，"黑豹"就挤了进来，口中叼着一只棉手套。

"'黑豹'？"她从它口中取下手套，立刻认出，是裴晓芸的。在全连的女知青中，她和裴晓芸最要好。她是连队后勤班班长，裴晓芸曾是后勤班的唯一一个知识青年。缺少友谊的上海姑娘，把她当姐姐一样看待。

裴晓芸上岗之前，还背着枪来到她家里，笑盈盈地问她："秀梅姐，你看我像一个哨兵吗？"这只手套破了个洞，是她当时给补好的。

“黑豹”围着她转，咬住她的衣服，将她向外面扯拽。一种不祥的预感立刻遍布她的全身。她慌忙地穿上大衣，扎上围巾，跟着“黑豹”走出家门。她跑到马房，拉出一匹马，跨上马背，还没坐稳，就喝马朝驼峰山飞驰。来到哨位上，她跳下马，见裴晓芸朝她伸着双手，似乎在迎接她。她几步跨到裴晓芸身前，握住了她的双手，但立刻又缩回了自己的手。裴晓芸那只失去手套的手，像岩石一般硬！她呆住了。“晓芸，晓芸，晓芸……”她喃喃着。微笑依然呈现在裴晓芸脸上。“裴晓芸……”她嘶声大喊。泪水顿时蒙住了她的两只眼睛。她又向裴晓芸扑过去。可是……女哨兵颓然地、僵直地朝后倒了下去，倒在铺雪的大地上，恋恋地瞪视着夜空。“裴晓芸……”她扑在女友身上，泣不成声地呼唤着。“黑豹”发出一声悲怆的哀吠……

七

黎明的曙色从驼峰山顶显现出来了。隔夜间，驼峰山耀眼的银铠甲不知被暴风雪卷到这世界的哪一个角落去了，裸露出灰色的岩质的嶙峋峰体。北面半山坡，暴风雪推到一起的积雪，顺坡呈现着波浪般的层次明显的叠状，像一位巨人缠在腰间的衣裾。“六号坐标”仍然竖立得那么笔直，这大地的立体指南，被无数次的暴风雪和暴风雨挥发尽了体内代表生命的水分，由一棵树成为了一根枯杆。荒原上，鬼使神差地出现了一堆堆的雪堆，小则如坟，大则如丘。太阳也从驼峰山后面庄严而矜持地升起来了，在驼峰山巅滞停了片刻，仿佛有弹性似的，轻轻一跃，便悬在半空中了。灿烂的霞光普照大地，白雪闪耀着宝石一样的红色的柔和的光芒。

团部区域，一堆堆篝火已熄灭，但仍冒着袅袅的青烟。冬晨清新而充满冷意的空气中，飘漫着燃烧后松脂产生的特殊气味。十几辆马车、挂斗车、拖拉机，随心所欲地停在各处。昨夜没有卸套的马，身上披着霜，像古战场上的银甲马，舔着雪，猪一样地拱食着雪下的枯草。

在一片平坦的雪地上，苫布蒙盖着从火中抢搬出来的物资。桶、扁担、锨、镐，分类整齐地堆放着。

知识青年们，此刻都聚集在干部股、组织股、财物股……有纪律地办理返城手续。只有会议室空无一人，门敞开着，对流风横穿室内，将烟灰、烟头、烟盒、报纸刮落满地。小公务员在独自打扫着。他在履行自己最后的职务，他办理完了返城手续。

礼堂里，舞台上，并放着两张桌子，一摞摞的档案，将要在这里改变它们过去十年中的人格化的价值。今后它们记载些什么，那要由知识青年返城后的命运所决定了。

军务股长，郑重地坐在一张桌子后面。知识青年们在此办理最后一道返城手续——领取各自的档案。他要在他们的密封的档案袋上和准迁卡上盖章，这是他最后一次为他们履行职务。

他见人到的不少了，站起来，大声说："现在，我开始办公。首先，你们必须按照我的要求，分成两排。"说罢，他从侧梯上走下来，走到他们之中，指点着他们说："你，站到左边。你，站到右边。你，左边。你，左边。你……也左边去。你，右边。左边，左边，右边……"

他们很快被他分成两排，一排人多，一排人少。他环视着两排人，说："左排优先办理。"他把"优先"两字说得很重。说罢，一转身大步朝台上走去。"你这是什么意思？有没有个先来后到了？我早就在这里等候你办公了。"右排中，有谁嚷叫起来。"对！说清楚。""别以为公章在你手里握着，就可以独断专行！"……右排的人附和着，抗议着，甚至威胁着。军务股长在舞台侧梯上站住了，缓缓地转过身，目光盯向右排，用冷峻的语气说："你们睁大眼睛，看看左排的每一个人，然后再互相看看你们自己！"

右排的人，将狐疑的愤愤不平的目光投向左排——他们的脸，一个个都是黑的，肮脏的。还有带着伤痕的。他们的裤筒、鞋上，挂着水湿后冻结的冰。他们的衣服上，这里那里尽是烧破的洞……他们的样子都是那么狼狈不堪。

右排的人，一个个显得比左排的人更加狼狈起来，他们互相一看就明白，他们昨夜没有救火。

这是一种对比明显的排列组合。弟兄、姐妹、好朋友、同班同排同连队的，彼此有着各种关系的知识青年，被这种排列组合分隔开了。右排的人不得站到左排去，左排的人绝不会愿意站到右排去，他们只能面对面地望着。

在这种默默的持续的对望中，股长站在台上又大声说："我要求你们保持肃静。如果有谁大叫大嚷，我提议你们，就将他轰出去！"他在办公位置坐下了，拿起一张卡，一字一字地念道："一连……李庆丰……"右排的人，谁都无法经受等待的寂寞和左排的注视，他们先后退出了礼堂。退出时，每个人都低垂着头，脸上不无惭愧。

左排的人，他们保持着一种持久的，近似庄严的肃静。连咳嗽声，都是控制着的，没人交谈。熟悉的也罢，陌生的也罢，他们用目光彼此表达着淡微的敬意和……庆幸。此时此刻，他们昨夜自发的救火行动，受到这种特殊形式的重视，他们怎能不感到莫大的欣慰？一有人走入礼堂，他们便纷纷将目光投射到那个人身上。如果他或她身上，和他们有相似之处，他们便点头致意，打手势叫他或她排到队列中来。如果他或她的脸不是黑的，衣服是完好无损的，他们的目光，便是他或她怯于正视，难以承受的。那种目光是极其复杂的，内含着质询、谴责、惋叹，甚至包含着同情。

他或她如果不是反应迟滞的，就会意识到什么，愧然退出。

站在队列中的小瓦匠，瞧着那些领到准迁卡和档案的人欢天喜地的样子，心中产生了一种淡淡的忧郁和不满。他认为他们不应是这种样子离开，应是怎样呢？……他自己也不知道。

他觉得需要和别人交谈一下，随便交谈些什么，心情才会轻松点。于是，他问身旁的一个小伙子："你是哪个连的？"

"三连的。"对方好像也和他有同样的需要。

"你们连……也都走光了？"

对方肯定地点点头："文书、会计、卫生员、小学教员……三十几名知识青年，一锅端。"

"哪年来的？"

"我？六八年。六月十八日，正是'六一八'指示那一天到的北大荒。我们问带队的，毛主席对兵团的指示才传达下来，你们怎么会提前一个多月在对我们宣传动员时，就打出了兵团的旗号呢？带队的回答：'宣传是为了目的嘛！'他居然不怕落个编造主席指示的罪名！"

"那你是第一批到北大荒的了？"

"当然。我们那一批是北大荒的知青元老！我们都是自愿报名的。我报名后一直瞒着父母，到临走的前一天才告诉他们。母亲哭闹得天昏地暗，可我还是走了……我是独生子。后来想返城也回不去了。你呢？哪一年？"

"七一年。"

"'一片红'那一年？"

"是的，当时我母亲正瘫痪在床上，街道上山下乡动员组的人，有天敲锣打鼓将光荣花送到我们家。我和弟弟说：'我们没报名呀！'他们说：'没报名也批准了！’”

“‘一片红’，‘一片红’，从城市走得干净，也从北大荒走得干净……四十多万啊！不知道留下来的会有多少？”

“想不到，我们会是这么离开的。别的都不讲，就拿我们团来说，全团百分之九十的农机具手都是知识青年，都走了，怕是今年开春连小麦大豆都播种不下去……仔细想想也真有点觉得对不起北大荒！”

“是啊，政委还说要给我们开欢送会呢，我看还是不要开的好。”

小瓦匠忽然看见弟弟走进了礼堂，弟弟身穿一件军大衣，军大衣过肥过长，弟弟穿着太不合适。脸，弟弟的脸——是清洁的。为什么是清洁的？！为什么不是肮脏的？！

他自己，他们所有这些脸上肮脏的人的目光，都投射到弟弟身上。小瓦匠心中替弟弟难受极了！他将身子转过去了。可是弟弟已经发现了他。弟弟不理会投射到身上的那些目光。弟弟向他走过来，走到他身边站住，轻轻叫了声：“哥……”大家默默地注视着他们兄弟二人。小瓦匠猛地转过身，吼道：“别叫我哥！”弟弟吃惊地不解地瞪着他。“你……你不是我的弟弟，你给我滚出去！”“我……”“我揍你！”小瓦匠猛地抓住了穿在弟弟身上的军大衣的领口。

刚才和他交谈的那个小伙子，用胳膊架住了他挥起的拳头。他使劲一推，弟弟跌倒在地上。那小伙子上前扶起了弟弟，看了当哥哥的一眼，对弟弟说：“现在办理手续的，都是昨天夜里救过火的。你……过会儿再来吧。”

弟弟的眼睛呆望着哥哥，一只手，一颗一颗地解开了军大衣的衣扣。肥大的军大衣，从弟弟瘦而窄的肩头落到地上。弟弟完全变成了另一副样子，棉袄面和棉花差不多烧光了，穿在身上的不过是破棉袄里子。裤子，膝盖以上烧得和棉袄一样，一条包皮电线穿着裤里，勉强将棉裤吊在皮带上……

小瓦匠怔住了。所有的人都怔住了。

弟弟那双瞪着哥哥的眼睛，渐渐充满了委屈的泪水。

军务股长不知何时停止办公，从台上走下来，走到了弟弟身边。他捡起军大衣，拍去灰土，轻轻披在弟弟肩上，说：“这是马团长的大衣吧？”

弟弟点了一下头，嘟哝：“他命令我穿的。”

“快穿好，别冻着。”军务股长的手搭在弟弟肩上，目光却责备地看着当哥哥的。

小瓦匠走到弟弟跟前，像给小孩子穿衣服一样，将军大衣穿好在弟弟身上，替弟弟扣上了纽扣。

“跟我来，我现在就给你办理手续。”股长拉住弟弟的一只手，和弟弟一块走上了舞台……

党委办公室里，政委孙国泰背对着曹铁强和郑亚茹，用极低极沉重的语调说：“你们可以走了……”

隔夜之间，他苍老了那么多！两眼网满了血丝，脸上的每一条皱纹都加深了。

悲痛像一双无形的大手，挤压着他那颗在战争年代、在艰苦的农垦创业时期，锻炼得非常刚强的退伍老战士的心。

有不少人为开发和建设北大荒献出了生命。这些人的名字有的他还铭记着，有的他已经忘却了。将身躯埋葬在北大荒土地上的知识青年，也绝不只两个。但昨夜两个知识青年的死，在他心灵中造成的却是一种混合着负罪感的悲痛。

他们死了。一个上海姑娘和一个哈尔滨市的小伙子。一个三十一岁。一个二十五岁。一个，还没有结婚，没有来得及成为妻子，甚至也许——还没有来得及爱过。他这样猜想。另一个，撇下了年轻的妻子，和妻子腹中还没有出世的儿子，也许是女儿。一个，刚被连队团支部讨论通过为共青团员不久。但不知为什么，团里还没有正式批准下来。这些共青团团委的干部们！在他们看来，批准一个共青团员，似乎比批准一位中央委员还要严格！而另一个，迫切要求加入党组织而生前并没有成为一名中国共产党党员，却仅仅是由于他自己随口说出的一句话：“对于像刘迈克这样的知识青年的入党问题，审查要严，考验要久。”

一句话使工程连党支部三次呈送到团里的发展党员的报告，都被团组织股长长久地压了下来……对于当年的团警卫排长，他的成见是那么深！在今天以前是那么难以改变……

对于他们的死，谁来承担责任呢？是暴风雪？还是昨夜的混乱？是团长马崇汉？还是他们的连长和指导员？或者是……他自己。作为政委，他觉得自己有推卸不掉的责任。责任……即使每一个活着的人都愿意承担什么责任，甚至处罚，他们……也还是丧失了生命。

一个死得……悲惨，一个死得……庄严。一个死得……英烈，一个死得……神圣。一个的死，换得了可见的代价；一个的死，升华了兵团战士的称号……

曹铁强和郑亚茹一齐走进党委办公室，便一言未发。刘迈克和裴晓芸的死，使他的心由悲痛而麻木了。是郑亚茹回答了政委提出的一切问题。政委问一句，她回答一句。

郑亚茹见政委不再问什么，缓慢地站起身，朝外面走。她走到门口，站住了，忽然扑在门框上，哇地一声大哭起来。老政委走到她身边，低声说："坚强些。"郑亚茹突然扑到曹铁强跟前，双膝跪地，痛哭着说："我有罪啊！会议的内容是我泄露的，混乱是我造成的。刘迈克的死，是我造成的。裴晓芸的死，也是我造成的！我……我没有指定人换她的岗……我……"她突然跳起来，疯了一般冲出党委办公室。

曹铁强一下子伏在桌上，额头抵着桌面，双拳不停地狠狠地擂着桌子。不久，一声呻吟才伴随着他的哭声爆发出来。"我……我为什么不早一天明明确确地告诉她……我……是爱她的……"这句话像是从他破裂了的心灵迸发出来的，带着心灵伤口的血。

老政委这才真正理解，知识青年连长的悲痛，远比自己预想的要巨大得多！可是，他却找不出一句话来安慰这年轻人，让这年轻人痛痛快快地大哭一场吧！

他走出了党委办公室，站立在门外。泪水这时才从他眼中淌出来，溢满了脸上深深的皱纹中。见两名团委的干部远远朝他走来，他掏出手绢擦了擦眼睛。

"政委，你派人找过我们？"他们走到他跟前，低声问，表示出他们以往对他的尊敬并未丧失的样子。他问："你们的返城手续办理完了？""办完了！"他们仍然低声回答，就像他所问的是某件工作。他眯起眼睛，注视了他们一会儿，极平静地说："既然你们的返城手续办完了，那么，我现在就有理由宣布，解除你们共青团组织者的一切职务。"他们互相看了一眼，以为政委派人把他们找来，就是为了当面向他们宣布这一点。他们缓缓转过身，各自怀着复杂的心情要离去。"等一下。"政委叫住他们。老政委又说："我以团党委的名义命令你们，在正式移交共青团组织工作之前，批准工程连上海知识青年裴晓芸为中国共产主义青年团团员。"两位共青团的干部又互相看了一眼，同时点点头。"我的话还没完。"当他们第二次要离去时，老政委又把他们叫住了，接着说：“所有本连队团支部已经通过的知识青年的入团志愿书，我都要求你们在移交工作之前，全部批准，并代他们办理好组织关系，交给他们本人，不许有任何差错！”

……

办理完了最后一道返城手续的知青们，有些一拿到档案和准迁卡，就迫不及待地赶回连队去了。他们需要筹划种种返城的准备。更多的人没有回到连队去，仍留在团部，他们要等待开欢送会，因为这是老政委说过的。他们并不希望为他们召开多么隆重多么有场面的欢送会，他们只是希望在离开北大荒之前，有人能够代表北大荒对他们说些什么。他们每个人都很想通过一种仪式，哪怕是最简单的仪式，集体向北大荒告别。有没有这样的仪式，对他们来说，并不是无所谓的。

此时此刻，他们对北大荒是怀着一种由衷的留恋之情的。或者换一种说法，他们是对他们的青春，对他们当年的热情，对他们付出的汗水和劳动，对他们已经永远逝去的一段最可宝贵的生命，怀着由衷的留恋之情。

留恋，但却要离开，多么矛盾啊！但这是时代的矛盾在一代人身上、思想上和心理上的折射。谁不能客观分析我们过去了的那个时代的矛盾，不能得出正确的结论，便无法理解他们将要离开北大荒时的复杂心情，无法理解他们对北大荒那种眷眷的留恋。

除了工程连的少数几个人之外，他们都还不知道，就在昨天夜里，有两个知识青年长眠了……

九点整，团部的广播喇叭传出了集合号声。各个连队，在礼堂外的广场上排好了队列。

礼堂的门，从里面缓缓打开了。

他们一进入礼堂，都惊诧得呆住了。首先映入他们眼中的，是一条横幅挽幛——知识青年刘迈克、裴晓芸千古！老政委臂戴黑纱，肃穆地站立在舞台上。他望着大家，用流溢着感情的目光望着大家，许久才开口说道：“兵团战士们，这是我最后一次这样称呼你们了！我相信，今后，在许多年内，在许多场合，这个称呼，将被你们自己，也被别人，多次提到。这是值得你们感到自豪的称呼，也是值得和你们没有共同经历的同代人、下几代人充满敬意的称呼。虽然，你们就要离开北大荒了，生产建设兵团的历史，结束了，但开发和建设边疆的业绩并没有结束，也是不会结束的！我代表北大荒，要大声对你们说，感谢你们——兵团战士们！因为你们，在北大荒的土地上，留下了垦荒者的足迹！因为你们，十年内打下过何止千百万吨的粮食！因为你们，今天是要回到城市去，而不是，要跑到黑龙江的那一边去！我相信，今后在全国各个大城市，当社会评论到你们这一代人中最优秀的青年时，会说到这样一句话：'他们曾在北大荒生活过！'"

无数双眼睛，一眨不眨地注视着老政委。

老政委那般激动！

他接着说："我昨天答应你们，要为你们开欢送会。我真心实意地想到，要像你们当年被欢迎来北大荒一样，敲锣打鼓地欢送你们离开北大荒。你们是有功绩的，虽然，这功绩不见得会被书写在历史上，但它是会被历史所公正地承认的！十年中，有不少知识青年，为北大荒献出了生命。就在昨天夜里，你们之中的两位知识青年，你们的两位兵团战友……你们要永远铭记他们的名字！他们叫……刘迈克……裴晓芸……北大荒将永远怀念他们……"

老政委垂下了白发苍苍的头。

所有的人，都垂下了头。

广播喇叭传出了哀乐声。

曹铁强、小瓦匠和工程连的两名战士，抬着用白布罩起的自己兵团战友的遗体，从外面缓缓地走入礼堂，走上舞台，将战友的遗体，轻轻地平放在桌子上。放得那么轻，像怕惊醒了他们的睡眠。

"大家，向烈士告别吧！"

老政委的话音刚落，立刻有人失声哭了起来。哭声响成一片！

这些知识青年们，在近几年中，为领袖，为敬爱的周总理，为朱委员长，为许许多多老一辈革命家的逝世，如此痛哭过。今天，为两个知识青年，为两位兵团战友，他们又一次痛哭了……

数百人组成的送葬队伍，没有戴黑纱，没有戴白花，连一只花圈也没有抬着，从礼堂出发，沿着团部大道，缓慢地走向驼峰山。

镐头刨开了冰冻得铁一般硬的土层，一把铁锨，在数百人手中传递着。北大荒的土，掩埋了两个知识青年。北大荒的土地上，又堆起了，也遗留下了，两个知识青年的新坟。

排枪响了三次。

这是工程连的战士们，遵照连长曹铁强的话做的安葬仪式。裴晓芸这个刚刚被批准为战备分队战士的上海姑娘，生前还没有机会放过一枪。排枪声震动了穹空，三次回音在驼峰山谷之间回鸣，绕着山峰，长久不断地延续。

像一支黑色的箭从半山腰的哨位上朝这里射来的——是“黑豹”……

郑亚茹没参加安葬，她没有勇气。她独自一人来到石锦河边，坐在一棵树干曲扭的大柳树下。她的头脑很乱。准迁卡和档案袋放在书包里，书包背在身上。但回到城市去，还是留下在北大荒，她内心充满了矛盾，犹豫不决。而容许她进行选择的时间，竟是那么短，那么紧迫。

这里静悄悄。每次到团里来开会或参加干部集训学习班，她一有空就喜欢独自到这里来，消磨一点余暇，无论冬夏春秋。老柳树昨夜之前缀满树挂，像一株巨大的银珊瑚。冰冻的河在暴风雪前如镜子一般光洁。这里曾令人留恋忘返。然而暴风雪一夜间将这里的美好彻底破坏了。老柳树的枝条光秃得像丑怪的豪猪，河面被苍凉的厚雪所覆盖。望着驼峰山蜕了一层皮似的山峰，她对自己今后要走的人生道路那么茫然。

她明白，自己站在一个十字路口。

在昨夜之前，她对自己的生活之途充满信心。她是全团仅有的三个女知识青年提拔起来的正连职干部的一个，是唯一的一个知识青年团党委委员。在全团培养团一级青年干部的名单中，她是名列第一的。虽然，她也同许多知识青年一样，对城市，对城市生活，时时产生情不自禁的眷恋。但更多的时候，她是压制着这种眷恋，不像别人那样随时随地流露出来。她不，她从没如此过，她不允许自己那样。在对种种离开兵团的途径和去向都思考过，对比过，暗中尝试过之后，她曾放弃了返城的念头。只要默默耕种，总会有收获，她相信这一点。谁知再过十年之后，她不会成为生产建设兵团的女团政委，甚至女师政委呢？那时，她也不过才人到中年。那么再过十年呢？她五十岁的时候呢？生产建设兵团总部的领导们，是部长级，是大军区级。一切都非梦想，一切都不是不可能。一切都只有留在兵团，留在北大荒才会实现。在任何一座城市里，都不会为一个二十九岁的女青年创造这样的条件，提供这样的机遇。可是突然她和所有知识青年一样，被推到了走与留的十字路口。她根本没有来得及思考，就做了后一种选择，甚至可以说，不能算是一种选择，而只是一种身不由己的盲目的附随。后悔了吗？也许是的，的确是的。返回城市之后，她和全团八百余名知识青年，和几千、几万、几十万、几百万、全国几千万知识青年的命运，还会有什么不同？城市会像久别的情人一样张开双臂拥抱她吗？待业、临时工……她能够心平气和地忍受这些吗？不错，父母会尽快为她安排一个较理想的职业，在这一点上，她可能会比别的知识青年幸运些。以后呢？结婚，生孩子，贤妻良母加先进生产者。在北大荒的种种荣誉和资本，都将是过了时的纪录。一切都得从新的起跑线上再次开始。对于这种人生途程上的竞赛，她已经感到疲倦了。她已经竞赛了整整十年啊！……何况，她已经二十九岁了，一个老姑娘。城市对于一个二十九岁的返城的姑娘，绝不会是含情脉脉的。她不由得想到了曹铁强，想到了十年来她和他之间的关系。她是爱他的，现在仍爱，可以对天盟誓！可是，他究竟为什么不爱她呢？她至今不明白。他一度曾想把爱情双手奉献给她，在这一点上他并没有欺骗她。她自己也不是一个容易感情迷乱，容易被装虚作假的人所欺骗的姑娘。不，不，他不是一个玩弄姑娘感情的人！尽管她已永远不可能获得他的爱情了，她却不能够允许自己诋毁他，不能够允许自己诽谤她和他之间过去的，那种似爱情，然而又被什么东西与爱情所分割的关系。

爱情曾经环绕在她身边，她却没有捕捉住。她那么希望和企图获得，但终于还是失去了。他把爱情给予了别人，给予了一个在自己看来完全没有可能得到的姑娘，却真实地甚至可以说慷慨地给予了！

是生活本身犯了错误？是他错了？还是她自己错了呢？错在哪里呢？

大前年探家的时候，她就开始意识到，她和他的关系中出现了最严重的一次“危机”。可是，他们并没有发生争吵啊！应该说，那一次探家还是很有收获的。她温柔地哄劝他，恳求他，甚至要了一些小小的计谋，编造了种种借口，领着他一家又一家地登门拜访自己父亲的老战友、老领导、老下级，从省军区司令员到某某副市长，从某某局长到某某区长。不错，都是纯礼节性的拜访。但这种纯礼节性的拜访，难道不是可以积累成亲近的感情吗？难道与这些人物之间缔结下的感情韧带，可以被愚蠢地认为是没有必要，没有意义，没有价值的吗？白痴才会那么认为。不论任何一个人，要生活得比别人更充满自信，要实现比别人更大的作为，要在同代人中出类拔萃，都必须在生活中借助别人的力量。谁的生活能摆脱得了在社会上的傍依性？谁？即使非凡的人物。何况，她仅仅只是为了她自己吗？难道不也是为了他吗？不是为了她和他共同的将来吗？！

如果是在这一点上他不理解她，轻蔑她，鄙视她，他是公正的吗？将来总有一天她要寻找机会质问他的，她要和他辩论明白的。他可以不爱她，但她有权要求回答。她不能既失去了，又糊涂着啊！

她又想到了团部卫生院的主治医生匡富春，收到他从哈尔滨医科大学寄给她的第一封回信，她当时多么惶然！从那封信的字里行间，她看得出来，他被她深深地感动了，他对她充满由衷的感激之情。感激一个不相识的姑娘对他的经济资助和真诚勉励。而她给他写信，寄给他拾元钱，不过是出于和曹铁强赌气！而且，过后她就把这件事忘了。既然收到了回信，就不能不认真对待了。那太卑劣了！几经犹豫和思考，下个月她又给他寄出了一封信和拾元钱。当然，她又收到了回信。复信，寄钱，复信，寄钱……感激之词和"希望你刻苦学习"一类话语在来往书信中渐渐被剔除了。她觉得寻找到了一个可能向对方倾吐自己内心许多忧烦苦闷的人。她也体验到了被别人信任，由信任而得到一种友情，同时给予别人信任，给予别人友情是生活中一件多么美好的事！他在信中表示，盼望和她早日相见一面了。

在又一次探家期间，他们相见了。假期结束，他送她上火车时，郑重地交给她一封信，他向她求爱了。那正是她和曹铁强之间的关系令她最苦恼最绝望的一段时期。她站在列车两节车厢的过道，背着陌生的人们哭了一场。一返回连队，她就给匡富春写信。在信中告诉他，他上医科大学的机会，当初差点被她所断送。告诉他，她曾热烈地爱过另一个小伙子……她是怎样地盼望着他的回信啊！不久便收到了回信。信纸上只写了一行字：因为你是一个如此坦率的姑娘，所以你便值得我爱。……

今天，她不禁向自己发问：我爱他吗？究竟爱他到什么程度呢？

他是卫生院受人普遍尊敬的医生，长得也不错。和曹铁强比较，一个英俊，一个文秀。他爱自己的职业不亚于爱她。他比曹铁强能够理解她，虽然不见得事事赞同她。

只有他，才能医治曹铁强在她心灵上造成的爱情伤痕。只有他，才能在她心目中和曹铁强并列。也只有能够和曹铁强并列的人，才能在她心目中取代曹铁强，才能最后占据她的整个心！她心目中是有一种被别人整个占据的愿望的啊！

我为什么要想到爱情？在这里，在这个时候？她又抬起头向驼峰山看去。那里，在进行安葬，而我坐在这里……多么可鄙啊！"留下，还是离开，我必须在半个小时内做出最后的决定。"她看了一眼手表，从雪地上抓起一把雪。雪的冰冷的刺激，使她打了个寒战，也使她的心绪稳定了些。“在半小时内，如果我手中的雪还没有融化，我将离开……如果融化了，我将留下……”一滴雪水顺着她的指缝慢慢淌着，终于滴落在雪地上，在雪壳表面冻结成一颗小珍珠。不到十分钟，她手中的雪便融化尽了。手，太热了。留下？……八百余名都走了，四十几万都走了，自己留下来？选择和大多数人背道而驰的生活之路，别人的经验告诉她，那是太冒险了！一个孤独的女知识青年，难道还要在北大荒经历无数次像昨夜那么猛烈的暴风雪？！

不，不，不！那太可怕了。何况，此后她的双脚踏在这块土地上，心灵会感到时时不安宁的。因为，这里埋下了刘迈克和裴晓芸，在今天。一想到这一点，她的心像是被放在炭火上烧烤着。她同时想到了不久前的一件事：连里有天突然收到了兵团总部的公函，上面用打字机打着十几行字——所谓裴晓芸的母亲是外国特务的疑案，纯属“四人帮”对爱国归侨的政治迫害。她父亲的政治问题，也获得彻底的平反昭雪。她在国外的姨父母，要求批准她到国外去继承遗产。如本人同意出国，连队要举行欢送会。欢送会作为一项政治任务，必须举行……

当把公函给裴晓芸看时，裴晓芸哭了。“我在国内一个亲近的人都没有了，我需要亲人！”凭裴晓芸的这句话，郑亚茹主持召开了欢送会。她是这样说开场白的：“今天，我们为裴晓芸女士，召开出国欢送会。我们希望，裴晓芸女士到了国外，能够做一个红色资本家。这就算我代表全连对裴女士的临别赠言……”这开场白是用笔起草过，背过的。为什么要用“女士”这样的称呼？话中有没有讥刺和嘲讽？她无法否认这一点。

她讲完话之后，裴晓芸站起来说：“我需要亲人，需要关心我爱我的人，但我不愿离开祖国，不愿离开北大荒！我相信在北大荒我会寻找到关心我爱我的人……”说完，便离开了会场。

欢送会没开成，人们纷纷散去，最后只剩下了她和曹铁强。曹铁强瞧着她，想说什么，却什么话都没说，只是摇了摇头，也撇下她走了。就是从那一天，她意识到，她不但失去了爱情，同时，也失去了友情。他对她责备的话都不愿说了。

想到这件事，郑亚茹站了起来，匆匆朝团部走去。她要去找匡富春。她下了走的决心。“没有十字路口，”她在心里对自己说，“对于我，只剩一种选择，离开北大荒。”她明白，曹铁强是不会离开北大荒的了。在昨夜以前，她和他既是领导着一个连队的两个合作者，又是生活道路上的两个竞争者。就像运动场上的两个竞走运动员，比的是在北大荒坚持下去的耐力和毅力。只有爱情才能改变他们之间这种关系，而爱情早已在他们之间死亡了。剩下的，只是怨恨，也许更甚，是仇恨。难道有谁可以原谅导致他所爱的姑娘死亡的人吗？即使他亲口对她说出原谅的话，她也不能相信。即使她相信了他，她也不能饶恕自己。离开，离开……绝不留下……要和匡富春一同离开，和匡富春一同。走在半路，她忽然放慢了脚步。她终于……站住了。她终于……转变了方向，她朝驼峰山走去。

她来到了埋葬刘迈克和裴晓芸的地方。她久久地站立在两堆新坟前。她在雪地上跪了下去。她用双手扒开积雪的硬壳，扒得露出了地面，十指在地面上使劲抠着。扒开的雪接受到阳光，化了。坚硬的地面潮湿了一点儿。她终于抠起了极小的一捧土。指甲裂了，十指鲜血淋淋，她却并不觉得疼。她双手捧起这一小捧土，缓缓地站了起来，虔诚地将土分撒在两座坟头上。

她在心中乞求："刘迈克，裴晓芸，你们饶恕我……"

团部紧急会议的内容，是她透露的。会前，马团长找她单独谈了一次话，指示她开会时要首先发言，表明态度，并答应她，如果想离开北大荒，全部手续包在他身上。趁团长出去了一会儿，她急忙抓起电话，将关系到知青命运的这一重要情况，告诉了在水利连当文书的表姐，敦促对方赶紧采取对策……

当她转过身准备离开时，发现曹铁强站在几步远处，正望着她。两人默默地对峙了片刻，她迎视着他的目光，向他一步步走去，走到他面前，说："你惩罚我吧，我请求你……"他摇摇头："不，我的拳头从来也没有落在悔过的人身上……""打我吧，打吧，打呀！我求你……"泪水从她眼中流了出来。"不，我不能够……我知道，你是要离开的了。希望你，今后在回想起，在同任何人谈起我们兵团战士在北大荒的十年历史时，不要抱怨，不要诅咒，不要自嘲和嘲笑，更不要……诋毁……我们付出和丧失了许多许多，可我们得到的，还是要比失去的多，比失去的有分量。这也是我对你的……请求……"他说完这番话，注视了她良久，一转身大步走了。

她望着他的背影，又回头望着两堆新坟，双手缓慢地抬起来，捂住了脸……

老北大荒人的女儿躺在团部卫生院的病床上，面如白纸。昨夜，她骑马驮着裴晓芸狂奔到团部，半途便在鞍上流产了。马到卫生院门前，她便昏了过去，滚落地上……

她在流泪，为失去了没出生的孩子和女友而流泪。在情感和心理方面，她都已具有了细微悱恻的母性的特征。而此种从未承受过的悲痛，像轰击宇宙的大雷电，猛烈地横扫着她的内心世界。

工程连的知青们来到了卫生院里。他们在走廊里被医生匡富春拦住，不许他们进入病房。

“我只能允许两个人进入病房。”他双手插在白大褂的衣兜里，用没有商量余地的口吻说，“其他的人，都请自觉到外面去。”仿佛他是一位国王，而这里是他的宫殿。

“连站在病房门外看看也不行吗？”有谁嘟哝了一句。他没有回答，朝贴在墙上的“病房秩序”翘翘下巴。小瓦匠大声说：“这是什么时候，还来这一套？”他看了小瓦匠一眼，回答：“现在正是我值班的时候，我是医生，我在尽着我的责任，履行我的职权。”大家都无可奈何地望着曹铁强。曹铁强说：“那么请允许我进入病房。”匡富春上下打量着曹铁强，认出了他。小瓦匠赶紧从旁说：“他是我们连长。”又对曹铁强说：“连长我和你一块儿进去吧？”曹铁强点了一下头。匡富春闪开了，对两人说：“十分钟。我看着表。提醒你们，不要谈到那个对她很不幸的事件。”“大家，就都……这么走了吗？”

当曹铁强和小瓦匠走入病房，走到秀梅的病床前，她这样问，含泪的两眼望着他们。“不，不是都走。我留下，我不走。”曹铁强说，“大家都要来看你，被医生拦住了。”“连长，我谢谢你。迈克有个知青做伴了。”秀梅说，又问，“他为什么不来看我？他在哪里？我多么需要他来看看我……”曹铁强情不自禁地握住她的一只手：“他在做着很重要的事情……他要我对你说，别因此生他的气。”秀梅微微地笑了一下，将脸转向小瓦匠，友好地说：“小瓦匠，回到城市里，别忘了给我和事务长写信，要经常写信，不然他一定会对我骂你的。他对你像对亲弟弟一样……”

小瓦匠紧紧地咬住嘴唇，点了点头。

……

卫生院的值班室里，郑亚茹和匡富春之间，也在进行着一场谈话。

他问：“你的返城手续全办好了？”

她点了一下头，反问：“你呢？”

他摇摇头。

“为什么？为什么还不去办理？”

“我……当初的决定，在今天，也还是没有改变。”

“你……别跟我开这样的玩笑，我怕，我怕从你口中听到这样的话！”她望着他的那双眼睛瞪大了，眸子里闪现出恐惧。

他摇着头：“不，不是玩笑。”

“你……你怎么仍不改变你当初的决定？你不能这样，这太轻率了，你将后悔一辈子的！”她扑到他跟前，双手死死地揪住了他白大褂的衣襟。

他理智地分开她的手，退后一步，抚平白大褂，说：“也许会的，但那肯定是将来的事。可现在我还没有后悔，所以我还不能动摇我的决定。是兵团送我上了医科大学，是兵团为我创造了从事医生这一职业的条件。毕业的时候，我本来有可能留在大学。只因为我想到了这一点，我才回到北大荒。回来之后，我多么希望在我所生活的北大荒的这一片土地上，会盖起一所很像样子的医院。现在，这样一所医院盖起来了，我对这里的条件感到满意。我时常因为意识到自己是这所医院里很重要的一名医生而感到自豪。更重要的是，我对这所医院里的一切都产生了感情……”

“不，不，我不听！我不听这些！……”她绝望地叫起来，双手捂上了耳朵。

看了她一眼，他接着说：“你不要捂上耳朵，你应该听，否则，你无法理解我……昨天夜里到今天上午，我一直在值班。当我巡视病房的时候，我从病人们的眼中看出，他们都希望用那种默默的目光挽留住我，我被他们感动了。我忽然问自己，我究竟为什么要离开这里，离开我的病人们回到城市去？一个医生不是应该在最需要医生的地方起作用吗？难道北大荒不是全中国最需要医生的地方之一吗？在我向自己提出这样的问题之后，我决心永远留在北大荒了。你刚到北大荒的时候，难道没有听说过女人因为一般性难产，男人因为患阑尾炎就发生死亡的事吗？……我不能承认我的决定是轻率的……”

她慢慢地放下了捂住耳朵的双手。她怔怔地望着他，一动不动，完全呆住了，像雕塑一般。她的双眸顿时变得异常灰暗了。

“我知道，我这样决定，会令你非常难过的。我……很内疚，觉得对不起你。我希望，能够得到你的原谅……”她那副样子，使他心里很难受。他向她跨近一步，握住她的双手，直视着她的眼睛，低声但充满感情地说：“原谅我吧！”

她忽然紧紧抱住了他，仰起脸，怀着最后一线希望哀求道：“别让我伤心，别叫我绝望！我需要你和我一起离开北大荒！我不能失去你，我爱你！我不能什么都遗失在北大荒啊！我在北大荒付出了那么多，失去了那么多，我一定要带着什么离开这里！我要带着你，我要带着爱情回到城市！……”她的声音颤抖不已，她的话说得那么急切，她眼睛里那种哀求的目光令他不忍迎视。

但他还是轻轻推开了她，摇摇头，说：“你们连队的人都在外面……”他忽然想起了什么，看了一眼手表，又说：“你等我一会儿，我就回来。”说罢便撇下她走了出去。

他从秀梅的病房有礼貌地“请”走了曹铁强和小瓦匠，立即匆匆回到值班室。她，却已经不在了。他在门口呆立了一刻，慢慢地走到桌子前，慢慢地坐了下去，慢慢地用一只手撑住了额头……他极轻微而又极痛苦地说出了两个字：“亚茹！”

中午，一辆小吉普车从团部开出，开向公路。车内坐的是团长马崇汉、他的爱人和两个女儿。车开到公路口，司机首先看见政委孙国泰站在公路边上，减慢了速度，扭回头问：“团长，要跟政委告别一声吗？”马团长像没有听见司机的话，阴郁的脸上毫无反应。司机也不再说什么，加快车速，吉普车从政委身旁驰过。马团长忽然在司机肩上拍了一下：“停……”吉普车偏向路边，停住了。马团长打开车门，跳下车，朝政委大步走去。

老政委刚刚送走一批团部直属连队的知识青年，他们是乘长途公共汽车走的，有的连铺盖和箱子都丢弃不要了。行程长达九个小时，当今夜的定更星出现之后，他们便会从此脱离了北大荒的土地。他心中涌起了一种对他们无限依恋的眷情，和一种……失落感。北大荒毕竟是多么需要他们啊！马团长走到他身旁，叫了一声：“老孙……”他转过身，见是团长，有些意外。团长那身崭新的草绿色军装上，也留下了昨夜救火时被烧的处处破绽。马团长向他伸出一只手：“我也决定要走了。已经向师部发出了转业申请报告，要求回地方老家……今天先送家属走。”老政委没有说什么，默默地握住了他的手。马团长苦笑了一下，又说：“我的错误，我不会推卸给别人的。我接受组织给我的任何处分……我的检查已经写好了，放在我的办公桌上……”老政委还是没有说话。“老孙，十年来，我们之间在工作上配合得很不好……反思许多往事，我很惭愧。我……有些事情，积十年的教训，往往还不能一下子使人认识到自已的错误。但一次严峻的事态发生之后，便会使人猛省。昨夜的混乱没有到不堪设想的地步，我……感谢你！”他将政委的手使劲握了一下，放开后，转身就走。

老政委完全相信，对方的这番话，是由衷的，是诚恳的。可是他却不知道自己在此时此刻应该向对方说些什么。当团长走回到吉普车前，他才叫了一声：“老马！”大步赶过去。

“老马，我有句话对你说，并且希望你能够记住。”他走到团长身边，用深沉的目光注视着对方。“无论在总结经验方面，还是在总结教训方面，我们都不能把个人的作用估计得太重，结合时代的错误来认识我们个人的错误，这也许才更客观一些。”

马团长沉重地叹了口气。

老政委又说：“知识青年的返城浪潮，绝不是我们个人的意愿所能遏止的。无论我们的意愿是良好的……还是……你，我，每一个兵团干部的最后义务和责任，不应该是想方设法阻拦知识青年返城，而应该是，认真总结各方面各种因素的经验和教训，把它记载到边疆的农垦发展史上。”他沉默了一会儿，似乎觉得还应该说几句道别的话，但又觉得最重要的话已经说了，道别的话在此刻反而会显得很不相宜，便缄口不语了。

马团长掏出烟盒，取出一支烟，递到老政委面前。

老政委本不想接，他口中仿佛刚嚼过苦艾，苦涩得很，但见对方脸上是一种“临别敬赠”的庄重表情，意识到了这支烟在此刻有非同寻常的价值，便接在手中。

马团长自己也叼上了一支，随后掏出打火机，首先给老政委点燃了烟。不知为什么，团长自己却不想吸了，取下叼在嘴上的烟，放进了烟盒。他那沉思着的缓慢的动作，使老政委觉得，似乎他这一次合上烟盒，有可能永远不再打开了。

口唇不但苦涩，而且干燥。老政委只吸了两口烟，便将烟掐灭了。

老政委替团长打开车门，马团长的目光在老政委脸上最后凝视了一秒钟，高大魁梧的身材很不灵便地钻进了小吉普车。

老政委发现，坐在车内的女人和两个女孩的脸上，流露着微微的不安。他对女人笑了笑，在小女孩的头上抚摸了一下。见小女孩没戴头巾，摘下自己的围巾，围在了小女孩颈上。

老政委轻轻地替这一家人关上了车门。他久久地站在公路边上望着小吉普车疾驰而去，拐弯后消失在驼峰山脚下……

他转过身，面对团部的方向，从这里直通往团部区域的大道上，留下了混乱后的残迹：雪地上纷杂的脚印和交叉的各种车辙、道旁被砍倒并劈烂的杨树，显然是从车上甩下或丢弃不要的知识青年们的种种用物……

他顿觉心中那么惆怅，那么空荡！

老政委回到团部，刚走进办公室，军务股长也走了进来，双手捧着一摞档案。

军务股长说："政委，这是三十九份档案，他们从我手中领走，又交回到我手中……"见政委一时没有明白他的话，又说："三十九名知青表示要留在北大荒。"

老政委双手接过这三十九份档案袋，像双手接过一锭世界上最大的金块，觉得此刻无论有一杆什么样的秤，都无法称出这三十九份档案袋的宝贵的重量。

他，落泪了。

他说："不是三十九名，是四十一名，是四十一名知识青年，留在了北大荒的这一片土地上。我要重新盖起我们农场的场史馆，那两份知识青年的档案，要放在场史馆，和为了开发北大荒而献身的烈士们的遗物摆放在一起。"沉默了一刻，他继续说："我还要建议，为两名知识青年修建一座碑，碑上要饰有石雕的象征，交叉的麦穗和枪，托举着一台拖拉机。这是四十余万知识青年希望实现而始终没能实现的兵团战士服的帽徽设计，也是当初兵团曾向四十余万知青许下的诺言。过去的十年中，曾有许多向知识青年们许下的诺言成为空话，我要为两名知识青年，实现其中的一个诺言。"

军务股长说："政委，我第一个赞同你的建议。""你，替我深深地感谢这三十九名知识青年。""他们，也要我转告你，他们感谢你，感谢你给予他们的评价……"这时，电话铃响了。"是我，我是政委孙国泰。我？是，我服从组织决定……"

老政委缓慢地放下电话听筒，转过身，注视着军务股长。"哪儿打来的电话？""兵团总部。""什么事？""调我到三师去任师长职务，他们的师长……回部队了。""那……那么我们团……""现在不同平常，我任命你为代理团长兼政委。""我……""现在不是推辞的时候。从今天起，你就接替我和马团长的工作吧！不久，兵团就要恢复到农场的体制了。你，大概和我一样，是要把骨头埋在北大荒的吧？”股长默默地点了一下头。两位北大荒的第一代创业者，彼此用目光说出了要向对方说的许多话……

工程连的“二八”型拖拉机挂斗车，最后才离开团部。离开之前，他们将团部区域的混乱残迹清除得干干净净。小瓦匠的弟弟找到了他，问他何时动身返城。他回答：“为什么要跟我一起走？你不能自己先走吗？你又不是三岁的小孩子，路上需要我照顾你。”当弟弟的，无法理解哥哥为什么发火。

曹铁强将小瓦匠的弟弟拉到一旁，说：“我请求你一件事，我的养父现在病情很严重，正住在市立第一医院，我妹妹看护着他老人家。他们虽然不是我的亲父亲、亲妹妹，但他们非常爱我，我也非常爱他们。你一下火车，先不要回自己家，先要赶到医院去，告诉他老人家，就说我请求他老人家，千万要坚持住，几天内我就会回到他老人家身边。可是我现在不能离开连队，我是连长……”

“需要我告诉他们，你决定留在北大荒吗？”他摇了摇头：“不，只有我自己告诉他们，他们才会理解。”

……

“二八”型拖拉机挂斗车行驶在荒原上，像一艘驳船行驶在夜的海面上。每一个人，都无语地沉思着。不知是谁问了一句：“咦，咱们指导员呢？”没有人回答。郑亚茹，这时坐在长途汽车上。她不要铺在连队大宿舍里的被褥和那只伴随她十年的木箱子了。她临登上长途汽车，从北大荒的土地上装了一牙具缸雪。雪，已经化成了水，可她双手仍捧着牙具缸。

哦，北大荒的雪呀，这表现在北大荒版画上是那么美那么迷人的雪，但一离开北大荒的土地，竟是这么迅速地融化了！汽车里的温度不是和外面一样寒冷吗？她不明白，是她的手温将雪融化了。

难道我连一捧雪都带不走吗？既然带不走，就归还给北大荒的土地吧！让这雪水再冻结成冰，让这冰在春天再融化，渗进北大荒的土地吧！她轻轻摇下一半车窗，将那半牙具缸雪水洒到了窗外，连同她落进雪水中的几滴泪水……

“驳船”仍在夜的荒原上行驶。北大荒的荒原啊！如果你也有思想，也有语言，你将对十年和两个不平静的夜晚，作怎样的评说呢？荒原的夜“海”是那么沉寂！坐在车上的小瓦匠，从兜里掏出什么，背着人悄悄撕碎了。几片白色的纸片从他手中飘落在雪地上。驼峰上，又传来一声苍凉的狗吠——那是“黑豹”的声音。荒原是那么沉寂，那么沉寂，那么沉寂……

母亲

淫雨在户外哭泣，瘦叶在窗前瑟缩。这一个孤独的日子，我想念我的母亲。有三只眼睛隔窗瞅我，都是那杨树的眼睛。愣愣地呆呆地瞅我，我觉得那是一种凝视。

我多想像一个山东汉子，当面叫母亲一声“娘”。

“娘，你作啥不吃饭？”

“娘，你咋的又不舒坦？”

荣城地区一个靠海边的小小村庄的山东汉子们，该是这样跟他们的老母亲说话的吗？我常遗憾那儿对于我只不过是“籍贯”，如同一个人的影子当然是应该有而没有其实也没什么。我无法感知父亲对那个小小村庄深厚的感情。因为我出生在哈尔滨市，长大在哈尔滨市。遇到北方人我才认为是遇到了家乡人。我大概是历史上最年轻的“闯关东”者的后代——当年在一批批被灾荒从胶东大地向北方驱赶的移民中，有个年仅十四岁的孑然一身、衣衫褴褛的少年，后来他成了我的父亲。

“你一定要回咱家去一遭！那可是你的根土！”

父亲每每严肃地对我说，“咱”说成“砸”，我听出了很自豪的意味儿。

我不知我该不该也感到同样的自豪，因为据我所知那里并没有什么值得自豪的名山和古迹，也不曾出过一位什么差不多可以算作名人的人。然而我还是极想去一次，因为它靠海。

可母亲的老家又在哪里呢？靠近什么呢？

母亲从来也没对我说过希望我或者希望她自己能回一次她的老家的话。

母亲是吉林人吗？我不敢断定。仿佛是的。母亲是出生在一个叫“孟家岗”的地方吗？好像是，又好像不是。也许母亲出生在佳木斯市附近的一个地方吧？父亲和母亲当年共同生活过的一个地方？

我很小的时候，母亲常一边做针线活，一边讲她的往事——兄弟姐妹众多，七个，或者八个。有一年农村闹天花，只活下来三个——母亲、大舅和老舅。

“都以为你大舅活不成了，可他活过来了。他睁开眼，左瞧瞧，右瞧瞧，见我在他身边，就问：‘姐，小石头呢？小石头呢？’我告诉他：‘小石头死啦！’‘三丫呢？三丫呢？三丫也死了吗？’我又告诉他：‘三丫也死啦！二妹也死啦！憨子也死啦！’他就哇哇大哭，哭得闭过气去……”

母亲讲时，眼泪扑簌簌地落。落在手背上，落在衣襟上，也不拭，也不抬头。一针一针，一线一线，缝补我的或弟弟妹妹们的破衣服。

“第二年又闹胡子，你姥爷把骡子牵走藏了起来，被胡子们吊在树上，麻绳蘸水抽……你姥爷死也不说出骡子在哪儿。你姥姥把我和你大舅一块堆搂在怀里，用手紧捂住我们的嘴，躲在一口干井里，听你姥爷被折磨得呼天喊地。你姥姥不敢爬上干井去说骡子在哪儿，胡子见女人没有放过的。后来胡子烧了我们家，骡子保住了，你姥爷死了……”

与其说母亲是在讲给我们几个孩子听，莫如说更是在自言自语，更是一种回忆的特殊方式。

这些烙在我头脑里的记忆碎片，就是我对母亲的身世的全部了解。加上“孟家岗”那个不明确的地方。

我的母亲在她没有成为母亲之前拴在贫困生活中多灾多难的命运就是如此。

后来她的命运与父亲拴在一起仍是和贫困拴在一起。

后来她成了我们的母亲又将我和我的兄弟妹妹拴在了贫困上。

我们扯着母亲褪色的衣襟长大成人。在贫困中她尽了一位母亲最大的责任……

我对人的同情心最初正是以对母亲的同情形成的。我不抱怨我扒过树皮捡过煤核的童年和少年，因为我曾这样分担着贫困对母亲的压迫。并且生活亦给予了我厚重的馈赠——它教导我尊敬母亲以及一切以坚忍捧抱住艰辛的生活、绝不因茹苦而撒手的女人……

在这一个淫雨潇潇的孤独的日子，我想念我的母亲。

隔窗有杨树的眼睛愣愣地呆呆地瞅我……

那一年，我的家被“围困”在城市里的“孤岛”上——四周全是两米深的地基壑壕、拆迁废墟和建筑备料。几乎一条街的住户都搬走了，唯独我家还无处可搬。因为我家租住的是私人房产——房东欲趁机向建筑部门讨要一大笔钱，而建筑部门认为那是无理取闹。结果直接受害的是我家。正如我在小说《黑纽扣》中写的那样，我们一家成了城市中的“鲁滨逊”。

小姨回到农村去了，在那座二百余万人口的城市，除了我们的母亲，我们再无亲人。而母亲的亲人即是她的几个小儿女。母亲为了微薄的工资在铁路工厂做临时工，出卖一个底层女人的廉价的体力。翻砂——那是男人们干的很累很危险的重活。临时工谈不上什么劳动保护，全凭自己在劳动中格外当心。稍有不慎，便会被铁水烫伤或被铸件砸伤压伤。母亲几乎没有哪一天不带着轻伤回家的。母亲的衣服被迸溅的铁水烧出一片片的洞。

母亲上班的地方离家很远，没有就近的公共汽车可乘。即便有，母亲也必舍不得花五分钱、一毛钱乘车。母亲每天回到家里的时间，总在七点半左右。吃过晚饭，往往九点来钟了。我们上床睡，母亲则坐在床角，将仅仅二十支光的灯泡吊在头顶，凑着昏暗的灯光为我们补缀衣裤。当年城市里强行节电，居民不允许用超过四十支光的灯泡。而对于我们家来说，节电却是自愿的，因那同时也意味着节省电费。然而代价亦是惨重的。母亲的双眼就是在那些年里熬坏的，至今视力晃错。有时我醒夜，仍见灯亮着，仍见母亲在一针一针、一线一线地缝补，仿佛就是一台自动操作而又不发声响的缝纫机。或见灯虽亮着，而母亲肩靠着墙，头垂于胸，补物在手，就那么睡了。有多少夜，母亲就是那么睡了一夜。清晨，在我们横七竖八陈列一床酣然梦中的时候，母亲已不吃早饭，带上半饭盒生高粱米或生大火楂子，悄没声息地离开家，迎着风或者冒着雨，像一个习惯了独来独往的孤单旅人似的，“翻山越岭”，跋涉出连条小路都没给留的“围困”地带去上班。还有不少日子，母亲加班，我们一连几天甚至十天半个月见不着母亲的面儿。只知母亲昨夜是回来了，今晨又刚走了，要不灯怎么挪地方了呢？要不锅内的高粱米粥又是谁替我们煮上的呢？

才三岁多的小妹她想妈，哭闹着要妈。她以为妈没了，永远再也见不到妈了。我就安慰她，向她保证晚上准能见到妈。为了履行我的诺言，我与困盹抵抗，坚持不睡。至夜，母亲方归，精疲力竭，一心只想立刻放倒身体的样子。

我告诉母亲小妹想她。

“嗯，嗯……”母亲倦得闭着眼睛脱衣服，一边说，“我知道，知道的。

别跟妈妈说话了，妈困死了……”话没说完搂着小妹便睡了。第二天，小妹醒来又哭闹着要妈。我说：“妈妈是搂着你睡的！不信？你看这是什么？”枕上深深的头印中，安歇着几茎母亲灰白的落发。我用两根手指捏起来给小妹看：“这不是妈妈的头发吗？除了妈妈的头发，咱家谁的头发这么长？”

小妹用两根手指将母亲的落发从我手中捏过去，神态异样地细瞧，接着放在母亲留于枕上的深深的被汗渍所染的头印中，趴在枕旁，守着。好似守着的是母亲……

最堪怜是中秋、国庆、新年、春节前夕的母亲。母亲每日只能睡上二三个小时。五个孩子都要新衣裳穿。没有，也没钱买。母亲便夜夜地洗、缝、补、浆。若是冬季里，洗了上半夜搭到外边去冻着，下半夜取回屋里，烘烤在烟筒上。母亲不敢睡，怕焦了着了。母亲是个刚强的女人，她希望我们在普天同庆的节日，即使穿不上件新衣服，也要从里到外穿得干干净净。尽管是打了补丁的衣服……

她还想方设法美化我们的家。家像地窖，像窝，像土丘之间的窝。土地，四壁落土，顶棚落土。它使不论多么神通广大的女人为它而作的种种努力，都在几天内变成徒劳。

母亲却常说：“蜜蜂、蚂蚁还知道清理窝呢，何况人！”母亲即使拼尽她那残余的一点精力，也非要使我们的家在短短几天的节日里多少有点家样不可。“说不定会有什么人来！”母亲心怀这等美好的愿望，颇喜悦地劳碌着。然而没有个谁来。没有个谁来母亲也并不觉得扫兴和失望。生活没能将母亲变成懊丧的怨天怨地的女人。母亲分明是用她的心锲而不舍地衔着一个乐观。那乐观究竟根据什么？当年的我无从知道，如今的我似乎知道了，从母亲默默地望着我们时目光中那含蓄的欣慰。她生育了我们，她就要把我们抚养成人。她从未怀疑她不能够。母亲那乐观在当年所依仗的也许正是这样的信念吧？唯一的始终不渝的信念。

我们依赖于母亲而活着。像蒜苗之依赖于一棵蒜。当我们到了被别人估价的时候，母亲她已被我们吸收空了。没有财富和书本知识，母亲是位一无所有的母亲。她奉献的是满腔满怀恒温不冷的心血供我们吮咂！母亲呵，娘！我的老妈妈！我无法宽恕我当年竟是那么不知心疼您、体恤您。

是的，我当年竟是那么不知心疼和体恤母亲。我以为母亲就应该是那样任劳任怨的。我以为母亲天生就是那样一个劳碌不停而又不觉得累的女人。

我以为母亲是累不垮的。其实母亲累垮过多次。在夜深人静的时候，在我们做梦的时候，几回母亲瘫软在床上，暗暗恐惧于死神找到她的头上了。但第二天她总会连她自己也不可思议地挣扎了起来，又去上班……

她常对我们说："妈不会累垮，这是你们的福分。"

我们不觉什么福分，却相信母亲累不垮。

在北大荒，我吃过大马哈鱼。肉呈粉红色，肥厚，香。乌苏里江或黑龙江的当地人，习惯将大马哈鱼肉包饺子，视为待客的佳肴。

前不久我从电视中看到大马哈鱼：母鱼产子，小鱼孵出。想不到它们竟是靠噬食它们的母亲而长大的。母鱼痛楚地翻滚着，扭动着，瞪大它的眼睛，张开它的嘴和它的鳃，搅得水中一片红，却并不逃去，直至奄奄一息，直至狼藉成骸……

我的心当时受到了极强烈的刺激。

我瞬忽间联想到长大成人的我自己和我们的母亲。

联想到我们这九百六十万平方公里土地上一切曾在贫困之中和仍在贫困之中坚忍顽强地抚养子女的母亲们。她们一无所有。她们平凡，普通，默默无闻。最出色的品德可能乃是坚忍。除了她们自己的坚忍，她们无可傍靠。然而她们也许是最对得起她们儿女的母亲！因为她们奉献的是她们自己。想一想那种类乎本能的奉献真令我心酸。而在她们的生命之后不乏好儿女，这是人类最最持久的美好啊！

我又联想到另一件事：小时候母亲曾买了十几个鸡蛋，叮嘱我们千万不要碰碎，说那是用来孵小鸡的。小鸡长大了，若有几只母鸡，就能经常吃到鸡蛋了。母亲满怀信心，双手一闲着，就拿起一个鸡蛋，握着，捂着，轻轻摩挲着。我不信那样鸡蛋里就会产生一个生命。有天母亲拿着一个鸡蛋，走到灯前，将鸡蛋贴近了灯对我说："孩子，你看！

鸡蛋里不是有东西在动吗？"

我看到了，半透明的鸡蛋中，隐隐地确实有什么在动。

母亲那只手也变成了红色的。

那是血色呀！

血仿佛要从母亲的指缝滴淌下来……

"妈妈，快扔掉！"

我扑向母亲，夺下了那个蛋，摔碎在地上——蛋液里，一个不成形的丑陋的生命在蠕动。我用脚去踩，踏。不是宣泄残忍，而是源自恐惧。我觉得那不成形的丑陋的一个生命，必是由于通过母亲的双手饱吸了母亲的血才变出来的！我抬头望母亲，母亲脸色那么苍白。我内心里更加充满了恐惧，更加相信我想的是对的。我不要母亲的心血被吸干！不管是那一个被踩死踏死了的无形的丑陋的生命，还是万恶的贫困！因为我太知道了，倘我们富有，即使生活在腐酸的棺材里，也会有人高兴来做客，无论是节日或寻常的日子，并且随身带来种种礼物……

“不，不！”我哭了。

我嚷：“我不吃鸡蛋了！不吃了！妈妈，我怕……”

母亲怒道：“你这孩子真作孽！你害死了一条小性命！你怕什么？”

我说：“妈妈我是怕你死……它吸你的血！……”

母亲低头瞧着我，怔了一刻，默默地把我搂在怀里。搂得很紧……

小鸡终于全孵出来了，一个个黄绒似的，活泼可爱。它们渐渐长大，其中有三只母鸡。以后每隔几日，我们便可吃到鸡蛋了。但我在很长一段时间内不敢吃，对那些鸡我却有着一种特殊的情感，视它们为通人性的东西，觉得和它们有着一种血缘般的关系……

连续三年的自然灾害使我们的共和国也处在同样的艰难时期。国营商店只卖一种肉——“人造肉”，淘米泔水经过沉淀之后做的。粮食是珍品，淘米泔水自然有限。“人造肉”每户每月只能按购货本买到一斤。后来加工“人造肉”收集不到足够生产的淘米泔水，“人造肉”便也难以买到了。用如今的话说，是“抢手货”，想买到得走后门儿。

中央人民广播电台在《为人民服务》节目中，热情宣传河沟里的一层什么绿也是可以吃的，那叫“小球藻”。且含有丰富的这个素那个素，营养价值极高……

母亲下班更晚了。但每天带回一兜半兜榆钱儿。我惊奇于母亲居然能爬到树上去撸榆钱儿，那是她爬上厂里一些高高的大榆树撸的。

“有‘洋拉子’吗？”我们洗时，母亲总要这么问一句。我们每次都发现有。我们每次都回答说没有。我们知道母亲像许多女人一样，并不胆小，却极怕树上的“洋拉子”那类毛虫。榆钱儿当年对我们是佳果。我们只想到母亲可别由于害怕“洋拉子”就不敢给我们再撸榆钱儿了。

如果月初，家中有粮，母亲就在榆钱儿中拌点豆面，和了盐，蒸给我们吃。好吃。如果没有豆面，母亲就做榆钱儿汤给我们喝。不但放盐，还放油。好喝。

有天母亲被工友搀了回来——母亲在树上撸榆钱儿时，忽见自己遍身爬满“洋拉子”，惊掉下来……我对母亲说：“妈，以后我跟你到厂里去吧。我比你能爬树，我不怕‘洋拉子’……”母亲抚摸着我的头说：“儿啊，厂里不许小孩进。”第二天，我还是执拗地跟着母亲去上班了。无论母亲说什么，把门的始终摇头，坚决不许我进厂。

我只好站在厂门外，眼睁睁瞧着母亲一人往厂里走。我不肯回家，我想母亲是绝不会将我丢在厂外的。不一会儿，我听到母亲在低声叫我。见母亲已在高墙外了，向我招手。我趁把门的不注意，沿墙溜过去，母亲赶紧扯着我的手跑，好大的厂，好高的墙。跑了一阵，跑至一个墙洞口。工厂从那里向外排污水。一会儿排一阵，一会儿排一阵。在间隔的当儿，我和母亲先后钻入到厂里。面前榆林乍现，喜得我眉开眼笑。心内不禁就产生了一种自私的占有欲——要是我家的树多好！那我就首先把那个墙洞堵上，再养两条看林子的狗。当然应该是凶猛的狼狗！

母亲嘱咐我：“别乱走。被人盘问就讲是你自己从那个洞钻进来的。千万别讲出妈妈。要不妈妈该挨批评了！走时，可还要钻那个洞！”母亲说完，便匆匆离开了。我撸了满满一粮袋榆钱儿，从那个洞钻出去，扛在肩上，心里乐滋滋地往家走。不时从粮袋中抓一把榆钱儿，边走边吃。

结果我身后随了一些和我年龄差不多的孩子。馋涎欲滴在瞅着我咀嚼的嘴。“给点儿！”“给点儿吧！”“不给，告诉我们在哪儿的树上撸的也行！”我不吭声，快快地走。“再不给就抢了啊！”我跑。“抢！”“不抢白不抢！”他们追上我。推倒我。抢……我从地上爬起时，“强盗”们已四处逃散。连粮袋儿也抢去了。我怔怔站着，地上一片踏烂的绿。我怀着愤恨走了。回头看，一个老妪蹲在那儿捡……母亲下班后，我向母亲哭述自己的遭遇，凄凄惨惨戚戚。母亲听得认真。凡此种种，母亲总先默默听，不打断我们的话，耐心而怜悯的样子。直至她的儿女们觉得没什么补充的了，母亲才平静地作出她的结论。

母亲淡淡地说：“怨你。你该分给他们些啊。你撸了一袋子呀！都是孩子，都挨饿。那么小气，他们还不抢你吗？往后记住，再碰到这种事儿，惹人家动手抢之前，先就主动给，主动分。别人对你满意，你自己也不吃亏……”

母亲往往像一位大法官，或者调解员，安抚着劝慰着小小的我们缓解与社会的血气方刚的冲突，从不长篇大论一套套地训导。往往三言两语，说得明明白白，是非曲直，尽在谆谆之中。并且表现出仿佛绝对公正的样子，希望我们接受她的逻辑。

我们接受了，母亲便高兴，夸我们是好孩子。而母亲的逻辑是善良的逻辑，包含有一个似无争亦似无奈的“忍”字。为使母亲高兴，我们也唯有点头而已。可能自幼忍得太多了吧？后来于我的性格中，遗憾地生出了不屈不忍的逆反成分。如今三十九岁的我，与人与事较量颇多，不说伤痕累累，亦是遍体伤痕。倘咀嚼母亲过去的告诫，便厌恶自己是个犟种。忏悔既深既久，每每克己地玩味起母亲传给我的一个“忍”字来。或曰逆反，或曰“二律背反”也未尝不可，却又常于“克己复礼”之后而疑问重重，弄不清作为一个人，那究竟好呢还是不好？……

一场雨后，榆树钱儿变成了榆树叶。榆树叶也能做“小豆腐”。做榆树叶汤，滑滑溜溜的，仿佛汤里加了粉面了。然而母亲厂里的食堂将那片榆树林严密地看管起来了，榆树叶成了工人叔叔和阿姨的佐餐之物。别了，暄腾腾的“小豆腐”……别了，绿汪汪的榆钱汤……别了，整个儿那一片使我产生强烈的占有欲并幻想以狼犬严守的榆树林……

我们是社会主义国家，按照共产主义分配原则，将可做“小豆腐”可做榆钱汤的榆树叶儿“共产”起来，原本也是情理之中的事儿。倒是我那占为己有的阴暗的心思，于当年论道起来，很有点儿自发的资产阶级利己思想的意味儿。

不过我当年既未忏悔，也未诅咒过自己。……母亲依然有东西带回给我们，鼓鼓的一小布包——扎成束的狗尾巴草。狗尾巴草不能做“小豆腐”吃。却能编毛茸茸的小狗、小猫、小兔、小驴、小骆驼……母亲总有东西带回给每日里眼巴巴地盼望她下班的孤苦伶仃的孩子们。母亲不带回点什么，似乎就觉得很对不起我们。不论什么东西，可代食的也罢，不可代食的也罢；稀奇的也罢，不稀奇的也罢，从母亲那破旧的小布包抖搂出来似乎便都成了好东西。哪怕在别的孩子们看来是些不屑一顾的东西。重要的仅仅在于，我们感觉到了母亲的心里对我们怀着怎样的一片慈爱。那乃是艰难岁月里绝无仅有的营养供给——那是高贵的“代副食”啊！

母亲是深知这一点的。某天，放学回家的路上，我被一辆停在商店门口的马车所吸引。瘦马在阴凉里一动不动，仿佛是处于思考状态的一位哲学家。车老板躺在马车上睡觉。而他头下枕的，竟是豆饼。四分之一块啊！豆饼啊！他枕着。我同学中有一个区长的儿子，有一次他将一个大包子分给我和几个同学吃，香得我们吃完了直咂嘴巴。“这包子是啥馅的？”“豆饼！”“豆饼？你们家从哪儿搞的豆饼？”“他爸是区长嘛！”我们不吭声了。豆饼是艰难岁月里一位区长的特权。就是豆饼……我绕着那辆马车转一圈儿，又转一圈儿，猜测车老板真是睡着了，偷儿似的动手去抽那块豆饼。老板子并未睡着。四十来岁的农村汉子微微睁开眼瞅我，我也瞅他。他说：“走开。”我说：“走就走。”偷不成，只有抢了！猛地从他头下抽出了那四分之一块豆饼，弄得他的头在车板上咚地一响。他又睁开了眼，瞅着我发愣。我也看着他发愣。“你……”我撒腿便跑，抱着那四分之一块豆饼，沉甸甸的豆饼。“豆饼！我的豆饼！站住……”愣怔中的老板子待我跑出了挺远才明白过来是怎么一回事，边喊边追我。我跑得更快，像只袋鼠似的，在包围着我家的复杂地形中跳窜，自以为甩掉了追赶着的“尾巴”，紧紧张张地撞入家门。

母亲愕问：“怎么回事？哪儿来的豆饼？”

我着急慌忙，前言不搭后语地说：“妈快把豆饼藏起来……他追我……”却仍紧紧抱着豆饼，蹲在地上喘作一团。“谁追你？”“一个……车老板……”“为什么追你？”“妈你就别问了……”母亲不问了，走到了外面。我自己将豆饼藏到箱子里，想想，也往外跑。“往哪儿跑？”母亲喝住了我。“躲那儿！”我朝沙堆后一指。“别躲！站这儿。”“妈！不躲不行！他追来了，问你，你就说根本没见到一个小孩子！他还能咋的？”“你敢躲起来！”母亲变得异常严厉，“我怎么说，用不着你教我！”只见那持鞭的车老板，汹汹地出现了，东张西望一阵，向我家这儿跑来。

他跑到我和母亲跟前，首先将我上下打量了足有半分钟。因我站在母亲身旁，竟有些不敢贸然断定就是我夺了他豆饼的“强盗”，手中的鞭子不由背到了身后去。

“这位大姐，见一孩子往这边跑了吗？抱着不小一块豆饼……”我说：“没有没有！我们连个人影也没看见！”“怪了，明明是往这边跑的么！”他自言自语地嘟哝，“我挺大个老爷们，倒让个孩子明抢明夺了，真是跟谁讲谁都不相信……”他悻悻地转身欲走。“你别走。”不料母亲叫住他，说，“你追的就是我儿子。”他瞪着我，复瞪着母亲，似欲发作，但克制着，几乎有点儿低声下气地说："大姐你千万别误会，我可不是想怎么你的儿子！鞭子……是顺手一抄……还我吧，那是我今明两天的干粮啊！……"一副农村人在城里人面前明智的自卑模样。

母亲又对我说："听见了吗？还给人家！"我怏怏地回到屋里，从粮柜内搬出那块豆饼，不情愿地走出来，走到老板子跟前，双手捧着还他。他将鞭杆往后腰带斜着一插，也用双手接过，瞧着，仿佛要看出是不是小了。母亲羞愧地说："我教子不严，让你见笑了啊！你心里的火，也该发一发。或打或骂，这孩子随你处置！""老大姐，言重了！言重了！我不是得理不让人的人，算了算了，这年头，好孩子也饿慌了！"他反而显得难为情起来。"还不鞠个躬，认个错！"在母亲严厉目光的威逼之下，我被人按着脑袋似的，向那车老板鞠了个草草的躬。我家的斧头，给一截劈柴夹着，就在门口。车老板一言不发，拔下斧头，将豆饼垫在我家门槛上嘿嘿几下，砍得豆饼碎屑纷落，砍为两半。他一手拿起一半，双手同时掂了掂，递给母亲一半，慷慨地说："大姐，这一半儿你收下！""那怎么行，是你的干粮啊！"母亲婉拒。老板子硬给。母亲婉拒不过，只好收了，进屋去，拿出两个窝窝头和一个咸菜疙瘩给那车老板。又轮到那车老板拒而不收，最后呢？见母亲一片真心实意，终于收了。从头上抹下单帽，连豆饼一块儿兜着，连说："真是的，真是的，倒反过来占了你们个大便宜，怪不像话的！"

他在围困着我们家的地基壕壑、沙堆、废墟和石料场之间择路而去，插在后腰带上的长杆儿鞭子，似"天牛"的一条触角，晃晃的……"你呀，今天好好想想吧！"直至吃晚饭前，母亲就对我说了这么一句话。不理睬我。也不吩咐我干什么活儿。而这是比打我骂我，更使我悲伤的。端起饭碗时，我低了头，嗫嚅地说："妈，我错了……""抬头。"我罪人一般抬起头，不敢迎视母亲的目光。

"看着妈。"

母亲脸上，庄严多于谴责。

"你们都记住，讨饭的人可怜，但不可耻。走投无路的时候，低三下四也没什么。偷和抢，就让人恨了！别人多么恨你们，妈就多么恨你们！除了这一层脸面，妈什么尊贵都没有！你们谁想丢尽妈的脸，就去偷，就去抢……"

母亲落泪了。

我们都哭了……

夏天和秋天扯着手过去了。冬天咄咄地来了。我爱过冬天。大雪使我家周围的一切肮脏都变得洁白一片了。我怕过冬天，寒冷使我家孤零零的低矮的小破屋变成了冰窖。

那一年冬天我们有了一个伴儿——一条小狗。我在放学回家的路上发现了它，被大雪埋住，只从雪中露出双耳。它绊了我一跤。我以为是条死狗，用脚拨开雪才看出它还活着。快冻僵了。它引起了我的怜悯。于是它有了一个家。我们有了一个伴儿。一条漂亮的小狗。白色，黑花，波兰奶牛似的。脖子上套着皮圈儿。皮圈儿上缀着一个小铜牌儿。小铜牌儿上压印出个“3”。它站立不稳，常趴着，走起来踉踉跄跄。前足抬得高高的，不顾一切地一踏，于是下巴也狠狠触地。幸亏下巴触地，否则便一头栽倒了。喂它米汤喝，竟不能好好喝。嘴在破盆四周乱点一通，五六遭方能喝到一口米汤。起初我以为它是只瞎狗，试它眼睛，却不瞎。而那双怯怯的狗眼，流露着无限的人性，哀哀地乞怜着。我便怀疑它不过是被冻坏的。它漂亮而笨拙，如同一个患羊痫风的漂亮的小女孩，它那双褐色的狗眼，仿佛是通人性的。我并未因其笨拙而产生厌恶。弟弟妹妹们也是。

我们那么需要一个小朋友。

而它可以被当成一个小朋友。

就是这样。

母亲下班回到家里，呆呆地瞅着那狗吃和走的古怪样子，愣了半晌，惊问:“这是什么？”

我回答:“狗。”

“扔出去！”母亲怒道，“快给我扔出去！”

我说:“不！”

弟弟妹妹们也齐声嚷:“不扔！不扔！”

“都不听话啦？”母亲一把抓起了笤帚，高举着首先威胁的是我，“看我挨个儿打你们！”我赶紧护住头：“就不许我们喜欢个什么东西吗？”弟弟妹妹们也齐声表示抗议：“就不许我们养条喜欢的狗吗？”“就不许我们有个捡来的伴儿吗？”母亲吼道：“不许！”笤帚却高举着，没即刻落到我头上。我大胆争辩：“你说过的，对人要心善！”“可它不是人！”母亲举着的手臂放下了，“人都吃糠咽菜的年月，喂它什么？还是这么条狗！”我说：“我那份饭分给它吃。”弟弟妹妹们也说：“还有我们！”母亲长长叹了口气，逐个儿瞧我们，垂下了手臂。在一中住读的哥哥那天晚上也回家了，研究地望着那条狗说："我知道了，这是条被医院里做过实验的狗，跑出来了！老师带我们到医院参观过，那些狗脖子挂的都是这种编了号码的小铜牌儿。肯定做的是小脑实验，所以它失去平衡机能了。生物课本上讲到这一点。不养它，它只有死路一条……"

可怜的我们的小朋友！母亲又长长地叹了一口气。不知是因狗，还是因她的儿女们集体的发难。宽容的我们的母亲……那么样条狗，却也是可以和我们在雪地上玩耍的。感谢上帝，它的大脑里的狗性是没被人做过什么实验的。它那种古怪的滑稽的笨拙的动态，使我们发出一串串笑声，足以慰藉我们幼小的孤独的心灵。雪地上留下一片片生动的足迹。我们的和狗的……一天上午，趴在窗前朝外望的三弟突然不安地叫我："二哥你快看！"外面，几个大汉在指点雪地上的足迹。他们朝我家走来。"是想抢我们的狗吧？"

我也不安了，惶惶地将"三号"藏人破箱子内，将小妹抱到箱子盖上坐着。大汉们在敲门了。高叫："我们是打狗队的！""我们家没养狗！"然而他们闯入家中。"没养狗？狗脚印一直跑到你家门口！""它死了。""死了？死了的我们也要！""我们留着死狗干什么？早埋了。""埋了？埋哪儿？领我们去挖出来看看！""房前屋后坑坑洼洼的，埋哪儿我们忘了。"他们不相信，却不敢放肆搜查，这儿瞧瞧，那儿瞅瞅，大扫其兴地走了。"他们既然是打狗队的，既然没相信你们的话，就绝不会放过它的……"晚上，母亲为我们的"小朋友"表现出了极大的担心。我说："妈，你想办法救它一命吧！"母亲问："你们不愿失去它？"我和弟弟妹妹们点头。母亲又问："你们更不愿它死？"我和弟弟妹妹们仍点头。"要么，你们失去它。要么，你们将会看到打狗队的人，当着你们的面儿活活打死它。你们都说话呀！"我们都不说话。母亲从我们的沉默中明白了我们的选择。母亲默默地将一个破箱子腾空，铺一些烂棉絮，放进两个掺了谷糠的窝窝头，最后抱起"三号"，放入箱内。我注意到，母亲抚摸了一下小狗。我将一张纸贴在箱盖里面儿，歪歪扭扭要写的是——别害它命，它曾是我们的小朋友。我和母亲将箱子搬出了家，拴根绳子，我拖着破箱子在冰雪上走。月光将我和母亲的身影印在冰雪上。我和母亲的身影一直走在我们前边，不是在我们身后或在我们身旁。一会儿走在我们身后一会儿走在我们身旁的是那一轮白晃晃的大月亮。不知道为什么月亮那一个晚上始终跟随着我和我的母亲。

半路我捡了一块冰坨子放入破箱子里。我想，“三号”它若渴了就舔舔冰吧！我和母亲将破箱子遗弃在离我家很远的一个地方……第二天是星期日。母亲难得休息一个星期日，近中午了母亲还睡得很实。我们难得有和母亲一块儿睡懒觉的时候，虽早醒了也都不起。

失去了我们的“小朋友”，我们觉得起早也是个没意思。“堵住它！别让它往那人家跑！”“打死它！打呀！”“用不着逮活的！给它一锹！”……男人们兴奋的声音乱喊乱叫。“妈！妈！”“妈妈！”我们焦急万分地推醒了母亲。母亲率领衣帽不齐的我们奔出家门，见冬季停止施工的大楼角那儿，围着一群备料工人。母亲率领我们跑过去一看，看见了吊在脚手架上的一条狗，皮已被剥下了一半儿。一个工人还正剥着。母亲一下子转过身，将我们的头拢在一起，搂紧。并用身体挡住我们的视线。“不是你们的狗！孩子们，别看，那不是你们的狗……”然而我们都看清了——那是“三号”。是我们的“小朋友”。白黑杂色的那漂亮的小狗，剥了皮的身躯比饥饿的我们更显得瘦。小女孩般的通人性的眼睛死不瞑目……母亲抱起小妹，扯着我的手，我的手和两个弟弟的手扯在一起。我们和母亲匆匆往家走。不回头。不忍回头。我们的“小朋友”的足迹在离我家不远处中断了。一摊血仿佛是一个句号。

自称打狗队的那几个大汉，原来是工地上的备料工人。

不一会儿，他们中的一个来到了我家里，将用报纸包着的什么东西放在桌上。母亲狠狠地瞪他。他低声说：“我们是饿急眼了……两条后腿……”母亲说：“滚！”他垂了头往外便走。母亲喝道：“带走你拿来的东西！”他头垂得更低，转身匆匆拿起了送来的东西……

雨仍在下，似要停了，却又不停。窗前瑟缩的瘦叶是被洗得绿生生的了。偶尔还闻一声寂寞的蝉吟。我知道的，今天准会有客来敲我的家门——熟悉的，还是陌生的呢？我早已是有家之人了。弟弟妹妹们也都早是有家之人了。当年贫寒的家像一只手张开了，再也攥不到一起。母亲自然便失落了家，栖身在她儿女们的家里。在她儿女们的家里有着她极为熟悉的东西——那就是依然的贫寒。受着居住条件的限制，一年中的大部分日子，母亲和父亲两地分居。

那杨树的眼睛隔窗瞅我，愣愣地呆呆地瞅我。古希腊和古罗马雕塑神祇们的眼睛，大抵都是那样子的，冷静而漠然。但愿谁也别来敲我的家门，但愿。在这一个孤独的日子让我想念我的老母亲，深深地想念……我忘不了我的小说第一次被印成铅字那份儿喜悦。我日夜祈祷的是这回事儿。真是了，我想我该喜悦，却没怎么喜悦。避开人我躲在个地方哭了，那一时刻我最想我的母亲……

我的家搬到光仁街，已经是一九六三年了。那地方，一条条小胡同仿佛烟鬼的黑牙缝。一片片低矮的破房子仿佛是一片片疥疮。饥饿对于普通的人们的严重威胁毕竟开始缓解。我是小学五年级的学生了。我已经有三十多本小人书。

“妈，剩的钱给你。”

“多少？”

“五毛二。”

“你留着吧。”

买粮、煤、劈柴回来，我总能得到几毛钱。母亲给我，因为知道我不会乱花，只会买小人书。每个月都要买粮、买煤、买劈柴，加上母亲平日给我的一些钢镚儿，渐渐积攒起来就很可观。积攒到一元多，就去买小人书。当年小人书便宜。厚的三毛几一本，薄的才一毛几一本。母亲从不反对我买小人书。

我还经常去出租小人书。在电影院门口、公园里、火车站。有一次火车站派出所一位年轻的警察，没收了我全部的小人书，说我影响了站内的秩序。

我一回到家就号啕大哭。我用头撞墙。我的小人书是我巨大的财富。我觉得我破产了。从绰绰富翁变成了一贫如洗的穷光蛋。我绝望得不想活。想死。我那种可怜的样子，使母亲为之动容。于是她带我去讨还我的小人书。

“不给！出去出去！”

车站派出所年轻的警察，大檐帽微微歪戴着，上唇留两撇小胡子，一副“葛列高利”那种桀骜不驯的样子。母亲代我向他承认错误，代我向他保证以后绝不再到火车站出租小人书，话说了许多，他烦了，粗鲁地将母亲和我从派出所推出来。

母亲对他说：“不给，我们就坐台阶上不走。”他说：“谁管你！”砰地将门关上了。“妈，咱们走吧，我不要了……”我仰起脸望着母亲，心里一阵难过。亲眼见母亲因自己而被人呵斥，还有什么事比这更令一个儿子内疚的？“不走。妈一定给你要回来！”母亲说着，母亲就在台阶上坐了下去。并且扯我坐在她身旁，一条手臂搂着我。另外几位警察出出进进，连看也不看我们。“葛列高利”也出来一次。“还坐这儿？”母亲不说话，不理他。“嘿，静坐示威……”他冷笑着又进去了……天渐黑了。派出所门外的红灯亮了，像一只充血的独眼，自上而下虎视眈眈地瞪着我们。我和母亲相依相偎的身影被台阶斜折为三折，怪诞地延长到水泥方砖广场，淹在一汪红晕里。我和母亲坐在那儿已经近四个小时。母亲始终用一条手臂搂着我。我觉得母亲似乎一动也没动过，仿佛被一种持久的意念定在那儿了。

我想不能再对母亲说——“妈，我们回家吧！”那意味着我失去的只是三十几本小人书，而母亲失去的是被极端轻蔑了的尊严。一个自尊的女人的尊严。我不能够那样说……几位警察走出来了。依然没看见我们似的，纷纷骑上自行车回家去了。终于“葛列高利”又走出来了。“嗨，我说你们想睡在这儿呀？”母亲仍不看他。不回答。望着远处的什么。“给你们吧！”“葛列高利”将我的小人书连同书包扔在我怀里。母亲低声对我说：“数数。”语调很平静。我数了一遍，告诉母亲：“缺三本《水浒》。”母亲这才抬起头来。仰望着“葛列高利”，清清楚楚地说：“缺三本《水浒》。”他笑了，从衣兜里掏出三本小人书扔给我，嘟哝道：“哟哈，还跟我来这一套……”母亲终于拉着我起身，昂然走下台阶。“站住！”“葛列高利”跑下了台阶，向我们走来。他走到母亲跟前，用一根手指将大檐帽往上捅了一下，接着抹他的一撇小胡子。我不由得将我的“精神食粮”紧抱在怀中。母亲则将我扯近她身旁，像刚才坐在台阶上一样，又用一条手臂搂着我。“葛列高利”以将军命令两个士兵那种不容违抗的语气说：“等在这儿，没有我的允许不准离开！”我惴惴地仰起脸望着母亲。“葛列高利”转身就走。他却是去拦截了一辆小汽车，对司机大声说：“把那个女人和孩子送回家去。要一直送到家门口！”

……我买的第一本长篇小说是《红旗谱》。一元多钱。母亲还从来没有一次给过我这么多钱。我还从来没向母亲一次要过这么多钱。我的同代人们，当你们也像我一样，还是一个小学五年级学生的时候，如果你们也像我一样，生活在一个穷困的普通劳动者家庭的话，你们为我作证，有谁曾在决定开口向母亲要一元多钱的时候，内心里不缺少勇气？

当年的我们，视父母一天的工资是多么非同小可呵！但我想有一本《红旗谱》想得整天失魂落魄，无精打采。我从同学家的收音机里听到过几次《红旗谱》长篇小说连续广播。那时我家的破收音机已经卖了，被我和弟弟妹妹们吃进肚子里了。直接吃进肚子里的东西当然不能取代“精神食粮”。我那时还不知道什么叫“维他命”，更没从谁口中听说过“卡路里”，但头脑却喜欢

“革命英雄主义”，一如今天的女孩子们喜欢嚼泡泡糖。

在自己对自己的怂恿之下，我去到母亲的工厂向母亲要钱。母亲那一年被铁路工厂辞退了，为了每月十七元的收入，又在一个街道小厂上班。一个加工棉胶鞋帮的中世纪奴隶作坊式的街道小厂。

一排破窗，至少有三分之一埋在地下了。门也是。所以只能朝里开。窗玻璃脏得失去了透明度，乌玻璃一样。我不是迈进门而是跌进门去的。我没想到门里的地面比门外的地面低半米。一张踏脚的小条凳权作门里台阶。我踏翻了它，跌进门的情形如同掉进一个深坑。

那是我第一次到母亲为我们挣钱的那个地方。

空间非常低矮。低矮得使人感到心里压抑。不足二百平方米的厂房，四壁潮湿颓败。七八十台破缝纫机一行行排列着，七八十个都不算年轻的女人忙碌在自己的缝纫机后。因为光线阴暗，每个女人头上方都吊着一只灯泡。正是酷暑炎夏，窗不能开，七八十个女人的身体和七八十只灯泡所散发的热量，使我感到犹如身在蒸笼。那些女人们热得只穿背心。有的背心肥大，有的背心瘦小，有的穿的还是男人的背心，暴露出相当一部分丰厚或者干瘪的胸脯。毡絮如同褐色的重雾，如同漫漫的雪花，在女人们在母亲们之间纷纷扬扬地飘荡。而她们不得不一个个戴着口罩。女人们母亲们的口罩上，都有三个实心的褐色的圆。那是因为她们的鼻孔和嘴的呼吸将口罩濡湿了，毡絮附着上面。女人们母亲们的头发、臂膀和背心也差不多都变成了褐色的。毛茸茸的褐色。我觉得自己恍如置身在山顶洞人时期的女人们母亲们之间。

我呆呆地将那些女人们母亲们扫视一遍，却发现不了我的母亲。七八十台破缝纫机发出的噪声震耳欲聋。“你找谁？”一个用竹篾子拍打毡絮的老头对我大声嚷，却没停止拍打。毛茸茸的褐色的那老头像一只老雄猿。“找我妈！”“你妈是谁？”我大声说出了母亲的名字。“那儿！”老头朝最里边的一个角落一指。我穿过一排排缝纫机，走到那个角落，看见一个极其瘦弱的毛茸茸的褐色的脊背弯曲着，头凑近在缝纫机板上。周围几只灯泡的电热烤我的脸。“妈……”“……”“妈……”背直起来了，我的母亲。转过身来了，我的母亲。肮脏的毛茸茸的褐色的口罩上方，眼神儿疲惫的我熟悉的一双眼睛吃惊地望着我，我的母亲的眼睛……母亲大声问：“你来干什么？”“我……”“有事快说，别耽误妈干活！”“我……要钱……”我本已不想说出“要钱”两字，可是竟说出来了！“要钱干什么？”“买书……”“多少钱？”“一元五角就行……”“……”母亲掏衣兜，掏出一卷毛票，用指尖龟裂的手指点着。旁边一个女人停止踏缝纫机，向母亲探过身，喊：“大姐，别给！没你这么当妈的！供他们吃，供他们穿，供他们上学，还供他们看闲书哇！”又对我喊：“你看你妈这是在怎么挣钱？你忍心朝你妈要钱买书哇！”

母亲却已将钱塞在我手心里了，大声回答那个女人：“谁叫我们是当妈的啊！我挺高兴他爱看书的！”母亲说完，立刻又坐了下去，立刻又弯曲了背，立刻又将头俯在缝纫机板上了，立刻又陷入手脚并用的机械的忙碌状态……

那一天我第一次发现，我的母亲原来是那么瘦小，竟快是一个老女人了！那时刻我努力要回忆起一个年轻的母亲的形象，竟回忆不起母亲她何时年轻过。

那一天我第一次觉得我长大了，应该是一个大人了。并因自己十五岁了才意识到自己应该是一个大人了而感到羞愧难当，无地自容。我鼻子一酸，攥着钱跑了出去……那天我用那一元五角钱给母亲买了一听水果罐头。“你这孩子，谁叫你给我买水果罐头的？！不是你说买书，妈才舍得给你钱的嘛！”那一天母亲数落了我一顿。数落完了我，又给我凑足了够买《红旗谱》的钱……我想我没有权力用那钱再买任何别的东西，无论为我自己还是为母亲。从此我有了第一本长篇小说……后来我有了第二本、第三本、第四本、第五本……《钢铁是怎样炼成的》《牛虻》《勇敢》《幸福》《青年近卫军》……我再也没因想买书而开口向母亲要过钱。我是大人了。我开始挣钱了——拉小套。在火车站货运场、济虹桥坡下、市郊公路上……用自己辛辛苦苦挣的钱买书时，你尤其会觉得你买的乃是世界上最值得花钱最好的东西。

于是我有了三十几本长篇小说。十五岁的我爱书如同女人之爱美。向别人炫耀我的书是我当年最大的虚荣。三年后几乎一切书都成“毒草”。学校在烧书。图书馆在烧书。一切有书的家庭在烧书。自己不烧，别人会到你家里查抄，结果还是免不了被烧。普通的家庭只剩下了一个人的书，并且要摆在最显眼的地方。街道也成立了“无产阶级文化大革命执行委员会”——使命之一也是挨家挨户查抄“毒草”焚烧之。“老梁家的，听说你们这个院儿里，顶数你们孩子买的黑书多啦，统统交出来吧！”面对闯入家中的人们，母亲镇定地声明：“我是文盲，不知哪些书是黑书。”“除了毛主席和林副统帅的书，全是黑书，‘毒草’。这个简单明白的革命道理文盲也是应该懂得的！”“我儿子的书，我已经烧了，烧光了。现时我家只有那几本红宝书啦。”母亲指给他们看。他们怀疑。母亲便端出一盆纸灰：“怕你们不信，所以保留着纸灰给你们验证。若从我家搜出一本黑书，你们批判我。”“听说你儿子几十本书哪，就烧成这么一盆纸灰？”“都保留着？十来盆呢。我不过只保留了一盆给你们看。”母亲分外虔诚老实的样子。他们信了。他们走时，母亲问：“那么这一盆纸灰我也可以倒了吧？”他们善意地说：“别倒哇！留着，好好保留着。我们信了，兴许我们走后再来查一遍的人们还不信呀。保留着是有必要的！”纸灰是预先烧的旧报纸。我的书，早已在母亲的帮助下，糊在顶棚上了。我下乡前，撕开糊棚纸，将书从顶棚取下，放在一只箱子里，锁了，藏在床底下最里头。我将钥匙交给母亲时说：“妈，你千万别让任何人打开那箱子。”母亲郑重地接过钥匙：“你放心下乡去吧！若是咱家失火了，我也吩咐你弟弟妹妹们先抢救那箱子。”我信任母亲。但我离开城市时，心怀着深深的忧郁。我的书我的一个世界上了锁，并且由我的母亲像忠仆一样替我保管，我没有什么可不放心的。然而谁来替我分担母亲的愁苦呢？即使是能够分担一点点？我知道，不久三弟也是要下乡的。接着将会轮到四弟。那么家中只剩下挑不动水的妹妹，疯了的哥哥和我瘦小的憔悴的积劳成疾的母亲了！我们将只能和父亲一样，从相反的两个方向，大东北和大西北遥遥地关注我们日益破败的家了……母亲越是刚强地隐藏着愁苦，我越是深深地怜悯母亲。上帝保佑，我的家并没失过火。却因房屋深陷地下，如同母亲挣钱的那个小厂一样，夏季里不知被雨水淹了多少次。

一九七九年，时隔五载，我第一次从北京回去探家，帮助母亲从家中清除破烂东西，打床底下拖出了那一只挺沉的箱子。它布满了滑溜溜的霉苔。

我问母亲：“妈，这箱子里装的什么呀？”母亲看着，回忆着，和我一样想不起来。“妈，把打开这锁的钥匙给我……”“妈也记不清楚哪把钥匙是开这把锁的了，你试吧！”母亲从兜里掏出一串钥匙给我。锁已锈死。哪一把钥匙也打不开。最后被我用砖头砸开了。掀开箱盖，一股霉味直冲鼻腔。一箱子书成了一箱子发黄的碎纸。碎纸中有几个粉红色的小小生命在蠕动，像刚刚被剁下来的保养得极润的女人手指。我砰地关上了那箱子盖，并用双手使劲按住，仿佛箱子内有一个面目狰狞的魔鬼。即使将世界装在那样一口箱子里也是会发霉的。“箱子里到底是什么啊？”母亲困惑地又问了一句……

父亲带着一颗受了伤害的心离开北京回四弟家中去住了。我致信三弟希望母亲能到北京来住。这是一九八五年的事。算起来我又六年未见母亲了。父亲的走，使我更加想念母亲。我心中常被一种潜在的恐慌所滋扰，我总觉得一个不可避免的事实伏在距离我很近的日子里，当它突然跃到我跟前时，我不知我如何承受那悲哀、内疚和惭愧。

母亲便很快来到了北京。母亲是感知到了我的心情吗？我和妻每夜宿在办公室，将我们十三平方米的小小居室让给了母亲和安徽小阿姨秀华和我们三岁半的儿子。一老一少两个女人和一个孩子夜夜挤在一张并不宽大的硬床上。母亲满口全是假牙了。母亲的眼病更严重了。“你是她什么人？”在积水潭医院眼科，医生对母亲的双眼仔细检查了一番后，冷冷地问我。“儿子。”“为什么到了这种地步才来看？”我无言以对。我知道弟弟妹妹们为了治好母亲的眼睛，已是付出了许多儿女的义务和孝心。我也听出了医生话中谴责的意味。“眼翳是难以去除了，太厚，手术效果不会理想的。而且也极可能伤到瞳仁……”“那……至少，是应该植假睫毛的吧？”可怜的母亲，双眼连一根睫毛也没有了！失去了保护的眼睛常被炎症所苦。“应该想到的事，你不认为你想到的有些晚了吗？眼皮已经这么松弛了，植了假睫毛还是会向内翻，更增加痛苦。”“那……”“多大年纪了？”“六十七岁了。”“哦，这么大年纪了……开几瓶常用药水吧，每天给你母亲点几次，保持眼睛卫生……这更现实些……”

我搀扶着母亲，兜里揣着几瓶眼药水，缓慢地往医院外面走。

默默地我不知对母亲说什么话好。十五岁那一年，我去到母亲为养活我们而挣钱的那个地方的一幕幕情形，从此以后更经常地浮现在我脑际，竟至使我对类似踏板缝纫机的一切声音和一切近于褐色的颜色产生极度的敏感。

“儿，你替妈难过了？别难过，医生说得对，妈这么大年纪了，治好治不好的又怎么样呢？”

八岁的儿子，有着比我在十五岁时数量多得多的“书”——卡通连环画册、《看图识字》《幼儿英语》《智力训练》什么什么的。妻的工资并不高，甚至可以说是低收入阶层，却很相信智力投资一类宣传。如是等样的书，妻也看，儿子也看。因为妻得对儿子进行启蒙式教育。倘我在写作，照例需要相对的安静，则必得将全部的书摊在床上或地下，一任儿子作践，以摆脱他片刻的纠缠。结果更值得同情的不是我，而是那些“书”。

触目皆是儿子的“书”，将儿子的爸爸的“读物”从随手可取排挤到无可置处，我觉得愤愤不平，看着心乱。既要将自己的书进行“坚壁清野”，又要对儿子的“书”采取“三光政策”。定期对儿子那些被他作践得很惨的“书”加以扫荡，毫不吝惜。

这时候，母亲每每跟着我踱出家门，站于门口望我将那些“书”扔到哪儿去了。随后捡回，而我不知觉。一天，我跨入家门，又见满床满桌全是幼儿读物的杂乱情形，正在摆布的却不是儿子，而是母亲。糨糊、剪刀、纸条，一应俱全。母亲正在粘那些“书”。那些曾被儿子作践得很惨被我扔掉过的“书”。

母亲唯恐我心烦，慌慌地立刻就要收起来。

我拿起一册翻看，母亲粘得那么细致。

我说：“妈，别粘了。粘得再好，梁爽也是不看的。这些书早对他失去吸引力了！”

母亲说：“我寻思着，扔了怪让人心疼的不是……要不让我都粘好，送给别人家孩子吧！这也比扔了强呀！”

我说：“破旧的，怎么送得出手？没谁要。妈你瞧，你也不是按着页码粘的，隔三差五，你再瞧这几页，粘倒了啊！”

母亲说：“唉，我这眼啊，要不寄给你弟弟妹妹们的孩子，或者托人捎给他们？”我说：“千里迢迢，给弟弟妹妹们的孩子寄回去捎回去一些破的旧的画册？弟弟妹妹们心里不想什么，弟媳和妹夫还不取笑我？”

母亲说：“那……我真是白粘了吗？……就非扔了不可了吗？粘好保存起来，过几年，梁爽他长大了几岁，再给他看，兴许他又像没看过一样了吧？”

我说：“也可能。妈你愿粘，就粘吧。粘成什么样都没关系，我不心烦。”于是我和母亲一块儿粘。收音机里在播着一支歌：“旧鞋子穿破了不扔做啥？老太太老爷子他们实在啰嗦……”

我想像我这样的一个儿子，是没有任何权利嘲弄和调侃穷困在我的母亲身上造成的深痕的。在如今的消费心理和消费方式的对比之下，这一点并不太使我这个儿子感到可笑，却使我感到它在现实中的格格不入的投影是那么凄凉而又咄咄逼人。

我必庄重。对于我的母亲所做的这一切似乎没有意义的事情，我必庄重。

我认为那是母亲的一种权力。一种特权。我必服从。我必虔诚。我不能连母亲这一点点权力都缺乏理解地剥夺了！我知道床下、柜下，还藏着一些饮料筒儿、饼干盒儿、杂七杂八的好看的小瓶儿什么的，对于十三平方米的居室，它们完全是多余之物，毫无用处。我装作不知。是的，我必庄重。它没什么值得嘲弄和调侃的。倘发自于我，是我的丑陋。尽管我也不得不定期加以清除。但绝不当着母亲的面，并且不忍彻底，总要给母亲留下些她也许很看重的东西……一天，我嘱咐小阿姨秀华带母亲到厂内的浴室洗澡。母亲被烫伤了，是两个邻居架回来的。我问邻居："秀华呢？"他们说她仍在洗。我从没对小阿姨表情严厉地说过话。但那一天我生气了。待她高高兴兴地踏进家门之后，我板起脸问她："奶奶烫伤了你知道不知道？"知道呀！""知道你还继续洗？""我以为……不严重……""你以为……你以为！那么你当时都没走到奶奶身边儿去看看？我怎么嘱咐你的！"母亲见我吼起来，连说："是不严重，是不严重，你就别埋怨她了……"半个多月内，母亲默默忍受着伤痛。没说过一句抱怨话。母亲又失去了假牙。一天母亲取下假牙泡在漱口杯里，被粗心大意的小阿姨连水泼掉了。母亲没法儿吃东西了，每顿只能喝粥。我正要带母亲去配牙那一天，妹妹拍来了电报。我看过之后，撕了。母亲问："什么事？"我说："没什么事。""没什么事哪会拍电报？"母亲再三追问。尽管我不愿意，但终于不得不告诉母亲——长住精神病院的大哥又出院了……母亲许久未说话。我也许久未说话。到办公室去睡觉之前，我低声问母亲："妈，给你订哪天的火车票？"母亲说："越早越好，越早越好。我不早早回去，你四弟又不能上班了！"

母亲分明更是对她自己说。

我求人给母亲买到了两天后的火车票。

走时，母亲嘱咐我："别忘了把那瓶獾油和那卷药布给我带上。"

我说："妈，你的烫伤还没好？"

母亲说："好了。"

我说："好了还用带？"

母亲说："就快好了。"

我说："妈，我得看看。"

母亲说："别看了。"

我坚持要看。母亲只好解开了衣襟——母亲干瘪的胸脯上有一大片未愈的烫伤的溃面！我的心疼得抽搐了。我不忍视，转过脸说："妈，我不能让你这样走！"母亲说："你也得为你四弟的难处想想啊！"……母亲走了。带着一身烫伤。失落了她的假牙。留下的，是母亲的临时挂号证，上面草率的字写着眼科医生的诊断——已无手术价值。

今年春季，大舅患癌症去世了。早在一九六四年，老舅已经去世了。母亲的家族，如今只活着母亲一个女人，老而多病，如同一段枯朽的树根。且仍担负着一位老母亲对子女们的种种的责任感。那将是母亲至死也无法摆脱的了。

我想我一定要在母亲悲痛的时候回到母亲身旁去。我想如果我不去就简直太混蛋了！于是我回到了哈尔滨。母亲更瘦更老更憔悴了。真正的就好似根雕一个样子！母亲面容之上仿佛并无悲痛。那一副漠漠然的神态令我内心酸楚。母亲其实已没有了丝毫能力担负她的责任和使命了呀！母亲好比是一只老猫，命在旦夕，只有关注着她的亲人和儿女们，然后从这个世界上平平常常地死去的份儿了！母亲她苍老的生命大概已完全丧失了体现她内心悲痛和怜悯之情的活力了吧？

在四弟的家里，只有我和母亲两个人的时候，母亲强打起她最后的尊严，语调缓慢地对我说："听着，妈和你爸从来没指望你当什么作家。你既然已经是了，就要好好儿地当。妈和你爸都这么大年纪了，别在我们活着的时候，给我们丢脸……"

那一时刻，我真想给母亲跪下，告诉母亲，我会永远记住她的话……

母亲对我已无他求。

"不会干别的才写小说"——这一句话恰恰应了我的情况。

在这大千世界上我已别无选择，没了退路！

母亲，放心吧。我记住了你的话，一辈子！

……

若有人问我最大的愿望是什么，我会毫不犹豫地回答：将我的老母亲老父亲接到我的身边来，让我为他们尽一点儿拳拳人子的孝心。然而我知道，这愿望几乎等于是一种幻想一个泡影。在我的老母亲和老父亲活着的时候，大致是可以这样认为的。

我最最衷心地虔诚地感激哈尔滨市政府为我的老父亲和老母亲解决了晚年老有所居的问题。使他们还能和我的四弟住在一起。若无这一恩德降临，在我家原先那被四个家庭三代人和一个精神病患者分居的二十六平方米的低矮残破的生存空间，我的老母亲老父亲岂不是只有被挤到天棚上去住吗？像两只野猫一样！而父亲作为我们共和国的第一代建筑工人，为我们的共和国付出了三十余年汗水和力气。

我的哈尔滨我的母亲城，身为一个作家，我却没有也不能够为你做些什么实际的贡献！

这一内疚是为终身的疚惭。

对于那些读了我的小说《溃疡》给我写来由衷的信的，愿真诚地将他们的住房让出一间半间暂借我老母亲老父亲栖身的人们，我也永远地对你们怀着深深的感激。这类事情的重要的意义是，表明着我们的生活中毕竟还存在着善良。

我们北影一幢新楼拔地而起。分房条例规定：副处以上干部，可加八分。得一次全国奖之艺术人员，可加二分。我只得过三次全国中短篇小说奖。填表前向文学部参加分房小组的同志核实，他同情地说："那是指茅盾文学奖而言，普通的全国奖不算。"我自忖得过三次普通的全国中短篇奖已属文坛幸运儿，从不敢做得三次茅盾文学奖的美梦。而命运之神即便偏心地只拥抱我一个人吧，三次茅盾文学奖之总分也还是比一位副处长少二分，而我们共和国的副处长该是作家人数的几百倍呢？

母亲呵，您也要好好儿地活着呀！您可要等啊！您千万要等啊！求求您，母亲！母亲呵，在您那忧愁的凝聚满了苦涩的内心里，除了希望您的儿子"好好儿地"当一个作家，再就真的别无所求了吗？……

淫雨是停歇了。瘦叶是静止了。这一个孤独的日子，我想念我的母亲。有三只眼睛隔窗瞅我，都是那杨树的眼睛。愣愣地呆呆地瞅我，瞅着想念母亲的我。

邻家的孩子在唱着一首流行的歌：杨树杨树生生不息的杨树，就像妈妈一样，谁说赤条条无牵挂？……

由我的老母亲联想到千千万万的几乎一整代人的母亲中，那些平凡的甚至可以认为是平庸的在社会最底层喘息着苍老了生命的女人们，对于她们的儿女，该都是些高贵的母亲吧？一个个写来，都是些充满了苦涩的温馨和坚忍之精神的故事吧？

我之愀然是为心作。

娘！……

遥远地，我像山东汉子一样呼喊您一声，您可听到？……

老师

实在地说，我早已将老师忘却了。

偶尔忆起的，只是小学时期的一段往事，和一种关于他的淡泊了的情愫。

那是我们的共和国经历严峻的自然灾害的第一年。那一年我才十二三岁，细瘦的脖子插着一颗大脑袋。从城市到农村，共和国的一代孩子，如今被称作第三代人，被称作共和国的同龄人或长子长女的当年的我们，大抵是那么一副漫画式的模样。营养不良但精神豪迈。因为诞生在新中国的礼炮声中。因为成长在红旗下。还因为我们的父辈从小都是放牛娃。曾将冻僵的赤脚在冬天踩进牛刚拉的粪中取暖。不是这样的父辈的儿子心理上总是不安泰，仿佛自己有罪过似的。唱“我们是新中国的儿童，我们是新少年的先锋”时，尽管底气不足，感情却非常充沛，也非常真诚……

记得那一天我们学新课——《神笔马良》。

“……老婆婆说：‘孩子，我已经许多天没吃东西了。我一点儿力气也没有了。我快饿死了。’于是，马良用笔画了一张饼。立刻，那张饼变成了一张真饼……”

老师她背靠讲课桌，娓娓地读着课文，声音极低微。读几句，停歇片刻。好像她也许多天没吃东西了，一点儿力气也没有了，快饿死了。她原本秀丽年轻的脸庞，不但浮肿，而且青白。

同学王小松，将课本打开立在桌上，隐蔽着自己，用削铅笔的小刀，一下一下削一小块什么坚硬的东西，削够了一小撮，就伸出舌头直接从桌上舔到嘴里。

教室静悄悄的，鸦雀无声。女同学们听课文都听得入了神，不时咽口水，如同咽下她们在幻想中咬了一口的饼。

发现王小松“搞小动作”的几个男同学，纷纷暗中向他伸手，并勾动手指，传递乞讨的信号。他那种津津有味儿的大快朵颐的样子，使他们馋涎欲滴。尽管都并不知道他嚼什么。

王小松是个对谁都挺大方的同学，他不安于独自受用了。他将削下来的碎屑，一撮一撮分别包成一些小纸包儿，瞅准机会扔给这个一包儿，抛给那个一包儿。他没忘记我这个好朋友，虽然因为我坐在他后边隔两排，无法向他发出乞讨信号，他还是仗义地扭转身掷给了我一包儿。

我打开一看，见纸上有字，写的是——这不是一般的豆饼，是我爸爸在骑兵团当政委的老战友托人捎来的！

我们那时男女生合座。与我同座的女生，不禁斜眼瞧那一撮豆饼屑，我分了些倒在她一边桌面上。她摇摇头，不肯小猫小狗似的舔食。我的口水早快淌下来了，一舌头舔光纸上的豆饼屑，并让她看纸上的字。

她还是摇头。

我也只好随她爱舔不舔的，不再理会她。

待我又看她时，却见她的腮在蠕动。她桌面上的豆饼屑失踪得一干二净。桌面上留下了一道湿漉漉的舌头舔过的痕迹。

似乎要普度众生的王小松没有停止他的“加工”和慷慨赠予。结果，当老师要求大家跟她一起读课文时，除少数同学能读出声音，大多数同学连嘴都不敢张开一下。

“你们，都怎么了？……老师……要求你们跟我一起读课文，都没听明白？嗯？……”

于是老师重读：“第十三课——《神笔马良》……”

还只是有几个同学跟着读。

老师愕异的目光扫视着大家，困惑不解。她的眉峰微微耸起了一下。她生气的时候常常那样，她将课文往桌上果断地一放，接着，分明的，想要抬起手臂，向同学们做出某种严厉的手势。手臂却没能抬起来。她的身体开始摇晃，如同被子弹从身后击中了要害部位。她不得不用那条手臂撑住身体……

然而她双腿一曲，还是跪倒下去了，手臂也从讲桌上软软地滑了下去……

同学们发出一片惊慌的喊叫，纷纷离开座位，扑向她……

她已躺在地上……

许多同学吓哭了。有的往起抱她。有的哭泣着呼叫她。有的跑出教室，奔向教员室……教员室所有的老师都匆匆赶来，一位男老师将她背到教员室……我们全班同学惴惴地聚在教员室外。门关着。几个男同学叠罗汉，从门上方的小窗往里张望。一些女同学将耳朵贴着门倾听。另外一些女同学围住王小松，数落他千不该万不该，不该在上课的时候分东西给大家吃，以至于使大家不能跟着老师读课文，将老师气昏了。王小松自知罪过严重，一声不吭，忐忑地瞪大眼睛呆立着，脸色煞白，吓傻了。

教员室的门终于开了。走出来的是那位男老师。他说："都回教室吧！我替你们老师上这堂课。"王小松怯怯地问："我们老师……真是被我们气的吗？"他摇摇头："不是的，同学们。你们的老师，难道你们还不了解她吗？她什么时候跟学生们生过这么大的气呀？她是饿的。她的公公婆婆都是农村人，在农村活不下去了，投奔她家来住下了。她刚生过孩子，贫血，又非常孝敬公婆。为了节省下口粮养活公婆，每天喝一点儿野草粥。别的老师分午饭给她吃，她却不好意思吃大家的，每到吃午饭的时候，就悄悄躲开了。唉，大家上课去吧。"

王小松从兜里掏出他削剩下的极小极小的一块豆饼，递给那位男老师，说："请您送给我们老师，让她吃了吧！我家里还有。明天我保证给我们老师带一大块来……"

那位男老师瞧着王小松的手，苦笑了一下，没接。

王小松哀求道："老师，替我，不，替我们大家送给她吧！"

男女同学一齐帮着王小松哀求："求求您啦老师！……"

"不是他一个人求您，是我们全班同学求您啊！"

"您不替我们送给她，我们就不跟您回到教室去上课！"

那位男老师，看看这个同学，看看那个同学，显然受了很大感动。

他背转身，掏出手绢揩鼻子，顺势用手背抹了抹眼角儿。终于郑重地接过王小松手中的豆饼，走进了教员室……放学后，班长提议，第二天每人要给老师带些吃的东西来。只要能吃的，带什么都行。正是快到月底的日子，我家的粮袋儿早空了。提前买下个月的粮，哪怕提前一天，都是根本办不到的事。除非持有居民组、街道和公社开的三级证明信，证明有极其特殊的理由或困难。母亲和我们几个孩子，每天是靠向买粮日期与我家不同的邻居借的二三斤粮食勉强糊口，那些日子母亲因公伤在家中休养。厂里派人来看望母亲，送来了二斤鸡蛋、一斤“古巴糖”、三斤小米。小米已吃完了。“古巴糖”送给病得活不了多久的邻居陈大娘了。二斤鸡蛋，却还剩下十个。

母亲用一块旧手绢包了五个鸡蛋，让我带给老师。

鸡蛋！鸡蛋啊！

我觉得我的母亲真好，真是世界上最好最好的母亲！我想我带给我的老师的，毫无疑问是最上等的最珍贵的东西。那个年月，鸡蛋是普通人家平常日子难以见到的。像天鹅蛋一样会令人感到稀罕，感到惊奇。别说鸡蛋了，连鸡都少见了。人吃糠咽菜的情况下，拿什么喂鸡呢？人若一见到鸡，首先产生的恐怕不是吃鸡蛋的念头，而是怎么才能赶快把鸡吃了。

我想同学们见到我带去的鸡蛋，一定会欢呼雀跃起来。我想老师见到我带去的鸡蛋，一定会感动得落泪的。

我心里高兴，跑跑跳跳地去上学。不料包鸡蛋的手绢包儿从书包里颠了出来，掉在地上。

“哎，小孩儿，掉东西啦！”

掉了我还不知道，听到背后一个大人的话才站住。

我一瞧见手绢包儿那种样子，明白五个鸡蛋全碎了！碎了我也不能丢弃了呀！碎了的鸡蛋也是鸡蛋呀！我要用手绢兜着带到学校去，以证明我确实给老师带能吃的东西了，而且是最上等的最珍贵的东西！只要我小心地拎着，走快些，蛋黄不散，换个水杯什么的盛着，老师不是仍可以带回家炒了吃吗？

我正欲跑去从地上拎起手绢包儿，停在路边的泔水车动了。拉泔水车的老马发现了它。我至今也想不通，那匹老马怎么会知道手绢包的是好吃的东西呢？那可真是一匹老马了啊！又老又瘦，骨头在皮底下支棱八叉的。不细看，你会以为它的皮上就根本不曾长过毛。脱尽了毛的青灰色的皮，紧绷着肋条。不但青灰色的皮脱尽了毛，连脖子上的鬃也几乎掉光了。没掉的，这儿一撮那儿一撮，长长短短的，显然没人为它修剪过。也许它并非一匹老马。因为瘦成那种可怕的样子，才变得又老又丑。

它离手绢包儿近。我离手绢包儿远。它两眼瞪着我，头向前拱，脖子伸得长长的，拖着泔水车，吃力而又奋力地争先。我觉得它那只浑浊的眼睛所投射出的，是一种凶狠的，焦急的，唯恐比我迟一步的类人的眼神儿。

我和它差不多同时接近手绢包儿。我向手绢包儿伸出了手，它也向手绢包儿俯下了嘴。它突然打了个响鼻，并且翻起松弛的垂耷着的上唇，狗似的，龇出一排稀疏的大牙。那一时刻，我觉得它的眼神儿不但凶狠，简直可以说很歹毒。

我赶紧缩回手，吓得一屁股跌坐于地。

我眼睁睁地看着它将手绢包儿衔起来，吞咽了下去。是的。是吞咽了下去。接着，它用舌头舔有些湿的地皮。就像我和同学们昨天在课堂上用舌头舔豆饼屑一样。五个鸡蛋！五个呀，居然被这匹拉泔水车的又老又丑的披头散发的马享用了！而且它连手绢一块儿吞咽了下去。

我由于太心疼我的鸡蛋了，也由于再没有什么吃的东西可以带给我的老师，哇地一声哭了。这匹又老又丑的马啊，它哪怕将手绢吐出来呀！那样，我也可以用手绢证明，我确实是给我的老师带了五个鸡蛋的！现在可叫我如何对同学们讲呢？

那匹老马，它倒对我不理不睬的，若无其事地往后退，将泔水车退回到原处去了。我不离开。我决心讨回我的惨重损失。我想我必须讨回与五个鸡蛋相等的补偿。待赶泔水车的人出现，我理直气壮地要他赔我五个鸡蛋。赶泔水车的人是个老头，样子像那匹老马似的，瘦得既令人怜悯，又使人不敢接近。“什么？鸡蛋？孩子，我都忘了鸡蛋是圆的是方的了！我上哪儿找五个鸡蛋去？再说你凭什么要我赔你五个鸡蛋啊！……”我说：“当然你得赔我！你的马把我的鸡蛋吃了！五个！”我就将我的鸡蛋怎么被马吞掉的经过说了一遍。这时，已围了几位路人。我说得越详细，老头儿越不相信。“一匹拉泔水车的马，都快饿死了，你怎么能往它头上栽赃呢！孩子，冤枉不会开口说话的畜生，是罪孽呀！”他用一只黑的手，抚摸老马肮脏的鼻梁。几位站下来的路人，全都笑我，也不相信我讲的是真话，实话。万般无奈中，我朝那匹老马的一条前腿狠狠踢了一脚，在一片引起公愤的斥责声中，扭身就跑……

我沮丧而又懊恼地走进教室，见讲课桌上已被各种各样吃的东西堆满了——胡萝卜、大红萝卜、土豆、白菜、窝头、贴饼子，还有两只小口袋，比春天卖花籽儿的人那种小口袋大不了多少，装的是包谷渣子和高粱米。

王小松随后走进教室，腋下夹着四分之一块豆饼，肩扛着半袋子什么东西。当然是比课桌上装包谷渣子和高粱米的口袋大得多的口袋。男女同学立刻接下他带来的东西，七嘴八舌赞叹不已。“嚯，王小松，你可真没少带哇！”“别看王小松平时跟老师不亲不近的，关键时刻，对老师可真够意思！”“哎，王小松，你爸爸妈妈舍得你给老师带这么多东西呀？你是偷着带的吧？”

王小松摘下棉帽子，放下书包，一蹦，坐在一张课桌上，悠荡着双腿：“我爸爸妈妈才不小气呢！他们说，你能给老师带多少，就带多少！可是再多带，我也带不了啦！”

他满头冒着热气，头发都被汗濡湿了。一张圆脸，热得湿津津红扑扑的。

接着走进教室的同学，没有一个不带东西来的。每一个同学将带来的东西放在老师的讲课桌上时，表情都异常的虔诚，异常地庄重。我们这些三年级的小学生们，仿佛是在教室里举行什么神圣的仪式一般。

围着王小松扛来的口袋观看的同学们发问：“王小松，你带来的是什么呀？”“是喂猪的糠吗？我家以前养过猪，准是！”“我能给咱老师带糠吗？我能给咱老师带喂猪的东西吗？什么糠有这么细法儿？啊？这是两掺的混合面，就是荞麦面和地瓜面掺混在一起的面，蒸出干粮又筋道儿又甜丝丝的！你们都没吃过吧？”大家肃然起敬地望着他，默默摇头。仿佛他在大家心目之中，顿时非凡起来了。

王小松矜持地说：“其实我也没吃过用这种面蒸出的干粮。前天有人才送来，我妈还没蒸过哪！等哪天我妈蒸了，我带几个来分给你们大家吃！”

同学们你看看我，我瞧瞧你，都显得有几分受宠若惊。都说王小松你真好！女同学的情感表达得尤其率真。

连班长也讷讷地说：“王小松，上次分座的时候，我不愿跟你同座，你……你可别记恨我呀！其实，我不是嫌你别的，不过，就是嫌你总吃大蒜，嘴里常常呼出一股大蒜味儿……现在我愿意跟你同座啦！下学期还要重新调座呢，只要你还愿意，照样吃蒜我也不在乎……”

我孤独地坐在我的座位上，望着大家，听着大家对王小松表示好感的话，内心里对他嫉妒极了。我暗暗祈祷，谁也别注意到我，千万别有谁问我给老师带来的是什么。

不料王小松一回头，看见我，大声说：“嗨，你路上低着头走得那么快干什么呀？我叫你，想让你帮我扛一会儿口袋，你都没听见。你给老师带什么啦？……”

大家的目光不约而同地全投射到我身上，期待着我对王小松的话予以回答。

我本打算装聋作哑，什么也不回答，企图蒙混过关。口中却不由自主地说了两个字——“鸡蛋”。仿佛不是我自己回答的，是冥冥之中另外一个人替我回答的。尽管声音很小很小，小得似乎只有我一个人才能听见，王小松还是做出了对我顿时刮目相看的由衷的惊喜神情。

“你对咱们老师够情分！老师没白教你三年！咱俩更是好朋友了……”他学大人们互相表示知心和友好的样子，一只手往我肩上重重地一拍，扭转头对同学们说：“你们猜他给咱们老师带的什么？保证你们谁也猜不到！他带的是——鸡蛋！”同学们呼啦一下都向我围过来。

“几个？几个？……”

“快拿出来给大家看看呀！”

不待我再开口，我的脸蛋立刻被亲了好几下。我闹不清究竟是哪几个女同学亲了我，只觉得耳烧目眩，座位开始打转，只希望地上立刻裂开一道缝，使我能够一头钻入地下，摆脱围住我的同学们……

“哎呀，他今天怎么了？傻傻呆呆的！都快打上课铃啦，把鸡蛋拿出来呀！”

“被……被马吃了……”

“什……么？！”

“被马吃了！拉泔水车的马！”

“你的意思也就是说，你什么都没给咱们老师带来？！”

“带了！五个鸡蛋！我不是告诉你们被马吃了吗？你们都聋啦？”“你撒谎！你是不是撒谎？！”第一个不信的是王小松。他认为自己被耍弄了。像一头牛犊子似的气呼呼地对我瞪起了眼睛。“我没撒谎！连包鸡蛋的手绢都被马吃了！信不信随你们的便！……”“你们看他脸红的！撒谎的人想不脸红也办不到！”“他可耻！他欺骗我们……”忽然，大家全不笑了。一双双被惹怒的眼睛瞪着我。如同一群小鸡瞪着一条佯死不动的毛虫。今天这一件事，对每一个同学太虔诚太神圣了。每一个同学，包括那些平时经常受到老师批评的同学，都是满怀着对老师的深切的体恤和由衷的敬爱参与的。他们怎么能容忍有一个同学既耍弄了他们全体，又亵渎了这件事本身呢？

不知哪个同学发了一声喊：“揍他！”刹那间他们扑向我，不由分说，一齐揍我。我双手抱头没处躲没处藏，只有老老实实挨揍的份儿。王小松喊：“行了行了，反正也罚了他了！现在听他讲讲，拉泔水车的马怎么就能把他带给老师的鸡蛋吃了！”我早已泪流满面。我不想进行解释。我一句话也不想说。我甘认倒霉。幸而上课铃响了，真正替我解了围。同学们纷纷归座后，走入教室的，是昨天将我们老师背到教员室的男老师。他走到黑板前，望着课桌上的东西，久久地望着，似乎昨夜睡落了枕，难以抬起头来。又似乎教室里空荡荡的，根本不存在我们这些学生。

同学们面面相觑，全都显出不安的样子。怕这位给我们临时代课的老师生气。因为讲课桌上没有他放课本的地方了。粉笔盒也不知被哪个同学放到了窗台上。班长在一些同学的目光的鼓励之下，犹犹豫豫站起，喊了一声——“起立！”全体同学齐刷刷地随声站起。他，代课的男老师，仍望着桌上的东西，仍未抬头。“敬礼！”同学们齐刷刷地向他行低头礼。他还是未抬头。班长惶惑了，转脸看看右侧的同学们，又转脸看看左侧的同学们，不知所措，迟迟地没有接着喊一声“坐下”……同学们也都惶惑了，不知道究竟应该用目光鼓励她喊，还是应该用目光制止她千万别喊……代课老师突然低着头快步离开了教室。同学们就那么惶惑地站立着。教室里静极了。我们听到一个男人竭力压抑住的哭泣，隔着教室的门低低地传了进来……

同学们更加惶惑了。以为代课的老师，他家里也住了从农村逃荒的亲人，他也得每天节省下口粮养活他们。果然如此的话，我看出每个同学心里都在想，明天也愿意为他再带来这许多能吃的东西。他也是一位老师啊！而且，通过昨天的接近，他给我们留下了亲切和蔼的印象……

终于，他第二次走入了教室。他的双眼哭红了。他到底抬头望着我们了。他语无伦次地说：“同学们，对不起，我不应该让大家站这么久……刚才，我什么也没听见，请大家原谅我……我……大家快坐下吧！坐下吧！你们坐呀……”大家这才先先后后地坐了下去。他默默地扫视着我们。当他的目光扫视到我，停止在我脸上。

“那位同学，你怎么了？”

他指着我问。

我刚欲站起，他立刻又说：“别站别站。你刚刚哭过一通是不是？”

同学们纷纷转身或扭头，都将目光投射到我身上。

我急忙摇头否认：“不，我没哭过。我……我迷眼睛了！……”

“哦，是这样……”

他的目光这才移向其他同学。

“你叫王小松对不对？”

“对……”

同学们的目光又投射到王小松身上，奇怪代课老师他何以会知道王小松的名字。

“老师，我错了。昨天我不该在课堂上吃豆饼，更不该……等我们老师能给我们上课了，我一定会当面向她承认错误的……”

王小松在座位上窘迫地扭动着身体，说着说着快哭了。他给我们的老师带来的东西最多，肯定有一种希望弥补罪过的心理。尽管昨天代课老师已经告诉我们，班主任老师她并不是被气昏的，而是饿昏的。王小松却仍觉得自己是一个直接的肇事者。

“王小松，昨天，我把你那块豆饼，给了你们老师之后，她……微笑了。她……还说，我教的学生们就是好。我对他们有感情，他们对我也有感情。她猜到了你们今天一定会给她带来许多吃的东西……她嘱咐我让我转告大家，大家的心意，她是领受了。但是……东西……她却不忍收。她说你们是孩子，正在长身体的发育时期，是我们国家未来的接班人，她不能……你们明白了吗？……”

大家好像明白了许多，许多许多。也好像没明白，一点儿也没明白他的话。

“同学们，从今天起，我就是你们的班主任老师了。我发誓，一定像她一样，认认真真地教你们。和你们一起，保持我们这个班级先进班的荣誉……”

同学们全都目不转睛地注视着他。仿佛他正在给我们讲一个动人的故事，而我们也是这个故事之中的人物。

班长怯怯地问：“老师，那……那我们李老师……从此就……再也不教我们了吗？”

“是的。”

我们不明白。

我们的眼睛都在向他问为什么。

有几个过分敏感的女同学开始哭了。她们也不甚明白他为什么要那样说。她们哭泣只是由于被他说话的语调和表情所感动。他的语调像一位大演员在舞台上面对空无一人的剧场低声倾诉内心独白，并且完完全全地进入了角色，忘记了自已更是舞台之下的一个人。总之他的语调有一种魅力，一种不是后天训练而得益于发挥的魅力。似乎是先天的，与生俱有的。与其说那是一种语言魅力，毋宁说更是一种心灵魅力，使你丝毫也不怀疑。如果所说的确是他从内心里想说的话，说出来便是诗，谱了曲便成歌。那一时刻他脸上的表情被庄严和高尚所凝固，使他的脸看上去又仁慈又圣洁，目光中充满了对我们以及一切人的爱，眼里焕发着某种悲悯的源自于精神的光彩。他的脸，一张“亚瑟”式的脸，和他整个人，笔直地站在我们面前，站立在讲台之上，宛如一尊雕像，刚刚扯落布罩，一下子呈现于我们眼前并使我们心目惊异。

王小松在课本的背面写了两个字，竖起课本给同学们瞧。

我瞧见那两个字是——“亚瑟”。

不久前学校组织看场电影《牛虻》。女同学们曾在背地里评议哪个男同学最像年轻时期的亚瑟。而男同学们也曾背地里评议过哪个女同学像小琼玛。我相信每个同学都由他而联想到了《牛虻》这部电影。当然，大家只会从心里觉得他太像亚瑟。绝不会有一个同学认为他也多少有点儿像“牛虻”。即使他脸上有一道同样的伤疤贴上胡子头戴牛仔帽，肯定还是绝不会那么认为。因为他的脸看上去着实年轻。只不过由于老师的特殊身份才使我们理所当然地无一例外地将他归属为大人……

尽管我们理性上十分乐于接受这位新的班主任老师，但是我们的心里更眷恋我们的李老师。那位三十二三岁的，从我们入学那一天起就开始教我们的，几乎批评过我们每个同学也几乎表扬过我们每个同学的，周末最后一堂课经常给我们讲安徒生童话的，在郊游活动中和我们一块儿捉迷藏的，咯咯笑起来时笑声活泼如小女孩并且清脆悦耳富有感染力的李老师。我们爱她。那一时刻我们每个学生都了解到原来我们竟是多么爱她！不管以什么理由和什么名义，如果迫使我们接受这样一个现实——从此我们的李老师将不再属于我们生活的一部分，我们将会憎恨这一现实并诅咒这一现实。小学生换班主任，如同小孩子换阿姨换妈妈。如果教他们的是一位以母亲般的温暖以大姐姐般的亲情爱他们并被他们所爱的好老师……突然地，有一个男生叫喊起来——“不行！”老师的仿佛娓娓倾诉般的自言自语般的话被打断了。他怔了片刻，脸上渐渐显出愕异的样子，缓缓地开口问道：“谁说的？谁说不行？”

他的目光又一次在我们脸上扫视过来扫视过去，企图通过表情判断寻找出那个喊叫起来的同学。但是他并没有生气，脸上也无愠色，只是显出愕异的样子而已。仿佛他听到的不是“不行”，而是“不懂”。仿佛他一定要使某个“不懂”的学生懂什么似的。仿佛这一点是他身为老师不做到则心不安的职责。

“不行！”——又一个男同学叫喊起来。“不行！”——许多女同学也叫喊起来。“不行！”……全班同学都一阵阵叫喊起来。他迈下了讲台，在课桌的行距之间走来走去，举着双手做往下按什么似的手势，似乎如此这般就能够将大家的叫喊声按下去。“同学们，我不明白……什么不行？究竟什么使你们认为不行啊？……”在一阵高过一阵的叫喊声中，他显得十分困惑，有几分不知所措的样子。“一——二——我们还要李老师！”一个女同学这样喊叫。“我们还要李老师！”“我们还要……”全班同学都开始这样喊叫。一边喊叫，一边都用双手拍桌子，双脚跺地。“李老师死了！”他突然也喊叫起来。他的脸由于尴尬由于冲动而涨得通红。同学们的喊声戛然而止。

教室又恢复了那种异乎寻常的肃静。

一片暖气漏水的滴答声清晰可闻。

每一双眼睛都默默地瞪着他。目光中刚才那种被他的话他的语调他的表情所感动的成分荡然无存。咄咄闪烁着的是某种敌意，如同瞪着一个杀人犯。而我们的李老师正是被他杀死的。

“同学们，请大家原谅，我不该说……可的确是我说的那样……你们的李老师她死于野菜中毒……我知道你们一向是多么尊敬她，多么喜爱她……我不愿对你们明确地说出这一个事实……我以为你们已经懂了我刚才的话，而你们却没有懂。你们的李老师，她……临死的时候，念念不忘的是由哪位老师来教你们，当你们的班主任……她也是那么爱你们……这些她教过了三年的学生。我……我还在实习阶段，我还不是一位正式的老师……我还没有资格……因为你们的李老师，对你们的一片爱心感动了我……”

几个女同学忽然都往桌上一趴……

尽管谁也没听到哭声，但谁都知道她们哭了……

“同学们，我知道你们心里都很难过……我也是……”

他回到讲台上。他的语调恢复了平静，那是一种又平静又庄重的语调。他的表情同时也又变得仁慈而高尚。

“我求大家，不要继续喊叫了，影响别的班上课，我会挨批评的。也许我就当不成大家的班主任了！难道你们真的那么不喜欢我这位老师，那么不能接受我吗？！……”

没有一个同学开口说话，哪怕是说一句稍微使他感到欣慰一点儿的话。那一时刻大家仿佛都变成了哑巴，而且变成了聋子，一个个又聋又哑了。

这一事实对我们幼小的心灵的冲击力是那么巨大！一个活生生的人怎么就会说死便死了呢？昨天她还站在讲台上。前天她还批改过我们的作业。大前天，也就是周末，最后一堂课，她还照例给我们讲安徒生童话。讲的是《海的女儿》。大大前天……

我敢肯定全班同学当时的心理状态和我一样……

“同学们，要哭，你们就哭吧！你们的李老师值得你们这样怀念她。不过，不要哭出声儿来……不要……影响别的班上课……”

没有同学再往桌上趴。

大家都端端正正地坐着，默默地流泪。

他从讲台上走到窗前，有意不望我们，望窗外。初冬早晨的太阳，红而且大，像一个大红气球被拴在对面楼房的楼顶上，似乎很轻易便会挣断那条拴住它的看不见的线，却又并不急于挣断它，懒洋洋地逗留在楼房顶上惰于升起。覆盖于楼房顶的第一场雪还没化，仍然洁白如银，两层窗子之间，李老师带领大家封窗时摆放进去的松枝，翠绿如初。那片漏水的暖气片的滴答声，好像钟表弦响之音。

他终于将脸转向我们，以商量的口吻说：“请同学们打开课本吧？我接着讲李老师没有给你们讲完的《神笔马良》……”

谁也不动。没人翻课本。

“同学们，听我告诉你们……”他又走到讲台上，以满怀爱心的目光望着我们，温和地说，“人有两种生命形式。每一个人都有两种生命形式。一种是肉体的，一种是灵魂的。当人的肉体生命结束的时候，人的灵魂生命将继续活着。以特殊的方式，从另一个世界关注着我们。只要我们记着我们所敬爱的人，我们便会相信他们的存在，并能感到他们的存在……”

那是我们这些尚不谙世事的孩子，第一次听到一个大人对我们讲关于灵魂的问题。他的话安慰到了我们心里去。同学们都纷纷用手抹去了脸蛋上的眼泪，注意聆听。

“我们悲伤，往往也是因为我们在某件事上曾辜负过死去的人。我们唯一能够减少我们内疚的，便是我们的行动。对于大家来说，最使李老师高兴的行动，就是努力学习……”

“老师，”班长打断了他的话，“你的意思是，确实有阴间吗？”

他看她一眼，点点头。思忖片刻，又摇摇头：“不。不仅仅有阴间，还有天堂。坏人死了，灵魂才漂泊在阴间。而好人死了，灵魂将升入天堂。如果你们觉得有必要，那么就请同学们站立起来，我愿和大家一起，祈祝你们的李老师在天堂愉快。她会从天堂望见我们，并被我们所感动，同时会感到，三年来她对你们的品德方面的谆谆教导，对你们学习方面所付出的心血，都是高尚的、有意义的、美好的奉献……”

缓缓地，班长率先站立起来。

接着，十几个同学毫不犹豫地站立起来。

随即全都站立了起来……

他庄重地将头低垂下去。

我们也学他的样子，一齐将头低垂下去。

后来我们才明白，对于一个死者，活着的人这样做，就叫作“哀悼”。

经过很虔诚似乎很漫长对我们来说感受又很奇异的一分多钟，他示意我们坐下。在这一分多钟之内，他彻底地从感情上心理上俘获了我们。俘获了我们这些一开始既想接受他又不免有几分拒斥他并不易从感情上心理上征服的小学三年级学生。或者反过来说，我们终于从感情上心理上彻底承认了他。我们仿佛觉得他就是李老师了。而李老师变成他了。对于他所说的关于灵魂和天堂的话，其实我们并不深信。全当那是童话，是寓言，是我们希望听到的童话和寓言罢了。

“老婆婆说：‘孩子，我已经许多天没吃东西了。我一点儿力气也没有了。我快饿死了。’于是马良就用笔画了一张饼。立刻，那张饼变成了一张真饼……”

我们集体读课文的时候，从未读得那么齐过，也从未读得那么有感情过。课本上，插图中的老婆婆，在我眼里变成了李老师。而我自己似乎变成了马良，正用神笔画鸡蛋。马良又似乎不是我，是王小松。李老师脑后，似有一圈光环，像观音菩萨有的光环一样。又仿佛并不是光环，而是一张大饼，一张闪闪发光的大饼……

倏地这一切都模糊了。

连课本上的字也模糊了。什么全都淹没在一滴泪中……我们的新班主任老师姓冼，叫冼约翰。最初我们都把“冼”字当成“洗”字，叫他“洗”老师。

且认为他连写自己的姓都少笔画，对他能否教好我们颇存怀疑。

“同学们，不是我把自己的姓写错了。而是你们把我的姓读错了，这个字读‘xiǎn’，不应当成‘洗’字读。不信你们查字典去！”

大家都以为他狡辩，都以为他爱面子，不肯在学生面前承认自己把自己的姓写错了。直至学校要求上学必带字典以后，我们才在事实面前承认老师毕竟是老师。

我们对他的名字也极感兴趣。对我们来说，可算是最古怪最不像名字的名字了。姓很少见，名字又古怪，他这个人就使我们感到有点儿扑朔迷离。我们当然认为“约翰”纯粹是个外国人的名字。有说是美国名字的，有说是英国名字的，还有说是德国名字的，非常自信是德国名字的同学，他爸爸是公安局的警犬训练员。他的根据是——公安局有一条纯种的德国“黑贝”警犬，名字就叫“约翰”。大多数女同学认为，老师根本不会和一条狗叫同样的名字，不管是哪个国家的狗。同时认为以此为根据是对老师的侮辱，就向他告了那个同学一状。不知为什么，女同学比男同学更快也更自觉地开始维护他的尊严。尽管他对女同学表现得挺严肃，而在男同学面前就随便多了。他分明更在乎能否博得我们男同学的好感。

被那个女同学告了一状的男同学，觉得委屈，也不服气。为了证明自己没编谎话，也为了证明自己没有存心侮辱老师人格的恶意，一天背着他爸爸，偷偷将一条大警犬牵到学校里来了。它刚生过小狗，那一时期养在他家里，以便他那当警犬训练员的爸爸能更精心地照料它和它的孩子。那是一条十分威武雄壮的大警犬，背上的黑毛油光发亮。也许是刚刚生过崽儿的原因，它的样子虽凶猛，性子倒特别乖顺。

那个同学在许多同学的掩护下，居然顺利地将它带到了教室里。“约翰，跳上去！”一声令下，它纵身一跃，轻灵地跳上了讲课桌。“约翰，跃过去！”它从讲课桌上一窜，像一匹马飞腾似的，越过了五六排桌椅，稳稳当当地停在一张课桌上。“约翰，钻回来！”它从桌椅底下迅速地匍匐着爬了回来，如同一名侦察兵。“约翰，扑倒他。轻轻的，可别咬他！”那身躯巨大的、威武雄壮的警犬，一头豹子似的扑向了我……它竟善于领会人的语言！的确不过是在做出一种扑状而已，轻轻将我扑倒后，如一头骆驼，自己同时将两条前腿跪倒，温良地瞅着我的脸，似乎在期待我怎样。

我虽吃了一惊，但立刻体验到了一种从未体验到的，和如此猛悍又如此温良的一条大狗嬉戏所带来的刺激与兴奋。我开心地躺在它的腹下哈哈大笑。男同学们吹口哨，蹦跳叫嚷，拍手，赞不绝口。

“它那是等待你搂抱住脖子，对，搂抱紧了……”它的小主人从旁神气活现地指点我将这场嬉戏进行到底。我一搂抱住它的脖子，它便立了起来，也将我扯拽了起来……

“太放肆了！”

一声怒不可遏的呵斥……

我们闻声望去，一个个顿时神色骤变，呆若木鸡——不知何时，教导主任、校长，还有别的班的几位老师走进了教室。站在那些老师背后的，是我们的班主任。他的神色虽不像我们那么紧张，却有我们脸上所没有的难堪和羞愧。

“谁带来的狗？”

教导主任又呵问。

“我……它不是狗……”

“住口！它不是狗，难道是人不成？！”

“我是想说，它不是普通的狗，它不会乱咬人的，它是……”

“你还有说的！岂有此理！从这所学校招第一批学生起，我就当教导主任，没有一个学生敢把狗带到教室里！……”

校长紧接着说：“这件事，绝不能批评一下就算完了。”校长的话，尽管不像教导主任的话说得那么严厉，但在我们听来，分明的，等于当面给我们判了重刑。我们一个个都低垂下头，不敢稍抬一下偷看他们一眼。“冼老师上第一堂的时候，这个班也乱成一团，又叫又嚷，拍桌子跺地，搅得我在隔壁半堂课都没上好！”“冼老师，那一天是怎么回事儿呢？我们班也听到啦，你们班这样下去可不行啊！”“李老师教这个班的时候，这个班的纪律还可以呀！”

那条大狗，那条和我们班主任叫同样名字的纯种的德国“黑贝”警犬，蹲踞在它的小主人身边，似乎被大人们的气势汹汹惹恼了。它无所畏惧地瞪起了眼睛，呲出了白森森的牙齿，发出呜呜的带有威慑意味的低吠声。瞧它那样子，只要它的小主人一声令下，它就会立刻扑向那些气势汹汹的大人。

我们提心吊胆，唯恐它没有我们所具有的明智，使我们替它承担更大的罪过。它毕竟是一条狗哇！“你们看，你们看，他还说它绝不会乱咬人的！

它那龇牙咧嘴的样子，不是马上就要咬人了吗？……”教导主任远远地指着它，一边说，一边往后退。

它被这一指，显然是更加恼怒了，突然犬吠一声，脖子上的毛乍了起来！教导主任、校长、那些老师们，都被吓得浑身一抖，一齐挤缩向一个墙角，将我们的班主任，紧挤在最里边了。“约翰，约翰，别这样，要有礼貌，啊？……”它的小主人连忙不停地抚摸它。班主任他好容易才从墙角最里边挤出来，走向我们，走到“约翰”的小主人跟前，看看那条大狗，用一只手托着那个同学的下巴，将他的脸托起来，盯着他的脸说：“听话，立刻把它送回家！”

班主任老师也变得严厉了。自从他成为我们班主任之后，我们第一次听到他以那么严厉的口气跟一个同学说话。但他对那条困惑地瞪着他的大狗却很友善，他拍拍它的额头，温和地说：“这儿是学校，是教室，不是你随便来的地方，乖乖地跟你的小主人回家去吧，啊？”

相比之下，越发显出他对那个同学的严厉来了。

但我们心里却暗暗希望他大发脾气，只要不仅仅是对哪一个同学，而是对我们大家就公平。教导主任来了，校长来了，还来了那几位老师，他们又当着教导主任和校长的面，说了些对我们班级、对我们的班主任老师非常不利的话。我们给他闯的祸这下可够大的了。他若大发一顿脾气，也许我们心里都会感到少些内疚。

“约翰，我们走吧……跟我回家……”那个同学拽着狗脖圈，低着头，懊丧之极地往教室门口走。教导主任、校长和那几位老师，以监视犯人那种目光看着他，也那么看着狗。“约翰”经过他们身边，又对他们龇牙。仿佛它从未被这么不友善地对待过，仿佛它觉得它今天遭到了奇耻大辱。

教导主任、校长和那几位老师，又往一块儿挤，往墙角贴靠。他们一个个明明生气极了，但却讨好地对那大狗佯笑，都是一副皮笑肉不笑的样子。

“约翰！约翰！再这样我揍你了啊！……”

它悻悻地跟着那个同学走出了教室。

“约翰！约翰！不许跑！等我一会儿！……”

走廊里传来喊声。

教导主任、校长和那几位老师，望着我们班主任，像在马路上驻足望着一个化装成马戏团小丑的人。我们的班主任老师面红耳赤，讷讷地说：“是我的错，是我对同学们教导不严……”他们忽然都笑将起来。一位白了头发的女老师挺认真地说：“小冼啊，今后你还是改改名字吧！中国人哪有叫什么约翰的呀！……”他们笑得更甚了。唯独校长没笑。校长哼了一声。校长是个胖人。胖脸上，两只眼睛分得很开，两片女人似的薄嘴唇，嘴角总是怡然自得地往上翘着，不笑也面带三分笑。而那一时刻，他脸上却一点儿笑模样儿也没有，连天生的那三分笑也从脸上消失了。校长说：“冼老师，今天你上完课请到我办公室来一下。”说完，也不理睬其他的人，径自走了。教导主任说：“冼老师，校长的话你听到了吗？”我们的班主任急忙点头：“听到了，我听到了……”教导主任抬起腕子看看表，嘟哝：“先上课吧，先上课吧。唉，这个班让你带得呀……”一边嘟哝，一边也走了。“冼老师，你这么样带班可不行！对学生如此放任下去，将来别的老师没法儿带！”“冼老师啊，当班主任，首要的一条是严！你可别辜负了校领导对你的信任哇！”“冼老师，不能让那个同学回来上课，那太宽大他了！”那些老师们，对我们的班主任，给予了一些忠告，也先后走了。他指指班长，再指指教室门。班长轻轻地快快地走去把教室门无声地关上了。他站到讲台上时，我们已纷纷归座了。他打开课本，我们赶紧也打开了课本。然而他只朝课本看一眼，便合上了。我们赶紧也合上课本，一个个将双手背在身后，挺直腰板，甭提坐得有多么端正。

“都站起来。”大家丝毫不敢缓慢，近乎争先恐后地站了起来。他又从讲台上迈下来，走到班长跟前，说：“都对我的名字发生了极大的兴趣，是不是？”班长怯怯回答：“是……”“所以他就牵来一条和我同样名字的德国狗，以证明我的名字肯定是一个德国名字，是不是？”“是……”“你们还想对我详细知道些什么？生辰八字？家庭出身？婚否？患没患过小儿百日咳？几岁的时候出的麻疹？体重？身高？某一部位有痣或没痣？社会关系？档案里有没有处分记载？牙长全了没有？双亲健在否？喜欢吃辣的还是喜欢吃咸的？嗯？说呀！”

“不……”

“不什么？不想知道？我看你们想！我看你们巴不得像解剖一只青蛙似的，把我解剖了，五脏六腑都摆弄个够，才能满足你们的兴趣！李老师也曾向你们汇报过这些吗？嗯？”

“没有。她没有……”

“那你们为什么对我……我不就是名字有点儿特别吗？中国人不许叫约

翰？法律规定的？我叫约翰关系到有没有资格做你们的班主任的问题？都有谁掩护他把狗带进教室里了？……”

“我……”

“我……”

“我……”

他忽左忽右扭转头，生气地将每个供认不讳的同学都看了一眼。

半数同学在“同党”之列。

“你，你呢？”

他追问班长。

“我……也有我……”

班长在他的逼视之下，也不得不如实招来。

“你是班长，你还这样，哼！”

班长哭了。

“不许哭！”

班长羞愧的哭声立刻变成低泣。“都谁制止他把狗带进教室了？”半天，没有一个同学吭声儿。他却一遍又一遍地扫视我们，非常希望有同学，起码希望有一个同学清白地说一声“我……”然而结果令他很失望。“就没有一个同学当时认为把一条大狗带进教室不对，是严重违犯学校纪律的行为，会影响班级的荣誉，会受批评？你们使我在校领导和别的老师面前有口难辩，无地自容，你们心里感到高兴吗？”

王小松在这种时候总是很会来事儿的。他低声下气地说：“老师您别训我们了。我们都知道错了。您原谅我们这一次吧！您看您气得说话的声儿都变了，您千万别气坏了身体，对我们生这么大的气多犯不上啊？我们保证以后再也不了，还不行吗？……”

“你给我住口！显不着你油嘴滑舌的！……”他倏地向王小松转过身去，王小松顿时噤若寒蝉。这时有人敲门。他的目光正巧落在我身上，似乎刚欲开口训斥我些什么话，听到敲门声，没训斥我，示意我开门。我打开教室门，探进头来的是隔壁班级的一个男生，班长。他幸灾乐祸，得意洋洋地说：“我们老师叫我将这面旗交给你们班……”说罢，他一只手也伸进了教室，拎着一面小黑旗的一角儿，同时向我们挤眉弄眼，做出怪样。

那时学校每周都开展纪律评比竞赛。模范班级挂红旗。中游班级挂黄旗。

落后的班级挂黑旗。而且要挂在门外。为了使外来参观的人，从走廊里走过，便可一目了然地知道，哪个班级是模范班级，哪个班级是落后班级。我们学校是区重点小学，正师生齐心，力争成为市重点小学，不断搞各种评比各种竞赛，以吸引区里和市教育系统的领导经常来参观。

我不接那面小黑旗，低声地恶狠狠地说："今天才星期三，不是星期六，你送来得太早了！"

那家伙却提高嗓门儿大声说："我们老师让我转告你们冼老师，这是校长和教导主任的指示，不必等到星期六了！"我们的班主任他也大声对我说："别啰唆，快收下！"我只好乖乖地接过了那面不光彩的小黑旗。趁那家伙的头刚缩出去，手臂还在门里边，我存心用门挤了他的手臂一下。他大叫，哎哟不止，拉开门闯入教室，对班主任抗议："冼老师，他故意用门挤我！"我狡辩："不是故意的！我没看见嘛！"同学们都以赞赏的目光望着我，对我表示无言的支持。老师大步走过来，瞪了我足有三秒钟，然后将那家伙的袄袖往上捋了捋，见没把他的手臂挤到确实值得他那么大叫起来的程度，放心了，象征性地替他揉揉手臂，说："他不会是故意的。他哪会是故意的呢？我替他向你道歉！"

那家伙这才噘着嘴离开了我们教室。老师从我手中要过小黑旗，示意我归座，双手拎着小黑旗的两角儿，展现给我们看。"你们不会喜欢它的，对不对？我也不喜欢它。你们还记得我说的关于灵魂的话吧？""记得……"全班齐声回答。"李老师也会替我们感到羞愧的。今天发生的事情，她也许正看在眼里。我觉得她正从什么地方注视着我们，你们就不这样觉得吗？""……"教室门忽然又开了，隔壁班级的班长又探进头大声说："刚才忘了把红旗取走了！现在告诉你们一声，别以为是被我们班偷去的。这也是校长和教导主任决定的！……"他理直气壮地从我们班门上摘下了小红旗。老师对他说："转告你们班主任，红旗暂时寄存在你们班。""你自己去说！"他留下这么一句没有礼貌的话，扬长而去。老师笑笑，将那面小黑旗挂在门上。退后几步，望望，觉得没挂正，又上前去重新挂正了。

"今天，我第一次罚你们站。你们全都应该被罚站。坐下吧！我们开始上课……"

那个送狗回家的同学回来了。老师一句也没批评他，默默地指了指他的座位……

做课间操前，全校各班列队操场，聆听校长训话。校长站立在体育老师的领操台上，没完没了地对我们班级进行批评。他的那些严厉之极的批评之词，与其说是针对我们的，莫如说是针对我们的班主任老师的。

冼老师站在我们班的队列旁，目光一直投向地面，没有朝别处望一眼……

星期六，最后一堂课，我们心里都暗暗希望冼老师继承李老师的传统，给我们讲安徒生童话，或者讲别的故事。但是我们每个人心里所抱的希望都不大。因为李老师在我们班级实行每周一堂故事课，并没有获得过学校领导的同意，更没有获得支持，甚至还有些老师不满她开这种先例。议论我们标新立异，独出心裁。李老师是区里连续三年的优秀教师。对于她所开的先例，校长和教导主任即使不赞成，也从不明确表示反对。谁知道她的做法，会不会又是一条受到区里重视并加以推广的教育经验呢？

而冼老师，非但没有“优秀教师”的光荣照耀着自己，连当班主任的资格都是求到的！按学校的规定，教学不到三年的老师，不能当班主任。我们的冼老师据说来我们学校还不到两年。以前我们甚至都没注意学校里还有这么一位年轻的男老师。他怎么一要求就被破例允许了呢？这一点在我们心中一直是个谜。然而由于对他的名字所发生的兴趣付出了丧失红旗挂上黑旗的惨重代价，再也没有一个同学敢当面问他这个问题了，也没有一个同学敢背地里进行“刺探”活动。我们内心的沮丧其实比希望要大得多。我们都认为将从此和安徒生童话告别了！

冼老师在上课铃响过后准时来到了教室里。

“同学们，我知道你们心里都想什么，李老师在我们班开创的每周一堂故事课的传统，我没有理由废除它。我应该将它继承下去。因为这是一个好的有意义的做法，你们说对不对？”

他显得情绪挺不错的。

同学们也全高兴极了，齐发一声喊——“对！”并且鼓起掌来。

他将一根手指压在唇上，“嘘”了一声，大家立刻停止鼓掌，并学他的样子，指指前后与邻班相隔的墙壁，互相发出嘘声进行提醒和告诫。

他从讲课桌上拿起《安徒生童话集》，向我们举了一下，又说：“我知道李老师为你们读到哪一篇了。李老师她留下了遗言，将这一本书赠给接替她当班主任的老师作纪念。还有另外两本书——《红岩》和《钢铁是怎样炼成的》。李老师希望接替她当班主任的老师，今后为你们读完。可是我今天先不想为你们读《安徒生童话集》。我想先给你们讲一个故事。不，不是故事，是一个年轻人的亲身经历，以及他对我们伟大祖国的，像对母亲一样深厚的热爱。为了投入到祖国母亲的怀抱，他曾历尽千难万阻……”

同学们全都屏息静气，目不转睛地望着他，聚精会神地听。对于小学三年级的学生，只要有人肯为他们讲故事，便不论讲的是什么，他们都会怀着那么一种感激的心满意足的虔诚来听。

“有一个中国孩子，他出生在美国。他的爸爸是一位航空工程师。他的母亲是一所教会小学校的教师。他从小生活得很幸福，可以说是无忧无虑。当然，从来也没挨过饿。他是喝牛奶吃面包巧克力长大的……”

“老师，什么是巧克力？”

“这……是一种糖。说是糖也不完全是糖。糖主要补充身体的糖分。巧克力可比糖含有的营养成分高得多。吃一块这么大小的巧克力……”他向我们举了举黑板擦，“差不多相当于吃一包饼干的‘卡’，一天不再吃东西也不觉得太饿……”

“老师，那什么又是‘卡’呢？”

“‘卡’么，就是维持我们生命所必需的热量……”

“我们中国为什么不制作巧克力呢？”

“中国当然也制作巧克力啦，不过你们都没见过罢了……”

“我们李老师，如果每天能吃上半块巧克力，就不会饿得吃那么多野菜……中毒死了吧？……”

“我想，是这样的……”

他的好情绪似乎遭到了破坏，神色变得阴郁了。

于是几个接连提出问题的同学引起了普遍的不满乃至讨厌。

在一片斥责声中，不知道什么是“巧克力”和“卡”的同学，缄默不语了。斥责他们的同学尽管也不知道，但兴趣完全在故事方面，迫不及待地催促老师讲下去。

“这个孩子长到了上小学的年龄，他的爸爸妈妈将他送入了一所一流的小学校。结果使他第一次惊讶地发现，全校没有第二个孩子是黄皮肤、黑头发、黑眼睛的孩子。而在此之前，他幼稚的意识中，早已接受了自己是一个美国人的教育。他满腹疑团，一回到家里便问他的爸爸妈妈，自己真是美国人吗？爸爸妈妈觉得他问得太奇怪，回答他当然是。因为他们拥有美国国籍。这孩子又问，那为什么我跟学校里所有的同学长得都不一样呢？为什么学校里所有的美国孩子之中，唯独我一个是黄皮肤、黑头发、黑眼睛的呢？爸爸妈妈对他说，因为你实际上是中国孩子。中国才是你真正的祖国。那是他第一次听到‘中国’两个字，也是第一次听到‘祖国’两个字。当时他并不能理解‘中国’两个字和‘祖国’两个字对他究竟意味着什么。出于好奇心理，继续纠缠爸爸妈妈，请求他们告诉他中国在世界的什么地方，祖国又是怎样的一个国家，爸爸妈妈仅仅是为了增长他的地理知识，为他买了一个大地球仪，向他指出在地球仪上的中国，还翻出一册旧的中国地图，每天晚上，在地图册上和他做按省份周游中国的游戏。于是他才知道他的祖国原来地域很辽阔，历史悠久，人口众多，文化带有东方的古老神秘色彩。有许多名山大川，还有一条古老的河叫黄河，还有一条将中国分为南方和北方的江叫长江。从此，‘祖国’就装在他内心里了。从此，他要求爸爸妈妈每天必须教他说一句中国话，学会写十个方块形的中国文字。而以前，他连一个中国字也不认识，不会写。连一句中国话也不会说。他中学毕业后，已经能读家中收藏的中国古典小说了，已经能用中国文字写中国格律诗词了。他高中毕业以后，本可考入美国的名牌大学。他的爸爸妈妈，本希望他将来也成为航空工程师，以确保他们的家庭，在他这一代，依然属于美国的中产阶级人家。因为他是他们唯一的孩子。但他们却根本无法打消他想要亲自回到祖国一次的念头。这种念头很快变成了他的决心。这种决心日渐强烈。尽管他的爸爸妈妈警告他，祖国绝不会欢迎他这样的中国人的后代，却动摇不了他的意志。爸爸妈妈无奈，只好挥泪将他送上了飞往台湾的飞机。他的双脚一踏上台湾的岛土，内心里的激动和兴奋难以形容。他以优异的成绩考上了台湾的一所文科大学。但是他不久便感到了极大的失望。因为台湾毕竟不能代表他内心里的祖国。他当然知道台湾不过是祖国的一个岛屿而已。他经常独自一人徘徊在海岸边，眺望祖国的大陆。大学放假后，他给爸爸妈妈写了一封信，告诉他们，他要回祖国去了！第二天，便只身到了香港。在香港，他的钱包被偷盗了。他成了一个身无分文的人，而且举目无亲。连给父母拍封电报的钱都没了。他只得自食其力，到处打工。他终于和许多跟自己一样黄皮肤、黑头发、黑眼睛的中国同胞在一起了。但是他恰恰受尽了他们的欺凌。有一天，他从报纸上看到了父母登载的寻找自己的启事，他哭了。但是，他已经离祖国很近很近，他还是不甘放弃回祖国的决心。他什么下等的杂役都干过。从码头搬运工到为有钱人家遛狗。他等待着，寻找着。为自己创造着偷渡海域的机会。后来，他终于想出了一个办法，用两条裤子的裤筒缝成了一个简易的不可靠的救生筏，带着有钱人家的三条水性极好的大狗，趁着一个漆黑的雨夜开始偷渡海域。他成功了。那三条大狗却都为他淹死了。他的父母都是宗教情感很笃诚的人。他自己也是。他的灵魂对此常感不安。这使他对一切狗都像对人一样友善。他理所当然地受到了种种盘问。几个月后他似乎取得了祖国的信任。祖国问他希望从事什么职业，他说他希望像他的母亲一样，教许多许多祖国的孩子们读书。祖国决定，除了沿海城市和北京、上海、天津，其他的大中小城市任他选择。他感到了祖国的温暖，回答自己没有什么个人选择。既然回到了祖国，就无条件地听从祖国的安排。于是祖国就将他安排到了这一座城市，这一所小学里。学校的领导曾建议他改个名字，叫什么都行，别再叫冼约翰了。他认为什么建议他都可以考虑接受，唯独这一个建议他不能接受。因为约翰这个名字，是他的教父给他起的。他的教父是一位非常善良的美国人，是一位非常虔诚的神职人员。爱他像爱自己的儿子。而他爱自己的教父也像爱自己的父亲。学校的领导见他态度十分坚决，也就不为难他了。人是那么古怪，那么不可思议难以解释。终于实现了自己的夙愿，回到了祖国，他却又时常怀念起美国来，怀念自己家那幢有花园和绿草坪的小楼房，怀念圣诞树上挂满了礼物的温馨情形，怀念爸爸妈妈，怀念长着一大把白胡子的面容慈祥的老教父，怀念童年和少年时期参加过唱诗班的那所小教堂，怀念青年时期业余主演过《哈姆莱特》的那所小剧院……同学们，很明显，你们的表情已经告诉我，你们知道我讲的是谁了。是的。这就是我，你们的班主任冼约翰的经历。我不是历险家，我也并不热衷于历险。我的选择与历险的兴趣和历险的精神毫无关系。我梦想回到祖国。我的梦想变成了现实。最后我要说，我的心灵的满足超过一切怀念的忧郁……”

“你……也怀念过巧克力吗？”他微笑了。笑得像一个一下子被窘住了的姑娘似的，显出了很羞涩的模样。“巧克力嘛，值得我怀念的已经够多的了。我可不愿意使那一切都带有巧克力的味道。”同学们的表情，却变得比在班会上开展批评和自我批评还严肃起来。“我说，你们为什么都变得如此严肃了啊？”没有一个同学回答。也没有一个同学想回答。“你们怎么了？”沉默。气氛不寻常的沉默。“我已经把自己，你们的班主任，比较详细地向你们作了介绍。我在第一天走入这个教室后，忽略了这一点，没有预料到你们会对我有许多好奇心，这是我的错。我们班因此失去了红旗，不得不接受了黑旗，应该说更主要是我的责任。我向大家表示歉意。请同学们原谅我……你们谁还希望对于你们的班主任知道和了解其他什么方面吗？”

教室里依然一片沉默。一片气氛严肃的沉默。我敏感地觉察到。在这一种沉默之中，潜伏着某种不信任，甚至是某种怀疑。这并不难觉察到。因为它首先就在我自己心里蠕动，像一条毛虫蠕动那样。

然而他却丝毫没有觉察到。也许他根本不可能具有那一种敏感。也许他根本不愿将我们这些小学三年级的孩子们朝稍微复杂一点儿的方面去估计。如今人们认为五六十年代的孩子很单纯，而当代的孩子太复杂。其实这有相当大的片面性。将五六十年代的孩子与当代的孩子相比，在某些方面，简直无异于将一只聪明的猩猩与一个不那么聪明的人相比。而在另外一些方面，恰恰反过来，更像猩猩的是当代的孩子，五六十年代的我们是与不怎么聪明的猩猩相比而过分聪明的孩子。

他既然丝毫没有觉察到什么，他又怎能对我们那一种沉默格外敏感呢？他只不过觉得我们都忽然变得难以琢磨了而已。他有几分不解有几分迷惘地望着我们，竟渐渐笑了。

“你们不喜欢听？”

沉默。

“那我开始读《安徒生童话集》怎样？”

沉默。

“你们可真是些有意思的孩子！……”

于是他开始读。

公平地说，他比李老师读得还要好。

我望着他，我暗自想——冼老师，冼约翰，傻老师，你今天讲得糟透了！不，不是讲得糟透了，而是压根儿就不该产生对我们讲的念头！老师呀老师，是你这个念头糟透了。无论谁讲，无论怎么讲，无论讲给谁听，大人抑或小学三年级的孩子们，只要一讲出来，结果只能是糟透了！老师呀老师，这一切是万万不可以随便讲的哇！是被逼着讲也不能如实全讲出来的啊！你已经讲了，糟透了的事情已经无法挽回。而你居然还没有意识到！

我内心里很同情他。

他是一个最傻的大人，一位最傻的老师。我这么认为。我对他的同情好比同情一个大傻瓜！……

老师呀老师，你都讲了些什么啊！

试想想，一个人的经历，和美国，和中国台湾，和中国香港紧密联系在一起，难道还不足以证明这个人的经历吗？收音机、报纸、文件、电影、话剧、语文课本、小人书，从大中小学校的阶级斗争报告会，到每一条街道每一个居委会进行的宣传会，都在大讲台湾蒋军准备反攻大陆，美帝国主义准备发动第三次世界大战，美蒋特务又大抵是从香港潜入国内的！有些美蒋特务从海上偷渡的方式方法，虽然比他采取的方式方法高明，可也大同小异。而且他自己公开承认他是喝牛奶，吃面包、巧克力长大的。而且他家仅三口人就住一幢小楼房，还有私人花园有草坪。那么他是一个确凿的不折不扣的资产阶级的后代无疑！而且他说他时常怀念起美国来，怀念他的资产阶级家庭和资产阶级爸爸妈妈，怀念他们的资产阶级生活，怀念一位……对美国人能说是一位吗——一个美国佬！还宣传那美国佬是非常善良的美国佬！还充满感情地说他爱那个美国佬像爱自己的父亲！由于对那个美国佬的爱，他居然态度那么坚决地不肯改他的美国名字，而重新起一个中国名字！……开学不久学校请了一位名叫岳红红的女中学生做了一场报告——她揭发她的三舅收到几次她大舅的信。而她的大舅在香港。她还将那些信件想方设法从三舅家偷出来或从舅母手中骗到，交给了学校。学校又转给了公安局。她大舅在信中劝她三舅，与其在国内挨饿，莫如寻找机会到香港“干事”。那些信都是转弯抹角从香港捎到国内，才寄到她三舅家里的。因此她三舅成了香港敌特的“策反对象”。既然信件只写“干事”，而没有具体写明干什么事，那么必定也包括干反革命的罪恶勾当无疑了。结果她三舅被开除公职，依法逮捕，判刑四年。据说因为认罪态度较好，交代较彻底，根据“坦白从宽，抗拒从严”的法律政策，才获得从轻判处的。否则判五六年都不止。而她大义灭亲，具有阶级斗争觉悟，光荣地入了团。她口才很好，相当能说、会说。报告做得极其精彩，博得了一阵又一阵热烈的掌声。市电台还为她的报告现场录了音。在晚上七点半以后的黄金收听时间专题广播，引起强烈反响。全校三年级以上的学生，听过报告后，遵照学校指示，人人写了一篇“心得体会”，贴在各个班的墙报上。“擦亮你的眼睛，也许阶级斗争就发生在你身边！提高你的警惕，也许阶级敌人正是你最熟悉最亲近的人。挨饿并不可怕。自然灾害总会过去，可怕的是麻痹了阶级斗争的思想，天天和阶级敌人相处在一起而不能识破他们的嘴脸！……”——那女中学生报告中的一段话，曾在作文课上被我们班的男女同学互相抄来抄去。还被学校请的一位书法家写在巨大的宣传牌上——它耸立在教学楼一入楼的正厅，非常醒目。任何人的目光想躲也躲不开……

我们的班主任自以为是地讲的这个“故事”，简直糟糕透了，其严重性在于使我们都不知道究竟应该将他看作一个什么人，不知今后究竟应该以怎样的态度对待他才是正确的态度，像大多数学生尊敬大多数班主任老师那么尊敬他吗？这从今天起显然已经是我们做不到的了。无须别人指出，我们自己也会认为是别扭的事了。我们即将是四年级的学生了。我们已经知道在某些方面怎样做是应该的，怎样做是不应该的了。我们所接受的感性或理性的知识、教育，已经使我们初步学会对某些人不怎样做了。那么歧视他？冷淡他？疏远他？从此以恶意的和生硬的态度对待他？为了证明我们思想的成熟和情感的立场性、原则性？……可他毕竟是我们的班主任啊！起码有一点我们清清楚楚地明白啊！那就是他希望他自己成为李老师那样的一位具有责任感的好老师。希望我们的班级一直是模范班级。希望我们的教室门上一直挂着红旗而不是黑旗。希望把我们都教育成好学生……何况除非在他十分恼火的时候，他对我们又是那么和气，力争同我们建立起一种亲密的友好的平等关系。从这些方面讲，一个学生有点儿良心有点儿人味，就不应该不尊敬这样一位班主任老师哇……

他在课桌的行距之间踱着。一会儿走到左侧，一会儿走到右侧。他的目光注视在手中的书上，感情很投入地读着，读着……他仿佛体验到了那会儿的时光对于我们这些三年级的孩子是多么美好的时光。愉悦地甚至可以说是幸福地与我们共享美好……

然而望着他的我，心里却乱成了一团麻，根本没注意到听他读了些什么。

我敢肯定别的同学，全班同学，都和我一样。同一所学校教育不出两样的学生来。尽管同学们全和我一样，坐得端端正正，屏息敛气，目不转睛地望着他，我却清楚地知道，我自己心里当时在想些什么，他们心里也都在想些什么。我们又有什么办法呢？对于我们的班主任，我们并不愿意产生那样一些想法的呀！正如大人们所说——思想是不以人的意志为转移的啊！

下课铃终于响了。

我不由得轻轻舒了一口气。我望望周围的同学们，看出他们也是。

我甚至不知道他究竟读的是安徒生的哪一篇童话。暗想那大概是安徒生全部童话中最长的一篇。大概也是最不吸引人的一篇。他所读的最后的一段话久久在我耳畔回响——“她在屋顶上等待了一整天。她现在还在那儿等待着哩！而他呢，他在这个茫茫的世界里跑来跑去讲儿童故事；不过这些故事再也不像他讲的那个‘柴火的故事’一样有趣……”

他合上书本说：“完了。”

大家都默默从课桌里拉出书包。有的已不知何时将书包背在身上。

“咦，你们为什么一点儿反应也没有啊？”“……”

“难道你们连这个故事也不喜欢听？”“……”

“或者是我读得不好？”“……”

“我不应该读，而应该自己预先背下来，再用自己的话讲给你们听？……”“……”他怔愣了。我们使他那么惊讶那么骇异。“老师，下课铃已经打过了。”“唔，我听到了。听到了……那么，放学吧！……”于是同学们一个个悄没声儿地经过他身旁，一个个绷着一脸的严肃离开了教室，比参加一次特别审判的大法官们离开法庭时还严肃。“刘丽芳……”他轻声叫住了班长。她不得不站住。她已从他身旁走过了。她迟疑地扭回头，似乎有几分不情愿地站住了。如果不是他，而是李老师，以这个刘丽芳一贯的性格，会立刻走到老师身边，不待老师开口，便礼貌地问：“老师，什么事？”有时，甚至会显出神秘的样子。即使老师单独留下她，没有什么只能向她一个人了解，只能和她一个人商量，只能信任她一个人，吩咐她一个人去做的事，她也要故意显出受宠若惊的贴身心腹的神秘的样子，借以炫耀自己在班主任老师心目中的特殊位置。

而那一天她却矜持地紧抿着嘴唇不开口，只是默默地期待着，显出的倒是一种很不情愿的很不得已的样子。“你留下一会儿，我有话和你谈。”“老师，我……天都黑了，我一个回家害怕……”“我不会和你谈很久。我送你回家。”“我……我今天……头疼……”她的目光躲躲闪闪，不知该往哪儿瞧。我们的老师，他此刻终于觉察到了什么。他——看着那些没离开教室的同学，以为班长所以找借口，是因为这些同学之中谁平时对她的猜忌。

“好吧，那么今天算了。你也回去吧！……”我因等待慢腾腾的王小松，一直站在教室门外。我俩一块儿离开时，见老师孤孤零零地还一动不动地站在讲课桌旁，心事重重、若有所思。他怎么能想到我们这些小学三年级的孩子全都变得使他感到莫名其妙、古古怪怪、不可捉摸、无法理解的真正原因呢？“你说他……究竟想达到什么目的？”路上，王小松冷不丁地从口中冒出这么一句话。“谁呀？”我明知故问。他的话使我觉得，纠缠在他脑里的想法，比纠缠在我头里那些想法，要复杂得多也要严肃得多。他爸爸是一个区的区委书记。尽管他学习一般，但在分析小学三年级的孩子们所可能碰到的一切问题方面，是我们全班同学公认的一位小区委书记式的人物。许多时候班长刘丽芳和他相比，都要自愧弗如。连我们的李老师都曾当着不少同学的面用“太成熟了”这样的话评价过他。李老师不曾用这样的话评价过任何一个同学。据我们所知，别的班的老师也不曾用这样的话评价过别的班的任何一个同学。当然，李老师的评价中，包含有对他的批评意味儿。“成熟”而“太”，不就是有些过了的意思吗？但是他自己却不这么认为。他认为我们嫉妒他。

“还能是谁？冼老师呗！”

“你说他……究竟想达到什么呢？”

我可不愿意在背后议论自己的班主任老师的时候，用“目的”这样使无论大人或孩子听了都不免会神经过敏起来的话。“我么……现在还难下结论。不过有一点我可以肯定地说，他大概和我们全国哪一个人都不一样……”他一脚将路上的一颗石子踢飞起来。“这……也许真的。他才是一个中国人不长时间嘛！”“问题不在这儿。问题是，美帝国主义，能是那么幸福的国家吗？”“他也没说美帝国主义好哇！他不是说过他自己从小生活得多么多么幸福，他自己的家有花园，有草坪，住的是一幢小楼……再说，他自己不也承认，他的家庭，是中产阶级吗？”“中产阶级？你听说过‘中产阶级’这个词吗？反正我没听说过！从来没听说过！你别想和我争，我什么分析水平？你争也争不过我。我只知道，除了无产阶级，就是资产阶级。除了人民大众，就是剥削人民大众的地主资本家。哪儿有什么中产阶级这种说法呀！……”

我被反驳得无言以答了。连刘丽芳在这些本与我们小学三年级的孩子们无关的问题方面，在这种情况之下，在他面前都要自愧弗如，别说我了！

“我们全中国人民都吃不饱肚子的这种年头，有一个出生在美国，曾经是美国人的资产阶级人物，在台湾读过大学，最后从香港秘密回到中国，成了我们的班主任老师，还不值得想一想吗？为什么偏偏赶在我们中国人挨饿的年头回来呢？不值得问个为什么？还在课堂上说美帝国主义的好话，说美国佬的好话。难道李老师没给我们讲过解放前‘育婴堂’的罪恶？美国人披着神父、修女的外衣，拿我们中国的小孩做解剖实验，多坏呀！而他说他的教父是一位非常善良的美国人！是一位非常虔诚的神父！我爸爸的许多亲密战友，就是在抗美援朝的时候同美国鬼子作战牺牲的！我爸爸的脚，也是被美国鬼子的子弹打残废的！要不我爸爸不会转业的，说不定已经当上师长了！……”

他又一脚踢向半块砖。砖并不是在路面上，而是一半在地里。结果砖倒纹丝不动，他自己脚疼得叫起来，抬起膝盖，双手捧着那只脚，像单腿鸡似的，原地转着圈儿蹦跳不止。

我想笑。可他说出的话，使我想笑都笑不起来。

走到王小松家所住的那条街口，他最后一次站住，仿佛内心里进行了一路的矛盾冲突，头脑里经过了一路的深思熟虑似的，表情郑重地对冼老师作出了“终审判决”——“不过，我认为，他是个好人，好老师。”注视我片刻，又说，“这是我个人的看法。”

我赶紧接着他的话说：“那，咱俩……可都不要做对不起冼老师的事呀！”

“你把我看成什么人了？难道我想当第二个岳红红吗？老子才不呢！”

他觉得受了侮辱。

我向他伸出一根手指。

他也伸出一根手指，和我的手指勾在一起。

我们同时说：“誓心，誓嘴，一百年，不后悔！”

我们都被对方所感动了。互相瞧着，彼此信任地笑了。

王小松的话起码说对了一半——冼老师的确是位好老师。在李老师制作的那些教学用具的基础上，他加以改进，使它们在课堂上更方便更能帮助我们思考了。并且自己又制作了一些教具和图表。在全校进行的一次算术竞赛中，我们班夺得了第一名，平均分数比最差的班级高二十多分！虽然小黑旗仍挂在教室门外，但全校师生，对我们班的同学都刮目相看了。

原先我们学校的党支部书记由校长兼任。几天后调来了一位党支部书记，是位四十多岁的瘦削的看去很有能力踌躇满志的女人。我和王小松都觉得从某些角度看她的时候，她像连环画《野火春风斗古城》中的金环。金环是地下党员，牺牲了。

有一天王小松对我说："怎么样，给她也来一个呀？"我明白他指的是什么，犹犹豫豫地回答："给没有的同学来一个行。她是党支部书记，校领导，不好吧？"他说："胆小鬼，怕什么啊！追究起来包在我身上还不行吗？"拍了拍胸脯，"我爸爸是区党委书记，管着她呢！能把我开除不成？"我摇头。"天知地知，你知我知，不传第三个同学，啊？"在起绰号方面，王小松顶服我。经不起他的鼓励和怂恿，我想了想说："那就叫她'烈士'吧！"王小松一拍腿："'烈士'？高，高！真有你的！"也许由于我们班教室门外挂着黑旗；也许由于我们刚刚在全校同年级的算术比赛中夺得了第一名；也许由于我们冼老师是全校最年轻的一位老师，而且有着不寻常的经历，"烈士"对我们班发生了兴趣。有一天冼老师正给我们上算术课，"烈士"轻轻推开门，脚步无声无息地走入了教室。她微笑着问冼老师："可以吗？""当然，当然。您请随便坐……"她的突然光临使冼老师有些局促，脸红了。"你别紧张，"她说，"我从你们班门外经过，忽然产生了一个念头，想听听你的课。你该怎么讲还怎么讲，就当没有我……"她说完，立即走到教室最后一排的座位，款款而坐。

下了课，她一句意见没发表，对全班同学笑笑，对冼老师笑笑，脚步无声无息地走了……

在开一次全校广播大会的时候，出乎我们班同学意外的，悬在黑板上方的广播喇叭箱中，传出了"烈士"表扬冼老师讲课讲得好的话语。我们望着广播喇叭箱，想象她当时一定是满面赞赏的表情。

她还说："我相信，这样的班级，黑旗一定不会长久挂在他们的教室门外！……"全班同学都激动得大鼓其掌。冼老师腼腼腆腆地望着我们，样子很严肃。但嘴角抿不住的微笑，将他脸上的严肃全破坏了。看得出他内心里比我们更加激动……以后，"烈士"经常到我们班来听课……而校长，一如既往，经常到我们班隔壁的三（四）班听课……再以后，"烈士"经常陪同区教育局的某些领导到我们班听课……而校长，也经常陪同区教育局的另外几位领导到三（四）班听课……

终于有一天，也是上午课间操之前，三（四）班受到了"烈士"的严厉批评——因为一名女同学偷了一名男同学削铅笔的小刀，那男同学狠狠扇了那女同学一记耳光，那女同学的妈妈找到学校里来了……

"烈士"批评三（四）班之严厉，绝不亚于校长那一次批评我们班。有过之而无不及……于是黑旗挂到了三（四）班教室门外……于是红旗归回到了我们班……那些日子“烈士”春风满面……那些日子校长不再到三（四）班听课了。当然，也就没有区教育局的什么领导需要他陪同了。他们来了，陪同的也是“烈士”。是到我们班听课。

那些日子，我们班的同学，都很替我们自己，也替冼老师感到光彩。并且，对三（四）班，都怀有一种幸灾乐祸的心理。就像他们当初对我们失去了红旗所怀有的心理一样……

那些日子，冼老师的脸上却阴云密布。因为三（四）班的老师，不和他说话了。见了他如同见了势不两立的仇敌一样……

那些日子，三（四）班的男同学，经常在我们冼老师背后骂他。暗藏于楼梯拐角，冲着他的背影喊声“显大眼”什么的……那些日子，我们班的男同学，经常因此在放学路上和三（四）班的男同学打架……

晚报竟发表了一篇一千多字的文章，报道我们班级由一个落后班怎样变成模范班。三百多字写的是我们冼老师。七百多字写的是“烈士”。写她领导有方，抓典型树模范眼光很准经验丰富……

市电台还将晚报此篇报道在“新闻节目”里广播了。一夜之间我们班全市扬名。我们回到家里，家长们向我们问长问短……于是“烈士”开始被别的学校请去做报告，介绍经验。我们问冼老师记者什么时候采访的他。他笑着摇摇头说：“没有采访过我。真的没有……”我们都觉得他那笑很勉强，有几分苦涩。却不知因为什么。后来全校的同学之中流传着一种说法——“烈士”的姐夫是晚报的副主编。其实她并不打算在我们学校长待下去。只要我们班一评上区模范班级，就有可能继而评上市模范班级。她也就有可能直接调到一所市重点中学而不再是小学去当党支部书记……

“烈士”很为此生气，专门召开了一次全校会议，宣布一定要揪出谣言的制造者们……校长表示极大的义愤，慷慨激昂地说：“当然要揪，一揪到底！揪出来了，水落石出了，就能辨别究竟是不是谣言了……”一时间全校师生人心惶惶。但“烈士”却没有认真揪。也就并没有揪出谁来。也就谁也无法辨别究竟是不是谣言……接着全市掀起了一场人人捐献粮菜，支援灾区人民的运动，小学校的学生们也不例外。

“烈士”亲自到我们班进行了一次动员。她说我们班是全校的模范班级，在这一次捐献运动中，一定要比别的班多捐。说只要争得了这一次光荣，我们班评上区模范班级就毫无问题了，评上市模范班级也就指日可待了……

她给我们规定了一个非达到不可的数量。

冼老师又尊敬又感激地笑着将“烈士”送离了教室。教室门一关，他脸上的笑容随之消失。

他为难且内疚地问我们：“都听明白了吗？”似乎那个非达到不可，而要达到又太超出客观能力的数量，不是“烈士”给我们规定的，而是他。

全体同学沉闷不语。达到那一数量自然是光荣的。争得那么一种光荣自然是我们所愿意所希望的。但我们很难做到，简直无法做到啊！“老师，我……只能捐一棵冻白菜什么的。那还是我们家平时舍不得吃，要留着过年包饺子的！”终于，有一个同学鼓足勇气，小声这么说。“老师，我爸爸在单位得捐，我妈妈在单位也得捐，我哥哥在中学还得捐，我姐姐也在咱们校，六年级的，又是班长，得带头多捐。我再捐……我……我回家怎么和爸爸妈妈开口哇？……”一时七言八语，各说各自的困难，各述各家的苦衷。老师望望这个，瞧瞧那个，紧锁眉头，许久未开口。王小松忽然站起来说：“老师，你别犯愁。我有一个想法——星期天你带我们到郊区去捡菜怎么样？那不就解决难题了吗？”“捡菜？能捡到吗？”“能！保证能！有的大人，一天能捡一袋子呢！”王小松说得很有把握。老师沉吟着，思忖着，良久，同意地点点头，问：“那么，哪些同学星期天愿意跟老师去捡菜？”全体同学都把手高高地举了起来。“女同学放下手，一个也不许去！”他说得十分坚决。接着，点名挑选了十几名身体结实的男同学……星期天，我们和他在火车站会合了。尽管他不许女生去，还是有不少女生来了。而男同学差不多全来了。个个夹着袋子，小铲子什么的，好像谁都能满载而归。他板起脸命令女生们回家去。她们哪儿肯听呢？结果，他率领着我们，和一批到郊区“捡”菜的市民，一块儿登上了一节闷罐车。郊区的田野，被一场大雪覆盖得严严实实。无数的“坟”包隆起。那是一时不能从地里运走，直接用土培在地里的各类蔬菜。无非土豆、萝卜、甜菜疙瘩、卷心菜什么的。那便是饥饿的市民们到郊区进行“大扫荡”的目标。

那哪儿是“捡”菜啊！白茫茫一大片地好干净，连一片儿菜叶也没处捡呀！那纯粹就是抢菜。光天化日之下进行的公然掠夺……饥饿的市民们潮水一般奔向了田野，奔向了那些被大雪覆盖得严严实实的隆起“坟”包……

我们这些孩子，受到心理上情绪上的无形的煽动，一个个不甘示弱，齐发一声喊，也紧随市民们之后，扑向田野，扑向那些银色的“坟”包……

“同学们，同学们，这些不能动呀！咱们是来捡菜的！咱们不能这样！”老师在田野里奔来奔去，大声喊叫，企图制止我们。他怎么能制止得了我们呢？见了菜，我们变得像一群还从没啃过骨头的小狗见了带肉的骨头……

农民们从村里冲出来，手中操持着各种各样的“武器”。为了捍卫他们的劳动果实，凶猛地驱赶被饿红了眼的市民们。市民们依仗人多，奋不顾身，很勇敢。于是田野里各处展开了搏斗。农民们被彻底激怒，一个个下狠心。棍棒无情，劈头盖脑朝市民们打。有人头破血流了。有人倒地不动了……

我们被这种始料不及的“战斗场面”吓蒙了，骇然尖叫着，像一只只小兔子似的，在田野里窜来窜去……誓死捍卫劳动果实的意念，使农民们失去了理智，竟也追打起我们这些小孩子来！“不许打他们！不许打他们！不许打我的学生们！……”老师像一只兔妈妈，也在田野里窜来窜去，顾此失彼，疲于奔命，竭尽全力保护我们不受伤害。“要打，你们打我！打我呀！我是老师！是我带他们来的！狗东西，你敢打我的学生！”他见王小松被一个青年农民抓住，拳脚交加，便咒骂着，不顾一切地朝对方扑去！那一时刻，他不再像兔妈妈了。像狮子、像豹子、像虎……

“老师带领学生来抢我们！还骂老子！打你就打你！”那青年农民和我们的老师立刻扭打成一团，在雪地上滚来滚去……我们怎么能袖手旁观不帮助我们的老师呢？那青年农民眼看自己要吃亏，一棍子朝老师头上打去。老师躺在地上不动了……市民们有的抢到了什么，主动撤离了“战场”，转移向另一“战场”。有的被棍棒从田野里驱赶走了。最后，只有我们的老师，仍躺在雪地上一动不动。他头上流出的血，染红了雪地……还有我们，他的学生们，围绕着他，或跪，或站，或伏在他身上，一个个哭得泪人儿似的，喊着，叫着：“老师！老师！……”“冼老师，你睁开眼睛呀！……”都以为他死了。男同学们边哭边咒骂，一个个摩拳擦掌，咬牙切齿，互相鼓动，都要冲入村中拼命……我们的哭喊声叫声，响彻田野。世界一时仿佛被我们哭得喊得叫得天昏地暗……一些农民见此情形，惶惶不安，也纷纷聚拢。一位老农，急急忙忙走过来，将我们的老师从地上扶起，靠在怀里。接着解开棉袄，从衬衣上撕下布条，替我们老师包扎头上的伤。他那破棉袄内，只穿一件旧衬衣，而且没有扣子，用衣角对系在身上。瘦瘪瘪的胸膛半袒露着。我，我们，都看到了一条条肋骨。这使我想到了那匹吞吃掉我五个鸡蛋的，城里拉泔水车的老马……

“唉，你们老师也是……这么冷的天，咋也带你们来……不怕别的，也得怕你们丢了，冻坏了呀！”老农埋怨着。“我们不是来抢的……我们学校号召，向灾区捐粮菜……老师不带我们来捡，我们就完不成数量……”老农抬头望着我们说：“你们呀！往哪儿捐呀！我们这儿就是灾区！今年国家若不救济，村里非饿死几口子不可。”他将老师背了起来。农民们或领着我们或背起我们，将我们带往村里。那老农是村里的老支书。我们老师在他家里苏醒后，仍喃喃地说：“别打我的学生，别打他们。要打就打我……”老支书的老伴儿哭了：“这是怎么说的，这是怎么说的……你放心吧，哪能打孩子们呢？逼俺们打，俺们也下不去手哇！”她盛了满满一碗掺菜的玉米面糊糊粥，看着我们老师喝光了。又从炕洞里扒出些烤熟的土豆分给我们吃……

农民们套上爬犁，将老师和我们送出村，一直送到铁路沿线的一个无名小站。为了向老师和我们表示他的负疚，将我们的口袋中装满了冻菜。他们这样，我们反倒惭愧起来，纷纷拒绝带走那些冻菜。

最后还是老师说：“收下吧，他们也是一番诚心诚意！”我们才不好意思地收下。结果我们班捐献的数量，竟超过了“烈士”给我们规定的非达到不可的数量。我们班在这件事上，又争得了全校第一。然而奇怪的是，全校师生往“义运”卡车上装菜的时候，却只见校长和教导主任，不见“烈士”的影子。按说，在这种时候，她也是应该亲临现场指挥的。即使不需要什么人指挥，她也不会失去一次指挥一切人的机会的。

校长和教导主任显得劳动热忱特别高涨，似乎有使不完的劲儿，汗气腾腾，连手套和皮帽子都戴不住了。冼老师头一直发晕，没参加劳动。教导主任走到我们班的菜堆前，指着问：“这就是冼老师带领你们从郊区抢的菜？”王小松反驳道：“不是抢的！”教导主任没好气地说：“那就是偷的！偷就不觉得可耻了吗？”我忍不住抢白了他一句：“也不是偷的！是农民送给我们的！”教导主任愠怒了：“干什么？都想干什么？你们班的同学，现在一个个都变成了什么样子啊！……”

校长扯了教导主任一下，以一种平静得听来有几分做作的语调说：“这个班啊，咱们应当总结的教训多着哪！深刻呀，一辈子不能忘啊！干活吧，先干活吧。同学们的眼睛还没被擦亮呢，现在别对他们太认真……”

校长说着，拎起一只袋子，一甩，很轻易地就甩到了卡车上。我们面面相觑，不是因为他的力气，而是因为他那番话……劳动结束，班长刘丽芳将大家召集在一起，通知说——接连放三天假。我们不禁欢呼。欢呼一阵之后，有的同学开始觉得疑惑了。“全校都放三天假吗？”“不……”“只我们三年级？”“不，只我们班……”“为什么？”“因为我们班捐的菜最多？”“我也不知道……”“那，谁告诉你的呀？”“教导主任。”“他也没这种权力哇。”“当时校长站在他旁边……”同学们都预感到，某件在大人们之间经常发生的事情，也是相当严重的事情，肯定的，已开始降临到我们班级了。首先会降临到我们的冼老师头上，继而会降临到我们头上。谁也休想摆脱它。谁也摆脱不了它。我们只有听凭摆布的份儿，别无主张，别无办法。可究竟是一件怎样的事呢？严重到什么程度呢？将把我们摆布到哪般田地呢？冼老师他也预感到了吗？

我们一个个心事重重地散去了……三天后，每个进入教室的同学，都注意到了——教室门外，挂的又是黑旗了。然而似乎谁也不感到奇怪。似乎谁也没注意到。

谁也没心情问什么，说什么。上课铃响过很久，才有一个陌生的男人走进教室。一个三十多岁，也许四十多岁，不太能一眼就判断出年龄的胖子。

他自信而又自负地踏上讲台，不苟言笑地说：“我是新调来的老师。我姓陶。唐朝有位大诗人叫陶渊明。我和他同姓。从今天起，我就是你们的班主任啦……”

一团雷火劈入教室，也不见得能使我们比那一时刻更震惊。

“我们的冼老师呢？”

“他嘛，当然不再教你们了！”

“为什么？”

“他没有资格教育我们伟大社会主义中国的接班人！”

“为什么？”

同学们一个接一个连珠炮似的发问。

“为什么，为什么！哪来这么多为什么？现在还不到告诉你们的时候！翻开课本！”“陶渊明的陶”用黑板擦拍了一下讲课桌。王小松将自己的课桌抬起一角，猝然一松手，桌腿击地，发出很大的响声。“谁？站起来！”刹那间，男同学都用双手拍桌面，就好像齐拍一面大鼓似的。于是女同学们也开始效仿。五十多双脚同时跺地。五十多条嗓子高叫着：“我们要见冼老师！”“我

们要见冼老师！”“我们要见冼老师！”一个同学在高叫声中喊：“咱们到教员室去，把冼老师请回来呀！”于是全体站起，涌出教室，奔向教员室。冼老师不在教员室。他的桌子也移了地方，从原来朝阳的一面墙那儿，挪到了一个照不见阳光的角落。并且，没有椅子，仿佛它的主人不再需要椅子。或者反过来说，它已不再需要它的主人。桌面当中，一块玻璃板下，压着一页白纸。纸上写着一行毛笔字——“向李老师学习，教好孩子们！”是冼老师的字。还有，王小松的那一小块豆饼——装在一个小玻璃盒里。再有，就是他没批改完的，我们的作业本。和李老师遗留给他的，也是遗留给我们的《安徒生童话集》和一本蓝绸封皮的厚厚的不知名的书。

我们站立在他的桌前，心中都十分明白他已离我们而去。我们一个个不禁肃然，不禁忧伤。

“冼老师呢？我们老师呢？”

“他到哪儿去了？”

“为什么？为什么不让我们和他见上一面，不让他和我们最后说几句话，你们就把他赶走了？”

我们激动地发问。不，那是一些企图伸张某种正义的孩子们的质问。我们咄咄逼人地瞪着教员室里的每一位老师，年长的和年轻的，男的和女的，我们一向尊敬的和我们不曾给予过尊敬的。在我们的瞪视之下，他们和她们的目光躲躲闪闪，仿佛都做了亏心事，还想掩饰。

“你们太过分了！谁允许你们一窝蜂似的拥到教员室来的？”曾将我们冼老师视为仇敌的三（四）班的班主任，以一种又解恨又刻毒的语调说，“不是谁把他赶走了，是公安局把他带走了。因为他是美蒋特务！”

我们目瞪口呆……

一位戴眼镜的男老师，不失时机地表白：“是啊是啊，不是我们把他赶走的。我们哪有权力把他赶走呢？……”端起杯子喝了一口水，又说：“当然，现在证据还不确凿。还只是嫌疑……至于证据嘛，有是有一些的。比如，他利用一次给你们讲故事的机会，在我们社会主义的神圣课堂上替帝国主义散布了些什么，难道你们不是最清楚的吗？这就需要同学们端正立场，提高觉悟，进行揭发啰！证据都是收集得来的嘛！又比如……”他从冼老师的桌上拿起了那本蓝绸封皮儿的厚厚的不知名的书，用另一只手轻轻拍了拍：“你们知道这是什么吗？这是《圣经》！即使告诉你们这是《圣经》，你们还是不知道《圣经》是什么，对不对？它宣扬上帝主宰人类，这起码是迷信吧？这样的人怎么配当老师呢，啊？大家快回到教室去吧！你们每个同学倒是应该认真想一想，你们对他挺有感情，这究竟为什么？十万个为什么之中，这是首要的一个为什么啊！”

他一副循循善诱、诲人不倦的样子。他的话即使根本不能说服我们，也使我们感到他肯定是善意的，是有道理的，是对的。三（四）班的班主任又说：“你们再不走，我可去请校长和教导主任了啊！”我们都怀着一种仿佛失落了什么，仿佛希望带走什么，却不知该带走什么，明知什么也带不走的心情，一个个垂头丧气地离开了教员室。经过三（四）班时，有同学将教室门上的红旗扯下来，倒挂在门上……后来，公安机关的人出现在我们这所区重点小学校里……再后来，他们找我们班的许多同学个别谈话……于是班级里首先进行了对于“帝国主义分子冼约翰”的揭发批判……于是全校进行……于是晚报、日报对于这一“阶级斗争的活生生的例子”连续发表了许多篇社论、评论。于是省市电台接连几天进行反复广播……晚报和市电台还作了公开的检讨……于是历史便记录下了这一当年的“重大阶级斗争事件”……于是我们的班主任冼老师从我们的小学生活中消失了……消失了的还有“烈士”……王小松问我：“你估计她怎么样了？”我想了想，回答他：“大概牺牲了吧！”不久学校宣布，党支部书记仍由校长兼任。又有区教育局的领导到学校来视察了。每次来，校长都陪同他们到三（四）班听课……三（四）班被评上了区模范班级……校长的名字见了报，经常被请到别的学校去做报告——关于在小学校抓阶级斗争教育的报告……虽然我们人人都参加了揭发和批判，但我们十分憎恨我们之中第一个出卖冼老师的“奸细”。我，王小松和另外几个男生，一致认为“奸细”肯定是班长刘丽芳。有一天放学后，我们把她堵在一条胡同里，围住她，威胁她，恫吓她，逼她“招供”。王小松亮出小刀子，恶狠狠地说，如果她不从实招来，就一刀将她的鼻子削掉……

“不是我！你们怎么认为是我啊！真的不是我！我也不知道是谁呀！……”她恐惧地哭了。“你们看，你们看这个，难道会是我吗？……”她哭着从书包里掏出个铅笔盒，打开来，掀起贴在铅笔盒盖上的课程表的一角——我们看见一个极小极小的半身像，隐蔽在其下。那是我们的冼老师，从照片上剪下来的。我们班获得全校算术竞赛第一名后，他和前五名同学照了一个像。五名同学中也有刘丽芳……

我们纷纷掏出手绢替她擦脸上的眼泪。待她不哭了，我们一齐将她陪送到家门口……许多同学在以后的考试中故意答错题。刚及格甚至不及格也在所不惜。我们以此，也仅仅能以此，在当年，对大人们，尤其对教我们文化知识的大人们，以及他们的某种生活哲学，实行悲愤的报复。我们看见教室门上的黑旗，非但不再觉得耻辱，反而觉得快感。

王小松转学了……

刘丽芳调到别的班去了，不再是班长……

其后我们班三分之二的同学被分散插入别的班级，将许多别的班级的同学调到了我们班……我们的班级不存在了……那一年的冬季漫长而寒冷。第二年的冬季更寒冷，大地被冻得像浇铸了一层厚厚的水泥……年三十夜晚，母亲收拾穷家的时候，不知从什么地方翻出了一斤粮票，团成了一个纸弹弹儿的一斤粮票，一斤去年的粮票。“呀，呀，一斤粮票！……”母亲像发现了一颗上辈子人藏匿的珠宝。我提醒母亲：“妈，明天初一了！哪儿都关门放假，用不掉，春节一过，不就作废了吗！”母亲也说：“是呵是呵，怎么地，也不能作废了它呀！”母亲将它托在手掌心上，呆呆地瞧着，发起愁来。

当年，白白作废一斤粮票，不啻是一种罪过！

一斤粮票有时能救一条命！十斤粮票则足可令歹人起谋财害命之心。

母亲瞅瞅我，又瞅瞅已熟睡在炕上的弟弟妹妹们，下了一个很大的决心：“快把你弟弟妹妹们弄醒，妈妈给你两块钱，你带着弟弟妹妹们，无论如何也得将这一斤粮票用了！”

说罢，从兜里掏出两元钱塞在我手里。我说：“两元钱能买什么呀？买一斤粗粮细作的饼干还得三元多呢！”母亲瞪了我一眼：“谁叫你买饼干了？买几个烧饼，一人喝碗豆浆什么的，差不多够了！”反正不能作废了那一斤粮票——在这一点上，我和母亲毕竟是一致的。于是我弄醒弟弟妹妹们，告诉他们，我要带他们去“下馆子”。他们一听，一个个困意顿消，兴高采烈。三十儿的夜晚竟是最黑暗的夜晚。城市死寂沉沉，没一点儿辞旧迎新的气氛。啐唾成冰，干冷干冷的。我们去到的小铺子和小饭馆都关门了。为用掉那一斤粮票，我带领弟弟妹妹，越走离家越远。“哥，我冷……”“哥，我的手都冻僵了！”我不禁开始动摇地想——究竟值得不值得？“你们看，前边那不又是小饭馆吗？最后到那里去……也关门了就回家！……”

它居然没关门。里面只有一个顾客，背对着门，独占了一张桌子。一位老师傅，伏在柜台上，颇有耐性地望着那个人，分明的，只要那人起身离开，便会关门。

我和弟弟妹妹们刚一走进去，老师傅便挥挥手往外撵我们："别进来了，别进来了，什么吃的都没有了，马上就关门了！"

我苦苦哀求他，无论凉的、热的，好歹让我们吃点儿什么都行，并向他出示了那一斤粮票。向他讲，为了那一斤粮票不作废，我们已经走得离家有多么远。

他瞧我们冻得一个个怪可怜的小模样，心软了，现给我们热了几杯豆浆和几个烧饼。

于是我和弟弟妹妹们在另一张桌旁坐了下去。

弟弟妹妹们一边喝着豆浆吃着烧饼，眼睛一边朝那个顾客的桌上瞥——五六盘菜，一盘饺子，还有半瓶酒。一个人能这么丰盛地吃上一顿，真让人嫉妒啊！这大概得花掉他整整一个月的工资吧？

那人也看了我们一眼，笑了笑。那一种笑似乎是一种倾诉，一种自白，含意很多。使人觉得他的心此时此刻正品味着孤独和凄凉。忽然妹妹一声说："哥我也要吃饺子！"我说："明天是初一，明天你能吃上饺子。"妹妹说："今天是三十儿，我现在就要吃饺子！"我说："别胡闹！再胡闹我揍你！"妹妹便哭了。那人起身，同时端起他那盘饺子，走过来，轻轻放到了我们的桌上。"哎您……别这样……这怎么行！……"那人一言不发，接着将他桌上的几盘菜，都一一放到了我们的桌上。"吃吧，怎么不行呢？"他在我对面坐下，掏出烟吸，吸的是一盒价格最便宜的劣质烟。我一时发窘地不知如何是好地望着他。忽然我认出了他——"冼老师！……"他停止吸烟，注意地看了我一眼，立刻也认出了我——"是……你……"他夹着烟的手指，剧烈地抖起来。我不知究竟是我投入了他的怀里，还是他将我搂入了他的怀里。

我不知道。我哭了。泪如泉涌，想止也止不住。我说："老师，我想你，我们都想你呀……"我不知我究竟还说了些什么。我不知道……他一动不动地站立着，把我搂得很紧很紧。仿佛他搂抱住的，是他自己的一部分。仿佛他一放开我，他又是残缺不全的了。

"别哭，别哭，你弟弟妹妹都有点儿被你哭傻了呀……"终于他使我安静下来，和他面对面坐着。"这是我的学生！我当过老师！……"他指着我，对那正耐心地等着关门的老师傅说。说得很自豪，脸上顿时显现出某种光彩。

"学生？噢，好，好哇……"老师傅嗯啊地随口应酬着，心不在焉地望着我们。弟弟妹妹则开始毫不客气地吃他端过来的饺子和菜。他向我问起班级的情况。问起王小松，问起刘丽芳，问起红旗是否还属于我们班，问哪位老师继他之后当我们的班主任，问起周六的最后一堂课，我们新来的班主任是否仍给我们讲故事……我一点儿真实的情况也没告诉他。我用一句接一句的谎话回答他。听了我的许多谎话，他感到很欣慰。"老师，你告诉我你现在究竟在哪儿？干什么？我和王小松，刘丽芳，一定要去看你！""我……在郊区的一个小工厂……你们不能去看我。谁也不要去……我挺好的……"

他的脸很憔悴，头发很长，脸上还长了胡子。他的黑色的工作服棉袄很肮脏。左前胸那儿印着一个"改"字。这个字使我无须再问什么。某些工厂发给被监督劳改者的工作服，都印有那么一个字。

"她怎么样？"

"谁？"

"就是……学校的党支部书记……还是吗？"

我点了点头。

他低声说："她是个好人。一位好领导。对不对？她关心过我，关心过咱们班，这一点我永远也不能忘……你……若有什么机会单独见到她，一定替我问她一声好……也要替我问同学们好。就说我感到对不起同学们，肯定给同学们造成了不愉快……"

我急忙说："没有。老师，什么不愉快的事情也没有发生过，真的……"他苦笑了。

他又说："还记得吗？我曾跟你们讲过，人有两种生命形式……

也许属于灵魂的那一种形式，是更好更自在的形式啊！……"我又默默地点了点头，表示早已接受了他这一说法。其实我那时由于年龄小，对关于灵魂的问题，从未进行过任何思考。那一时刻，我才闻出，他口中酒气很重。他大概喝了不少酒。而他原先也是个反对吸烟反对喝酒的人……"哥，我要撒尿，我憋不住了！……"一个弟弟叫我。我便带他到外边撒尿。回来时，老师不在了。弟弟妹妹们不但将豆浆和烧饼，也将几盘菜和一盘饺子一扫而光，期待着我带领他们回家。"我老师呢？我老师呢？……"我向老师傅大声询问。"你一出去，他跟着也出去了。这孩子，你又不曾让我替你看着他！快走吧，快走吧，我早该关门了！"桌上遗留下了老师的空烟盒。我拿起它，觉得它是老师有意留给我的一件东西似的。我扇了弟弟一巴掌……八一年，我重返我的母亲城，见到了我童年的朋友王小松。他的经历和我的经历没什么两样。小学时期我们共同经历了三年困难时期自不待言。中学时期我们都不可避免地被卷入“文化大革命”狂澜。所不同的是——我属于“红五类”而他属于“狗崽子”。我的父亲因为是工人阶级没挨过斗，他的父亲因为是“走资派”，被“打倒”被“解放”被“结合”再被“打倒”，郁闷成疾一病不起一命呜呼。我去“兵团”而他没资格便只得去“插队”。我以“工农兵学员”的身份幸运地上过大学而他被视为“可教育好的子女”破例经贫下中农推选当过农村的小学老师……

返城后他发奋考上了“师专”。我们相见时他竟成了我们小学母校之校长。二十年后我们都已不再是孩子成了彻底的大人……叙谈中他问我：“你还记得咱们冼老师吗？”

我说：“记得啊！”

一问一答我们都回想起了当年，却并不怎么激动，感情淡泊得很。

他说：“他平反了。”

我问：“他如今在哪儿啊？”

他说：“他早死了。学校里出了那件事后，也就是春节前吧，好像正是三十那一天，他把他积攒的钱差不多全花光，饱吃饱喝了一顿，吊死在一间破工棚里……直到过完春节，人们上班了才发现……”

蓦地，我的记忆倒退回了二十年前那一个寒冷的冬季，那一个黑暗的干冷干冷的三十儿夜，那一斤粮票，那一个小饭馆，那遗留在桌上的便宜而低劣的香烟的烟盒……

而我们叙谈于一家雅静的饭店，窗外正是盛夏季节树绿花红……

“谁……谁替他平反的？”“我。我一当上咱们小学母校的校长，我想做的第一件事就是——我王小松得为咱们冼老师平反啊！也巧了，上边转来一份公函，是从北京到省里到市里批转下来的——冼老师的老父母到中国来了一次，寻找他们的儿子，所以这件事儿倒也没太费周折。我还给他的父母写了一封信，说他一直是我校优秀教师先进人物。不幸于某年某月某日死于癌症……”

“你这不是欺骗吗？”“那依你又该怎么办？告诉两位不远万里来寻找儿子的老人真相？我可没那么冷酷的心！你喝橙汁还是喝咖啡？……”“橙汁吧！”“你知道当年那个‘奸细’是谁了吗？”“不知道。你知道？”“是乔东辉。”“是他？……”那是我们班里被每一位老师和全体同学所公认的最最老成的一个同学。难怪他学习成绩一向平平毕业时却被保送到了一所重点中学。“怎么会是他呢？……”我难以相信。“不是他自己说的，我也不信。他不知扯上了一种什么关系，出国了。如今在美国混得还挺不错，拿到绿卡了。不会回来了！他临出国前，不知为什么，心血来潮，通知几位小学同学聚会，也通知了我。请大家撮了一顿。前几天还从美国给我写了一封信，向我要冼老师父母的地址，信上说异国他乡的，没个可依靠可信赖的人，有时也感到怪苦闷的。说如果老师的父母，念在他是他儿子的学生之份，能给予他某些关照，他的境况就会更好些……”

“你告诉他了？”

“我能吗？”

他笑了。

我也笑了。

我伸出一根手指，说：“你发誓，永远也别告诉他！”

像我们小时候一样，他也伸出了一根手指，勾住了我的手指：“誓心，誓嘴，一百年，不后悔！”“你……小学校长，干得还可以吗？”“没什么可以不可以的。我这人，胸无大志。我对学生规定的思想教育只有三条……”“爱党，爱祖国，爱人民？”“爱父母，爱老师，爱同学。一个人小的时候，连这些起码的方面都做不到，长大了准是个混蛋！即使有才干，也准是个有才干的混蛋！你说的那三爱，等他们上了中学以后，由他们的中学老师去教育好了！什么事，在中国，都有些怪。小学生，从小就得接受爱党的教育。上了中学，再教育他们也应该爱父母。上了大学，则教育他们如何懂礼貌‘五讲四美’了！我他妈的才不这么倒着来呢！反正我也不巴望谁封我个‘模范教育工作者’之类……”

我们叙谈了很久很久。分手时，我忽然产生一种天真幼稚的想法——再当一次小学生，就在我的小学母校。不久前我检查儿子的作业，在某一页发现这样的“秘密记载”：“××× 上课做小动作。×× 骂人。××× 在学校吃零食。”我严肃地问儿子：“这怎么回事儿？”儿子回告：“到评‘小红花’的时候，汇报老师呗！他们评不上，我就更能评上啦！”儿子回答得也相当严肃。我说：“这样做不好。”将那页纸扯下来撕了。儿子哇地哭了：“他们还汇报过我呢！大家都得互相监督！……”我费了半天口舌向儿子解释这样做为什么不好。

然而我看出儿子并没有明白。为了儿子，和今天的孩子们，我写下这篇文字，算是作为父亲的某种责任。也算是对我的一位名叫“冼约翰”的小学老师的一篇悼文……

黑纽扣

今年五月，我完全是被长久萦绕心间的乡思所驱使，回到了哈尔滨。七年没回去了。七年没见老母亲了。

弟弟、妹妹、弟媳和妹夫们都还未下班，家中只母亲一人。母亲正做晚饭。狭小的厨房没窗子，一盏度数很低的灯卑微地忽闪着——电压不稳。灶烟和锅汽形成厚重的昏暗。昏暗中，母亲双手抖抖地端着米盆，像烟汽中的一个虚影，木然地望着我。显然，母亲一时看不清我的脸。

我大声说："妈，是我回来了！"心中竟很激动。

"是……绍生吗？"母亲从来只叫我小学时的名，这名是户籍警在我诞生的时候按照氏族辈字给我起的。母亲从来也没叫过我上中学后自己改的名——晓声。仿佛她不喜欢这个名，不认可她的儿子叫这个名。我不知这是为什么。也没诘问过。

"妈，是我！"一回到家中，自己说话的语调就很自然地归复了东北口音，连我自己都感到奇怪。

"哦，哦……"母亲转过身去，想找个放盆的地方。

我走进屋，刚搁下提包，母亲便跟入了，双手仍端着米盆。厨房极乱，母亲大概是没处放盆。

我赶紧从母亲手中接过米盆。里屋并不比厨房大多少，也不比厨房光明多少。只有一张桌子可放东西，桌子上同样杂乱地堆放了许多杯、碗、小孩儿玩具。三对夫妻，三辈人，十一口，生活在仅二十余平方米的低矮而阴暗的空间，有条不紊和清洁就只能成为一种奢望了。我原地转了三百六十度，最后将米盆暂放在床上。

"你……怎么也不预先来封信，我们也好把家收拾干净点……"母亲歉疚地说，目不转睛地端详着我。

母亲是更瘦小、更憔悴、更苍老了，脸色很不好，蜡黄里泛着青灰。眼病分明没治愈过，眼边红红的。衣服也挺肮脏，衣襟上一片锅底灰。整个看去母亲像一截枯槁的树根，从泥土中抠出来不久。

我又叫了一声“妈”，心内倏然泛起难过，喉间像被什么东西哽住，说不出话。母亲一共养育了我们五个子女，我算是有点出息的——成了作家，我是母亲精神世界中的一豆烛光，是母亲心灵的安慰。可我身在北京，又是对母亲尽孝最少的一个儿子。甚至可以说，自从我到北京后，就没有对母亲尽过一个儿子的孝道。只不过隔几个月往家中寄点钱。

“孩子，你瘦多了……别那么拼命写，妈不指望你出名，只愿你身体好，没病没灾的……”母亲说着，侧过身，撩起肮脏的衣襟拭她那发红的眼角。

“妈，我不过就是瘦一点，可没什么大病……”我用谎话欺骗母亲。我努力克制着，不使自已在母亲面前落下泪来。“真的？……”母亲转身再次注目端详着我。她长长叹了一口气，然后低声说，“你这次回来，一定要去看看你小姨。”我说：“过三五天我就去看她。”母亲说：“不，你明天就要去看她。她……怕是没多少日子可活了……”我不禁呆住了。母亲又说：“你弟弟妹妹都去看过她了。连你妹夫也去看过她了。可她最想念的还是你，每次来信都提你……苦命女人，妈的命够苦了，你小姨比妈的命还苦……”“小姨……她得了什么重病……”小姨才四十多岁，我简直有些怀疑母亲的话，讷讷地问。

“三月份你弟弟妹妹们把她接来家中住了一个时期，轮流陪她到医院去检查过，也没查出什么大病来。可她就是一天比一天瘦，不想吃也不想喝的，人瘦得快剩把骨头了……人啊，就怕是苦在心里啊！同学老师的，你都不要先去看，明天一定要先去看你小姨。”母亲异常忧郁地说。

我轻轻“嗯”了一声。

可怜的小姨！可怜的女人啊！

一种凄凉一种悲怆，在我内心里弥漫开来。

我装作疲乏的样子，倒在床上，眼眶竟有些湿润了。近几年来，还没有一件事，比这件事更令我感到难过。我本来没有姨。小姨不是亲姨。我七岁时，母亲在铁路上做临时工。挑挑抬抬，搬石运铁，卸煤扬沙。哪儿的活顶脏顶累，临时工们就被指派到哪儿去干，男女平等。母亲每天下班都很晚，常常是黑着一张脸，带着一身尘土回到家里。

那时我们家还没有搬到“偏脸子”这一带，住在安平街。房子，比现在住的还小，还破，还缺少光明。屋里的地面，要比外面的地面低一尺。为了防止下雨天雨水灌进屋来，门槛儿上面横钉了一块木板，进屋的人得高抬脚。门槛儿内叠了两层碎砖，算是踏脚的台阶。第一次来我家的人，不是头被上门框撞起了包，便是踩空"台阶"，吓一大跳。虽然有窗子，但一半埋入了地下。窗框被下沉的房子扯得不成形状，无法打开。碎了的玻璃因为窗框无形，也就镶不上，用牛皮纸糊着。这是私人房产。房东并不因它全不像个房子样就将房钱压得便宜些。里外两间，外间夏天做厨房。冬天为了取暖，再将铁炉子搬进里屋去，我们五个孩子和母亲挤在里屋一铺炕上，外间便放大白菜、土豆、萝卜、水缸、粮食箱子、劈柴和煤桶，也就没余地了。

记得是冬季的一天，从白天到黑天，一直下着很大的雪。母亲那一天下班特别晚，带回来一个陌生人。

母亲的脸，照例是黑的。"低头，高抬脚，慢点落脚，再慢落一脚……"母亲先进得屋来，引着这人的一只手，提醒着，将这人引进屋来。亏得母亲心细，这人没被碰了头，也没被吓一跳。那人的脸比母亲的脸更黑，因而看不出年龄。从脸黑这一点却不难得出肯定的结论，那人是和母亲同样做临时工的，和母亲一块儿卸过煤。头戴和母亲同样的狗皮帽子，身套和母亲同样长过膝盖的大棉坎肩儿。脚穿和母亲同样的棉胶鞋。

母亲从炕上拿起笤帚，一边扫落那人身上的雪花，一边说："你瞧，我家就是这么个破烂样子，这几个都是我的孩子……绍生，快给我们倒洗脸水……"

那人的黑脸上唯独一双眼睛是干净的，眼神儿有点怅惘，有点拘谨。她一动也不动地站在门口，分明因为我家比她想象的还不如，一时有些不知所措。

我舀了大半盆凉水，轻轻放在她脚旁。

她见屋里没个能从容洗脸的地方，就一声不响地端起盆，转身走到外屋去了。

"里边趴着去！就这么一张炕，都让你们趴满了！"母亲对着弟弟妹妹们吆喝。于是弟弟妹妹们就一堆儿缩到炕角去了。

"坐炕沿上梳吧。"母亲轻轻地将她推坐在炕沿上。

我低声问："妈，我给你们热饭吃吧？我和弟弟妹妹们都吃过了。"母亲说："我自己热吧。挑两棵白菜，洗一个萝卜，我做汤……"母亲看了那大姑娘一眼，挨着她坐在炕沿上，推推她的肩膀，问：“你怎么不说话？”她只是一下一下地梳着长发，也不抬头！母亲又说：“如果，你是嫌弃我这个家，今晚我就只留你住一宿，明天我再替你想想办法，看能不能找个好住处安身……如果，你还肯将就我这个家，你就长久地住下来，住多久我也不会撵你搬走。有我吃的，就有你吃的。有我盖的，就有你盖的……”

她还是不吭声，还是不抬头。木梳，在乌黑的长发上缓缓地梳理着，将她那长发梳得顺溜儿极了。我们见她这样子，都觉得大大地失望，猜想她准是不愿在我们这样一个家里长久住下。我一边扒白菜洗萝卜，一边偷眼瞧那大姑娘，真希望她说一句“我住下”，或者点一下头。她却像个哑巴，头垂得更低了。母亲见她始终不回答，表情就有些尴尬，便缓缓地站起身，去切菜。“大姐，你每月收我多少房钱？”她忽然抬起头，用极小的声音向母亲发问。

“瞧你问的，什么房钱不房钱的？”母亲停止了切菜，转脸瞧着她说，“房子不是我的，我能做二道房东吗？你要愿住下，我一分钱也不收你的！”

那张我认为非常之俊美的脸上，花朵绽放般地呈现出了一种心喜意悦的微笑，她复低下头说：“那……我愿长久住下……”仍继续梳头。

母亲乐了，说：“不过，孩子们面前，总得有个叫法。你叫我大姐，你年纪跟我的小妹子一般大，可惜我那小妹子死了。今后，就让孩子们叫你小姨吧？行吗？”

“嗯。”像个表示今后愿意听大人话的孩子的声调。她放下了梳子，开始编辫子。

母亲又对我们说：“都听见了吗？今后要叫小姨！”

“小姨！”弟弟妹妹们迫不及待异口同声地叫起来。几只猫崽子似的爬到她身旁，一迭声地叫“小姨”。

她半转过身，瞧着我们，又那么可爱地笑了。

我仿佛觉得我们家那小破屋子顿时满室生辉。在一片“小姨”的叫嚷声中，我那颗七岁的男孩子的心，竟充满了莫名其妙的激动和兴奋！从今往后我将有一个小姨了！并且是一个多么让我喜欢看着的小姨啊！我那把木头做的、涂了墨的驳壳枪，我那一小箱子小人书，我那十几颗花瓣玻璃球，我那只养在一个桌子抽屉里的小麻雀，所有我一切的宝贝东西，都抵不上这个小姨！我们与家庭成员之外的一个人建立了某种亲近的关系，这简直是生活对我们的赐予！

以往，母亲下班后，若是我们已经吃过了饭，她是绝不再动手做饭的，只胡乱吃几口我们给她留的饭就算了。那一天，虽然母亲下班很晚，虽然我们都看出她很疲劳，但她还是撑着精神，将两棵白菜细细地切了，拌了一盘。将萝卜同样细细地切了，做了小半锅汤。还抖尽了面口袋里的白面，放许多油煎了几张饼。母亲是从来舍不得一次用掉那么多油的。看得出，小姨和母亲一样，是个干起活来不藏奸不掖懒的。要不，她们为什么会把那一大盘拌白菜吃得干干净净，将那半锅汤喝得精光呢？

母亲和小姨吃罢饭，我默默收拾了碗筷去刷洗。我心里高兴，便会主动去做我不情愿做的事。小姨要抢着刷洗。母亲拦住她，说："往后有你插手的时候，今天还不能劳大驾！"

小姨无声地笑了。我真是看不够小姨的笑脸！她笑起来真叫别人感到快乐！

母亲又说："你今晚就和我挤一宿吧，明天把外屋收拾收拾，给你搭个铺。"

小姨微微点头。在我们眼中，她是个大姑娘，是个大人。在母亲眼中，她分明还是个小妹子，是个孩子，她在母亲面前显得那么乖顺。

母亲开始铺被窝儿，弟弟妹妹们都自觉地往一块儿挤，给我们的小姨腾出倒身之处。家里的被子都很旧了。白被头也都很脏了。母亲很勤劳，几乎每隔一个月就拆一次被褥，但仍不能使全家的被褥显得干净些。因为炕是脏的。炕脏因为三面炕墙是脏的，每天不知要往下掉多少墙皮。还因为我们的小身体一个个都是脏的。夏天，我们身上还能干净些，母亲常常将大盆放在外面，倒一大盆水给我们脱光了衣服洗澡。而整个冬季，我们是谈不上洗澡的。弟弟妹妹们毕竟都很幼小，一个个完全沉浸在意外获得了一个好看的小姨的幸福之中，并不为脏被褥感到羞耻。已经七岁了的我，却感到自己的脸发起烧来。羞耻感第一次在我的自尊心上打下了烙印，它不深也不浅。

我兑了半脸盆温水，放在小姨脚边，很礼貌地对小姨说："小姨，请你洗脚吧！""呀！……"小姨仿佛吃了一惊地看着我，又看着母亲。母亲也说："你洗脚吧。"小姨几乎是在恳求地说："我哪能成个小姐似的，都让孩子把洗脚水端到眼皮底下呢！大姐你一定得跟孩子讲，往后千万别这么样恭敬我啊！"母亲平淡地一笑，说："谈得上什么恭敬呀，孩子不过是得了你这么个姨，从心里往外亲爱着你罢了。你看不出来？"小姨说："大姐我又不是木头人，哪能看不出来呢！"又端详着我问："上学了吗？"我回答："上了。""几年级？”“刚上一年级。”“那小姨往后可以帮助你学习了，小姨是高小毕业呢！”那美好的微笑中洋溢着几许自豪。我也不禁笑了，说：“行。”母亲接言道：“我们绍生学习可用功啦，是两道杠呢，考试还得了奖状呢。”“你是该好好读书啊，你爸爸在外地工作，你妈妈一边干临时工，还要拉扯你们长大，不好好学习可对不起你妈呀！”我默默地点了一下头。小姨又对母亲说：“大姐，你可真不容易啊！”母亲长长地叹了口气：“可不，真不容易啊！有时候我心里都觉得活得疲倦了呢！”我一声不响地退到炕角，从书包里拿出课本，脱了鞋，默默地贴墙躺下，朝墙转过身去，捧着课本看。母亲催促小姨：“洗脚吧，今天整整卸了一天煤，可是够累了啊！”小姨说什么也不肯先用那盆洗脚水，到底还是母亲先洗过了，她才洗。洗完，却仍垂着赤脚坐在炕沿上，迟迟不上炕脱衣。母亲又催促。小姨说：“我侄子看书呢！”“我不看了。”我说着，将课本塞到枕下。若是往常，我和弟弟妹妹们一钻进被窝儿，顷刻便会进入梦乡。

但那一天，我们却毫无睡意。我竟也和弟弟妹妹们一样，趴在被窝儿里，目不转睛地盯着小姨看。看也看不够。母亲再次催促小姨睡觉。小姨低下头去，悄悄地说：“大姐，等孩子们睡着了我再……当着这么多小侄子的面……怪羞人的……”母亲逐个儿拍着我们的脑袋，大声命令：“闭上眼睛，闭上眼睛！都给我闭上眼睛睡觉！”

我们这个闭上了眼睛，那个又睁开了眼睛，对这个小姨所感到的新奇，简直就使我们兴奋得无法入睡。仿佛生怕睡一觉醒来，小姨就不存在了。

“这些孩子，真不听话！”母亲佯装生气，看了小姨一眼，忍不住扑哧乐了，顺手拉灭了灯。屋里顿时伸手不见五指。黑暗中，只听到小姨窸窸窣窣地缓慢脱衣服的声音。

沉静了片刻，又听小姨和母亲悄悄说话：“大姐，和咱们一块儿干活的那几个男人忒坏，总拿些入不得耳的话挑逗我。”“你别理他们就是了。你越当真，他们越开心！没一个好东西！”“我也不敢生气，怕得罪了他们，他们今后欺负我。”“别怕他们，谁敢欺负你，大姐饶不了他！别看你大姐是个老实人，但不受人欺。你是我妹子，欺负你就是欺负了我……”就这样，小姨在我们家中住下了。就这样，我们有了一个不是亲的，可比亲的还亲的小姨。往后我才从母亲口中断断续续知道，小姨不但是个高小毕业生，还是个共青团员。她是离哈尔滨一百多里的双城县农民，家里生活也挺困难的。听别人说哈尔滨在招青壮临时工，就独自一人到哈尔滨来了。在搬到我们家之前，她每晚都在火车站过夜。

我们因为有了这个小姨，都有了许多明显的改变。首先是，我们不再房前屋后乱拉巴巴了。小姨帮我们在附近搭了一个简陋的茅厕。我们也变得爱清洁了，因为小姨很爱清洁。我们将两只破箱子从里屋的铺底下拖出来，搬到外屋，一头一只，当作床腿。黑夜我和母亲从外面拖回来两块建筑工地上抛弃的跳板，截断后，为小姨在外屋搭了一张很牢靠的“床”。白菜、萝卜堆到了“床”底下。外屋四处透风，墙上挂着厚厚的霜。我和弟弟妹妹用锅铲将霜刮下来，又用破棉团塞进透风的缝隙。我们怕小姨晚上睡觉冷，还得将火炉从里屋搬到外屋。在间壁墙上凿了个洞，增加了两节烟筒，穿到里屋去。这样一来，里屋不但同样暖和，而且显得宽敞了。小姨没住到我家时，母亲想不到也没心思做这些事。我这个孩子更想不到。小姨住到我家后，我并未经母亲吩咐，却想到了应该做许多事。这一类事情做过后，我们的家也像我们一样有了些微改变。

春节前一个月，母亲忽然变得好像有什么心事。一天，母亲背着小姨偷偷对我说，她是怕爸爸春节回家探亲，会因为家里住了一个陌生女人而不高兴。明白了母亲的心事，我也暗暗为此忧愁。父亲是绝不需要一个小姨的，他不发脾气才怪呢！

母亲让我给父亲写了一封信。信中告诉父亲家中一切都很安好，并且希望父亲春节不要回来探家，夏天再回来。讲了好几条夏天探家比春节探家好的理由。

小姨自然不知，几乎天天都问母亲：“大姐夫什么时候回来呀？”

母亲就说：“今年春节回不回来探家还不一定呢。”

“大姐，你快写封信，催我大姐夫回来探家吧！大姐夫不是两年多没探家了吗？你就不想？”

母亲淡淡地说：“不想。”

小姨笑道：“大姐骗人。就算你不想，孩子们也不想？”

母亲说：“也许孩子们早把他忘了呢！”

弟弟妹妹们一听，抗议地嚷起来：“没忘，没忘，我们早就盼着爸爸回来探家呢！”

母亲便不再说什么。

父亲果然回信说他春节不探家了，我念完信，弟弟妹妹们都哭闹起来。我和母亲互相望着，默默无语。我的心情和母亲是一样的，既觉得心中安定了，又觉得很内疚。

小姨则谴责起父亲来："哪有这样的人，两年多没探家了，孩子老婆一大堆，说不回来，就不回来了！大姐，我替你写封信问问他，他心里到底还有没有这个家啊！"

母亲则装作生气地说："才不给他写信！他心里没这个家了，我们心里从此没他！"

小姨的父亲，一位老实厚道的庄稼人，从农村到城市来找小姨，想带小姨回去过春节。小姨不回去，她对父亲说："这个春节是我和大姐认识后的第一个春节，大姐夫又不探家了，撇闪得大姐和孩子们多冷清啊！这个春节我一定要跟大姐和孩子们一块儿过。"

小姨的父亲在我家住了两天，不好勉强小姨跟他回去，失望地走了。他临走，对母亲说他把小姨托付给母亲了。

我们的父亲虽然没回来探家，我们却过了一个很快乐的春节。快乐是小姨给予我们的。

我们也送灶王了，也供祖宗了，也吃年宵饺子了，也放鞭炮了，小姨还帮母亲炒了好几样菜。买了一瓶价钱便宜的色酒。

吃年宵饺子的时候，母亲在桌上多摆了一只小盘，一双筷子。

我说："妈，多了一个人的。"

母亲说："不多，那是你爸爸的。你爸爸已经好几年没和全家在一起过春节了，就当这个春节是他和我们一起过的吧！"

小姨看了母亲一眼，就斟满了两盅酒，一盅递给母亲，另一盅双手端起，对母亲郑郑重重地说："大姐，你替我大姐夫喝这一盅，大姐夫，我敬你一盅了！"说罢，一口喝干。顷刻，脸红得桃花似的。

母亲也一口喝干……

春节一过，天气渐渐暖了。转眼到了四月份，我们的日子不好过了。与我们一家共同生活的，除了小姨，还有一个无法计数的庞大家族——臭虫家族。它们是靠喝我们的血繁衍子孙后代的。我和弟弟妹妹被咬得夜夜在炕上翻滚，身上被咬起了一排排一片片的大疙瘩。小妹被咬得夜夜哭闹难眠。我苦中寻乐，编了个谜让小姨猜：日落西山黑了天，红孩妖精上了山，有心想吃唐僧肉，猪八戒的耙子挠得欢。

小姨显然是猜着了的，但并不说破。只像个医生似的，用棉花团蘸着盐水，给弟弟妹妹们擦身上的疙瘩。小姨叹了口气，对母亲说：“大姐呀，孩子们被咬得太可怜了，得想个法子呀！”母亲用心疼的目光望着我们，说：“想了许多法子，就是治不住啊！”第二天，小姨托病没去上班。母亲走后，小姨对我说：“跟我去，去办点事儿。”我也不多问，就跟小姨离家了。小姨先领我到储蓄所，从她的存折上取钱。储蓄员奇怪地说：“昨天刚存，今天就取！”小姨说：“有急用。”“二十元都取了？”“都取了。”接着小姨又领我去租了一辆手推车，然后我推着车跟她到了杂货市场上，买了两个草垫子。

回到家里之后，她又亲自到工地上去要了一桶电石灰。然后，小姨指挥我们，将破烂家具都从屋里搬出，她就动手泡电石灰，并在电石灰中掺了好几包“六六”粉。我要帮她忙儿，她不许，怕烧坏了我的手。

小姨独自用块旧布缠了一柄“刷子”，将里外墙壁细致地刷了一遍。又烧了几大壶开水，往破家具的缝隙里浇。

母亲下班之前，我们已将家又收拾好了，炕上也换了新草垫子。由于墙壁潮湿，许多处刷过之后，不是变白了，而是变黄了，像一块块难看的黄斑。小姨真有主意，又跑到商店去买了好几张画，贴在那些地方。母亲下班后，一进家门，竟呆住了，半晌说不出话。小姨的双手都被烧起了许多大泡，她瞧着母亲抿嘴笑。母亲要给小姨买草垫子的钱。小姨说什么也不收。母亲说：“你积攒点钱不容易，家中还有老父母的，你得收下！”小姨生气了，说：“大姐你要逼我收下，我就搬走了！”母亲只好作罢。母亲擎着小姨烧伤的双手，簌簌地落下了眼泪。那一夜，我们睡得十分香甜……房东向街道告了母亲一状。说母亲财迷心窍，私自往家里招房客，做起“二道房东”来了。街道干部们听信了，就来到家质问母亲，母亲作了解释，然而他们不信。“哪有这么好心的人，非亲非故的，白将房子给人家住！”她们当着母亲的面儿表示怀疑。

母亲火了，顶撞道：“你们不相信，就随你们的便好了！”后来她们又当小姨在家时，来向小姨“调查了解”。小姨回答她们：“要说我大姐收留我是做了‘二道房东’，那才是财迷心窍的人胡思乱想出来的呢！”她们还不相信，毫无理由地认为肯定是母亲和小姨串通一气，预先商量好了的对词。于是便怂恿房东向法院起诉。不久，母亲接到了法院的传讯。那是母亲生平第一次被迫跟法律打交道。小姨毕竟是个农村姑娘，没经历过什么事，很不安，对母亲说："大姐，我还是搬走吧！"母亲问："你有地方去？"小姨说："还睡火车站。"我和弟弟妹妹们一听小姨说她还要去睡火车站，都急了，乱嚷嚷："小姨，你千万别搬走啊！""妈，无论如何别让小姨离开咱家呀！"母亲看着小姨说："听见孩子们的话啦？不许你搬走！你一搬走，没影的事儿也成真事儿了！有理走遍天下，我才不怕法院！你要去睡火车站，就再别叫我大姐！"母亲从法院回来时，一副胜利归来的骄傲姿态。小姨问："大姐，赢了？"母亲说："有理嘛，还能输了不成？"小姨说："谢天谢地，你走后，我心里七上八下的……"母亲说："没见过世面的！"小姨又问："大姐，法院怎么问的？你都怎么回答的？"母亲淡淡地说："学这些干啥，没意思的！法院的同志当着我的面告诉房东，第一，他起诉是毫无根据的。第二，不许他为难我们，更不许赶我们搬家，除非我们主动想搬。还批评他只收房费，不修房子……"

小姨佩服地说："大姐，你还真行！"母亲说："行什么，我是憋着口气上法院的啊！要不是人家告了咱们，我宁可忍气吞声。"小姨反倒张扬起来了，愤愤地说："大姐，我陪你找房东去，当面损他一顿，替你出出气！"母亲说："得理让三分，算啦！咱们再给房东加两元房钱吧，省得他往后再找麻烦，惹是生非的。"小姨听了，瞧着母亲，半晌没言语……过了"五一"，天气更暖和了。一冬天泼的脏水，在房前屋后的垃圾堆上结了一层层的脏冰。白天，被太阳晒化了，从垃圾堆上淌下来，不但泥泞了道路，还散着难闻的气味。一天晚上，小姨背着双手，对母亲说："大姐，你猜家里给我寄啥来了？"母亲问："是鞋吧？"小姨摇头。母亲想了想，又问："衣服？"小姨说："大姐你要总往穿的上想，永远也猜不着的！"母亲笑了："那是吃的东西？""也算是吃的，可马上吃不成啊！"小姨笑了将双手伸向母亲，"是菜籽，还有花籽呢！"就将手中的小布袋朝炕上倒，一小纸包一小纸包地排开，一边说，"瞧，这是小白菜籽，这是菠菜籽，这是油菜籽，呀，还有黄瓜籽和豆角籽呢，大姐你再看这些是花籽，扫帚梅、月季香、指甲花……十多种呢！"

母亲问："你们家怎么想起给你寄菜籽花籽来了！往哪儿种哇？"

小姨回答："我写信叫家里寄来的。我要和侄子们改造那些垃圾堆！"母亲说："亏你还有这份心思，到底是个姑娘的心！"小姨说："人活着嘛，就得想着法儿让自己活得舒畅！”第二天是星期天。小姨就带领我们，平整了那几座垃圾堆，一畦畦一垅垅地种菜、种花。过了不久，那几座垃圾堆都变成绿色的山冈啦。到了七八月时，豆角、黄瓜已爬架子，花也开了。我们家那小破土屋的前后左右呀，就像座小花园似的了，红是红，绿是绿，紫是紫，黄是黄，五彩缤纷，赏心悦目极了，美丽极了。招引来了蝴蝶和蜻蜓，也招引来了铁丝厂里的女工们。她们三五成伙地在午休时和下班后来看花，要花。小姨很慷慨，对谁都满足，博得了那些女工们的好感。

怎么两个女人，带着几个孩子，仿佛被与城市隔离了似的，在高楼后边，在小小的破土屋里，竟会生活得这么有情有趣的呢？那些女工们常常面对我们的花园发出这一类感叹。每天晚上，我和弟弟妹妹们再也不囚在屋里子。垫块木板什么的，围坐在母亲和小姨身旁，听两个我们在这世界上最亲最亲的女人说话。欣赏着我们的绿，我们的花，我们的美丽，我们的“大观园”。我们几乎都没有享受过什么美好。而我们面对的美好，是一个农村姑娘，是我们的小姨带给我们的。在沁人心脾的馥香中，在生机勃勃的五彩缤纷中，我们弱嫩的灵魂体会着某种悟性，进行着幼稚而严肃的思考，思考着什么是人世间的美好，什么是感激，为什么需要感激……

在那种时刻，我更加认定，小姨是我所见过的、最美的女人。

小姨和母亲谈得最多的话题，是“转正”两个字。还会有什么别的话题，会比“转正”更使两个做临时工的女人入迷呢？小姨和母亲几乎无时无刻不在向往转正。这种向往常使小姨喜形于色，常使母亲脸上洋溢出少见的对生活满怀信心的光彩。我知道——转正，这是小姨和母亲共同的幸福。

有天傍晚，我坐在小姨身边，伏在小姨膝上，摆弄着小姨的长辫子，拆开，编好，编好，拆开，觉着怪好玩的。母亲望望我，又望望小姨，叹了口气，说：“我长这么大也没捡过什么，想不到如今捡到的比金子还贵重。”

小姨孩子般天真地问：“大姐你捡啥好东西了？快告诉我！”母亲说：“我给自己捡了一个妹子，给孩子捡了一个小姨啊！”小姨注视了母亲良久，忽然偎依着母亲，低声说：“大姐，我保你捡到了，就再也丢不了啦。”母亲低声道：“你嘴上这么说呗，你还能在我家住一辈子？今后就不结婚，不成家了？”母亲又训斥我：“真不懂事，老大不小了，还装孩子，一边玩去，别赖在你小姨身边！”小姨光是笑。我脸红了，不好意思起来。小姨却用一条手臂轻轻搂住我的脖子，不放我离去，说：“绍生，你长大了，考上大学，将来当了干部什么的，不会不认小姨吧？”我大声回答：“我要不认小姨，天打五雷轰！”小姨格格大笑起来。母亲也忍俊不禁地笑了。我觉得小姨的手臂是那么柔软，我心里默默地说：“小姨，小姨，我有多爱母亲，就有多爱你！”不由得将脸贴在了小姨的手臂上……

一天，母亲和小姨下班后，都闷闷不乐。原来，小姨转正了。而母亲，却因为精简临时工，被打发回家，第二天就不准上班了。看得出，母亲心中很难过，很失望，自尊心也受到了很大的挫伤。我心中也很难过，很忧郁。穷困的生活使我懂事早，知道母亲失去了工作对家庭的生活意味着什么。

小姨对母亲说：“大姐，你太老实了！你哪天干活比别人干得少了？那么多藏奸掖猾的人都转正了，为什么偏偏一句话就把你打发回家了？这不是明摆着欺负人吗？我明天替你找他们讲理去！不让你转正，我也不干了！”

“我不许你为我去抱这个不平！”母亲很严厉地说。母亲还是头一次用那么严厉的语气对小姨说话。小姨呆住了，怔怔地瞧着母亲。母亲缓和了语气，又说：“傻妹子，你从农村到城市来，好不容易找到个工作，如今又转正了，你父母该多为你高兴啊！你可千万不能为我抱这种不平，那样做兴许你也会被解雇了呀！你能转正，大姐我心里替你高兴啊……”母亲说不下去了。“大姐！……”小姨忽然扑在母亲怀中，嘤嘤地哭了……小姨转正后不久，便搬到厂内的职工集体宿舍去住了。对小姨的走，我们和母亲都依依不舍。但想到小姨毕竟是搬到一个比我们家更好的去处，就都不说挽留的话了。小姨也对我们和母亲依依不舍。搬走那天，她又孩子似的哭了一通……小姨虽然从我们家搬走了，却并没有忘记我们。几乎每个星期天，都必定到我家来。小姨仍是我们比亲姨还要亲的小姨。

父亲信中说那一年夏天探家，却一直到国庆节的前两天才回来。回来后，自然从我们口中听了许多“小姨”长“小姨”短的话，免不了就盘问母亲：“你打哪儿认这么个妹子？怎么就成了孩子们的小姨了？”

母亲回答：“这又不花你的费你的，也得受你管吗？”父亲正色说：“当然要管，我可不许什么不相干的女人到我家里来影响我的孩子！”母亲也正色说：“往好的影响也不许吗？”父亲说：“只要我看她不顺眼，就不许她来！”母亲说：“若来了，你还真将她撵出去不成？”父亲说：“那是当然！”母亲说：“你问孩子们答应不？”父亲说：“哪个孩子还敢拦着我吗？”母亲“哼”了一声，不再同父亲拌嘴。私下里吩咐我：“今晚去你小姨那儿看看她，告诉她这个月内别来，等你爸回西北去了再来。”吃罢晚饭，我躲过父亲的眼睛，离开了家。“为什么不让小姨见你们的爸爸呀？他三头六臂怪吓人的吗？”小姨听我说明来意，奇怪地瞧着我问。我诚实地回答：“妈妈怕爸爸不喜欢你，你去了，把你撵出来。”“这么回事啊……”小姨想了想，说，“那你回去告诉你妈妈，我不去就是了。”

小姨还要留我玩。我怕回去太晚，父亲盘问，匆匆走了。

没想到第二天一大早，小姨穿了件非常漂亮的花布衫，一条绿色的裙子，笑盈盈地出现在我家门口。母亲正要出屋，一脚门里，一脚门外，瞧见小姨，不禁一怔，意外地说道：“哟！你怎么来了呀！”“我大姐夫千里迢迢地探家了，我来看看他呀！”小姨说着，就迈进了屋。母亲也赶紧随后跟进了屋。弟弟妹妹一见小姨，亲亲热热地乱嚷着：“小姨、小姨……”将小姨团团围住了。父亲正在对着破镜子刮脸，从镜子里瞧见了小姨，也不转身，也不理睬，仍继续刮脸。母亲说：“他爸，孩子们小姨来了。”爸爸不得不“唔”了一声，还是不朝小姨看一眼。母亲只好以自己的热情冲淡父亲的冷漠，将小姨轻轻按坐在炕上，接过她手中的提兜放在一旁，责备地说：“又给孩子们买东西！你挣多少钱啊？一次次地破费！”小姨笑道：“大姐，这次可不是给孩子们买的，是给我大姐夫买的。”父亲已刮完了脸，收起刮脸刀，还是一句话也不对小姨说，端着脸盆到外屋洗脸去了。母亲又赶紧跟在父亲身后到外屋去了。我们都不安地瞧着小姨。小姨却快乐地和我们逗着笑着。一会儿，我瞧见母亲在外屋推了父亲一下，将父亲推进屋来。父亲被推进屋后，坐在炕沿上，不情愿地搭讪着对小姨说了一句：“今天休息？”“嗯。”小姨停止了和我们逗闹，瞧着父亲，微微一笑，说，“大姐夫，我看你也不像个脾气厉害的人呀！”父亲说：“谁讲我是个厉害人了？”小姨说：“大姐呗，她担心我来了，你会把我撵出去。”父亲说：“没影的事儿！”

小姨说：“我寻思大姐夫也不会这么对待我嘛！”

小姨又问：“大姐夫，你从西北回东北，坐几天火车呀？”

父亲说：“三天三夜。”

“西北风沙大吧？”

“大得很，能把人刮跑了！”

“冬天也下雪吗？”

“下雪。”

“听说西北缺水？”

“再也没有比西北缺水的地方了！我们运水的汽车前边走，老牛跟在后边，用舌头舔水箱。一跟跟出去十几里。渴得老牛见了水直淌眼泪。有的老牛活活渴死了，因为身体里没水分，牛皮都扒不下来……”说起大西北，父亲的话匣子打开了，谁想拦也拦不住，滔滔不绝。小姨就瞪大着眼睛，像听什么新奇故事似的，聚精会神地听着……那一天，父亲并没有把小姨从家里撵走。那一天，小姨在我们家吃了午饭，又吃晚饭，一直呆到天黑才回去……小姨走后，父亲对母亲说：“她小姨人还不错，挺实在个农村姑娘。”母亲没好气地说：“实在不实在，用不着你夸！”父亲低下头，嘿嘿地笑了……父亲回大西北去时，还将自己戴的一块旧手表送给了小姨。小姨来到城里一年多后，脸儿变得白了。眼睛变得亮了。更爱笑了。性情更温柔了。身材更窈窕了。变得更漂亮了。铁丝工厂的一些小伙子，常常拦住我嬉皮笑脸地问：“哎，小家伙，经常到你家来的那个大辫子是你什么人呀？”我不无骄傲地回答他们：“是我小姨呗！”“你问问她，让我做你的姨大行不行？”我听不出是不是好话，就骂他们。他们倒不恼火，反而哈哈笑。

铁丝厂的几百名年轻女工，在我看来，哪个也比不上小姨好看。我认为，我当然有充分的理由在别人面前骄傲骄傲了。记得那是第二年初夏的一个星期天，小姨又到我家来。穿了一件崭新的府绸衫，一条咔叽布裤子，一双新皮鞋。那天她显得尤其漂亮。

小姨从不过分打扮。即使花衣服穿在她身上，也显得朴朴素素的。母亲一声不响，若有所思地看了她许久。小姨被母亲看得有些难为情起来，勾下头低声问：“大姐，你这么呆呆看我干啥呀？”母亲说：“我瞧你是越来越好看了。”小姨缓缓抬起头，说：“以前别人说我好看，我不信。现如今我自己也觉得我是好看些了！”母亲说：“自己夸自己，羞不羞？”小姨说：“本来嘛，城里洗脸，用温水，使香皂，人还能不变得白白净净的？”母亲笑道：“可也是呗！”忽然又问：“你前次回家，莫不是回去定亲的吧？”小姨倏地红了脸，大声说：“才不是呢！才不是呢！”母亲说：“是不是的，我也管不着你！”小姨说：“怎么管不着？你是我大姐，我是你妹子嘛！”母亲说：“那我问你，你是想在农村找婆家，还是想在城里找婆家呀？”小姨见母亲问得认真，低头沉思默想了一会儿，反问母亲：“大姐你说呢？”母亲说：“当然是该在城里找了。你如今是城里人了嘛！工厂不是也替你将户口落下了吗？”小姨点点头。

母亲说："那就更该在城里找了！"小姨说："大姐我听你的。"母亲又说："只是我希望你若看中了什么人，能领来让大姐见一面，帮你参谋参谋。大姐毕竟比你多吃了几年咸盐，什么样的男人，打眼一看，就能看出人品好坏来的。"小姨低下头，许久不作声。母亲问："你信不过大姐？"小姨又沉默了一会，低声说："大姐你说，一个男人对一个女人真好假好，怎么才能知道呢？"

母亲思索了片刻，问："你八成是看中哪个男人了吧？"小姨抬起头，连连分辩："没有，没有。"母亲说："一个男人对一个女人真好假好，别人是没法看出来的，只有这个女人心里最清楚啊！"小姨又低下头不说话，出起神来。到了秋季，连日暴雨，松花江水位猛涨，高出市面几米。那一年的水患，是一九三六年后的又一次严重水患。幸亏防洪工作做得早，大水没有灌入市区。全市的成年人，不分男女，都被紧急动员起来，昼夜分批奋战在各处防洪大坝上。有许多日子，小姨没到我家来，母亲说，她必定是参加抗洪了。

中秋之夜，许许多多的人是在防洪大坝上度过的。江洪终于被战胜了。母亲说，小姨过几天就会来了。我们和母亲都在殷切地盼望着。一个多月没见小姨，我别提有多想她。江洪虽然被战胜了，秋雨却没有停止。一天深夜，外面风雨交加，雷声不断。闪电透过低矮倾斜的窗格子，在我们的破屋子里闪耀出一瞬瞬的光亮。我们和母亲都已躺下了，但还没有入睡。忽然，我似乎听到了轻轻的敲门声。我说："妈，有人敲门。"母亲说："深更半夜的，哪会有人来！"我肯定地说："妈，是敲门声，你听！"母亲侧耳倾听了一会，果然是敲门声。母亲却不敢下地去开门。敲门声又响起了。"大姐……"我们都听出了是小姨的声音。"快……"母亲一下子坐了起来。我已迫不及待地跳下地去开了门。果然是小姨，她没撑雨伞，也没穿雨衣，浑身上下淋得湿漉漉的。她的脸色那么苍白，衣服裤子沾满泥浆，显然是滑倒过的。母亲也披着衣服下地了。弟弟妹妹都醒了，我们和母亲愣怔地瞧着小姨。"你……你怎么突然……"母亲吃惊极了。小姨直挺挺地站在母亲面前，手中拎的包袱，像刚从水里捞出来的一样，沉重地坠着她的手臂。雨水顺着发缕，顺着苍白的脸颊，顺着贴住胸脯的衣襟往下淌，顷刻在她那双泥鞋旁淌了一片。她那双眼睛，仿佛也被雨雾罩住了，目光迷惘地定定地看着母亲。

"大姐，你……还收我……住下，行吗……"从她那两片冻得发紫的嘴唇之间，滞涩地输送出这么一句话。

"有什么不行的！快先把湿衣服换下来……"母亲立刻拉着她的一只手，

将她引到了外屋。接着，母亲又走回里屋，打开破箱子，挑拣了几件自己的衣服，抱着被褥枕头，又到外屋去了。

“跟同宿舍的人吵架了？”我们在里屋听到母亲低声问。“大姐……”随后听到了小姨的哭泣。“受欺负了？都二十多岁的人姑娘啦，住集体宿舍不同于住在自己家里，事事要宽宏大量嘛！”小姨的哭声很低很低，却令我听了心碎…………那一夜，母亲便陪小姨睡在外屋。第二天，小姨病了。高烧中偶尔说一句我们听不清楚也无法理解的呓语。

第三天，雨停了。来了两个小姨厂里的领导，说是要向母亲了解一些有关小姨的情况。母亲将我们一个个从里屋赶出来，关上门，在里屋和他们说了半天。

母亲送他们走时，脸色很阴沉。从外面进屋，先站在小姨铺前，怔怔地瞧了一会儿熟睡中的小姨，慢慢转过身又独自发呆。接着抓起块抹布，心不在焉地抹抹这儿擦擦那儿。忽然对我说：“绍生，你好好在家照看你小姨，我去请街头私人诊所的王老中医来。”

不大一会儿工夫，母亲将王老中医请来了，见我们守在小姨铺前，无缘无故冲我发起火来，大声训斥：“还不出去！”我看得出母亲心里极烦，乖乖地退了出去。王老中医走后，我和弟弟妹妹们还不敢进屋，就从土埋半截的窗子外面偷偷朝屋里窥视，见母亲正一手扶着小姨的肩，一手端着水杯，几乎是用命令的语调说：“红糖水，喝下去。”小姨喝了那杯红糖水，母亲扶她躺下，坐在铺边，瞧着她的脸，冷冷地问：“刚才你们厂里的领导来过了，你知道？”小姨的头在枕上微微摆了一下。她好像接受审问的人一样，目光又诚恳又羞愧地望着母亲。“几个月了？”“三个多月了。”“你竟骗了我！”“……”“你瞒过了我的眼睛，能瞒得过别人的眼睛吗？能瞒多久哇？！”“……”“说，是什么人的？”“……”“说话呀！”“……”“你哑巴啦？”“大姐，我不能告诉你。我谁也不能告诉。”“你……”母亲生气了，倏地站了起来。随即忍气坐下，又问：“好，我也不想知道这个人的尊姓大名，那你们事到如今，为什么不结婚？”“……”“他……要撇了你？”小姨的头又在枕上轻轻动了一下。“那么难道……是你不愿意？！”“……”“你给我说话！”“大姐，我不能和他结婚了……”“什么？你肚子里怀上了孩子，你倒说不能和他结婚了！”“大姐，你别追问了！”小姨闭上了眼睛，两颗很大的泪珠，从她脸上滚落下来。“我要问，问个一清二楚！你爹当初是如何把你托付给我的？难道你忘了吗？”母亲又动气了。

“你要不说，你就离开我家！我不能让人指我的脊梁骨，说我收留了个大姑娘，在我家生下个不明不白的孩子！”小姨又睁开眼睛，噙泪望着母亲，说：“大姐，你放心，我病好点，就走……绝不连累你的名誉。”“走？你往哪走？”“没有去路，还有死路！”小姨轻轻往上扯被子蒙住了头。我看见被子在微微耸动着。“唉……”母亲长长地叹了口气，又是怜又是恨地说：“你呀你，你这都是为了什么呀！”轻轻掀开被角，用手掌心去擦小姨脸上的眼泪。小姨始终不肯说出那个男人是谁。小姨被厂里开除了。母亲却并未因此而把小姨赶走。小姨在我们家里生下一个小女孩。女孩刚刚满月，小姨的父亲就从农村来了，将小姨和孩子一块儿接走回农村去了。母亲那一天怀着无比的内疚对小姨的父亲说：“大伯，我对不起你……”

小姨怀中抱着孩子，一步步走至母亲面前，双膝同时一屈，给母亲跪下了。她仰起头望着母亲，泪流满面，想说什么话，嘴唇抖抖的，却一个字也没说出来。

母亲扶起她，也想对她说什么，也是嘴唇抖抖的，一个字也没说出来。母亲一转身走入屋里，再没出来。是我将小姨父女送到了火车站。火车开走后，我望着远去的火车，感到我心中最美好的东西也被火车带走了。回到家里，我发现母亲的眼睛哭红了……不久，小姨来信，说她可能做村里的小学教师，我和母亲都为此减少了一些替她感到的忧郁。几个月后，小姨又来了一封信，说是当小学教师的事不成了……往后，小姨和我们家也就只有书信来往了。

我升初中那年，小姨又从农村来我家住了半个多月，带着孩子。

那女孩已经五岁了，一张小嘴很甜却面黄肌瘦的。母亲很疼爱这没父亲的孩子，有口好吃的，总要留给她吃。那正是三年困难时期，家中也谈不上有什么好吃的。两掺面的馒头，就是很馋人的东西了。

小姨却明显地老了，仿佛有三十多岁了。穿的也是打补丁的旧衣服，满面愁容。半个多月内，几乎就没见她露过笑脸。母亲曾私下里劝小姨再找个男人。小姨瞧着她的孩子，凄然地说：“大姐，我眼下没这心思，等把孩子拉扯成人再考虑吧。”母亲说：“傻话，那时哪个像样的男人还会讨你？趁现在还算年轻，赶快找个男人吧，也能帮你把孩子拉扯大。”小姨沉默许久后，低声说：“只怕找个不通人情的后爹，会给孩子气受。”母亲急躁了：“哪个又是孩子的亲爹呀！但凡是个有良心的男人，能把你们母子俩撇下了不管吗？”“大姐，你别那么说这个人吧……”小姨几乎是在请求。母亲便忍住许多要说的话不说了。我们家的日子也很艰难，小姨不忍心分我们全家的口粮吃，半个月后就带着孩子回农村去了……从那一年至今，已整整二十三年了。我下乡，上大学，落户北京，就再也没见到过小姨了……

回想起这些往事，我对小姨充满了深深的同情。并且对那个造成小姨一生如此悲凉命运的，仿佛只一度存活在小姨心灵中的男人，充满了强烈的憎恨。我从哈尔滨到北大荒，从北大荒到上海，从上海到北京，在生活的道路上匆匆地奔来赴往，几乎就将小姨忘却了。只有弟弟妹妹们在来信中提及小姨，才使我想起这个与我们的家庭虽没有任何血缘关系，却是除了母亲而外唯一使我们感到最亲近的女人。即使想起她，也是想起了那个抱着刚满月的孩子，双膝跪在母亲面前的，脸色苍白，两目盈泪的小姨。当时的离别情形，给我留下的印象是太深了。如今听母亲讲，小姨已是不久于人世之人了，我对小姨的思念，油然而增强起来。

第二天，我本想就到双城去看小姨，却来了两个中学时期最要好的同学。他们是到家里来请人去帮忙安装土暖气的，意外地见到我，自然就聊了起来，误了火车时刻。第三天，我生怕再被什么人耽搁在家中，一清早便离家，赶上了去双城的郊区火车。小姨家所在的村子竟是个大村，有百户人家以上。新盖的砖房不少，有些人家连院落围墙也是砖的。足见农民们的生活是比过去富裕多了。

我向几个村人询问小姨家住哪儿，都摇头说不知道有这么个人。我只好又说出小姨的名字，他们才恍然大悟，纷纷说：“原来你要找秀秀她妈呀！”一个姑娘便主动引领我。

路上，她问我：“你从天津来？”我反问：“为什么你以为我从天津来？”“秀秀在天津读大学嘛！你和她是同学？”她用一种猜测的目光看我。我说：“我从哈尔滨来，秀秀是我表妹，她妈是我姨。”“是吗？这我可从来不知道……”她那猜测的目光，就转而变成了研究的目光，上下打量我，要把我“研究”透彻似的。姑娘引我走入一个破败的院落，说：“就住这儿！”那房子，很久未修缮了，与周围的变化极不协调。我犹豫了一下，走了进去。一位中年女人在炕间熬药，惊奇地扭身看着我，问：“你找谁？”我说：“我从哈尔滨来，看我小姨。”她“啊”了一声，说：“快进屋吧，我知道你是谁了，她天天念叨你呢！”走入里屋，见小姨躺在炕上，一副气息奄奄的样子。她怔怔地瞧着我。“小姨！”我情不自禁地叫道。“是……绍生？！……”小姨便要挣扎起身，却是挣扎不起。我立即走到炕边，轻轻按住被子，不使她动。小姨拽住我的一只手，眼中落下泪来，说：“想不到我还能活着见你一面……”那女人，是小姨家的邻居，受村人们的委托，天天来照料小姨的。我向她道过了谢，她就走了。

她走后，小姨用手轻轻拍着床边。她那只手很枯瘦，皮肤也很粗糙，呈黧黑色。她已病得连抬手的气力都几乎没有了，手臂像死肢似的贴在炕上，连手腕也看不出在动，只有僵曲的手指抬起，落下……这双手曾多么温柔地爱抚过我啊！

也许只有我才能明白她的意思，我轻轻走到炕边，坐了下去。

她那只手抓住了我的手，抓得那么紧，仿佛她全身最后的力量，都集中在她那只手上了，就像一个唯恐被单独留在家里的孩子，紧紧抓住母亲的手不放一样。

我心中一阵酸楚。

我注视着她的脸，想要在这张脸上寻找到我童年和少年时期的记忆，想要重见昔日的美。哪怕是一点点美的余韵，小姨她不过才四十多岁啊！这张脸曾在我还是一个男孩子的时候，使我初次懂得了什么叫羞愧，也使我初次懂得了什么叫美好。然而这张脸如今苍老得使我根本认不出来了，浮肿，灰黄，目光无神，头发稀少得可怜。

“我的样子……是不是……很……难看？……”小姨用微弱的声音问，无神的目光，凝视在我脸上。

“不，小姨，你别这么说。你……会好起来的……”我转过脸去，不忍再望着她。

“我会好起来？……也许……我想，我也不会就这么……就死了……”她微笑了一下，像阳光在枯叶上的一抹闪耀。

几只母鸡气宇轩昂地逛进屋里，仿佛它们才是这间屋子的主人似的，目中无人地东刨一下，西啄一口。

小姨又开口说：“你……替我……喂喂鸡……外屋粮箱里……有米……”

我便起身将鸡唤到院子里，一边机械地撒米，一边又想到了那个仿佛隐藏在小姨可悲命运的阴影之中的男人，并为自己也是一个男人感到罪孽深重。

突然听到屋里一阵响动，我慌忙走进屋去，见小姨倒在地上，地上一片水，毛巾和香皂浸在水中，脸盆却滚到了墙角。

我慌忙将小姨扶起来，抱在炕上。她的身体竟瘦得那么轻！衣服也湿了，一手还抓着湿毛巾。

“我的样子……一定……很难看……我……想洗洗脸……洗洗……头……”小姨那苍灰的脸上竟因羞愧出现了红晕。一个女人的自尊心，无比强烈地震动了我的灵魂。啊！我的小姨啊！

我不知说什么好，任何语言都不能准确表达我当时复杂的情感和思想。我默默捡起脸盆，捡起了香皂和小镜子。镜子，已经碎了。

我重新兑了一盆温水，放在炕边。我坐在炕边，将小姨的头枕在我的膝上，一声不响地给这个我小时候曾非常敬爱过的女人洗了脸，洗了头。我这样做，觉得我仿佛是在向这个女人偿还什么。可这又是多么微不足道的偿还！泪水，从小姨的眼角溢了出来，也从我的眼角溢了出来……

当我重新坐在床边，注视着小姨的时候，她又轻轻抓住了我的手，说：“想……听我告诉你吗？”

我低声问：“小姨，你要告诉我什么？”

“告诉你……当年……那件事……”

我一时不知如何回答，只微微点了一下头。

“我爱过。”小姨说。那声音里，有一种满足，一种我简直无法理解的幸福之情。

“我爱过。”她重复地说，“我……知道，你，你母亲，你们全家，包括秀秀，我的女儿，都恨他，恨我爱过的那个男人……可是，我不恨他。我一点儿也不恨他。他是爱我的。我多爱他，他多爱我……”小姨的话，竟说得连贯起来。

“他那样真心实意地爱过我，我死了也知足了。你已经是个大人了，你懂得，一个男人如果真心实意喜欢一个女人，会爱这个女人到什么程度……他是一个复员军人，参加过抗美援朝，还立过……一次二等功。当年，是个预备党员，是我们那批转正女工的领队。大家都说他人品好……你母亲要是见过他，也一定会说他是个好男人的。我和他当年真……孩子气啊！我们有意瞒着你母亲，一是怕她为我们的婚事操心，二是想使你母亲意想不到。所以我们决定，结了婚再双双去看你母亲，想让她光为我们高兴，半点也不必费心替我们张罗。我们真像两个孩子啊！我们不但瞒着你的母亲，还瞒着所有的人，偷偷相会，偷偷相爱……

“后来，他参加了抗洪。中秋节那一天，同宿舍的其他女工，都回家和家人们团圆去了。我一个人留在宿舍里，很孤单。他来了，我高兴得什么似的。我希望他陪我度过那一天，他却说不行，他得参加抗洪。我说：‘你不是已经参加过了吗？这一批没有你呀！’他说：‘你别忘了，我是预备党员呀！’我怪不高兴的，说他心里压根儿没有我。他呢，就光是憨厚地笑，笑得我也不忍心再生他的气了。他这个人话不多，从来也没对我说过他有多么多么爱我的话。但我知道，我感觉得到，他是非常爱我的。他整个心里只装着我一个女人。你母亲说得对，一个男人爱不爱一个女人，只有这个女人心里最清楚。我心里清楚，他是一片心地爱我。我见他衣服上缺了一颗扣子，就翻出一颗，要给他钉上。他不让我钉，我偏要给他钉上……你不知道他有多高大呢，我在他面前，就像一个孩子似的。当时我真是幸福哪！刚钉了两三针，外面就敲起了锣，有人喊：‘抗洪的马上出发了！车一刻不等啊！’他一听，就急急忙忙站起来，从衣服上揪下那颗没钉牢的扣子，塞在我手里，要往外闯。我一把扯住他的袖子，拿出两块月饼，揣进他的两个衣兜里。他临出门，亲了我一下……世界上如果有一个人能真心实意地爱我，和我白头到老，那一定就是他了，在我和他相好以前，我从没接近过别的男人。我一辈子就只爱过一个男人，就只爱过他。当时我已经把自己给了他，因为我就要是他的女人了，他就要成为我的丈夫了，所以我一点也不觉得在人前心中有什么羞愧。可是……他为了堵坝，淹死了……听人说，两块月饼死后还在他衣兜里，一口也没吃……

“他成了人人敬仰的烈士，被追认为共产党员，厂里为他开了追悼会，许许多多的人都痛哭了。许许多多的人都表示要向他学习。他的照片还登在了报上，他的事迹也登报了。防洪纪念塔落成的那一天，市长还在讲话中提到他的名字，说他的名字将永远活在全市人民心中，我当时哭得眼睛都肿了，可是没有一个人知道，我已经怀孕三个多月了，那孩子就是他的，因为许多别的人，凡是认识他的，不论男人女人，也都和我一样，在流泪，在哭……我站在人们中间，暗暗发誓，我要永远永远不对人们说出我肚子里的孩子是谁的……”

小姨讲述到这里，缄口了。她凝眸望着屋顶。她的脸像雕塑，毫无表情。

而她的话语，却讲得一句连一句。仿佛这些话语，她已在心中对自己讲了不下几百遍了。这个女人用极低的声音说的这些话，充满了人世间最圣洁最真挚的情感！也许正是这种情感的作用，才能使她在气息奄奄的情况下，如此连贯地讲了这么许多话！

我和小姨都陷入了沉思默想。我的心灵像一条鱼，在这沉默之中，一忽儿潜入幽暗冰冷的渊底，不知自己身在现实还是身在幻境；一忽儿浮升起来，感受着阳光透过水波的温暖和辉照……

一种类似参加最亲爱的人的丧事的悲凉，在我心灵中弥漫！

小姨终于又开口说："要是在今天，我还是当年的我,、我也许，不会向人们隐瞒这件事。可是当初，我不能够，我怎么能够……他那么爱我，我那么爱他，我不能对不起他……你，把那个箱子打开……"

我起身打开了炕角的一个旧箱子。"把箱里那个小铁盒……拿来。"那是一个车床工们装工具的小铁盒。我将它捧到了小姨跟前。小姨从手腕上捋下钥匙，打开了它。"你看吧……"她说。那目光仿佛在告诉我——我没骗你，没讲一句假话，真的！……小盒里，放着一张叠起来的已发黄的报纸，上面，是一颗黑纽扣，带着一条线……

小姨又说："多少年来，各种各样的人，总想从我口中问出这件事，我一个字也没吐露过。如今，再没人问我了，可我……可我……我倒非常想对人说，只对一个人说，让这个人明白。为什么呢？都隐瞒了那么多年了……我也不知道自己是怎么了……"

我说："小姨，我明天就带你回哈尔滨！我妈妈非常非常想你啊！弟弟妹妹们都非常非常想你啊！""哈尔滨……"小姨脸上闪耀出一种光彩，她说，"我也想你们全家的人。明天吗？……"我点点头，大声说："是的，明天……""好……"她又笑了，喃喃地说，"我的病情，是瞒着秀秀的。这孩子正在准备考研究生，我怕……分了她的心……耽误了孩子……以后的前程。北京……离天津近……我……将秀秀托付给你了……"

我真想哭。可是我已经许久许久没有哭过了。这并不意味着我的心麻木了。不，人的种种心愿还在这心中深深隐藏。只是，我已经似乎不会再哭了。可是我当时多想哭啊！

天黑后，我在小姨身旁守到很晚，才去外屋睡下。我守在她身旁时，她似乎是知道的，却再也没有对我说什么，只是用她的手，轻轻抓住我的手，闭着眼睛，脸上呈现着那么一种获得极大安慰的表情……

第二天上午，小姨死了。她脸上仍保持着那种获得极大满足的表情，一种幸福的、安宁的、无憾无怨的表情……

我将那颗黑纽扣带回了北京，放在妻子装耳环的一个精巧的小盒里，摆在书架上。为了使自己能经常看见它，想起小姨。我知道，我将永远珍存它，却不会再打开那小盒，更不会将它出示给任何人看——那颗黑纽扣……

白发卡

没姐姐，对男孩儿说来，是一大缺憾。这如同先天的色盲，世界在他眼里，少了某种颜色。当然，她须是一位好姐姐。

如今年轻的母亲们，其实在同时扮演她那一个男孩儿的大姐姐的角色。如今的男孩儿们，在对他们的年轻的母亲撒娇任性之时，何尝不包含着稚弟长姐之间尔嗔我谑的亲情呢？人在自己的情感领域内，缺少什么，便会代补什么，这是本能。

我是有一个姐姐的。不过我无缘见她一面。只见过她的照片。在我九岁时见过她九岁的照片。照片已发黄。发黄的照片上，清丽的女孩儿注视着我，目光中有缕淡淡的感伤。母亲告诉我，姐一出生体质便弱。我出生不久她就死了。

她死前对母亲说："妈，让我看一眼小弟……"

母亲抱我给她看。

"长大是什么样的男人呢？"

她喜爱地望着我笑。

那笑凝固在她脸上……

母亲像讲一件很久很久以前的事。从此我再看那发黄的照片，仿佛像被夹扁的枯花。

"你呀，"母亲叹了口气，指点着我，"你命里就不该有姐。要不怎么你一生下来，她便死了呢！"

从此我不敢再看姐那张遗照，觉得我的出生是一种罪过……

从此我对死以及有关的联想异常敏感。一听教堂的钟声不禁肃然而且恓惶……

我的母亲城是当年俄式教堂最多的城市。在我们那条街，在我们那个几户人家合居的院子旁，就有一所教堂。不算大，可也不算小。每逢举行宗教仪式的日子，俄国移民从四面八方云集而至。教堂里住着一位神父和一名中国老花工、一名干杂役的“玛达姆”。有一时期还住过一位主教。据说是位真正的主教，大个子、大胡子。教堂院子有半个足球场那么大。临街是绿栅栏。栅栏由一块块锯成同样拼花的木板组成。

因是木板的，我们北方人又叫作“板障子”。院内有葡萄架。它旁边有一口压水井。常可望见穿黑袍的神父在葡萄架下持卷而坐，大概是默诵《圣经》。有时可望见老花工汲水浇花，“玛达姆”在井旁洗碗。院子里的花多极了，但并无什么娇嫩名贵的品种。无非“扫帚梅”、“夜来香”、“指甲花”、“鸡冠花”、菊花之类。一到夏季，散紫翻红，争奇斗艳，续色至秋，将偌大个院子装点得五彩缤纷。除了花，满院子种的全是向日葵。花盘盛开之际，黄灿灿一片，令人陶醉……

院子正面，是一排居室。左侧，是做祷告的地方。右侧，“板障子”那边，就是我们的院子了。“爬山虎”爬过“板障子”，将千百朵紫色的“喇叭花”赏心悦目地赠予我们……

教堂还养了一头奶牛。“玛达姆”每天推着两桶奶走街入院。当然，最先欢迎她的是我们院子的人。没有零钱时，“玛达姆”便在小本上记笔账。从不催账，以表示对邻居们的友好。

我在教堂的钟声里不知不觉长大。我们和他们只发生过一次冲突。那一年全市展开消灭麻雀的“人民战争”。从大人至孩子，敲锣、击鼓、放鞭炮，站立在房顶上、树桠上，挥舞绑了布的竹竿，惊得麻雀们满天空乱飞，不敢栖落。飞着飞着掉下来，累死了。教堂成了麻雀们的“巴黎圣母院”。院子里房顶上落了许多许多。于是街道委员们与神父进行交涉。反反复复强调麻雀乃“四害”之一，每年吃多少多少稻谷以及消灭它们的伟大意义。神父和“玛达姆”阻挡在院门口，无论如何不让人们人院，用生硬的中国话固执地说：“不行，不行，上帝会不高兴的……”但是那些小伙子们，哪管上帝什么态度，翻过“板障子”跳入院内，各显神通，纷纷爬上教堂顶……神父和“玛达姆”，只有妥协的份儿，唯有遁入教堂，跪耶稣像前，替麻雀们的灵魂祈祷。那一次被大人们称作“歼灭战”的战绩并不辉煌，全市也就消灭了一百多只麻雀而已。麻雀不比鹰隼，小，猫儿在一个地方不飞出来，便可逃过劫难。“歼灭”它们又谈何容易呢？倒是教堂院子里的花，被我们折走了一大半，还没成熟的向日葵的葵盘，被拧去了不少，一株株如同被砍掉头颅，身躯不甘倒下的士兵。教堂的铁皮脊顶，也被踩陷多处……

一天早晨，我没听见教堂的钟声。

我很奇怪，因为那钟声，乃是我对家以外的世界最初的感知，最初的了解。它伴随着我一年年长大。对我来说，早已成了生活的一部分。我问母亲：“妈，今天怎么没敲钟啊？”母亲回答：“‘玛达姆’病了。”我接连几天没听见教堂的钟声。那院子里从早到晚寂静悄悄的，再也望不见一个人影。同学们说，那院子里已没人住了。一天深夜，神父和“玛达姆”坐着一辆有斗篷的马车走了，还带走了那条鬈毛的老狗。奶牛则送给了老花工。老花工也走了。不知到哪里去了……同学们都说，是因为“歼灭”麻雀那一天，人们硬闯入他们的院子，使他们感到被欺负了，含怨而去的。

我觉得他们气量太小。就因为那么一件事，便值得撇下他们的上帝吗？相信上帝的人不是都气量很大、善于原谅人的吗？相信上帝的人怎么能够和不相信上帝的人一般见识呢？何况不就那么一次嘛！何况我们院子的大人孩子，都没有闯入他们的院子啊！无论如何，走时也该向老邻居们告别呀！

我对母亲说：“妈，不是‘玛达姆’病了，是那院子里没人住了。所以没人再敲钟了！”“是吗？”母亲停止针线活儿，抬起头，似乎颇有几分诧异地瞅了我一眼。

我看得出来，关于“他们”离去真正的原因，母亲心中是一清二楚的，只是不愿让我知道罢了。“妈，他们究竟为什么啊？真为了歼灭麻雀的事儿吗？”“也许……是吧……”“不是！”母亲又停止针线活儿，又瞅了我一眼。母亲目光变得严厉了。语气也相当严厉：“做作业去！一个小孩子，别凡事儿刨根问底儿的！跟你有什么关系？也不许再向别人去问！”

不久，所有的苏联人，包括那些已经和中国人结了婚的苏联人，已经做了中国孩子的爸爸或妈妈的苏联人，一批批地离开我们这座城市，回国去了。火车站天天有依依惜别乃至抱头痛哭的人们。苏联人开的杂货铺、药店、卖乳品的小亭子，几天内全都关了门……

连我们这些半懂事的孩子，也开始明白，真正的原因，显然与歼灭麻雀无关。好像都曾被大人们严厉地叮嘱或告诫过，在一起玩儿的时候，从不谈论此事。

九月以后，教堂的院子荒芜了。一片凋零，一片萧瑟，一片枯黄。只有掩蔽了甬路的杂草，顽强地体现着生机。

那一年冬天来得特别早。一场大雪后，连院子里的杂草也被压倒被覆盖了。旧雪蒙新雪，一层又一层。整个冬季，院内雪积两尺余厚。雪面无踪无迹，平洁如毡。但见这儿那儿，有杂草的一簇簇尖叶戳透。一群群肥胖的麻雀啄食草籽，证明它们活得还挺惬意。雪厚得几乎和房屋和教堂的窗台水平了。房屋和教堂仿佛沉陷下去了，显得矮了许多。久旷无人的那个院子，仿佛是一处隔世纪的遗迹。在我看来，尤其神秘。我觉得那里依然有人住着。至少有一个人——上帝本人。一到天黑，院子一片死寂，令人感到鬼气森森……

大人们开始谈论那个院子，说它闹鬼。有人说半夜听到过女人的哭声，也有人说那不是女人的哭声，而是婴孩儿的哭声等等。于是我们一些住在附近的孩子，都被家长们提醒，无论白天晚上，都不许靠近那院子。春节后，街上有一户人家的男孩儿失踪了。有一天，院子的大门被撞开，几名荷枪的警察，踏着没膝的深雪，进入那一排房子和教堂搜查。他们出来时都很沮丧，因为什么线索也没有。几天后那失踪的小男孩儿出现在我们面前，跟我们一块儿在冰上抽“嘎儿”玩。我们问他怎么失踪了好几天，他说他根本没失踪过——因为他爸爸狠狠打了他一顿，他一赌气，谁也没告诉，跑到他姨家去了。他发誓说他爸爸若再打他，他就真的“失踪”……

雪化了，天气一天比一天转暖了。春天翩翩漫漫地来到了，也来到了那久旷无人据说闹过鬼的院子。倒伏的枯蒿底下，钻出了翠绿的新草的嫩芽儿。一场连绵春雨润过大地，满院里最先开放的是“扫帚梅”。预先无人规划地垄，它们开得很野，轰轰烈烈开一大片。惹得我们一些孩子，隔“板障子”望着，总想采撷一大把。但却仅只是想而已，没人敢涉足院内。尽管院门半敞着……

转眼到了七月。“夜来香”也开了。晚上，习风送爽，在我们的院子里，都闻得到馥郁的香气。

于是大人们说，也不知那院子该归哪方管，要是能搬来户人这家住多好！走动熟了，讨把花儿必定是可以的。眼见那些花儿开野在院子里，无人侍弄，怪可惜的……

仿佛上帝要遂大人们的心愿似的，几天后，真的搬来了一户人家。

那一户人家东西不多。几件漆色很深、样式很古很沉重的家具，还有书架和书，书很多。

傍晚，又开来两辆小汽车。从没见过小汽车开到过我们那条老街上。半条街的人聚拢了瞧稀罕。男人们，甚至端着饭碗，边吃边瞧。女人们则交头接耳，窃窃私议。

第一辆小汽车里钻出三个孩子。两个男孩儿一个女孩儿。两个男孩儿看上去六七岁，长得一模一样儿，可能是双胞胎。那女孩儿十四五岁，穿一件粉红色“布拉基”。一头乌黑柔发披散着。左耳上方，别一枚白发卡。我还从未见过那么美丽的女孩儿。不，也许该说我从未见过那么高傲的女孩儿。不知是因为美丽而显得高傲，还是因为高傲而显得美丽，反正当时我自惭形秽到了极点，不由自主地往大人们身后缩，虽然她并未向人们望一眼，更没注意到我的存在……

三个孩子穿得都非常整洁、非常体面。我们那条街上所有的男孩儿、女孩儿，就是在节日里，也不可能穿得那么整洁那么体面。

两个男孩儿一推开院门，便朝他们的新家奔去。那一位美丽且神情高傲的女孩儿，那一位宛如从童话故事里走到现实中来的小公主，怀抱着一只雪白雪白的长毛的大猫，矜持地、从容不迫地也往院内走。

“别跑！小心摔倒啦！”

她喊，嗓音甜极了。

第二辆小汽车里，也下来三个人。两个年纪相仿的女人，和一个六十多岁的男人。两个女人，年龄都在四十五六岁左右，都穿旗袍，一个穿玄紫色旗袍，一个穿藕荷色旗袍。穿藕荷色旗袍的，比穿玄紫色旗袍的，体态丰腴些，肌肤也白皙些。而穿玄紫色旗袍的，身材却略高些。两个女人，一个显得神情肃穆，不苟言笑的样子。一个显得品性和善，心慧德贤的样子。神情肃穆的是穿玄紫色旗袍的女人。心慧德贤的是穿藕荷色旗袍的女人。看得出她们当年准很漂亮。

那个六十多岁的男人，头发剪得极短。剪得极短的头发，全白了。长得很瘦，瘦得形销骨立，但精神矍铄。他穿一套灰中山装，尽管已是七月暑天了，领钩却扣着。黑布鞋，白袜子，是个朴素之中透着尊严的气宇轩昂的瘦男人。

两个女人先下车。穿藕荷色旗袍的女人挽着穿玄紫色旗袍的女人。她们像那个高傲的少女似的，仿佛对街两旁的观望者们视而不见。几乎没停顿地便往院子里走。六十多岁的全白了头发的瘦男人后下车，跟随着她们。观望者们使他困惑。也使他不自在。走了几步，忽然觉着不对人们有所表示，说几句什么，是很不得体似的，迟豫地站住，转身向街道左边的人们恭恭敬敬地鞠了一个九十度的大躬。

“街坊邻里们，”如同江湖义士，他一抱拳，不卑不亢地说，“今后，我们就在此住上了！欢迎诸位来舍下做客。街道上有什么应尽的居民责任或义务，倘我们一时意识不到，不够自觉，希望大家给予提醒、督促、批评。我们保证会虚心接受，坚决改正的……”

虽然他的话说得很庄重，虽然他的表情看去很诚恳。但是他那种抱拳的姿势，和他整个人很不对劲儿。很别扭。

人们却都没笑，也许都不忍笑他。六十多岁了，头发全白了，话又说得那么庄重，表情看去又那么诚恳，何况我们那条街上住的都是些本性善良的老百姓，怎忍心笑他呢？

跑前跑后的孩子们停止了骚动；端着饭碗的男人们停止了咀嚼；交头接耳的女人们停止了窃窃私议；评头论足的老太太们停止了指指点点。所有大人和孩子已看出他们是一户不寻常的人家，而他是一位身份和地位不寻常的人物。大家都显出在注意倾听的样子，认为是一位不寻常的人物“发表”讲话。

人们的静默使他不知所措。

“就这样吧！我的意思是……千万别把我们当成……当成一户特殊的人家……其实……其实……”

他语无伦次。他想再说什么，却又不知应该继续说些什么好。那一时刻，他仿佛是一名在课堂上自己举手争得了发言机会的小学生，而一旦被老师叫起来，其实又并没有回答问题的必要的思考和精神准备，显得很尴尬。

这时两辆小汽车开走了。

两个女人一听他开口说话，同时站住了，放下彼此挽着的手臂，一齐转过身，站在院子里听。听他自己将自己弄到语无伦次的境地，穿藕荷色旗袍的女人急急走回来，走到他身边，挽住他的手臂，迫使他跟随她走入院子。她的目光，始终不看人们，看他一人，如同在她眼中，只有他一人存在。穿玄紫色旗袍的女人，将院门掩上了。并且支了顶门杠。他在院子里频频向人们回头，脸上歉意地、无可奈何地、企望获得宽宥地笑着。

晚上，那葳蕤的院子，在旷久的昼凄夜森之后，终于有了灯光。灯光虽被树影遮蔽，仍隐约可见。那一排神父们住过的房顶上高高的砖砌的烟囱，冒烟了。

纳凉的、爱扯闲话的男人和女人们，聚在街对面路灯下，望着院子，继续对那一户人家作种种猜测、判断、评论。这条街很久没发生一件值得人们聚在一起说说的事儿了。老百姓总是希望隔些日子便有一件值得他们说说的事儿发生的。那一户人家在好几天内一直成为人们的话题。而好几天内，竟没有谁见到那一户人家的大人或孩子走出深广的院子，甚至也没有谁发现他们在院子里活动过。这应更值得成为话题了。

一天，母亲吩咐我到小杂货铺子去买火柴。我刚一走进，立刻退出。呆站门外，没勇气再走进。因为那时铺子里只有一个人买东西。因为那个人就是那一位骄傲的公主！她还穿着粉红色的“布拉基”。她发上还别着那枚白发卡。我一眼看到的只是她的背影。但我肯定是她！除了她，我们这条街上，哪个十四五岁的女孩儿，会有那么美丽的背影呢？她们站立着的时候，不是偏着头，就是曲着一条腿，将鞋跟儿踮起。而她，站立得笔直，笔直得接近标准的立正姿势。从背后看尤其显得那样。如果她穿的不是“布拉基”，是军服，从背后看简直是一位时时刻刻不忘军容的女军官、专门操练女兵们的女军官。她怎么会是这样的呢？难道她从小在军营长大的吗？难道她从几岁起就开始接受严格的军体操练了吗？

我感到她使我敬畏。此前我从未对我们那条街的任何一位比我年龄大的少女产生过哪怕稍微一点儿的敬畏心理。我和男孩子们，经常学她们爸爸或者妈妈的腔调，在她们背后喊她们的小名。或者，搞些恶作剧，将一段像毛虫的草莓扔在她们身上；将带刺儿的草籽揉进她们的头发，使她们吓得尖叫气得跺着脚骂我们，这是我们最开心的事。不知为什么，我觉得我对她永远不敢。永远。我觉得她吸引我，犹如一朵芳香奇异的花，吸引住了一只小蜜蜂。我渴望接近她，渴望引起她的注意，渴望获得她对我的好感，从而喜欢我。这一种渴望怂恿我，对我说一切都是可能的，我抗拒不了它。我因此而羞耻。

我的背心两天没洗了，很脏。我的短裤也脏。我的旧布鞋，被脚趾顶破了。所以我一发现她，立刻退出小铺子。我躲在小铺子门后，迅速脱下背心，翻过来穿上。并且将后面穿在前面。也以同样的方法重穿了一次短裤。我还将一双鞋换了脚。换脚后就看不到钻出鞋外的脚趾了。但每只鞋上都有一个洞，像一只圆圆的眼睛。我认为这总比脚趾钻出鞋外雅观得多。经过这一番“推陈出新”，我才觉得我可以“展现”在她面前了。不再会被她视为一个小丐儿了。我鼓起十二分的勇气，努力抑制住内心的激动，装出一副若无其事的样子，悄没声儿地进入了小铺子。

卖货的胖女人，大声问我："你买什么呀？"

我们那条街的孩子，没有不认识她的。背后都叫她"河马大婶"。她也差不多全认得我们。有时我们帮她卸货，她一高兴，会赏给我们每人一块糖。

我礼礼貌貌地说："大婶我不急，您先卖给她吧！"

她看我一眼。不经意地看我一眼，目光继续瞧向货架子。她一手拿着精致小巧的钢笔，一手拿着小本儿，瞧一阵，往小本儿上记几笔。忽然我明白了我自己是怎么回事儿。明白了我为什么渴望接近她，渴望引起她的注意，渴望获得她的好感。当她看我而我也正看着她时我明白的。她的脸形和她的眼睛很像照片上我那死去的姐姐！于是我不再因自己心里的念头感到羞耻。我开始觉得一切不但可能而且合情合理。

"哟，这孩子，什么时候学得这么礼貌了呀？还'您您'的啦！""河马大婶"似褒似贬地说，"你买什么就快买吧，人家也是不着急的！"

"我妈叫我买……"我翻起眼睛做思索状，"我忘了。我得想想……"

买完火柴，我不就得离开了吗？我可不想很快离开。

"河马大婶"看出我明明在装相儿，却无法看透我心里那些异常活跃的念头。她将胖身体伏在柜台上，一支手臂伸出柜台外，抓住我的胳膊，将我扯向她，低声说："你这个小家伙究竟想干什么？想偷点儿东西吧？"

她又看我一眼。这一次，分明的，我有几分引起她注意了。

我脸火辣辣地发烧。我感到受了奇耻大辱，挣脱"河马大婶"的手，被激怒地抗议地说："你血口喷人！我什么时候偷过东西了？"

"哟，哟，一句话就担载不了啦？也值得发这么大脾气？大婶不过跟你开开玩笑嘛！今天没货卸，喏！"她抓了几颗糖撒在柜台上，"给你。不买什么东西，快走吧！省我还得时不时地留心着点儿你！"

我觉得她最后那句话，仍然包含有侮辱我的意思。我更生气了，愤慨地说："我才不吃你那破糖呢！我买一包火柴！"

"这孩子，不识好歹！早说买火柴，我也不至于跟你这小家伙磨牙费口呀……破糖？破糖你没馋巴巴地向我讨过？"

"河马大婶"嘟哝着，一只肥厚的大手在柜台上一撸，将那几块糖收了起来。她也有些生气了，脸不是脸鼻子不是鼻子地接了我的钱，抛给我一包火柴。

和“上帝”住在一个院子里的“公主”，没再看我，也没再看“河马大婶”，似乎根本没听到我们之间的唇枪舌剑，依然那么笔直地站立着，但她的一条腿，居然也弯曲了。她穿双红色的半新的皮鞋。我们那条街，没谁家的女孩子穿得起皮鞋。在学校里，我也没见过穿皮鞋的女生。我见过的女孩子，认识的或不认识的，有一个算一个，穿的都是那种千篇一律的，带扣襻的女便鞋。我觉得女孩子穿皮鞋，不神气也显得几分神气，不高傲也显得几分高傲。我暗想我的姐姐要是活着，我到处捡破烂儿卖，也要为她攒钱买一双皮鞋！也要买红色的，和她脚上穿的一个式样的。使我感到惊讶的，当然主要不是她穿的皮鞋，而是，她的一条腿，不但也弯曲了，她的一只脚，居然也将鞋跟儿踮起，鞋尖着地。这一种姿态，是我所司空见惯的女孩儿们的姿态啊！我们这条街的女孩儿，大抵都这么站立过的啊！“公主”，却原来你也不过是个普通的女孩儿呀！就凭这一点，我忽然觉得她和其他十三四岁的女孩儿，也许并没什么两样。我忽然觉得我对她的敬畏是很自卑的了，我忽然觉得她在我心目之中非但不再那么神圣也不再那么神秘了，尽管她和她的全家，都跟“上帝”住在一个院子里……

然而这并没有抵消我渴望接近她，渴望引起她的注意，渴望获得她好感的念头。恰恰相反，那念头竟更强烈了，也更使我暗自激动了。虽然我似乎明白了我自己是怎么回事儿了，但我却对自己无可奈何。一个九岁的男孩儿要将自己内心里的念头隐藏得很深很深是十分困难的事。更多的时候，他们无所顾忌地暴露自己内心念头的冲动，以及那一种冲动带给他们的情绪方面的愉悦，远比深藏它隐蔽它的自得要巨大。

我接了火柴，不走，“河马大婶”不拿好眼色瞪我；走，又很不甘心。我觉得我挺依恋这个小小的弥漫着酱醋味儿的杂货铺子。

这时，她向我转过了身，不，并不是向我，是向“河马大婶”转过了身。因为她的目光并没望向我，连眼角的一点儿余光也没恩赐给我，而是望向“河马大婶”。只望向“河马大婶”。她全家似乎有一个共同的毛病：望着谁的时候，眼里只有谁，仿佛别人全都不存在似的。那个穿藕荷色旗袍的女人，她家刚搬来那一天，不就是眼里只有她的父亲，仿佛街两旁的人们根本不存在吗？那位六十多岁的全白了头发的瘦男人，是她的父亲吗？那么，那个穿藕荷色旗袍的女人是她的母亲啰？穿玄紫色旗袍的女人又是她的什么人呢？那一对儿双胞胎男孩儿是她的弟弟们吗？又为什么和她长得毫无相像之处呢？她的家有着这些确实足以使人犯猜想的地方，也就难怪我们这条街上的人们议论她们了！

她两眼只望着“河马大婶”，走到这边柜台来，问：“酱油多少钱一斤？”

不待“河马大婶”开口，我抢先回答：“有一毛四一斤的，有两毛六一斤的，一毛四一斤的是普通酱油；两毛六一斤的是高级酱油。炒菜你买一毛四一斤的就行，拌凉菜你最好买高级酱油，高级酱油里有维生素！”

她望了我足有两秒钟，显出很惊诧的样子。她显出很惊诧的样子时，她那双明澈极了的眼睛，不是睁大，而是微微眯起来，使她的脸上呈现出一种又像是怀疑又像是刮目相看的表情。这一种表情使她的脸更加动人亦更加迷人。

那两秒钟对我来说真正是一段幸福又美妙的时光！我觉得我的心就如快乐的蝴蝶，围绕着她上下翻飞。我真想大声喊叫释放我的满足。

她的目光是从我脸上缓缓移开。而我的目光中肯定包含有某种乞求，乞求她不要那么快地就将目光转向别处。我想这一种乞求直接从我的心里输送到眼睛里，然后全部地投射给她了。我想我那时的模样一定很特别。也许还很古怪。故此才会使她的目光缓缓从我脸上移开后，又不禁再次眯着眼睛看了看我，接着质疑地望着“河马大婶”。

“河马大婶”向我伸长了肉嘟嘟的短脖子，瞪了我片刻，指着我对她说：“你看他倒替我告诉你了！比我想告诉你的还详细！这孩子，怎么今天在这儿……在这儿……”她仿佛不知应该夸奖我几句，还是应该挖苦我几句。她有些困惑不解。“那么咸盐呢？”“面儿盐三毛五一袋儿，大粒儿盐一毛七一斤。熬汤用大盐就行，用面儿盐太费了！炒菜当然用面儿盐方便，那多省事啊！”她又微眯着眼睛望了我足有两秒钟。“河马大婶”从旁连连说：“对，对！他说得对！”她朝我点点头，笑了。我觉得眼前顿时一亮。整个光线阴暗的小铺子刹那间辉煌如宫殿！她将她那支精巧的钢笔用细长的手指夹着，就用那只手摸了摸我的头。随即在小本儿上记些什么。我差一点儿要抓住她的手，使它长久地按抚在我头上。我觉得她已经开始喜欢我了。而这一切居然如此简单……“小孩儿，那么你知道醋的价钱吗？”“零打的醋一毛九一斤。瓶醋三毛六。”“你……你怎么全知道哇？”“在我们家，买油盐酱醋什么的，我包了！能不知道吗？”她笑了笑，又摸了一下我的头：“在我们家，从今天起，我也包了！”“别摸我头！再说我也不是小孩儿！”我一拨楞脑袋，“你还想知道哪些东西的价钱？”“你别生气。那么，你知道那几样咸菜的价钱吗？”“咸萝卜一毛三一斤，是最便宜的。萝卜丝贵五分，一毛八一斤。有辣的和不辣的两种。咸黄瓜二毛四一斤……”我说着，她记着。“喏，拿去！”“河马大婶”对我套起近乎来，给我两支铅笔，好像第一次认识我似的，端详着我说，“毕业了，就到大婶的铺子里来当名小伙计吧！啊？愿意吗？”我心想，毕业了，我还要考中学，考大学，将来当工程师呢！谁稀罕到你这小小的杂货铺子里来当伙计！但已不由自主伸手接了她给的铅笔，没好意思说出口。

有几样咸菜因为贵，我从没买过，不知道价钱，就跃上柜台，向货架探身子细瞧。

“河马大婶”忽然拍着巴掌大笑，笑得我莫名其妙。

“你呀你呀，你怎么把背心穿倒了呀？还穿反了呢！短裤也穿反了呀！”

她的肉嘟嘟软绵绵的手，摩挲着我的脊背。摩挲得我怪痒的。将背心穿倒了的我，像小人书上画的那些外国贵夫人一样，脊背袒露一大片，我刚走入铺子里时，留心到了这一点，一遍遍提醒自己，千万别让她们看到我的后身。此刻我得意忘形，结果“乐极生悲”。

和“上帝”住在一个院子里的高傲的“公主”也笑起来。笑得非常开心。“河马大婶”的笑是那种具有不可抗拒的感染力的笑。看着她笑，听着她笑，本不想笑的人，往往也忍不住非笑不可。某些女人大笑的时候，尤其某些胖女人大笑的时候，仿佛是向别人施魔法似的。高傲的“公主”中上“河马大婶”的魔法，笑得格格嘎嘎的，笑得弯了腰，最后竟笑得淌出眼泪，蹲了下去。

她们笑得我周身灼热。我默默地从柜台上蹦下来。我默默地瞪着她们。我觉得，因她的存在，因她先前那种无声的妩媚的微笑，而使小铺子里所后发的奇异的辉煌，立刻暗灭了。她们的笑声，使我窘得快要哭了。在我听来，她大笑的声音很难听，比“河马大婶”那种响亮的鹅鸣般的笑声还难听！

我一转身跑了出去。

我垂头丧气地往家走，心里比考试得了个零分还难过。她们的笑声仿佛一直追随着我。我感到路上我遇到的孩子们在笑我，大人们在笑我，所有人都笑我。

在所有人的笑谑声中，我觉得我像一只穿衣服的猴子。

“哎，那个小孩儿！你慢点走，等等我！”

她在背后叫我。

她胆敢还叫我小孩儿！

我加快了脚步。

“公主”，你在我眼里今天算是彻底完了！其实你没丝毫特别之处！其实你不穿一件那么漂亮的粉红色的“布拉基”不穿那么一双红色的皮鞋不别那么一枚白发卡，你一定丑得很！比这条街的哪一个十三四岁的女孩儿都丑！如果我姐没死如果我姐仍活着她比你可爱得多而且绝不会像你那么格格嘎嘎地笑，也绝不会装出副高傲的样子，我才不愿搭理你呢！

我一边加快脚步一边暗暗诅咒她鞋跟儿掉了脚崴了刮起一阵大风迷了她的双眼使她栽入路旁的水沟里弄得一身泥水等等等等。“小孩儿，你不要你的火柴啦？”我这才想起我那包火柴，只好站住等她。“公主”，让你笑个够吧！我坚定地站着，不惜“牺牲”我袒露的脊梁，不向她转过身去。“你干吗生那么大气呀？”她左手拎着一个兜子，装着许多从铺子里买的东西。右手提着一个大酱油瓶子。她打了三四斤酱油。她先把瓶子小心地放下，腾出手从兜子里掏出我那包火柴给了我之后，用请求的口吻说：“小孩儿，帮我提着酱油瓶子行不行呀？”

嗬，你还有求得着我的时候哇！

我说：“那你得谢谢我！”

她说：“你还没表示愿意帮我哪。”

我说：“先谢！”

她沉吟片刻，轻声说：“谢谢你啦！”

我替她拎起酱油瓶子，咬牙切齿地说：“你敢再叫我小孩儿。我揍你！”她愣了愣，什么都没敢再说。大概因为我的表情告诉她，倘她说出半句我不高兴的话，我会把她的酱油瓶子摔碎。我和她一路闷走。她不时怯怯瞥我一眼。她瞥我时，我则狠狠瞪她。我瞪她，她目光赶紧避开。

走了二三十步，她鼓起勇气，惴惴不安地说：“要是你实在不愿帮我，你就放下吧。我自己也能提回家的，就是腕子没劲儿，多歇几回儿呗。”

显然，她以为，即使她什么话都不说，我还是可能随时无端地把她的酱油瓶子摔碎。我说：“你们丫头片子全都是这毛病！求人家帮忙，又不放心人家。”

我的语调很友好。在我自己听来，说得那么温柔。其实我心里已不生她气了。人也不能老生别人的气啊！

她又瞥我一眼，又微笑了。这一次我没瞪她，却脸红了。觉得脸上比在小杂货铺子里被她和“河马大婶”所笑时更灼热。我相信我注视她的目光也是友好的温柔的。

她又说：“不过叫你小孩儿，你就要揍我。那你为什么可以骂我呢？”我说：“我没骂你呀！”她说：“骂了就骂了，还不承认。难道丫头片子不是骂人的话？”听起来她仿佛是在和我理论，实际上她的口吻低声下气儿的，再加上她那一副忍辱吞声、似乎不敢得罪我的模样，使我感到，在我面前她仿佛是个弱者！

于是我心里不安起来。我才不愿她在我面前显出那般模样哪！她一显出那般模样，我就不知该怎么办才好了。我倒宁愿她维护着她那股高傲劲儿。

我解释地说：“丫头片子怎么是骂人的话呢？那不是骂人的话。对女孩儿家是完全可以这么叫的！我们这条街都这么叫！”为了证明我没骗她，我问一个在路旁独自跳格子玩儿的五六岁的小女孩儿：“哎，你说，你是不是丫头片子？”小女孩儿懵懂地瞅着我，不吭声儿。我蹲在她跟前，悄悄地说：“你要说是，我给你两个玻璃球儿。”那女孩儿眨眨眼睛，无所谓地大声说：“是。是丫头片子，咋了？”说完，也不在乎我兑不兑现许诺，继续跳格子玩儿。我走回她身旁，得意洋洋地问：“你听见了吗？”她默默点了一下头。我又问：“从来没人叫过你丫头片子吗？”她默默摇了一下头。我一时没什么话可说，憋了半天，终于憋出一句话：“那可就怪啦！”走着走着，她忍不住似的，又开口道：“你把我当成一个女孩儿家？”我说：“你不是女孩儿家，是男的吗？”她说：“我不是这个意思。再过两个月，我满十四岁了！从今天起，我妈妈要求我替她当一半儿家了！”

我说：“那有什么，我早就替我妈当一半儿家了！”她说：“你几岁了？”我吞吞吐吐地说：“再过两个月，我满十五岁了！”她不由得站住了，注视着我的脸，几乎是愤愤地说：“你撒谎！”我悲哀地叹了口气：“九岁……”“我比你大五岁，你倒把我当成女孩儿家！”轮到她得意起来，追问道，“你说，你是不是个小孩儿？”我低下了头。“你说，你该不该叫我姐？”这是我巴不得的事。我立刻抬起头，心甘情愿地愉愉快快地叫了一声：“姐！”她的脸倏地红了。她左右瞧瞧，见我们身前身后没人，低声说：“我并不是让你叫我姐！我的意思是，我可以是你的姐！我不是这个意思……”我似乎有点儿明白，但是我宁愿自己一点儿都不明白，于是我就装出一点儿都不明白的样子，一个劲儿摇头。“好啦好啦，别摇头了！”她郑重地说，“反正不管你明白没明白，不许当着别人的面儿叫我姐！”我堪受信赖地回答：“行！”我兴冲冲率先往前走。我觉得我和她之间已经有一个秘密存在着了。我觉得她已经给予了我一种特权。这使我内心充满了骄傲。突然，我一步没走稳，仆倒了。酱油瓶子脱手而出，在路上滚，碰到路旁的石沿，碎了……我爬起来，转身望她，见她僵立在离我几步远的地方，呆呆地瞧着碎了的酱油瓶子。我觉得我一下子变成了世界上一个最不幸的人，如同一个百万富翁一下子变成了一个穷光蛋！绝望之际，我仿佛感到阳光骤然消失，黑暗刹那间降临。我撒腿便往家里跑。她叫喊些什么，我一句也没听清……从此我上学总是朝相反的方向绕道而行，轻易不经过她家院门口。不得不经过时则迅速跑过。

后来临街的“板障子”锯矮了。锯得只有一米高了。从街上就可以无遮无掩地望见院子里的情形了。好像她家的人有意要向我们这条街的人证明，他们是没什么秘密需要遮蔽的。院门也改造了。原先包了铁皮的严严实实的大门不见了，变成了和“板障子”一般高的一扇小门，只不过门的上边是锯成月牙形的。

后来那个六十多岁的全白了头发的瘦男人，开始出现在院子里拔草，修剪葡萄架，挖排水沟，将各种各样茂茂盛盛地拥挤着开野了的花儿移栽成行。

于是院子里的花草树木重新生长得井井有条值得驻足观赏了。

后来我用“拉小套”挣的钱和卖碎玻璃所获得的钱，买了一瓶酱油。而且是一瓶那种含有维生素的高级酱油。大瓶的。我双手捧抱着瓶子走入她家院子，非常谨慎地往前走，唯恐再不小心摔一跤，一番苦心全白搭。那个瘦男人坐在葡萄架下抽烟斗，发现我，站了起来，随即向我走来。

他刚走到我跟前，我抢先开口说：“这是还给你家的！”他奇怪地打量着我，那目光却是和善的。不待他问什么，我放下瓶子便跑。“哎，小孩儿，你搞错了吧？”“没错！问问你女儿就明白啦！”我边跑边回答，头也不回。傍晚，我正在家门口劈柴，一抬头，发现粉红色的“布拉基”出现在我们院里，正跟赵家的大娘说什么。赵家的大娘朝我家指了指，她向我家走来。

我躲入煤桦棚，从板隙窥视着越走越近的她，恨透了。这也太过分了！我都还你家酱油了，再说事情也过去那么多天了，你还至于非找我家来告一状不可吗？我们这条街没有第二个像她这么耿耿于怀牢记细碎之仇的女孩儿家！别看长得有模有样，为人竟这么刁！小狐狸！

她在家门口站住了。我家门开着。窗也开着。

她敲我家开着的门，静静地等了一会儿，又敲我家开着的窗。

这是在装礼貌吗？虚伪的东西！

“屋里有人吗？”

早问一声不就免得你敲门敲窗的了吗？

“谁呀？”正在往锅里贴饼子的母亲，粘着两手苞谷面，从厨房走到窗口，疑惑地瞧着她。“大妈，真对不起，我不知道您在做饭。您先忙吧，我过会儿再来。”她显得有些局促了。大妈？——什么话！我们这条街都叫张大娘、李大婶、王大嫂，从来没听到过谁管谁叫大妈的！看来她和她一家，以前根本就不是我们这座城市的人家！母亲说：“我已经完事儿了，盖上锅盖了。姑娘，你打听人家？”“大妈，我不打听人家。我是隔壁那个院子里的。我们刚搬来。我们是近邻呀！我姥爷说，远亲不如近邻……”这小狐狸，嘴可真甜！真会说话！一口一个“大妈”。我母亲已经用喜爱的目光瞧着她了。“是啊是啊，远亲就是不如近邻嘛！姑娘，你多大了？”“再过两个月十四了。”“还不到十四？真是个好姑娘。说起话来像位大姑娘似的。大娘就喜欢你这样稳稳重重的姑娘！快屋里来坐会儿！你们家要是有什么需要大娘帮忙的事儿，你只管开口就是，千万别不好意思……”母亲走出来，想拉她过屋。无奈两手粘着苞谷面，向她伸了几次手只好作罢。

“大妈，我不进屋了。改天我一定来您家玩儿。我姥爷让我问问您……”她指指她家的院子和我们的院子相隔的一排“板障子”：“这挺高的，是不是挡了您家阳光？如果你们愿意，我们可以把它锯矮些。还有那些爬山虎，都爬到你们这边来了，我姥爷发现招毛虫了，怪讨厌的，想把它们拔了。锯矮了以后，你们喜欢什么花儿，我们那边儿就种什么花儿。我姥爷还说，也可以开个小门儿，两边儿来往方便……”

“好呀，好呀，好呀！”

母亲一迭声说好。

“大妈，我还想问问您，您家有一个九岁的小男孩儿吗？”

“有哇，怎么……”

“有个小男孩儿，把我的酱油瓶子摔碎了……”

“我叫来你认！”

我屏息敛气，心想小狐狸哇，你到底还是打算告刁状！“这孩子，刚才还在，哪儿去了呢？等他回来，大娘一定问他！”

“大妈，我不是告状。”她急了，“其实一点儿也不怨他。他好心好意帮我提酱油瓶子，自己还摔了一大跤，怎么能怨他呢？可他，他今天上午还给了我家一大瓶酱油。我姥爷问明白情况，批评了我一通，让我一定要找到那孩子，把那瓶酱油退给他，还要谢谢他。我们全家都为这件事儿挺不安的。我姥爷说，如果不找到那个男孩儿，不把酱油退给他，我们可就太不对了。”

我真希望母亲说那男孩儿一定是我儿子！

母亲却摇着头说：“那就不是我儿子了。一大瓶酱油一元多呢，他想还，不向我要，也不可能有一元多钱呀！姑娘，告诉你家大人，大妈替你们全院儿都问问。”

母亲居然不知不觉地接受了她的叫法，由“大娘”而自称起“大妈”来了。“大妈，那就给您添麻烦了。我走了。大妈再见！”“再见，姑娘，有空儿一定来玩啊！”“哎！大妈您快进屋去看着锅吧！”母亲随了几步，满面慈祥地目送着。我缓缓坐在煤桦棚子里的木柴堆上陷入了思考。拿不定主意是否应该告诉母亲，那个孩子正是我。而且，她家的院子里种什么花儿才好呢？既然她家给了我家这种权力，这种权力似乎主要应归属于我。母亲她对此是不会太认真的。而这一权力对我却很重要。相当重要。

星期天。我家吃过早饭不久，她和她的姥爷，还有她的两个弟弟，带着锤子、锯子、钉子盒什么的来了。我从窗口一看见他们，赶快将门插上。迎出屋的母亲大声唤我出来给他们当帮手，我不答应。母亲敲门，我不开。“这孩子，聋啦！你在屋里搞什么名堂哪？！”母亲生气了。我终于出现，母亲瞠目而视。仿佛不认识我了。

我上下穿得很整齐：白小褂，蓝裤子，白胶鞋。我将平时舍不得穿，甚至连过节也舍不得穿的全套少先队队服换上了，并且系了红领巾。我是学校里的队鼓手，只有学校举行隆重活动或什么庆典仪式的时候，我才如此这般。我早晨当然洗过脸了，可不知为什么，我觉得根本没洗干净，又洗了一遍脸。用香皂。一年三百六十五天，我洗脸很少用香皂。手太脏时，也不过用肥皂。我还照着镜子梳了半天头发。我头发硬，平时不梳。蓬乱得太不像样子，就用手指拢拢。那一天怎么梳也梳不倒，用毛巾沾着水揉湿了，才总算勉勉强强梳平。

不但母亲对我瞠目而视，他们也一样。尤其她。“怎么，你……你今天有队日活动？你预先可没跟妈说一声。”母亲大出所料地嘟哝道。

“不过队日就不能穿这身衣服了？”我振振有词地回答。装出非常自然的样子。其实，在母亲和他们的瞠目而视之下，我的感觉，比那天反穿背心引起她和“河马大婶”大笑不止时强不了多少。她当然一眼认出了我。她的姥爷也是。母亲说：“没有队日活动，你穿上队服干什么？快脱了去，换身破衣服，帮着干活！”我执拗地说：“不，我今天就想穿队服嘛！”她的姥爷指着我，刚想说什么，被她及时扯了一把，以一种莫测高深的目光制止了。母亲更生气了：“这孩子，今天抽的什么风！”举手似要打我。她急忙说：“大妈，弟弟要穿，就让他穿吧！弄脏了我替他洗。”她一边说，一边向她的姥爷直丢求援的眼色。他明白了她的意思，也说：“哪个孩子不喜欢穿得体面些呢？让孩子穿吧！我们小晶不是愿意替他洗吗？我这外孙女，是说话算话的！”他看了他的外孙女一眼，挺郑重地问：“是不是？”她笑了。笑得又大方又愉悦，还朝我眨了眨眼睛。既不像有些女孩儿家受到几句夸奖就洋洋得意，也未显出丝毫害羞的样子。

母亲望望她，望望她的姥爷，望望我，不再说什么了。然而母亲的表情告诉我，过后是一定要对我追究个为什么的。

她看着我说：“小弟弟，这不等于我完全支持你。大妈的话毕竟是有道理的。你也得向大妈表示一点妥协呀，起码把红领巾摘下来行不行？”

我觉得母亲对她的评价是对的。她说话真像位大姑娘，尤其她跟大人说话的时候。我第一次听一个十四岁的女孩儿家说话用“毕竟”和“妥协”这样高等的词儿。何况她两个月后才十四岁。我觉得听她说话，仿佛是在听语文成绩优秀的学生造句子，并且不得不承认她造了些好句子。

我默默地顺从地解下了红领巾。

母亲用一根手指戳我的额角说：“哼，你要天天都能把自己弄得像个孩子样子，我倒省心了！”

母亲是街道居民小组长，负责我们这条街上居民义务方面的一切事，具有等同于“甲长”的地位和权力。当时她正急去开居民小组长会议。

母亲匆匆走后，我们立刻开始拆除那排经历了许多风蚀雨淋的“板障子”。而首先要做的，是斩断那瀑布一般泻过这边来的“爬山虎”。那面的院子荒芜已久，这一种生命力极强的植物，已经像一张乱毛蓬蓬的皮，和木板长在了一起。花儿依然开得很烂漫，但毛虫隐蔽在茂密的叶子底下。

她说她怕毛虫。

她的两个弟弟说也怕。

她的姥爷倒没说怕。但说看见毛虫就皮肤过敏。

我也怕。我怕毛虫甚于怕任何可怕的东西。但是我毫无惧色地声明我一点儿也不怕毛虫。我说小小毛虫有什么可怕的，我自告奋勇地承担了一这项“特殊任务”。

他们负责将我斩断的“爬山虎”用木棍挑到预先挖好的坑里，埋得严严实实，踩得平平坦坦。

我们合力推倒了“板障子”。

当她的两个弟弟协助她的姥爷锯木板时，她悄悄对我说：“挽起你的裤筒儿。”

我说：“干这种活儿，用不着挽裤筒儿。”

她说：“让我看看你腿，那天摔破了没有？”

我说：“没有。真的没有。”

她说：“听话。我一定要看。”

她的表情，她的口吻，好像是如果我不听她的话，我在她眼里就不是一个好孩子了。我听话地将两条裤筒都挽了起来。我两腿那天都摔破了，结了两块厚厚的痂。“当时流了很多血吧？”“嗯。”“当时很疼吧？”“嗯。”“当时你哭了吧？”“嗯。”“一边跑一边哭？”“嗯。”“你为什么要跑呢？”“我也不知道。”“你为什么要还一瓶酱油呢？”“我也不知道。”“你哪儿来的钱呢？”“拉小套儿挣的。还有，捡些碎玻璃卖。”“拉小套儿？那是怎么回事儿？”“火车站、大桥前，拉车的人上不去坡，我帮着拉。你见过两匹马拉的车吗？有一匹马是驾辕的，另一匹马是拉边套儿的。拉小套儿就像拉边套儿的马，帮着拉上一个小坡五分钱，帮着拉上一个大坡有时能挣一毛钱呢！”

“你为什么非要这样呢？”

我真的不知为什么。我只有不好意思地憨笑。

“碎玻璃也能卖钱？”

“能呀，一斤碎玻璃能卖四分钱呢！”

“那，上哪儿去捡呀？”

“垃圾站啊、建筑工地啊，有时能捡到，有时捡不到。我常捡碎玻璃卖。

卖两斤就能买一本作业本。”

“你为买那瓶酱油，捡了很多吧？”她用她细长而娇嫩的手指轻轻触摸我腿上的伤痂。我看得出并且相信她那绝对是情不自禁。她似乎想要通过她的触摸使它消失。“我得帮着干活儿了！”我难为情地放下了裤筒儿。“你真是个古怪的小孩儿。你觉得你自己古怪吗？”她低声问，显得严肃。

我摇摇头，拿起锤，钉“板障子”去了。男孩儿天生是男孩儿的朋友。她的两个弟弟没用谁吩咐，便主动成了我的助手。她则成了她姥爷的助手。他锯，她压住木板。

“你几年级？”双胞胎中的一个问我。“二年级。你们呢？”“才一年级。”另一个回答，瞧着我那种目光，似乎对我这个比他们高一年级的小学生不无恭敬。“那，你是二年级入的队吗？”“二年级？那也太晚了！”“你一年级就入队了？”“当然！”“那，你是几道杠？”我想回答是“三道杠”，可担心谎话说过了头，反而被怀疑。

“一道杠”呢，又觉得太渺小，有些说不出口。犹豫了一下，谦虚地说：“我本来被推选当‘三道杠’来着。可我认为自己还没那么好，就接受了个‘二道杠’……”

我轮番回答他们的话。他们对我也愈发显出恭敬的样子。我戴红领巾，并非为了别的。而是为了向他们的姐姐表明：我可不是这条街的野孩子。我是少先队员！

“我姐姐是一年级入的队！”

“我姐姐以前是‘三道杠’！”

“她还当过全校的大队长呢！”

“她以前每年都是三好生！”

他们开始向我赞扬他们的姐姐。仿佛她是他们的重型武器，一展示出来，就足以从心理上彻底将我打败。

我半道“杠”也不是！我还没入队呢！校队鼓手中，有好几个不是少先队员的。红领巾是学校特批给我们的，只许我们在需要的时候戴。平时是没资格戴的。我当然是被他们从心理上打败得稀里哗啦了！我故作镇定，问：“那她现在呢？”“现在……现在……”“现在我们不是搬到这儿来了吗？”“对，现在我们不是搬到这儿来了嘛！她就得在新的学校从头开始争取了。”我不由回头看了她一眼，很怀疑是她的弟弟们说的那样，认为肯定另有原因。

她的目光接触到我的目光，迅速避开了。她那样子很不自然，甚至有几分愠怒。她大声训斥两个弟弟："多嘴多舌的，别人会把你们当哑巴吗？"

她们的姥爷，好像根本就没听我们几个孩子在说些什么，头也不抬，专心致志地锯木板。她的两个弟弟，都一声不吭了。显然，他们的姐姐，在他们心目中，是具有特殊位置的。一旦严厉起来，他们是有些惧怕的。我觉得锯条被腐朽的木板夹住所发出的紧滞刺耳的声音，似乎更响了。

一排新的"板障子"终于竖起在我们眼前，和她家临街的"板障子"一样矮。一扇小门的上端，也锯成了美观的月牙形。这么一来，站在我家门口，不，就是站在屋里，也可以从窗口望见她家院子里的情形。在我们全院，除了我家，谁家也不可能和她家举步相通。因为别人家与她家院子相隔的，是他们房屋的后墙。只有我家这儿，相隔的是一排"板障子"。

她姥爷的衣服，已被汗湿透了。他掏出手绢擦擦脸上的汗，问他的外孙女和两个外孙："这样好吧？"她默默无言地微微点了一下头。而她的两个弟弟齐声回答："好！"他又问我："你说呢？"我也回答："好！"他说："你们都觉得好，我就更认为好了。"沉思片刻，念念有词起来："满园芳菲着人意，栽情篱下不羡山。"

我完全不懂他的之乎者也。而她，分明是懂的。起码懂一部分。不知为什么，她显得忧郁了。

他又自言自语："种什么花儿好呢？"

我抢先说："种蝴蝶花吧！蝴蝶花顶好看啦！"

她的两个弟弟紧接着说："种百合！种百合！姥爷您不是说过，百合的根又好吃又能治病吗？"

他的目光转向他的外孙女，目光中尽是深蕴的慈爱。似乎，还有些别的。我觉得好像是一种无奈的歉疚。他能有什么对不住他的外孙女呢？

"你说呢小晶？"

她凝眸思考了几秒钟后回答："姥爷，栽菊花吧。您不是很喜欢菊花的吗？而且，您也不必像陶渊明似的采菊东篱下了，您每天望菊东篱下，不是更好吗？"

他点点头："是啊。季节迟了，想种别的花儿也来不及了。只有从院子西边移些菊花栽过来了，不过……"他又一次将脸转向我："这一定要征求一下你妈妈的意见，啊？咱们刚才的意见，都算个人意见，你妈妈的意见，应该是最后的意见。因为她是居民小组长嘛！咱们都在她的领导之下嘛！这就叫民主集中啊！”

他说得十分郑重，郑重得都有点儿使我感动了。我从来也没有认为我的母亲这么值得尊重。从来也没人对母亲表示过如此郑重又非常真诚的尊重。一个孩子，感到自己的母亲被人尊重，这孩子能对那个人不产生好感吗？我觉得我一下子喜欢起这个头发全白的瘦老头了。我想母亲也肯定会认为自己实在不值得任何人这么尊重她。她能当上居民小组长，纯粹由于她的热心肠。我从来也没有觉得她“领导”过谁。我们这条街的男人、女人、老人和孩子，绝对不会有谁承认受过我母亲“领导”的。如果他们听了他的话，准会哈哈大笑的。如果他们一旦感觉到我母亲居然是“领导”他们的，母亲肯定再也当不成居民小组长了。

我的队服为我作出了从未作出过的“牺牲”。白胶鞋面目全非，变成了黑胶鞋。我的奉献是巨大的。这奉献完全是为了她。我觉得她心里是明白的。我一点儿也不后悔，相反我很愉快，甚至对她充满感激，感激她明白我……

她的姥爷收拾起工具，第一个从那扇小门通过，走到她家的院子里去了。他回望了一眼那扇小门。那种样子，如同一个刚刚学会穿墙术的人，念着咒诀不知不觉地穿过了一堵墙壁，但又不相信真的，回望那堵墙是否存在似的。

“孩子们，过来呀！我不是已经过来了吗？”他朗声说，看样子对那扇小门很满意。说罢，大步向当初神父住的屋子走去。仿佛那一向就是他住的屋子。

接着他的两个外孙走过去了。

她也走过去了。

只有我留在锯矮了的“板障子”这一边，一动没动，呆呆地望着那边。“板障子”锯矮了仍是“板障子”，我仍觉得我要通过那扇小门必须获得她家人的允许，觉得它是为了她家人到这边来方便，而不是为了我到那边去方便。尽管她的姥爷已经说了：“孩子们，过来呀！”但我认为他那是对她和她的两个弟弟说的，觉得其实并没包括我。我也为那扇小门付出了劳动。刹那间我内心充满委屈，眼泪汪汪。

她见我没跟过去，走回来了。她站在“板障子”那边，替我打开小门，瞧着我笑。

"先生，请！"

她做了一个优美的邀请的姿势。

我也噙泪而笑了。通过那扇小门后，我也忍不住回望一眼。倏忽我觉得我是通过了一扇奇异的门，觉得自己顿时长大了好几岁似的。我再看她时，连自己都觉得，已不可能是一分钟前的目光了。我自己对这一种变化有点儿慌乱和不知所措。我脸又红了。

她脸也红了。

大概是因为我的目光。还因为我的样子。

井旁晒了几大盆水。

她家那个穿玄紫色旗袍的女人从屋里走出来。捧着一捧衣服，走到葡萄架前，放在木椅上。她穿的还是玄紫色旗袍，还是那种神情肃穆、不苟言笑的样子。她看了我一眼，一句话也没说，威严地转身向房屋走去。一眼，仅仅一眼，我觉得那女人已将我掰开了揉碎了认认真真地研究了一番。

"她是你什么人呀？"

"小姑。"

"她不太欢迎我是不是？"

"你怕她？"

"有点儿。"

"我和弟弟们也怕她。不过她是个好人。除了爸爸妈妈和姥爷，她就是我们最亲最信赖的人了！"她说完，命令两个弟弟将两大盆水端到葡萄架内。"我得给他俩洗洗澡。你要是闲得慌，就替我浇花吧！"她从葡萄架内探出身对我说。于是我拿起喷壶浇花。一会儿，她的两个弟弟洗得清清爽爽的，换上了干净整洁的衣服，离开葡萄架也走向了房屋。

"你看，他俩用了两盆水，还剩下两盆水。一盆是为我晒的，一盆当然是为你晒的啰！我小姑并没有只想到了我们，也想到了你呀！你承认不承认她是好人？"

她浑身湿漉漉地站在我面前，十分认真地问我。我说："承认。""帮帮我。"于是我和她共同将一大盆水移入葡萄架内。"该你了！"她说。"我……我……我回家洗。"我想逃。她揪住了我的后衣领。"水都为你晒了，你却回家洗！用凉水洗呀？激出病来，我们全家又会感到对不住你了！你这小孩儿，怎么能这样对待别人的好意呢？快脱衣服！"她揪住我不放。我说："我自己洗……”她说：“你得让我替你彻底搓搓泥呢！”我只好脱。但是没脱裤衩。她说：“小小孩儿，你还害羞吗？”

我说：“我不害羞呀。”

她说：“真的？”我说：“真的！”她就一下子将我的裤衩扯到了脚腕儿。我简直害羞得没法儿，恨不能遁入地下。“转过身去。”我乖乖地转过身。“双手撑着柱子。”我乖乖地双手撑着柱子。“你还说你回家洗！你还说自己洗！瞧瞧，瞧瞧，你自己能搓到后背吗？你真是个脏孩子，不搓，能算洗了一次吗？”她从我身上搓下了“成绩”。“转过身来。”我乖乖地服从命令。“站稳。”“……”“抬起胳膊……双手放在我肩上。”我乖乖地将双手放在她肩上。那一时刻她的神情忽然变得比她的小姑还肃穆。而我感到自己变得像一具石头人一样全身僵硬。我闭上了眼睛。我只能闭上眼睛。如果不，我不知自己的目光该看哪儿。看哪儿我都觉得不对。也许只有看着她的脸是最自然的。但她的脸是我当时感到最不该看的。我真的想逃……

她用毛巾包住的手，搓我的肩胛窝儿，搓我的胸，搓我的肋。她搓的都是我怕痒的地方。我强忍着，忍着，终于忍不住，哈哈笑着跳开了。

“你！”

“你搓痒我了嘛！”

她也忍俊不禁了。

她将毛巾往我肩上一搭，嗔道：“我又不真是你姐，我不干了！吃力不讨好儿。你自己搓吧，要冲的时候叫我一声儿。”她背对我，坐到栏杆上去了。我也转身，背对她。尽管完全多此一举。一只蜜蜂飞入葡萄架，寻找不到出口，嗡嗡地着急。“姐，我搓好了！”话一出口，我后悔莫及。我惊讶于自己把一个“姐”字叫得那么自然，仿佛我每日里叫过无数遍。她缓缓地缓缓地回首一顾。我赶紧用毛巾遮我最害羞的部位。我看出她的惊讶一点儿也不逊于我。“我……我本想叫你……叫你小晶姐姐来着……”我讷讷地说。依我童稚的逻辑想来，叫“小晶姐姐”，是礼貌、是亲近，是任何一个女孩儿家不论乐意或不乐意，都满不在乎地认可的。而叫“姐”，只叫一个“姐”字，则是郑重得多的一件事了。如果她们不乐意不认可，她们是有正当的理由发脾气的。

对我的嗫嚅之词，她的表情毫无反应。她只是开始默默地用木瓢舀水从头到脚地浇我。最后她开口说："闭上眼睛闭上嘴。"她端起盆，将剩下的水都浇在我身上。"好了，你自己擦吧。"她说着，从地上捡起我的湿裤衩，连同我脏了的队服卷在一块儿，离开了。我问："那我穿什么呀？"她一指栏杆，上面搭着一套衣服。我只好穿上。那是一套从未被穿过的新衣服。肯定是她哪一个弟弟的。我穿着很合身。她站在一簇"扫帚梅"花前，见我怯怯地走过去，盯着我，问："你刚才叫我什么？"我说："我叫错了。我再也不那么叫了。"她说："我没问你对错。我只问你刚才叫我什么？"我说："叫你'姐'了……"

"你喜欢叫我'姐'？"

"喜欢。""要是有一天，你听了别人的什么话，不这么叫我了，我该怎么惩罚你呢？""那……你就恨我！""只恨你就行了？""我也恨我！""还不行。"她摇摇头。"可是我不会因为听了别人的什么话就……""你会的！你肯定会的！"不知为什么，她显得那么不信任我。"我不会！"我嚷了起来。"那，你以后就叫吧。""姐！"她笑了。但那分明是一种苦笑。看见一个女孩儿家苦笑，一个像我这样年龄的男孩子也准会为之伤感的。苦笑有时比哭泣还能触痛人的心灵。

"没有谁高兴和我们家的人主动来往。没有哪一个男孩儿高兴叫我'姐'，除了我的两个弟弟。你会对我，也对我们家的人变心的。反正你会的。"

"我不会。我发誓我不会。我……"我抽泣了。我从未被人如此不信任过。而这样一种固执的不信任，竟又是当面表示的。我受不了这个。我觉得被严重伤害了。"得啦得啦，别哭哇。这也值得哭？你还总不承认你是小孩儿！我也没说你什么呀！"她开始哄我。像哄一个受了委屈的小弟弟一样。并且，用手心轻轻替我抹去脸颊上的泪。"帮姐把这一盆水抬过去。"我破涕为笑。"现在该轮到姐洗了。你替姐当个哨兵，不许人走过来。我那两个弟弟也不许！"于是，我就忠实地当哨兵。葡萄肥大的叶片很密，将葡萄架遮挡得像一幢绿色的童话里小的房子。

我倾听着那"小房子"里哗哗的濯水声，觉得宛如有一条小山泉在流淌。我抬头仰望天空，觉得天空从来没有那么高远、那么蔚蓝。我举目观览满院子的花儿，觉得一切花儿都美丽无比。我想母亲她是说错了，原来我命中注定必有一个姐姐！我觉得我是一个幸运的男孩儿。我的命运简直值得我为它歌唱！我的目光望向那一排锯矮了的"板障子"，望向"板障子"那边我的家，甚至觉得连贫穷也不那么令人沮丧了。

教堂钟楼内悬着的大钟静止着，似乎期待有人去敲，又似乎在向打算敲它的人声明：请别滋扰我。我更喜欢不被敲响的时候。镀铂的铁十字架，在日照之下熠熠生辉。我仿佛觉得银色比金色更加辉煌夺目。并且具有金色所不具有的圣洁感。十字架宛若一个大的加号，要将天和地加在一起，而那结果该等于什么呢？葡萄架内的濯水声终于停止了。我看见从那童话般的绿色的小房子里姗姗踱出一位全身发着清丽气息的天使。她对我说："小孩儿，你已经知道我的小名了，现在我想知道你的。"我对她说："跟姐儿。""跟姐儿？"她说，"我喜欢这个名字。""是的。"我说，"我也喜欢。""跟姐儿，我家的人你都认识了，现在跟我去见见我妈妈好吗？""好。"于是我第一次走入了神父住过的那一排房屋。那一排房屋分为四间。第一间最小，她的两个弟弟住。第二间最大，有二十多平方米，几排书架贴墙而立，整整齐齐摆满了书。正中是一张很旧的、圆形的桌子，未铺桌布，还有一张铁架床。她告诉我这原是神父会客的地方，现在她的姥爷住，全家人也在这儿吃饭。第三间她自己住。除了一张单人床，和床头一个箱子，再也没有什么。第四间她的母亲和小姑合住。屋顶本都倾斜了，地板有些角落已塌陷。墙皮处处剥落，好似患了红斑狼疮病的人的皮肤，并且留下了正方的长方的挂过画框的痕迹。积年累月的灰尘使那些痕迹十分清楚，清楚得像木匠用墨绳弹出的线条。而那些镶在宽边的框子里的画，全都反放在门后。我问她为什么不继续挂着。她告诉我画的全是耶稣被出卖被钉在十字架上以及他的母亲为他哀伤哭泣的情形。说她家的人都不喜欢那些画。住进来的最初几天，因为画没取下来，她家的人没有不做噩梦的。包括她的姥爷。我问也包括她吗，她点了点头。问她做什么样的噩梦？她摇了摇了头，那意思是讲给我听，我也不会理解。屋子很阴暗，散发着潮气。因为这一排人住的房舍是背阳的。而朝阳的那一排是教堂。也许由于耶稣活着的时候受得苦难太多了，他的信徒们宁愿将朝阳的房舍让给他住？

她的双胞胎弟弟、姥爷正同她的母亲和小姑在她们的屋子说话，说的恰是我。她告诉她的母亲有客人来了，他们便都走到她姥爷住的较大的屋子来了。

她的姥爷也叫我"小孩儿"。

他说："小孩儿，随便坐。我们应该算是朋友了对不对？我们不把你当客人，你也别把自己当客人。今后，只要你高兴来，我们就欢迎你。”

她的母亲打断了他的话：“看您，对一个孩子说这么多干什么？把人家都说得腼腆了！”又瞧着她问：“就是这孩子？”

她点点头：“他小名叫‘跟姐儿’。”

她家的人，除了她，都不由得互相望了望。分明的，我的小名使他们纳闷和奇怪。

她的小姑什么也不说，沉静地坐着，注视着我。我觉得她又开始研究我了。

“孩子，你坐呀！”

她的母亲和蔼地说。那天这端庄的女人没穿藕荷色旗袍。她下穿一条黑绸过膝长裙，上穿一件短袖立领的白衫子。我觉得她不论穿什么都仪态大方，她的端庄是天生的。我觉得一个孩子即使真是一个野孩子，在她面前也会努力做出规规矩矩的样子。而我正是那样努力的。

“跟姐儿，我们小晶本该谢你，你却还来了一瓶酱油。我们又不知你是谁家的孩子，可真让我们惭愧呢！”

“妈，那瓶酱油，是他用帮别人拉车挣的钱，和捡碎玻璃卖的钱，三分五分攒起来买的。”

她家的人，又都是面面相觑，似乎都觉得这件事儿对于这个“小孩儿”来说，未免太“原则”了点儿。刹那间，我感到她的小姑的目光中，有某种研究以外的成分介入了，但很快又被摈除。她的目光使我感到如芒在背。

她的母亲又说：“跟姐儿，我们小晶认识了你这样一个……一个有性格的孩子，我们全家都高兴。”她说：“他已经叫我姐了！”显出自得的样子。于是她的小姑的目光，投射到她身上，似乎对她也不例外，更要掰开了揉碎了进行一番一丝不苟的研究。

她的母亲沉吟地望了她片刻。我觉得这一位和蔼的端庄的女人，这一位心细而慧的母亲，是在掩饰她一时不愿表露的惊讶。她惊讶什么呢？这一位女人这一位母亲？

我不由得低下了头。“按年龄，他叫你姐，也应该的。”她的母亲说，“那瓶酱油，一定要让人家的孩子带回去。跟姐儿，你带回去行吗？”我抬头望着“姐”，我的目光在对她说：“不！”她领悟了我的目光。她说：“妈……”她的小姑严厉地说：“小晶，要听你妈的话。你妈的话是对的！”她看看我，很不高兴又无可奈何地撅起了嘴。“女士们，我可以对此发表点儿见解吗？”一直在看书的她的姥爷，合上了书本。于是两位女人的目光都望向他。他站起来，双手按在桌上，微微向她们倾着身子说：“这孩子，他已经是咱们小晶的朋友，当然也是咱们小苇和小芰的朋友。”他将脸转向两个外孙问：“是不是？”他们回答得像一个人的声音一样齐：“是！”他的目光又望向两位女人：“而你们却总是酱油酱油的！倒好像你们是在合审一桩关于一瓶酱油的案子。并且以为只有你们才能作出最公正的裁决似的！本人认为，让人家孩子把那酱油带回去不妥。酱油归我们。不过我倒主张，为了对这孩子表示谢意，也为了平衡我们自己的心理，我们应该送给这孩子什么别的，也算是送给孩子们的小朋友的礼物吧！我说小晶、小苇、小芰，你们支持姥爷的提案不？如果支持就为姥爷鼓掌！”

她和她的两个弟弟立刻大鼓其掌，都无声地笑，都感激地望着“见义勇为”的老“辩护律师”。

这老头说起话来慷慨陈词。而且说着说着，一支手臂便舞动起来，做出些有力度也有风度的手势，双目炯炯有神，面容表情多变，生动之极，大有一旦开口，不论就什么问题，一口气儿能讲上两个小时乃至半天的神采。我暗暗猜测，也许他从二十来岁起就是位了不起的演说家了。我看出小晶姐弟们，在他开口说话时，都对他很着迷、很崇拜。我觉得他慷慨陈词的时候我也对他很着迷。我觉得我更喜欢这个全白了头发的瘦老头了。

“跟姐儿小朋友，对我的提案，你自己满意吗？”他将脸转向我，目光平和多了。我说：“怎么着都行。”小晶哧哧地笑了。她的母亲也笑了。她的姥爷对我一摆手，长叹一口气，颇扫兴地坐了。那意思是说：你这孩子，你怎么把我“出卖”了？你可真叫我不满意哇！结果人人开心大笑。我受感染，随着笑。

“您啊，您总是那么爱激动！您自己说，您下过多少次保证了？因为自己的脾气付出了多大的代价，您自己最清楚啊！我们哪儿是什么合审呢？不过闲聊罢了。跟个孩子，从一瓶酱油聊起不算过分嘛！”当母亲的慢言细语地说，并笑问当小姑的：“对不对？”

当小姑的肃穆地点了点头。“我激动了吗？我激动了吗？我觉得我一点儿也没激动呀。”当姥爷的极力替自己辩白。可连他自己也苦笑了。不苟言笑的小姑终于又开口道：“其实我和您的想法一样。小苇，把你这套衣服，送给你们的这位小朋友，你舍不舍得啊？”

那双胞胎男孩中的一个爽快地说："舍得！但他得永远做我们的好朋友！"

他们一齐望着我，期待我的回答。

我说："嗯。"

"那咱们现在就出去玩！我们带你去看教堂！"

他们一跃而起，一人拉我一只手，扯我跑出去。

我们爬上教堂的窗台，站立着，几乎将脸贴在玻璃上往里瞧。玻璃全是彩色的，不透明，但却是掺了胶的颜料涂的，而不是烧成的。我的两个新朋友教我怎样靠指甲达到目的。那是一桩需要灵巧和细致的事。先用锐利的指甲在玻璃上划十字，像用刀在罐头的封铁盖儿上划十字那样，然后用最薄的指甲，将颜料膜小心地掀起，于是玻璃上便有透明的一孔了。

我顾虑上帝会生气，问他们这样做行吗。

他们说，据他们所知，上帝一般不生小孩儿的气。上帝对小孩儿一向是很宽容的。不过他们提醒我，一定得划十字。看够了，还得用唾沫将颜料膜粘上。否则，他们不能担保上帝绝对不会生气。

中午耀眼的阳光，将玻璃的彩色映在教堂的地板上，如同幻灯将幻灯片映在墙上，五彩缤纷，瑰丽奇异，使空寂寂的教堂笼罩于迷幻的色辉之中。在布道台的上方，我看见了一个几乎全身赤裸的、长着短而黑的连鬓胡子的、瘦骨嶙峋的男人，被钉在十字架上。那铁钉分明是真的，并且还有血迹。我想那人肯定也是真的。虽然我相信他早已死了。我吓得呀的一声，不由得用双手捂住眼睛，结果从窗台跌下来。

"你怎么了？"

两兄弟仍站立在窗台上，奇怪地问我。

我反问："那个人就是上帝吗？"

他们告诉我那不是上帝。上帝凡人看不见。但上帝能清清楚楚地看见地上一切人的行为，也能看透一切人的内心。那是上帝的儿子耶稣。世人谋害了耶稣，所以上帝让世人永远面对自己的恶行忏悔，并以此为条件恕免世人的罪。

"那是真的耶稣吗？"

小苇说："那当然是假的。但你不可以认为是假的。"

小芠说："从上帝的眼睛看，那木头雕的耶稣是真的，而我们这些人都是假的，所以他不过把我们当成他的羊群。"

他们还鼓励我看耶稣降生的油画。我却再也不敢爬上窗台了。他们便嘲笑我胆小。他们替我用唾沫将划破掀开的颜料膜贴好，也蹦下了窗台。小苇问我，如果让我成为耶稣，我是否愿意。

我连连摇头说我一点儿也不愿意。并且坦率地承认我经受不了钉子钉穿手脚挂在十字架上的痛苦。我想，我的母亲肯定也绝不愿意当耶稣的母亲。见我遭受那样悲惨的折磨，她准会疯的。

他说他愿意。他说他才不在乎钉子钉穿手脚挂在十字架上那点儿痛苦哪。他说他要是能成为耶稣，他要让出卖他爸爸的人永远跪在他面前忏悔，并且永不宽恕。

他的想法令我十分吃惊。

我正要问谁出卖了他们的爸爸，他们的爸爸现在怎样。小芠瞪着小苇厉声说："你乱讲些什么！今后再听你乱讲这些话，我非告诉姥爷、妈妈、姑姑和姐姐不可！"

小苇自知失言，缄默不语了。

我回家前，"姐"交给我一块头巾，说是她的母亲送给我母亲的。"姐"还剪了一大束各种各样的花儿给我，让我回家后插在瓶子里。经过葡萄架前，我不由站住了。犹豫一阵，我轻轻踏上两级木阶，走了进去。葡萄架内铺着木板，木板还吸着水渍。我仿佛又听到"姐"在葡萄架内的濯洗之声，仿佛又听到"姐"搓痒我时，我自已爆发的大笑和"姐"的悦耳的笑声。我觉得这童话般的绿色的小房子，从此我是不会忘记它了。我抚摸着老葡萄盘枝错节的藤蔓，在心里说：葡萄架，你作个证吧！从今往后，我有"姐"了！而这对我很重要！也许以前不，但现在是。我发现她那白色的发卡掉在地上。我捡起了它。那一枚月牙形的发卡，它一端的尖角断了，却还能用，只是不美观了。它很轻。可能是塑料的，或是有机玻璃的。我因它的断损而惋惜。我想"姐"肯定不是由于它断损了便丢弃了。我想她一定是在洗澡时遗失了它。我本打算马上转回去还给她，但我最终又改变了主意。我相信我能将它的尖角重新磨出来，相信我能使它美观如初。

母亲知道我已经接受了别人送的一套新衣服，大为恼怒。

"你自已那套队服呢？准被你糟蹋得不成样子了！要不人家怎么……"

"没有！姐替我洗得干干净净，晾在她家院子里呢！""姐？哪个姐？哪来的一个姐？""就是……就是你也喜欢的那个……那个……她叫小晶，她妈妈还送给你 块头巾。""头巾？在哪儿？"我将头巾从箱子里取出交给母亲。

“你！你不但自己……你还替我接受了！你好胆量呀！我平时怎么教训你的？我今天非揍你不可！”母亲寻找扫床的笤帚。我往墙角躲。然而母亲高高举起的笤帚并未落在我身上。母亲一把将那块头巾从我怀里扯过去。“人家真心诚意，我怎么能……”“住嘴！”母亲她真生气了。“你叫我现在怎么办？唵？衣服，头巾，都给人家送回去，伤了人家的一份情意！不送回去，这礼尚往来的，咱们这有什么值得回还人家的？你说！你说呀！”我知道我家没有任何值得回还的。我了解母亲是个多么重视“礼尚往来”的女人。我唯有一声不吭，任凭母亲数落和训斥。“老梁家的！梁组长！”幸而这时街道主任来了。她是主任，母亲是组长，她是母亲的“上级”。母亲一向对她客客气气的。她话声刚落，人已进门。“哟，打孩子呀？”“没有，没有。你坐，你坐。我不过在说说他。这孩子，这几天越来越不服管了！”“跟姐儿，不服大人管可不行啊！这孩子今天怎么穿得这么体面哇？衣服真合身呢，你给做的？”“衣服嘛，是呀是呀，主任你有事？”母亲支吾地应酬着，搪塞着。主任朝窗外望了望，意味深长地说：“那儿，咋变样了？”母亲也朝窗外望了望，回答：“可不么，一上午工夫，就变样了！”

主任说：“变样了也好，也好。”

母亲说：“主要对我们这边好，眼界敞阔了！抬头望见些红花绿草的，比原先一排‘板障子’挡眼可不强多了嘛！”

“还开了小门呢……你家的主意？”

“哪儿呀，也是人家那边想得周到。”

“上午开会，我也没机会跟你交代，我就是特意为了那户人家向你交代来的。对那户人家，你应该……跟姐儿，你先出去玩会儿。”

我装出一副巴不得的样子离开了。但没出家门，不过挺响地关了一下门。然后隐蔽在外屋炉台旁，侧耳聆听。

“主任，那户人家，很不一般吗？”

“岂止不一般啊！地、富、反、坏、右，他们一家占了三条！那老头儿是地主家庭出身。他学生——也就是他女婿，那三个孩子的爸，是现行反革命。老头儿自己是右派。三个孩子的姑，也是右派。后来党考虑到，一家子人中，四分之三都被划到反党的立场上去了，不利于对知识分子的团结，对她实行宽大，才给她‘摘帽’了。”

“他们一家，怎么会搞成这样啊？”

“阶级本性呗！先是那老头儿，在‘大鸣大放’中，仗着自己是老教授，就向党发起进攻。听说进攻得可猖狂啦！那当然，就成了右派了。他的女婿和他在一所大学里教书，又曾经是他学生，一张接一张贴大字报，替他鸣冤叫屈。得，把自己搭上了。老头儿一看女婿也成右派了，火了，反过来再替女婿辩护。右派替右派辩护，又是老丈人和女婿的关系，能有好结果吗？党也火了。你们不是都不服吗？不是互相辩护吗？再给你们点儿厉害，瞧你们还服不服！那女婿的性质反倒被升格了，成了现行反革命了。赶出大学，发配到青海改造去了。那三个孩子的姑，是给党的一位首长做秘书工作的，当时刚结婚，急了，就给中央写信。结果信没转到中央，自己的秘书工作丢了，还被戴上了右派帽子。丈夫立马儿跟她离婚了。你说这一家子，出了一个右派，倒是赶紧划清界限啊，却偏不。这不是他们自己闹腾到这么个地步吗？后来这一家子就不许住在北京了。先被安顿到天津。天津离北京也不远啊！又把他们安顿到了沈阳。那老头儿是沈阳人。他又是出身大地主家庭的人。老头儿的父亲，还跟张作霖有过深交。在沈阳当年是个大家族。老头儿的亲朋好友旧关系比蜘蛛网还多。党一想，这不等于放虎归山吗？哪能不提防呀？万一他们明面儿不来往，暗中串联呢？要咱们是党，咱们也会存着份儿戒心是不是？所以，没容他们在沈阳住上半年，就又把他们迁移到咱们这座城市来了……”

“唉……”

我听到母亲喟叹了一声。接着只说：“这一户人家，这一户人家，这一户人家啊！”

“唉……”

我听到主任也喟叹了一声，压低语调说：“都叫人不知道该怎么对待他们才好是不是？细想想，冲着那三个孩子，怪让人同情的。但咱们街道干部，也不能因为咱们心眼儿好就乱同情哇！那老头儿在北京有大人物不显山不露水地保护着。吩咐了，不管安顿到哪儿，居住条件要相对宽绰些。不必安排什么工作，每月生活费不低于二百五十元。据说那老头儿是研究庄稼的，对咱们国家的农业发展有过贡献。上边儿的指示精神是十个字：不照顾不妥，不监督不行。你听明白了？”

“听明白了。”

“听明白就好。第一句话是上边儿的事。第二句话是咱们的责任。该对你交代清楚的，我都对你交代清楚了。上边把监督的责任布置给我了，可我为人民服务的工作已经不少了。也不能整天拎个小板凳，光坐在街对面，望着他家的院子进行监督哇！我今天算是正式把这个责任布置给你了。我还有事儿，我这就得走，改天再来多坐会儿。”

“哎，主任，主任你先别走，这……监督，责任重大。我恐怕不合适，你还是另布置给别人吧！”

“你别这么说呀？你是组长，你们的院子又和他们的院子紧挨着，布置给你不合适，让我布置给谁哇？我一来，我一见你们两边之间的‘板障子’都拆了，成了这样了，我就想布置给你最合适了！得了得了，咱们这都是为党工作，你别推辞了！还谦虚个什么劲儿啊！别拽着我。我得走了，我得走了！”

街道主任一边说，一边已从里屋急急迫迫地走出来。分明的，她唯恐母亲将她再扯入里屋去。

“这……我……主任，主任你听我说……”

母亲跟在她身后，有话难讲。扯住她不是，任她扬长而去，又不愿意……

母亲再回到家里时，见我已在屋内，诧异地问：“刚才叫你出去玩会儿，你没出去？”我说：“出去了呀。”“那你怎么又在屋里了？”“我刚回来嘛！”“刚回来？从哪儿回来的？我怎么没碰见你往回走？”母亲不信。我说：“我见你正从门送人出去，我就跳窗进来了。”母亲沉着脸，久久地望着我，样子使我心怯。我嘟哝：“你要是还生气，我把这身衣服和那块头巾去还给人家好了！”我开始脱衣服。“谁让你还了？我让你还了吗？”母亲又有些生气，“还给人家，叫人家怎么想？你诚心诚意送给别人的东西，别人接受了，过后再还给你，你高兴吗？”

母亲说完，不再理睬我，转身打开粮食柜，拎出半袋子小米，说：“只好把这半袋子小米送给人家了。”那是农村的亲戚送给我们的。那几年粮店里没有小米供应。小米是城里人所珍视的。

我高兴地拎起袋子就走。母亲喝住了我：“现在别去！晚上，天黑以后再送过去。送过去赶快就回来。记住，不许总过那边儿去！免得人家烦！”我知道母亲说的不是心里话。但我装出懂事的样子点点头。母亲看见插在阔口瓶子里，摆在桌上的那束花，愣了愣，转身从窗口望向“姐”家的院子。我也随着母亲的目光望去，见“姐”在院子里晾衣服。我说：“是‘姐’送给我的。”母亲说：“又送给你什么了？”我说：“花儿呗。”母亲说：“你再给我记住，别‘姐’‘姐’的！是你那么叫的吗？你可以叫她‘小晶姐姐’，但你不能叫人家姐！会让人家觉得你是在套亲近似的！”

我大声说：“不会！‘姐’不会！她家的人都不会！”

母亲发火了，说：“你还‘姐’、‘姐’的！再跟我顶嘴，我剪断你舌头！”

母亲样子挺凶地瞪着我。

我也不服气地瞪着母亲。

那一时刻，我把街道主任恨透了。其实街道主任是个心眼儿挺好的女人。如今想来，更准确地说，我当时所恨的，是那女人告诉母亲的一些话。而那些话代表一种铁一般的事实。当年的我，只能认为那是铁一般的事实。我所恨的，更是那铁一般的事实。我觉得我明白了，为什么“姐”全家人，看去似乎全是些乐观的、开朗的、和和气气的人，但在他们从大人到孩子每个人的眸子里，都有一种去不掉的巨大的忧郁。我似乎明白了他们为什么对我又欢迎又存有几分戒心，我明白了“姐”的小姑审视我时的目光，明白了小苇和小芰在带我看教堂时说的令我吃惊的话，明白了她的姥爷在搬来那一天对围观的人们的古怪表现，明白了他们为什么要将“板障子”锯得那么矮……

我明白了这么多，我心里很替他们一家，替“姐”也替我自己难过。眼泪渐渐盈满我眼眶。

天刚黑，没等我过那边儿去送小米，“姐”过这边儿给我送队服来了。“姐”替我洗得十分干净，叠得平平整整，还熨了。我那双白胶鞋，“姐”不但替我刷了，还替我擦过了白粉。

“姐”没说几句话就走了。

母亲客气地留她玩会儿，她说她要温习功课。我感到母亲的客气是不真诚的。我感到“姐”不留下玩儿是借口。但母亲一定要让她带走那半袋小米却是真诚的。“姐”领会到了母亲的真诚，推谢一阵，也就接受了。

母亲是从内心里喜欢她，这可以从母亲目光和表情中显示出来。母亲的目光中，甚至糅合着一种怨天叹命的感伤。或许母亲由她而怀念起九年前失去的唯一女儿。我想母亲是巴不得听她亲亲昵昵叫自己一声“妈”的。

母亲说：“替妈送送你小晶姐姐！”

可是当我和她走出屋时，屋里又传出了母亲的话：“送到那小门儿就回来吧，妈还要你帮着干点儿活儿哪！”

她一跨过那小门儿，便反身将小门儿带严了。隔着“板障子”，她对我说：“别送了。大妈不是就叫你送到这儿嘛！”“小晶！小晶！该回来了，你姥爷让你帮着查本儿书！”她家门口，她小姑在呼唤她。“哎，回来了！”她应着，匆匆地转身去了。我想，她的小姑，肯定也像我的母亲叮嘱我一样叮嘱过她。突然一阵闷闷的雷声自远处滚过来，惊得我浑身一悸。我抬头望天穹，没有月亮没有星星。一个美好的白天不总是连着一个美好的夜晚。却原来这是一个漆黑的时刻。风乍起，树抖瑟，那院子里花影倾草姿伏。紧接着她家的、我家的、周围人家的窗子全黑了。断电了。

仲夏的凄雨连绵不绝，忽骤忽淅下了十来天。许多街道和院落积水成泽。小学校宣布临时停课。当久违的太阳从满天空阴霾氤氲又湿又厚的云堆后逼射出第一道光芒，大地早已被泡得泥泞不堪了。

那些日子我从早到晚待在家里烦闷得很。我想“姐”和小苇、小芰他们肯定也这样。我经常隔窗呆望她家院子，希望“姐”趁雨止的间隙朝我家这边儿跑过来。然而我的希望似乎只不过是我的幻想。“姐”一次也没过来。小苇小芰也没有。我甚至一次也没发现她们的身影在院子里出现。风从那边儿刮过来雨从那边儿飘过来，水泽从那边儿淌过来，浮着些残花断草、落红败绿。教堂的十字架看去好像是碳质的，好像吸足了雨水而膨胀了，从而失去平衡，倾斜了。

太阳终于露面的那个清晨，我推开窗子又朝“姐”家院子望，但见两行碎砖从“板障子”的小门那儿一直铺至她家门口。两行碎砖宛如盲文课本上的文字，“写”的是什么呢？

小门旁挖了一条排水沟。我家这边儿的水，被引到她家那边儿去了。我说：“妈，你看！”母亲走到窗前，望着，却什么也不说。什么也不表示。我觉得人间怎么可以变得这样冷漠！母亲怎么可以变得这样对什么都视而不见无动于衷呢！我愤慨了。我又大声说：“妈你看到了吗？”母亲语调平板地说：“看到了。”

我说：“看到了你什么都不说！”

母亲说：“你让我说什么？”

我说：“你说你想说的！”

母亲说：“唉，这一家人啊，可真是的……”

我说："妈你说的这叫什么话呀！"

母亲说："你出去，捡些砖头，把咱家这边儿，也铺上两行砖。

也要从小门那儿，一直铺到咱家门口。"我照母亲的话做了。然而不过等于泥泞的大地上又多了两行盲文。我自己"写"的。

我觉得我"写"得很认真。"写"下了很多。首先是为"姐"写的。其次是为小苇、小芰"写"的。也是为"姐"全家人"写"的。我认为我"写"得明明白白。正如她们所"写"的我"读"得明明白白。

然而我没再推开过那扇小门。"姐"和小苇、小芰也没有。我没有是因为她们没有。不受到正式邀请我到她家门口，一定会使她家的三个大人都感到唐突，倘她们首先过来我便不会再有什么顾忌。被火烧伤了面容的人其实是不愿被谁探望的，我觉得"姐"一家人都是被火烧伤的。烧伤的是心。这样的心恐怕是格外敏感的吧？也许她们所做的并非她们情愿的吧？

第二天赵家套住一只猫。赵家堆放杂物的棚子闹过黄鼠狼。套子本不是为了对付猫而是为了对付黄鼠狼的。那只猫被吊在棚檐下，四爪绝望地挠住板壁。它那样已经坚持了很久。眼看它即将坚持不住了。它坚持不住的时候它就死定了。全院的女人和孩子围着看。女人们肯定地说那是只野猫。孩子们用石头打它。对一只野猫连女人和孩子也是不怎么恻隐的。家里鸡被咬死和晒的鱼被叼走过的人，尤其不恻隐。纵然明知那全是黄鼠狼干的，看见一只野猫被吊死他们也会认为反正是除了一个和黄鼠狼差不了多少的祸种。

我一眼便认出那是"姐"家的猫。

"它不是野猫！"

"你怎么知道不是野猫？"

"它是我姐家的猫！"

"你姐？你哪个姐呀？"

"就是，就是……新搬来那家的姐。"

"这孩子，倒挺有人缘儿。我们还不知那家姓什么呢，他已经认个姐啦！"女人们取笑我。孩子们也取笑我。我转身往家跑。我气喘吁吁一跑人家门就叫嚷："妈，妈，你快去救救它吧！"母亲正补衣服，一愣，忙问："救谁？""救猫！它被套住了！快吊死了！""这些个人，套住一只猫干什么？""都说是野猫！可它不是野猫。是'姐'家的猫。是小晶姐姐家的猫。妈，快去救吧！求求你了，再晚一步它就死了！"母亲略一迟豫，放下针线，随我急急忙忙奔出家门。母亲不顾人们会对她怎么看，将那只猫救下了。猫爪子挠破了母亲的衣襟。将母亲的双手、双臂挠出一条条血淋淋的道子。它已经快死了。母亲将它抱在怀里，对女人们说："这只猫可不是野猫。从来不咬鸡叼鱼的。这是那院儿人家的猫，是一只规矩的猫。我证明。"

街道组长证明不是野猫，女人们也就没什么话好讲了。孩子们也不敢继续施虐了。

母亲让我陪着，第一次通过那小门，给"姐"家送猫去。地面仍很泥泞。铺在"姐"家院子里的两行砖，虽几乎被泥泞吞噬了，却毕竟赖以踏脚，起着"桥"的作用。

"姐"一家人的感激自是不必细述。看来那猫是"姐"一家人的宠物。为母亲的和为姑的，找出红药水儿、紫药水儿、碘酒、药布、棉球儿，一人托着我母亲的一条手臂，内疚之至地替母亲处理伤痕。"姐"和小苇、小芠，听我讲猫遇难的情形，惊魂荡起，目定神呆。她们的姥爷，一忽儿踱到猫跟前，像与人说话似的对猫说："你啊你啊，你还没被人们所认识所了解，四处乱跑什么呢？要不是你这位救命恩人及时救你，你就一命呜呼了！我们把你关在屋里，提防你离开家，那纯粹是出于对你的爱护哇！这下你总该明白了吧？"一忽儿踱到母亲跟前，对两位女人说："轻点儿，轻点儿，这儿，还有这儿！你们舍不得药水儿怎么的？组长，这件事真让我们内疚啊！您看，我们是否应该写一份保证书，向您，也向街坊邻里们保证，我们的'咪咪'，也就是我们这只猫，再也不犯自由主义的错误。"

母亲笑道："一只猫，也不曾讨人嫌，不期然地被套住了，差点儿送了命，它有什么错啊！你们写的什么保证呢？倒是我想向你们保证，要论咱们这条街上的人家，都是些好人家。都不知道猫是你们家的，以为是只野猫呢！若知道，用不着我出面，谁都会解救它的。"

"我相信，我相信。我完全相信人民。完全相信您组长。"他的话使母亲大不自在。母亲又说："咱们两家，更是近邻。按年龄，您是我们跟姐儿爷爷辈儿的人，对我还何必您您的呢！"

他连连点头："是近邻，是近邻。您是一组之长，我们一家的……情况，您显然也会多少知道些了。只要您看得起我们，我们是愿意在您和街坊邻里的监督之下，老老实实地生活的。"

"爸，您这几天怎么了呀？当着些孩子的面儿，您胡乱说的些什么啊！”“姐”的母亲，责备地打断了他的话。“好，好，我不说。我什么都不说了！还是不说为好，是不是？可是不说，那怎么能使别人正确地认识我们，了解我们的思想动态，从而正确地对待我们呢？”“爸！”“伯父，求求您保持一会儿沉默吧！”“姐”的小姑也干涉了。“小苇、小芰，和姐出去玩！”“姐”抱起猫走出去了。小苇、小芰看我一眼，一声不吭地跟随出去。我也跟随出去。我对小苇、小芰说：“其实我顶爱听你们的姥爷说话了。我喜欢他。可就是根本听不懂他说的话是些什么意思！越听不懂越觉得有意思！”“有意思吗？”小苇瞪着我问。“真听不懂？”小芰瞪着我问。“姐”不问，却也目光定定地瞪着我。我觉得她的目光，不知为什么竟有些像她小姑看我时的目光。

“我要去看耶稣啰！”我突发一声喊，向教堂跑去，迅速爬上一个窗口。其实我并未往里看。我不愿再用指甲在涂了颜料的玻璃上划十字，更怕窥视耶稣那受苦受难的样子。我将脸贴在一块玻璃上而已。完全是为了躲避“姐”瞪我时那种目光。我和母亲回家时，“姐”的母亲一直送我们过了小门。隔着锯矮了的“板障子”，“姐”的母亲悱悱然开口：“组长，我有件事，想求你，可又觉着，我们好像没资格似的。”母亲以鼓励的口吻说：“你只管讲吧！邻里之间，什么资格不资格的啊！只要我能办到，我不会推三拒四的。”

“实际上呢，我是替我父亲求你。广播里和报上不是宣传，全市第二次扫盲运动就要开始了吗？我，还有孩子们的姥爷、小姑，都没什么工作，我们想为街道尽点儿义务。我们想，想担任扫盲教师。”“……”见母亲未马上表示什么，她犹豫了，似乎不知还有没有必要讲下去。我说：“这一件事，正好我妈妈自己就能做得了主！”她才接着说：“我父亲，这几天情绪不太好。整天出出进进，心烦意乱的样子。还常为一点小事儿犯急躁，无缘无故大发脾气。我想他是因为无事可做郁闷的。我怕他长此下去，总有一天会郁闷出病来……”

她眼睛蒙上了一层泪。“这……这一件事，不像孩子说的，是我自己就能做得了主的事。”母亲似有难言之衷。“那就全当我没提出过这个请求。反正，我父亲并不知道我有这一想法，也就无所谓失望不失望的。”

但她自己，显然已是极度地失望了。我看出来了。我想母亲也一定看出来了。并且，她那想掩饰也掩饰不了的极度失望的表情后面，隐蔽着窘迫。

母亲隔着那门，拉起她一只手，轻轻握着说："你放心，尽管的确不是我自己就能做得了主的事，但我一定会尽力而为的。我想，大概是可以的吧？"

"组长，那可就太谢谢你了！你能这么待我们，不论事成不成，我都……我们都……"泪从那女人眼中一下子溢出，顺着她的脸颊往下淌。一回到家里，母亲劈面给了我一巴掌。"大人说话，你插的什么言？你怎么知道是我自己就能做得了主的事？唵？！"然而母亲当晚便为这件事找居委会主任去了。母亲回来时显得异常高兴。"快，你快去你姐家告诉一声，那件事，是没问题的事了！"我一听，扭身就往"姐"家跑。"姐"一家正在吃晚饭。我带给"姐"一家人的，似乎是上帝亲口赐予信徒的福音，使"姐"一家人一个个激动不已。"姐"的姥爷，询问地望着他的当了母亲的女儿。她幸福地微笑着，承认说："爸你不会生气吧！是我一时动念，就向组长提了。也没先跟您商量一下。"

"我不生气。我不生气。我怎么生气呢？我是那么不通情理的人吗？我高兴。我很高兴！"他端着碗的手剧烈地抖了起来。倏忽他老泪纵横，一滴又一滴落入碗里。

我看不得一位我所喜欢的全白了头发的老人这般样子！尽管这是一件值得替"姐"全家高兴的事，但我内心里却难过极了。我觉得我的鼻子发酸。我觉得连我自己也快要落泪了。

我一言未发，转身便走。我低着走至葡萄架那儿，听到"姐"叫我。我站住，回头一看，原来"姐"一直默默跟在我身后，送着我。她走到我跟前，注视我。月光下，她那双眼睛好亮，似乎眼中也蒙着一层泪。蒙着泪注视着你的眼睛所表达的含意是最深也是最让人难忘的。如果一个女孩儿那样子注视着你的时候，纵然你不过是一个像我一样仅仅九岁多的男孩儿，你也会甘愿为她去死！她问："你哭了？"

我说："嗯。"

"为姐？"

"嗯。为你们全家。"

"你真好！"她用双手捧住了我的脸，"你妈妈也好。"

我说："我妈妈当然好。她是这么对我说的——'快，你快去你姐家告诉一声'。""真是这么说的？""真是这么说的！""你闭上眼睛。"我闭上眼睛。仿佛的，我听到葡萄架内又有洗濯之声。姐吻我额头。吻了很久。我静静地闭着眼睛。闭着很久。我很久地闭着眼睛期待着第二次很久的一吻。我觉得我和这一个夜晚和这一个院子融为一体。那两片柔润的温馨的嘴唇为什么不再吻我呢？我睁开眼睛，已只有我自己伫立在葡萄架旁。母亲本人，既是第二次扫盲运动的最基层的组织者，亦是扫盲对象。因为在第一次运动中，她只顾以忘我的热忱组织别人，自己竟没有被“扫”。母亲当然觉得这是政府的一名街道干部的惭愧。所以将实际上的组织工作交代给了我。我对这一件事的热忱不亚于第一次运动中的母亲。我根本没有想到我是为政府尽什么义务。我的热忱完全源于我对“姐”一家的人情感。

叔叔辈和婶婶辈的男人女人，十之七八已在第一次运动中“扫”过了。这第二次该“扫”的，则是爷爷辈和奶奶辈的男人女人。再加上第一次的“漏网之鱼”，或虽被“扫”过但并没有获得“毕业证书”的“留级生”们，我们那一条街，总共三十多人。

我的“组织工作”，就是晚上六点半左右，挨家挨户通知他们，七点钟准时在“姐”家里上课。这项“工作”，对人们自己有益，所谓“组织”，无须动员，每天督促一遍而已。七点钟，上课的人们，自带着各式各样的坐物，三三两两陆续走入“姐”家院子。有些人图近，就经由我们那个院子，通过我家和“姐”家之间的小门到达。

若论义务热忱最高的，那便是“姐”的姥爷了。黑板是他做的。

为此他拆了自己一个书架。将自己视为财富的书扎捆起摞放着。母亲很被他的热忱所感动，也很替他那个好端端的书架惋惜，说：“这又何必呢！其实上次用过的那块黑板，刷遍墨，还是可以用的。”他却说：“赋闲受禄，平时不能为政府做任何事，内心不安啊！总算有了个机会，怎么还能为区区一件小事儿，托烦于政府方面呢？”他似乎早已对政府没了什么“意见”，也不打算再替自己和女婿“翻案”了。他似乎内心里只剩下“赋闲受禄”的不安了。母亲对他也有这种感觉，并且直言不讳地将这种感觉对居委会主任说了。她们一致认为，果真如此的话，证明“老右派”立场已然开始“转变”。她们合计着，在必要的时候，给他以必要的鼓励和表扬。甚至合计着，向上边“反映”，建议给他“摘帽儿”。我暗中听了，非常非常的替“姐”全家高兴。

每天，“姐”全家都早早吃了晚饭，将那椭圆形大桌子的四腿儿折起，靠墙侧立。腾出空间供人们排位。而他，则必提前十几分钟，翔立门首，对每一个到来之人，躬身示敬，说同样一句话：“劳您大驾了，欢迎光临，欢迎光临。”虔诚之至。那样子很像如今大宾馆门前的迎宾侍者。当然是像那些笑容可亲使人宾至如归的侍者。

“姐”家的三位大人，都担任了扫盲教师。榜样的力量是无穷的。在他的热忱的影响和虔诚的感召之下，“姐”的母亲和小姑，对这一请求到的机会十分珍惜，认真负责，不遗余力。最能考验这一家三位大人耐心的，是那些老头儿和老太太。眼花的、耳聋的，若要教他们认得并会写一课字，真比启发弱智儿童还艰难。然而他们经受住了这一考验，一个比一个耐心，其责任感简直可歌可颂。仿佛在他们自家三个人之间，都暗暗下了决心，最终要评出一个模范似的。他们还制定了任课表，责任标准。因为他是长者，“姐”的母亲和小姑都礼让他三分，任由他一人每星期独揽三天的课时。每天两小时。几天下来，他嗓音哑了。然而他那些日子却愉快得像个老小孩儿似的。整天含着“喉片”，也不肯发扬风格让出一节课时。

我和“姐”和小苇、小芰，聚在我家完成作业。小苇、小芰趴炕上，我和“姐”共占一张吃饭的小桌。“姐”每天都检查我作业完成的质量。我作业本上“5”分渐多，“3”分没有了。小测验的成绩也明显上升。老师班上表扬了我，说我只要戒骄戒躁，本学期是有希望入队的。我想老师要是知道我有一个曾是“三道杠”的“姐”，对我的进步也就不会奇怪了。

“姐”家那边儿，读字声时断时续，声声入耳。每每的，“姐”会驻笔而听。常常听得入了神。当发觉我在注视她，便嫣然一笑。那刻我总想亲她一下，就亲她脸腮上梨窝浅现的笑靥。

三位扫盲教师决定改编教材。这一建议是“姐”的姥爷提出的。统一的教材，头几课是“马克思、恩格斯、列宁、斯大林、毛泽东”“社会主义在前进”“帝国主义已腐朽”等等。不但要教会那些耳聋眼花的老头儿、老太太认、读、写，还要使他们明白：马、恩、列、斯是人名，属于哪个国家，何谓帝国主义，何谓“腐朽”，实属不易。十几天后，他们仍读为“马格思”“恩克思”“马恩斯”，“思”“斯”不分，而且往往读错为“社会主义在腐朽”“帝国主义已前进”。

三位扫盲教师颇感心有余而力不足。认为改编教材势在必行。他们改编后的教材，头几课成了“人有两只手，双手能做工”“一片土，几亩地”“三头牛、五匹马、一群羊”等等。

实验几课，效果提高多了。经向母亲“请示”，经母亲向居委会主任汇报并周旋，被批准了。

国庆节前，“姐”家院子里的鸡冠花和菊花散紫翻红，金黄交映银白，一片烂漫；向日葵籽开始变黑了，沉甸甸的葵盘全都谦恭地垂下了头，好像一排排站立着的祈祷者；玉米的棒子也可以掰下来煮着吃了。上课的人们回家时，三位教师常慷慨地送给他们每人几棒煮熟的嫩玉米，带回给他们的孩子尝个新鲜。

我们这条街的“扫盲”成绩在全区评比中获优秀。居委会主任从区里捧回了奖状。看重这份儿街道集体荣誉的人们，包括我的母亲和居委会主任，并没有低估三位扫盲教师的作用。国庆那天晚上，纷纷聚到“姐”家表示庆贺。“姐”全家敬烟敬茶，热情款待唯恐不周，尤其“姐”的姥爷，显出受宠若惊的样子。当礼花从江畔腾空升起，将夜空装点得美丽辉煌之时，与“姐”和小苇、小芰在葡萄架前仰面观望的我，觉得生活是那么幸福与美好，世上的一切不幸和悲哀，似乎全都可以包容，使之转化为理解和相互的爱。

秋天是最辉煌的季节也是最短暂的季节。短暂得仿佛首尾被夏与冬克扣了似的。

不知什么人向区里告了一状。状告居委会主任和母亲不但放弃了对现行反革命家属和右派分子的监视，不但重用他们担任扫盲教师，而且包庇他们篡改扫盲教材，将“革命内容”几乎彻底删掉。揭发内容引起区里的重视。

区里派人来调查。调查结果揭发属实。于是召开街道大会，宣布取消扫盲优秀街道荣誉，定为一起带有反动性质的严重事件。区委会主任被撤换了，连母亲这个街道小组长也被改选了。平素一向很有人缘儿的母亲，从此成了一个人人避之唯恐不及的坏女人，如同一个患有危险传染病的女人……

受到一次阶级斗争教育的普通百姓们，似乎明白了，对“姐”一家人的孤立和监视，是正确的。反之，则是丧失了公民觉悟，是应被批评乃至批判的。

“姐”又不到我家来了。“姐”一家人再也没离开过他们的院子。到小杂货铺子买东西的，不再是“姐”了，而是小苇或小芰了。我偶尔在街上看见他们，叫他们，他们却从不望我一眼，仿佛根本没有听到我叫他们，低着头急急地走，甚至反而跑起来。

我希望在“姐”家的院子里望见“姐”，却一次没望见过。我希望在街口迎住一次去上学或放学回家的“姐”，却一次没迎住过。我奇怪“姐”怎么可能连学都不上了呢？后来我终于发现，原来“姐”家宅后的“板障子”，被起开了一块。往旁一推，便可以钻过一个小孩儿。我没有勇气到“姐”家去。

我不知面对她的姥爷和母亲时，我究竟应该说些什么。也不知她的小姑，又会以怎样的目光看我，以怎样的态度对待我。自从“姐”一家人搬来后，我童稚的心灵，在不知不觉中渐渐变得异常敏感了。

一天清早，我背着书包期待在“姐”家房后。守候很久，终于，那块木板一活动，去上学的“姐”挤了出来。

“姐！”

“姐”吃了一惊。一见是我，神色稍定。

“你……你在这儿干什么？”

她努力装出一副自若的样子。

“姐，我想你！”

刹那间，“姐”泪眼汪汪。

“我……我在这儿等着，就是想看见你，告诉你，我没变……反正我没变！我这不是还叫你‘姐’吗？”“姐”双泪成行，潸潸而下。嘴唇微微动了一下，想再说句什么，却什么话也没说出来，只是情不自禁地向我走近。我不由得扑向“姐”，双臂搂抱住她，哭了。“别哭，别哭，让人听见……也许有人正监视呢！”“我不管！”接着我咒骂了一句脏话。自己也不知是在骂谁。因为不但是小孩的我，连我母亲也不知究竟是我们这条街上的谁人向区里揭发的。或许根本不是我们这条街上的人，而是别的街上的人，别的街道小组长，别的居委会主任，因嫉妒而为。

“姐”立刻用一只手捂住我嘴，怕被别人听到。“姐”也哽咽地哭了。泪珠儿落在她脸上。我和“姐”痛痛快快地互相搂抱着哭了一场。“姐，这是你丢的，我捡着了，我替你磨得和原先一样了。”我从兜儿里掏出白发卡，还给“姐”。这时我才发现“姐”头上戴的，仍是那一种白发卡，仍是月牙形的，和我手中的一模一样。我不免有几分失意。“姐”接过细看了看，说：“给你玩儿吧，我还有一整盒呢！”我更感到沮丧。“难道它一点儿也不贵重吗？”“它是塑料做的。我姥爷在国外的朋友托人捎给我妈妈的。妈妈全给我了。塑料在国外不是什么值钱的东西，便宜得很！”“那……它不值得我替你捡，也不值得替你把它磨得和原先一样了？”“姐”看出我的失意。想了想，又将我手中那个白发卡要去，别在发上，而将从发上取下的那个给了我。“我要一直戴着这个。你要一直保留着那个。谁也不许丢！这你该高兴了吧？”我笑了。我陪“姐”绕一段路，避过我们那条街才分手，各自去上学。从那一天起，天天如此。

人心里只要还保留温馨，生活似乎就一如既往。不久，母亲便忘记了自己曾是街道小组长，被撤换了的居委会主任再到我家串门儿，也不絮絮叨叨地诉说自己曾为居委会工作付出过多少精力了。我们这条街的人们，不再谈论被取消的“扫盲”优秀街道荣誉了。实际上也没有谁真的对“姐”一家人进行过什么监视。

冬天来了。一场大雪，仿佛不但将秋天和夏天彻底盖住了，甚至也将秋天和夏天发生过的一切事彻底盖住了，并冻结在厚厚的雪被之下。人们都好像是在这一个冬天刚刚出生似的，都将以前的事遗忘了。

春节，母亲和前居委会主任还相约了偷偷去“姐”家拜年。我和“姐”和小苇、小芰，从那一天开始，又踩着她们留在雪地上的脚印，无忌地通过那小门，来来往往聚一起玩了。

六月，我升三年级了。

而“姐”小学毕业了。

忘记了什么的是本能地想要忘记的人们。有些事现实并没有忘记，而且继续着。

以优异成绩小学毕业的“姐”，升中学竟成了个问题。附近的中学以种种堂而皇之的理由拒收“姐”这样的学生。人数招满、重点中学、需校务会议研究等等等等。有一所中学表示收倒是可以收，但“姐”应写下与父亲和家庭彻底划清界限的保证书。

“姐”不写。不管她的母亲、小姑、姥爷和我的母亲和前居委会主任怎样开导她劝说她，她就是不写。我没想到“姐”犟起来那么犟。结果她连一所普通的中学的校门也没能跨入。

“姐”最后成了全市最乱的一所中学的学生。那所中学以收容被其他中学开除的、或连续三年考不上中学而又超过了中学生年龄的学生闻名于市。它使对自己哪怕还稍有信心的小学毕业生及其家长们不仅感到耻辱，且望而生畏。它在城市的郊区，离我们住的地方实在太远了，每天乘一段车也得一个小时左右才能到。

“这怎么行！这万万不行！像小晶这样的女孩子，绝不能到那样一所中学去读书！”

母亲得知消息，当天晚上就到“姐”家去，对她的母亲，小姑和姥爷晓以利害。

“是不行，是不行！你们当家长的，可要对孩子负责，千万不能依了她！那儿收的，尽是家长没法儿管的恶小子、坏姑娘，有些简直就是小流氓！小晶，听大婶的，宁可在家里叫你姥爷教你，也不能成了那儿的学生啊！你姥爷在大学里教授都当过几十年了，还愁教不了你中学的课程吗？”

“姐”却执拗地说：“没事儿的。好歹那也算是一所中学啊！只要我对别人友善，不至于所有的同学都合谋了欺负我。妈，姑，姥爷，你们全放心，我不会学坏的！难道你们还信不过我这一点吗？”

谁也没能动摇“姐”的决心。她到底还是成了那一所中学的学生。我觉得“姐”所以那么执拗，是因为她偏要和什么对抗。我看得出来，“姐”内心里其实是怀着某种大的轻蔑在对抗。我认为也许只有我才看出了这一点。我虽看出了却对谁都没说，包括母亲。我觉得我一旦说了，“姐”肯定会不高兴的。“姐”是个不愿被人轻易看透的女孩儿家，尤其她内心里产生的不是柔情而是与柔情截然相反的东西时。

雨季又到了。

一天晚上，前居委会主任冒着雨蹚着深及膝部的水泽来到我家。她神色慌慌，将母亲从里屋扯到外屋，窃窃耳语了一阵。我趴着门框偷听，什么也没听到。却见母亲脸色大变，端着半盆洗碗水团团转，不知该往哪儿放。母亲在我心目中是个面临天大的事也能镇定得住自己的女人。我还从未见她被惊骇到这等程度。

“我的天，我的天，我的天……”

母亲口中喃喃着，竟双腿一软，瘫坐于地，半盆洗碗水全扣在身上。

前居委会主任捡起盆，拿着也慌得不知往哪儿放。

我赶紧将盆接过。

她扯起母亲，说：“我俩快去看看吧！”

母亲说：“快去，快去……”

她们相拉着往外便走。

我预感到肯定发生了什么可怕的事。而这可怕的事肯定和“姐”

有关。一阵不安悸过我全身，我的心怦怦激跳。我叫道：“妈，我也去！”母亲似乎没听见。而那拉着母亲往外便走的女人，猛回头对我怒斥：“你去干什么！”

……后半夜母亲才回家。我一直睡不着，胡思乱想。一闭上眼睛，头脑中就出现可怕的幻象："姐"被汽车撞了，踩了被刮断的高压线，被猝遭雷击所倒下的电线杆子或大树所伤，或不小心掉进了掀开盖子的下水道口……我急迫地问母亲："妈，姐究竟怎么了？你告诉我呀！"母亲分明哭过，两眼红肿。"你给我听着，"母亲一字一句地说，"从今天起，一个月内，不，两个月内，不许到你姐家去！不许见她！如果你胆敢不听我的话，我非剥了你的皮不可！"

第二天，在学校里，我们那条街的男孩儿女孩儿，见了我，都以异样的目光望我。女孩儿们目光之中皆有几分真实的同情。有些男孩儿的目光中却有几分幸灾乐祸。

一个五六年级的男生，拽住我书包带，嬉皮笑脸地问我："哎，你那个漂亮的姐怎么了？"我说："没怎么！"他说："没怎么？装不知道？那让我告诉你吧，被几个小流氓截住，给这么的啦！她再漂亮，从今往后也没脸见人了！"说罢，放开我书包带，双手做出一种下流的手势。像这种年龄的男孩儿，当年虽不能完全明白那手势，但却依稀知道，那手势意味着"姐"遭到了女人最可害怕的事儿……

我突然血涌如沸，发了疯似的扑向他，和他一块儿摔倒地上，在泥泞中翻滚。我咬他手，咬他脖子，抓他脸，薅他头发，抠他眼睛……我脑中一片空白，只有一念，那就是置他于死地，哪怕和他同死！

他一定以为我真疯了。尽管他年级比我高，然而他害怕极了。他扯着嗓子喊救命！在几个高年级男生的帮助下，他才最终得以逃脱……我从书包里掏出削笔的小刀，高举着，对所有胆怯地望着我的女生们大叫："谁再敢说我姐半句，我杀了谁！"他们和她们四散而去。操场上只剩下我。上课铃在那时响起……

我愣了一会儿，撒腿就往家跑。

母亲正做什么东西。见我泥鳅似的出现在面前，并没吃惊，也没生气，什么都没问。只是用双手默默替我抹去脸上的泥水。"妈，姐到底怎么了呀？同学们说，同学们说……我不信，我不信！妈，求求你，让我去姐家看她一眼吧！"母亲说："你是不应该信。你们同学的话，都是混账的话。妈这就带你去看姐，看她最后一眼。"

母亲说着，将她做的那东西，别了一个在我又是泥又是水的胸襟上。另一个别在她自己胸襟上。我这才看清，那原来是两朵小白花儿，白纸剪的。

我说："妈，最后一眼不行！反正不行！我根本做不到！妈这你明白！"母亲说："是的，孩子，妈明白。但你也应该明白，你又失去了一个姐。你命里不该有姐。这是你的命。"母亲将头扭向一旁，抽泣了。"姐"全家人都变得懵懵懂懂的，连那只大难不死的猫都变得懵懵懂懂的。而小苇、小芰以猫见了熟人那种欲疏还近的目光恍惚地望着我。他们的姥爷，低垂着头坐在椅子上，一动也不动。因他低垂着头，我看不到他的脸。他那一头白发，似乎在无言地诉说着一种巨大的悲哀。

"姐"的姑将我和母亲引到"姐"的小房间。"姐"仰躺在她的窄床上，盖着白褥单。褥单之下，"姐"的身形笔直。她的脸像白褥单一样白。乌黑的刚洗过的发际，别着那一枚月牙形的白发卡。我知道那正是我捡着又还给她的那一枚。因我磨过它许多许多天。正如我能在许多许多支同样的铅笔中，认出我用过的那一支……

"姐"闭着双眼，"睡"得那么安静。她的母亲跪在她的床前，背对着我们，双手攥着"姐"的一只手，脸伏在"姐"胸上。"组长和跟姐儿来了……"她的姑低声说。她一直还称母亲"组长"。那女人跪着一动未动，如同一具雕像。"去说句话吧……"母亲将我朝"姐"床前轻轻推了一下。我说："姐，我看你来了……"

我觉得"姐"虽在"睡"着，却分明听见了我的话。我觉得"姐"的长睫毛似乎动了动，脸上也似乎呈现出一种微笑。我获得了一种情感的慰藉。目光一直望着"姐"，我蹑足退出房间，母亲也跟出了房间。离开"姐"家我认为某件可怕的事正在过去。尽管可怕，然而确实在过去。上帝作证，我怎么也没想到"死"字。因为在那之前，"死"字对九岁的我无异于一个生僻到我根本无须用到的字。然而"姐"正是那一天早晨死的。她家院子里，葡萄架前那一口深井淹死了她。她的母亲疯了。精神病院开来一辆车，几个穿白褂子的男人，七手八脚将那个曾经端庄典雅的女人塞入车内载走了。那一天云如泼墨，雨下得大极了。我病了。发高烧。说胡话。我觉得我在炕上躺了很久很久。仿佛那一年的六月不是那一年的六月，仿佛是第二年第三年甚至第四年的六月……

有一个傍晚母亲向我俯下身，瞅着我的脸，急急迫迫地说："跟姐儿，跟姐儿，你好些了吗？你姐家的人又要搬走了，你总该去向小苇、小芰告别一下啊！”

我目光恍惚地仰视着母亲，渐渐明白了母亲告诉我的是怎样的一件事。我一骨碌爬起来，赤着脚跑出家门。雨仍在下。街上，“姐”家院门前，泥泞的路，碾出两行深深的轮沟。我大叫：“小苇！小芰！……”雨中死寂的一条街，不见一个人影。那院子里，一切在雨帘之中，显得凄迷朦胧……

前年，我又回到我的母亲城一次。并怀着一种凭吊的心情，踟蹰于我家曾住过的那条街。实际上它已不复存在。

一片居民新村使我感到极其陌生。所见面孔也全陌生。在这条街住过的人家，都不知迁往何处去了。

也许不能迁走的，仅仅是当年一个九岁的男孩儿，和一个十四岁的少女之间的故事。在“上帝”住过，“姐”一家人也住过的地方，一座塔楼拔地而起。恰十四层。我甚至不能断定那便是保留在我记忆中的那个院子所在的地方。如果是，钢筋和水泥，该把我童年的一段亲情也浇筑在地下了吧？并用一座十四层的塔楼镇住？

而我写出它，则纯粹是为了自己的心灵。

在一个人灵魂中扎下根的，必长出叶子。于读者，便是所谓“小说”了。

于我却是心溃之血！

红磨房

恩泽倘若嬗变为债务，也是一种腐败的现象，一种心理状态和精神面貌的双向腐败——而恩泽又往往容易嬗变为债务。

在中国，在许许多多紫薇村，以及类似紫薇村的地方，到处可见所谓“仁义道德”粉饰之下的丑陋和丑恶，到处可见卓哥式的人物。

所以中国自古有句话是——“一好遮百丑”。中国人被这句话的虚假的逻辑性，实在是蛊惑得太久了！……

南方的乡村，确乎比北方的乡村出落得秀气。

普遍的南方的乡村，是多么容易使我们联想到女性，联想到与男人的命运休戚相关的女性呵！

这一种联想是非常自然的。

遗风氤氲年轮化醇的南方的乡村，常会使我们联想到祖母辈的女人。而另外一些南方的乡村，则常会使我们联想到我们的母亲或亲爱我们的婶姨。它们的成熟风韵和那一种任岁月流逝从容自若的祥静，使人觉得在它们面前永远也长不大似的。至于那些始终被绿水柔塘滋润得姿色绰约的南方乡村，却常会使我们缅怀起我们曾孜孜地暗恋过的某个清丽的少女了……

如果一个男人离开了它十几年乃至二十几年后，带着下巴上刮不尽的胡楂儿和额头上抚不平的皱纹，带着妻子和儿女又出现在它面前了，他会因村口某一株老树的枯死而暗自忧伤；他会因小河不再像记忆中那么波纹涟涟那么明澈洁净而叹息；他会因某几户人家的篱笆上不再开着记忆中的花儿而备感失落……尽管可能正有别种样的花儿开得姹紫嫣红。他甚至会因他最为熟悉的磨盘早已废弃不转，磨眼儿里钻出了野草，磨槽间生出了厚厚的青苔和长出了奇形怪状的蘑菇而心绪酸楚潸潸泪下……

这个南方的乡村的紫薇村。它起这个好听的名字，乃因村中曾遍开一丛从一片片的紫薇花儿。当年远远望来，这村子仿佛隐在紫晖晖的云霞里。它就曾是一个被绿水柔塘滋润姿色绰约的南方的乡村。

现在，一个离开了它整整三十年的男人回来了。的确，他带着下巴上刮不尽的胡楂儿和额头上抚不平的皱纹，他眼中凝聚着一个四十八岁的男人生活无打算的迷惘和命运无着落的惆怅。他呆呆地伫立在一大丘红色的墟土旁，仿佛他的一切希望都在那一大丘红色的墟土里埋过，但却不知是否被别人全盗走了。他没能带着妻子和儿女一块儿回来。不，不是没能，而是——还没有……

不，也不是还没有。此时是一九九六年八月的一个傍晚。这男人叫“卓哥”。三十年前人们都习惯于这么叫他，都将他的本姓本名忘却了似的。那一大丘红色的墟土，乃是倒塌了的红磨房。三十年前，他被牵连进一桩惨死四人的血案。不，实际上是惨死五人。以后的三十年，他是在监狱壁垒森严的高墙内熬过的。他原本被判死刑。当年省法院的一位法官，觉得案情疑点多多，来到县里，亲自审了他一次，代表省法院将死刑改为“无期”。否则，他早已是地下雄鬼了。他因在狱中表现良好而提前获释。他尚未遇见一个本村人。他听到身后有喘息之声，缓缓转身，见一条矮脚狗正瞪着自己。

一看就知道是一条老狗。尽管是一条老狗，对他而言是一条陌生的狗。三十年前他被囚车从村里载走时，它肯定还没出生。他曾很喜欢狗，三十年前，他熟悉村里的每一条狗。有一条别人家养的小黑狗和他关系最亲。有些个晚上，他坐在红磨房门槛儿上吹自制的长箫解闷儿时，那小黑狗就会从村里主人家跑来，卧在他跟前，望着他竖耳倾听。

那时狗眼就显得特别温柔，甚至可以说显得特别多情。对他表达着一种感动似的。村里的长辈人们呢，听到箫声，就互相议论：“有名堂啊，听出几分意味儿了吗？”“听出来了听出来了。是啊，该给他娶个媳妇了！”“男大当婚，女大当嫁，真的该给他娶个媳妇了。”……眼前的老狗，夹着尾巴，专执一念地瞪着他，不进也不退。它目光里有一种欺生的威胁。它想冲他叫，可是看出他一点儿都不怕它。它回头望望村子，一个人影儿也望不见，使它更加胆虚，不敢叫。

他蹲下，向它勾动着手指说：“过来，再近前点儿。我也是紫薇村的，咱们认识认识……”

它朝他龇了龇牙，迟疑片刻，竟往前凑来。可是当他伸出手打算抚摸它一下时，它戒心万分地倏忽一闪，对他兴趣索然地跑了……

他望着它渐渐跑远，又想起了当年那条跟自己很亲的小黑狗。

他在心里说："黑子，黑子，你如今还活着吗？如果你还活着，该做老太爷，儿孙成群了吧？若见了我卓哥，你还能认识我吗？"

四十八岁的这个男人一阵悲怆，眼眶湿了……

紫薇村后，一山峙立，石阶高叠，直达八岭，岭上松林苍黛，遮掩着古老的庵脊。紫薇河将村一斩为二，左也百余户，右也百余户。河上的石拱桥，自然叫紫薇桥。村东村西，经桥去来。

卓哥自小是紫薇村的孤儿。他娘在他五岁时不慎失足落塘，淹死了。他爹在他六岁时死于水肿病。村人们可怜他，一合计，就定下了一条村规——河东河西，每户轮流收养他一个月，直至他能自食其力为止。乡下人视水肿病如瘟疫，唯恐疫气传染，殃及全村，将他家的两间房子一把火烧了。他这六岁的孤儿，从此便真真的无家可归了。他到了十六岁上就开始自食其力了。十年间，河东河西，他在许多人家住过。村人们都说他是吃"百家饭"长大的。他自己也这么承认。

村里有一间极其破败的透风漏雨的磨房。房是公房，磨是公磨。十六岁的卓哥，愧于再继续吃"百家饭"了，主动提出，请恩准他住到那磨房去。白日可为众村人碾米磨豆，以报村德村恩，晚上就住那儿，也算从此有了自己的家。村中几位老者一商议，都道这少年知恩图报，实在是个明事达理知仁知义的好少年，不但一致地点头支持，而且着实地夸奖了他一番。

于是十六岁的少年，从此便成了那磨房的主人。

磨房距紫薇村半里。前窗对河，后窗对山。那山不知含有哪一种矿质，每逢下雨，便冲下褐土，在磨房后渐积了一大片褐土地带。那土和起来很黏，用以抹墙，干后格外结实，不裂不掉。但村人们秋季抹墙时，都不动那片褐土。所忌的是，那一种深褐色，极易使人联想到棺材的颜色。他们却忘了阻止那少年用褐土修抹磨房的四墙。

他心中也没大人们的许多忌讳，脱光脊梁，甩开膀子大干三天，就将那磨房的四墙抹得平齐而光滑了。他又用三天时间修了房顶和门窗，于是那磨房从外面看去，很像是一个不错的家了。起码他自己是那么觉得的。但实事求是地讲，由于那一种老红抢目，抛开像不像棺材的颜色不论，与其说像一个家，还毋宁说更像一座庙。

正是秋季，村人们都忙于秋收。那几天里也没谁顾得上想着他，待秋收忙过了，人们自然都纷纷关心起他来，去到磨房那儿一看，但见那磨房已经改变了以往破败不堪的状况。夕照之下，老红色的四墙，似乎耀着红辉。

就有村中的长者捻着胡梢说："不妥，不妥。这孩子，怎么能用那红土抹墙呢？结实倒是结实，但颜色太不吉利了啊！"于是有好心人附和着说，应该劝那孩子自已铲了去，众人相帮着重抹。

有人摇头反对，说一个孩子嘛，心中本没忌讳的，我们大人们，又何苦用自已心中的忌讳去烦他呢？讳者忌也，无讳者无忌嘛！他毕竟是自己动手辛劳了一场，还是别让他落得个沮丧吧！红磨房就红磨房吧！……

大多数人觉得此话也在理。于是红磨房自此叫开。"磨房"二字前加个"红"字，反而叫着更顺口了似的。几天内，村人们替他架了张床，砌了灶，送来了水缸以及锅碗瓢盆什么的。架床时，他觉得那床大，自已不必睡那么大的床，省些木料，架个小床就行。大人们就笑了。其中一个逗他："你总十六？就不长岁数了？十八九二十多岁以后，就不娶媳妇了？等你娶了媳妇，这床就一点儿也不嫌大了！"羞得那少年脸色彤红，一低头，赶快地躲开了……这少年"入主""红磨房"头一年，东村西村的人们，都乐于戏称他为"磨房阿弟"。尤其一些大姑娘小媳妇们，高兴口口声声亲昵昵地叫着他"磨房阿弟"将他支来使去。他自已也高兴被她们那么样支来使去。"磨房阿弟喂，你磨好了替我收在盆儿里，我待会儿来取，行不？"

他说："行。大姐你有事儿就别等了。"

人家瞟他一眼，笑道："你敢说不行！忘了住在姐家的日子，姐对你多么好了？"他就低下头，一边推磨一边低声回答："没忘。""大声点儿！姐没听清！"他就提高了声音，更清楚地说："没忘，姐！"于是人家回报他一个亲昵的笑脸。不过人家回报他笑脸时，他胆怯而腼腆，并不敢抬头看人家。待听人家的脚步声儿出了磨房，才敢抬头望人家的背影。他知道自已低头推磨时，人家曾亲昵地冲着他笑。他内心里因此而甜甜的，也不禁地笑。怀着深深的感激，将磨推转得更快了。

"阿弟，近来想嫂子没有？""……"

"怎么不吭声儿？问你话哪，说呀！"

不说是不行了。

只得小声儿说："没想。"

“没想，你个没良心的！你忘了你病在嫂子家，是谁一天三次喂你汤药啦？早知你这么没良心，当初才不疼爱你呢！”“真是够没良心的！”“当初住在我家时，还在我被窝儿里睡过哪！有次把我刚拆洗的褥子尿得透湿！”“也在我被窝儿里睡过！一只手儿还得摸着我咂咂才能睡实。”于是些个岁数半年轻不年轻的女人一个个嘻嘻哈哈笑得前仰后合……于是他将身子压在磨杆上，眼盯着自己鞋尖儿，累了也不放慢脚步，将大磨推得急转如陀。他是企图用磨声压住她们的笑声。她们说的都确有其事。那一时刻他是讨厌她们合伙儿拿他开心的。如果她们中的哪一个，在没有第三个女人听着的情况下单独对他提起往事，拿他寻几句开心的话，他是不甚在乎的。对于他住过的每一家每一户，无论待他亲或不亲，他都是心怀着深深感激的。对于关怀过他温暖过他的每一个人，无论男人或女人，他心里都埋藏着一种迟早要报答的思想。他认为既然他们有恩于他，那么他们是有权利拿他寻几句开心的。只要别合起伙儿来，只要别使他太难堪了。

然而半年轻不年轻的女人们，却偏喜欢合起伙儿来拿他寻开心。而且一旦开始了，不从他口中掏出一句能使她们听了快活的话，轻易是不肯放过他的。

“你这小阿弟！刚才没说心里话！我就不信我对你那么好，离开了我你就真的不想我！”“对对，快说心里话快说心里话！说句让我们听了高兴的心里话，将来我们替你找个漂亮媳妇！”“找个豆腐西施！磨房阿弟配豆腐西施，正好一对儿！你为村里磨豆子，她为村里做豆腐，那多好！”“好是好，也得他现在给我们姐妹们个心里高兴呀！”“对，今天非逼他说不可！”“说！说说！”他被逼无奈，只得停了脚步，在女人们的包围下，将头低得不能再低……“抬起头来！干吗低着头！”“说！说！开口说话呀！”结果是他只得说：“想啦！”“想啦？说明白，想人啦还是想物啦？究竟想什么啦？”“不是想物，是想人啦。想你们大伙儿啦！”于是年龄半大的些个女人们终于罢休，你看我，我瞧你，都笑了。而这少年，脸红得要渗出血来似的，屈辱得快哭了。公正而论，紫薇村的年龄半大不大的女人们，并非都是些轻佻的女人。恰恰相反，紫薇村村风肃正，女人们，包括些个少女们的言行，其实是很受监束的。正因为平素的言行太受监束，凑在一块堆儿，又避开了男人和长辈们的耳闻目睹，又怎么能不一个赛一个地忘形片刻呢？紫薇村的女人们啊，可以说皆是些善于伪装的“两面派”。不，用“伪装”这个词儿形容她们，有点儿对她们不敬，也未免太接近着贬损。或许用今天较时髦的“包装”二字评论她们更恰当。在男人们面前，尤其在是丈夫的男人们面前和是长辈的男人们面前，她们一个个温、良、恭、俭、让，坐有坐相，站有站相，笑不失态，啼不忘仪，言不犯礼，行不越矩。一旦摆脱了男人们的监束，便自得其乐无所禁忌了。好比是些经过主人严格驯化和调教的猴子，在主人面前，乖乖猴样儿一个比一个做得典范，背着主人，都野猴样儿毕露了。不过她们虽“两面派”，却是深明界限的。有伤风化之事是不敢为的。男女间的苟且之事，更是从未发生过。紫薇村毕竟村风肃正乡规神圣，在方圆百里内堪称楷模，无人不知，无人不晓，无人不钦佩。所以，她们的忘形，她们的野猴样儿，说到底也不过就是片刻的事儿，是避开男人们耳闻目睹的情况下，是凑在一块堆儿的时候，是在红磨房那种地方，是对一个她们觉得有权利也有理由寻几句开心的少年。除了红白喜哀之事，紫薇村一年四季肃静悄悄的。而结婚殡丧，又不是谁挑个头儿就可以张张罗罗地进行起来的。所以些个大姑娘小媳妇，些个年龄半年轻不年轻的女人，包括些个花蕾少女，内心深处常是可想而知又徒自无奈地寂寞着的。她们的潜意识里，是将红磨房当成了紫薇村的“女人俱乐部”。用一个文词儿说成是她们的“沙龙”也无妨。也不是十六岁的少年“入主”红磨房以后那儿才成了她们的“俱乐部”或“沙龙”，以前就早已经是着了。碾米磨面之类的事儿，传统上便是女人们分内的活儿。哪一天那儿不曾聚过三五个女人呢？多时则六七个十来个。自然而然的，那儿可不就成了她们的“俱乐部”或“沙龙”吗？只不过男人们，尤其身为长辈的男人们，是很少涉足那儿的。偶尔去了，他们所见到的女人们的样子，也是他们一向见惯了的没什么可指责的样子。所以并没有哪一个男人感觉到那儿的性质在发生着值得引起普遍的男人们密切关注的变化。而十六岁的少年“入主”红磨房以后，似乎意味着便是她们合理合法的“俱乐部”主任或“沙龙”首脑了。而且，他还无权要求她们什么，她们却有权拿他寻开心。紫薇村的女人们，没哪一个曾敢拿男人当面寻开心过。但她们早就巴望着有这样的权利有这样的时机了。拿一个男人寻开心，不消说能够使她们获得极大的快乐，她们都希望并需要获得这一种特殊的情绪快乐。拿一个男孩儿寻开心会使她们感到有失身份。而十七八的大少年又接近是小伙子，拿小伙子寻开心会被认为轻佻，紫薇村的男孩子，十七八就开始懂得维护自己的尊严了。不懂得这一点的，会被怀疑将来能否成为村里的一个好男人。所以他们维护自己尊严的意识，是和少女们本能地维护贞操一样敏感的。拿他们的尊严寻开心，等于抚弄小公牛的犄角，是很冒险的事儿，她们从不敢尝试的。拿一个比男孩儿的年龄大一点儿比男人的年龄小一点儿的十六岁的少年寻开心。既不失身份，亦不冒险，是介于被允许与被指责之间的事儿。而普遍的女人们，其实是总想做这样的事儿的。有机会做这样的事儿时的快乐，是一份儿女人平常难得的快乐。对紫薇村的女人们，尤其如此。何况那十六岁的少年比男孩儿多点儿比男人少一点儿的自尊，是全村数来数去最不娇贵的一种。拿他寻几句开心，获得片刻的快乐，他不至于生气，不至于记仇，更不至于当场对面给她们个下不来台使她们自己陷入难堪之境。他只不过红了脸害臊，不好意思罢了……

她们拿他寻开心，还因为她们都打心眼儿里喜欢他。这少年脸盘不长不短，不胖不瘦，浓眉大眼五官端正的长相乃是她们所喜欢的；他沉默寡言心眼儿实诚知仁知义的秉性是她们所喜欢的。她们视他为一个公有的小阿弟。她们对他的关怀，多于村里的男人们，也诚于村里的男人们……

每每的，取笑了他一阵之后，她们转而就开始体恤起他来了。她们会自己推磨，逼迫他离开红磨房出去玩儿。他并不情愿被她们所代替。这十六岁的少年认为推磨是他报答全村恩德的方式，也是唯一的方式。他乐于以这种并不难的方式报答。他自慰于他已经开始报答着了。等待着他磨出来的米豆多，一盆接一盆，一簸箕接一簸箕地排开一溜儿，他心里反而觉得高兴。那时刻他更能充分地感受到自己劳动的意义，和作为一名紫薇村人的存在价值。他会变得像一头小毛驴似的，脚步腾腾地将大磨推得隆隆有声。汗珠儿劈里啪啦地往下掉也顾不上停磨歇歇，擦擦。越推越来劲儿……

被女人们逼迫着离开红磨房，十六岁的少年其实无处可去玩儿。他觉得他比村里那些同龄的少年们都大许多岁似的。他们也这么觉得。他的孤儿身世和吃“百家饭”长大的特殊经历，自然会使他内心里的所思所想与他们不同。而“入主”红磨房以后，他更加觉得自己是一个大人了。他和他们玩儿不到一块儿。再说他自小就不爱玩儿。何况，乡村里是没有特别闲在的少年的。有的有活儿干、有的要到外村或县里去读书。他一天学也没上过。上学的花费太高。谁家也供不起他上学。但他倒是认得了一些字，会写一些字，是自己跟别人家上学的孩子暗学的，大约相当于小学二年级的程度……

通常是，不爱玩儿的这少年，双手刚与磨把子分开，肩膀就与一副担子粘在一起了。他要一担担从远处挑来沃土，将红磨房后那片红黏土覆盖了，改造为菜地。他要自食其力，不再吃那些女人们带给他的菜，而吃自己种的菜。以后还要吃自己种的粮……

女人们结伴儿回家时，遇见他挑着满满两筐土，一只手搭稳担子，另一只手叉在腰里，头偏着，脖子被压得梗着，踉跄地急急往前赶着走，都不由得驻足望他。他从她们面前经过时，尽量挺直腰板，尽量迈稳脚步，尽量装出轻松的样子。

她们望着他的背影，不禁地都会说出些夸他的话："这孩子！难道就不知累？"

"使人想起小牛郎！我要是天上的织女，真愿为他思凡下界，陪他过一辈子呢！"

"你呀！都算是他婶姨辈的人了，竟说出这种不知羞臊的话！人家还是个孩子哩！"

"将来嫁给他的那女人，也算是有点儿福气了。"

这少年当然也有感到累极了的时候。那时候他就到紫薇河边去钓鱼，鱼竿儿是用树枝刮成的，鱼钩是用烧红了的针弯成的。那一段河面很静，村里的人不太会去到那儿。那儿仿佛是属于他一个人的"领地"。齐人高的灌木将水与岸分开着，一丛丛一簇簇的紫薇开放在灌木间，那一段河中有块平坦的大青石，他常游过去坐在那块大青石上垂钓。河里有鱼，但极小，偶尔能钓着条大的，也不过两寸多长。与其说他是去钓鱼，莫如说他是去发呆。那儿的确是个供人呆想心事的好地方。

这十六岁的少年倒也没什么心事可想。往往是在那儿思念起父母亲。那时他的心情就变得特别忧伤。吃"百家饭"的十年，并没使他忘了生身父母。恰恰相反，父母的形象在他记忆中是保留得很清晰的。父母生前是一对儿恩爱夫妻。当年他有过的家很温馨。在他的想象中，红磨房变成了他当年的家，仿佛正从红磨房传来母亲呼唤他吃饭的声音，仿佛一跑回去，便可看见爱他的父亲坐在桌旁正饮着茶耐心地等他……

这十六岁的少年也会无端地思念起小琴来，他九岁时在小琴家住过两个月。小琴那年十岁，他叫她姐。小琴家姓刘，但她不是刘家的亲生女，是刘家从外地抱回紫薇村的。那是她两岁多的事儿，她不知她祖籍何地，父母是什么样的人，别人更不清楚。刘家两口子对此讳莫如深，守口如瓶。刘家的女人有病，不生孩子，曾指望靠她长大后招进门个女婿养老送终。小琴三岁时，那女人不知哪副药吃对症了，竟怀上孕了，而且生了个儿子。于是两口子就变了初衷，打算让小琴将来做他们的儿媳妇。对于他们，这是顺理成章的想法，不必为她准备嫁妆了，也不必为儿子另娶媳妇准备彩礼了。不但顺理成章，而且省钱，当然也就不失为一个好想法。于是小琴在刘家的身份和地位，由领养女实际上变成了童养媳，像是刘家的一个使唤丫头了。每天既要服侍刘家两口子的起居，还要负责照看她的“丈夫”，还要从早到晚干许多活儿。农家活儿多，小琴每天难得有片刻清闲的时候。小琴的“丈夫”叫宝顺，是个很病弱的孩子。病弱而又被视为掌上明珠的孩子，难免娇气，娇气的孩子就爱哭。

常常是这样——小琴正喂着猪，或正洗衣服，宝顺在屋里哭起来了……

于是刘家的女人高叫：“小琴！死丫头！耳朵聋了？没听见宝顺哭呀？”于是小琴慌慌地就往屋里奔……

于是刘家的男人生气地骂道：“小琴，你怎么不洗手？刚喂猪，连手也不洗就可以哄宝顺的吗？你心里还有没有他？他将来是要做你丈夫的。”

宝顺在哭，小琴低头瞧着自己并不脏的双手，往往就怔愣在那儿，不知究竟该先洗手，还是先哄“丈夫”别哭要紧……

有时小琴遭到斥骂也会顶撞一句：“我手不脏！我没喂猪，正洗衣服来着！”

“小贱人！还学会顶嘴了！难怪宝顺这几天眼睛红红的，准是你昨天哄他时，手上的皂水弄进他眼里去了！”

“昨天我哄他时没洗衣服！我扫院子来着！而且也洗手了，用清水洗的，没搓皂。”

“反了反了！死丫头现在是怎么了？长一岁脾气大一截儿，不调教以后还了得吗？！”

刘家女人就会扑到她跟前，狠狠拧她几把。不拧她脸蛋儿，也不拧她胳膊。专拧她大腿根儿内侧肉皮儿最细嫩处。拧那儿，即使拧得青一块紫一块，别人也是发现不了的。小琴被拧时，紧咬下唇，眼泪在眼眶里滴溜溜转，忍住疼一声儿不敢叫。若叫，就会挨几顿饿……

这些情形，都是卓哥九岁时亲眼所见的。他还看出，十岁的小琴姐，一点儿也不喜欢她那七岁的“丈夫”。他甚至看出，她心里其实很讨厌那娇气的动不动就哇哇大哭起来的男孩儿。

刘家本不愿诚心尽到收养他一个月的义务。但这义务是村里挨家挨户轮下来的，轮到他们家了，他们家没正当理由将他拒之门外，只得大违其心地尽义务。刘家的男人是个迷信思想很严重的人，在县里认识了一个从前设过算命摊儿的男人，两人有共同语言，相见恨晚，一见如故，交上了朋友。他经常到县里去会那有共同语言的朋友，虔诚之至地请教些疑惑。他那朋友告诉他，他的宝顺所以一生下来就病弱，是因为生辰不好，所以命薄，若能有个命旺的男孩儿与宝顺同睡些日子，兴许足以使宝顺借到些命力。而这一点，乃是刘家不但没将九岁时的卓哥拒之门外，而且待若上宾的真正原因。九岁时的他虎头虎脑，人见人夸他天生一副虎虎有生气的模样，刘家的男人思忖他肯定算是个命旺的男孩儿了。不过卓哥自己不可能知道这一层底细……

刘家两口子的确对他很好。不让他干一点儿活，只要求他陪宝顺睡觉，而且得和宝顺睡在一个被窝儿里，而且得脱光了睡。宝顺睡午觉，他也得脱光了陪睡。哪怕他一点儿也不困。他很识相，每逢那时，乖乖地自觉脱光了躺在宝顺身旁，闭眼装睡。其实他心里更愿去帮小琴干活儿，却不敢。那么做刘家两口子会生气的。人家对他好，他怎么能惹人家生气呢？他也不是没偷偷帮小琴干过活儿。有次被刘家那女人看到了，训了他一顿。而后那女人还告诉了她丈夫，她丈夫又将他训了一顿。从此他再也不敢帮小琴干活儿了……

小琴知道他想帮她干活儿，只不过不敢，所以并不嫉妒他这个吃白食的男孩儿在刘家的地位反而优越于她，更不眼气他的闲在。九岁的男孩儿和十岁的女孩儿，想要互相表达好感的话，大人的眼睛是监视不住的。有天宝顺又发烧了，刘家两口子一块儿为宝顺到县里去。那男的去请教他会算命的朋友预言个安慰。那女的去为儿子抓药。于是九岁的男孩儿和十岁的女孩儿可算得着机会在一起说话儿了。小琴什么活儿也不干了，没完没了地对他尽说尽说。说她长大后，总有一天要从刘家逃走，才不肯做他们的儿媳妇呢！十岁的少女说到伤心处，嘤嘤地哭了。九岁的男孩儿就替她擦泪，劝她别太伤心，发誓将来陪她一块儿逃……

她说："你发誓了我也不信！"

他问："那怎么你才信呢？"

十岁的女孩儿轻咬下唇想了想，忽然又眼珠一转，神情极其庄重地说："只有咱俩拜了姐弟我才信！"

九岁的男孩儿瞪眼瞧着她，困惑地又问："我不是已经叫你姐了吗？"

她说："那两回事儿的！拜了，就你心里有我，我心里有你了！不拜，姐呀弟呀的，随口叫叫罢了。全村许多男人女人间，不都这么叫的吗？你以为他们就真是互相放在心上了呀？"

他说："可我不会拜啊。"

"我会！我见过大人们怎么拜的。"

于是十岁的小琴便拉着九岁的卓哥的手儿双双跑进杂仓房，她将三根细柴棒儿插在粮囤里，扯卓哥和她并身跪下，一起对着粮囤磕头。

她说："天爷爷地奶奶，都给我俩作个证！我俩今日拜姐弟，以后我心里有他，他心里有我。我俩谁若是变心，天爷爷降雷劈，地奶奶塌坑埋！"

她说一句，卓哥跟着学一句。拜过后，卓哥问小琴："以后，你就真是我一个姐了吗？"小琴说："那当然！是你一个比亲姐还亲的姐！"卓哥又说："那我往后在这世上有一个亲人了呗？"小琴以大人那种不容置疑的口吻肯定地说："对！我往后在这世上也有一个亲人了！"她忽然抱住他，在他脸蛋儿上亲了一下。自从母亲死了，卓哥第一次被人亲。这九岁的男孩儿并没觉得害羞。恰恰相反，他感动得想哭……刘家两口子回来后，不知为什么，对小琴的态度显得异常阴冷。这使小琴心里格外恐慌，处处提心吊胆，也使卓哥替她忐忑不安……

那年端午节，村人们照例互送粽子。刘家照例支使小琴去送。该送的人家多，小琴一个人拿不了。卓哥自告奋勇，要求和小琴一块儿去。刘家两口子犹豫了一下，答应了。两个孩子出门前，刘家女人亲自替小琴重梳了一遍头，重编了辫子。还翻出一条粉绫子为小琴在辫梢结了一朵辫花儿。而且，找出套新衣裤和一双新鞋让小琴换上。离开她几步端详了她一番，又往她脸颊上擦了淡淡的胭脂；往她眉心点了一个圆圆的小红点儿。于是在卓哥看来，他暗装在心里的这位小姐姐，就跟年画上的小神女一般好看了……

两个孩子合拎着一篮粽子走出刘家后，卓哥对小琴说："你爸妈……"

小琴立刻打断他："再不许这么说！他们不是我爸妈。"

卓哥顿时缄口，默默走了几步，忍不住又说："你公婆……"小琴站住了，挑眉瞪着他，生气地说："他们更不是我公婆！姐告诉过你的，姐长大了早晚要逃离刘家，逃离你们紫薇村的！"卓哥也有点儿生气地说："反正从今天看，刘家对你也挺好的！"小琴不愿和他这个拜过了的小弟弟拌嘴，打鼻孔里哼了一声。两个孩子就都心情不悦起来……送粽子送至某一家，那家女人欣赏地瞧着小琴问："哟，这么漂亮哇。谁打扮的你呀？"小琴低了头回答："宝顺他爸、他妈。"那家女人又问："小琴，你究竟愿意是他们女儿呢？还是愿意他们是你公婆呢？"小琴不抬头，不吭气儿。那家女人似乎从她的样子感觉到了些什么，俯下身问："小琴，他们对你究竟好不好？你心里别存顾虑，说实话。他们如果对你不好，全紫薇村的人都可以为你做主，批评教训他们。咱们紫薇村是方圆百里内出了名的仁义之村，绝不容许不仁不义的事儿背地里存在着！"

小琴细声儿细气儿地说："那你问卓哥吧，他最清楚。"

那女人认真起来，转脸问卓哥："既然她自己不愿说，卓哥你就替她说！只管放心大胆地说实话！说了实话谁也不敢把你怎么着，有我护着你！"

卓哥犹豫片刻，半情愿不情愿地替小琴回答："刘家对她好。""真的？""真的。刘家对我都好，一点活儿也不让我干，你想对她还能不好吗？"

卓哥是个全村公认的诚实的孩子，那女人信了他的话，终于笑道："我还以为他们刘家对小琴不好呢！那可不行。咱们个远近闻名的仁义之村，维护村德村誉，人人有责的事儿！谅他们刘家对小琴也不能不好，不敢不好！"

回刘家的路上，小琴只管低了头自己个儿闷闷地快走在前，不理卓哥。这使卓哥心里很难受……

两个孩子一进刘家门，刘家女人就命小琴快去将新衣新裤新鞋子换下。刘家女人拿着那双新鞋对男人嚷嚷："你看你看，这死丫头，一双新鞋穿出去没走几步路，就弄了一鞋面儿的土！"卓哥看着，听着，心里更难受了……小琴自是怯怯地半句也不敢分辩。刘家女人又训斥她："还不快去把脸上胭脂洗了！想总一副那模样扮小妖精哇？"小琴就低了头赶紧转身去洗脸……刘家的男人则将卓哥招到近前，问他那些人家收下粽子时跟他们聊什么没有，诚实的孩子要想学会撒谎必得因其诚实吃过几次大亏。卓哥一向因自己的诚实蒙受大人们的夸奖，尚未因自己的诚实而后悔过。他就将那一家的女人先问小琴后问他的话学说了一遍。"小琴她怎么回答的？""她自己没说，她让我替她说。""你怎么说的？""我说你们对她好。我说你们连对我都没比的好，一点活儿都不让我干，对小琴能不好吗？"刘家的男人和女人听了，对望一笑。那男人还满意地摸了卓哥的头一下。接着那男人将小琴叫到近前，阴沉着脸问她："外人问你话，你怎么不回答？"小琴低了头，不吭气儿。那男人倒也不逼问她，只冷冷地说："墙角那儿跪着去吧，今晚别吃饭了。"于是小琴默默走到墙角那儿，面对着墙角跪下了。她一直跪到吃晚饭时分，刘家两口子也没许她起来。他们对卓哥倒是显得更亲了。两口子一左一右两双筷子，不断地往他碗里夹菜。卓哥一边吃饭，一边不时地偷瞧小琴跪在墙角的背影。那时刻这男孩儿的整个心怀里，充满了对自己暗拜过的小姐姐的大的怜悯，但却丝毫也不敢放任他的怜悯溜到他脸上，更不敢让他的怜悯变成泪水暴露在他眼里。只有用一口口饭菜将他的怜悯堵回心怀中去，严密地压住在心怀。这从六岁起开始吃"百家饭"已经吃到九岁的男孩子，早已领悟了许多在他这个年龄的孩子们不太可能领悟到的人生况味儿。他已从切身的体会中学会了点儿初级的人生经验和技巧。

他希望自己能憎恨刘家两口子，可是憎恨不起来。因为他们对自己好，而且正对自己更好着。

他终于鼓起了一种前所未有的勇气替他的小姐姐求情。

他说："婶妈，叔爸，我吃饱了。也让小琴吃吧。我去替她跪着，行吗？"

话声小极了。

刘家两口子不禁地都放下碗对视起来。

那女人脸一沉，刚想说出句什么不快的话，被她男人用手势止住了。

他不动声色地说："既然卓哥都替小琴求情了，就给卓哥个面子吧！"

那女人立刻就笑了，同意地说："驳谁的面子，也不能驳你卓哥的面子嘛！你是咱紫薇村全村的一个公共的儿子啊！卓哥，晚上睡觉时，你可要握着宝顺的一只手。他爱惊觉。你握着他一只手，他就不惊觉了。"

卓哥以非常值得信赖的目光望着那女人说："婶妈，我一向就是握着宝顺弟弟的一只手陪他睡的。"

对于和自己父母同辈的村中男女，这九岁的男孩儿习惯于在"婶"、"姨"、"伯"、"叔"后加上"妈"、"爸"相称，这是他的"创造"，以此表达自己对他们和她们终生不忘的感激与视如父母的尊敬。

于是那女人便唤小琴过来吃饭。

而他对刘家两口子就更憎恨不起来了……

他当然不知道，刘家两口子要求他握着他们宝贝儿子的一只手睡觉，是从县里那潜业于民间的算命先生口中讨教来的借命诀窍。他说人的手心上有个穴位是命脉之"门"。人是孩子时，那"门"乃是敞开着的。人渐大，那"门"

则渐关。孩子通过和孩子握手借助命力，是最直接的方式。

小琴当然也不知道，那算命先生曾对刘家两口子说她是祸女投胎转世，也就是白虎精的孙女投胎转世。生活在谁家，谁家必有劫难。化解劫难的办法，只能是以威以严镇住她的邪气。这一预言，使刘家两口子极为烦恼。他们已不打算将来让她做儿媳妇了，但是又没一个正当的理由将她逐出家门。烦恼由此而生。正所谓请神容易送神难。他们唯有盼她猝死于什么不幸……

有天宝顺爬到桌上弄翻了热水瓶，烫伤了手脚，伤得不重，但毕竟是烫伤了。

刘家两口子竟将小琴捆绑在屋柱上，口中塞了布，扒光上衣，鞭蘸水抽打了一顿。

这一严酷的惩罚也是当着卓哥的面进行的。当时他几乎想扑上去狠咬刘家男人的手，但是毕竟没敢。他不认为他们的宝贝儿子被烫了责任在他的小姐姐。因为那七岁的男孩儿是在他们爱视着的情况下爬上桌子弄倒热水瓶的，而小琴当时正在院子里的水井旁洗菜……

那一天这九岁的孩子开始怀疑紫薇村中是否真的皆是好人了，进而开始怀疑对自已恩重如山的紫薇村所冠的好名声，是否真的名副其实了……

夜里，刘家两口子睡酣后，他悄悄溜下自已和宝顺睡的床，溜进他的小姐姐住的阴暗潮湿的小偏房，来在她的床前。

他跪下去，将头埋在她胸脯上哭。

他哀哀地说："姐，他抽你那会儿，我想咬他手来着，可我不敢呀！"

小姐姐一手摸着他的头说："姐也不许你为姐那样儿。姐只问你一句话——紫薇村的名声值得你一个小孩子家那么袒护着吗？"

卓哥不知该如何回答了。他虽然已开始暗暗怀疑对他恩重如山的这个村的好名声是否真的名副其实，但在需要他加以维护的时候，他还是宁愿维护的……

"弟，你呀，你呀！"——小姐姐双手将他的头从自已胸脯上捧了起来，在黑暗中欠身凝视着他的脸低声说："我告诉你，他们紫薇村的好名声是假的，假的！宝顺根本不是他爸的种！是他妈偷汉子借来的种！帮他们刘家传宗接代的不是别人，就是那整天一本正经的村长！他们刘家有了宝顺后村长他夜里还经常来！宝顺他爸不高兴村长再来了，可宝顺他妈高兴着哪！为了使宝顺他爸不管她和村长的事儿，她趁她亲妹住在这儿的日子，怂恿丈夫和她亲妹子，她自己和村长，在这大宅子里分头明铺暗盖的！她男人也偷别的女人，其中一个就是村长的老婆！村长更是个色鬼，他跟你们紫薇村的女治保主任也早就勾搭成奸了！这些不要脸的事儿都是他们刘家两口子说悄悄话儿时被我左一耳朵右一耳朵偷听到的！弟呀，弟呀！你可不能因为你们这个紫薇村对你有恩就永远信它的好名声！你们紫薇村空冠一个好名声，包藏着的些个不要脸的事儿兴许还多着哪！……"

小姐姐的话使卓哥的头皮上阵阵作麻，身上一阵阵发怵。他内心里恐惧极了，觉得小姐姐说的全是些最大逆不道也最会招致危险的话。他语调儿颤颤地嘟哝："我不信，我不信，姐你可千万千万别跟旁人说啊！"

他忽见一个人影儿从窗外闪过。小姐姐也及时地"嘘"了一声儿。他蹑足走到窗前向院子里偷望，见一个身影在院子里站了一会儿，倾听了片刻院外的动静，然后猫着腰踮着脚跑至刘家两口子那屋的窗下，举手在窗上轻敲了三下，咳嗽了一声。他从身影看出那正是他一向恭而敬之的村长"叔爸"。又片刻，门开了，刘家的男人抱着被卷儿出来了，对村长"叔爸"说了句什么后，便往西厢房里去了……

那一时刻，这九岁的男孩儿心中的一座圣殿轰然坍塌了。他流泪了……又过了些日子，村里来了位记者。据说是位省报的大记者，是专门来采访紫薇村如何如何怎样怎样共同抚养一个本村孤儿的事儿的。村长一干人等，自然就陪着记者来到了刘家。一干人中，少不了还有女治保主任。

村长指着卓哥对大记者说："就是这孩子！您瞧他长得多壮呀！无论他住到哪家，哪家都绝不曾亏待过他！"于是大记者就问他："卓哥，村长说的属实吗？"卓哥低了头回答："叔爸说的属实。"大记者听不明白"叔爸"是什么称谓。刘家的男人就不失时机地上前解释。最后说："也叫我叔爸，叫我女人婶妈。我们两口子也像父母爱亲生儿子一样爱他嘛！"

于是大记者就颇有感慨地说："这事儿太动人了。这事儿太动人了。实实在在的一曲美好乡情的颂歌嘛！……紫薇村大人们的心灵是美好的，卓哥感恩戴德的少小心灵也称得上是美好的……"女治保主任插言道："对对，卓哥可诚实了，从不说谎！"大记者又问卓哥："卓哥，你长大了以后，也会像你们紫薇村的婶妈、姨妈、伯爸、叔爸一样维护紫薇村的好名声吗？"卓哥想了想，低声说："我现在就愿意维护着……"他的话立刻博得了村长一干人等，大记者，包括刘家两口子的夸奖。众人都说，难得这孩子如此懂事，也不枉全村人轮番抚养他了……当时小琴被锁在杂仓房里，并预先受到了严厉的警告……卓哥在刘家快住满了一个月，将轮到别人家去住前，刘家的男人有天将他扯到跟前，盯着他眼睛问："卓哥，你住到别人家后，在我们刘家看到的事儿，你会对别人们讲吗？"卓哥摇了摇头，目光依然是那么值得信赖。刘家男人接着说："其实，我也不是怕你对别人们讲。你讲了，也没人信的。我们刘家，在村里口碑还是挺好的。对你卓哥怎样呢？你自己心里该有面镜子。我嘱咐你，是为你考虑。你才九岁，到能自食其力还十来年呢！你还会轮番住在许许多多人家呢！如果你离开一家，讲论一家的事，谁还愿意让你吃住到家里呢？再说，谁家还没点儿不愿外人知道的家长里短呢？你能理解我纯粹是为你考虑才嘱咐你吗？……"

卓哥默默点了点头。……他住到另一户人家才一个多月，就听说刘家的宝贝儿子终归还是病死了。以后他就再也没见过他的小姐姐，却多次见过刘家的女人。那女人当年从河东村到河西村，逢人便哭，说她的宝贝儿子是被小琴从床上一脚蹬到地上，连摔带吓，几天昏迷不醒而死的。人们的同情心，一向是很容易被失去了儿子的母亲争取过去的。于是"小琴"这个好听的女孩儿的名字，在紫薇村似乎成了"忘恩负义"四个字的实例注脚。成了"灾星"的象征。全村只有卓哥一个人不信他的小琴姐姐会将刘家的宝贝儿子一脚从床上蹬到地上，除非她吃了熊心豹胆。尽管他知道她一点儿也不喜欢宝顺。但他只不过是一个孩子，根本不具备替他的小姐姐辩诬的威信，并且不敢，唯恐自己也因而和"忘恩负义"四个字连在一起。小琴背上恶名这件事儿，给九岁的卓哥一种教训，那就是自己永远也不能背叛紫薇村，哪怕它在方圆百里内的好声誉的确是假的……

不久，那位省报的大记者的文章见报了。他给村里寄了几份，全村人争相传看。包括那些认识不了几个字的男女，人人都眉开眼笑，仿佛自己从此拥有了一大宗可以传之于下一代的财富似的。在物质匮乏的年代，荣誉的确是足以被视为财富的。

谁也没注意到，卓哥正是自那时起变得沉默寡言的。这九岁的男孩儿似乎不再打算和他人和世界做主动的交流了……

直至他"入主"红磨房后，才又见到了他的小琴姐姐一面。那一天到红磨房来的女人多。她们一如既往嘻嘻哈哈地拿他寻开心。而他一如既往地只管低着头推磨。忽然女人们安静了下来。他奇怪地抬头一看，发现他的小琴姐姐将盆边儿卡在腰际，犹豫地站在他的红磨房门外。算来她已经是个十八岁的大姑娘了，明显地长高了。当时，上午的阳光在红磨房外晃眼地照耀着。卓哥从磨房里看磨房外的小琴，但见她全身沐浴在阳光里，却看不清她的脸。他只感到她不但明显地长高了，而且胸脯也明显地高高地隆起着了，感到她身材看去那么窈窕，娉娉婷婷地动他的少年心。她的长头发竟没扎辫子。一束披散胸前，一束披散背后。她的脸朝向他，分明的，是正在呆呆地定定地望着他。他发现女人们也都意味深长地望他，被望得一时心慌，立刻又低下头推起磨来……

他听到女人们这样议论："那灾星怎么穿得破衣烂衫的？头也不梳，脸也不洗？"

"你是明知故问呢？还是真不知道呀？"

"真不知道。"

"刘家两口子不许她穿得干净齐整。到了晚上才许她梳头洗脸。本来命里就带着几分妖气投胎转世的，再许她着意地打扮自己，还不把咱们紫薇村河两岸男人的心都迷荡了呀？"

"就是！刘家两口子做得对！可不能让那个漂亮的灾星坏了咱紫薇村男人们的心性，坏了咱紫薇村的好声誉！"

"刘家趁早把她远远地嫁出去算了！"

"刘家不把她嫁出去，自有不把她嫁出去的道理！忘了刘家的小宝顺是怎么死的了？还不是被她命里的妖气克死的吗？刘家宁肯养着她，也不愿让她再去克世上别人家的儿子！……"

"唉，难得刘家两口子有这种普度众生的佛心！……"

卓哥明白，他的小琴姐姐是见人多走了。

这少年生平第一次体验到了一种强大的失落……

他常卧在河中那块大青石上做白日梦，梦想他的小琴姐姐有朝一日做了他的媳妇。他不怕她命中的妖气克自己，也根本不信那些鬼话。他愿意她做了自己媳妇以后，自己还叫她姐。他想象着自己和他的小琴姐在红磨房里和和美美地过日子的种种情形，常如呆如痴，常不禁地徒自喜笑起来；想象着自己钓到半桶小鱼儿，抬回家去，见她斜倚家门正在盼着他回家，高兴地接过小桶，顷刻便麻利地收拾了鱼，熬出一盆鲜美的鱼汤。那是多么称心如意的日子呢？这梦想若不能成真，他没情绪上心地钓鱼。他已将那片红黏土地改造得来年可以点籽儿种菜了。这梦想若不能成真，他觉得来年夏秋收获再多的瓜菜也是没法儿欢乐起来的。在这少年的想象之中，只有和他的小琴姐姐一块儿在那片地上点籽儿一块儿收获，才可能是一种欢乐……

此时这少年就格外忧伤地怀念起他的父母来。父母如果活着，大概他的梦想也就不难成真了。他这么认为，同时也就更因自己从小是孤儿自悲自戚了……

这少年经常做着他的白日梦长大了两岁。他十八了，可叹他的“家”中连一面小镜子都没有。他起先完全是从女人们对他的态度的变化，才渐渐开始意识到自己不再是少年了。她们不再像以前那么随心所欲地拿他寻开心了。她们在他面前都显得庄重起来了。她们的目光不再像以前那么肆无忌惮地死盯着他了。她们的眼神儿里似乎多了一种刮目相看的惊诧了。她们跟他说话时的语调和口吻不再是大人对孩子式的了，而是大人对大人的了。客气了，客气得具有温柔的意味儿了。而且，不知为什么，她们自己常常会首先矜持起来，甚至腼腆起来。有时他憨憨地望着她们笑时，她们竟会微微地红了脸……

这使他相当困惑。

有天，他无意中从一个女人盛豆子的亮晶晶的铜盆底儿上，看到了一张方方正正的，有棱有角的男人的脸。那是一张非常年轻的男人的脸。是的，尽管非常年轻，但却丝毫也没有年轻男人的浮气和躁气。那张脸看去是那么成熟，那么表情笃诚，前额饱满、双唇丰厚、浓眉大眼。不说有多么英俊，起码可以说是相貌堂堂了。总之那是一张乡下美男子的脸。他从那浓眉大眼认出，铜盆底儿上的脸，正是自己的脸。他不禁扭头看看自己左肩左臂。肩头的肌肉很结实，臂很粗壮，手很大，一只有力的手。再扭头看看右臂右手，当然也是那样。他干咳了一声。底气充沛，其声洪亮，在红磨房嗡嗡地回旋着。他意识到自己从此不再是少年了，也不再可能被别人当成少年看了。他长长地叹了口气。意识到自己从此不再是少年，他当时说不清自己心里究竟是喜还是忧。他曾希望自己不再是少年，又怕自己已经是男人了……那一天夜里，他在河中洗澡，救起了他的小琴姐。他乍见一个女人的身影在月光下脱了衣服，一步步缓慢地涉入到河里。他没承想那便是他的姐。此前没人到这一段河来洗澡，更不会有女人来洗澡。紫薇村的男人女人甚至包括老人和孩子，单独或结伴儿在河中洗澡倒是常事。不过早就分别划分出了水清底浅的安全河段。而他在属于自己的这一河段洗澡，一向是脱得赤条精光的。他急忙隐到大青石后，唯恐自己赤条精光的不堪模样被那女人看见，羞吓着她。

前几天下了场大雨，水深了。河水渐渐没及女人的腿，没及女人的腰，继而没到女人胸脯那儿了……他有些替她担着颗心了。他知道她若再前走一步，河水会淹没她的头。他想喊着告诉她，可张了张嘴，怕她猜疑自己偷看她洗澡，怕自己的好意被误解为另有所图的调情——没喊出声……还好，那女人不再前进了，就站定在那儿低下头洗起长发来……他一个猛子扎入水底向岸边潜游。当他尽量隐蔽着自己登上岸穿好衣服，再抬头朝那女人望时，她不见了。他想她不可能一转眼就上岸走远了，心里咯噔一下。目光顺流扫视河面，果见她已溺水了！她的身子时沉时浮，长发像一顶黑草帽似的悠悠地漂着。她的头浮出水面时并不呼救，手臂也不进行挣扎性的拍击，似乎将生死等闲置之了一般……

他扑通跃入水中将她救上了岸。月光下，她遍身的肌肤显得更加白皙了。乡下女子并不戴乳罩的，只不过用一条布在胸前兜住着双乳，在背后系个结罢了。她胸前已没有那样一条布，肯定是她洗身时取下拿在手中，溺水后被冲走了。她那双乳彻底地露形露状，丰满而紧绷绷地高耸着。她的短小的亵裤，已被河水旋到膝部。她闭着眼睛，微微张着嘴，湿发衬在脸儿周围。那是一张鹅蛋脸儿，尽管眼睛是闭着的，但细眉纤纤，眉梢几乎延入鬓发……

她的裸体仰躺在他面前，仿佛一席美宴，只等着他尽情享用。这时他才看出她是小琴。她的裸体对他的目光发生着极大的诱惑。十八岁的卓哥第一次感到一具女人的光身子对他所具有的强烈吸引力是那么不可抗拒！而她正是他经常梦想着有朝一日成为自己媳妇的女子啊！一股跃跃欲试的冲动在他身体里急剧地运行着，膨胀着。那冲动是无比狂野起来了！似乎在一次次将他向她推倒下去。他蹲在她旁边，一动也动弹不得。仿佛只消稍微一动，便会不由自主地扑向她……

他看着她的光身子完全呆住了。灌木丛中扑啦啦猝飞起一只宿鸟，将他吓了一大跳。他无缘心虚地举目四望，觉得有人在暗中监视着他的一举一动似的。如果被人发现了我卓哥这样和她在一起……他心中陡升恐惧，不敢想下去，也不敢继续呆看着了。于是他一手插到她腰下，将她的下身轻轻托起，同时用另一只手替她扯上了短小亵裤。她的肌肤是那么滑润柔软而又富有弹性，使他的手忍不住想要抚摸她全身。尤其想摸弄她那高耸的暄软的白馍馍似的双乳。他果然便那样做了……

她微张着的嘴里吐出一长缕气息。她轻哼一声……他缩回手，感到自己很邪恶很罪过。他又下到河里，游向对岸，寻找到她的衣物，一手托着一手划水游回来。他将她的衣物放在她身旁，又蹲下呆看她时，她苏醒了，缓缓睁开了眼睛。她没立刻认出他是谁，骇然坐起，发现自己几乎光着身子，啊地惊叫了一声，本能地曲缩双腿，夹紧双臂，双手交叉护在胸前……他悄声说："姐，别怕，是我呀……"她认出他后，松了口气，双腿渐渐又伸向前去，双臂不那么惶恐地夹紧着了。同时，双手往下一垂……

"弟，姐溺水了是不？"

"嗯……"

"你救起了我？"

"嗯……"

她见他的目光胶粘在自己胸前了似的，双手又本能地交叉着护住了乳房。"我衣服呢？""这儿。""该在河那边儿呀。"月光下，她眼中便朝他投注出一股柔情。她那双丹凤眼看人时天生有种勾人魂魄的妩媚劲儿。他暗想她的眼睛美得真是全村独一无二！"你先转过身去，让姐穿上衣服。"于是他乖乖地顺从地转过身去。"弟，你也穿上衣服吧。""我衣服湿了。""为救姐湿的？""嗯。姐你怎么到这儿来洗呢？""他们不许我在他们家洗。他们成心脏着我。女人们也不许我在她们洗澡的那段河洗，说我会脏了那段河……""那，你怎么不喊呢？""喊什么？""你被淹时，喊救命啊。""死了也利落……早死早投生，没什么不好……"他就猛地站起，向她转回身。那时他眼中已是满含着泪了。他大声说："姐你不能死啊！你一死，我在世上就没有亲人了！……"她已穿好衣服，凝眸望他。月光下，他见她神情凄然。"我今年十八了……""……""我该娶媳妇了……""……""姐，我从十六岁起做梦都想着有一天娶你！除了你，七仙女下嫁给我，我卓哥也不称心！红磨房就是咱俩的家！从此咱俩不跟紫薇村人交往，只为紫薇村推磨！咱们恩恩爱爱，生男育女，白头到老……姐你倒是说句话呀！……""……"

"你倒是说你愿意嫁给我呀！"

她便一下子扑在他身上，双臂揽住他的脖子，不住地亲他的脸，亲他的肩……

他双手抱住她的腰，感觉到自己结实的胸膛紧紧地紧紧地贴着她凸挺的双乳，像舒舒服服地紧紧地贴着一块絮满了新棉花的厚垫子似的。他身子顿时有些酥软了……

可他嘴里却仍执拗地要求着："你说呀，你说呀！……"她的身子却在他怀里委了下去。她将脸偎在他胸膛上，继而又不住地亲他的胸膛……他用双手捧住了她的脸，见她双眼也已泪汪汪的了。于是他俯下头亲她的双眼。像要将她眼中的泪嘬尽似的……于是他们的双唇也亲在一起了，一时没法儿分开了……他们便同时倒在了河岸的细沙滩上。沙滩被一白天的阳光晒得暖暖的，温热地烘着他们的身子……这两个在他们是孩子的时候暗拜过姐弟的一男一女，在暖暖的沙滩上翻滚着，情欲炽旺地互亲互爱着……

最初一次男女间的亲爱是动人的，也是不得要领没有章法的。他们如同两只馋嘴的小猫儿，而对方是活蹦乱跳的小鱼儿，都恨不得一口将对方吞入肚子里，又都因对方活蹦乱跳无处下口似的……

在这过程中，她的衣服又从她身上剥落在沙滩上了……

她抓住了他的一只手，不许他剥下她那短小的亵裤……

村里传来了几声狗叫。

扑啦啦，又有一只宿鸟从灌木丛中飞起。

他们都吃了一惊……

"别急成这样儿！姐早晚是你的人。你既然有心和姐做夫妻，往后长长的一辈子供咱二人这样呢！……""那，做了夫妻以后，我还叫你姐行吗？"

"行啊。"

"你呢，你叫我啥？"

"我叫你卓哥。"

"不……你也得叫我弟……"

"好。还像从前一样叫你弟……"

"和从前不一样。从前偷着叫，做了夫妻以后就不用偷着叫了，想怎么叫怎么叫，可要比从前叫着亲哩！……"于是他们都幸福地笑了。接着便商议怎么样才能顺利地做成夫妻。依她，事情很简单，两人双双去登记就是了。她还说，就是不登记，她偏来和他住一块儿，紫薇村的人也是拿她没奈何的！他说那可不行。事情没那么简单。他毕竟是紫薇村人共同抚养大的。终身大事，他不能不做得使全体紫薇村人都挑不出理儿来。

最后她被他说服了，同意由他首先去找村长，央求村长替他们做主，去跟刘家两口子说通。因为名分上她仍是刘家的人啊，刘家两口子仍算她“养父母”啊！尽管他和她一样，不再认为村长是正派男人了。

……村长对卓哥的愿望大摇其头，仿佛他的想法乃是天下第一古怪第一荒唐的想法。村长说：“不行不行！你是名声多么好的一个男人，她是名声多么恶的一个女人！你俩不般配啊！”他说：“可我俩自己都愿意。”“什么话！”——村长瞪起了眼睛，“什么话！这是你俩愿意就行的事吗！你是咱们紫薇村从一个孩子抚养到十八岁的。我是谁？我是一村之长！如果说普通的一个咱们紫薇村的男人或女人等于是你的父母，那么我就等于是你的祖父了！你的婚事我就一点儿都没权利做主了吗？……”

一提到紫薇村对他的大恩大德，他顿时惭愧起来了。“我……村长叔爸，我不正是来请您做主的吗？……”“可我不同意！”“可咱们紫薇村对她不公平！咱们是一个在省报上被表扬了的村，怎么能相信她是什么白虎精的孙女呢？……”

村长怔了一下，慢条斯理地拖起了村长的官腔：“这个嘛！我当村长的这么信了吗？你卓哥又能具体指出咱们紫薇村的哪一个人这么信了呢？……”

他也被村长反问得一怔。

他想用句什么话暗示村长，让村长明白，他对村长和刘家女人的事儿是知道的，希望能对村长转变态度起点儿作用。但这念头在他心里拱动了一阵，自行的驯服下去了。

他没敢。

“好吧，既然你相中了她，我又何苦非强加阻拦呢？不过，我总得征求征求咱们紫薇村普遍人们的看法是不？你卓哥的婚事，不是一般人的婚事。别人的婚事有父母参谋就行了。自己愿意，父母同意，谁都干涉不了的。如你刚才自己所说，你自己九岁起，也是一个上了报的人物呢！这几年省报那位大记者，一直没忘你哩！还想就你的事儿再写续篇，再歌颂咱们紫薇村一番哩！你的婚事如果遭人议论，咱们紫薇村好名声毁于一旦哩！我这位村长失职哩！咱全体紫薇村人得沮丧几代哩！……”

村长诲人不倦，循循善诱的一大番话，似乎句句说在情上，说在理上。似乎说得那么虔诚，考虑得那么周到。

卓哥一时间无话可说了。他感到村长看着他那一种目光，如同看着一个不懂事的、一时心血来潮犯任性的孩子。

“卓哥呀，你放心吧！紫薇村既把你从一个六岁的孩子抚养到了十八岁，就不会不对你负责到底！你才十八岁，急什么呀？能眼看着你打一辈子光棍吗？男婚女嫁，讲的是般配二字。再说，也得刘家两口子点头是不是？那小琴也毕竟是刘家从小养大的吧？如果刘家不同意，我当村长的也是不敢硬来的！那不成了抢亲了吗？……”

村长拍着他的肩，和颜悦色地将他打发出了家门。

而从那一天以后，卓哥又见不到小琴了。他几乎天天晚上到河边去等她，一等等到后半夜。

他明白，是刘家两口子对她严加看管，不许她轻易出门了。

但是他却不知道，好色的村长自己，早就对一朵初开乍放瓣娇蕊嫩的野百合似的小琴心存非分之想，单等有机会对她下手呢！哪儿轻易地就肯将小琴成全给他啊！

……转眼秋至。卓哥结婚了！喜日子就是中秋节那一天。但新娘却不是他愿一辈子都叫“姐”的小琴……婚礼在红磨房前平坦的场地上举行。围观者众，其中有许多邻村闻讯来看热闹的男女。卓哥披红戴花，新娘蒙红盖头，二人共持联心红绸，面对用红布罩住的一块碑。主婚的老者轻挥手，有人便将红布徐徐扯去……主婚的老者神情极端肃穆地吐出一个字是：“念！”于是专程从省城赶来的那位大记者朗声读碑文：“紫薇村翟姓后生卓哥，幼丧双亲，沦为弱孤。村人相怜，轮年抚育。吃百家饭，穿百家衣，睡百家床，衔百家亲情，受百家关爱。今卓哥成人，数德高望重之老者同为媒保，娶外地寡妇张姜氏为妻。天地为昭，其慈永驻，其善长存。望夫妻二人，虔飨村德，誓心以报。循规蹈矩，光大村名，发扬村风，维护村誉……”

卓哥惶惶然地望着石碑，仿佛那是具体的一位大恩人，又是严父慈母合而为一的象征。他似乎在屏息聆听大记者读的每一个字。其实心思空空，六神游走，万念俱灰，身不由已而已。没法儿形容的悲凉满满地凝聚在他两眼里，被热闹气氛所娱的人们却谁都没看出来。

主婚的老者问他：“卓哥，你听明白了吗？”

他竟自愣在一种僵钝的呆状中。

“卓哥，你听明白了吗？”

“哦……听明白了听明白了……”

老者又问："那，你可有什么话说啊？"

他怯怯地回答："没有没有……"

他感到周围的气氛，越来越施加给他某种无形无状的压迫。

煞有介事、神情过分庄严的老者将脸一板："嗯？怎么可以没什么话说呢？"卓哥恍然地机械地嘟哝："有，有，有话……""既然是有话，那你便说吧！"卓哥语无伦次地说："充驴作马……我愿充驴作马，在这红磨房里，一辈子为全村人推磨，终身任百家役使，不受酬劳……我要是有半点儿反悔，天打五雷轰……"主婚老者欣欣然捻须，微微点头不止……围观者们，尤其紫薇村本村的人们，似乎都大受感动……有一老妪拭泪喃喃着："多仁义个孩子呀，知恩图报的……"老者又说："卓哥，你父母早亡，就拜拜这块碑吧！拜过这块碑，就算拜过你父母了，也就算拜过全村人了……"于是卓哥双膝齐跪。联心红绸一扯，新娘也随之跪下了。他目定定望着石碑说："父母大人，今日里，咱全村人做主，给儿成亲了，娶了媳妇了。儿能够为咱们家族传宗接代了。你们若九泉之下有灵，再也不必为儿操心了。和孩儿一块儿，感激咱们全村人的村恩村德吧！……"

于是他磕头拜碑。一拜之后，泪满双眶。二拜之后，泪潸潸下。

三拜之后，已是面湿如洗，泣声咽咽了。他整个儿一颗心在胸膛里龟裂着，暗碎着。人们更加受感动了。许多男女都不禁地拭起泪来……忽然一边人群有些骚乱——是打扮得极其妩媚的小琴从人后挤至人前。她上下簇新，从衣到裤到鞋，皆是她用自己采草药所卖的钱买的。她那一天是将她全部的"个人财产"都穿在身上了。她刚洗过的脸庞看去显得那么清丽，她的秀发梳得那么齐整，一条大辫子编得那么仔细，惹人注目地斜搭在胸前。她鬓角儿还插着一大朵艳红野花儿，衬得她的脸更白净了。她神情冷若冰霜，目光眈眈地瞪着跪在那儿的卓哥的背……

站在她身旁的几个女人互丢着眼色躲开了她，闪到别处去了。立刻有几个男人补了缺，挨近她站着。卓哥和新娘起身之际，小琴尖叫了一声。人们的目光一时全都投射在她身上，卓哥也发现了她。四目相对，他眼中一愣，赶快望向远处。主婚的老者威然地望着小琴指斥："你叫什么？"她红了脸，愤怒地说："有男人抓我胸脯来着！"女人们首先发出一片嘘声。仿佛她们都认为，在这一种情况下，即使是那样，也是一个小女子断不该公开说出口的。一旦说出，可耻就全归了女人自己似的。而她内心里是明白这一点的。分明的，她是偏要大声地说出来。

而男人们却紧接着女人们的嘘声发出一片叫嚷：“你撒谎！”

“你往咱紫薇村的好名声上泼脏水哩！”

“卓哥结婚，你打扮得妖妖冶冶的想干什么？”

“八成是想来勾引新郎官儿的吧？”

不错，她是在将自己打扮得近于妖冶的，也是成心来破坏婚礼场面来进行报复的。那报复，三分是针对卓哥，七分是针对全体的紫薇村人。夹在人群中的公公气得腮肉抽搐。婆婆扯着他，恶狠狠地说：“都是咱们把她惯的！走吧走吧，还有什么脸站在这儿呀！……”

小琴瞪着他们相互拖拖挣挣地离开，更加肆无忌惮了。她指点着些个男人冷笑道：“紫薇村的好名声像是花布包的脏枕头哩！你们一个个也都不是什么好东西！你，在河边偷看过我洗澡！你敢说没有的事儿？你，在山上遇到过我，调戏我！还有你！曾对我说过不要脸的话，被我扇过一记大嘴巴子！……”

她眼中放箭，最后望向了村长：“你这个假模假样的大村长，你的勾当我不说就是了！给你留点儿面子就是了！……”村长气急败坏地连连跺脚：“你，你……你放肆！……”“大家伙儿别信她胡言乱语！我丈夫可是正人君子！小贱人！看我不撕烂你嘴！……”村长女人张牙舞爪地向她扑来……她无畏地朝对方一头撞去，将对方撞了个仰巴叉。而那女人又撞倒了长案——案上的花生、瓜子、烟、糖果、馍撒了一地，滚了一地……

主婚老者高叫：“好大胆的刁女！竟敢前来扰乱我紫薇村的婚娶大事！当众毁我紫薇村的村誉！把她给我撵过河去！永世不得再过紫薇桥到村东边来！……”

人们期待的仿佛正是这一番话。于是不分男女，一拥而上，对她啐之殴之……婚礼大乱。新娘悄悄揭开盖头，看了一眼，又放下了。新娘攥住卓哥一只手说：“咱们进屋去吧！”不管他愿意不愿意，将他扯入红磨房关上了两扇门。

红磨房里已经间隔出了新房。新娘一直将卓哥扯入新房。新房草经布置，虽不免显得寒酸和对付，但毕竟有了点儿是新房的意味儿。一面墙上挂了半片儿镜子，镜旁贴着一幅观音送子的年画。有了张旧桌子，有了两把旧椅子，都是对卓哥真好的村人送的。新娘一进新房，便摸索到床边，大大方方地坐下了。卓哥惴惴地说："真是对不起，让你受惊了。"到那时，他还不知新娘芳龄几许，长得什么模样儿。新娘却说："惊不了我，我什么场面都见过！"他搭讪着又说："真是的，还不知你是哪省哪县的人呢？"他说时，眼望着窗外，见磨房的场地上，人们已散去。些个本村和外村的孩子，在争抢着抓起地上的花生瓜子什么的往兜里揣。他也望见了小琴。她匍匐在地，辫子散开了，衣服被扯开了襟，露出一面白皙的肩。她脚上的鞋子不知去向……他听到他的新娘在他背后说："从今往后，就是你妻了。知不知道的，又有什么？"她说得那么无所谓，语调儿淡淡的。他自言自语似的又说："想想，也真有意思。一男一女，从未见过面，一经撮合，忽然的就成夫妻了。"却仍望着窗外，见小琴支撑起身，将肩缩入衣服。扣上衣襟后，拢了拢头发。一个女孩儿走近她，将她的一只鞋放在她跟前，扭身就跑……她捡起那只鞋，用目光四下里寻找另一只鞋，却没发现……她捡着那只鞋，走到碑那儿站定，望着，终于伏在碑上哭起来……他听到他的新娘子在他背后问："谁在外边哭？"他低声说："是她……"心里在对她说——姐，姐，卓哥对不起你！可我也是被逼无奈啊！……"那个前来捣乱的小女子？""嗯……""你和她有仇怨？""没有……"

"那，你们原先一定有段私情的了。"

"也没有……"

"那，她又究竟为什么？"

"她……她打小儿有疯病……"

"我不信。"

"真的。"

"你还在望她？"

"我没望她。"

"可你明明是在望她。"

"是你心里在乱猜疑。"

"你转过身来。"

他缓缓转身，却见她已不知何时揭去了红盖头，拿在手中绞玩着。

他不知所措起来。他拙嘴笨舌地自辩："我……我是在寻思……该不该出去将门前的场地打扫一下……"

她脸上脂红粉厚，如同戴了彩绘的假面。这使他一时竟看不出她的实际年龄，觉得她似乎更像一个立刻就要登台唱戏的旦角儿。不禁地暗想——果然是一场戏多好！……

“在喜日子里是不兴扫地的，更不许新郎扫地。”

他尴尬地微微一笑。她脸庞看去倒还端正，五官看去倒还匀称。他不禁地又暗暗庆幸——天可怜我卓哥，安排给我的还不算是一个让男人看着心里烦的女人。她也微微一笑，又说：“人活着若连男婚女嫁这点儿意思都没有，那还活个什么劲儿？”“你……多大了啊？”“我是和你做夫妻的，又不是和你攀兄妹的，问这干什么？”“倒也是。算我不该问……”他挠挠头，自嘲地嘿嘿笑出了声。那笑声听来当然是有说不出的万种苦涩的。他借着手臂的掩护，又扭头朝窗外望去——小琴的身影已不在了。只有那碑落地生根似的立在那儿。她说：“你又望她了。我是新娘，她又不是。”他说：“我没望她。她已经走了。我是在望那碑。”“那碑有什么好望的？”“我觉得它——怪邪性似的……”

“我也这么觉得。没见过人家门前有立碑的。”“是啊，它好像是为了镇住我，才立在那儿的……”“不许说这种不吉祥的话！”“今儿不可以扫地，可以挑水吧？我挑水去！……”他明知缸里水满着，不待她回答，已拔脚迈出新房……他挑水回来，见她在推空磨。她推得很轻松，那姿态、那步子，很在行。看得出她是个有力气的女人，也是个劳作惯了的女人。他放下桶问她：“你推空磨干什么？”她反问：“缸满着，你又挑两桶水干什么？”“穷日子，富水缸啊！”“我要让你看着知道，你娶了我没什么可委屈的。起码，床上我是你个睡觉的伴儿，地上我是你个干活儿的好帮手！”他呆望了她片刻，没好气儿地说：“那就别推空磨，咱俩轮换着把河西张家这半袋豆子磨了吧！”她听出了他心里窝着股火儿。却不在意，淡淡一笑：“夫唱妇随，就依你。”于是他们就轮换着磨那半袋豆子……天终于是黑了。她斜倚床栏，剪足而坐。双肘搭在床栏上，一只手叠放在另一只手上。卓哥则坐在一把椅子上一声不响地吸烟。她望着他的那一种目光，由安详而渐变得火辣辣的了。那是一个无数次领略过床上恣欲、被底癫狂的欢悦与快感，又久违了性爱滋味儿的寡妇女人，对一个自己十分中意的、年轻男儿郎的欣赏和温爱的目光。是的，可以说她是那么欣赏他，那么庆幸已做了他的妻子。她正渴望着被他温爱，也越来越抑制不住地想要立刻奉献给他许许多多旖旎的温爱……

他知道她在久久地注视着自己。这竟使他非常局促，更加不打算看她一眼了。他觉得自己仿佛不是这儿的男主人，而是一个贸然投宿的陌生过客，不知面对女主人该交谈些什么似的。

一支红蜡烛，照耀出温馨的光晕。

她喁喁地说：“还有什么事吗？”

他说：“没事了，没事了。”她软语柔柔地又说：“那，咱们就睡吧！”他说：“睡，睡……”“今后，我会做个勤勤快快的，你屋里的人……我保证百依百顺的……保证对你恩恩爱爱的……”“我信，我信……”“那，你可也得对我恩恩爱爱的……对我好……”“那是当然，那是当然……”“我希望能给你生个大胖小子！”“但愿的，但愿的……”“我想洗洗脚……”“洗吧洗吧！水是有的是……”“我今天累极了，懒得动……你不能体恤体恤我吗？”“这……我替你弄水来……”他掐灭烟，起身出去了。等他端了半盆水回来，蜡烛灭了。但中秋的月辉是那么皎洁，清幽地洒了满地。“你怎么把蜡吹了！”他一边放那盆水一边问。“不是我吹灭的，是你开门带了股风扇灭的……”他起身从桌上摸到火柴，划着一支，想将蜡烛重新点亮。不料她也起身走到他身边，一口吹灭了火柴。她说：“省点儿蜡吧！反正你能看见我，我能看见你……”说罢，拉起他一只手，将他带到了床边。待她又在床边坐下，他轻轻从她手中抽出自己的手说：“水兑得不凉不热，你洗脚吧！”她语调娇嗔地说：“我这两只手，都有破处呢！劳你的驾了……”被窗纸滤了一遍的月辉，朦胧又幽谧。月辉中的女人的身影，不但清晰，还泛着微蓝似的。她斜倚床栏，亦健亦柔，丰盈而不粗拙。她发出哧哧的低笑。卓哥被蛊惑了。他觉得她那身影倒也显得有几分媚态，她的笑声使他心旌摇曳起来……

“应该的，应该的，夫妻嘛……”

他说着，替她脱了鞋，脱了袜子。月辉之下，水盆之中，女人的双脚显得秀、显得白。他半情愿半不情愿地替她洗着双脚，而她又哧哧低笑了……

她俯身抚摸他的头、他的肩、他的脖子……

她说：“你呀，别看你身强力不亏的，还不算是个男人哪！……”

她将双脚从他手中抽脱了，也不擦干，就那么湿淋淋地往床上一卷。他觉得像两条鱼从手中一滑逃掉了似的。他一时感到损失了什么刚刚得到的，自己曾非常向往过的，能够受用却还没来得及受用的东西似的。

他失落地站起来，见她已不知何时脱去了衣衫，胸前仅着一方小兜兜了。他想那小兜兜一定是红色的，要不就该是粉色的。她的胸怀看去是格外厚实而又松软的，那小兜兜充满了气似的膨胀着，使他联想到用一块苫布罩着的新草垛。

“你还得我求着你呀？……”

她两手各抓住他一只腕子，一拽，将他拽在自己怀里，顺势抱着他往床上倒下去。于是卓哥感到像被拖入一股不可抗拒的强大的漩涡之中了，感到她全身每一个部位都具有吸力似的。他便索性想象她是小琴。这一种想象使他那迷乱的情欲猛烈地高涨起来。他不遗余力地满足着身下的女人求之若渴的需要，同时也不厌其足地饱尝她的给予。一个性爱能力极其充沛的女人，在床上对男人孜孜不倦的要求和经验丰富的给予几乎总是一样多的。而她正是那样的女人。她一直到他精疲力竭才罢休……

他终于从那强大的漩涡之中浮出，仿佛身体里仅剩下了最后一点点活力。他就靠那最后一点点活力，吸起他的短竿儿烟锅来。一想到她并非是自己做梦都巴望着娶作媳妇的女人，他心里又异常悲哀了。他因自己刚才那一番番迷乱的癫狂而懊悔不已，感到羞耻难当，感到太对不起另一个女人了……

女人往他身上一伏，柔声细语地问：“怎么吸起烟来了？”

他不说话。

“我知道你在想什么。”

他仍不说话。

“你在想一个人是不是？”

“胡说！”

“她叫什么名字？”

“小琴。”

“看，看，还不承认你在想她呢？”

“我对谁都不会承认的。我想了不该想的，我就有罪过了。就对不起全紫薇村的人们了……”“那你还偏要想她？”他生气地将烟锅往床栏上使劲儿磕：“我说了我没想！”而此时此刻，在刘家，小琴正受到婆婆的鞭打。她的上身被扒光了，手臂被反缚着。她口中咬着一绺头发，坚忍着。她知道，喊叫是没用的。发生了红磨房前的事，肯定的，全村人都认为她必须受到惩罚。谁还会听到她的喊叫前来制止对她的惩罚呢？一鞭子落下，她浑身一抖。刘家的女人下手那么狠，如同是在替她夭折了的儿子复仇……

刘家男人进入杂仓房，看着他女人又抽了小琴几鞭子，不动声色地说：“算了，别气坏了你自己。”那女人说：“她越不喊，我越气。非听她求饶不可！”于是又一鞭子下去……小琴浑身又一抖……“小贱人，疼不疼？”“……”“还敢不敢公开地败坏紫薇村的名声了？”“……”小琴咬着发，垂着头，身子跪得挺直，纹丝不动，毫无求饶的意思……当那女人再次举起鞭子，被她男人一胳膊挡住了。他向她使了个只有她才明白的眼色。她哼了一声，将鞭子塞给了她男人。她一脚迈出门外，回头对她男人交代：“你接着替我治她！非治得小贱人从今往后服服帖帖的不可！……”

她见鞭子在她男人双手中弯成了弓形才将另一只脚迈出门去。

弯成弓形的鞭子，触在小琴后颈上，顺着脊沟缓缓划下，仿佛代替了他的手，在抚摸她那青春女性的赤裸的脊背……

他没接替他的女人继续鞭打小琴。他弃了鞭子，替她解开反缚手臂的绳子。而且，将她的衣衫披在了她身上……

她正狐疑着，他那瘦高的身影，一个幽灵似的，也无声无息地踱出了杂仓房……

是由于村长又来和那女人偷欢了，小琴身上才少了许多鞭痕。

那女人一边推磨一边问：“你就真不饿吗？我把饭菜给你热热？……”

卓哥终于开口道：“不饿。你别磨了行不行？磨得人心烦。”

他尽量不使自己的话带出沮丧和愠怒。他明白，事情成了这样，她是很无辜的。要怨恨的话，首先应该怨恨村长。村长将他请到家里，陪他喝酒。那是他长到十八岁第一次喝酒。村长关怀备至地告诉他，已经替他物色到了一个适合做他妻子的女人。当然不是如果做了他妻子，肯定将会有辱他紫薇村第一良好青年的名声的小琴。他一听不是小琴，就推说自己才十八，其实并不急着成家。而村长说，他卓哥不急，他村长急呀！关心他终身大事的全体紫薇村人急呀！早生儿女早得福嘛！再说，一个适合做他妻子的女人已被收留在紫薇村了。村人们就是为他卓哥才收留那女人的呀！机不可失，时不再来啊！他卓哥不可以辜负全体紫薇村人的一片良苦用心啊！

他一句接一句将话儿咬死了，反复只说自己才十八，并不急于成家……

忽然又来了帮村里的男女，都是善待过他的人，也都是他铭记不忘打算日后一一报答的人。他们和她们一起陪他喝酒，一起帮着村长劝他。七言八语的，都说那女人多么多么贤惠，多么多么勤劳，总之多么多么好多么多么适合做他的妻子……

后来他醉了，在一张什么纸上按了手印儿。第二天他才知道，那是村里替他开好的结婚登记介绍信。

他当然反悔。

可村长说，已经派人拿着那介绍信，替他领回了结婚证书！

那些在村长家陪他喝过酒的男人，一个接一个来到红磨房。都劝他生米已煮成熟饭，何必反悔呢？那不等于是拿他们众人的好意耍笑了一番吗？那不等于是拿紫薇村的威信当儿戏吗？而且，村里已向省报社发了信，邀请当年那位大记者前来采访报道他卓哥的婚礼了！哪怕他真觉得是一颗苦果，为了对他恩重如山的紫薇村，他也得皱着眉往下咽啊！……

思来想去，卓哥意识到，最应该怨恨的还是自己。怨恨别人也罢，怨恨自己也罢，他明白，都已为时太晚了……

新娘子看出他心烦。也不难理解他为什么心烦。但她相信，她的好性情，是完全可以慢慢儿化解掉这个已然是她丈夫的小伙儿胸中的失意的。她相信日复一日的生活，终究可以将许多欠情欠理的事，渐渐改变为合情合理的事。

她停了脚步，笑盈盈地说："你自打起来就一脸的不高兴，不爱搭理我，好像我昨天晚上使你受了什么大委屈似的！我可不只有干活儿呗！"

他说："我不是不爱搭理你，不是因为你才不高兴。你也别胡思乱想的。我过几天兴许就会高兴起来。反正求你今天别推磨，那磨声真的使我心烦……"

她低头沉默片刻，一抬头，又扑哧笑了，意味深长地说："你呀，别怪磨声儿。以前你天天推磨，怎么听着不烦？好，我还你清静。我从小儿没见过山，我到山上去转转……"

于是她挽了一个篮子，从他身旁走出门，徐行慢走地上山去了……

这女人不料她在山上竟会碰到小琴，小琴也不料自己在山上竟会碰到她。当她们在一条野径上相遇，已离得近在咫尺，谁避谁都来不及了，她们面对面互视着。各自眼里闪过瞬间的愕异之后，目光和表情都变得极其平静了。小琴不但在山泉那儿洗过了脸，而且洗了发。她将湿漉漉的长发挽成个髻高高地盘着。还头戴一个五彩缤纷的花环。从她的发上、鬓上，正有晶莹的水珠儿滴落在她用山泉洗得红润光泽的脸儿上……

在对方眼里，她像年画上媚气十足的山精。

卓哥的新娘子，首先默默向旁横跨一步，从窄窄的野径上退让开了……

小琴昂着头从她面前经过。她头也不回地一直朝前走去，同时暗想——这女人看去目慈面善的，定是个心肠好性情也好的女人了。以她的年龄，该做我卓哥的妈妈，该是我的婆婆才对啊！而且，她定会是好婆婆的……

这么一想，她便于“紫薇村”三个字恨得咬牙切齿起来……

卓哥的新娘子在小琴从她身旁走过时，不禁也垂下了目光。她听小琴踩着草叶发出的窸窸窣窣的脚步声走远了，也没抬起头来望向她的背影一眼。她怕小琴正边走边回头望自己，狭路相逢之后又四目相对，那情形是她不愿出现的，也是会使她备觉难堪的。这韶华逝尽的女人的自尊，当时受到了很大的挫伤。这一种挫伤，是连卓哥的冷淡和忧郁都不能作用于她的。在已经是她丈夫的小伙子面前，她内心里并没有什么罪过感，只不过因自己足可做他的母亲的年龄而有些内疚。但从此，她却觉得似乎太对不起另一个，按年龄该是自己女儿的女人了。有些女人唯恐自己侵犯了另一个女人。她便是这样的女人，她已明白她对另一个女人的侵犯成为了事实。她自信，她对丈夫的内疚，是可以用加倍的忍让和温情相抵消的。而对被她所侵犯的另一个女人，问题就没有这么简单了。从此这女人的心灵里便埋下了一颗极度不安的种子。她无心再游览山上的景致，一路低着头，心事重重地抄原路回红磨房去了……

小琴继续留在山上砍柴时，却又遇上了另一个男人，并被那男人粘上身了似的纠缠不放。他是治保主任的丈夫。他也是上山砍柴的。他腰间围着一圈绳子，砍刀别在腰际。

他先是拦住她，嬉皮笑脸地说：“打扮得小妖精似的，想到山上来勾引谁呀？”

她想起昨天在人群中，他就站在自己身旁，双臂交抱胸前，眼望着主持婚礼的老者。她清楚，他的一只手，正是在双臂的掩护下摸向自己胸怀的。

她后退一步，憎恶地瞪着他。

“哟，这么爱美，还戴着花环呢！让我看看你怎么编的？……”

他抢前一步，从她头上掠去了花环。她的头发本是松盘在头顶上，想等干了再编成辫子的，是靠花环箍住着的。花环被他掠去，松盘着的长发也同时被他抓散，瀑垂下来，遮住了她的脸，挡住了她的眼睛。

她尚未来得及将头发从脸上撩向后去，已被他趁机搂抱住。然而治保主任的男人想错了。她并非那种反抗能力很弱的小女子。她的反抗出乎那男人意外地强烈！他仅仅才搂抱住她，脸已遭啐了，肩头已被狠狠咬了一口。紧接着她挣出一只胳膊，挥手就扇了他一记极清脆的耳光。这男人恼羞成怒，将她横抱起来狠狠摔倒在地，随即立刻扑压在她身上。她的反抗仍是强烈的，像一只受到大猩猩袭击的山猫一般难以轻易被制伏。于是他们在新叶旧叶铺了一层又一层的林间隙地上翻滚不停，忽而他在上，忽然她在上……

终于，那男人压在她身上一动也不动了。她喘息着推了推他，他仍一动也不动。她的手感觉到了什么，伸至眼前一看，被血染红了。她恐惧地将他从身上掀下，爬了起来。男人四肢伸展，两眼大瞪着天空，样子可怕。她不明白发生了什么事，双手撑地，双膝跪着，从头到脚从脚到头看呆了。终于发现，砍刀的利刃，几乎全部地从他腹侧切入他的身体里了，血汩汩地流着……

她差点儿失声尖叫起来，下意识地用手掩住了口，她跪退几米，一跃而起，转身仓皇地逃下山去……

新娘子回到家里，卓哥已吃完了饭，正在刷碗，她走后，他很是严厉地在心里谴责了自己一番。觉得自己实在是没有什么说得出口的理由对自己的新娘子那般态度恶劣。他毕竟是个极善良的乡下小伙子啊！

他主动冲她笑了笑，以满意的口吻说："你做的菜很合我的口味儿呢！"

她受宠若惊地一怔，立刻也笑了笑，将他从锅台边轻轻推开，低声说："这不是男人干的活儿。今后再也用不着你往锅台边儿站了。看来个人撞见，笑话你，也会笑话我。"

他讷讷地又说："我刚才对你那样，你可别生我气。我从小是孤儿，没受过父母的调教，有什么脾气古怪处，你多担待些。"

她说："放心。你怎么对待我，我都能担待。我这下半辈子，恐怕只有觉着对不起你了……"

这女人说着，眼圈儿红了。

卓哥听她的语调儿有几分哽咽，赶紧又说："你别这么想，你别这么想，夫妻间嘛，何必谁老觉着对不起谁呢？……"

这一白天，他们相互客客气气地度过了。一块儿干这干那，将红磨房里里外外都重新规整了一次，还一块儿到卓哥开辟的那块地里去浇菜。只是一块儿歇息时，彼此都觉得没太多的话可说。卓哥尽量使她感到他对她的尊重，而她则尽量使他感到她对他的体恤、温爱，以及自己贤惠又善解人意的好性情。他们相互的客气甚至可以说达到了有点儿小心翼翼的程度，都唯恐自己不慎触伤了对方的什么疼处似的。

到了晚上，两人都躺在床上后，那情形就更有些不自然，更有些不像夫妻了。中秋节后的南方，夜晚并没怎么凉爽下来，仍无须盖被子。但他们并没有什么所谓毛巾被可供遮体，不过是条旧床单儿，一人扯过一角儿胡乱往各自半裸不裸的身上掩着点儿罢了。女人满心怀的自惭，没了勇气再如昨天夜晚似的炽情似火地示爱。卓哥也心静如水，更是半点儿都没有和她温存的欲望。

卓哥又不禁地自责起来。

他就主动找话儿跟她说，试探着隔片刻问她一句，星星点点地了解她的身世。

“你……在我之前，我的意思是……”

她明白他的意思。

她平静地说：“我结过婚。离了。”

“为什么呢？”

“他是个酒鬼。一喝醉了，往死里打我。”

“儿女呢？”

“……”

她的儿女都像他这般年龄了。但他们都不是孝心的儿女。离婚后，他们更加翻脸不认她这个母亲了。但她不愿告诉他实情。

“如果是我不该问的，我保证以后再也不问就是了。”

“没有什么你不该问的。儿子有，女儿，也有……但都死了！……”

她忽然哭泣起来。那是一个女人竭力自我抑制着的哭泣，也是一个女人凭自己的理性抑制不了的哭泣，听来令人心碎。

卓哥被她哭得不知所措，连连说：“别哭，别哭，都是我不好，你这么哭，还不如骂我……”

但她已哭得拿自己也根本没办法了。她为了抑制住哭泣，竟将被角儿塞入口中堵着。哭声倒是堵住了，身子却缩成了一团，且在颤颤地发抖……

卓哥心内顿时涌起一阵大的怜悯。他向她移近身去，一边爱抚她，一边说着些温存的、类似怜香惜玉的话儿。仿佛自己是一个四十来岁的男人，她是他十八岁的，很需要他多多呵护多多温爱的小媳妇似的。不知怎么一来，她就又猫儿似的偎在他怀里了。他就又别无选择地搂抱着她了。她又变得情意绵绵的了，又与他耳鬓厮磨，枕臂贴胸着了。那时的卓哥，真是欲亲难就，欲拒不能，嘴说着并不由衷的话儿，怀拥着并不喜欢的新娘，一心一意暗念潜想的却是另一个女人小琴……

窗外忽有火光闪过，紧接着响起急促的拍门声。卓哥趁机起身，披衣去开了门，见是一个持火把的本村的男人。她听到那男人匆匆地对卓哥说了几句什么，他一回到屋里，就摸着黑穿裤子穿鞋。

她欠身点亮蜡烛，不安地问："出什么事儿了？"他说："治保主任的男人，白日里上山砍柴，到这会儿还没回家。村里的人都帮着上山去找，我也应该去。"她便也默默地穿起衣服来。他问："你穿衣服干什么啊？"她说："我跟你去！"他一口吹灭蜡烛，不以为然地说："你这又何必呢？安心睡你的吧！"

黑暗中，她以一种知情达理的口吻说："你是整个身子属于村里的人，我是整个身子属于你的人。那么我起码半个身子也是属于村里的了。我也去，村人们不是会对你的印象更好了吗？"

卓哥望着她的身影，觉得她是那么深明大义，心中竟真的对她起了几分敬意……山上，执火把的人们围成一圈，一个个呆望着发现了的死者。村长说："大家散开，各处细心找找。看能找到什么物证不？"于是众人四散开来……上苍似乎对人的命运自有一套安排。该逢凶化吉之时，必逢凶化吉；该在劫难逃之时，一百个贵人相助，也改变不了一个被劫数套定的人的命运。小琴那落在山上的花环，竟被卓哥的新娘子发现了。她捡起花环，想了想，四面望了望，见没谁注意自己，立刻将自己的火把插入土里弄灭了。接着她就避开着到处的火把，穿林跃涧，专走黑暗之径下山去了。她走到溪旁，驻足又想了想，又四面望了望，便蹲下去，遂将编成花环的每一朵花都细心地一瓣瓣扯碎，每一茎草都细心地一节节掐断，一把又一把地撒向溪里，让溪流带去得无影无踪……

卓哥回到家里，见她的身影坐在床沿儿发呆。他问："你早回来了？"她"嗯"了一声，沉吟片刻，反问："人们找到什么物证了吗？"他说："哪儿去找哇！黑漆漆的一个夜晚，满山遍岭的人，都瞎转悠呢！睡吧！"于是他们又都脱衣上床躺下了，各有所思，都在黑暗中瞪着屋顶，不复再能重试温柔。她听他叹了口气，悄问："你有心事儿？"卓哥忧患地说："想我们紫薇村，几代传下来的好村誉，方圆百里内的好名声，都道是路不拾遗，夜不闭户的一个村，今日里出了条人命，只怕千好百好，忽然的会抖落出些丑事儿，毁于一旦呢！”她说：“我知道是被谁杀的。”她的声音很小很小，但对于他却如雷贯耳。他一下子欠起身，扭身望着她问：“你怎么会知道？”“我在林子里找着一个用野花儿编的圈圈儿，我今天在山上碰见一个人头上戴过。”“谁？”“我要埋在心里，对谁也不说。”“这不行！也不对！人命关天的事儿，你快告诉我！”“告诉了你呢？”“我明天一早儿就汇报村里……”“我要是说出来，你可别惊着。”“说，说呀！……”“我在山上碰见的是你朝思暮想的那个人儿，当时那花圈圈儿戴在她头上……”他猛一把捂住她嘴，冲着她耳朵低吼：“你胡说！你想陷害她是不是？我把你当人看待，没想到你的心这么坏！”

他的手捂得那么紧，使她喘不过气儿了，快要窒息过去了。她使劲儿推开他，坐了起来，并摸索到火柴，点亮了蜡烛。她将蜡烛举在自己面前，使烛光照清着自己的脸，神情异常镇定地对他说：“你看着我，你觉得我的样子像是心存陷害人的念头吗？”他便定定地看着她的脸。越看，越加确信她并非自己认为的那种女人，越加确信她的话并非无中生有了……他手臂一软，颓然仰躺在床上。她却仍那么举着蜡烛，低声然而字字清楚地问：“还用点着蜡吗？”他说：“不用了。”他眼角流下了泪。他胸膛里已经龟裂过破碎过的心的散块儿，又开始一次纷纷地龟裂纷纷地破碎了……她吹灭蜡烛，也又仰躺下去。“那东西呢？”“我毁了。撒在溪里了。放心，谁都再休想找到一点点儿了。”“肯定是那男人……在山上欺负过她……要不她怎么会……”“我也这么想。”“求求你，卓哥我求求你了！她命够苦的了！紫薇村对她不公道呀！她不是那种凶恶的女人呀！你……你可千万别对外人透露一个字呀！……”卓哥一翻身，将脸埋在枕上，双手抱着枕头呜呜哭了……“那种男人，死了活该！我发誓，谁也休想从我嘴里套去什么！”

于是轮到她一边爱抚他，一边喁喁地娓娓地说着些温存的话儿了，就像他那会儿对她那样儿。她是由衷的，给予他的是丝毫也不掺假的真情实意……

然而治保主任男人的死，并未在紫薇村掀起什么轩然大波。他是个一点儿也不被紫薇村人喜欢的人，所以他的死也就不能真正引起任何一个人的哀伤。全村只有四个人猜测到了他究竟是怎么死的。四个人中首先是村长内心里最清楚。因为在山上“碰到”小琴的机会本应是属于他的。他因公务绊住了脚，于是才有了治保主任的男人替他死了的结果。其次内心里最清楚的人是刘家的女人，因那机会是她为村长“创造”的。第三个内心里清楚的是刘家的男人。小琴不砍柴而归，当时便引起了他的怀疑。第四个内心里清楚的人是治保主任。她是在村长的暗示之下有所明白的。如果说还有第五个人内心里最清楚，那么当然便是小琴自己了。

死者被及时埋葬了。村长巴不得他死，他的妻子治保主任也巴不得他死。他一死，成全了她和村长。他们以后明里暗里的，顾忌将少多了。

村长和治保主任一致认为——那男人是上山砍柴时，一失足在地上滚了几滚，被别在自己腰间的砍刀致命的。找了村里几个人作证，他们也都认为他肯定便是那么死的无疑，都在那份死亡情况报告书上按了手印。

于是此事无风无浪地打了句号。

刘家女人当然也希望这样。她虽然觉得太便宜了小琴，但又唯恐事态不息，渐变渐大，将自己也卷进一场人命官司……

不久小报上又发了一篇关于卓哥的大块报道，并将他第一次被采访时是个孩子时的照片，与当了新郎的照片同时刊出。于是紫薇村不但在方圆百里内好名声更响，在全省也接近一个模范村了。村里照例收到了几份报。村人们照例争相传看，照例都感到无上的荣耀。有此种荣耀之声一冲，那男人的死就更没人再提了。当然的，那大块报道中，只字未涉及小琴闹婚礼一节事儿……

如果，花环是被紫薇村的另一个人发现了，恐怕治保主任的丈夫的死，不会不张不扬地一埋了之的。而小琴的命运，也恐怕从此便改变了。虽然我们无法知道对于她那将是怎样的一种命运，但却可以肯定地说，比后来等待着她的那一种狰狞血腥而且惨烈的命运是要好得多的。因为，一个人在十九岁的年华上，活着总归是要比死好的。

然而小琴自己，却没法儿预感到她后来的命运的狰狞惨烈。她没法儿提前嗅到它所散发出的血腥气味儿，更没法儿提前绕过它去。恰恰相反，她从刘家女人似乎开始怕她什么的态度，从刘家男人似乎开始对她仁慈了点儿的立场，猜测到了他们心中有鬼。进而渐渐悟明白了，刘家女人那一天早上为什么不支使她干别的活儿，非命她去砍柴，而且，也从村长和治保主任有意遮掩的做法，悟明白了紫薇村最体面的某些人之间，肯定存在着的最丑陋的关系。这使她对刘家的女人憎恨到了极点，也对紫薇村的所谓好名声轻蔑到了极点，鄙视到了极点。

她一旦明白了许多，也就有恃无恐起来，反抗心理强大起来，从此不再任由他们支使。高兴干的活儿便干点儿，不高兴干的活儿，两眼朝天装看不见。她这样了，刘家两口子，反而似乎拿她没办法了，并不敢像以前那么打骂她了。凡她不高兴干的活儿，刘家女人只得忍气敛恼地自己干了。有时，连一向由她服侍的刘家男人，也不得不干。她当然不甘再受他们的无理管束，更不甘再默忍他们的种种虐待。几乎每天晚上，她都扬扬长长地离开刘家，很晚才回来，他们也不敢问。她是到遇见过卓哥那段河湾去。她希望能经常在那儿和他幽会，倾诉情肠。十九岁的无疾无残的她，要想逃离刘家，永别紫薇村远走高飞，其实是任谁也阻挡不住的。但她割舍不下她在十岁时暗拜过的弟弟。他真的成了她在这个世界上唯一最亲的人。“你心中有我，我心中有你”，当年暗拜时共同说过的这一句话，渐变成了主导她作出重大决定的梵语似的。没有卓哥相伴，小琴确信自己流浪到哪儿都会是一个孤独的人。流浪到再好的地方也会待不长久，也还是会再走，再继续盲无目标地流浪。她虽想远走高飞，却不愿到处流浪。她想有个家，有个属于她和卓哥两个人的家。她爱他，在不知不觉中，自自然然的，早已爱得很深，很深，很深了。尤其他在那一夜水中相救之后，她便认为，她实际上已是他的人了，做他妻子的根本不应再是任何别的女人。何况已经做了他妻子的那女人，等于是全体紫薇村人强加给他的。关于这一点的实际情况她虽然并不清楚，却想象得到，成了一个四十多岁的外地女人的丈夫的卓哥，肯定夜夜都梦见和自己一样爱在一块儿……

有天夜里她从河边回到刘家，因还没遇见过卓哥，心绪烦乱，沏了一杯茶，守着堂屋里的方桌坐着，饮一口茶，托腮呆想一会儿心事。

那女人正巧也从卧房里出来沏茶喝，见她那种大模大样的姿态，终于没能忍住怒火，破口骂道：“一个不要脸的小贱人！深更半夜的，不知去哪儿勾引够了野男人，这会儿倒充起小姐架势来了！有功呀？……”

小琴霍地往起一站，修长的手臂伸得像一杆矛那么直，蛾眉剑竖，凤眼圆睁，凛指着那女人咄咄厉问：“你骂谁？”

那女人岂肯示弱，也指着她又骂：“呸！小妖精！你做下的那事，心里就真没点儿怕吗？还敢整天价趾高气扬的出出入入……”

她话没说完，小琴已将一杯热茶泼在她脸上，烫得她蹦着高儿嗷嗷乱叫。

那男人闻声出现，看了自己的女人一眼，两束目光阴嗖嗖地射向小琴。

小琴冷笑道：“我怕什么？在你们刘家，我能活到今天，就什么都不怕了！我正巴不得把事儿闹大呢！那我就有机会把你们男盗女娼的勾当当众抖落抖落！我才不在乎我坐牢哩！却也要使你们一辈子没脸见人！……”

那女人就从墙上摘下鞭子，一边塞给丈夫，一边叫嚷：“还不替我抽她！还不替我抽她！”不料那男人将鞭子抛在地上，用手扇了她一耳光，低声吼斥：“半夜三更的，你又惹事！”之后，将她拖进卧房去了……小琴觉得大获全胜，精神亢奋，内心快感，仍站在那儿冷笑不已。犹不解气，将茶杯狠狠摔碎在地……不消说，那女人几乎一直哭到天亮。此后，他们对小琴就更加的放任自由了。那男人，甚至背着那女人多次送给小琴些小东小西，说些以前对她千不该万不该的忏悔的话。小琴当然横眉冷对，拒如毒物，使他的讨好取悦大受尴尬。小琴思念卓哥情灼心切，在那段河湾又不能再遇见他，有天便索性夹了半盆稻子，不管不顾无所避讳地直奔红磨房而去。

早已有几个端盆端箕的女人等在那儿了。卓哥在推磨，背心已被汗湿透了。他女人放下针线活儿，从里间踱出来，心疼地说：“你推了半天了，我替替你！”

当着些女人的面儿，他不愿使她感到难堪，乖男子似的，极顺从地将磨把子让给她了，蹲向一个角落吸烟。女人们望着她将磨推得悠悠转，纷纷赞赏。这个说：“真能干的女人！瞧那脚步，迈得比卓哥还轻快！”那个说：“卓哥，你好福气哟！”第三个接着说：“没见卓哥刚才那乖样儿嘛，在媳妇面前像儿子似的！卓哥，处处有媳妇心疼着，心情就是好吧？”卓哥听着，一声不响地吸烟而已。他女人，也只管低着头不停地推磨而已。这些紫薇村半年轻不年轻的女人们啊！虽然嘴上尽在说着赞赏的话，而内心里的真实想法却是很有几分阴暗的。如果卓哥娶的是一个年轻俊俏的媳妇，她们就都不免的会感到几分失落甚至是几分损失了。因为她们都曾对他好过。在他是孩子的时候，都曾怜爱过他，有恩于他，便似乎理所当然地认为，长成大小伙子了的他，也仍该是她们的一件什么共同之物似的。用现在的说法，她们都觉得自己在他身上是入了“股”的。一个年轻俊俏的媳妇，不是无疑地会将卓哥严格地“垄断”了？不是无疑地会使她们当年投入在他身上的“股份”日日贬值吗？那么一来，红磨房怎么还能再是她们的“精神领地”她们的“女人俱乐部”呢？她们不愿失去她们的“精神领地”，不愿红磨房真的变成卓哥和一个年轻俊俏的妻子温馨的小家。所以她们是一点儿也不因卓哥娶了一个老妻而替他惋惜的。恰恰相反，卓哥在婚姻大事上落了这么个不般配的结果，她们是大为窃喜的。一个老妻起码不至于引起她们的妒意……

小琴一到，使她们非常意外，都静默了。可以无拘无束地说话儿的气氛一被破坏，她们就都觉得与其静默地待下去，还莫如结伴儿离开，到别处去畅所欲言呢！于是一个个将盆箕排好顺序，在小琴的冷眼扫视之下，用表情暗示着前脚后脚都抽身走了……

新娘子抬头看见小琴，一愣，随即一笑，主动说："你来了？"

她笑得有几分不自然。

小琴本想回她一笑，但笑不起来。

她说："紫薇村的女人们都来得，我当然也来得。"

她笑不起来，干脆便冷着脸。

卓哥听到她的声音，反应敏感地抬起了头。他也不禁一愣，随即缓缓站了起来。他呆望着她，当着老妻的面儿，纵有千言万语，一时也是难说难讲。他动了动嘴唇，满脸羞惭，一副无地自容的窘样儿。

小琴也凝眸望着他。通过那一种沉默的凝视，对他进行着严厉的谴责。她认为，不管他有多少条理由替自己辩解，她总归是有权利对他进行严厉的谴责的。

四十来岁的新娘子，看看比自己年轻一半岁数的丈夫，看看门口那神情幽怨的媚俊小女子，又不自然地一笑，以一种心中并无所疑似的口吻说："卓哥，我累了，进屋歇会儿。人家要磨什么，你接着给人家磨吧！"说罢，迈着不快不慢的步子进屋去了。

卓哥终于从窘境中挣扎了出来。他低问："你磨什么？"

她说："磨稻子。"——同时将盆倾斜了让他看。

"只磨那么点儿？才够做一顿饭的。"

"要是一次磨一口袋，我得隔多久才能再来？"

小琴的话里，分明的也充满了幽怨。

"我清了槽，先给你磨！"

于是卓哥便开始清槽。

小琴望着他问："你怎么不去那段河湾钓鱼了！"

他说："有家了。忙了。也没心思了。"

"怎么也不去洗澡了？"

他说："天渐凉了，水也渐凉了，每晚在家里擦擦算了。"

"是因为有人每晚在家里为你烧好擦身的热水了吧？每晚还彼此地擦吧？"卓哥怎能听不出这话中的尖酸刻薄？他抬头相望，见她在冷笑。他感到她的目光太锐利逼人，立刻又低下了头……"你也不必清槽了，我也不愿超在别人们前边劳你大驾了。我不磨了！"卓哥又一抬头，望见的已是她的背影——盆边儿卡在腰间，正是来得猝然，去得匆匆。他奔至门口，想唤回她，张了张嘴，如鲠在喉，没唤出声……他呆望着，直至她的背影入村，一拐不见了，才缓缓地备觉失落地转过身——却又发现老妻站在屋里，一手挑着门帘儿也正呆望着他……那天晚上，他翻来覆去睡不着。妻说："我今晚也忘了为你热擦身的水，你若是不怕河水凉，若是觉得身上燥得慌，那你就去河里洗洗。"他说："不去！"她说："明明心里想去，为什么嘴上偏偏说不去？去吧，去吧！我闻不得你浑身的汗味儿……"她将他推下了床。"那……那我就去河里泡泡……"他煞有介事地抓了条毛巾，心急脚快地往外便走。

妻叮咛孩子似的声音在他背后说："提防河里冒出个蛤蜊精把你夹在她的壳里，使你想回家也回不来了！……"

卓哥和小琴，这一对儿打是男孩儿和女孩儿的时候起，就两心相印两情虔诚地暗拜了姐弟，就发誓永永远远的"你心中有我""我心中有你"，就互视为世上最亲的亲人的怅男怨女，终于的，是又幽会在一起了。

他欲向她解释，她却用一只手轻轻捂住了他的嘴，摇着头说："不讲也罢。我信'你心有我'。我想，你怎么也不会是情愿的！……"

三句话说得个卓哥胸中久积的委屈骤释，有苦难言的孩子见了娘似的，呜呜而哭。那小琴是同样程度的委屈和难过，也忍不住哭了，于是相与抱头痛哭。

二人痛哭一场，都怜悯起对方来。被那份儿相互的怜悯促使着，便彼此亲爱起来。有情人儿间的亲爱，往往由于遭到阻挠和破坏而百倍的炽烈，如同泼了油的干柴. 哪怕仅仅是一吻一抱，也会火星四射，也会引发起熊熊欲火。他们一时的都情难自禁，所求似饥，迫不及待。于是你帮我，我帮你，转瞬间相互剥得赤裸裸的，便在细沙滩上恣情肆意地效床上夫妻，大做起野合之事来……

羞花容倦，狂蝶力惫，卓哥愁怕起来。愁的是你幽我会，总非长久之事。

怕的是小琴一旦怀孕，私情公开，二人都没法儿再在村里待下去了。

小琴就怂恿他趁早与自己比翼齐飞，定下个日子，双双逃离紫薇村。

卓哥听了，低头沉默。

小琴问："难道你不愿意？"

卓哥只是低头无言。

小琴急了，推着他佯怒道："你哑巴了吗？还是高兴为紫薇村人充驴做马？"

卓哥这才开口道："不行的啊！你逃离了紫薇村可以，我若与你一块儿逃离了，磨房门前那碑可怎么办？"

小琴眨了几眨眼，困惑不解地问："我操心那碑干什么？它又不是老父老母需你赡养。也不是孩子，你一去，他便成了孤儿，落个和你当年一样的命运！……"

卓哥长叹一声，愁眉紧锁地说："话倒不错，它非老父老母，也非孩子，但比老父老母还抛弃不得，比自己个年幼的孩子还丢舍不下啊！它刚立在那儿没些天，是全村人为我立的。碑上刻有我的名字。我一走，它不就变成了全紫薇村人们的奇耻大辱了吗？我是吃百家饭，睡百家床长大的呀！他们对我有恩的呀！"

小琴不听犹可，一听这话，佯怒顿作真怒，瞪着他抢白道："那碑是他们为紫薇村，为他们自己希图的好名声才立的！人人都对你有恩，我对你就没恩了吗？你住在刘家时，我小琴没像姐一样爱护过你吗？宝顺那小死鬼曾拿你天天当马骑，是谁因为呵斥他挨过打骂？你膝盖磨破了，又是谁天天晚上烧了热水泡了草药替你洗？又是谁像疼在自己身上似的一边替你洗一边掉泪？……"

卓哥就又低垂下头无言无语了。

"你回答我的话呀！"

"我……我陪你一逃，也太对不起她了……"

"谁？"

"还会有谁呢？刚嫁我没多久，不是让她落个人人讥笑的下场吗？……我……我实在的不忍心啊！"

"你！你就不想想，怎么才能对得起我小琴，也对得起你自己呢？"

她腾地往起一站，恨恨地瞪了他片刻儿，一转身跑了……

卓哥怀着满腹沉重的忧思，三步一闪念，五步一驻足地回到红磨房。走至门前时，一切的闪念一切的打算一切的冲动皆如泡影纷纷破灭。头脑里空空荡荡，只剩下了无穷无尽的愁和怕交替翻涌，并且掺和着对他的“屋里人”的大愧深疚。

他缓推门，轻落步，似幽灵悄入……

“回来啦？”

他以为她睡熟了。不料她根本不是躺着。她正盘腿坐在床上，就着烛光补他的衣服。

“你……怎么不睡啊？”

“睡不着。在河里泡够了？”

“泡够了……”

“把桌上的姜汤喝了吧。估计你也该回来了。刚离火，准还热着……”从她说得平平淡淡的话里，他听出了发自内心的真爱之情。他踱到桌前，以指触了触盛姜汤的陶碗，果然热着。“不想喝。”“随你。反正我是诚心为你煮的。”她的语调依然平平淡淡的。“那……那我就喝……”他不忍挫她的一片真爱之情，拿掉碗盖儿，双手捧起那大陶碗，也不管烫不烫，仰起头，一口气咕嘟咕嘟喝了个底儿朝上。她说：“没见过有你这个喝法儿的，烫着呢？”他报以嘿嘿憨笑，征求地问：“如果你真睡不着，我吹箫你烦不烦？”她说：“我不烦。你想吹就吹。只怕半夜三更的，扰了村里人们的清梦，惹别人的烦。”他说：“别人们早睡了，扰不了他们的清梦。”便从墙上取下长箫，坐在门槛儿吹了起来……那箫音幽怨悲惋，如诉如泣，娓娓复娓娓，绵绵复绵绵……它悠悠袅袅地传向紫薇村。全村只一个人听到了。便是小琴。那一夜，她的泪水湿了半边儿枕头……后来，卓哥的箫音，成了他与小琴幽会的讯号。两个人儿这一次幽会时恼，下一次幽会时好。这一次他同意了她的一种私奔的计划，使她喜出望外。下一次他又全没了勇气，顾前虑后，变成了一个彻底的懦夫，使她大喜成空，恨也不是，怜也不是。在一次次的幽会中，他们谁也离不开谁了。从心灵，到肉体，仿佛一次比一次紧密地缝在一起了。她三天见不到他，就会出现在红磨房里。他五日没去河里“泡泡”，就会长吁短叹……

在他们这种不清不白暗聚潜散的关系中，夹着心中明镜似的一概皆知却从不予以点破的卓哥的老妻。这身为新妇的女人所表现出来的涵养、容忍、宽宏和体恤，使卓哥既觉得罪过又深受感动。小琴也是如此。每次她重提私奔的某种计划，首先要说服的竟是她自己了。企图说服卓哥时，也需要比以前更大的耐心了。而一见他大为其难地沉默起来，她再也不发火了，甚至非常理解了……

有些个夜晚，卓哥也会对他的新娘子主动亲爱。她毕竟是一个还不到四十岁的女人，毕竟也同样是一个情欲尚旺的女人，毕竟，并不丑到令他厌憎的程度。公平论之，就四十来岁的女人而言，细细端详，她属于品贤貌端的那一类。他对她的主动亲爱，更多的成分是感激体恤和赎罪与报答。她明白这些。对他的主动亲爱，并不避拒，并不反感。因为那也是她自己求之若渴的。相反，只要是他主动，她必次次回赠以十倍的温柔，百倍的缠绵。对卓哥说来，和这女人的亲爱，与和小琴的亲爱相比，真是另有一番深厚的领略在身体，另有一番滋味儿在心头！

那女人似乎企图从新妇的角色中抽身隐退似的，只不过这是她一时期内难以彻底做到的罢了。对卓哥她依然的那么体贴入微，那么关怀备至。她似乎打算由新妇的角色渐渐过渡到一位慈母的角色。她的体贴和关怀发乎于心，有时也通过于性，那就是在卓哥主动对她亲爱之时。因为她深知，其时正是他被满腹沉重的忧思和愁怕压迫得极端脆弱之时。那时的卓哥，是以别的任何方式都安慰不了的啊！在她打算角色转换的过渡中，她回赠她的小丈夫的枕上温柔被底亲爱，其实好比是供他也供自己落脚踏着过河的石樽……

下雪了。

这是一场南方罕见的大雪！

卓哥清早起来，但见触目皆白。紫薇山披了件白斗篷似的，这里那里，一道道一条条雪飘不进去的石隙岩缝，被衬得异常明显，如同白斗篷熨不平的褶皱。山上落光了叶子的树木，昨天望去还精瘦精瘦的，一夜之间都变得白胖白胖的了。挂着雪挂的树冠，美丽而肃穆。紫薇村里，一片片房舍的瓦顶也都变白了。整个村子似乎陷到洁白的世界中去了。只有房檐，和一些门窗的框子，从白中显示出一些长的短的，横的竖的黑线段，证明紫薇村仍确实存在着……

“下雪了！下雪了！哎，你快起来看啊！下雪了！”

卓哥长这么大第一次见到雪，兴奋得孩子般地大呼小叫。他抓起两把雪，攥成一个结结实实的雪团，用力抛过红磨房顶。他的红磨房的外墙，那一种红色在满世界的洁白中，是被映衬得更深更凝重了。在红磨房的后面，一段紫薇河的河面上，也积满了厚雪。河水负着化不了也封不了河的厚雪，无声无息地缓缓流淌。一段段白从他眼前移过，像一条白色的巨蟒无声无息地游走着……

他张大嘴，深吸了一口，气，觉得空气那么清新，直沁肺腑。于是以往满胸的忧思和种种愁怕，顿时全被冲淡了似的……

他操起扫帚便扫雪。将红磨房前场地上的雪扫尽，弃了扫帚一头闯进屋，又是一阵大惊小怪："好大的雪哟，半尺多厚！你快出去看看吧，把个世界都改变模样了！"

他女人正坐在床上穿衣服。她冲他笑笑，无动于衷地说："不就是下雪了吗？瞧你也值当的！"他嘿嘿地憨笑了，一个劲儿搓他那冻红了的双手。"冻手了？""嗯。冻木了。""活该！冻手还扫？来，我焐焐你手……"他又嘿嘿憨笑了，犹豫着。"快过来呀，趁我还没穿上衣服……"他见她敞开衣襟执拗地期待着，不忍却意，只得走到了床边。她抓住他双手，用衣襟护掩住，紧焐在自己胸怀那儿……她说："磨架子开始摇晃了。我已经把大锤修好了，今天我上山砸下几片石头，咱俩把磨架子垫稳吧？"他说："这活儿怎么能让你干呢？天冷雪滑的，摔了你怎么办？"她笑了，柔声细语地说了一句："亏得你也有心里装着我的时候……"他瞧着她愣了片刻，瞧得她有些难为情起来，绯红了脸，低垂下头去。她说："我皱脸苍皮的，你这么瞧着我干啥？"他忽然从她怀里抽出双手，紧紧抱住了她的身子，大彻大悟似的说："细想想，我卓哥真是太对不起你，也太难为你了！过几天我要明明白白地告诉小琴，我们不能再那么的了！我卓哥与其暗中爱她，莫如从此公开地保护她啊！紫薇村哪一个人若敢再欺负她，便是我的仇敌！……"

她仰起脸，和他眼睛对视着眼睛，信誓旦旦地说："我也要那样。""以后我要收敛了一颗心，只系在你一个人身上。你人好，我再也不嫌你了……""这又何必……你和她，都要给我段日子才行。我会甘心情愿地成全你们的。只要我肯成全你们，谁也挡不住你们做夫妻不是吗？""真的？""真的。""我太傻，太傻！以前我要也像你这么想，事情也不会弄成现在这样儿！我和小琴，会感激你一辈子的！包括我们的儿女，我们也要嘱咐他们，不忘你对我们的成全……""真的？""真的！""那我也就知足了。总算不白和你结婚一场……"于是她更依恋地偎在他怀里……于是他更紧更紧地抱住她的身子，并俯下头，情不自禁地亲吻她的脸……由于天冷了，他已多日未见到小琴了。他真希望立刻就能见到她，将怀中这个心地善良的女人的话，原原本本地转告给她……突然，红磨房的门从外面被什么东西所撞击，发出很大的声响。紧接着，又有什么东西扑通倒了进来。

卓哥对他媳妇说："快穿好衣服，别冻着。"他轻轻推开她，急转身迈出屋，却见是一个披头散发的女人卧在地上。卓哥认出她不是别的女人，正是小琴，心中暗吃一惊。

小琴被扶起后，不待他开口问什么，双手紧紧抓住他前衣襟，张皇万分地说："卓哥，弟！快！……快跟我逃！……"他连问："怎么啦？怎么啦？怎么啦？……"小琴浑身乱颤，双唇抖抖的，竟不能再说出话来。她双眸扩大，满眼的恐惧，仿佛将有一百条恶犬随即追赶而来，会顷刻把她撕咬成万千碎片儿似的。"究竟怎么啦？你倒是说话呀！……"卓哥双手抓在她双肩上，边问边摇晃她。

小琴嘴唇又抖了半天，终于吐出四个字是——"我杀人了……"卓哥这才发现，她脸上溅着血点子，衣上也被一片片血迹所湿！"你？……你！……""我把刘家两口子，村长和治保主任……全杀了！……"卓哥破开她抓在自己前衣襟的双手，猛一下推开了她，一边绕着她转，一边上上下下地看她……尽管她脸上身上有血，他还是不能相信她会杀人。他以为她受了某种大的刺激，神经暂时有些错乱……

天将明未明之时，小琴在睡梦中被人蹂躏醒了。她挠在那人脸上的手，顺势在他下巴上抓住了一缕胡子，顿时明白是刘家男人。她挣脱身，跃下床，扑到门前，却推不开门，逃不出去。门从外边被顶上了……

"小琴，我知道治保主任的男人死在你手上！村长也知道。治保主任也知道。还有我女人，我们都知道的。只不过不举报你罢了。今天你若从了我，此后没人再提那件事。不然嘛，可就没你的好下场了……"

刘家男人一边说，一边向她逼近。朦朦胧胧的微明里．他赤裸裸一丝不挂的瘦高身子，看去像具活骷髅……

他的威胁之言，使她心生疑虑，身子紧往门上贴，不敢喊叫，只有进行无声的自卫。但是自卫的意念已被击垮，那反抗也就很容易地被制伏了。他终于将她拖到床上，压住了她。当他从她身上剥下了最后的遮羞的东西，她的手探入枕下，摸到了一把剪刀。她早已看出他对她不怀好意了。那剪刀是专门备下为了对付他的。不成想果然到了用得着的时候……

她的手从枕下猝出，剪刀刺入他前胸，深及剪柄。他连哼都没哼一声，缓缓歪倒。那时刻她仇恨顿增，拔出剪刀，接连猛刺……她穿上衣服穿上鞋，弄开门，溜到厨房，又将一把菜刀操在手里。杀念既萌，正是怒从心头起，恶向胆边生！提着菜刀，悄悄溜进了卧房……刘家女人和村长，淫乱够了，正交臂叠股地说着话儿。村长说："嫩蕊儿娇瓣儿的一朵鲜花儿，我这当村长的眼馋心惦有日子了，到如今也没时机得手，倒便宜你那瘦男人，让他采了头遍了！"那女人说："呸！搂着人家在怀里，刚刚还在人家身上可劲儿癫狂了一通，这会儿却当人家面儿说这种话！也就是我呗，换个女人，不一脚把你踹下床才怪了呢！"

村长就笑起来。

那女人又说："让他先采头遍，还不是为你好吗？再野烈不驯的小女子，被随便哪个男人揉搓过了，对自己的身子也就不那么在乎地护着了。以后还不就由着你爱怎么摆布就怎么摆布哇？你是大村长，你如果得手不遂，被她满村张扬开了，你的威望不就完了吗？咱紫薇村百年悠久的好名声不也完了吗？"

村长心悦诚服地连夸她想得周到。

那女人问："我和治保主任，到底哪个女人味儿足？"

村长说："都足哩！都足哩！"

那女人又问："你呀，除了我和她，究竟还暗中勾搭着几个女人？"

村长就又笑起来，不肯交代。

那女人非逼他说不可。

村长慢条斯理地说出一番话："我这么告诉你吧，只要咱紫薇村百年悠久的好名声不被毁坏了，男女偷情养奸的事儿又算什么？全村私通遍了，哪怕人人清楚，只要人人不说，凭咱们紫薇村百年悠久的好名声，也会遮得严严密密的！百年悠久的好名声可是咱的宝哇！所以，我这当村长的，还有你们，到什么时候都得维护着它！没了它，咱们可就都像这会儿一样光腚赤拉的了！……"

于是那女人也笑了起来。

小琴那刻已潜至床前，早已听得七窍生烟，两眼喷火！她倏地站起，一刀砍下，但听咔嚓一声，那女人的头被斩下，掉在地上。村长还没来得及坐起，早已劈面挨了一刀！

那一时刻的小琴，被仇恨通身燃烧，已同一个杀人不眨眼的刽子手没什么两样了。她见村长的手脚仍在扑腾，补砍一刀，村长的头也从床上滚落地上了……

小琴仍不解恨，将菜刀往怀里一插，离开刘家，直奔治保主任家。也是那治保主任命里该亡，她一路竟没遇见一人。治保主任自从丈夫死了，将儿女送往娘家，独守空宅，为的是与村长暗中勾搭方便。小琴骗开了门，也不发话，当头一刀，几乎将对方的头劈成两半！刀柄被夹在对方鼻子那儿。对方的两眼从眉心被剁开，瞪了她片刻，头夹着刀转身夺门而逃。逃在街上，没几步，便仆倒了……

卓哥的媳妇，不知何时，已从里间走到外间来了。她举起手臂，无言地向卓哥指了指外面。卓哥和小琴一齐看时，见许许多多的村人，手持棍棒和各类器械，正四面八方地朝红磨房包剿而来……卓哥的媳妇，忙去关了门，下意识地用背抵着，仿佛那样就能保护住两个欲逃难逃之人似的……小琴猝发一阵冷笑。笑罢，一步步走到卓哥跟前，双手捧住他脸，惨然落泪。她盯着他的眼说："弟，姐不该一时昏了头，往你这儿跑。姐可不是成心连累你啊！"卓哥只叫出一声"姐"，就再也说不出话来。他搂抱住她号啕大哭。外面人声嘈杂。分明的，红磨房已被团团围住。只不过没谁有胆量闯入罢了。小琴是早已打定了什么主意了。她挣脱了卓哥的搂抱，跃身蹿到墙角，捧起一只盛卤水的坛子狂饮起来。其形其状，如饮琼浆……卓哥终于从骇愕中省过神儿来，扑上前夺那坛子时，坛子已从小琴手中落地破碎。满满一坛子卤水，竟被小琴喝下去一大半！卓哥的媳妇，不忍再视，紧紧闭上了双眼……卓哥将痛苦万状的小琴搂抱于怀，泪如雨下，三声号啕夹着一句话语："姐！姐！姐呀！都是我卓哥害了你！姐你虽然杀了人，你仍是我卓哥爱的姐！我卓哥的罪，只有来世赎，姐的情爱，也只有来世报了！……"

小琴扭动着身躯断断续续地说："弟……快，快……好弟，姐……求你！……帮姐……快死！姐身子里……烧得受不了啦！好弟，快帮姐死呀！……"

那卓哥用衣袖擦了擦泪眼，目光四处寻找，瞥见了磨盘上昨天修磨的凿子。他将它抓在手里了……紧紧闭着双眼的卓哥的媳妇，耳中听到他们所说的最后的两句话是："姐，你闭上眼睛。要不，弟下不了手……""好弟，快，快，姐已经闭上眼睛了！姐在阴间……等你！……"

其后磨房内死寂无声了。

等她睁眼时，已被卓哥从门前拽开了。

卓哥拎着准备上山打石头的大锤出现在村人们面前。

村人们顿时肃静了。

他谁也不看，在众目睽睽之下，一步步走到那碑前，高高抡起大锤，狠狠一锤砸下！

那石碑铿然断下一截……

卓哥抛了大锤，回到磨房里，将小琴抱起抱进屋里，放在床上——然后，自己也上了床，搂着她躺下了……

天黑了，紫薇村里，灯光闪耀，成行成片，亮若星汉。这使三十年后的卓哥，不由惊诧万分。三十年弹指间，紫薇村又发生过种种的故事，中国也发生了沧桑巨变，但却都是不为他所知的，也是对他这个人毫无影响的。当年那个“祥子”似的乡下青年的好年华和好容貌，早已被监禁的漫长日子从他身上一层层一部分一部分地剥蚀去了。如同三十年前的紫薇河的流水，一去不复返了……

他是无可奈何地老了。

他想寻找到当年红磨房前那块碑，却没找到。连埋在地里那半截也不知去向了。

然而他并不是回来看那块碑的，也不是回来凭吊他的红磨房的遗址的。更不是回紫薇村来寻根怀旧的。他回来只有两个目的，一是想给父母的坟培培土，二是想给小琴的坟培培土。父母的坟已经不见了，那儿成了一片水泥场地。而且，建了一座加油站。分明的，那一片水泥场地乃是停车场。能容几十辆车。难道紫薇村常会有许多车开来吗？开到这儿来干什么呢？他困惑极了。小琴的坟也不见了。当年，他被铐走推上警车之前，曾请求亲自挖个坑，将小琴埋了。这请求被答应了，但是他没来得及挖深，也没来得及埋成坟状。只不过等于将她匆匆用土盖上罢了。却记得非常清楚，就在离红磨房五百多步远的地方，更确切地说，埋在他开辟的菜园子里。这一点他是绝对不会记错的。三十年来，那地方一次次总入他的梦啊！但那儿现在却是一座无窗的从墙到顶砌成拱形的大房子了。对扇的门上落着一把大锁，似乎是一处储备着什么重要物资的仓库，四周树木成阴。那些树显然是从紫薇山上移栽在那儿的。因为每一棵树的根部，都塌陷出移栽时挖的坑痕……

既寻找不到父母的坟，也寻找不到小琴的坟，他的心情非常失落，也非常沮丧。从紫薇村灯光最稠密处，隐隐传来了歌唱声：若你爱他我成全我信爱情也信缘你俩既有缘我祝福你的爱恋……

在他三十年的监禁生涯中，后七八年知道中国有电视了。而且集体看过几次。后三四年知道什么叫“卡拉 OK”了，而且从电视里听过。他望着最稠密的那片灯光，又惊诧于紫薇村也有供人唱“卡拉 OK”的时髦地方了……入夜，当村中的最后一盏灯灭了时，他蜷在红磨房的废墟上睡着了……

他是被此起彼伏的汽车喇叭声扰醒的。天已大亮。一个明媚的艳阳天。停车场上已经快停满了车。一双双一对对城里的恋人爱侣，下了车，在一个姑娘的引导之下，队形松松散散人人你呼我应地漫步往村里走去……

他更加困惑了，尾随其后，也想看个究竟。紫薇村已不复是三十年前的旧模样，十之八九的房舍是新的了，村路也拓宽了，而且铺上了水泥方砖……

外来人们跟着那姑娘走到了一处旧宅院外。那旧宅也是翻修过的。门上是一块黑匾。匾上的白字乃是——“当年凶案始发地”。

那姑娘开始解说：“各位来宾，各位首长，各位观光者，紫薇村人竭诚欢迎大家！这儿，就是三十年前小琴杀死刘家夫妇及村长的作案现场。里面有再现当年悲惨恐怖情形的泥塑人像。请各位随我进去，听我详细道来……”

于是人们都跟她进去了。只四十八岁了的卓哥一个人没进去。

他抬头望着那黑匾，三十年前的旧事，一幕幕浮现眼前。胸口如同堵了一大团麻胶，感到喘不过气来……片刻，有胆小的女人仓皇跑出，口中连叫：“太吓人了！太吓人了！和真的情形似的，血流了一床，两颗头落在地上……”然而他看出，她们怕是真怕的，却也由真怕，获得到了某种真的满足。

又片刻，人都出来了。随着那紫薇村的后代姑娘继续往村里走，不一会儿来到了又一处旧宅前。门上也悬一块黑匾，匾上的白字乃是——“第四条人命归阴处”……

那姑娘又如数家珍地讲解起来：“各位，这儿就是当年的治保主任……”卓哥转身走了……红磨房的废墟那儿，一双双一对对城里的年轻人，跪拜一片，并纷纷以红土抹额……紫薇河两岸，小贩的叫卖声一阵比一阵高，不绝于耳。忽然那些跪拜的城里年轻人都朝紫薇桥跑去。他听到他们一边跑一边这样问答：“算得准吗？算得准吗？”“挺准的。是当年给刘氏夫妇算过命那个人的孙子呀！准不准的，算着玩玩儿也有意思嘛！反正不贵，一卦才十元钱！”那只有门的封闭的大“仓库”里，原来便是小琴的坟。和当年红磨房前的断碑。

另一个紫薇村的姑娘在对另一批人如数家珍地讲解：“各位，别看这坟头小，这可是当年卓哥被戴上手铐前亲自将小琴埋了的地方呀！他对小琴的一片真爱，诸位就可想而知了！这碑呢，是当年被卓哥一大锤砸断的。哪位可能要问了，为什么不立块坟牌儿呢？不能呀城里哥儿。小琴她毕竟是杀了四命的元凶嘛！我们紫薇村人这点儿原则性还是讲的。又为什么要盖起这么种建筑将她的坟封闭了呢？是怕她凶魂不散，溜出来蛊惑人再害人嘛！不瞒大家，我们每晚都是要关了门上锁的！这不是迷信，这是为了弘扬一种鬼文化嘛！……”

卓哥想挤进去给小琴磕个头，但被一名穿治安服的小伙子拦住了。“票！”

他没票。他只好站在外边，看着别人们被验了票后，一拨拨进去，一拨拨出来。出来的个个神情肃穆，猜不透都在想什么……卓哥尾随着人们，身不由己地踏着石阶上了山。紫薇山上，紫薇庵前，也设了卡，也验票。他见一位老尼出来，忙上前深鞠一躬，恳求道：“女菩萨，行行好，我凑不够买票钱，请代我焚一炷香，在庵里祈祷一番吧！”四目相对之际，那老尼立刻低下头，竖掌于胸，彬彬地还礼道：“不知施主祈祷什么？”他说：“祈祷那当年的小琴，切莫于阴间等她的卓哥，还是早早投生了吧！”老尼说：“施主放心。这是我能办到的。”他想了想，从兜里掏出一把零钱，交向那老尼，又说：“这是我身上所有的钱了，请替我为庵里买一支烛吧！也算我对您的一点儿谢意。”老尼犹豫了一下，见他心诚地伸着手，只得接过去了。她又竖掌于胸，彬彬还礼，口中道：“阿弥陀佛，善哉善哉。施主恳切，老尼只好礼纳了。”他望着她转身徐徐离去，刚才在小琴坟室外都能忍在心里的泪，此刻是再也闸不住了，顿时的便如山泉涌满两眼！他认出了那老尼是自己当年共同在红磨房里生活了些日子的媳妇！她已老态龙钟，步子蹒跚。而且，永远再也直不起来地弯下着她的腰了……他从紫薇山他所站的地方，眺望着山下的紫薇村，双膝一屈，有些习惯地想要朝着紫薇村跪下去……却只不过双膝一屈，立刻又站直了腿。他在心里说：“姐，姐，等弟挣到钱，买得起票，一定月月来看你！……”他一转身，混在些个城里的红男绿女闲妇游汉之中，大步下山去了……

短篇小说

这是一片神奇的土地

一

那是一片死寂的无边的大泽，积年累月覆盖着枯枝、败叶、有毒的藻类。暗褐色的凝滞的水面，呈现着虚伪的平静。水面下淤泥的深渊，沤烂了熊的骨骸、猎人的枪、垦荒队的拖拉机……它在百里之内散发着死亡的气息。人们叫它“鬼沼”。

我到北大荒后，听了许多关于“鬼沼”的传说：没有月亮也没有星星的深夜，荒原在静谧的黑暗中沉睡的时候，可以看见那里有绿莹莹的忽闪的“鬼火”飘动，可以听到当年被“鬼沼”吞陷的熊的巨吼，猎人求救的枪声和其他不幸遇难者们绝望悲惨的哀呼……还可以听到一种怪异的鸟叫声，那声音仿佛一个女人在凄凉地哭嚎着：“多可怜、多可怜……”然而谁也没有见过这种鸟什么样子。鄂伦春人把这种鸟叫作“收魂鸟”，说它们是大地之神变化的精灵，在深夜招收并抚慰那些丧命于“鬼沼”的人和动物的幽魂。“鬼火”是它们打的灯笼。

“鬼沼”像希腊神话传说中令人恐怖的九头恶龙，霸占着它身后的万顷沃土一马平川，只要春天播下种子，秋天便能收回千万吨粮食。然而没有人敢涉过“鬼沼”，去播下一粒种子。据说当年日本关东军的一个大佐，对那片沃土发生了兴趣，幻想在那里创建个农场，将来做个大农场主，曾亲自率领一个勘查小队在冬季越过了“鬼沼”。他们如泥牛入海，一去未返。北大荒的老人们，有说他们被狼群吃掉了的，有说他们被零下四十多摄氏度的严寒冻死了的，有说他们给养不足饿死了的，有说他们被鄂伦春部落消灭了的，也有的说他们春天返回时，连人带车陷没在沼底……鄂伦春人把那万顷沃土叫作

“满盖荒原”。“满盖”是鄂伦春语魔王的意思。冬季他们偶尔也出现在那荒原上，但绝不猎杀那里任何一只动物，惧怕受到“满盖”的惩罚。

恐怖的“鬼沼”！神秘的“满盖荒原”！

我到北大荒的第三年冬季，我们连队由十几个知识青年组成了一支垦荒先遣小队，向那里进发了！

我们这个连队，由于当初选点错误，耕地有限，低洼，麦收时一碰上雨季，收割机就陷在麦地里，像一只只瘫痪的大蛤蟆，无法作业。因此，连年欠收。那一年更惨，连种子都没有收回来。团里决定解散我们这个连队。全连二百多朝夕相处的知识青年，将被分插到各个兄弟连队去，这意味着，我们不但不能向国家贡献粮食，而且也养活不了自己了！我们刚到北大荒三年呀！许多人还要在战天斗地中大有作为呢！屯垦戍边的信念还没有动摇呢！艰苦创业的精神和热情还没有泯灭呢！

还有什么能比团里这个决定更令我们感到耻辱？！许多人听老连长羞惭地宣布了决定后，当场哭了。副指导员李晓燕，首先站起来激烈地坚决地反对接受这个耻辱的“解散令”。

她说：“连队绝不能解散！我们可以去开垦‘满盖荒原’！我们离它最近，早就应该想到开垦它了！我们要把连队重新建在那里！要在‘满盖荒原’上留下第一行垦荒者的足迹！要向团里提出保证，当年开荒！当年打粮！第二年建新点！我们立军令状！”

我们听惯了甚至听厌了副指导员在任何场合说出的豪言壮语。可她说出的这番话，是怎样地激动了我们鼓舞了我们啊！我觉得那是她说出的最豪迈最有力量的话！许多人和我有同样的看法。

团里收回了已经下达的决定，接受了我们的军令状。

几天之后，我们连队的两台最新的五十四马力的拖拉机，披红戴花，拽着赶制的木爬犁，在全连人的列队送行下，驶向茫茫雪原。

希望、信赖、寄托、无言的叮嘱，从一双双默默注视着我们的眼睛里表达出来。我们每一个垦荒队员都从这些眼睛里体验到了责任感。我们每一个人都哭了。

哦！我们这些年轻人！

我们是多么珍重责任感啊！

我们是多么容易激动和被感动啊！

第一辆爬犁装载着粮食和行李。第二辆爬犁上搭着帐篷。我们十几个垦荒队员，一个紧挨一个地挤在帐篷里。我坐在扣着的破脸盆上，用膝盖夹着一本翻开的《虹南作战史》。我猜想，它是我们这一行人唯一的精神食粮。不过我并不靠它充塞头脑和思想。我两眼注视着书页上的铅字，却在回忆我所读过的《战争与和平》《约翰·克利斯朵夫》《悲惨世界》《红与黑》……内心深处被书中人物的命运暗暗感动。

身旁坐着我妹妹，她怀里抱着一个柳条编的小笼子，笼子里关着一只小松鼠。一路上，她一句话都没有说，像个哑巴。她的脸色那么苍白，表情那么呆滞，眼神那么凄凉！我没有兄弟也没有姐姐。就只有这一个妹妹，我从小爱她，可是我当时可怜她又恨她，不久前她败坏了自己的名誉，令我丢尽了脸。

对面坐着副指导员李晓燕，身旁坐着铁匠王志刚。他黑，健壮魁梧，有一张线条粗犷的脸，给人一种意志坚定、力大无穷的堂堂男子汉的印象。他使人联想到莎士比亚悲剧中的人物奥赛罗，因此获得了一个"摩尔人"的绰号。他性格孤僻，为人正直，敢于主持公道，不喜欢出风头，但一言一行都在知青中具有潜在的影响力。我嫉妒他在我们知青中那种无形的任何人不能匹敌的威信。他暗暗爱着我们副指导员李晓燕。这一点许多男知青都知道，他自己也在大宿舍里公开承认过，但却没有一个人敢在这一点上开他一句玩笑。我钦佩他公开承认爱情的勇气和惊人的坦率。从那天起，我把他看成了我的对头。因为我也暗暗地爱着我们的副指导员。他参加到我们这支垦荒队，是副指导员指名道姓点的将。这尤其使我嫉妒极了！而更加使我嫉妒的是，李晓燕此刻竟将头靠在他宽厚的肩膀上，似睡非睡地打盹！

我瞧着她，心中不禁又一次暗问自己：我为什么会爱她？她身上究竟具有什么吸引我的魅力？是因为她美么？不错，她美。她是个上海姑娘，有一张清秀妩媚的脸，脸上的皮肤白净，五官俊俏，一双眼睛很大，很明亮。眉毛又细又长，和眼睛之间的距离略宽了些，这就使她的脸上永远呈现了一种扬眉凝睇，惊诧不已的表情。自从我第一次见到她，就再也不能不注意她。她的身材也很优美，修长，苗条，亭亭玉立。据说她是上海芭蕾舞学校小班的尖子学员，许多部队文工团和地方文艺单位争着招收过她，她都拒绝了，却自愿报名来到北大荒。我见过、接触过、结识过的容貌美丽的姑娘，绝不仅只她一个，我不是那么容易被姑娘们的外表美所迷惑、所倾倒、所动心的人。越是在美丽的姑娘们面前，我越会表现出一种孤傲的清高来。我的座右铭是：绝不轻率地做爱情的俘虏。那末，是不是她那严肃庄重的性格引起了我的好感呢？也不。我更喜欢性格热情爽朗的姑娘，我甚至认为她那种严肃和庄重是做作的虚伪的，我曾因此而极端地轻蔑过她。她一到北大荒就立下了誓言，为了自觉考验自己扎根边疆的坚定性，三年之内不探家。她对全连女青年提出倡议，不照镜子、不抹香脂、不穿花衣服。她的倡议得到了一致的响应，是否真诚，大可怀疑。据女青年们透露，她经常深为自己的脸那么白嫩而苦恼，夏天里，曾偷偷地跑到小河边，独自躺在僻静的河滩曝晒过，但却只能使她的脸色白里透红，而不能进一步红里透黑。因此她故意在穿着方面比所有的姑娘更男性化，以弥补在“晒黑了皮肤才能炼红了心”这一“接受再教育”标准上的先天不足。她还有意干和男青年们同样劳累的活，想使自己的体形改造得更符合“劳动者的美”。遗憾的是成效甚微，三年来虽然健壮了些，还是那么修长、那么苗条、那么亭亭玉立，像一株挺拔的小白桦。她果真三年没有探家。第一年里她当上了排长，第二年里她入了党，第三年里她当上了我们的副指导员，成了全团知识青年扎根边疆的光荣榜样。

就在第三年的夏季，团里任命她为副指导员不久后的一天傍晚，我支着自制的简易画夹在河边写生，忽然听到小河上游有人在轻轻地唱歌：九九那个艳阳天哪哎嗨哟，十八岁的哥哥呀坐在小河旁……

这首歌当时是列入“黄色歌曲”一类，绝对禁止唱的。是哪一个姑娘在唱呢？她也太忘情太大意了！如果让我们的副指导员听到，少不了又要开展一场“思想意识领域内的斗争”。然而她唱得多好听呵！嗓音那么甜、那么圆润、那么婉转。我完全是出于好奇心，收起画夹，悄悄地顺着河沿朝上游寻声觅去。在一株歪脖子老柳树下，在一丛蒿草的掩蔽处，隔小河我瞧见了唱歌的姑娘，竟是我们副指导员！她坐在河边一块光滑的大青石上，两只赤脚探入水中，裤筒卷在膝盖以上，裸露着一段洁白的小腿。她正在洗衣服，那好听的甜而圆润的歌声，就是她一边洗衣服一边唱出来的：九九那个艳阳天哪哎嗨哟，十八岁的哥哥惦记着小英莲……

我，痴痴地隔岸望着她，完全呆住了。

她三搓两揉，一淘一漂，洗完了最后的一件衣服，拧干，从大青石上站起身，踏上河岸，踮着脚尖，小心翼翼地走过一片鹅卵石，将衣服晾在灌木枝上。由于她怕卵石硌脚，因此她的脚抬得高，放得轻，步子很碎，使她小心翼翼走的那几步路，很像芭蕾舞《天鹅湖》里的一段小天鹅舞。她晾好衣服，又以那样的步子走回河边。她随手在河边摘了几朵野花，闻了闻，欣赏地玩弄了一会儿，左三朵右三朵，插进鬓发里了，她蹲下身去。久久地注视着水面。她在欣赏她自己！她在欣赏她的美！她对她自己欣赏了那么久才缓缓地直起身。忽然，她轻盈地跃到那块光滑平坦的大青石上，伸展双臂，优美地旋转了半圈，竟跳起节奏欢快热情而急促的墨西哥民间舞来！

画夹从我手中脱落，掉进河里，顺水漂流！画夹落水发出的轻微声响，令她倏然停止了舞蹈，警觉地朝对岸看来，发现了我，便顿时僵立在大青石上。那姿态像疑惑的小鹿，又像一只受惊欲飞的仙鹤。

隔着小河，她望着我，我望着她。

我们都呆愣住了。

我首先恢复了常态，跳到河里，把我的画夹抢救到手，涉着浅浅的河水，装出若无其事的样子，淌到了对岸。这时，她插在鬓发里的几朵野花已经不见了，卷起的裤筒也放了下来。

“你，你到河边干什么来了？”她主动问我，分明想在心理上先发制人，显出非常自然的样子，竭力掩饰着窘态，竭力保持一个庄重的姑娘在小伙子面前的矜持，竭力保持一个副指导员的尊严。然而，她却没有来得及扣上她那洗白了的兵团服的衣扣，敞露出了短小而紧束的浅粉色的衬衣，那是一件鸡心领的质地很薄的衬衣。我无意地瞥见了她那雪白的颈子，雪白的一部分前胸和同样雪白的浑圆的肩膀，瞥见了她那在紧束的衬衣下高耸的双乳的优美轮廓。我迅速地移开了目光。在那一瞬间我的心怦怦跳动，脸一阵火热，我竟莫名其妙地产生了一种可耻的罪过感，我竟觉得我亵渎了她，也亵渎了我自己。虽然我可以对天发誓，那一瞬，我心里绝对没有萌发一点点邪念，哪怕是一个小伙子对于一个动人的姑娘那种可以原谅的倏忽间的本能冲动，而这种冲动，是上帝创造的亚当对夏娃也曾萌发过的。

她太敏感了！我的目光仅仅从她身上一掠而过。她就像接受了电子讯号的仪器，立刻下意识地用两只手掩上了衣襟，并且马上转过身去。当她再转过身来的时候，站在我面前的，又是我所熟悉的一位副指导员了。她连外衣的领钩都勾上了。只不过还赤着一双脚。就连这双赤脚，她也在使劲踩陷到河边的泥沙里去，用泥沙掩埋住。

她这些接连的举动，令我感到受了莫大的侮辱！我想找一句话打破这局面，但说出口的却是一句愚蠢之极的话：“你……太美了！”

“什么？……”她的脸红得像一朵彤云。由于我的意外出现，使她从刚才那种自我陶醉的忘情境界之中，陷入眼前这种无法掩饰的窘迫地步，我顿感内疚，也从内心深处对她可怜起来。

“我……我是说，你刚才跳的那段舞，真美极了！如果我没说错的话，那该是一段墨西哥的民间舞吧？”“跳墨西哥舞？我？！别开玩笑了，我不过是做了一套中学生广播体操！”她装出种迷惑的模样，用那么严肃那么认真的口气加以解释。“这么说，你也要否认你刚才唱过歌啦？”“唱歌？我刚才是唱过歌的。这有什么必要否认呐？”她脸上的表情，在伪装的迷惑之外，又增添了伪装的坦率。

一道清河水，一座虎头山，大寨就在那个山那边……

她又唱了两句，说：“我刚才就是唱这支歌。怎么，你听到了？……”这时，她脸上的绯红已消失，神态也变得自然了。我感到她简直是在把我当成一个瞎子一个聋子加以公然的愚弄！我愠怒了，冷冷地说：“不！我听到你唱的不是这支歌！你唱的是‘十八岁的哥哥惦记着小英莲’！”

“十八岁的哥哥？什么小英莲？你别瞎说！我听都没有听到过这支歌！”她那两条又细又长的眉毛扬了起来，使她本来有一种诧异表情的脸，显出不但诧异而且惊愕的表情来。仿佛我当面说她是一个贼！

这么富有魅力的动人的一张脸，几次虚伪的变化的表情就浮现在这张脸上。

我惊奇地凝视着这张脸，在她面前僵立了。我对她再也无话可说。她在我眼中仿佛是埃及的狮身人面怪物斯芬克司，斯芬克司也要比她坦白！因为斯芬克司对所有的人都说同一句话：“猜不中我的谜，我将吃掉你！”斯芬克司也要比她知道羞耻！因为斯芬克司被俄狄浦斯猜中了谜语后，毕竟从巍峨的岩石上跳下去摔死了！

而她，竟要使一个神经正常的人相信自己大白天活见鬼！我几乎是恶狠狠地对她说出两个字：“虚伪！”我猛转身，怀着对她的似乎永远也无法消除的鄙视，悻悻地大步走了。“等等！”她叫住了我。我站下，并没有转过身，但却想象得出她是怎样慌张急促地追到了我身后，也感觉到了她那惴惴不安的呼吸。“你，你要汇报给连里知道么？……”她呐呐的语调中，带着难于明言的苦苦哀求。我心软了，背对着她，摇摇头。我走出很远，情不自禁地回头望了一下她，她仍站在小河边，像一尊石雕，一动也不动……我没有对任何人说过这件事。我还不至于那么卑劣！从那以后，过每一次团组织生活，当她诲人不倦地对我们进行种种思想意识方面的教育时，一接触我的目光，语调和神态就不自然起来……这倒使我觉得有些对不住她了。不久，我收到了母亲病重的电报。连里没有批假，理由很简单——正值夏收季节，我是康拜因手。其实我知道，主要的原因是，连长不相信这封电报的真实性。某些想父母想得厉害的知识青年或者他们的父母，曾用父母病重、病危甚至病故之类的电报，使我们的连长上了好几次当。连长是个典型的经验主义者，对这样的人，解释和哀求都是没有用的，效果只能适得其反。但我却不能对这封电报无动于衷。我父亲去世得早，母亲是街道小五七厂的工人。她在困苦的生活中把我和妹妹拉扯大是多么不容易！谁也不能比我更体谅她为我们兄妹操碎了的那颗心。如今我和妹妹都来到了北大荒，将她一个人孤苦伶仃地撇在了家里。她是个刚强的女人，无论多么想念我和妹妹，她都不会采取欺骗手段的……

我必须立刻回到母亲身边！

我在当天就悄悄地离开了连队……

呵！我的母亲！这一辈子受尽了生活辛酸磨难的女人！她太刚强太爱她的孩子了。她明明已经病得奄奄待毙，自知将不久于人世了，却只给她的儿子拍了一封“病重”的电报，她怕“病危”这样严峻的字眼会惊吓她的孩子。

母亲活在人世的最后五天，我给予了她老人家一个儿子所能给予的最大限度的爱和孝心，也代替我的妹妹，报答她把我们带到这个世界上来并抚养成人的恩情。

五天，短短的五天啊！无论我在这五天内给予她老人家多少孝心，那也只能仅仅算是一个儿子对母亲的象征性的报答啊！而这种报答却成了永恒的抵销！

母亲死前给我留下的最后一句话是：“照顾好你妹妹！她就你一个亲人了！”我带着一颗悲哀得麻木的心回到连队。

回去当天，团支部按照连长的指示，讨论给我这个“逃跑主义者”以什么样的处分。事先有人向我透露，要拿我当典型，杀鸡给猴看，处分早已确定——开除团籍。讨论不过是走个组织形式。

而我，却根本对任何处分都无所谓了。

副指导员主持讨论。我想，她这下子该称心如意了！可以堂而皇之地实行报复了。我准备一言不发地听她大发一通议论，一言不发地接受她对我的批判。

她让我先谈谈对自己的错误的认识。

我，谁都不看，只漠然地喃喃说了一句："我母亲……死了……三天前……"说完这句话，便低下头，用双手捂住了脸。我凭感觉肯定，所有的人的目光都一下子投注到了我身上。

一刹那间，似乎每一个在场的人都停止了呼吸，宁静得令人窒息，好像空气都凝固了！许久许久，我听到副指导员用极其低微的刚刚能使人听到的声音说了两个字："散会……"

她第一个起身离开了。

当我迈动机械的步子经过连部时，听到里面传出了副指导员和连长激烈的争吵声，她对连长的"指示"从来是奉若神明的，我不禁停下了脚步。

"我是一连之长，难道没有处分一个战士的权力？"是连长恼怒的四川口音。"我是团支部书记，如何处分一个犯了错误的团员，这是团组织的权力！"副指导员的声音也那么激动。"你这样做，是袒护一个逃兵！""逃兵？他是从战场上逃跑的吗？他逃到黑龙江对岸去了吗？你知道吗？他母亲已经死了！他在母亲死后第三天就回到了连队！……""哦！死了？……""连长！我也是一个知识青年，我也有老父老母，他们日夜思念我，我也日夜思念他们。要不是我受自己誓言的约束，我也想立刻就回到父母身边去，但……我不能够！我不同意开除他的团籍！连长！请你设身处地想一想！……"

我听到了她的哭声。我站在连部外面，顿时泪如泉涌！我心里对她充满了感激！不是因为她代替我辩护，而是因为她说的那句话："我也是一个知识青年……"这一句话，完全消除了在此之前我对她的种种误解和偏见。凭这一句话，就足以令我心甘情愿地去为她赴汤蹈火。这句话，使我看到了一个姑娘高尚的本性！一颗富有同情的心！

然而，又是她，亲口告诉了我一件如雷轰顶的事，在两天后……"我们一块儿走好吗？"收工之前，她接着我锄完了最后一条漫长的田垄。当我们锄碰锄的时候，她对我说了上面那句话。这是三年来她第二次主动跟我说话。第一次，就是不久前在那条小河边。她脸上阴沉的严峻的表情，令我产生了不详的预感。所有的人都扛着锄头列队时，她又当众大声对我说了一句："你留一步，我们一块儿走！"男女青年，都用异样的目光看着她，也看着我。当他们走远，她盯着我说："我没有得到你的同意，就把你妹妹调到我们连队来了。""啊！她……她怎么了？快告诉我！""在你回家期间，她……""说！""她做了一次人工流产……"我的身子摇晃了一下，险些栽倒！她上前一步，双手扶住了我。我粗暴地推开她，大吼："你胡说！"她踉跄着倒退一步，恐惧地瞧着我，从颤抖的嘴唇间挤出两个可怕的字："真的。"

我觉得自己朝脚下的土陷了进去！我想可怕地喊叫出什么，却似乎又有团东西堵住了喉咙！我张大了嘴，只发出一种嘶哑的类似呻吟的声音。我瞪大了眼睛怪异地看着她，她却在我眼前模糊起来。

我突然发了疯似地朝连队飞跑……

那天夜里，当大宿舍响着此起彼伏的鼾声时，我将头蒙在被子里，咬着被角无声地哭了一夜。我想起了母亲弥留之际的叮嘱，而我还没有将母亲的死告知妹妹，她却做出了这种身败名裂的事，还有脸调到我所在的连队来，企图得到我的庇护。不！我要严惩她，以一个哥哥的权力！替死去的母亲！

第二天，我被副指导员叫到连部，在那里见到了妹妹。我当时一定是恶魔附体了！我像凶猛的豹子一样朝妹妹扑过去，双手抓住她的头发，使劲把她的头接连地朝土墙上撞、撞、撞……

"住手！"我听到副指导员变了调的嗓音喝止，冲上前来掰我的手。我对她大吼："滚开！"我折磨的是妹妹，但又像是我自己，我在这种歇斯底里中感到了一种痛快。"啪！"我脸上挨了一记狠狠的耳光。我终于松开了手。第二记耳光比第一记耳光更狠。

这两记耳光顿时把我打清醒了，我不禁倒退数步，下意识地摸着火辣辣的脸颊。

妹妹，从始至终，一声没有吭，没有呻吟，没有叫喊，没有哀求。被我抓得凌乱的头发，遮掩了她那张毫无血色的苍白的脸，那张泪水涟涟的脸，那忍辱吞声的深陷在眼窝中的大眼睛。

副指导员的脸色像妹妹的脸色一样苍白，她紧紧地把妹妹搂在怀里，胸脯剧烈地起伏着，欲以命相搏地瞪着我。"畜生！"这是我第一次从她口中听到的一句骂人话。从那一天起，我爱上了她……她现在就坐在我对面，搭着帐篷的爬犁，被疲倦的铁牛拖着，在茫茫雪原上挺进……篷帘卷着，灌进来被西北风扬起的雪粉，我们冻得缩手缩脚，但谁也不想把帐篷帘放下来。从帐篷口望出去，始终是白色……白色的大地，白色的山峦，白色的河，白色的林。“大烟泡刮起来了”，如万千头发了疯的野牛齐头奔突，示威地追逐在大爬犁后面。

副指导员默默环视着每一个人，自言自语地说：“谁来讲个故事？要不就大家一块儿唱支歌！”没有谁对她的提议做出任何反应。大家疲劳了。副指导员把目光停在我脸上。我清了一下嗓子，唱起了《兵团战士之歌》：兵团战士，胸有朝阳，一手拿枪，一手拿镐……

没有一个人随声附和，我只得唱了开头两句，便知趣地打住了。

这时，“摩尔人”王志刚吹起了口哨。他唱歌不行，口哨却吹得相当好。令我暗吃一惊的是，他吹的竟是著名的俄罗斯民歌《三套马车》，这个“摩尔人”！简直不把副指导员的存在当成一回事，可他那口哨声真令人着迷，像黑管，又像小号，拍节、曲调吹得准确无误，流露出淡淡的感伤和深沉的忧郁。

不知是谁，竟低声和着口哨唱了起来，接着，第二个，第三个……终于，非常自然地形成了小合唱。

我的妹妹抬起头，瞪大了黑眼睛，愕然的目光不安地瞧瞧这个，瞅瞅那个，又很快地垂下了头。她暗暗发出一声深长的叹息，使我的心灵恻然一动。

我，面对面地注视着副指导员，猜想她立刻就会严肃地加以制止了！她，却无动于衷。头，仍然在“摩尔人”肩上。她竟闭上了眼睛，装出睡意蒙胧的样子。我发现，她放在腿侧的手，分明在偷偷点着节拍！我的自尊心被刺伤了，紧紧地咬住了嘴唇。

冰雪遮盖着伏尔加河，冰河上跑着三套车，有人在唱着忧郁的歌，唱歌的是那……

夜幕悄悄降临了，暴虐的“大烟泡”不知是自甘屈服，还是被全速挺进的拖拉机远远甩到了后面，荒原那么沉静！黑暗完全替我们垂下了篷帘……

二

我们的拖拉机像远迁的鄂伦春部落，在茫茫的雪原上奔驶了整整两天两夜。当我们打开地图，一致确信拖拉机履带已经碾在积雪覆盖的“鬼沼”的冰面上时，正是荒原庄严而肃穆的黎明时分。

呵！“鬼沼”！它并非像传说中那么恐怖，也许因为它处在冬眠状态，雪被罩住了它那狰狞的真实面目吧。我们看到了什么？仿佛看到了世界最大的湖泊被冻结在眼前，“满盖荒原”——它平坦得令我们这批垦荒者难以置信，直铺到遥远的地平线。

“魔王！你在哪里？你出来！”我们的一个伙伴大声呼喊。

“魔王”没有出现。

铁匠王志刚突然朝不远处一指：“你们看！”——一根从正中间劈开的圆木桩钉进土地，倾斜地立在那里。

我们都好奇地走了过去。副指导员拂掉木桩上的雪：我们看到了一块木碑，累累斧痕粗糙砍平的劈面上，刀刻的字迹被风雨所侵蚀，只能依稀认出“死于此……”三个歪扭的字。

我相信，我们每个人当时都和我一样，倒吸了一口冷气。

“那里，还有一个！”我的妹妹又发现了同样的不祥之物，她第一个朝拖拉机退去。

副指导员低声说：“我们走吧，别搅扰他们安息了。”

……

如果有人问我：“你在北大荒感到最艰苦的是什么？”

我的回答是：“垦荒。”

为了寻找有水源的林子的理想地点，我们的足迹几乎踏遍了“满盖荒原”。我们发现了一条在地图上没有标出来的小河，它是“满盖荒原”上唯一洁净的水源，被我们命名为“流浪者”。我们发现它之前，它像流浪汉在荒原上不知徘徊了多少岁月，现在我们在它身边扎下了帐篷。

当冰雪消融的时候，当“流浪者”唱起了“拉兹之歌”的时候，我们闪亮的犁头劈进了“满盖荒原”的胸膛。若非垦荒者，谁能体会拖拉机翻起第一垄处女地那种喜悦？这荒原上有那么多的狼，光天化日之下，它们三五成群，大模大样地尾随在我们的拖拉机后面，捕食被犁头翻出的肥大的土拨鼠。夜晚，它们就在我们帐篷四周嗥叫。创业的艰苦，使垦荒队的每一个小伙子都变成了圣徒。副指导员跟我的妹妹和我们同住在一顶帐篷里。一块毯子分隔开了她们的狭小世界，毯子后面是神圣不可侵犯的“巴黎圣母院”。

一天深夜，我从睡梦中偶然醒了一次，却没有听到拖拉机翻地的轰响。我一下子跳起，来不及多想，只穿着短裤，就闯进了“巴黎圣母院”，将副指导员从被窝里捅了起来。

“你！你要干什么？！”

“拖拉机不响了！‘摩尔人’，在翻地！”

“啊！”副指导员顺手就操起了步枪。

拖拉机不响，意味着“摩尔人”出了事。所有的人都惊醒了！正当大家要奔出帐篷，“摩尔人”从外面钻了进来。马灯光下，我们见他身上背着一只狼，两手拽着狼的两只前爪，头顶住狼脖子；那只狼朝天张大着嘴，两只后腿抓在他的腰胯上。

“摩尔人”大声说：“快动手！它还活着！”

我们各自操家伙，棍棒齐下，将那只狼在他背上打死了，好大的一只白毛老苍狼！

“摩尔人”一下子坐在地铺上，喘息了半天，才说：“拴大犁的钢丝绳断了，我回来换钢丝绳，这东西跟上了我，出其不意地将两只前爪搭在我肩上……”他的脸上、手上尽是血痕，棉衣被撕成碎片。他拧着眉脱下棉衣，里面的绒衣和皮肉被狼的后爪抓得稀烂！

副指导员命令我的妹妹：“快，拿医药箱来！”

这时，我们才发现，她仅穿着衬衣衬裤，光着一双脚。她也意识到了什么，在我们的目光下一时显得不知所措。随即，她镇定了下来，从容地说：“都瞪着我干什么？没你们的事了，全睡觉去！”

大家都一个个顺从地钻进了被窝，我没有。我将马灯举在“摩尔人”头上。

副指导员柔情地看了我一眼，一句话也没有说，立刻从妹妹手中接过医药箱，替“摩尔人”小心翼翼地包扎伤处……

我妹妹是垦荒队员的“内务大臣”，给我们做饭、洗衣服。从连队带来的冻菜吃光了，任何一种野菜还都没有从荒原上生长出来。为了使我们能吃得稍微满足点，她对剩下的两袋面粉发挥了充分的创造性：馒头、发糕、花卷、烙饼；甜的、咸的、又甜又咸的、先蒸后烙的……

如果说我是因为副指导员而参加垦荒队的，妹妹则是因为我才来到“满盖荒原”上的，我是她唯一的亲人。我走到天边地角，她会追随我到天边地角。我那么凶狠地对待过她，她却依然在心理上对我希求着荫庇和保护。我表面上对她仍旧冰冷异常，可感情上早已彻底饶恕了她。

只有自己罪恶深重的人，才不肯饶恕别人。

何况她是我的妹妹，唯一的妹妹！

我有责任保护她。无论在那件可耻的事情发生之后或者之前，我对她尽到过一个哥哥的责任了吗？没有！到北大荒的第一天，当我们经过鹿场，她被鹿群迷住了，她请求我和她一块儿留在鹿场。只要我愿意，那是完全可以的，我却没有留在她身边。为什么？我不愿和妹妹在一个连队。我觉得她太娇气又太任性，同在一个连队会给我添无尽的麻烦。为洁身自好，我逃避一个哥哥的责任，而在她成为舆论和道德严厉谴责的对象后，我首先想到的又是她败坏了我的名声。因此我憎恨她，不肯给予她半点怜悯和同情……

在“满盖荒原”上无数个不眠之夜里，我内心进行着深刻的反省，我认识了自己的真实面目。我忏悔我是一个多么自私的哥哥，一个多么可鄙多么卑劣的人！

有一天，当帐篷里只有我和妹妹的时候，我叫了她一声：“小妹！”她正在案板上揉面，听到我叫她，立刻抬起头。她怔怔地望着我，脸上浮现出无比激动的表情，一双黑眼睛里顿时充满了泪水。“小妹，你还生我的气吗？”我轻轻走到她身边。泪水，大颗大颗的泪水，慢慢从她的黑眼睛里淌出来，顺着她苍白的脸颊落到案板上，被她的双手一下一下地揉进了面团里。“小妹！……”我的声音哽咽了。她倏地转过身，扑在我身上，沾满面粉的双手紧紧抱住我的脖子，头偎在我怀里，放声大哭起来。泪水从我眼中簌簌而落。许久，她才止住了哭声。她问我的第一句话是：“妈妈的病好了吗？”我的心像被捅了一刀！哦，母亲！如果你在九泉之下听到妹妹这句话，肯定也会老泪纵横的罢！但愿你听不到这句话，但愿你不再为你的儿女们伤心，可我又多么希望你能够听到这句话呵！妹妹比我更爱您呵！我没有勇气实告小妹，母亲已不在人世了！她那脆弱的情感、脆弱的心灵是经不起重击的。我低声回答小妹：“妈妈没有生病，妈妈太想念太惦记我们了，我告诉她我们都很好，她就放心了。”妹妹嘴角挂上了一丝笑容，一丝苦涩的笑容，几天来的第一次笑，如果那种惨然的表情也能算是笑容的话。“告诉我，那个人是谁？我要教训他！”妹妹坚决地摇了摇头。“你……爱他？”妹妹无语地点了一下头。“他呢？……他也爱你吗？”妹妹又点了一下头。我注视着妹妹。她脸上呈现出一种天使般圣洁的表情，那是心灵的反射。我茫然了。妹妹忽然肯定地问：“哥哥，你爱她？”“谁？”“副指导员。”“你听什么人胡说的？”“我看出来了，她……也挺喜欢你的！”“真的？”我双手紧紧抓住了妹妹的两条胳膊。“真的。”“不，我知道她喜欢的是‘摩尔人’！”“她只是信任他，我也信任他，他是一个值得信任的人，任何一个姑娘都会信任像他那样的人。但她喜欢的是你！她说你是个具有诗人气质的小伙子，是个雪莱型的小伙子。她说她喜欢雪莱，不喜欢拜伦，虽然他们都是天才的诗人，她还说拜伦只能评定一个女性外表的美丑，而雪莱却能窥察一个女性内心的善恶。她也知道你在爱她……”妹妹突然住口了。

我们几乎同时发现副指导员不知何时呆呆地站在帐篷门口，她显然听到了我和妹妹的谈话内容。“哎呀，我晾在河边的衣服还没收回来！”我找了个借口逃出帐篷，在荒野上盲目地奔跑，我觉得“满盖荒原”成了世界上最美好的地方。

当天，吃过晚饭以后，我们又围聚在帐篷里，讲起故事来，这成了我们精神生活的唯一方式。我们什么故事都讲：神、鬼、荒诞的、恐怖的、风趣的……我们每个人，包括副指导员在内，都摆脱了在连队的种种束缚，真正成了“满盖荒原”上“顶天立地”的人。

副指导员娓娓动听地讲了希腊神话《奥德赛》中的一段故事：伟大的俄底修斯攻打了特洛伊城以后，率领他手下的勇士们从海上返回家乡伊塔克，结果被逆风吹到了一个孤岛上。岛上的居民专靠吃一种“忘忧果”度日。他们热情地把“忘忧果”捐送给俄底修斯和他的勇士们吃。勇士们吃了“忘忧果”，完全忘记了自己的家乡和父母，忘记了兄弟姐妹和妻子，忘记了一切朋友，竟无忧无虑地长久留在了孤岛上……

我惊讶地发现，她讲故事的水平超过我们所有的人，她并不绘声绘色，只是娓娓道来。但那语调中流露出来的感情，是能够打动到人的心灵深处的。

她讲完了，我们都陷入沉思。只有妹妹叹息了一声，自言自语地说：“我真想获得许多许多那种‘忘忧果’……”

副指导员，又是和“摩尔人”坐在一起，又是那样地将头靠在他的肩上。大铁炉子里的火光，将她的脸映照得那么红。火光一闪一闪，她那张美丽的脸忽明忽暗，浮现着一种虚幻憧憬和淡淡的愁思。

我不禁对她充满了同情。如果不是三年前她立下的誓言束缚了她，她早该回家探家了。三年呵！她一定比我们每一个人都更加思念她的父母和亲友。

我打开画夹，说：“别动！‘摩尔人’，我给你们画张像！”我的本意是，要给她画一张肖像。因为此时此刻的她，那么美丽那么楚楚动人，但我没有勇气坦白说出。“摩尔人”显然错误地认为我的话是对他的当众揶揄，他顶不能容忍的就是这个。所以，当副指导员下意识地将头从他肩上移开时，他一把抓住了她的手，冷冷地盯着我，说：“别动！叫他画，别扫他的兴！”语势中隐含着挑衅。副指导员又顺从地将头靠在了他肩上，微微一笑，也注视着我。

我再没说什么，认真地画了起来。我看她一眼，画一笔，暗想，我一定要画得十分像。我从来没有画得那么好过，真的！最后一笔，我存心一顿，把笔尖折了。

“没画好！”我把画夹递给了副指导员。

大家都围拢来欣赏，赞叹：“像！像极了！”

“嘿！没看出来你还有招不露！什么时候也给我画一张？”

“咦，你就画了我自己呀！”副指导员看了“摩尔人”一眼。

“我的笔尖断了。”我脸上微微一红。

副指导员拿着肖像端详了一会，问：“送给我？”“送给你！”我大胆地盯着她。她垂下了眼睑，说：“我会仔细保存它的。”这时，“摩尔人”站了起来，一声不响地钻出了帐篷。从那一天起，他更加沉默寡言了……然而，什么都可以转让，唯独爱情。我要执着追求，绝不弃她的爱。绝不……

三

第一场春雨降临了。

我们开垦的乌油油的沃土，贪婪地吸吮着大自然母亲的乳汁。人们都习惯把春天比作花枝招展的少女，可是当她在“满盖荒原”上旅行时，却更像一位庄重的夫人，脚步懒散而从容，带着唯一的颜色——淡绿，所到之处，漫不经心地随意点染，画出了绿的世界。

副指导员有一天昏倒在“流浪者”河边，她病了。她接连两天昏迷不醒。在昏迷中，她时时念叨着两个字：“麦种，麦种……”医药箱里所有的药，都不能减退她的高烧。第三天，她稍微清醒了一些，首先把妹妹唤到她铺前，问：“还有多少粮食？”

妹妹回答：“只剩一点点了！”

她亲切地环视着我们，微笑了，说：“伙计们，我代表连队谢谢大家。我要建议党支部，给大家都记一功，放进档案里。现在，这里留下几个人就够了，其余的全部回老连队去，帮助老连队迁移来……一定要赶在‘鬼沼’开化之前！”她轻轻地拉着妹妹的一只手：“你留下吧，没有你在身边，我会寂寞的。”

妹妹说：“副指导员，我留下！”

我说：“我也留下。”

“摩尔人”看着副指导员，问：“如果你同意，我也留下。”

副指导员默默地点了点头。

“满盖荒原”上就留下了我们四个人。

一天，二天……四天过去了，连队没有到达。整整一个连队，几百口人，搬迁到这里来不是一次简单的行动，会有许许多多的困难。在这四天之内，“鬼沼”卑鄙地联合了起来，向我们示威！当我、妹妹、“摩尔人”第四天早晨走出帐篷时，都被惊慑得呆住了！清可见底的“流浪者”河，不知从哪里汇集了那么多水，隔夜之间变成了一匹脱缰的野马，浊流湍急，打着旋涡，夹杂着雪坨、冰决、枯枝断树，甩了一个直角弯，奔泻而下，河水溢出河床，灌进沼地，“鬼沼”一片汪洋！

妹妹忧愁地说：“今天连队再不到达，我们就一点吃的也没有了。”

我和“摩尔人”同时看了她一眼，都没说什么。我们担心着更严峻的事情……连队将如何涉过“鬼沼”？

妹妹一声不响地又钻进帐篷里去了，我和“摩尔人”也跟进帐篷，见她坐在副指导员的地铺旁，瞧着昏迷中的副指导员垂泪。我们进来，她赶紧抹去眼泪站起来，拿上一把镰刀和一个小土篮，说：“我去挖野菜。”

将近中午，妹妹的喊声突然从远处传进帐篷：“哥哥，哥哥，快来呀！”

我和“摩尔人”同时跳了起来，奔出帐篷，但见妹妹像一只小猎犬，在追赶一头弱小的狍子。她一扬手，将镰刀飞抛出去，砍中了狍子后腿，狍子一头栽倒。她猛扑上去，却捕了个空。那小动物挣扎着跳了起来，带着伤向沼地里逃窜，妹妹跟在后面紧追不舍。小狍子在沼地边沿停了一下，似乎还回头看了她一眼，跃进了沼地，一拐一拐地向沼地深处逃去。

“站住！”

“小妹！”

我和“摩尔人”对妹妹大声喊。

妹妹追到沼地边，欲罢难舍，焦急地来回奔跑。她终于停住了，望着陷住四蹄寸步移动的狍子，迟疑了一下，小心翼翼地向“鬼沼”迈出一步。

“回来！危险！”“摩尔人”高吼一声。我和他同时朝妹妹跑去。

妹妹回过头来望了我们一眼，挥动了一下手臂，好像是在任性地说：“你别管我！”她跑进了“鬼沼”。

当我和“摩尔人”追到沼边时，她已捕住了小狍子。她和那小动物在沼泥中搏斗了几下，一眨眼间，忽然深陷了下去，一下子被吞陷到胸部！还没等我和“摩尔人”有所反应，沼泽中便只露出了她的一只小手。那小手也只来得及在空中抓了几下，倏忽间便从眼前消失了！

“哥哥！别过来！”她留在这世界上的最后一句话，击响我的耳鼓！

“小妹……”我发出一声可怕的叫喊，不顾一切地向沼泽冲去。

“摩尔人”两条有力的手臂，从后面紧紧将我搂抱住了。我挣动了几下，眼前一黑，昏倒在他怀里。

当我醒来的时候，已经躺在帐篷里。妹妹的那只小手像电影中的叠印镜头一样，重复地在我眼前出现。我耳边又响起了母亲临终的叮嘱，泪水刷地一下子淌了出来。我硬撑起身，看见“摩尔人”那高大的身躯，一动也不动地伫立在帐篷外。惨白的月光照在大地上，将他的身影衬托得格外分明。“鬼沼”那边，传来了令人毛骨悚然的怪异鸟叫，也许是“收魂鸟”将妹妹的魂灵收走了罢？我虽然并不迷信，但这种迷信的思想却在我头脑中闪过。我盯着“摩尔人”的身影，心中突然对他产生了强烈的憎恨！甚至思路狂乱起来。如果不是他搂抱住我，我相信我是一定可以救出妹妹的！对小妹的死他是有罪过的！

我站了起来，一步一步走出帐篷。“摩尔人”听到我的脚步声，缓缓地转过身来。他骇然地瞪大了眼睛，也许他看到了我怒不可遏的狂乱的脸色，本能地朝后退了一步。

我霍然对他扬起了拳头。

“你……”他惊愕地朝后退了一步。

“我恨你！”我咬牙切齿地说出了这三个字。

他的目光，盯在我脸上，低沉地说：“如果是因为你的妹妹，那我有权替自己辩护。你以为我有一颗魔鬼的心吗？你以为我就不为你妹妹的死难过吗？如果当时我的生命能换取她，甘愿躺在沼底的是我！如果你是因为她……”他朝帐篷里看了一眼：“那你尽管动手！只要我活着，只要她还没有宣布做你的妻子，我就有权爱她，并且追求她！”

他的话，令我的双手发抖了。好像为我的小妹志哀，我垂下了头。宁静的夜晚，荒原显得更加沉寂，连“收魂鸟”那种怪异的叫声也听不到了。

“摩尔人”注视了我一瞬间，慢慢朝我背转了高大的身躯，朝荒原黝黑的深处走去，消失在黑夜的巨口中。

“你们吵嚷什么？”

我扭回头，见副指导员站在帐篷口。四天内，她病得虚弱不堪，如果她松开拽着帐篷帘的那双手，一定会无力地瘫软在地。我半天才从双唇间挤出了一个字：“狼……”

“狼？”她怀疑的目光久久地审视着我，追问：“你一定有什么事情瞒着我！‘摩尔人’呢？你妹妹他们到哪儿去了？快告诉我，发生了什么事？！”

“我妹妹……她……她……她死在‘鬼沼’里了！”我双手捂住脸，克制不住巨大的悲痛，失声号啕了。

副指导员像被猛击了一锤，发生短促的一声“啊”，昏倒在帐篷口。

深夜，“摩尔人”还没有回来，他到哪里去了？在我缺乏理智地对待了他之后，他会不会也恨我呢？他还会回来跟我同住在一顶帐篷里吗？他会不会遭到什么不幸？如果他真遭遇到什么不幸，那杀害他的就是我了……

我忏悔极了，不安极了，我感到黑夜的漫长。我守护着昏迷中的副指导员，第一次体验了在这广袤无垠的荒原上，孤独是一种多么可怕的处境。我整夜没有合眼。

黎明时，一阵急促的马蹄声由远而近。我奔出帐篷，“摩尔人”已经在帐篷外跳下马背。

“马？哪来的马？……”我忘记了我们之间发生过的一切不愉快的事，亲切地跟他说话。

他说：“前几天，我曾在树林中发现了被猎刀砍断的树枝，断定这附近可能有鄂伦春猎人。昨天夜里我找到了他们，向他们借了这匹马。副指导员怎么样？”

“还是昏迷不醒。”

“鄂伦春猎手们说，可能染上了出血热。”

“出血热？！”

我的心顿时冷却了。我听说过这种病，夺走一个人的生命，像秋风吹落一片树叶。

“摩尔人”又说：“你立刻骑上这匹马，顺着我们的来路护送副指导员过去！你一定能迎到我们的连队，副指员就有救了！”他完全是命令的口气。

“不！你护送她，我留在这里！”“我的身体太重，半路上非把这匹马压垮不可。它已经跑得够累了！由此向西五十里，可以绕过‘鬼沼’，你们沿沼地向西走吧！”再争执就是卑劣的虚伪。“摩尔人”用行李绳将昏迷中的副指导员缚在我后背，扶我跨上了马鞍。“把枪带上。”他把步枪递给了我。“你留下！”“你带上，以防万一。”他将步枪挂在马鞍上，拉着马缰掉转马头，用充满信赖的目光看了我一眼，在马屁股上猛擂了一拳。那马嘶叫一声，撒开四蹄，朝西疾驰而去。朝西虽然比朝东少绕三十里路，但却要经过一片“塔头”甸子。

幸亏那马是纯种鄂伦春猎马，在“塔头”地里也行走如飞。这种马体形矮小，其貌不扬，但能吃苦耐劳，是猎人之友，是荒原上的骆驼。

绕过“鬼沼”，仍一路不停地踢着马腹。那马仿佛体谅我的心情，速度毫不懈慢。又疾驰了大约三十里路，我的棉裤被马身上的汗湿透了。突然它打了几个响鼻，四腿发抖，蹄步摇摆起来，它似乎还想全力奔驰，但前蹄却跪倒了。我的双腿刚刚离开马鞍，在地上站稳，它便侧身一卧，伸长了脖子——它彻底累垮了！马腹忽起忽落，鼻孔喷出热气，嘴里吐出白沫来。这有灵性的动物，在倒下时，也绝不用身子压住骑者的腿，它那双琉璃眼，歉意地悲哀地望着我。

“放下我，放下我！这是什么地方？我们为什么在这里？你要把我背到哪儿去？”副指导员从昏迷中清醒过来了，她在我背上挣动着被缚住的身子。我解开绳子，将她轻轻放在地上，让她的头和肩靠在我的胸前。我轻轻对她说：“副指导员，我要护送你迎接连队，你病得很严重！”她喃喃地问：“我要死了，是吗？”

听我所爱的人说出这种话，我如万箭穿心，难受极了！我大声回答她：“不，你不会死的！”

她吃力地微笑了一下：“我不怕死，真的。你忘了，我们的扎根誓言中，不是有这样两句话么，埋骨何须故土，荒原处处为家。遗憾的是，我再有几个月就可以回家探望我的爸爸妈妈了，我真想他们啊！他们想我，大概都想疯了呢。我已经给他们写了信，保证我们在‘满盖荒原’上秋收之后……”

我呜咽了，眼泪一滴一滴落在她脸上。

“别哭，”她轻轻握住了我的一只手：“如果我真的死了，就把我埋在‘鬼沼’旁，我要和你的妹妹做伴。她是个好姑娘，我喜欢她。我只有一点请求，在我的碑上，在我的名字前面，刻上垦荒者三个字……”一大滴泪水，从她的眼角慢慢淌了出来。

我紧紧搂抱着她，放声大哭。

“你看，那是什么？多像书上写的那种忘忧果！你给我折一枝来，好么？”她那双美丽的大眼睛忽然闪亮闪亮的，盯着附近的什么东西。

我顺着她的目光，发现了一丛紫红的尚未开放的达子香花。我将她靠在马鞍上，站起身去折那丛达子香花。待我折了一束花回到她身边时，她已经闭上了眼睛。

她和那匹鄂伦春猎马同时停止了呼吸！

大地在我脚下旋转，蓝天变成了黑色。

我擦干了眼泪，将那束达子香别在她衣扣里，跪了下去，在她渐渐消失着血色的双唇上，长久地亲吻着。我相信，她若有灵，是不会嗔怪我的。

我又背起她，继续朝前走。

这时，在地平线上，我看到了我们搬迁的连队的带状的影子……

全连队为副指导员默哀了许久许久。

每一个人都流出了真诚的眼泪。

当我们全连队的马车、爬犁、拖拉机和团里支援我们搬迁的卡车所组成的车队行进到“鬼沼”前，冥冥的暮色开始在荒原上织成了帏幔。有人发现了一顶棉帽子，挂在倾斜的作为坟碑的木桩上，还压着一块石头。我首先走过去取下那顶帽子，认出是“摩尔人”的狗皮帽。帽兜里有一张纸，上面写着这样几行字：“我探出了一条涉过‘鬼沼’的路，以树枝为标记，由此向东，一里远处……”

当天晚上，我们将可能陷没的车辆停在了原地，全连队的人都平安地涉过了“鬼沼”。可是我们却到处也寻找不见“摩尔人”。

第二天黎明，在“流浪者”河边，发现了“摩尔人”的血迹斑斑的衣片，一柄大斧，三只死狼……周围的一切，都无声地向我们作证，这里曾进行过怎样触目惊心的人与兽的搏斗，可以想见，强壮勇猛的“摩尔人”是怎样拚搏尽了最后的气力才倒下去的……

我们在悲痛的日子里，开始在“满盖荒原”上播种。

按照副指导员的遗嘱，我们将她埋葬在“鬼沼”旁。我们从百里外的驼峰山上运回了一块大青石，连队的老石匠将它凿成了石碑，碑文上刻着：垦荒者李晓燕和她的战友王志刚、梁珊珊长眠于此。

我们从驼峰山上伐下了上千棵义气松。沿着“摩尔人”做的标记，在“鬼沼”上铺了一条垦荒者之路。第二年，又有好几个连队建点在“满盖荒原”上。

“鬼沼”，它终于被征服了！

当我带着垦荒者的胜利，在一个黄昏默走到“垦荒者”墓前凭吊的时候，一个陌生的青年也在那里。我发现墓碑上放着一束达子香花，那是妹妹生前最喜爱的花。

我立刻明白，他是妹妹生前所爱并爱过妹妹的那个人！

他脸上的表情令我深信，他永远也不会离开“满盖荒原”的了！

我们对望了一眼，他便掉头缓缓离去了。

我没有叫住他，没有问他的姓名，甚至没有想到问问他是哪一个城市的青年……

他是我们那一代中的一个，这一点足够了。

我们经历了北大荒的“大烟泡”，经历了开垦这块神奇的土地的无比艰辛和喜悦。从此，离开也罢，留下也罢，无论任何艰难困苦，都决不会在我们心上引起畏惧，都休想叫我们屈服……

呵，北大荒！

父亲

关于父亲，我写下这篇忠实的文字，为一个由农民成为工人阶级的一员“树碑立传”，也为一个儿子保存将来献给儿子的记忆……

小时候，父亲在我心目中，是严厉的一家之主，绝对权威，靠出卖体力供我吃穿的人，恩人，令我惧怕的人。

父亲板起脸，母亲和我们弟兄四个，就忐忑不安，如对大风暴有感应的鸟儿。

父亲难得心里高兴，表情开朗。

那时妹妹未降生，爷爷在世，老得无法行动了，整天躺在炕上咳嗽不止，但还很能吃。全家七口人高效率的消化系统，仅靠吮咂一个三级抹灰工的汗水。用母亲的话说，全家天天都在“吃”父亲。

父亲是个刚强的山东汉子，从不抱怨生活，也不叹气。父亲板着脸任我们“吃”他。父亲的生活原则——万事不求人。邻居说我们家：“房顶开门，屋地打井。”

我常常祈祷，希望父亲也抱怨点什么，也唉声叹气。因为我听邻居一位会算命的老太太说过这样一句话：“人人胸中一口气。”按照我的天真幼稚的想法，父亲如果能唉声叹气，则会少发脾气了。

父亲就是不肯唉声叹气。

这大概是父亲的“命”所决定的吧？真很不幸！我替父亲感到不幸，也替全家感到不幸。但父亲发脾气的时候，我却非常能谅解他，甚至同情他。一个人对自己的“命”是没办法的。别人对这个人的“命”也是没办法的。何况我们天天在“吃”父亲，难道还不允许天天被我们“吃”的人对我们发点脾气吗？

父亲第一次对我发脾气，就给我留下了终生难忘的印象。一个惯于欺负弱小的大孩子，用碎玻璃在我刚穿到身上的新衣服背后划了两道口子。父亲不容我分说，狠狠打了我一记耳光。我没哭，没敢哭，却委屈极了，三天没说话。在拥挤着七口人的不足十六平方米的空间内，生活绝不会因为四个孩子中的一个三天没说话而变得异常的。全家都没注意我三天没说话。

第四天，在学校，在课堂，老师点名，要我站起来读课文。那是一篇我早已读熟了的课文。我站起来后，许久未开口。老师急了，同学们也急了。老师和同学，都用焦急的目光看着我，教室的最后一排，坐着七八位外校的听课老师。

我不是不想读。我不是存心要使我的班级丢尽荣誉。我是读不出来。读不出课文题目的第一个字。我心里比我的老师，比我的同学们还焦急。

“你怎么了？你为什么不开口读？”老师生气了，脸都气红了。

我哇的一声大哭起来。

从此我们小学二年级三班，少了一名老师喜爱的“领读生”，多了一个“结巴磕子”，我也从此失掉了一个孩子的自尊心……

我的口吃，直至上中学以后，才自我矫正过来。我变成了一个说话慢言慢语的人。有人因此把我看得很“成熟”，有人因此把我看得“胸有城府”。而在需要“据理力争”的时候，我往往成了一个“结巴磕子”，或是一个“理屈词穷”者。父亲从来也没对我表示过歉意。因为他从来也没将他打我那一耳光和我以后的口吃联系在一起……

爷爷的脾气也特火爆。父亲发怒时，爷爷不开骂，便很值得我们庆幸了。

值得庆幸的时候不多。

母亲属羊，像只羊那么驯服，完全被父亲所“统治”。如若反过来，我相信对我们几个孩子是有益处的。因为母亲是一位农村私塾先生的女儿，颇识一点文字。遗憾的是，在家庭中，父亲的自我意识，起码比“工人阶级领导一切”这条理论早形成二十年。

中国的贫穷家庭的主妇，对困苦生活的适应力和忍耐力是极可敬的。她们凭一种本能对未来充满憧憬。虽然这憧憬是朦胧的，盲目的，带有浪漫的主观色彩的。期望孩子长大成人后都有出息，是她们这种憧憬的萌发基础。我的母亲在这方面的自觉性和自信心，我认为是高于许多母亲们的。

关于“出息”，父亲是有他独到的理解的。

一天吃饭的时候，我喝光了一碗苞谷面粥，端着碗又要去盛，瞥见父亲在瞪我。我胆怯了，犹犹豫豫地站在粥盆旁，不敢再盛。

父亲却鼓励我："盛呀！再吃一碗！"

父亲见我只盛了半碗，又说："盛满！"接着，用筷子指着哥哥和两个弟弟，异常严肃地说："你们都要能吃！能吃，才长力气！你们眼下靠我的力气吃饭，将来，你们是都要靠自己的力气吃饭的！"

我第一次发现，父亲脸上呈现出一种真实的慈祥、一种由衷的喜悦、一种殷切的期望、一种欣慰、一种光彩、一种爱。

我将那满满一大碗苞谷面粥喝下去了，还强吃掉半个窝窝头。为了报答父亲，报答父亲脸上那种稀罕的慈祥和光彩。尽管撑得够受，但心里幸福。因为我体验到了一次父爱。我被这次宝贵的体验深深感动。

我以一个小学生的理解力，将父亲那番话理解为对我的一次教导、一次具有征服性的教导、一次不容置疑的现身说法。我心领神会，虔诚之至地接受这种教导。从那一天起饭量大了，觉得自己的肌肉也仿佛日渐发达，力气也似乎有所增长。

"老梁家的孩子，一个个都像小狼崽子似的！窝窝头，苞谷面粥，咸菜疙瘩，瞧一顿顿吃得多欢，吃得多馋人哟！"这是邻居对我们家的唯一羡慕之处。父亲引以为豪。

我十岁那年，父亲随东北建筑工程公司支援大西北去了。父亲离家不久，爷爷死了。爷爷死后不久，妹妹出生了。妹妹出生不久，母亲病了。医生说，因为母亲生病，妹妹不能吃母亲的奶。哥哥已上中学，每天给母亲熬药，指挥我们将家庭乐章继续下去。我每天给妹妹打牛奶，在母亲的言传下，用奶瓶喂妹妹。

我极希望自己有一个姐姐。母亲曾为我生育过一个姐姐。然而我未见过姐姐长得什么样，她不满三岁就病死了。姐姐死得很冤，因为父亲不相信西医，不允许母亲抱她去西医院看病。母亲偷偷抱着姐姐去西医院看了一次病，医生说晚了。母亲由于姐姐的死大病了一场。父亲却从不觉得应对姐姐的死负什么责任。父亲认为，姐姐纯粹是因为吃了两片西药被药死的。

"西药，是治外国人的病的！外国人，和我们中国人的血脉是不一样的！难道中国人的病是可以靠西药来治的吗？！西药能治中国人的病，我们中国人还发明中医干什么？！"

父亲这样对母亲吼。

母亲辩驳：“中医先生也叫抱孩子去看看西医。”

“说这话的，就不是好中医！”父亲更恼火了。

母亲，只有默默垂泪而已。

邻居那个会算命的老太太，说按照麻衣神相，男属阳，女属阴，说我们家的血脉阳盛阴衰，不可能有女孩。说父亲的秉性太刚，女孩不敢托生到我们家。说我夭折的姐姐，是被我们家的阳刚之气“克”逃了，又托生到别人家中去了。

一天晚上，我亲眼看见，父亲将一包中草药偷偷塞进炉膛里，满屋弥漫一种苦涩的中草药味。父亲在炉前呆呆站立了许久，从炉盖子缝隙闪耀出的火光，忽明忽暗地映在父亲脸上。父亲的神情那般肃穆，肃穆中呈现出一种哀伤……

我幼小的心灵，当时很信服麻衣神相之说。要不妹妹为什么是在父亲离家，爷爷死后才出生的呢？我尽心尽意照料妹妹，希望妹妹是个胆大的女孩，希望父亲三年内别探家。唯恐妹妹也像姐姐似的“托生”到别人家中去。妹妹的“光临”，毕竟使我想有一个姐姐的愿望，某种程度上得到了一种补偿性的满足。

父亲果然三年没探家，不是怕“克”逃了妹妹，是打算积攒一笔钱。

父亲虽然身在异地，但企图用他那条“万事不求人”的生活原则遥控家庭。

“要节俭，要精打细算，千万不能东借西借……”父亲求人写的每一封家信中，都忘不了对母亲谆谆告诫一番。父亲每月寄回的钱，根本不足以维持家中的起码开销。母亲彻底背叛了父亲的原则。我们家“房顶开门，屋地打井”的“自力更生”的历史阶段，很令人悲哀地结束了。我们连心理上的所谓“穷志气”都失掉了……

父亲第一次探家，是在春节前夕。父亲攒了三百多元钱，还了母亲借的债，剩下一百多元。

“你是怎么过的日子？啊？！我每封信都叮嘱你，可你还是借了这么多债！你带着孩子们这么个过法，我养活得起吗？！”父亲对母亲吼。他坐在炕沿上，当着我们的面，粗糙的大手掌将炕沿拍得啪啪响。

母亲默默听着，一声不吭。

“爸爸，您要责骂，就责骂我们吧！不过我们没乱花过一分钱。”哥哥不平地替母亲辩护。

我将书包捧到父亲面前，兜底儿朝炕上一倒，倒出了正反两面都写满字的作业本，几截手指般长的铅笔头。我瞪着父亲，无言地向父亲声明：我们真的没乱花过一分钱。“你们这是干什么？越大越不懂事了！”母亲严厉地训斥我们。父亲侧过脸，低下头，不再吼什么。许久，父亲长叹了一声，那是从心底发出的沉重负荷下泄了气似的长叹。那是我第一次听到父亲叹气。我心中倏然对父亲产生了一种怜悯。第二天，父亲带领我们到商店去，给我们兄弟四个每人买了一件新衣服，也给母亲买了一件平绒上衣……父亲第二次探家，是在三年困难时期。“错了，我是大错特错了！”一一细瞧着我们几个孩子因吃野菜而浮肿不堪的青黄色的脸，父亲一迭声说他错了。“你说你什么事错了？”母亲小心翼翼地问。父亲用很低沉的声音回答：“也许我十二岁那一年就不该闯关东……我想，如今老家的日子兴许会比城市的日子好过些？就是吃野菜，老家能吃的野菜也多啊……”父亲要回老家看看。如果老家的日子比城市的日子好过些，他就将带领母亲和我们五个孩子回老家，不再当建筑工人，重当农民。

父亲这一念头令我们感到兴奋，给我们带来希望。我们并不迷恋城市。野菜也好，树叶也好，哪里有无毒的东西能塞满我们的胃，哪里就是我们的福地。父亲的话引发了我们对从未回去过的老家的向往。

母亲对父亲的话很不以为然。但父亲一念既生，便会专执此念。那是任何人也难以使他放弃的。

母亲从来也没有能够动摇过父亲的哪怕一次荒唐的念头。母亲根本不具备这种妇人之术。母亲很有自知之明，便预先为父亲做种种动身前的准备。

父亲要带一个儿子回山东老家。在我们——他的四个儿子之间，展开了一次小小的纷争。最后，由父亲作出了裁决。父亲庄严地对我说：“老二，爸带你一块儿回山东！”老家之行，印象是凄凉的。对我，是一次大希望的大破灭。对父亲，是一次心理上和感情上的打击。老家，本没亲人了，但毕竟是父亲的故乡。故乡人，极羡慕父亲这个挣现钱的工人阶级。故乡的孩子，极羡慕我这个城市的孩子。羡慕我穿在脚上的那双崭新的胶鞋。故乡的野菜，还塞不饱故乡人的胃。我和父亲路途上没吃完的两掺面的馒头，在故乡人眼中，是上等的点心。父亲和我，被故乡一种饥饿的氛围所促使，竟忘乎所以地扮演起“衣锦还乡”的角色来。

父亲第二次攒下的二百元钱，除了路费，东家给五元，西家给十元，以“见面礼”的方式，差不多全救济了故乡人。我和父亲带了一小包花生米和几斤地瓜干离开了故乡……

到家后，父亲开口对母亲说的第一句话是：“孩子他妈，我把钱抖搂光了！你别生气，我再攒！”

这是我第一次听到父亲用内疚的语调对母亲说话。

母亲淡淡一笑：“我生啥气呀！你离开老家后，从没回去过，也该回去看看嘛！”仿佛她对那被花光的二百多元钱毫不在乎。

但我知道，母亲内心是很在乎的。因为我看见，母亲背转身时，眼泪从眼角溢出，滴落在她衣襟上。

那一夜，父亲翻身不止，长叹接短叹。

两天后，父亲提前回大西北去了。假期内的劳动日是发双份工资的……

父亲始终恪守自己给自己规定的三年探一次家的铁律，直至退休。父亲是很能攒钱的。母亲是很能借债的。我们家的生活，恰恰特别需要这样一位父亲，也特别需要这样一位母亲。所谓“对立统一”。

在我记忆的底片上，父亲愈来愈成为一个模糊的虚影，三年显像一次；在我的情感世界中，父亲愈来愈成为一个我想要报答而无力报答的恩人。

报答这种心理，在父子关系中，其实质无异于溶淡骨血深情的稀释剂。它将最自然的人性最天经地义的伦理平和地扭曲为一种最荒唐的债务。而穷困之所以该诅咒，不只因为它造成物质方面的债务，更因为它造成精神上和情感上的债务。

父亲第三次探家那一年，正是哥哥考大学那一年。父亲对哥哥想考大学这一欲望，以说一不二的威严加以反对。

“我供不起你上大学！”父亲的话，令母亲和哥哥感到没有丝毫商量余地。

好心的邻居给哥哥找了一个挣小钱的临时活——在菜市场卖菜。卖十斤菜可挣五分钱。父亲逼着哥哥去挣小钱。哥哥每天偷偷揣上一册课本，早出晚归。回家后交给父亲五角钱。那五角钱，是母亲每天偷偷塞给哥哥的。哥哥实则是到公园里或松花江边去温习功课的。骗局终于败露，父亲对这种“阴谋诡计”大发雷霆，用水杯砸碎了镜子。

父亲气得当天就决定回大西北。我和哥哥将父亲送到火车站。

列车开动前，父亲从车窗口探出身，对哥哥说：“老大，听爸的话，别考大学！咱们全家七口，只我一个挣钱，我已经五十出头了，身板一天不如一天了，你应该为我分担一点家庭担子了啊！”父亲的语调中，流露出无限的苦衷和哀哀的恳求。

列车开动时，父亲流泪了。一滴泪水挂在父亲胡茬儿又黑又硬的脸腮上。我心里非常难过。却说不清究竟是为父亲难过，还是为哥哥难过。我知道，哥哥已背着父亲参加了高考。母亲又一次欺骗了父亲。哥哥又一次欺骗了父亲。我这个“知情不举”者，也欺骗了父亲。我因无罪的欺骗感到内疚极了。我，很大程度上是为自己难过……

几天后，哥哥接到了大学录取通知书。母亲欣慰地笑了。哥哥却哭了……

我又送走了哥哥。

哥哥没让我送进站。

他说：“省下买站台票的五分钱吧。”

在检票口，哥哥又对我说：“二弟，家中今后全靠你了！先别告诉爸爸，我上了大学……”

我站在检票口外，呆呆地望着哥哥随人流走入火车站，左手拎着行李卷，右手拎着网兜，一步三回头。

我缓慢地走在回家的路上，手中紧紧攥着没买站台票省下的那五分镍币，心中暗想：为了哥哥，为我们家祖祖辈辈的第一个大学生，全家一定要更加省吃俭用，节约每分钱……

我无法长久隐瞒父亲哥哥已上了大学这件事。我不得不在一封信中告诉父亲实情。

哥哥在第一个假期被学校送回来了。他再也没能返校。

他进了精神病院——一个精神世界的自由王国——一个心理弱者的终生归宿。一个明确的句号。

我从哥哥的日记本中，翻出了父亲写给哥哥的一封信。一封错字和白字占半数以上的信。一封并不彻底的扫盲文化程度的信：老大！你太自私了！你心中根本没有父母！根本没有弟弟妹妹！你只想到你自己！你一心奔你个人的前程吧！就算我白养大你！就算我没你这个儿子！有朝一日你当了工程师！我也再不会认你这个儿子！

每句话后面都是“！”号，所有这些“！”号，似乎也无法表述父亲对哥哥的愤怒。父亲这封信，使我联想到了父亲对我们的那番教导："将来，你们都是要靠自己的力气吃饭的！"我不由得将父亲的教导作为基础理论进行思考：每个人都是有把子力气的，倘一个人明明可以靠力气吃饭而又并不想靠力气吃饭，也许竟是真有点大逆不道的吧？哥哥上大学，其实绝不会造成我们家有一个人饿死的严峻后果。那么父亲的愤怒，是否也因哥哥违背了他的教导呢？父亲是一个体力劳动者，我所见识过的体力劳动者，大致分为两类。一类自卑自贱，怨天咒命的话常挂在嘴边上："我们，臭苦力！"一类盲目自尊，崇尚力气，对凡是不靠力气吃饭的人，都一言以蔽之曰："吃轻巧饭的！"蕴含着一种藐视。

父亲属于后一类。

如今想起来，这也算一件极可悲的事吧！对哥哥抑或对父亲自己，难道不都可悲吗？

父亲第四次探家前，我到北大荒去了。以后的七年内，我再没见过父亲。我不能按照自己的愿望和父亲同时探家。

在我下乡的第七年，连队推荐我上大学。那已是第二次推荐我上大学了。我并不怎么后悔地放弃了第一次上大学的机会。哥哥上大学所落到的结果，比父亲对我的人生教导在我心理上造成更为深刻的不良影响。然而第二被推荐，我却极想上大学了。第二次即最后一次。我不会再获得第三次被推荐的机会。那一年我二十五岁了。

我明白，录取通知书没交给我之前，我能否迈入大学校门，还是一个问号。连干部同意不同意，至关重要。我曾当众顶撞过连长和指导员，我知道他们对我耿耿于怀。我因此而忧虑重重。几经彻夜失眠，我给父亲写了一封信，告之父亲我已被推荐上大学，但最后结果，尚在难料之中，请求父亲汇给我二百元钱。还告知父亲，这是我最后一次上大学的机会。我相信我暗示得很清楚，父亲是会明白我需要钱干什么的。信一投进邮筒，我便追悔莫及。我猜测父亲要么干脆不给我回音，要么会写封信来狠狠骂我一通。肯定比骂哥哥那封信更无情。按照父亲做人的原则，即使他的儿子有当皇上的可能，他也是绝不容忍他的儿子为此用钱去贿赂人心的。

没想到父亲很快就汇来了钱。二百元整。电汇。汇单的附言条上，歪歪扭扭地写着几个错别字："不勾（够），久（就）来电。"

当天我就把钱取回来了。晚上，下着小雨。我将二百元钱分装在两个衣兜里，一边一百元。双手都插在衣兜，紧紧攥着两叠钱。我先来到指导员家，在门外徘徊许久，没进去。后来到连长家，鼓了几次勇气，猛然推门进去。我支支吾吾地对连长说了几句不着边际的话，立刻告辞。双手始终没从衣兜里掏出来，两叠钱被攥湿了。

我缓缓地在雨中走着。那时刻一个充满同情的声音在我耳边说："梁师傅真不容易呀，一个人要养活你们这么一大家子！他节俭得很呢，一块臭豆腐吃三顿，连盘炒菜都舍不得买……"

这是父亲的一位工友到我家对母亲说过的话。那时我还幼小，长大后忘了许多事，但这些话却忘不掉。

我觉得衣兜里的两叠钱沉甸甸的，沉得像两大块铅。我觉得我的心灵那么肮脏，我的人格那么卑下，我的动机那么可耻。我恨不得将我这颗肮脏的心从胸膛内呕吐出来，践踏个稀巴烂，践踏到泥土中。

我走出连队很远，躲进两堆木楞之间的空隙，痛痛快快地大哭了一场。我哭自己，也哭父亲。父亲他为什么不写封信骂我一通啊？！一个父亲的人格的最后一抹光彩，在一个儿子心中黯然了，就如同一个泥偶毁于一捧脏水。而这捧脏水是由儿子泼在父亲身上的，这是多么令人悔恨令人伤心的事啊！

第二天抬大木时，我坚持由三杠换到了二杠——负荷最沉重的位置。当两吨多重的巨大圆木在八个人的号子声中被抬离地面，当抬杠深深压进我肩头的肌肉，我心中暗暗呼应的却是另一种号子——爸爸，我不，不！……

那一年我还是上了大学。连长和指导员并未从中作梗，而且还把我送到了长途汽车站。和他们告别时，我情不自禁地对他们说了一句："真对不起……"他们默默对望了一眼，不知我说这句话是什么意思。

那个漆黑的，下着小雨的夜晚，将永远永远保留在我记忆中……

三年大学，我一次也没有探过家，为了省下从上海到哈尔滨的半票票价。也为了父亲每个月少吃一块臭豆腐，多吃一盘炒菜。

毕业后，参加工作一年，我才探家，算起来，我已十年没见过父亲了。父亲提前退休了。他从脚手架上摔下来过一次，受了内伤，也年老了，干不动重体力活了。

三弟返城了。我回到家里时，见三弟躺在炕上，一条腿绑着夹板，吊在半空。小妹告诉我，三弟预备结婚了。新房是傍着我们家老屋山墙盖起的一间"偏厦子"。我们家的老屋很低矮，那"偏厦子"不比别人家的煤棚高多少。

我进入“新房”看了看，出来后问三弟：“怎么盖得这么凑凑乎乎？”

三弟的头在枕上侧向一旁，半天才说：“没钱。能盖起这么一间就不错了。”

我又问：“你的腿怎么搞的？”

三弟不说话了。

小妹从旁替他说：“铺油毡时，房顶木板太朽了，踩塌掉进屋里……”

我望着三弟，心里挺难受。我能读完三年大学，全靠三弟每月从北大荒寄给我十元钱。

吃过晚饭后，我对父亲说：“爸爸，我想和你谈件事。”

父亲看了我一眼，默默地等待我说。父亲看我时的目光，令我感到有些陌生。是因为我们父子分别了整整十年吗？是因为我成了一个大学毕业生吗？我不得而知。他看我那一眼，像一匹老马看一头小牛。

我向父亲伸出一只手：“爸爸，把你这些年攒的钱都拿出来，给三弟盖房子用吧！”

父亲又用那种有些陌生的目光看了我一眼，低下头，沉默半晌，才低声说：“我……不是已经给了吗？……”我说：“爸爸，你只给了三弟二百五十元钱呀！那点钱能够盖房子用吗？”“我……再没钱……”父亲的声音更低。我大声说：“不对！爸爸，你有！我知道你有！你有三千多元钱！……”父亲腾地从炕沿上站了起来，脸色涨得紫红，怒吼道：“你！……你简直胡说！我什么时候攒下过三千元？！”

躺在炕上的三弟插嘴说：“二哥，你何必为我逼爸爸呢！爸爸一辈子都想攒钱，如今总算攒下了，能舍得拿出来为我盖房子？”口吻中流露出一个儿子内心对父亲的极大不满。

我生气了，提高嗓门说：“爸爸，你这样做不对！三弟能在那样一间煤棚似的破屋里结婚吗？那里出生的，将是你的孙子，或是你的孙女！你将在子孙后代面前感到羞愧的！……”我心中倏然对父亲鄙视起来。

“住嘴！……”父亲举起了一只拳头。拳没落到我身上，在空中僵了片刻，沉重地落在了父亲自己的脑门上。母亲、四弟和小妹赶紧从里间屋出来，把我往里间屋拉。“你！……十年没见我，一见我就教训我吗？！好一个儿子啊！你就是这样给你弟弟妹妹们做榜样的吗？你可算念成了大学了！你给我滚！……”父亲脸腮抽搐着，眼中喷射出怒火。他那凶暴的语调中，有一种寒透了心的悲凉成分。他用手朝我一指，又吼出一个“滚”字，再说不出别的话来。

我一下子挣脱了母亲和四弟拉住我的手，大声说：“爸爸，我永远不再回这个家！”说完，冲出了家门。我一口气走到火车站，买了一张三个小时后开往北京的火车票，坐在候车室的长凳上，一支接一支吸烟。不知过了多久，听到有人轻轻叫我，抬起头，见母亲和四弟站在面前。四弟说：“二哥，回家吧！”母亲也说：“回家吧，妈求你！”

“不……”我坚决地摇摇头。

母亲又说：“你怎么能那样子跟你父亲争吵呢？他的确是没攒下那么多钱呀！他攒下的一点钱，差不多全给你三弟了……下个月初就要给你哥交住院费……”

几个好奇的男人女人围住了我们，用各种猜疑的目光注视我。我听到一个上了年纪的女人离开时叹了口气，说：“可怜天下父母心啊！”我分明是被看成一个不孝之子了。我打断母亲的话，说：“妈妈，您别替我父亲辩护了！我在大学时，您求人写信告诉过我，父亲已积攒下了三千元钱。他怎么能对他的儿子那么吝啬？”母亲怔了一下，说：“傻孩子，是妈不好，妈那是骗你的呀！为了让你在大学里安心读书，不挂虑家中的生活……”听了母亲的话，我呆呆地望着母亲那张憔悴的脸，发愣许久，说不出话来。“听妈的话，回家吧！回家跟你爸认个错……”母亲上前扯我。我低下头哭了……我跟着母亲和四弟回到了家里。我向父亲认了错。父亲当时没有任何原谅我的表示。

小妹那时已中学毕业，在家待业两年了，一直没有分配工作。母亲低眉下眼地去找过街道主任几次，街道主任终于给了个话口说：“下一次来指标，我给使把劲试试看吧！”

母亲将这话学给父亲，对父亲说：“为了孩子，这人情，管多管少，无论如何也得送啊！”

父亲拉开抽屉，取出一个牛皮纸钱包，递给母亲，头也不抬地说：“我这个月的退休金，刚交了老大的住院费，剩下的都在里边了……”

牛皮纸钱包里，大票只有两张十元的了。母亲犹豫了一阵，将其中一张交给妹妹。妹妹就用那十元钱买了点不成体统的东西，当天拎着去街道主任家“表示表示”。怎么拎去的，又怎么拎回来了。

母亲诧异地问：“怎么拎回来了？”

小妹沮丧地回答："人家不肯收。"

母亲又问："嫌少？"

"人家说，多年住在一条街上，收了，就显得不好了。人家说，要是咱们非要表示表示，她家买了一吨好煤，咱们帮忙给拉回来……"小妹说罢，怯怯地瞟了父亲一眼。

父亲始终没抬头，听罢小妹的话，头更低下去了。过了好一会儿，父亲才开口说："我和你四哥……一块儿去给拉回来……"

四弟刚巧从外面回来，问明白后，为难地对父亲说："爸，我们厂的团员明天要组织一次活动，我是团支部书记，我不能不去呀！"

小妹急了："什么破团支部书记，你当得那么上瘾？！明天不给拉回来，人家的煤票就过期了！"

这一节话，我都在里屋听到了，我跨出里屋，对小妹说："明天我和爸去拉。"

父亲突然莫名其妙地火了："谁都用不着你们！我明天一个人去拉！我还没老得不中用，我还有力气！"

头天晚上就下起了大雨。第二天白天，雨下得更大了。我和父亲借了辆手推车，冒雨去拉煤。路很远。煤票是在一个铁道线附近的大煤厂开的，距我们住的街区，有三十来里。一吨煤，分三趟拉。天黑才拉回第三趟。拉第三趟时，一只车轮卡在铁轨岔角里。无论我和父亲使出多大的力气，车轮都纹丝不动，像被焊住了。我和父亲一块儿推，一块儿拉，一个推，一个拉，弄得浑身是泥，双手处处是伤，始终一筹莫展。在暴雨中，我听得见父亲像牛一样的呼哧呼哧的喘息声。

我抹了把脸上的雨水，对父亲大声喊："爸爸，你在这儿看着，我去道班房找个人来帮帮忙！"

"你的力气都哪去了？！"父亲一下子推开我，弯下腰，用他那肌肉萎缩了的肩膀去扛车。

远处传来了火车的吼声。一列火车开过来了。在闪电亮起的刹那，我看见一块松弛的皮肤，被暴雨无情地鞭打着。是一个老年人的丧失了力气的脊梁。

车头的灯光从远处射了过来。

父亲仍在徒劳无益地运用着微不足道的力气。

我拔腿飞快地朝道班房跑去。

列车停住了。

道班工人和我一块儿跑到煤车前。

父亲还在用肩膀扛煤车。他仿佛根本没发现有火车开过来。

“你他妈的玩命啊！”道班工人恶狠狠地骂了一句。

火车车头的光束正照着煤车。父亲的肩膀，终于离开了煤车。父亲缓缓抬起了头。我看清了父亲那双绝望的脸。一张皱纹纵横的脸。每一条皱纹，都仿佛是一个“！”号，比父亲写给哥哥的那封信中还多……

雨水，从父亲的老脸上往下淌着。

我知道，从父亲脸上淌下来的，绝不仅仅是雨水。父亲那双瞪大的眼神空洞的眼睛，那抽搐的脸腮，那哆嗦的双唇，说明了这一点……

这个雨夜，又使我回想起了几年前那个雨夜。我躲在我们连队木棱堆之间大哭一场的那个雨夜……

今年四月的一天，我收到一封电报，电文——“父即日乘十八次去京，接站。”

我又几年没探家了。我与父亲又几年没见面了。我已经三十五岁了，可以说是一个中年人了。电报使我心中涌起了一个中年人对自己老父亲的那种情感。那是一种并不强烈的，撩拨回忆的情感。人的回忆，是可以随着年龄的增长而改变“焦距”的，好像照片随着时间改变颜色一样。回忆往事，我心中对父亲的谴责少了，对自己的谴责反而多了。我毕竟没有给过父亲多少一个儿子对父亲的爱啊！

电报没能在头一天交到我手里，却被人从门底缝塞进我了的办公室。我头一天熬夜，第二天上班很迟。看看手表，离列车到站时间，仅差一小时十五分。马上动身完全来得及接站。我手中拿着电报，心里倏忽产生了一个念头——租一辆小汽车去接站。这念头产生得很随便，就像陕西人想吃一顿羊肉泡馍。父亲生平连一次小汽车也没坐过，我要给予父亲“生平第一次”。我给几处出租汽车站打电话，都没车。二十多分钟在电话机前过去了。乘公共汽车接站，已根本来不及。只有继续拨电话。又拨了十多分钟，终于要到了一辆车。说很快就到，却并不很快，半小时以后才到。一路红灯，驶驶停停。到火车站，早已过时。

我打开车门就往下跳，司机一把揪住我：“车费！”我一摸衣兜，钱包没带！只好向司机赔笑脸，告诉他我是来接人的，接到了再给他车费。说了不少好话，最后将工作证押给他，他才算松开了手。站内站外，都没寻找到父亲。我沮丧地回到出租汽车跟前，央求司机再送我回家，来去车费一块儿付。司机哼了一声，将车开走了。我见方向不对，赔着笑脸问："你要把我拉哪去呀？"司机冷冰冰地回答："出租汽车总站。我饿了，该吃午饭了。你在总站再要一辆车吧！"我自认理亏，不多说什么。在出租汽车总站，又等了一个多小时，才终于坐进了另一辆小汽车里。回来倒是一路飞快，算账时，可把我吓了一大跳——二十三元！我不由得问了句："怎么二十三元啊？"司机瞪了我一眼："加上火车站到出租汽车总站的那一段车费！""那一段路也要车费？！""笑话！你想白坐啊？"一进家门，见父亲已在家中了。我埋怨道："爸爸，你怎么不在火车站多等会儿啊？让我白接了你一趟！"父亲说："等了一会儿，没见着你，我心想你不会来接了……""拍了电报，我能不去接吗？真是的！""我心想，大概你工作忙，脱不开身……"我说："爸，先给我二十三元钱！"刚见面，伸手要钱，父亲奇怪，疑惑地瞧着我。我只好解释："爸爸，我是租了一辆小汽车去接你的，司机在下边等着呢！我的钱包放在办公室了。"仿佛为了证实我的话，司机按了几声喇叭。父亲当时那种表情，就好像听说我是租了艘宇宙飞船去接他似的。他缓缓解开衣扣，拆开缝在衣里儿的一块布，用手指捻出三张十元的纸钞，默默递给了我。我从父亲的目光中看出他心里想说的一句话："你摆的什么谱啊！"

"爸爸，这钱我会还你的……"我接过钱，匆匆奔下楼去。当我回到屋里，见父亲脸色变得很阴沉，也不瞧我，低头吸烟。

我省悟到，我刚才说了一句十分愚蠢的话……

父亲，不再是从前那个身强力壮的父亲了，也不再是那个退休之年仍目光炯炯、精神矍铄的父亲了。父亲老了，他是完完全全地老了。生活将他彻底变成了一个老头子。他那很黑的硬发已经快脱落光了，没脱落的也白了。胡子却长得挺够等级，银灰间黄，所谓"老黄忠式"，飘飘逸逸的，留过第二颗衣扣。只有这一大把胡子，还给他增添些许老人的威仪。而他那一脸饱经风霜的皱纹，凝聚着某种不遂的夙愿的残影……

生活，到底是很厉害的。

我家住在一幢筒子楼内，只一间，十三平方米，在走廊做饭，和电影《邻居》里的情形差不了多少。走廊脏，黑，苍蝇多，老鼠肆无忌惮，特肥大。

父亲到来的第一天，打量着我们家在走廊占据的“领地”，不无感触地说：“老二，你有福气啊！你才参加工作几年呀，就分到了房子！走廊这么宽，还能当厨房……你……比我强……”

这话从父亲口中说出，以那么一种淡泊的自卑的语调说出，使我心中有些凄凉之感。

父亲当了一辈子建筑工人，盖了一辈子楼房，却羡慕我这筒子楼里的十三平方米……他是被尊称为主人翁的人啊……

编辑部暂借给我一间办公室。每天晚上，我和父亲住在办公室，妻子和孩子住在家中。我虽没有让父亲生平第一次坐上小汽车，父亲却沾了我的光，生平第一次住上了楼房。

父亲每天替我们接孩子，送孩子，拖地板，打开水，买菜，做饭，乃至洗衣服，拆被子，换煤气。一切的家务，父亲都尽量承担了。

我不希望父亲，我的老父亲沦为我的老勤杂员。我对父亲说：“爸爸，你别样样事都抢着做。你来后，我们都变懒了！”

父亲阴郁地回答：“我多做点，倒累不着。只要能在你们这儿长住下去，我就很知足了……你妹妹结婚后，家中实在住不开了，我万不得已，才来搅扰你们……”

父亲的性格也变了，变成一个通情达理的，事事处处，家里家外都很善于忍让的毫无脾气的老头子了。

除了家务，父亲还经常打扫公共楼道、楼梯、厕所、水池。他不久便获得了全楼人的称赞和敬意。父亲初来乍到时，人们每每这么问我：“那个大胡子老头就是你父亲吗？”以后我听到的问话往往是：“你就是那个大胡子老头的儿子呀？”在我意识中，父亲是依附于我的人格而存在的。但在不少人心目中，我则开始依附于父亲的人格而存在了。一些从不到我家中走动，大有“老死不相往来”趋势的工人们，也开始出现在我家了，使我同一种更普遍的生活贴近了。

我惊奇地发现，不是家属洗澡的日子，父亲也可以公然到厂内浴室洗澡；没票，父亲也可以从容不迫地进入厂内礼堂看电影；忘带食堂饭菜票，父亲也可以从食堂里先端回饭菜来。而人们还都对他很客气，很友好。这些“优待”，是连我也没受到过的。父亲终于以他所能采取的方式，获得了和我并存的独立人格。我不再阻止他打扫公共卫生。我理解，人们注意到他，承认他的独立存在，如今对他来说是何等需要，何等重要！这是一个没机会受过文化教育的、丧失了健壮和力气的、自尊心极强的老父亲，在一个受过大学文化教育的、有了一丁点小名气的儿子面前保持心理平衡的唯一砝码。我告诫自己，我要替父亲珍视它，像珍视宝贵的东西一样。

父亲身上最大的变化，是对知识分子表现出了由衷的崇敬。以前，他将各类知识分子统称为"耍笔杆子"的。靠"耍笔杆子"而不是靠力气吃"轻巧饭"的人，那是他所瞧不起的。每天接踵而来找我的，十有八九是地地道道"耍笔杆子"的。我将他们介绍给父亲时，父亲总是臂微垂，腰微弯，很不自然地做他所不习惯的鞠礼状，脸上呈现出似乎不敢舒展的恭而敬之的笑容。随后，便替我给客人沏茶、点烟。当我和客人侃侃而谈时，父亲总是静默地坐在角落，一会儿注意地瞧着我，一会儿注意地瞧着客人，侧耳聆听。倘我和客人谈到该吃饭时，父亲便会起身离去悄然做饭。倘我这个主人有时竟忘了吃饭这件事，父亲便会走进屋，低声问我："饭做好了，你们现在要吃吗？还是再过一会儿？"饭后，照例抢着刷洗碗筷。

一次，送走客人后，我对父亲说："爸爸，你不必对客人过分恭敬，过分周到，他们大多数是我的同事、朋友，用不着太客气。"

"我……过分了吗？……"父亲讷讷地问，仿佛我的话对他是种指责……

几天后，我收到了友人的一封信。信中写道："昨天我到你家找你，你不在，我和你的老父亲交谈了两个多小时。他真是一位好父亲，好老人。但我感到，他太寂寞了。他对我说，连和你交谈几句话的机会都没有。你真那么忙吗？……"

这封信使我无比惭愧，无比自责。是的，父亲来后，我几乎没同父亲交谈过。即使一次不太长久的，半小时以上的，父与子之间的随随便便的交谈也没有过。父亲简直就像我雇的一个老仆役，勤勤恳恳，一声不吭，任劳任怨地为我做着一切一切的家务。

而我每天不是在写、写、写，就是和来客无休止地谈、谈、谈……

第二天晚饭后，我没到办公室去抄那篇亟待发出的稿子，见妻抱着孩子到邻居家玩去了，我便坐到了父亲面前。

我低声说："爸爸，跟我聊几句家常话吧！"

父亲定定地看了我片刻，用一种单刀直入的语调问："老二，你为什么不争取入党啊？"

我怔住了。我预先猜想三天三夜，也料不到父亲会向我提出这样的问题。难道这就是父亲最想同我交谈的话题吗？

我低头沉默了一会儿，抬起头又说："爸爸，聊几句家常吧！"

"你们兄妹五个，你哥呢，就不提他了……比起来，顶数你有了点出息，可你究竟为什么不争取入党啊？听你们同事讲，你说过要入也不现在入共产党的话？你是说过这话的吗？"父亲的目光仍定定地看着我，揪住这个话题不放。

我默默地点了点头。是的，我说过。而且是在某个会议上当众说的。我并不想欺骗父亲。我对党的信仰是萌发于一种朴素的感恩思想的。这种感恩思想，毕竟不是建立在切身体会的基础之上，而是间接灌输的成果。是不稳固的，是易于坍塌的，也是肤浅的，不足以长久维系下去的。动摇过的事物，要恢复其原先的稳固性，需要比原先更稳固的基础。信仰不像小孩子玩积木，扰乱一百次，还可以重搭一百次。信仰的恢复需要比原先更深刻的思想和认识。这比给表上弦的时间长得多。

父亲的话，使我的自尊心受到了挫伤。我故意用冷漠的语调反问："爸爸，你为什么对我入不入党这么在乎呢？你希望我能入党，当官、掌权，而后以权谋私吗？"

父亲听出来了，我的话对他的愿望显然是嘲讽。父亲缓缓站起，一只手撑着椅背，像注视一个冒充他儿子的人似的，眯起眼睛，眈眈地瞪着我。他突然推开椅子，转身朝外就走。椅子倒在地上，发出很响的声音。

父亲在门口站住，回过头，瞪着我，大声说："我这辈子经历过两个社会，见识了两个党，比起来，我还是认为新社会好，共产党伟大！不信服共产党，难道你去信服国民党？！把我烧成灰我也不！眼下正是共产党振兴国家，需要老百姓维护的时候，现在要求入党，是替共产党分担振兴国家的责任！……你再对我说什么做官不做官的话，我就揍你！……"说罢，一步跨出了房间。

在那一时刻，站在我面前的，又是从前那威严而易怒的父亲了。我怀着复杂的心情离开家，来到了办公室。我坐在办公桌前，双手捧着脸腮，陷入了静静的思考。我理解父亲对共产党的感情。他六岁给地主放牛，十二岁闯关东，亲眼看到过国民党怎样残害老百姓。他被日本人抓过劳工。要不是押劳工的火车被抗联伏击，难想象他今天还活着，也不知这个世界上还会不会有我这位“青年作家”……

但写一份入党申请书，这比创作一篇小说更为严肃。而且，在我心灵中，还有许多肮脏得没勇气告人的欲念，还时时受到个人名利的诱惑，还潜藏着对享乐的向往，还包裹着对虚荣的贪婪，还……

“全心全意为人民服务”，这句话是庄严地写在中国共产党的党章上的。我不能够怀着一颗极不干净的灵魂在一张雪白的纸上写下：我要求加入……

人可以欺骗别人，但无法欺骗自己。我在心中说：“爸爸，原谅我！我不，现在还不……”办公室的门被突然推开了。父亲来了。他连看也不看我，径直走到他睡的那张临时支起的钢丝床前，重重地坐了下去。钢丝床发出一阵吱吱嘎嘎的声响。我转过身去瞧着父亲。他又猛地站了起来，用手指着我，愤愤地大声说：“你可以瞧不起我，你的父亲！但我不允许你瞧不起共产党！如果你已经不信服这个党了，那么你从此以后也别叫我父亲！这个党是我的救星！如果我现在还身强力壮，我愿意为这个党卖力一直到死！你以为你小子受了点苦就有资格对共产党不满啦？你受的那点苦跟我在旧社会受的苦一比算个屁！”

我想对父亲解释几句什么，却一句适当的话也寻找不到。我一言不发地望着父亲，心想：爸爸，你说得不对，不对，我并不像你认为的那样啊！

……

我觉得委屈极了，直想哭。

……

父亲对我教训了这一次之后，接连几天不理我，不跟我说一句话。一天傍晚，有一个外地的陌生姑娘来到我家中。她自称是一位文学青年，读过我的几篇作品，希望能同我谈谈。我带她来到了办公室。她很漂亮。身材很美，又高，又窈窕。一张白净的鹅蛋形的脸，容貌端庄娴雅。眼睛挺大，闪耀着充满想象的光彩。剪得整齐的乌黑的短发，衬托着她那张动人的脸，像荷叶衬托着荷花。她穿一件五彩缤纷的花外衣，只有三颗扣子，好像是骨质的，月牙形，非常别致。半敞的衣襟露出里面深红色的毛衣，裤角带有古铜色镶边的牛仔裤，奶黄色的坡底高跟鞋。她端坐在沙发上，修长的双臂微向前探，双手习惯地揽住两膝。她从头到脚焕发着浪漫气质，举止文静而有教养。

我沏了一杯茶端给她。她接过去，看了一眼，欠身轻轻放在桌上，说：“我不喝绿茶。我从小就是喝花茶的。”我说：“请便。”将椅子搬到她斜对面，瞧着她问："你想和我谈些什么呢？"她妩媚地一笑："当然是谈文学啦……不过，也希望不仅仅限于文学。"我说："那么就请谈吧！不过，我也许会令你失望，我不是个理想的交谈者。"

儿子有些发高烧。走出家门时，妻正在给儿子灌药。而父亲在给我洗衣服。我尽量排除思路上的干扰，集中精力。我想她一定会首先向我提出什么问题。但她没有。她用悦耳的音调向我讲述起她自己来。

她说她离开家已经一个多月了。从南到北，旅游了不少大城市，拜访了许多颇有名气的青年作家。接着，便依次向我说出他们的名字。有人是我认识的，有人是我没见过面的。还说她崇拜某某及其作品，难以忍受某某及其作品，欣赏某某的作品但不喜欢作者本人。她很坦率。

我愿意同坦率的人交谈。我问："你此行是出差吗？""噢不，"她摇摇头，又是那么博人好感地一笑，"就是为了玩，散散心。""你的单位竟会给你这么长一段假？""我现在不受任何单位管束，自由公民！""你是个待业青年？""我想有工作时便可以有份工作，腻烦了就当自由公民。"我迷惑不解地望着她。她揽住两膝的双手放开了，身体舒展地靠在沙发上，目光迅速地在我的办公室内环视一番，说："你的办公室可以容得下五对人跳舞。"我说："我不会跳舞。大概是可以的。"这回轮到她迷惑不解了，怀疑地盯着我，要看出我说的是不是真话。我惭愧地笑笑。她的目光移开了，落在写字台上，又问："自由市场上买的吧？"我点点头："是的。""样式太老。""不，是太俗气。但便宜。"她的目光又盯在了我脸上，那模样仿佛我对她承认了我是一个下流坯子似的。我说："请接着谈下去吧，你刚才谈到自己的话还使我有些不明白。"

"是吗？"怀疑的神态，怀疑的口吻。接着，她轻轻叹了口气，平平淡淡地说："报考过电影学院、音乐学院，都没考上。在外贸局工作了三个月，在旅游局工作了半年，这两个单位没能更长久些地吸引住我。在省图书馆混了一年，因为那儿有书，才拴住我一年。看书也看腻烦了，于是就辞职了……回去以后，也许会到省电视台，看我那时心情好不好，乐不乐意去……"

我终于明白，她是来自另一个天地的。"你出来这么长时间，父母放心吗？""他们也没什么不放心的。每座城市都有父亲当年的老战友。或者住他们家中，或者住宾馆……"我觉得没有必要再问什么了，期待着她说。她沉默了一会儿才又开口："你一定无法理解我……小时候，我和姐姐，觉得世上任何好吃的东西都吃过了，我们就将糖和盐拌在一起，再浇点辣椒油……现在，我的心境就跟小时候似的，我觉得我丢了。我觉得我对什么都腻烦了，对生活失去了热情，就好像我小时候对食物失去了味觉一样……”

我依旧望着她那张漂亮的脸，心中对她产生了一种同情。类似对一只将要溺死在蜜中的小昆虫的同情。

她见我在很认真地听，继续说下去：“本想离开家散散心，但结果心境反而愈来愈不好。每座城市都到处是人、人、人，愚昧的，没文化的，浑浑噩噩的人，许许多多的人，每天都在谈论房子问题，待业问题……”

我平静地问：“你无法忍受这样一些人们吗？”“难道你能够忍受这样一些人吗？”她坐端了身子，目光又盯在我脸上，现出一种对我的麻木不仁开始感到失望的表情。我没有立即回答她。我又想起了我躲在木楼堆间痛哭过一场的那个雨夜。也想起了我和父亲为了妹妹早日分配工作给街道主任拉煤那个雨夜。小雨，大雨，都是下雨的夜……为什么保留在我记忆中的都是雨夜呢？我毕竟从我生活中的两个雨夜度过来了。我毕竟扯着父亲的破衣襟，扯着一个没有受过文化教育的，头脑中有着狭隘的农民意识的父亲的破衣襟，一步步从生活中走过来了，一岁岁长大了……

“古老的国家，古老的民族，生活在这么一种氛围中，每个人都将要被窒息而死！……”那姑娘的悦耳的声音，使我的注意力不能从她身上过久地分散。

我要求说：“让我们谈谈文学吧！”“文学？……”她嘴角浮现一丝嘲讽，大声说，“中国目前不可能有文学！中国的实际问题，就在于人口众多。如果减少三分之二，一切都会变个样子！”

我冷冷地回答她：“好主意！减少的当然应该是那些愚昧的，没文化的，浑浑噩噩的，每天都在谈论房子问题和待业的问题的人啰？”

我情绪的变化并没引起她的注意。她皱起眉头，用一种忧国忧民的语调说：“就在今天，就在你们北影厂门口，我看到一个白胡子老头，抱着一个傻乎乎的孩子，在围观一辆外国小汽车，我心里真是悲哀极了！我要写一篇心理小说，将我内心这种悲哀表述出来！这就是我们的人民，我作为一个中国人真感到羞耻！……”她那样子悲哀得快要哭了。或者说，她是企图要将我感动哭了。然而我并没有受到丝毫感动。我已不再像从前那么易于动感情了。我在想，她那颗心一定很渺小，因此也只能产生这么一点渺小的悲哀。我已经不再同情她。

我告诉她，那白胡子老头，肯定就是我的父亲。而抱在他怀中那傻乎乎的孩子，是我的儿子。

“是你……父亲？……”她的脸微微红了，显出动人的窘态，讷讷地说，“请原谅！我……还以为你是……”

“这不值得请求原谅！因而我也不想对你表示原谅！我并不想否认，我的父亲没有文化，他在扫盲时所认识的字，绝不会比你这件花外衣上的花朵多！他还很愚昧，由于他的愚昧，由于他的农民意识的狭隘，给我们的家庭造成重大的不幸！因为他不相信医生的话而相信算命先生的话我的姐姐夭折了！我的哥哥，因为他鄙薄文化而崇尚力气，疯了！我原谅了他，但却不能忘记这些。我要比你更加憎恨愚昧！我要比你更加明白文化对于一个国家一个民族意味着什么！我诅咒造成愚昧和没有文化的落后状况的一切因素！……”我从椅子上站了起来。我的声音很高。我内心很激动。我仿佛不是在对我面前的这一位姑娘说话，而是在对众多的各种各样的人说话。

我还想对她说，她可以对我们的人民没有感情，她也尽可以像她读过的小说中那些西方的贵夫人一样，对他们的愚昧和没有文化表示出一点高贵的怜悯，这无疑会使像她这样的姑娘更增添女人的魅力。但她没有权力瞧不起他们！没有权力轻蔑他们！因为正是他们，这在历史进程中享受不到文化教育而在创造着文明的千千万万，如同水层岩一样，一层一层地积压着，凝固着，坚实地奠定了我们的九百六十万平方公里土地！而我们中华民族正在振兴的一切事业，还在靠他们的力气和汗水实现着！愚昧和没有文化不是他们的罪过，是历史的罪过！是我们每一个对振兴我们的国家我们的民族缺乏热情，缺乏责任感的人的惭愧！

我还想对她说，至于她自己，不过是我们九百六十万平方公里土地上一小片水分充足的沃壤之中的一朵小花而已。美丽，娇弱，但没有芬芳。因为她不是树木，所以她那短细的根须是触及不到水层岩层的。她所蔑视的正是她所赖以存在的。她漠视甚至嘲讽他们的最现实的烦恼，但她那种没有什么值得忧郁的事才产生的忧郁，那种一颗空泛的心灵内的微渺而典雅的悲哀，与他们可能经历过的悲哀相比，其实是不值论道的。

我还想对她说……

我什么也不想对她说了。

我又想到了发烧的儿子。我认为我应该回到儿子身边去了。

“非常抱歉，我不能再陪你交谈下去了！”我走到办公室门前，推开了门——门外，站着我的父亲，呆呆地，一动不动地像根木桩似的。一手拎着水壶，一手拿着一瓶墨水。他是给我们送开水来的。他分明是听到了我方才大声说的某些话。那姑娘走下楼梯时，还回头来看了我一眼，我这样对待她，肯定是她绝没想到的。父亲一声不响，放下水壶，默默走向他睡的那张钢丝床。一直到熄灯，我和父亲彼此没说一句话。我静静地躺着，无法入睡。我知道父亲也是静静地躺着，没睡。

我真想翻身下床，走到父亲身边，跪下去，将头伏在父亲胸上，对他说：“爸爸，原谅我那番话又无意中伤害了你，原谅我，爸爸……”

隔了一天，我从朋友家很晚才回来，一进家门，妻便告诉我，父亲走了。“走了？上哪儿去了？”“回哈尔滨了！”“你……你为什么不拦他？！”“我拦不住。”病刚好的儿子大声哭叫：“爷爷，我要爷爷！我要找爷爷嘛！……”我问：“父亲临走说了什么没有？”

妻回答：“什么也没说。”

我一转身就从家中冲了出去。我赶到火车站，匆匆买了一张站台票。我跑到站台上时，开往哈尔滨的列车刚刚开动。我跟着列车奔跑，想大喊：“爸爸……”却没喊出来。列车开出了站台。送行者们纷纷离去了。只有我一个人还孤零零地伫立在站台上。

望着远处的铁路信号灯，我心中默默地说：“爸爸，爸爸，我爱你！我永远不忘我是你的儿子，永远不耻于是你的儿子！爸爸，爸爸，我一定要把你再接到北京来！……”

远处的铁路信号灯，由红变绿了……

鹿心血

一九七二年冬，按照上级命令，我们在乌苏里江边增加了一个哨所。守卫它的，是我们连的六名知识青年——我是其中的一个。

哨所并不隐蔽，用一破两半的圆木构造。我们的任务是——巡逻十里长的一段江面。

连队隔半月给我们送一次面粉和蔬菜。北大荒冬季只能吃到白菜、萝卜、土豆——“老三样”。不但战士要吃，干部也要吃，哪一级都要吃。吃了就要唱：“我们的同志，在困难的时候，要看到成绩，要看到光明……”

难得吃顿肉。我们不像孔夫子那么娇气，三个月不知肉味就牢骚满腹。

我们都巴望哪天能捉一个特务。

却没捉到过。

捉到过一个形迹可疑者，一个“二毛子”。我们大大地兴奋了一次，轮番对他进行审讯。结果非常遗憾，他不是特务，是九连的马车老板，到江边来下套子套野兔。这令我们也大大地沮丧了一次，没收了他的兔套。兴奋是一种情绪付出，不能白白兴奋一次。

江边地带很荒凉，生长着灌木丛和杂草，野兔出没其间。捉不到特务，我们就转移愿望，套野兔。总得有个愿望才行。什么愿望都没有时，烟钱的开销就太大了。

却没获得过一根兔子毛。套住的野兔被狗叼走了。雪地上清清楚楚留下的踪迹告诉我们，狗跑过江面，消失在彼岸的土堤后。土堤后是一个村庄，可以望见各式各样的屋顶。这一带江面不宽，早晨甚至可以听到他们那个村庄的鸡啼。毫无疑问，这条“强盗狗”准是苏联人的！它竟可恶地连我们的兔套也一块儿叼走了。

我们恨透了这条狗。发誓逮住它，惩罚它。不弄死它，也要弄它个半死。

我们设诱饵，埋“子母套”。

一天傍晚，我们听到了狗叫声。当时大家闷坐火炉四周，正无事可做，无话可聊。狗叫声在我们内心引发了一种近乎亢奋的激动，同时跳起来，好像哨所里着火了似的，争先恐后冲到外面。

我们循着狗叫声跑到一片灌木丛那里，包围被套住的狗观看，大为开心。那狗比我们想象的要小，也不如我们想象的那么凶猛。长腰身，长腿，垂耳。深栗色的毛，闪耀着旱獭般的光泽。狗脸很灵秀，很可爱。一条漂亮的纯种苏联猎狗。钢丝套子勒在它后胯上。由于它经过了一番激烈的挣扎，已使套口收得很紧很紧，勒入皮肉，仿佛就要将它的腰勒断了。这狗的充满痛苦的眼睛里，流露出人类的悲哀而绝望的目光，恐惧地瞧着我们。它不断啮牙，发出阵阵低呜。但那低呜绝不意味着进攻的企图，是防范的本能。它太痛苦了，不久便连防范的本能也丧失了，一动不动地蜷伏在雪窝中，不再啮牙，也不再发出低呜。它浑身颤抖，不知是由于痛苦，还是由于恐惧。

观看这么漂亮的一条猎狗这么可怜的样子，我们都有点暗发慈悲了。它毕竟是狗，不是狼。它不过叼走了我们套住的野兔，并没咬伤我们的哪一个伙伴。如果它是一条中国狗，不是猎狗，只是一条普普通通的狗，我们都会立刻放掉它的。我们都暗暗地、深深地为它不是一条中国狗而遗憾。苏联，这一点似乎使问题的性质很不同了。一种古怪的心理，使我们这几个很喜爱狗的中国小伙子，对这条苏联狗压制了我们天性中的善良和怜悯。

一个伙伴踢了它一脚，恨恨地说：“我们走，让它在这儿受罪吧！它不被勒死，也会被冻死，或者夜里被狼活活吃掉！”

另一个伙伴反对：“让狼吃掉？那未免太可惜了！弄回哨所去，宰了，够我们吃几天狗肉的！”

第三个伙伴立刻表示赞同：“对！狗皮归我了！寄回上海，给我父亲做件皮坎肩儿！纯种苏联猎狗皮坎肩儿，不够时髦，也他妈的算稀罕了！”

我们虽然都喜爱狗，但对吃狗肉还是很向往的。连里的老职工请我们吃过狗肉，这种口福给我们留下了深刻记忆。在长久不知肉味的情况下，对吃狗肉的向往就会超过对狗的喜爱。谁叫它叼走我们套的野兔，使我们的肠胃受到亏损呢？谁叫它自己又被套住了呢？谁叫它偏偏是一条苏联狗呢？肠胃的亏损是很实际的亏损，我们有权补回来。它不仁，我们也就不义了，一报还一报，我们都认为吃掉它不算多么缺德。“好，听大家的！”班长终于发话。

于是我们将它拖回哨所。一到哨所，马上分工：有人劈柴添火，有人化冰烧水，有人磨刀准备剖膛破肚，有人拌油盐酱醋调作料，有人剥蒜。

天，那会儿完全黑了下来。已看不清江对面的景物。土堤后的夜空时时闪烁着细小的火星，那是晚炊的烟霭。烧木柴，烟囱里冒出的那烟都会夹带着那种细小的火星。天越黑火星越显眼，怪神秘怪好看的。使我们想起了小时候过年玩的“滴答花”。淡淡的木脂油味飘过江来。那种细小的火星和木脂油味，常常引诱我们想偷越江界，登上土堤，看看堤后的苏联村庄。

狗在哨所外，也许快勒死了，也许快冻僵了，也许预感到了无法逃脱的可悲下场，一声不叫。仿佛期待着我们结果它的生命。水烧开了。磨刀的伙伴满意地用手指试刀锋。忽然，我们听到江对岸有人呼唤。先是一阵老头的沙哑的呼唤声。接着，是一阵老妪的气急的呼唤声。“娜嘉！……”“娜嘉！……”“娜嘉！……”在这黑沉沉的宁静夜晚，隔江传来的呼唤声听得真切，因为真切，呼唤声中的焦急和不安，我们不难领略。班长在团部俄语培训班受过培训。于是我们就问他，呼唤的是什么意思？班长回答：“娜嘉，这是苏联女孩名，他们在呼唤孩子。”他们呼唤孩子，与我们毫不相干。持刀的伙伴向我摆了一下头，我就走到外面去，将那条半死不活的狗拖进哨所。

它却突然叫了起来。呵，我从未听到过任何一条狗在任何一种情况下发出那么悲哀的叫声。那简直就不是一条狗在叫，而是一个身陷绝境的人在回应对自己的呼唤。我至今一回想起这件事，那条苏联猎狗当时那种悲哀的叫声，犹在耳畔。我是难以将这一种狗的哀叫声用文字描绘出来的。那是文字无法描绘的。狗最具有人的灵性和人的情感。在某种情况下，比如在彻底绝望的生死关头，人会发出像兽一样的号叫，狗会发出像人一样的声音。无论前者抑或后者，都是震颤人心的。那条苏联猎狗的叫声，太像太像一个就要被杀害了的孩子听到父母呼唤后的哭喊了！

那声音几乎使我们每一个人的心跳都为之屏止了。

在这狗的一阵悲哀的叫声过后，江对岸苏联老头和老妪的呼唤声更接近我们了。显然他们循着叫声，沿江对岸的土堤一面继续呼唤一面奔跑过来了。听呼唤声，他们是站在正对我们哨所的地方。在他们和我们之间，隔着冰封的乌苏里江。人的呼唤声和狗的应叫声，震颤着比冰封的江面要宽阔几倍、十几倍、几十倍的夜空。也许一阵枪声都不足以对我们、不足以对边境地带的这个无月无星、黑沉沉的夜晚产生如此强烈的震颤力。

我们都一动不动，呆呆地倾听着。

班长首先走到了哨所外面，我们也一个个走到了哨所外面。

连风也没有一丝。一个一切都仿佛静止了的夜晚。一个极其寒冷的夜晚。静止的一切使人感到犹如被寒冷冻住了。声音是不可能被冻住的。冻不住的声音——人的呼唤声和狗的回应声，以一种穿透这犹如被冻住了的黑沉沉的夜晚和犹如被冻住了的大自然中的一切的力量，震颤着我们的心。

没有月亮也没有星星，冰封的江面是锡箔色的，能见度达不到十米之外。我们虽然看不见那站立在对面土堤上的一对苏联老人，但我们确信，他们也许比我们想象的还要衰老，甚至可能是两个老态龙钟、步履艰难、行将就木的人。只有老到这种程度的人，才会发出那么竭尽全力、苍凉凄楚、每个字的音调都颤抖着的呼唤声。

“娜嘉！……”

“娜嘉！……”

我们不必问班长就早已明白了，他们是在呼唤这条狗。

“不他妈的发慈悲！”一个伙伴将哀叫着的狗拖进了哨所。这是一句气冲冲的话。人在极想却又很难硬起心肠的时候，往往会说出类似的话。实际上是对自己发泄的气恼。

我们又都跟着走进哨所。持刀的伙伴，将刀朝地上狠狠一掼，走到他的铺位，仰躺下去了。刀子深深扎入地面。班长沉默着。“我声明啊，我不要狗皮了……”那个来自大上海的伙伴喃喃地说，蹲到炉前去了，拨出一块炭火吸烟。沸水冒出雾般的蒸气。哨所小小的空间，充满蒜汁的辣味。班长拔下刀，盯着那狗。它一被拖入哨所，就不叫了，它也瞧着班长。它眼角挂着泪。它无声地哭了。我生平第一次亲眼看到，狗是怎样默默地哭的。谁如果不相信狗在悲哀时会哭会流泪，谁就缺少人性！

狗的主人也哭了。他们的呼唤声告诉我们，他们是哭了。他们是边哭着边呼唤。班长朝狗弯下身去。“班长……”我一把抓住了班长那只拿刀的手腕子，用目光苦苦向班长哀求。班长用另一只手扳开我的手，轻轻推开了我。他并非想杀狗，是用刀去割钢丝套。好一会儿，才将钢丝套弄断。刀锋变成了锯齿。

狗慢慢站了起来。由于我们放了它，它似乎意识到自己的命运发生了转机，不像先前那么惧怕我们了。它那双狗眼有点疑惑地望着我们，本能的戒心使它不敢移动地方。它仿佛在暗暗揣度，我们对它发的慈悲，究竟是应该信任的善意，还是不应该信任的人的狡猾或计谋。它被套伤得很重，后胯毛脱皮绽，血肉模糊。

班长低声说：“医药箱！”我立刻拿来医药箱。他又说：“给狗上点药，包扎一下。否则，它的主人会非常恨我们的。”

我帮着班长毫不吝啬地往狗的伤处倒红药水，撒消炎粉。之后，又仔仔细细地给它缠了几圈药纱布。它竟非常温顺，一旦意识到我们不再想伤害它，便很驯良地听任我摆布它了。

班长在一张纸上写上几行俄文。写完，念给我们听。他写的是：我们并不想伤害你们的狗。希望它不再到江这边来。

我献出了一个牛皮纸信封，班长将这封“国际信件”让狗叼住。我推开哨所的门。我们望着那狗慢慢走了出去，消失在黑暗中……从此，我们套住的野兔再没丢过。一场大雪覆盖了那条狗留在我们大地上的踪迹，也覆盖了它留在我们忆中的“形象”。新年前几天的一个夜晚，我们熄灭马灯，都已钻入被窝儿了，忽听有什么东西在外面扒门。“熊？……”我低声说出一个字。熊才胆敢扒有人住的宿舍的门。大家顿时紧张起来，一个个下意识地拿起立在床头边的枪。扒门声后，是一阵狗的焦急的低呜。“娜嘉！”班长仿佛具有什么特殊功能，首先听出了是那条苏联猎狗的声音。我们没听出来，因为我们已把它忘掉了。班长穿着衬衣衬裤，赤脚蹦到地上，迫不及待地打开了门。果然是“娜嘉”！“娜嘉！”“娜嘉！”我们也都纷纷掀起被子，蹦到了地上。虽然我们曾向它的主人声明，希望它不再到江这边来，但它的出现，却使我们感到非常高兴，也感到非常意外，非常惊诧。“娜嘉”身后拖着什么，被门槛儿卡住了。班长赤脚从外面搬进来一辆小爬犁。我们怀着极大的好奇心围了上去。“娜嘉”像我们的老朋友似的，逐个往我们身上扑，柔软的舌头不断亲昵地舔我们的手。

爬犁上绑着一个小帆布口袋。班长打开口袋，我们愣住了——两只野兔、一只野鸡、一瓶酒、一封信，还有一大包用旧俄文报纸包的什么。班长打开报纸——许多油渍渍的小饼，还是热的呢！

“娜嘉”伏在我们对面，两条前腿并拢，将头舒服地枕在前腿上，转动着它那双少女般温存的眼睛，得意而友好地瞧着我们。班长拆开信默默看着。我们都非常急切地想知道信上写了些什么，催促班长念给我们听。信上写的是：非常感激你们对“娜嘉”所发的慈悲。上帝会替我们报答你们。我们无儿无女，“娜嘉”如同我们的孩子。它是一条好猎狗，就像一个有教养的好孩子。我老了，它是因为没有人再带它去打猎，熬不住寂寞，才干出蠢事。尽管它非常聪明，却无法理解什么是边境线。它叼回来的东西，我们一直冻在仓库里，从没产生过想吃掉的念头。请相信，在我们的村子里我们是两个受人尊敬的老人。我们让“娜嘉”将野兔和野鸡带给你们，物归原主。你们就要过你们的新年了，酒，是我们表示谢意的一点礼物，馅饼，是我年老的妻子亲手烤的，但愿你们爱吃。我们祈祷仁慈的上帝降福于你们……

班长的俄文水平很高，全团数一数二。否则，他也不会被任命为边防哨所的班长。以上用中文念出的那封信，相当准确地表达了俄文原信的意思。我如今怎么居然还能够记得这封信的词句，那是连我自己也解释不清的。人的头脑对某些造成深刻心理冲突的事往往会保持格外长久的记忆。

那封我们一句话也看不懂的信，在我们每个人手中传了一遍。传回班长手中时，被他投入火中烧了。

他说：“野兔和野鸡，是我们套的，我们留下。馅饼是他们的一番真诚心意，我们也留了。至于这瓶酒，我们有纪律，不许喝酒。只好由‘娜嘉’再带回去。”

我们都表示赞同。

“娜嘉”离去后，我们披着大衣，围着火炉，有滋有味地吃了一顿馅饼，又吸着烟聊了许多。最集中的话题，是每个人的母亲顶善于做哪一种好吃的东西。这类“精神会餐”我们时时举行，但那一次，除了食欲的刺激外，我们的心理上还感受到了一种很不寻常的补给。只是大家都有意避开这一点，只字不谈。

以后，“娜嘉”经常越过江面，到我们哨所来。我们每个人都与它产生了特殊的感情。我们都开始喜爱上了这条漂亮的苏联猎狗。我们在江边巡逻时，它总是从容而矜持地跟随在我们身后。大概它以为是在跟随我们散步。中国的边防士兵（尽管我们是非正规的），带着一条从苏联那边跑过来的猎狗，巡逻在弥漫着敌对情绪的边境线上，旁人（无论我们的人抑或他们的人）肯定会认为简直匪夷所思。

我们也常带它追逐野兔野鸡。那时，它才真正显示出一条出色的猎狗的本领。它的速度快极了，而且是那么灵活，善于在全速追逐过程中突然转变方向，由追逐变为拦截。再狡猾的野兔一旦被它发现都难以逃脱。它完全取代了我们的兔套。它给我们带来了多少快活啊！“咱们的‘娜嘉’……”我们甚至开始用这种大言不惭的话谈论它了。有时，它也会留在我们哨所过一夜。看得出来，它也对我们这几个中国小伙子有了特殊的感情，对我们的哨所有了特殊的感情。

狗毕竟是狗。再聪明的狗，也不可能像人一样去理解某些事物。我常常一边逗它玩耍，一边暗想，如果它能够理解什么是国界，什么是哨所，什么是中苏关系，它恐怕就绝不会将我们的哨所当成第二个“家”了吧！

春节前，连队的马车给我们带来了从城市寄给我们的包裹。我们中有上海知青、北京知青、天津知青，也有哈尔滨知青。我们打开的包裹凑在一起，东西就很可观了：糖、饼干、香肠、肉松、巧克力、麦乳精、烟、茶、果脯、瓜子……

班长说：“我们每人拿出一份，放在一起，‘娜嘉’来了，叫它带过去。”我们都认为这是理所当然的事。于是人人拿出最得意的一份，塞了满满一书包。班长又说：“这件事，只能我们六个人知道。如果有第七个人知道，就证明我们之间有了出卖者。”我接着班长的话说：“都发誓！”我们发了誓：谁如果对第七个人讲了这件事，那就连“娜嘉”都不如。不是一个可怕的誓言。但对我们来说，却是一个内涵有分量的誓言。那天，“娜嘉”没有来。第二天，也没过来。第三天，仍没过来。我们都一心一意盼望着它过来。它却似乎明白了什么是国界，似乎再也不会过来了。我们一天比一天失望。

塞满了各种好吃东西的书包，挂在柱子上，渐渐落满了灰尘。一个月后，东西少了。又过了半个月，更少了。有一天，书包空了。班长将空书包扯下来，甩到了铺位底下。

白天，我们在江边巡逻时，常常不由自主地站住，向江对面呆望，幻想着“娜嘉”突然出现在对面的土堤上，越过江面，奔向我们。

夜晚，哨所外一有什么动静，我们就会以为是“娜嘉”来了。班长好几次光着脚跳到地上，急急忙忙打开门。门外却只刮进寒风。

我们终于悟出了一个道理：“娜嘉”毕竟是一条苏联狗。我们毕竟不是它的真正主人。一旦悟出了这个简单的道理，我们便不再谈论它。我们不再谈论它，却并不意味着我们根本不再想它。

乌苏里江开化了。

我们担负着巡逻任务的这段江面，变得比冰封时宽阔多了。江水天天上涨，对面的土堤矮了。江面时刻漂浮着巨大的冰排。冰排重叠堆砌，在江中形成一座座小冰山。它会猝然崩溃，带着毁灭性的冲击力，被湍急的江流疾推而去。

一天傍晚，我和班长巡逻完，并肩往哨所走。这季节，春天虽然到了，乌苏里江虽然开化了，但气候并未明显转暖。大地上的雪，白天融化，夜晚冻结。江边罩着一层滑溜溜的冰壳。一脚踩下，发出嘎吱嘎吱的碎裂声。风，还是挺硬挺刺骨的。我们都穿着大衣。

乌苏里江在落日的余晖和晚霞的辐射下，托着千百块冰排，汹涌向前。江波闪耀着金色的粼光，冰排镀着赭红的釉彩。那情景十分壮丽，仿佛一股势不可当的岩浆流，将大地切为两瓣。冰排互相撞击，发出阵阵奇特的骤响。

班长发现了什么，指着前面说："你们看！"

江边伏着一个人。

我们跑过去才看出，不是人，是狗。是"娜嘉"！它肯定勉强挣扎才游上岸，一上岸，便丝毫力气也没有了。它几乎和江边的冰冻在了一起。它的湿毛成了冰铠甲。我和班长用枪托将它四周的冰层捣碎，才抱起了它。我脱下大衣裹住它那半僵的身躯，朝哨所猛跑。

一闯进哨所，我就将"娜嘉"放在火炉旁，让它卧在大衣上。

班长立刻往炉子里添木柴。炉子一会儿就烧红了。"娜嘉"的冰铠甲融化了，流淌下来的水弄湿了我的大衣。另一个伙伴用他的大衣替换下了我的大衣，为使"娜嘉"更暖和些。它在瑟瑟发抖。

班长用自己的枕巾擦它湿漉漉的毛时，才发现它身上绑着一个小皮袋。班长解下皮袋，倒出里面的东西——全是银器：银手镯、银酒盅、银烟盒、银烛台，共十余件。还有一封信。小口袋是皮的，防水，信没湿。

班长立刻将这封信念给我们听："娜嘉"两个月前被军犬咬伤。它总算活过来了。我的老伴却又病倒了。我恳求你们收下这些在你们看来也许分文不值的银器，让"娜嘉"带回一点鹿心血。我知道你们那边有养鹿场，鹿心血能治好我老伴的心脏病。不要使一个老年人的恳求落空……

"娜嘉"那张漂亮的脸毁了，好像被撕碎了又拼缝起来的玩具狗的脸，变得那么丑陋。它还失去了一只耳朵。身上，也有几处脱毛的伤痕。班长说："银器我们绝不能收留，但我们无论如何也要想办法弄到鹿心血！……"我们一时都被难住了。养鹿场离我们这儿很远。鹿心血又很珍贵，绝不是什么人以什么理由就能从养鹿场买到它的。班长问："谁在养鹿场有熟人？"伙伴们都没吭声。我相信他们是诚实的。我犹豫了一下，说："我有一个熟人，不过……"班长打断我的话："现在别谈什么'不过'了！"说着，脱下自己的大衣抛给我，"马上动身到鹿场去，一弄到手就赶回来！"这就是说，这个夜晚，我要孤单单在荒野上来回走五十余里。大家都默默瞧着我。我一句话也没再说，一边穿大衣，一边往外走……我在养鹿场的那个熟人，是我的同班同学。但我们的关系并不友好，甚至可说很僵。他曾借我的一块瑞士表戴过，未还，说丢了。可别人告诉我，没丢。因此我要他非赔我不可。他却说我的表是旧的，只赔半价。我那块表分明是新的，刚买不久便被他借去戴了。我们闹翻脸……

我来到鹿场时鹿场早已吹过熄灯号，一片黑暗。我擂开了宿舍门，请开门的人替我叫醒王佳宾。不出我所料，他根本不愿见我。我毫无办法，在外面一声声高喊他的名字。喊了半天，他才出来，披着大衣，提着裤子，气汹汹地说："不就是一块表吗？地主逼债，也不会在深更半夜！"嘴里还骂骂咧咧。我紧紧抓住他的一只大衣袖，生怕他再退回宿舍不出来，低声下气地说："老同学，我并不是为了那块表才深更半夜来找你啊！"他怀疑地看了我一会儿，问："那你为什么事来找我？"我说："求求你，无论如何帮我搞点鹿心血。"他说："鹿心血？又不是鹿粪，鹿场遍地都是。我搞不到！""你一定有办法搞到！求求你啦……"听他回绝得那么干脆，我急了，用双手抓住他胳膊不放。他说："就算我能搞到吧，可我为什么非帮你的忙呢？"我说："只要你能搞到，那块表我不让你赔了，一分钱也不让你赔！从此我再也不对你提一个'表'字。"他犹豫着。我又说："帮我这次忙吧，我今后一定报答你！我妈妈的心脏病很严重，你不能对我太冷酷无情啊！"我自己都相信了自己的谎话，自己都被自己的谎话所感动了。他终于答道："好吧，算你走运，我前几天刚弄到一点，是为别人买的。看在老同学的份儿上，给你！"我喜出望外，一下子搂抱住了他。他推开我，退进宿舍，片刻出来，交给我一个信封——鹿心血装在里面。我解开大衣扣，将鹿心血揣进棉衣兜，转身就走。他叫住我："那表，真的没丢。我不过是想考验考验你……看你对我的交情怎么样……"我说："没丢，表也归你了！"大步奔跑起来……我一身热气，满头大汗回到了哨所。一进哨所，就掏出信封，高举着说："同志们，让我们喊一声‘乌拉’吧！”谁也没睡，都在等我回来。伙伴们顿时把我围住了，只有“娜嘉”似乎睡了，一动不动地蜷缩在炉旁。黎明时分，我们将鹿心血放在银烟盒里，将银烟盒与其他银器都装入小皮口袋，将小皮口袋绑在“娜嘉”身上。“娜嘉”，它冻病了。我们舍不得让它在冰冷的江水中再游一次，但谁也不能代替它。乌苏里，这条古老的江，无论在冰封时还是在开化时，总有一条看不见的，但又是神圣不可侵犯的界线，将它划分开。对两岸的人们来说，逾越这道界线，甚至是比生死还要严峻的。

我们轮番将“娜嘉”抱到江边。班长拍拍它的头，说：“娜嘉，全靠你了！”它仿佛听懂了班长的话，勇敢地跃入冰冷的江中，朝对岸游去。隔夜间，江水又明显上涨了。江面比昨天更宽阔了。江流比昨天更湍急了。“娜嘉”被湍急的江流冲得沉浮而下。我们在岸上不眨眼地盯着它，追随着它奔跑。班长边跑边喊：“娜嘉，前进啊！娜嘉，前进啊！”快到江心时，我们都看得出来，它再也游不动了。当一块大冰排靠近它时，它的两只前爪攀住了冰排，下半截身子还在江水中，就那么随冰排漂去。可怕的事情发生了，另一块更加巨大的冰排，与那块冰排相撞在一起，将“娜嘉”钳在两块冰排之间。我们连它的叫声都没有听到。只见它那两条攀在冰排上的前腿，猝然失去了支撑力。它那深栗色的半截躯体，瘫在银色的冰排上。“娜嘉！……”“娜嘉！……”“娜……嘉……”我们呼喊着，目光追随着那两块冰排，沿江岸拼命奔跑。江面愈来愈宽阔……江流愈来愈湍急……两块冰排钳着“娜嘉”，急速驶向地平线，驰向乌苏里江遥远的、遥远的尽头。宛如两块巨大的璞玉衔着一颗微小的玛瑙。班长低声说：“娜嘉，它完了……”我们都默默地哭了。冰排，冰排，千百块冰排，各种形状的冰排，被黎明的朝辉涂上赭色釉彩的冰排，连接不断的冰排，从我们眼前带着毁灭性的冲击力，漂过、漂过……奔涌而去……在我见过的所有狗中，它是一条最具有人性的狗。它叫“娜嘉”——一个好听的苏联女孩的名字，中文意思是——“希望”……

鸽哨

珍宝岛事件爆发前，我们班七个知识青年在黑龙江边挖沙子。江沙很细，但只能冬季刨开冰冻的沙壳，挖了运走。春季江水一活，沙滩就不存在了。

我们住在江边一间废弃的小木房里。对岸，有一个哨所，驻守着大约一个班苏联边防士兵。冰封的黑龙江像一条宽阔的马路。我们每天在“马路”这边劳动，他们每天在“马路”那边巡逻。他们的一举一动，尽在我们眼中。他们从未向我们无端挑衅过。我们也并不因他们的存在而感到威胁。虽然他们是士兵，我们是知青，他们人人手中都有武器，我们有的不过是劳动工具。这里是太宁寂了。两国关系的恶化在我们心中造成的对苏联人的敌意，溶解在大自然的宁寂之中了。在这个地方，是个人，就会产生想要接近人的愿望。如果哪一天江岸看不到那几个苏联士兵，我们倒会觉得在这个宁寂的地方太孤单了。我们一次也没走到“马路”中心去过。他们也没有。在这条宽阔的“马路”上，国境线不是很分明的。与其说我们和他们都怕因“侵犯”了对方的领土而引起纠纷，毋宁说双方都很尊重那条不分明的边境线的存在，谨慎维护这一地带的宁寂与和平。我们不愿被他们看成敌人。他们肯定也是如此。被视为敌人，或者视人为敌，并非美好的事。何况在这一地带，在这一宁寂的“世界”中，只有我们几个知识青年和他们几个士兵。想到“同仇敌忾”这个词时，倒会怀疑自己心理不正常。

那几名苏联边防士兵，似乎很适应这个地方的宁寂，生活得也似乎很有规律。他们每天早晨都一溜蹲在江边，用雪擦脸。而后就排着纵队在江边跑步。我们很想学他们，也到江边用雪擦脸，为了向他们证明，我们中国人的抗寒力，一点也不亚于他们苏联人。却只效仿了一天，没体验到丝毫乐趣，只得作罢。

他们养了五只鸽子，每天早、午、晚各放一次。我们将他们的鸽子看成

“国际轻音乐团”。他们的每只鸽子都背着鸽哨。鸽哨声悦耳极了，美妙极了，令我们非常羡慕。

我们也从连队带来了一只鸽子，一只洁白的鸽子，一只雌鸽。我们叫“她”作“白姑娘”，我们很欣赏为“她”起的名字。

我们放过一次“自姑娘”，被他们的五只鸽子引过去了，三天后才飞回来。从此“她”就被我们囚禁在笼子里，不再放出。

我们不愿因为鸽子而与他们——那几名苏联边防士兵之间发生什么冲突。

我们珍视这个地方的宁寂。

因为这个地方的宁寂是我们完全没想到的。

我们都是哈尔滨知识青年。下乡前，都参加过“深挖洞”的战备义务劳动。有了这种锻炼，挖沙对我们来说算是很轻的活儿了。

二百七十余万哈尔滨市人民，除了年迈的老人和年幼的孩子，谁没参加过“深挖洞”？小学生参加，中学生参加，军人参加，机关工作人员参加，街道妇女也参加。党政军各级首长，没参加过的怕也数不出来几个。“洞”是挖得很深的，工程相当巨大。耗资惊人，可能足够重建一座百万人口的城市。小学生们挖洞的积极性是非常令人感动的。他们一般都是参加运砖劳动。只要能搬动三块砖的，绝不会搬两块，咬着牙也要搬四块乃至五块。某个小学校的学生有所“发明”，创造了一种搬砖工具——一块木板，用粗铁丝或绳子两端拴住，挂在脖子上，一次最多可在木板上放六块砖，只要脖子吃得消。这一经验在各小学迅速推广。于是凡有小学生的人家中，红药水紫药水和药布，便成了常备之物。几百万人连续几年内每天挖洞不止，市内街道破坏，交通混乱不堪。恶性交通事故层出不穷。某些建筑的地基也遭到严重破坏，或倾斜或倒塌，塌方事故在所难免，烈士英灵永垂千古。即使在和平建设的环境里，死人的事也是司空见惯的，更何况为了准备打仗。人们这么去想，就觉得因“深挖洞”而死也算死得其所了。

市委大楼楼顶安装了防空警报器，堆了沙袋，架了高射机枪。于是几所大学、几座重工业工厂也照此办理。每隔几天便会听到一次凄厉的警报器响。它一响，工人们就跑出车间，干部们就跑出办公室，学生们就跑出课堂。各个单位都有洞，人们知道该往什么地方跑。行走在路上就近寻找不到一个洞可隐蔽的，便迅速卧倒——面朝下，双手护头，身体平贴地面。但不能与地面贴得太紧，那样会被震伤了内脏。也不能趴在离高大建筑物太近的地方，会被砸死。这是战备教育告诉人们的知识，这方面的知识还告诉人们，如此这般，便能在炸弹和原子弹爆炸的瞬间，保存自己的生命。保存自己，是为了消灭敌人。决定战争胜负的是人，不是武器。原子弹没什么了不起。“深挖洞”就是对付原子弹的伟大战略方针。为了在城市被苏军占领后，继续与苏军开展现代的城市“地道战”，《地道战》这部反映抗日战争的影片，被列为战备教育片反复上映。其实影片的实战意义，“家喻户晓，人人明白”。

从省市委机关办公室的玻璃，到各条小街窄巷中每家每户的玻璃，防空袭的米字白纸取代了花样翻新的红纸剪的“忠”字和“公”字。居民委员会的委员们，定期到各家各户视察，严肃批评张家或李家玻璃上的纸条贴得不符合战备要求。某些重要单位和大企业向外地转移。全国著名的哈尔滨工业大学和哈尔滨军事工程学院一大半迁走了。不少单位分期分批向农村疏散人口。许许多多的人们携妻带子举家奔赴农村。战争的威胁消减了人们计较“城乡差别”的心理。出卖私人房产的招贴在城市各个地方触目皆是，却对普通的人们失去了吸引力。旧家具的拍卖价格降到了几乎不值钱的地步，很少有人贪便宜问津。更很少有人想到奇货可居，从中渔利。人们先是想到应将地方粮票变成全国粮票。进一步想到应将钱和全国粮票变成饼干、罐头、肉松等等可做战备食品的东西。再进一步想到战争一旦爆发，一颗炸弹从天而降，说不定就落在房顶上，穿透房顶掉进屋里，全家老少于是同归于尽，储藏了再多的战备食品岂不也是枉然。想来想去，还是采用“三光政策”，东西卖光，钱花光，吃光喝光。人们惶惶然不可终日。

我曾任我们中学空袭救助小分队队长。“三角巾包扎法”我掌握得很熟练。不止一次在演习中舍身救助“伤员”，不止一次“牺牲”。我们学校是全市中学进行战备教育的样板。每个学生的衣里儿都缝着一块白布，上写自己的性别、姓名、年龄、父母姓名及工作单位。有的学生还在这块白布上写下最简短的遗言。这是为了中苏战争一旦全面爆发，救助队员们从废墟和瓦砾中拖出我们面目模糊、缺胳膊断腿的尸体时，也许会从那块白布知道我们生前是何许人。如果我们的尸体被燃烧弹烧焦，衣服烧成了灰烬，或者更惨一点，身躯被炸得无踪无影，那就是“另外一回事”了。老师在对我们讲这些时，就像讲几何例题一样逻辑清楚，合情入理。我们都觉得他“另外一回事”这句话讲得格外好，含蓄而明白。我们班有个男同学的生前“遗言”是——崔丽华，我爱你。崔丽华是我们班一名漂亮的女同学。而她的生前遗言是——

我想做电影演员。我们都是那个男同学的好朋友，都挺为他感到遗憾。因为崔丽华在生前“遗言”中并没写明也爱他。他不在乎这一点，说：“反正即使她也爱我，这依然是没法成为现实的事儿，我想战争一旦打起来，我俩绝不可能在战后都侥幸活下来。”大家又觉得他的话颇有几分道理。我们下乡之后，听说他和她都顽强地“留守”在城市，与上山下乡办公室进行“持久战”。他在给我的信中写道：“其实我不是留恋城市，既然战争明天就可能爆发，我们接受贫下中农的再教育还有什么必要呢？”我无法解答他的问题，也就没回信。

哈尔滨，这座被誉为东方小巴黎的城市，这座被誉为音乐歌舞之摇篮的城市，这座受苏联文化艺术乃至生活方式影响最久最深的城市，这座曾被它的市民们毫不怀疑地认为是“背靠老大哥”“第三次世界大战最可靠的后方”的城市，在那些不寻常的日子里，经常响起防空警报器的凄厉声音。它变成了一座空前混乱、无比肮脏、人心惶惶的城市，变成了一座注定将要在中苏战争中被炮火从中国地图上抹去的城市，变成了苏联导弹将重点摧毁的目标。它的每一个市民仿佛都处在朝活夕死的战争威胁中。

战争，战争，不是明天爆发，就是后天爆发。在汇编了关于战争的“最新最高指示”的语录本上，可以查到这样一句话——“中苏战争不可避免，早晚要打，早打比晚打好。”人们虔诚地朗读这段预言战争的语录时，心中充满了沉重的忧郁。中国人不是战争狂，却希望早打。打过了，就拉倒了。他们是这么想的。成年人都甘愿由自己这一代承担起战争的灾难，而将和平岁月留给子孙后代。无论这灾难是多么巨大多么残酷。青年人们都预备着血染疆土，英勇捐躯。

然而当我们来到黑龙江边，每天无遮无掩地暴露在苏联边防士兵的眼中，置身在对方武器的最佳射程之内，那种在城市每天所感受到的战争威胁，却减少到了似有似无的程度。我们仿佛走出了战争的噩梦，来到了和平的境界。

这里真他妈的是一片宁寂。听不到防空警报的凄厉鸣叫，也根本观察不到对方在边境线上陈兵百万的任何迹象。仿佛“马蹄形包围圈”不过只是战备教育的一种形象说法。仿佛中苏大战不可避免的预言不过是虚造的幻觉。

与我们这儿相去六七里，对方的一个边防站与我们的一个沿江村对峙江两岸。他们的探照灯夜夜照射到我们这边来。它是必定要照射过来的。那种军事探照灯的照射范围是五里，而这一带最宽的江面不过千余米。这从某种角度上说完全可以被认为是一种挑衅，也可以说是友好。怎么说怎么有理。说是一种特殊方式的友好似乎比说是挑衅更使人易于接受。辩证法在解释这件事上更具有其理论魅力。

我们无法看到当日的报纸。各种报送到团里，已是一个星期之后。由团里送到连队，又得三四天之后。到我们手中，还得三四天之后。我们最想及时看到的是《参考消息》和《人民日报》。一得到这两种报，我们都急切地用目光在每版上捕捉，捕捉着哪怕几行字的与中苏关系有关的报道。我们毕竟是处在“前沿阵地”，中苏关系与我们的命运相连。说不定哪一天一颗炮弹就将我们一块儿报销了。我们死也得死个明白。《参考消息》和《人民日报》上经常带有强烈的火药味。中苏关系一天比一天恶化。一次又一次的小规模边境冲突事件，积蓄着中苏大战前的舆论硝烟。登在《人民日报》上的不断升级的“抗议”“严重抗议”“最后警告”“最后通牒”，使全中国和全世界都深信不疑——“中苏大战是不可避免的。”

但这一边境地带，我是说将我们七个中国知识青年和一个班苏联士兵隔开的那段“马路”，却始终是宁寂的。仿佛这里因为离北京和莫斯科都很遥远，虽是两国神经末梢相接之处，我们和他们的头脑却都变得对战争信息反应迟钝了。

国境线上发生的冲突，有时公允地想起来，其实质并非都是那么严峻的。我们到这个地方之前，听说中苏双方就发生了一次冲突，几乎诉诸武器：一辆苏军卡车与我们的一辆拖拉机在江面上对行，互不相让，结果撞在一起。我们的驾驶员和他们的驾驶员都受了重伤。对双方来说，这都是一次“合理冲撞”，也都是一次不理智的冲撞。因为冰封后的黑龙江，中心线本不分明，双方却都认为是行驶在绝对意义的本国领土上，避让对方是政治性的屈辱行为……

我当时听说这件事，心想，与其说是“边境冲突”，毋宁说是“国际交通事故”，只要从联合国派来一名“国际交通警察”，许多类似事件就会得到公正处理的。

我觉得自己这想法颇高明，就对伙伴们讲了。伙伴们却不以为然，七嘴八舌地批判我思维荒唐，头脑简单。“联合国要是有国际交通警察，就该也有国际交通岗亭了，亏你想得出来！”“这是政治你懂不懂？就算有国际交通警察，也管不着这一段！”只有班长没加入对我的这场批判。在我低头认罪之后，他拍了我的肩膀一下，说："你这个想法……可也真是个想法！"我不明白他的话究竟是对我表示支持，还是讽刺。……几天后，我们的一个伙伴回连队修工具，回来时，带了几份《人民日报》。看了报，我们才知道，珍宝岛事件爆发了。班长抢过报，大声给我们读了《人民日报》评论员的文章："……只要苏联当局想打，我们就坚决奉陪到底！……"这句措辞斩钉截铁的话，使我们面面相觑。大家都意识到，我们并非处在"和平净土"上，而确确实实是处在中苏全面大战即将爆发的"前沿阵地"。江对岸是社会帝国主义，是新沙皇，是"亡我之心不死"的、最凶恶的、侵略成性的头号敌人。这种我们在接受战备教育时确信无疑的战争理论，一度被这一边境地带的宁寂溶解了，那一天又被珍宝岛事件的爆发浓缩了。然而黑龙江不是乌苏里江。我们挖沙子的这个地方也不是珍宝岛。这里的宁寂是真实的。但我们从那一天开始，都觉得这里的宁寂是虚假的了。从连里带回《人民日报》的那个伙伴还说，连里的知青都在流传，莫斯科警告北京——他们二十分钟就可以从远东打到北京。北京的回答是——我们十分钟就可以摧毁克里姆林宫。

不知这种说法从何而来，我们听后认为大长中国人的志气，大灭"新沙皇"的威风，完全相信它的可靠性。"光复莫斯科！""解放彼得堡！""让克里姆林宫的红星重放光芒！""将列宁的水晶棺转移到天安门广场！"我们身为红卫兵时，在哈尔滨八区体育场集会高声呼喊过的"反修"口号，从那一天起，又在我们每个人心头荡起了激昂的回声。"反修战士"的豪情壮志，从那一天起，又在我们每个人的血管里沸腾奔突！"你们说，老毛子从什么时候开始有了'亡我之心'呢？"一个伙伴郑重地向大家发问。大家一起瞧着他，都觉得他郑重得一副傻相。"这算什么问题？一边待着去！""你小子好像对这一点还有怀疑？"大家纷纷训斥他。他连忙辩白："没有，没有，我没那个意思！"伙伴中有一个名叫张文歧的，不知从哪儿搞到一册"战备教材"——《闪电战术实例分析》，闲着就看，自认为是"中苏问题"学者兼"现代战争研究专家"。他俨然以战备思想教员的口吻说："从他们成了'社会帝国主义'那一天，就有了'亡我之心'！明白吗？""明白了，明白了。"被训斥的伙伴诺诺连声。"别卖狗皮膏药！"班长狠狠瞪了张文歧一眼，又瞧着那个被训斥的伙伴说："你这个问题……还真是个问题！"……一场自发的战备教育就此罢休。从那一天起，江对岸的几个苏联边防士兵，成了我们眼所能见的最具体的敌人。大家怂恿班长，要求连里发给我们武器。免得战争一旦在这里发生，我们赤手空拳，全作无谓牺牲。班长却说："该发武器的时候必然会发给我们武器的。既然现在还不发给我们武器，那就意味着，我们的任务仍是挖沙子！"

他的话使我们大为扫兴。

一个伙伴嘟囔："说不定哪一天战争就打起来了，还搞什么营建？"

班长很生气地说："你应该去质问连长！"班长还将我从连里带来的那支猎枪和十几颗霰弹"接管"了。那是我向老职工借的，一心想在这地方打到几只野鸡、野兔什么的。没碰上过，也就一枪没放过。

"这里是边境线。中苏关系剑拔弩张，一枪一弹，有时都会引起严重冲突。我是班长，有权控制它！"班长的理由是无法反驳的。我背地里便骂他是"陈独秀"。伙伴们都说我骂得"高级"。我们每天照样在班长的带领下挖沙子。那几个苏联边防战士每天照样在江对面巡逻过来巡逻过去。我们重复着和昨天一样的劳动。他们履行着和昨天一样的职责。他们的五只鸽子，每天照样在这里的天空上飞翔。鸽哨声在我们听来，依然是那么悦耳，那么美妙。"白姑娘"照样被我们关在笼子里不放，照样一听到鸽哨就在笼子里骚动不安，发出不甘寂寞的咕咕的叫声。与昨天与前天不同的，是我们的心理。

如果我们发现他们在望着我们，我们便会停止劳动，也眈眈地注视着他们。以此让他们明白，我们是时时刻刻对他们保持着高度的警惕性和防范性的。

如果他们扔过来一个雪团，我们便会扬过去一掀沙子。如果他们中的某一个端着枪向江中心走来，我们便会各自紧握锹镐，一齐迎上去。准备打仗——这根弦在我们的头脑中绷紧到了最大极限。但是我们已见惯了他们的五只鸽子在这里的天空自由飞翔，也听惯了那悦耳的鸽哨声。如果哪一天不见它们在空中自由飞翔，如果哪一天听不到悦耳的鸽哨，我们一定都会觉得单调的生活里缺少了点什么美好的。这五只象征着友好与和平的鸟儿，似乎永远也不会被人类的战争思想敌对情绪滋扰。人类赖以生存的这个星球，尽管被一百多个大大小小的国家所划分，所统治，但环绕着它又比它更广阔的天空，却应该是鸽子的自由王国。蓝天是鸽子的大地。鸽子无国籍。它们仍一如既往地飞越国境线，在这里的天空吹奏出悦耳的咏唱友好与和平的哨音。它们在我们头顶盘旋时，我们仍会情不自禁地停止劳动，仰头观望它们，侧耳聆听那飘荡在广阔天空的悦耳鸽哨。

"白姑娘"却越来越不甘寂寞了。它渴望冲出樊笼，渴望飞翔，渴望获得自由。它一听到鸽哨，就咕咕地叫着，扑动着翅膀跳来跳去。它也只能如此引起我们注意，如此向我们传达它的渴望和抗议。

但班长却不止一次非常坚决地对我们说："不许放出它！谁也不许放它！谁不听我的，我就用拳头收拾谁！"

张文歧背着班长对我们叨咕："你们瞧着，哪天我非放一次'白姑娘'不可！说不定我们漂亮的'白姑娘'，还会将他们那五只鸽子都引过来呢！"

"你别自作聪明，你忘了上一次……"我想打消他的念头。

他说："上一次？胜负乃兵家常事，上次证明不了我们的失利！不过我们的'白姑娘'有点得意忘形，太对他们的鸽子卖弄风情罢了。我相信它会吸取教训，总结经验的！"

"他们五只，我们一只，敌众我寡呀！"又一个伙伴说。"未战先馁，你这完全是一个失败主义者的论调嘛！"张文歧振振有词。他仿佛不是在谈论鸽子，而是在策划一场空战。我诧然不已。隔日，张文歧在抡镐刨沙时，被飞起来的冻沙崩了眼睛。班长让我送他回去。走在半路，他笑嘻嘻地对我说："你们都上当受骗啦！"我问："什么意思？"他说："我是制造个机会回去给咱们的'白姑娘'放风的！""你没被崩着？""崩是崩了一下，不过没事儿。""我告诉班长啦！""请便。反正他已经来不及阻止我了。""要是咱们的'白姑娘'再被他们的鸽子引过去，看大家怎么惩罚你！"他自信地一笑，不屑于回答的样子。

走回我们刨沙子的地方，班长不安地问："他的眼睛伤得重不重？"

我没好气地说："他唉唉呀呀，装模作样骗我们……"

话未说完，一个伙伴突然指着天空大嚷大叫："看！咱们的'白姑娘'！飞得多高，飞得多快呀！……"

大家都向天空仰望。果然，我们的"白姑娘"翱翔在高高的天空。那一日天空晴朗极了，蔚蓝蔚蓝的，无云也无风。我们仰望天空，就像从天空俯瞰大海。"白姑娘"不时从高处俯冲下来，在我们头顶盘旋一圈，然后陡然疾飞。看得出，它获得了这次难得的飞翔机会，又快活又兴奋。

我们都看得有些发呆。

班长朝江对面望了一眼，低声骂道："张文歧这小子，跟我耍这套把戏，我轻饶不了他！"

他虽这么说，却一直仰着脸，用目光追随“白姑娘”优美的身姿，而且情不自禁地笑了。

“她”飞上了天空，我们谁也没法儿将“她”从天空弄下来。只有一边欣赏“她”高超的飞翔特技表演，一边期待“她”飞累了，自己降落。

“她”却飞呀飞呀，仿佛永远也不会飞累，永远也不愿降落。

一阵鸽哨声响起了。他们的那五只鸽子从江对面起飞了。它们飞过江，团团包围了“白姑娘”，裹胁着“她”一块儿飞。

“白姑娘”被它们诱惑了。“她”好像一位美丽高贵的公主，置身在一群爱慕者之间。“她”不断向它们显示自己高超的飞翔技巧，一会儿俯冲，一会儿滑翔，一会儿侧飞，一会儿连续翻筋斗。

班长说：“瞧着吧，‘白姑娘’一定又会被他们的鸽子劫持走了！这次他们绝不会轻易让‘她’再逃回来了，张文歧这个浑蛋！”

班长的担心却似乎多余。正如张文歧所预言，我们的“白姑娘”果真记取了上次被“劫持”的教训，“她”跟它们比翼齐飞，与它们在天空兜转周旋，但只要它们有了引诱“她”飞向江对面的企图，“她”便矜持地离开它们，高傲地独自任意翱翔。

我们心爱的鸽子这种非凡的“性格”，使我们——“她”的主人们感到大为惊奇和自豪。

“她”的爱慕者们，似乎终于像人一样意识到，要诱惑这只美丽的洁白的鸽子第二次“叛逃”是不可能的了。

那几名苏联边防士兵也出现在江对面，仰首观望这场“空战”。是的，这简直就如同中苏双方之间利用鸽子进行的一场无声的空战，我们恨不得也飞上天空，加入这场“空战”。他们是否也有这样的冲动，就不得而知了。

“空战”持续了很久。

“喂，你们的鸽子弃暗投明了，不会再飞过去了，你们死了这条心吧！”张文歧不知何时也回到了这里，朝江对面的苏联边防士兵大呼大喊。他一脸得意之色。

一名苏联边防士兵开始举起挂在长竿上的小旗摇晃。他们的那五只鸽子心有不甘而又恋恋不舍地往回飞了。它们刚刚飞过江去，我们的“白姑娘”又迅速追上了它们，在那几名苏联边防士兵头顶盘旋一圈，又将它们引逗到江这面来了。持旗的苏联边防士兵，一刻不停地挥舞小旗。他们的鸽子一次又一次飞回去。我们的“白姑娘”一次又一次将它们引过来。“噢！噢！我们胜利了！我们胜利了！”“弃暗投明有理！”“背叛‘新沙皇’有功！”除了班长以外，我们都跳着蹦着喊着叫着，哄作一团。当“白姑娘”又一次飞过江，一名苏联士兵举起了枪，向“她”瞄准。

“不许开枪！……”我大叫。“不许开枪！……”伙伴们齐声呐喊。“不许开枪！……”班长也对他们吼了起来。那苏联士兵缓缓放下枪，望着我们，在犹豫。却又有另一名苏联士兵举起了枪。砰……在这个宁寂的地方，枪声显得格外脆。那一瞬间，我们都呆呆地怔住了。“白姑娘”在空中抖动了一下，“她”那洁白的身体朝上一蹿，像被看不见的弹簧朝上弹了一下。几根洁白的羽毛从空中徐徐飘落。

“她”的翅膀伸展着，仍保持着飞翔状态，腹上背下，几乎垂直地掉落下来。“她”的爱慕者们，似乎明白发生了怎样的可悲事件，纷纷围绕着“她”也降低高度。看得出，它们都想要用自己的翅膀托住“她”。但鸽子毕竟不是大雁或天鹅，没有在空中救护同类的本领。也许它们深恐自己也突然遭到如此可悲的厄运，撇弃“白姑娘”，一齐飞走，纷纷落到了江对面哨所的顶盖上。

就在“白姑娘”掉到离地面只有几尺高的刹那，“她”突然翻过身，奋力扇动几下翅膀，飘飘摇摇地升起高度，仄仄歪歪地盘旋了一小圈，辨明方向后，斜着侧着地朝江这边飞来，朝我们头顶的上空飞来。在江中心，“她”就开始身不由己地下扎，像纸叠的飞机，翅膀一动不动地滑翔而至。

“她”掉落在我脚旁。

我立刻弯下腰，小心地用双手将它从雪地上捧起。

在“她”掉落的地方，雪地红了。

“她”洁白的羽毛红了。

我的双手红了。

“她”那两只乌豆般的鸽眼瞪着我。

我们一个伙伴，挥舞双拳朝江对面破口大骂：“你们浑蛋！”

班长狠狠扇了张文歧一记耳光。

张文歧操起一柄铁锨，就要冲过江去拼命。两个伙伴费了好大劲才将他制伏……

“白姑娘”的死，在我们心中造成了一种悲痛。这悲痛虽然不能用“巨大”或“强烈”去形容，但却是真实的，也可以说是沉重的。因为这悲痛之中，包含着一种浓缩的，不属于悲痛的成分在内。这种成分像癌细胞，原本就潜伏在我们心中。它与悲痛混合在一起，交织在一起，使一只鸽子的死，具有了咄咄逼人的重大性和严峻性。甚至可以说，我们心中包含着异质成分的悲痛，是超乎正常的，具有某种可怕性质的，超乎常态的。

我们将“白姑娘”埋葬在了黑龙江边。我们在埋葬“她”的那个地方肃立了许久，对这只无辜的鸟儿的横死表示我们几个年轻人的哀悼。我们都觉得对这只美丽的鸽子的死怀有深深的内疚。说到底，“她”是由于不明不白地卷入了我们与他们——那几个苏联边防士兵之间心照不宣的“战争”才遭到枪杀的。可“她”究竟算是为何而死呢？这又是我们无法向自己解释清楚的。我们对“她”的哀悼，也意味着是对江那边几名苏联边防士兵的愤怒和仇视。我相信，那一天他们是知道了这一点的。因为他们当时都站在江那边望着我们。直至我们散去，他们才散去。

接连几天，我们都变得沉默寡言。我们每天仍到沙坑那里去刨沙子。他们每天早晨却不再到江边用雪擦脸了。也不常能望到他们的身影了。也听不到悦耳的鸽哨声了。这个地方比以往更加宁寂。这确是虚假的宁寂。有种什么无形的可怕的东西在这个地方的宁寂之中孕育着、滋生着、弥漫着。

终于有一天，我们又听到了鸽哨声。也许，那几个苏联边防士兵认为，时间的流走已将“鸽子事件”的阴霾驱散了吧！起初，鸽哨声很微小，好像从极远的地方传来。渐渐地，哨声接近了。最后，听得很分明，就在我们住的小木房子上空环绕。如泣如诉地游弋。

我们都在睡午觉，纷纷坐起，怀着复杂的心情，静听那欲断欲续的哨声。以前，在我们听来，它是多么悦耳，多么美妙，多么令人心旷神怡啊！但那一时刻，这种声音令我们感到刺耳，引发了我们的愤怒。

我们的“白姑娘”被他们打死了。他们的鸽子竟又胆敢侵犯我们的领空！“张文歧呢？张文歧哪去了？”班长忽然发现张文歧不在。不知哪一根神经提醒他，他掀起褥角去看猎枪。猎枪不在了。装霰弹的小铁盒也不在了。“马上去把他找回来！都给我去找！”班长吼起来。我们衣帽不整地走出小木房子，四处张望，视野以内，不见张文歧的影子。“张文歧！……”我们同声大喊。回答我们的是鸽哨声。

奇怪，他会到哪儿去呢？

鸽子，他们的五只鸽子，仍然在我们的小木房上空飞绕着。它们仿佛是在怀念我们的“白姑娘”，绕了一圈，又绕一圈，飞得很低，飞得很徐缓。

江对岸，苏联士兵们在望着我们，互相指手画脚。一名苏联士兵又挥舞小旗，想将他们的鸽子招引回去。他们的鸽子却不往回飞。突然一声枪响。正在我们小木房上空飞绕的五只鸽子，接二连三向地上掉去。落地即死，哪一只也没动一下。张文歧慢慢从我们的小木房顶上站了起来，一手提着猎枪，枪筒冒着一缕青烟。一股浓烈的火药味渐渐在空中飘散开来。他跳下房顶，将猎枪和子弹朝班长一递，阴沉着脸说：“只用了一颗霰弹。”江对岸，苏联士兵们像被定身法定住了，几尊石人般僵立不动。

那名舞动小旗的苏联士兵，小旗仍举在空中，随风招展。五只鸽子的尸体以各种不同的姿态布在我们四周的雪地上。霰弹的威力和辐射面很大，每一只鸽子肯定都中了无数铁砂。我们一个个目瞪口呆，吃惊地望着屠杀者。“你！……”班长手指张文歧，说不出话。“我什么？”张文歧也瞪视我们大家，理直气壮，“我要为咱们的‘白姑娘’报仇！只要是他们的鸽子，飞过来一只，我打落一只。飞过来两只，我打落一双！这就叫‘人不犯我，我不犯人，人若犯我，我必犯人’！这就叫‘以牙还牙，以眼还眼’！这就叫‘中国人不是好惹的’……”

我们将他们的鸽子和我们的“白姑娘”埋在了一起。我们想，鸽子，无论是他们的，还是我们的，都是象征着友好与和平的鸟。死在这地方的每一只鸽子，都是死得很无辜很可悲也很可怜的。

它们之间，是永不会产生敌意和仇恨的，是永不会互相攻击和伤害的。它们是同类之间最善于和平相处的鸟儿。是我们人类之间无休无止的敌意与仇视，导致了这些象征着友好与和平的鸟儿的可悲下场。对这些被杀人的子弹和杀兽的子弹所射杀的鸽子，我们是有罪过的。他们——那几名苏联士兵，也是有罪过的。我们的心灵因此感到无法安宁，却无法知道那几名苏联士兵的心灵会怎样。

如果任何生命都有灵魂，但愿这几只鸽子的灵魂在另一个世界的蓝天上无忧无虑地比翼齐飞吧！另一个世界是没有边境也不会有战争的！班长一回到屋里，就从张文歧手中夺过猎枪，一声不吭地将猎枪拆卸了，塞到褥子底下的茅草中。我们以为班长会狠揍张文歧一顿，班长却并没揍他，但是看也不看他一眼。大家谁也不对张文歧说一句话。这种沉默使张文歧很难堪。他低低地垂着头闷坐在他的铺位，那样子像个等待审判的罪犯。

我们都明白，从此再也不会听到那悦耳的鸽哨声了。再也不会。无论我们听来是美妙的，或者我们听来是刺耳的，在这个宁寂的地方，鸽哨声是将永远永远消失了。

也不会有鸽子在这里的天空上飞翔了。无论是我们的，还是他们的……然而战争的风云并没有从乌苏里江漫卷到黑龙江。尽管这是事实，但我们都认为，在这里，在这个从来都很宁寂的边境地带，实际上已发生过了一次小小的战争。无辜死于一颗步枪子弹和一颗猎枪霰弹之下的六只鸽子，便是这场战争的明证。……在我们完成了挖沙任务，将离开那里的前几天，傍晚，黑夜还未彻底降临的时候，刮起了暴风雪。这宁寂的地方一下子变成了鬼哭神泣的地方。我们小木房顶的一截破烟筒被刮掉了，呛人的黄烟一阵阵从炕洞里冒出来。张文歧自告奋勇去安烟筒。班长不动声色地说："当然应该你去，因为你已经有过一次爬上房顶的经验了。"

这是几天来班长对他说的第一句话。这几天中，我们每个人都很少跟他说话，以此表示对他的惩罚。尽管他变得处处乖顺，安分守己，再也不扮演"中苏问题"专家的角色了。

他安好烟筒，回到屋里后，出乎我们意料地，从缅着的棉袄里抓出一只鸽子！"你……你用什么将它打下来的？你小子太可恶了！……"班长一把揪住他衣领，攥紧了拳头。看得出，班长恼怒到了极点。"不……不是我将它打下来的，是它自己飞迷了路，落在我们屋顶上……"他急急忙忙解释。班长缓缓放开了他的衣领。我们都围拢了观看这只鸽子。它是灰色的，翅羽还未长丰硬呢，已经快冻僵了。"这叫'灰雨点'，优良品种。"张文歧用内行的语调说。班长说："闭上你的嘴，你不配谈论鸽子。"张文歧嘟囔："我就是懂嘛，我养过鸽子。""我们没养过鸽子，可也没杀过鸽子！"我抢白他一句。这句话刺伤了他的自尊心，他退到他的铺位那儿，默默坐下，不吭声了。班长将那只鸽子放在被窝儿里，只露出头。它渐渐暖和过来，转动着头，仿佛有几分诧异地瞧着我们，咕咕叫了几声。"我差点忘了，它腿上还绑着一封信呢……"张文歧又走过来，从衣袋里掏出一封信，必恭必敬地交给班长。班长接过那封信，只看了一眼便说："这又是一只他们的鸽子，信封是他们的。"信封上什么也没写，左下角印着一个人物头像。一个伙伴说："这秃头是勃列日涅夫吗？怎么不太像啊？""滚一边去！"班长轻蔑地瞥了他一眼说，"马雅可夫斯基。”“马雅可夫斯基？怎么没在报上见过这个苏联名字？前国防部长？”“苏维埃革命诗人。著名长诗《列宁》的作者。”到底不愧为老高三，我们都后悔自己晚出生了几年，少知道了很多事情，不免一个个显得羞惭起来，也对班长立时肃然起敬。“这封信会不会是……他们的什么军事行动命令？”“别忘了如今是七十年代，哪一个国家也不会再用鸽子传送什么军事命令了！”

“那可不一定，我们这边没有电话线，他们那边也没有电话线呀！再说，前几天又刚下过一场大雪，没准他们那边的道路被大雪阻隔了呢……”

大家七嘴八舌，争先说出自己的猜测和判断，都认为自己的话不容忽视。这些猜测和判断，互相听了，都觉得各有几分道理，并不荒唐可笑。

因为我们是在中苏边境线上。时刻准备打仗的思想，控制着我们大脑的每根神经。“别乱嚷嚷！”班长大声说。他犹豫片刻，慢慢撕开那封信，抽出信纸，默默地看起来。

我们也都将脑袋凑向那封信。信是俄文写的。我们一句也看不懂，心中却自然而然地想到了突然的军事袭击、闪电战术、进一步制造边境武装冲突事件的阴谋、全面入侵中国的战略策划。我们仿佛从满纸俄文的字里行间看到了千百万辆坦克和千百万架飞机……

班长却开始拿着那封信发愣。我们急切地追问他。“我真不该拆开这封信，刚才听你们那么七言八语乱嚷嚷，我也有点怀疑信上写的是什么军事行动命令了。”班长很后悔。“不是军事行动命令，究竟写的是什么内容呀？”“既然你能看懂，就快念给我们听听啊！”“这是一封普通家信。”班长低声说，于是看着信，一句一句地翻译给我们听：

亲爱的卢什卡，我的好人儿：已经十三天没收到你的信了。十三天啊！你能理解这对我意味着多么长久的时间吗？我每天都在盼着你的信，内心不安极了，害怕极了。害怕听到从边境的方向传来枪炮声，害怕你被打死。

再过几天，我们的宝宝就要出世了。我希望生个男孩，像你一样，有一双蓝眼睛。但绝不希望他将来像你一样去当边防军。村里的人都说，我们在珍宝岛死去的士兵，个个都是小伙子。我们为什么要同中国人打仗呢？他们是我们的近邻啊！

你们那里的边境线上平安无事吗？亲爱的卢什卡，我的好人儿，我时时刻刻都在为你提心吊胆啊！我真怕再见不到你一面你就被打死了，真怕我自己成了一个年轻的寡妇，真怕我们的小宝宝一生下来就没有父亲了。赶快给我写封信吧，让我知道你还好好儿地活着！

你们那儿雪下得大吗？我们这儿雪下得大极了，村里许多人家的屋顶都被雪压塌了。公路也被大雪封住了，村里的几台拖拉机这几天从早到晚在清雪开道呢。村里的邮递员从摩托上摔下来，摔断了脚，可谁也不愿接任他的差事。全村人都十几天没收到信件了。我只好让我们的“灰雨点”送这封信。它能将你写给我的信带回村里，我相信它也不会使我失望的。

亲爱的卢什卡，我的好人儿，赶快给我写封信吧，越快越好！你无法知道我是多么想你，如果我离你不是一百多里远，如果我肚子里不是怀着我们小宝宝，我一定早已赶到你那里去了。

吻你爱你的娜嘉

班长念完信许久，大家都默不作声。这封信打动了我们每一个人的心。我们都因对这封信作过不着边际的猜测和错误的判断而觉得难为情。这样内容的信我们也收到过，当然不是妻子写来的，我们还没有过真正的爱情经历呢！是我们的父母写来的。在我们收到的信中，和这封一个年轻的苏联妻子写给丈夫的信中，竟有多少完完全全相同的话啊！

我们都在想着什么。只有班长自言自语地说了一句：“我是真不应该拆开人家的信啊！”……第二天清晨，暴风雪过去了。经过昨夜一场暴风雪的扫荡之后，江中心出现了一道雪坎。大自然的神力，为我们和他们在江中心造成了一道分界。

班长将那封信重又绑在鸽子腿上，怀着深深的歉意将它放飞了。它在空中绕了几圈，缓缓落在江对面的哨所顶上。班长在信上写下了几行俄语。他写的是：

鸽子无国籍。
战争与和平，我们要和平。
拆了这封信，我们为自己的行为感到羞愧，请原谅！

我说：“再多写几句解释的话吧！”

班长说：“这三句足够了。”

张文歧也说：“足够了。”

又过了一天，我们就离开那个地方，回到连里去了。

我们都没有对连里的任何人讲到过那封信，我们耻于谈起拆看了一个年轻的苏联妻子写给丈夫的信的行为……

如今，珍宝岛事件已是十五年前的事了，我由青年进入了成年。我整整八年没回到哈尔滨市了。这次回来，看到它发生了许多变化。首先是，不再能听到防空警报的声音了，看不到米字形的防空纸条了。许多防空洞变成了地下旅馆，地下餐厅，地下商店。老百姓家挖的防空洞则变成了菜窖。一幢幢新建的高楼拔地而起。这座十五年前仿佛要“贡献”在中苏大战之中的美丽城市，正在被建设得更加美丽，发展得更加迅速和繁荣。十五年的历史，并没有按照十五年前“中苏大战”的种种预言去书写。现实令人欣慰地否定了这一预言。

于是我想到，和平对于任何一个国家的人民都是多么重要。

去年春节期间，一位苏联将军率领几位随员在中国的领土上，与中国边防军民联欢。黑龙江电视台播放了这一电视新闻，每一个观看到的中国老百姓，并不认为这是不可理解的。

于是我又想到，人民对和平的理解，是深刻于对战争的理解的。我们的人民，是乐于接受和平的，像苏联的孩子们乐于接受圣诞礼物一样。于是我非常想到黑龙江边去，到我们十五年前曾挖过沙子的那个地方。不知那个坟是否还那么宁寂。不知那里的天空是否还有鸽子飞翔。不知是否还能听到鸽哨声。不知是否还能寻找到我们埋葬过六只鸽子的那个地方？记得当时我们曾在那个地点钉入一柄镐把儿为标记，却并未想到哈尔滨市今天依然存在，不是一片废墟……

边境村纪实

我既然决定不告诉你们它的名字，同时也就决定不告诉你们他的名字。你们不妨这样认为：他和它——那个黑龙江边的村庄，完全是我臆想出来的。某些善于讲故事的人，总希望别人把故事当成真事。而我却希望，你们把我讲的当成一个故事。当成一个故事吧！我希望这样，真的……

那一年我十七岁，是个B型血的姑娘。这种血型的姑娘，一般都不太明白如何才会讨人喜欢。遗憾得很，我属“一般”之列。幸亏长得还算清丽文秀，使我内心常保持着一种潜存的自慰。我企图逃避“上山下乡”运动，最终乖乖“就范”。怀着对现实的幼稚的挑战，与几个男女同学来到那个紧靠黑龙江边的村庄插队落户。到时天已完全黑了，从远处望见一片桔黄的灯光，以为它很大。马车进村后才知道，半数灯光闪耀在江那边儿。

这村庄百余户，多是渔民。也种地，地很少。家家户户都有柳条编的小院，院里都竖着高高的笔直的桦木杆，晒鱼的。这一边境地域七八个村庄，有的和这个村庄一样，就在江边。有的离江边稍远，远也远不到哪去，至多半里。它是这七八个村庄的中心村。江对岸也有七八个村庄。他们的村庄和我们的村庄相对座落，黑龙江仿佛是一条巨大的鳗鱼，他们的和我们的村庄，仿佛是它对称生长的鳍翼。白天，冰封的黑龙江像一道漆线，将我们的和他们的村庄划分开。夜晚远望，一片片橘黄的灯光，将他们的和我们的村庄连接起来。我们这些村庄里没电。他们那些村庄里也没电。各种油灯的橘黄色的光，使我们和他们的村庄同样保持了一种如隔世纪的古老而神秘的色彩。那一带江面不宽，站在江边，可以清楚地听见他们村庄里的鸡鸣狗叫，人喊马嘶。我们这个村里的人告诉我们，妇女奶孩子的工夫，足够从我们的村庄到他们的村庄走两个来回。当然那是过去的事了。过去两个村庄里的人常来常往，互相请求人力物力帮助，或者交换彼此缺少的东西。

使我们感到惊异的是，我们村和他们村的小学校、卫生所，都一字排开建在江边。都是红砖结构，外观一模一样。它们是过去年代的产物。两村学校和卫生所用掉的几十万块砖，是我们的人在我们的砖窑里烧出来的，也都是我们的人一砖一瓦建盖的。他们送给我们两条机动渔船表示酬谢。这段友好时期的历史，是我们与村人们闲谈时了解到的。了解到这段历史，对我们这几个插队知识青年来说，并没有什么特殊的意义。与当地的人们相比，我们更尊重现实。现实是——距离我们和他们双方的卫生所五百余米处，隔江对峙着他们和我们的哨所。他们的哨所刷成深绿色。我们的哨所也刷成深绿色。驻守他们哨所的，是正规边防军。驻守我们哨所的，是基干民兵。两个哨所，与双方的卫生所和小学校相向并列江边，意味着历史严峻的延续。我们面对着历史，也面对着现实，历史有时就变得暗淡无光了。他们送给我们的那两条机动渔船，一条，已经破损得不能下水了；另一条几经维修，开江后还准备用来捕鱼。其实它已很少保留原部件，船体的五分之四由新木料替换了，连外形也分明有所改变。甚至可以说，它完全是另一条船了。但旧的苏造马达却没被沉入江底，废物利用，放在小学校操场上，成了孩子们喜爱鼓捣着玩的东西。

“瞧，这就是他们那边当年送给我们的船。”不少村人提起当年事，都免不了领我们去看一遭那条船。如同向我们展示一件本村的文物。他们还会以强调的口吻对我们说：“它原先就是白色的。”好像认为它原先是白色的，便应该永远是白色的。我们只是看看、听听而已。对它原先是什么颜色的，今后是否会被永远保持原先的颜色，半点都不感兴趣。倒是他们那种古怪的心理，使我们非常诧异。他们不厌其烦地维修的是一条船，也是在缅怀一段沉淀在他们记忆中的历史。一段恍如昨日的历史。他们分明是在固执地、含蓄地向我们也向现实申诉着什么。而我们，面对什么样的现实，便适应什么样的现实。也许因为他们居住在黑龙江边上的缘故？也许还因为他们想到，他们的子子孙孙都将居住在黑龙江边上？我们毕竟和过去的历史没发生过任何牵连。

我们这个村卫生所原先的医生姓王。在我们到来前，被调走了。因为他是个劳改摘帽的“右派”分子。接任的医生姓姚。我们到村里时，他已为本村接生过两个孩子了。

他毕业于哈尔滨医科大学，是学眼科的。我母亲也是医生。我常听母亲说："金眼科，银内科，叽哩哇啦小儿科。"可见眼科医生很有身价。据说他毕业时，本可以分配到哈尔滨市立医院的，因为他成分好，"文化大革命"中是个"散兵游勇"，没卷入到这个团那个队的派系斗争漩涡之中。他却不识时务，主动要求分配到了这种没人心甘情愿来的地方。这足以证明他有点迂腐。也许是"大智若愚"吧？为了捞取什么政治资本？我们不得而知了。

他既然来到这种地方，就不可能再仅仅做一个眼科医生了。这地方需要的不是专科医生，而是"百科医生"。他这人倒很好学，真成了一位名副其实的"百科医生"。头疼脑热，小疾小病，偏瘫麻痹，久痌顽症，他都热心给予医治。一般性手术，他也敢下刀。学院派的西医，大抵都轻蔑"江湖郎中"一类的"草药偏方"。他不。他很重视。虔诚收集，广为应用。这就使信服中医胜于信服西医的当地民众对他产生了十二分的好感。据我考察，当地民众普遍有两种感情深厚的信仰——共产党和中医。难道他对民俗心理学颇有研究？

他爱妇女。

我的意思是说，作为一个医生，他对遭受疾病折磨和缠绕的女性，不分老幼中青，都怀有一种博大的无私无欲的同情、怜悯和关心。他为她们治病，像为自己的亲人治病一样。他尤其关心那些将做母亲的女性。他有一个小本，七八个村子里的女人们，谁刚刚做了媳妇，谁怀了孕，谁的预产期什么日子，都在小本上记得一清二楚，经常前往探视。当地七八个村子里的女人们也很爱他。我不便用"热爱"这个词。这个词的内涵伟大，令人落笔迟疑。我也不想用"尊敬"或"喜欢"这类词。前者太严肃，后者太轻佻。都难以准确表述当地女人们对他的那种特殊感情。那是一种升华到了民俗感情之上的感情。若哪个男人首先从人格而不是从生理视女人为女人，女人们才会以这种感情报答他。我敢说，这样的男人不多。大概也只有当地女人们，才能够像爱他一样去普遍爱一个男人。这只能被认为是一种因地域偏远没有被"动乱年代"的"疾风暴雨"涤荡掉的古朴民情。

男人们对于他——才用得到"尊敬"二字。这种尊敬是由衷的。因为他对他们的女人的爱和关心，也同时体现了他对他们子孙后代的爱和关心。何况他行为磊落，人品正派。他们没有半点吃醋的理由。不分辈份，都叫他"姚所长"。卫生所只有他一个人，他们这么称呼他也算顺理成章。

倘说他这人有什么缺点的话，那就是不够谦虚。他仿佛认为他所受的一切尊敬和爱，都是当之无愧的。从没表示过半点“接受再教育”者的恭顺样子。却处处地、经常地对贫下中农进行种种“再教育”。而他们非常大度地容忍了他这个缺点，不甚计较。我们在村里“安家落户”一段日子后，进一步考察出，村人们对于在他们面前表现得过分恭恭敬敬的“接受再教育者”，反而印象并不怎么好。我们中的一个，是哈尔滨工业大学一位著名教授的儿子，对每一个年龄比他大的村人，不分男女，一律低眉顺眼，不敢高声说话，恭敬得几乎到了信徒对神父的地步。那在他是很虔诚的。因为他自觉背着一个“臭老九”子女的包袱。我们听到村人们背后议论他：“那孩子，怎么那样假酸捏醋的啊！真叫人受不了。”我们就启发他，教他和我们一样，如何与贫下中农“打成一片”。

有天锄地，他突然大喊一声：“老张头，来支烟！咱爷们到你们这里三个多月了，还没抽过你一支烟呢！”喊罢就上前翻老张头衣兜，翻出烟来，大大咧咧地叼一支在嘴上，剩下的半包，“借花献佛”，分了。

从此，老张头对他倒格外近便起来。过端午节，还单请他一个人到家去吃粽子。他悟性大开，万分感激我们对他的启发。

我们也是受到姚医生启发的。他不论跨进哪家门槛，赶上饭，便盘腿往炕头一坐，回到自己家里似的，饱吃一顿。有时甚至进门就嚷：“嫂子在家吗？我替你看孩子，你给我做顿好吃的吧！这几天食欲不佳，体内缺‘卡’了！”

被称作“嫂子”的女人，虽然绝对不晓得什么叫“卡”，但却会很慷慨地将鱼、肉、鸡、蛋，凡属好吃的，统统做了给他端上桌子。看来他对与贫下中农“打成一片”的个中道理，深通谙达。

他尤其受到队长的器重，是队长心目中的一个人物。队长觉得他这个人物，为本村增了不少荣光。

队长做主，“赐”给他一匹好马。那是一匹菊花青色的儿马。当地的马，都是苏联马与中国马杂交的后代，既有中国马的温良性情，也有苏联马优美而高贵的体态。长腿，长腰，长耳。如若头生叉角，特像驯鹿。他请村里一位“大嫂”按照他自己设计的衣样，裁做了两套紧身衣裤。一套春秋穿，一套夏季穿。除了冬季，他就穿着黑色或白色的紧身衣裤，在这一带村庄之间驰来奔去。他是个好骑手，骑姿潇洒极了。不是他，而是另一个人如此这般，当地民众肯定会按照当地惩罚“纨绔子弟”的传统做法，将这个人衣服裤子上刷遍面汤，贴满鸡、鸭、鹅毛，游村示众。对他，却非但不加丝毫指责，反而都挺为之自豪地说："瞧咱们姚医生，多神气！"这使我们不无嫉妒。怀疑他靠什么狡猾而高明的手段，才将贫下中农们迷惑了的。我们几个"插姊插妹"对他的嫉妒，总不免掺杂别的成分。我们姑娘间都不愿彼此公开承认这一点罢了。

他对我们倒非常友好，俨然以"大插兄"自居，常到我们的集体宿舍来，来时总带一架破旧的手风琴，和我们一块儿唱歌。我们不高兴唱，他就独自唱给我们听。他的嗓音很淳厚，男中音。在那样一个缺少文化娱乐的村子里，每天能听他唱几首歌，也算难得。他唱的既不是"语录歌"，也不是"诗词歌"，都是外国歌曲，大多是苏联歌曲。他好像并不觉察我们心中都对他暗暗有些嫉妒，我们对他的嫉妒心理因此而渐渐消失。

冬天，下第一场雪后，他就不再骑马了。他自己制作了一副滑雪板。他还是个挺不错的滑雪运动员呢！每天滑雪巡回医疗。这个人使我们感到他太会生活了，太无忧无虑了，太快活太自由了！在这么一种几乎可以说是地角天边的地方，能够自得其乐，而且受到公众的尊敬，说到底，还是一件令人嫉妒的事。我们都做不到。

村里有个叫刘栓的中年汉子，常酗酒，醉了就打老婆。一次又打老婆，惊吓了他们不到一岁的孩子。他不请姚医生，怕姚医生训斥他，挖苦他。这刘栓有他自以为聪明的办法。说来也算不得聪明，更算不得智慧，亦属"偏方"之类，不过很愚昧。他买了几张大红纸，裁成无数小纸，用歪歪扭扭的字体写下四句"陈词滥调"：天皇皇，地皇皇，我家有个吵夜郎，过路君子念一遍，一觉睡到大天亮。

他不敢在本村张贴，倒不是认为本村尽非君子，而是怕姚医生看到了，会不客气地责骂他。姚医生顶不能容忍的就是这一套近乎巫医的做法。他倒很想得出来，半夜里偷偷用一只风筝，将那许多小红纸载放到江那边去了。大概按照他的很"聪明"的想法，苏联人看到中国人看到，是并不影响医效的。好比中药用砂罐熬或用砂锅熬效力一样。只要看到就行。看不懂中文也不要紧的，关键在于得有人看。越是看不懂，兴许就会越加研究。

第二天，苏联那边的哨所升起了语旗，要求与我们会晤。我们的民兵没有拒绝。会晤时，他们那几个驻守哨所的边防士兵向我们提出严正抗议——认为这是边境挑衅事件。

军人和老百姓是不一样的。军人有军人的思维，他们的思维是另一个世界，普通百姓是很难进入他们那个世界的。无论是我们的百姓还是他们的百姓。

会晤在江中间进行。双方百姓围拢观看。我们的民兵向他们的士兵解释不清，挺被动。双方百姓，当然都替双方的会晤者助威，阵势有些紧张。队长感到事态颇严重，请姚医生骑马去向公社汇报。姚医生没听队长的，穿着白大褂赶到了现场，用俄语向他们的百姓大声说了一通什么。他们听罢，一个个在胸前划起十字，并且喃喃有声。尔后，便四散离去，也把他们的士兵拉扯走了。那几个苏联士兵有些尴尬，也分明恼羞成怒。这从他们被拉扯走时，投向姚医生那种记恨的目光看得出来。

一场边境风波总算平息。

队长问姚医生："你对他们说了些什么？"

他笑笑，又像刚才面对苏联百姓时那般，拿着一张红纸振振有词地念道："仁慈的上帝啊，博爱的大地之母，怜悯我们吧，我们的孩子整夜啼哭不眠，品格高尚的男人们和心肠善良的女人们啊，请为我们祈祷吧，祈祷我们的孩子睡眠安详。上帝将怜悯我们，上帝也将赐福你们！"

我们听罢，忍俊不禁，捧腹大笑。连刘栓也嘿嘿笑起来。

"刘栓，我没篡改原意吧？"姚医生一本正经地问。

"没，没哩！"刘栓不自然地打着哈哈。我们又笑。队长也笑。"有什么好笑的？"姚医生却倏地变了脸。"刘栓，你过来。"他冷冷地看着刘栓。刘栓心虚地走到了他跟前。"啪！"他狠狠打了刘栓一耳光。然后猛转身，扬长而去……刘栓可是个"无懈可击"的贫农。那天晚上，我在刘栓家给他的大孩子补课。他那小孩子哇哇啼哭，两口子怎么也哄不好。女人抱着孩子坐在炕沿，垂泪说："这可怎么好，这可怎么好，姚所长怕是请都请不来了……"刘栓耷拉着脑袋坐在女人身旁，一口接一口吸烟。我有点怜悯他们了，更准确地说，是怜悯那孩子。孩子的嗓子都哭哑了。我说："我去替你们把姚医生请来吧！"刘栓一下抬起头，问："能请得来么？"我说："能。"心里却没多大把握。我们几个"插兄插妹"中，数我和他接触的最少。也许他对刘栓的火气还没消，谁知他会不会给我面子？我站起身刚要出门，姚医生却进来了。他一句话不说，也不理刘栓，打开医药箱，装上预先消过毒的针头，抽了药，就给孩子扎针。扎针后，孩子哭得更凶了。那女人讷讷地说："姚所长，你要是还没消气，就再打刘栓一顿……"刘栓侧脸探过头去，低声下气地说："给你打吧！”“再打你一顿我也不解气的！”他口气生硬地说，推开刘栓的头，从女人怀中抱过孩子，来回踱着，轻轻拍哄，一边低声唱：

> 夜是已经降临了。我的孩子快快睡吧，听我唱着歌，唱着你将来的命运，你远大前程。
>
> 我的孩子快快成长快快长大啊，快为我们祖国努力，表现你自己，将那纪念功绩的勋章，挂在你的胸前啊。夜是已经降临了，孩子快快安眠吧，伟大的生命无限前程正等待着你……

要么是他的歌声具有奇妙的安宁作用，要么是孩子对歌声具有先天的感应功能，孩子竟渐渐停止了啼哭。他继续拍着唱着，孩子终于在他怀中睡着了。

他示意那女人铺好小褥，摆好小枕头，轻轻地将孩子放下，替孩子盖上了小被。又掏出自己的手绢，拭去孩子额头哭出的汗珠。刘栓用讨好的口气对他的女人说：“你跟医生好好学着点，就是这么哄孩子才行！”他瞪了刘栓一眼，说：“哪条法律规定，哄孩子只是女人的事？”又转身问我：“你听到过这么一条法律么？”我立刻摇头：“从来没听说过！”刘栓红了脸，吭吭哧哧地说：“我……不会唱呀……”“不会唱，还不会哼？”刘栓狼狈起来。他女人得意地窃笑了。我也转过脸去，使劲抿住嘴。“我到外面劈柴去！”刘栓借故脱身。“先别走。”姚医生叫住他，问：“你想不想戒酒？”刘栓回答：“想倒是想啊，可戒不了哇……”“想戒就能戒得了！”姚医生说着，从医药箱里拿出一只保温杯，取下盖，递向刘栓，诱惑地说：“这是我配的戒酒良方，不少酒鬼服下，都滴酒不沾了。你把它喝下去！它不但有戒酒的功能，还有强身壮体的作用呢！”

“这……”刘栓犹豫。

“接过去喝呀！”姚医生催逼。

刘栓迫不得已，只好违心接过保温杯，一扬脖子，像大伏天喝凉水似的，咕咚咕咚喝了个精光。“还不太难喝吧？”姚医生问。“不难喝，怪甜的……”刘栓一副啼笑皆非的怪模样。“我可预先告诉你，刘栓，”姚医生板起脸说：“你服了我的药汤，如果今后再喝一口酒，药力和酒力互相发生反应，就会生癌！到那时，你可别诬陷我坑害了你！”说罢，收拾好医药箱，匆匆走了。我早已无心再给我的学生补课，也告辞了，出门紧走几步赶上他。我问：“‘大插兄’，你给他服的药汤，果真有那么厉害吗？”他笑道：“一杯甘草汤。”我也忍不住笑出了声，说："你这人真缺德！"他说："是啊，好人有时也难免做缺德事。"与我并肩默默走了一会儿，又说："你可不能泄露我的天机啊！"

我突然觉得，我们这位"大插兄"身上，竟还保留着一些孩子气。成年人身上的孩子气，是可爱的。我张张嘴，几乎要把我的想法对他说了，却羞于出口。这想法使我的脸有些发烧。幸而天很黑，否则他一定会看出我的脸当时有多么红……

第二天，我们几个姑娘套辆牛爬犁，到江汉子里去割柳条。太阳刚升起来不久，又红又大。新雪将世界覆盖得一片洁白，将远山的轮廓勾勒出了一条柔和而起伏的耀眼曲线，将所有的可以望见的树木都变成了巨大的或玲珑的银珊瑚。江上还弥漫着薄薄的晨雾。阳光是那么灿烂，晨雾被渲浸得像一片展开的透明的红纱，几乎是静止的，经久也不飘散。雪地辐射着炫目的彤辉。景色真是美极了。大自然的美，更属于人类稀疏的地方。而在这种地方，人更易产生对大自然的依恋之情。

我们都情不自禁地唱起了歌。

"嗨，姑娘们，你们到哪儿啊？"姚医生突然撑着滑雪板来了个漂亮的急转弯动作，拦住我们的去路。他头戴一顶白色的兔毛滑雪帽，脚穿一双靴子，身背医药箱，双颊绯红——那是因为滑雪速度太快被风吹的。那一天他显得那么年轻，那么潇洒，那么朝气蓬勃，又那么……英俊。

女伴们都呆呆地瞧着他，忽然一个个全变得羞涩起来，谁也不回答他。

我见他望着我，就说："我们去割柳条呀！"

"往哪边儿去？"

"东边儿江汉子里。"

"正好，我要去东村，搭你们一段爬犁吧！"他蹲下身，解滑雪板。

我说："'大插兄'，滑雪多神气呀，何必搭我们的牛爬犁呢？慢慢腾腾的。"

他说："有机会能和姑娘们坐在一辆爬犁上，那就只有傻小子才会觉得滑雪更神气了！"女伴们互相交换着各种含意的眼色，一个个愈发显得庄重无比。他将滑雪板递给了我。我就像士兵搂着大枪似地搂着它。他坐在了我身旁，从我手中拿过鞭子，往老牛屁股上抽了两鞭子，老牛颠颠地跑了起来。

爬犁很窄，他又坐在我和另一个姑娘之间，倒挺自在挺舒服的。我却得搂着他的滑雪板，而且身旁身后都没有女伴可靠，要靠着谁，就只有往他身上靠。我怎么能当着几个女伴的面往他身上靠呢？我随时会滚落下去。

他看出了我坐得不太稳妥，对我说："搂住我的腰。"我装作没听见他说的什么。他真以为我没听见他的话，也不再重复，用一只手臂轻轻揽住了我的腰。

这样一来，我就不得不靠在他身上了。我暗想，女伴们回去后一定会大大取笑我一番的。又对自己说："管她们取笑不取笑呢，我可不愿从爬犁上掉下去，在深雪中打滚。"当时他就是吻我一下，我也不会真生气的。只要别吻得太粗鲁，要轻轻的，温柔的……

不知为什么，女伴们都不唱歌了。好像坐了一爬犁哑巴似的。老牛却撒开了欢儿，颠儿颠儿地在雪原上越跑越快。他回头看了女伴们一眼，有些奇怪地问："你们怎么不唱了啊？"

谁也不吱声，她们光吃吃地笑。其实我知道，他坐到了我们的爬犁上，使我们每个人心里都产生了一种和我同样的快活，尽管我们都停止了唱歌。说不定我们之中的某个姑娘，早已暗暗地爱上了我们这位"大插兄"呢？是瞧着他的背影，吃吃笑的那几个中的一个？还是仿佛他根本就不存在，眼望着远处雪色的那几个的一个？我暗暗猜测着。

"既然你们都不唱，那我就唱给你们听吧！"于是，他唱了起来：

我唱一个歌吧，快乐的风啊，你吹遍全世界的高山和海洋，全球都听到你的歌声。

对着险峻的高山，对着神秘的海洋，对着鸟雀细语，对着蔚蓝的天际……

谁要快乐就能微笑，谁要做就能成功，谁要寻找就能找到……

我听出了这是一首苏联歌曲。我哥哥和我姐姐都会唱这首苏联歌曲。在哈尔滨这城市里，我们上一代和我们上上一代的年轻人们，究竟喜爱过多少首苏联歌曲，只有他们自己才晓得。

可以大声唱苏联歌曲的年代过去了……我说："你今后别再唱他们的歌了。"他转过脸看了我一眼，问："为什么？"我说："你应该明白。"他沉默片刻，用忧郁的语调说："我来到这个地方后，常为自己是一个自由的人而感到格外快乐，没想到在这里也碰到了一位政治头脑格外敏感的人。"他的话中，明显地包含着对我的暗讽。我感到委屈极了，也很生气，眼泪差点儿都涌了出来。我摆脱了他揽在我腰间的手臂，故意用淡漠的口吻说："不听好人言，吃苦在眼前。”他扭头对女伴们大声说：“姑娘们，你们听到这位小姐的预言了吗？”我猛地蹦下了爬犁，将他的滑雪板朝雪地上一扔，用咄咄逼人的目光瞪着他。他立刻勒住牛缰绳，用一种很不寻常的目光望着我。

我冷冷地对他说：“你再拿我开心，我就往你脸上啐唾沫！”

他望了我一会儿，很识趣地下了爬犁，对女伴们说：“真遗憾，我们愉快的旅途太短暂了！”他绑上滑雪板，又看了我一眼，飞快地滑走了。

一个姑娘埋怨我：“你今天吃火药了？他不过就跟你开句玩笑嘛！你搞得人家有多难堪！”

我恶声恶气地抢白道：“你为他抱不平？”

她脸倏地红了，挺恼地说：“你别恶语伤人！”

我自己都不清楚自己究竟凭什么认为，她一定就是暗暗爱上了他的那一个，一种强烈的妒忌顿时在我心中作怪。

我冷笑着说：“你喜欢他，我可不喜欢他！你护着他，我今后偏要同他处处作对！”

她一下捂上脸哭了。

我不再理她，也不再坐到爬犁上，大步向前走去。

眼泪从我眼中渐渐流了出来……

春节期间，知青伙伴都回城市探家去了，只有我一个人不得不留在村里。因为我教那个班的学生年终考试平均分在全公社倒数第一。我的姓名上了公社的《教育情况简报》。负责抓文教工作的一位公社副书记在教师大会上说：“这不仅是教学水平问题，而且是对贫下中农后代的感情问题。”我接连几天孤单一人躲在宿舍里，羞于在村中露面。我不是个理想远大的姑娘，我认为怀有某种远大理想的人必须具有某种特殊的潜质。但我也不甘在如此偏远的地域做一辈子乡村教师。公社副书记说的一点不错，这是个“感情问题”。我不喜欢孩子。因为我虽然已经差三个月十八岁了，但心里还依然保持一种自怜自爱的顽固意识——我自己也是个孩子。在家时我是一位小“公主”，我承认，父母和哥哥姐姐们把我骄宠坏了。

再说我当的又是一位什么样的教师啊！在我教的那三十五个孩子中，居然就分成一、二、三、四年级。上午给一、二年级上课，下午给三、四年级上课。在空荡而寒冷的大教室里，同时给两个年级的学生上课，得有导演的才干。给这一年级学生讲语文课时，预先给那一年级的学生布置半堂课能做完的算术作业。讲半堂语文课，就不得不转移思维，再开始给另一年级学生讲算术。讲语文课时，另一年级学生往往并不埋头认真完成算术作业，而是公然地听我朗读课文，公然对那些被我叫到黑板前默写生字而又写不出来的学生表示讥笑甚至幸灾乐祸。而当我开始给低年级学生讲算术新课或进行课堂考试时，高年级学生又会暗暗给低年级学生传纸条，或者张口替他们回答。并且因为有机会炫耀自己比低年级学生头脑聪明而得意洋洋。这种情况常常使我顾此失彼。在这种顾此失彼的状态中，我还一刻也不能忘了教室里那只大铁炉子。隔会儿，有时在讲半句话的时刻，就不得不去捅捅炉子，添几块木柴。炉火一旦灭了，我和学生们就得一块儿挨冻。让城市里的小学教师们来试试看，看他们能否比我教得更出色！

公社决定，将我和另外几名小学教师召集在一起，到县里唯一的一所师范学校去接受培训。

那些日子我整天躲在宿舍里，羞于在村中抛头露面，感到又孤单，又寂寞，又自卑，又有点内心凄凉。坐在炕上，刮掉窗上的霜，呆呆地望着冰封的黑龙江，是排除内心种种复杂情绪的唯一方式，孤单寂寞之中感受一种冷寥凄凉的“原始宁静”。

冰封的黑龙江也是那般寂寞和宁静。面对白色会令人停止思维，进入一种忘我的境界。偶尔有他们的爬犁或我们的爬犁从江上驰过，像一幅无声影片的朦胧画面，在我眼前化出化入。

一天早晨，我又呆呆地坐在窗前凝望黑龙江。窗上的霜已被刮掉了一层，又结了一层。但很薄。霜图仿佛是一片奇株异叶组成的美丽喷制图案，使窗子变得像磨花玻璃似的。外面在飘落着大雪。宛若玉带的黑龙江看不见了。雪帏如一道虚幻的屏障，仿佛分隔两国的就是这从天垂落的幕。我们的村子里静悄悄的。他们的村子里也静悄悄的。在这静悄悄的黎明时分，世界显得那么神秘又那么宁寂。现实的国界消隐了。使人真希望这世界能够永远保持这样一种近乎原始的宁寂，不要风云突变，不要战争，不要炮火和硝烟污染这美妙的大自然的黎明的宁寂……

突然，从江那边传来一阵女人的恐惧的喊叫声。

我本能地跳下炕，蹬上鞋，顾不得系好鞋带，就跑到了外面。我并没有感到害怕。真的，一点也没有感到害怕。即使江那边果然有一个凶恶而残忍的杀人狂，我也不会受到丝毫伤害。无须谁来保护，也无须担心毫无自卫能力。江界是神圣不可侵犯的。只要我不跨过它，我的生命就绝对安全。我是被极大的好奇心促使才跑出去的，想知道他们那边究竟发生了什么事情。是一家人打架？还是邻人斗殴？有热闹可瞧，就瞧瞧热闹，消除一些郁闷。

我看见一个披头散发的女人在江面上奔跑，她身后紧紧追赶着的一个男人，握着一把镰刀。许多人又追在那个男人身后。他们有好几次追上了他，围住了他，却不能擒获住他。他挥舞镰刀，朝围住他的人乱砍乱劈。他们一散开，他又追杀那女人。那女人始终在他们那半边江面兜转奔逃。在这种生死攸关的时刻，大概她那紧张的意识中也存在着“国界”两个字。

谁如果将这种场面当成热闹看，谁的灵魂中就丧失了全部的天良和人性。谁如果面对这种场面能掉头而去，谁就一定心如铁石。我既不忍目睹惨事发生，也不忍无能为力地掉头而去。我完全呆住了。被这种情形吓傻了。“来人呀！快来人救救她呀！……”我大声喊叫起来。我们村里的许多人也都跑到江边来。他们与我一样，只能替那女人提心吊胆地隔江观望而已。我们的女人和孩子们，一个个都吓得屏息敛气，神惊色惧。男人们则齐声呐喊，企图用恐吓声制止那疯狂的追杀者，并用雪团冰块抛打他。几名苏联士兵也从他们哨所那边跑了过来，加入对追杀者的围拦堵截。但他们来得太晚，那可怜的女人已眼看就要被追赶上了。

“往这面跑！傻娘们，往我们这边跑哇！”我们队长连连跺脚，扯着嗓子朝那女人大喊。也许那女人能听懂中国话？也许对死的恐惧将她意识中的“国界”两字早已抹掉？她拼命朝我们这边跑过来。我们的几个强壮的男人就跑过去迎救她。而那男人，也紧紧追赶了过来，仿佛根本无视国界的神圣存在。那女人不慎滑倒，未及爬起。那男人高举镰刀，只差几步就要砍到她了。姚医生突然撑着滑雪板出现。谁也没注意到他是从何处滑过来的。他出现得太突然了！速度迅猛之极！他朝着那个男人从右侧直冲过去，转瞬间已将那男人撞倒，两人在雪中翻滚扭打起来。

两边的人都奔跑到一起了，我们的几个男人和他们的几个男人，一块儿治服了那个手握镰刀的追杀者。

他是个精神病患者。

那女人是他的妻子。她已经昏了过去。她穿得很单薄，赤着双脚。而且，还是个孕妇，肚子已经很大，显然离临产期不久了……

我们村里的某些人对那个苏联女人和她的疯丈夫很有所了解，甚至还叫得出那个苏联男人和那个苏联女人的名字。我对这一点并不感到奇怪。如同江那边与这边的小学校和卫生所象征着过去的一段历史一样，在人们的内心里也保留着一段友好交往过的记忆。某些记忆是人们所不愿轻易从头脑中抹掉的。

村里的某些人还告诉我，那对苏联夫妻原来很恩爱，早年夏天经常在江里双双游泳后就并躺在江岸的沙滩上唱歌……至于那做丈夫的怎么得了精神病，就没有一个人能告诉我了。即使有人知道，我也绝不会去询问的。

某种好奇心只能使人感到自己卑俗。

我倒是深深同情那苏联女人……

晚上，我来到卫生所。在那几天里，我曾多次想找姚医生交谈些什么。哪怕什么也不交谈，就是听他唱支歌或拉段手风琴。我忍受孤独和寂寞的能力已达到了极限。自从那次我认为他当着我的女伴们嘲讽了我之后，再也没理睬过他。他也再没接近过我。好像只要我不主动与他和解，他就决不对我表示任何关心似的。但我却多么希望从他这位"大插兄"那里获得一些感情上和心灵上的安慰啊！孤独和寂寞深深地折磨着我，到头来我战胜了我那过分乖张的自尊。

他住在卫生所一间十几平方米的小屋内，左壁是注射室，右壁是药房。他住的小屋又兼做诊断室。我曾来开过几次药，那小屋给我留下良好印象，清洁、规整，一切都摆放得有条不紊。墙上用图钉按着一张白纸，上书"禁止吸烟"四个墨字，魏体，笔力挺雄浑，挺苍劲。他爱好书法。

我礼貌地敲了敲门，听到说"请进"，才迟缓地推门进入。

屋里乱七八糟。他的箱盖敞开着，他正往旅行包里装衣服。

"是你……"他有些意外地望着我。

"不欢迎？……"我低声说。

"不，是没想到。"见我局促地站在门旁，他立刻将旅行包从床上提到桌上，用一种客客气气的语调说，"你先请坐一会儿吧，我马上就收拾好。"

我在床沿上坐下后，问："你要探家？""不。过几天我就要离开这里了。"他头也不抬地回答，继续往旅行包里塞衣服。旅行包塞得太鼓了，我帮他拉上拉链。"你要到哪里去？""到边防部队去，当军医。""调你去的？""我自己请求去的。""这里人们不是都很尊敬你吗？你为什么要离开这里去当军医呢？"我的语调中，不自觉地流露出了几分挽留的意思。他抬头看着我，那目光是奇特的。他说："你看看最近的报纸就会理解我了。男人对保卫国家疆土，比女人有更大的责任。我知道我不能成为一名好士兵。在学校军训时，我打靶成绩从没及格过。但我自信我能成为一名好军医。边防部队的接收函件已经转到公社了。”

我不再发问了，瞬息间，心中产生一种感伤的惜别之情。他将提包放到桌子底下，忽然问：“你是生病了吧？真抱歉，我光顾收拾东西了。”我忧郁地瞧着他，摇了摇头。“那……你找我一定有别的事？说吧，我是你的大‘插兄’啊！”我说：“什么事没有。只是想……听你唱支歌。”“唱歌？对。对，此时此刻，为什么不唱歌呢？”于是他从墙上摘下了手风琴。“如果我为你唱支苏联歌曲，你愿意听吗？”他非常认真地问。我低下头，用更细小的声音回答：“不管你唱什么，我都愿意听。”于是，他轻轻拉起了手风琴，低声唱道：

> 等着我，我会回来。
>
> 不过要久等，等着，当秋雨潇潇，撩起愁思时，等着，当冬雪飘飞，炎夏难熬时，等着，当别人不再等待亲人时，等着，当远地没有书信寄来时，等着，当同等的人都已灰心时，等着，千万等着啊。
>
> 因为你跟别人两样，你善于等待。
>
> 你善于等待……

我眼中涌出了泪水。我被这首歌所感动。我被在这个夜晚，我与他共同度过的这个时刻所感动。几天后，他就将离开这里了。也许，我从此再也不会见到我们这位“大插兄”了。他曾给予过我们许多关心，许多帮助，许多快乐……

他唱完之后，我们都陷入了沉默。他望窗外，我低着头。西北风在外面呼啸。井台上枯朽的吊杆，发出吱嘎吱嘎的响声。

江对岸传来一阵狺狺的狗吠。我们的村子里的狗也咬了起来。西北风更猛了。像一万个醉汉在吹口哨。咔嚓！……我倏地站了起来。“是水井吊杆倒了。”他不动声色地说。我又缓缓地坐了下去。他却站了起来，走到我跟前，说：“有件东西，我想请你替我保存。”语调那么轻，又那么郑重。

我默默无言地直视着他。我想他要委托我保存的，一定是件对他来说无比珍贵的东西。否则他怎会用那么一种异样的目光瞧着我？我心中顿时对他充满了感激。为他在这样的一种时刻对我的信任。

没想到他从箱子里拿出的是一个笔记本。一个普普通通的，半旧的笔记本。蓝缎封皮，既无花纹，也无图案。他双手将它递给了我。我轻轻翻开它，见第一页上，庄重的字体写着一串姓名：王涛——男，一九六八年五月二十一日凌晨四时三十二分出生，身长五十二厘米，体重八斤。先天发育良好。

李小娟——女，一九六八年七月三日夜十一时零一分出生，身长四十五厘米，体重六斤三两……

赵秀梅——女……

第二页，仍是这样一串姓名。

第三页，依然是……

我迷惑地抬头望着他。

他微笑了，说："这是我建立的一份特殊档案。我来到这个地方三年多了，在这一带八九个村子里，接生了十七个孩子。我知道，你们这些小'插弟插妹'曾背后议论过我，不理解我为什么来到如此落后偏远的地方，还会天天那么高兴？这十七个孩子的出生，就是令我感到高兴和自豪的理由啊！人，在一切物质之中，又在一切物质之上。人，这是所有文字中最崇高的一个字啊！……"

他情绪兴奋起来，双目闪耀着光彩。

他接着说："胎儿与母体，实际上是两个完整的但又不可分割的生命。物理学家们，为原子的分裂感到自豪。而我所感到自豪的，是一个生命，一个人，在我的帮助下降临到了世界上。从此以后他或她将要寻找事业，寻找爱情，经历种种艰难和种种痛苦，感受种种喜悦和种种幸福，为人类和世界作出种种杰出的和平凡的贡献。我完成的，是生命的分化。这是最伟大的分化过程！每一个婴儿诞生的过程，对我来说，都如一首诗，一支歌，一段交响乐章！谁敢预言，在我接生的这些孩子中，将来不会成长起科学家、政治家、艺术家？当我听到新生婴儿的第一声啼哭时，我每次都想举起那个幼小的人，大喊：'生命万岁'！……"

我被他的话迷住了。也被他那兴奋的表情迷住了。不，我是被他迷住了。那一时刻，我是多么想拥抱他，热烈地吻他呀！我觉得，站在我面前的，是一个年龄比我小许多许多，情感和思想都很天真的孩子。也是一个年龄比我大许多许多，情感和思维都很深奥的老人。是一个内心充满浪漫色彩的诗人，也是一个膜拜生命的虔诚信徒。

他忽然停止说下去，一副窘态地问："你觉得我可笑了吧？"

"不，不，你说的……真好，我一点也没有觉得你可笑，真的！"

“谢谢你！”他说，退到窗前去了，但目光仍注视着我。

不知为什么，我想哭。我怕会当着他的面情不自禁地哭了，就站起来，轻声说：“我走了！”说罢，立刻低着头朝外走。

“等等！”他叫住了我。

我不得不转过身。

他刚才那种兴奋的情绪平静了。

他说：“我把这十七个孩子委托给你了。也许，我比他们的父母对他们寄托的希望还大。他们的父母，可能只希望他们将来成为能种地能打鱼的人。而我，却希望他们将来成为不仅仅能种地能打鱼的人。教师，是人类灵魂的工程师。我迎接到这个世界上的，是自然状态的生命，你要给他们注入灵魂，你要教他们文化和知识，你要使他们成为文明的一代，这个地方要依靠他们成为文明的地方。今后，无论我到何处，我心中都会想着他们。我要重新回到这个地方，寻找他们的足迹，告诉他们，某年某月，是我……”他竟说不下去了。他那种平静的语调，是无法掩饰他内心里此时此刻的激动的。

我说：“我一定记住你的话，我一定不辜负你的嘱托，只要……别发生战争……”

他怔愣了片刻，自言自语地说：“是啊，只要……别发生战争……”

西北风由呼啸而转为嚎叫，似巨大的鸟羽扑打着窗子。又像是一阵狺狺的狗叫声，像醉汉的笑。西北风攫住这令人发悸的声音，将它挟卷到更远的地方去。

我再也不能迎视他的目光，再也不能继续听他谈下去，再也不能内心平衡地待在他的小屋里，再也不能……

我一转身冲到外面去了。

那天夜里，我辗转反侧，怎么也无法入睡。我从来也没有觉得那么孤独过。这咄咄逼人的孤独感，将沉重的寂寞压迫到心灵的死角了。

他即将离开这个村庄的呵……

我的许多在别处插队的同学，来信中常常谈论战争。他们谈论战争的词句，如同少男少女们谈论郊游和野营计划。他们都自信在战争中会成为英雄。他们都希望在枪林弹雨中建树功勋，在炮火硝烟中获得荣誉。谈到“牺牲”，他们轻松地说：“人固有一死嘛！”他们甚至是在期待着战争。不，更确切地说，他们是怀着莫大的希望，准备勇敢地跳上人类的流血话剧的舞台之上，或者胸前挂满勋章骄傲地谢幕，从此与“插队知青”的命运一刀两断。

那天夜里，我认识到，只有远离战争威胁的人，才会像他们那样侃侃谈论战争。假如他们也和我一样，也和黑龙江边这七八个村庄的人们一样，离战争的毁灭性威胁近在咫尺，坦克半分钟内就能驰过江面，如履平地般碾碎这里的房舍，站在江界线上投掷的手榴弹会从窗口飞入屋内，几发重磅炮弹会将这里的人们经过几代甚至十几代辛劳筑造的村庄夷为一片瓦砾，一片废墟，无数生命可能在酣甜的梦境中变成鬼魂，缺肢断腿的肉体飞上天空，挂在树梢……那么，他们就会改变他们对战争的看法了。

我爬起来，在油灯下给我的同学们写信。将我这些冲动的情感与思想在纸上尽情发挥。

我告诉他们，我认为他们是错了。

我告诉他们，如果我们神圣的国土受到侵犯，我会像法国女民族英雄贞德一样，为捍卫我们的疆土和人民去奋勇杀敌。

我告诉他们，乡村小学教师，是能够成为一名不惜捐躯的女战士的。

同时我也告诉他们，我是多么诅咒战争！如果用我的生命向某种神明祭祀，便可制止世界上的一切战争的话，我毫不吝啬我的身躯！

我还告诉他们，姚医生有一个怎样的笔记本，以及他对我的嘱托……

第二天早晨，姚医生到县里托运行李去了。下午，有人告诉我他回来了。我想再去看他，我觉得自己内心还有许多话，许多重要的话没对他说。但我知道，他几乎需要和全村的每一家每一户告别，就打消了念头。全村人都对他依依不舍。他的感情，是分赠给全村人的。我已获得一个小份，很珍贵的一小份，我应该知足了。人不能太自私。

我找到了一件足以驱除内心孤独和寂寞的事情去做。那一整天，我都在宿舍里认认真真地备课。我暗暗发誓，要成为一名优秀教师。

天黑不久，我听到了轻轻的敲窗声。

一定是他来正式向我告别！

我立刻跳起，内心异常激动地打开了门。却不是他——一个扎头巾的很胖的女人一步跨了进来，仿佛唯恐动作迟缓，就会被我拒之门外。“你？……”她转过身，我后退了一步——油灯的光亮下，我清清楚楚地看到了一张年老的苏联女人的脸！文字无法形容我当时大吃一惊的程度！她会中国话。她焦急地断断续续地对我说：她是偷偷越过边境的，她的儿媳妇，就是昨天被姚医生救了一条命的那苏联女人，临产了，但孩子生不下来。他们的乡村医生喝醉了酒。她苦苦哀求我，带她去找我们的医生……

“不，不，你……出去！”我打开了门。

“姑娘，上帝在看着你……”泪水淌在她那张布满皱纹的脸上。那是一张慈祥的老母亲的脸。焦急和希望，使这张脸上呈现着一种令人无比怜悯无比同情的人性的力量。

我根本不相信上帝的存在。但我那一时刻觉得，站在我面前的，就是我根本不相信的上帝的化身……我把她带到了姚医生那里。人在某种情况下，不受思想的主宰，只听凭心灵的支配。姚医生吃惊的程度不亚于我。他脸色顿变，将我推出门外，从外面带上门，用那苏联老母亲在屋里完全听得到的声音对我吼：“你疯了？！你根本不应该带她到我这里来！你应该告诉她，怎么来的，怎么回去！我们的医生今天不在！……”

“可是我……”

“你该挨一记耳光！”

我从未见他发过这么大的火。我生平第一遭被人如此训斥。我呆呆地望着他，眼中渐渐涌出了泪水。我猛转身跑了。跑回宿舍，我扑在被子上，哭了。

我觉得昨天晚上他对我说的那许多诗一般的话，永远不会再使我的心灵受到丝毫感动了。我暗暗对自己说，我再也不要被诗一样的语言所蛊惑。再也不要轻信能说诗一样的语言的男人。

但是第二天早晨，我又深深自责起来。我意识到自己是做了件蠢事。我是该挨一记狠狠的耳光。理性有时竟使人批判自己内心里最最真实的东西。我去找他，要向他表示忏悔，请求原谅。来到卫生所，发现门锁着。两行脚印通向江边。一种预感使我内心极度慌乱。我顺着脚印跑到江边——两行脚印越过江面，通向对岸的村庄。我久久地呆呆地站立在江边……卫生所门上的锁和越过江面的脚印，一小时后就被许多人发现了。全村大哗，空前骚动。队长来找我，劈头就问：“你见到姚医生了么？”我故作镇定地回答：“见到了呀，他对我说，他要到东村去向人告别。”我不是演员。“你胡诌八扯！”队长大声嚷叫。我不得不道出实情，并说：“队长，是我把那个苏联女人带到他那里去的，要惩办，就惩办我吧，千万别惩办姚医生！”“你……你混蛋！”队长那样子凶得像要一口把我吃掉。然而他并没有立刻向公社汇报。许多人都来到江边。有人一直站到中午。只要他早些从江那边过来，就意味着这件事根本没发生过。我相信，不会有一个人对外村人去多嘴多舌地讲这件事。包括本村的孩子们。下午，两点以后，他还没过来。队长不得不违心地派人向公社汇报。三点四十分，公社的一辆吉普车开到了江边，从车上下来了一名边防站的翻译和两名县公安人员。就在那时，对方的哨所升起了会晤旗。他是被两名苏联边防士兵用担架抬过来的。担架后跟随着苏联村庄里的许多男人和女人。两国的百姓，站在江界线上，沉默地对望着。抬担架的苏联士兵，将担架移交给我们的人，庄重地向躺在担架上的他敬礼后，才退到江界那边。他头缠药纱布，脸色苍白，看样子伤得很重。是那苏联女人的患精神病的丈夫伤害了他。我扑到担架前，俯身注视着他，只是流泪，说不出话来。他却微微笑了一下，对我低声说："母子平安。替我记在笔记本上——奥丽娅·肖尔金娜。黄头发，蓝眼睛，一个漂亮的女孩，将来准是个迷人的姑娘……"我噙着泪点了点头。他被搀扶着向吉普车缓缓走去。我们的边防站翻译脱下军大衣，轻轻披在他身上。他走到车门旁，回头望了我一眼。我心里默默对他说："我会等着你的。我要久等……"他没有再回到这个黑龙江的村庄。也没有成为一名边防部队的军医。据我所知，在边防日志上，那一天是这样记载的——中苏双方，进行了一次非军事内容会晤。时间，三点四十二分至三点五十三分……

美丽姑娘

一

她叫徐美丽。身材不高也不矮，脸蛋儿不瘦也不胖，五官端庄俊俏，就像《天女散花图》上的“天女”。她的眼睛……哦！天呀！这是一双多么动人的眼睛啊！这双眼睛一旦向你投过多情的一瞥，明亮的眸子就闪耀出秋水般的光波。为此，人们一语双关地送她“美丽姑娘”的雅号。

某星期天，一个并不寒冷的晴朗的冬日，“美丽姑娘”出现在滑冰场上。时髦的衣着，美丽的容貌，动人的身姿，吸引了场内场外的许多人。她像一只美丽的蝴蝶飘过来飞过去。她穿的是花样刀。“花样滑冰”历来享有“冰上芭蕾”的美誉，我们的“美丽姑娘”当之无愧地成了那一天“冰上芭蕾”的“明星”。正当她以一个优雅的“春燕展翅”的姿势在光洁如镜的冰面上滑动的时候，突然……

一个年青小伙子，在这千人冰场上意外地和她相撞了。

小伙子显然初登冰场，可笑地、笨拙地移动着两只穿滑冰鞋的脚。他衣服前后的冰畜雪粉，证明他起码摔过了一打以上的跟头。他似乎已经玩兴索然了，小心翼翼地朝场外溜去。我们的“美丽姑娘”正兴趣盎然，像走马灯里的影人一样飞速滑过来。结果，两人同时摔倒了。即使最公正的法官，也无法准确判断是他撞倒了她，还是她撞倒了他。对于那小伙子，这个跟头实在无所谓，因为他已经有了一打以上的出色纪录。不过使他扫兴之外再添一分扫兴罢了。对于“美丽姑娘”，这个跟头真是大煞风景！小伙子慌乱而勉强地爬了起来，连忙前去扶她，却被她愤怒的表情慑住了。“美丽姑娘”的蛾眉挑了起来，凤眼瞪了起来，她正想张口骂一句：“德行！”突然，她发现小伙子衣襟上别着一枚“工业大学”的校徽。圆瞪的风眼微眯了一下，她翻起睫毛，就看到了一张略显苍白的清秀的脸，脸上显出不知所措和歉意的表情。“美丽姑娘”明眸中的怒火，像是逢上了清凉的泉水，在眼睛眨动的一瞬间化为一片柔情。她微微一笑，把“德行”二字咽了回去，吐出了意思完全不同的话：“没什么，是惯性……”紧紧握住那青年向她伸过的双手，一个鲤鱼打挺站起。她刚站稳，突然，又一个小伙子裹着一股旋风，横冲直撞地滑过来，脚上的冰刀以“美丽姑娘”为圆心，在冰面上划了一个不大不小的圆周，嚓地停在了她面前，关切地问：“美丽，摔坏了没有？”又转身训斥那“肇事者”：“不会滑，就别到这里来充数嘛！”

那“肇事者”清秀的脸羞愧得发红了，讷讷地解释：“我，我本来是想退场的，可是，好像有一股莫名其妙的力量使我们非撞上不可……”这时，远处有人朝此处喊了一声：“助教！”“肇事者”朝喊声处扬扬手，又歉意地对“美丽姑娘”笑了笑，自认晦气地转身走开了。

突然，“美丽姑娘”竟“哎哎呀呀”地呻吟起来。那“肇事者”闻声转过身来，见“美丽姑娘”似乎有些站立不稳，在她男伴的搀扶下，一边哼哼一边吸冷气。他立刻又趔趔趄趄地溜过来，不安地问：“你……摔坏哪儿啦？”

“我……哎哟，大概脚脖子扭断啦！”

“这……我送你到医院去！”

“好，好的，哎哟！”

她的男伴用请求的口吻说：“我也陪你去吧！”

她断然拒绝：“不，不用！”

她的男伴似乎还想争取一下，但“美丽姑娘”严厉地瞪了他一眼，使他立刻默不作声了。他望着那“半路杀出的程咬金”，茫然而又困惑地叹了口气。

那青年搀扶着“美丽姑娘”朝冰场附近的一所医院走去。一路，“美丽姑娘”的呻吟由重转轻，到医院门口时，呻吟终于停止了，脚步也不一瘸一拐了。她微微一笑：“我们不必进去了。这已经侵占你的时间啦，怪过意不去的！”真是个通情达理的姑娘！那青年憨厚老诚地坚持说：“还是请医生检查一下吧！”“真的不必啦！”她又甜甜地微微一笑：“如果不耽误你，请你再扶我慢慢走一会儿吧，行不？”这不能不说是一个正当的请求，何况是面带甜蜜的微笑用甜蜜的语调提出来的！于是，他扶着她从医院门前徐徐走过。在他们身后不远处，“美丽姑娘”的那位被冷落了的男伴，脸上带着感伤而凄凉的表情，遥望着这一对“新结识的朋友”……

二

“美丽姑娘”是东风旅馆的理发员。她那天带到冰场上的男伴和她同姓，叫徐彦，是东风旅馆的服务员。

这一天，是上次冰场奇遇后的第一个星期六。快下班的时候，我们的“美丽姑娘”独自坐在理发室的转椅上，呆呆地看着自己的右手心。手心上有三条任何人都有的手纹。不知是哪位深通手相的行家告诉她，这三条手纹分别是一个人的“生命线”“工作线”“爱情线”。手纹越深越长，预示着一个人能长命百岁，工作如意，情场顺利。“美丽姑娘”对她的“生命线”是很自信的，她自幼身体健康，绝无大灾小病。她现在专注地研究那条“爱情线”。她认为“爱情线”是和“工作线”联在一块儿的。哦！真不幸！我们“美丽姑娘”的“爱情线”又浅又短！

“爱情线”短，罗曼史长。此刻，几个小伙子的脸像电影特写镜头一样，清清楚楚地浮现在她面前！

第一个是一位工程师的儿子，脸盘不大，鼻子不小。她立刻厌恶地紧闭上了眼睛。

第二个是什么研究所的技术员，形象倒算过得去，可是家中有一个体弱多病的老娘……

第三个是本旅馆的服务员小郝，小郝的父亲老郝是东风旅馆的主任。可是她对他落花有意，他对她流水无情。

第四个是徐彦。他目前正狂热地对她穷追不舍。爱神的箭已经不偏不倚地射中了他的心窝！她对他冷中有热，热了又冷，热得虽快，冷起来却会一下子降到冰点。这会儿，我们的女主人公对着镜中自己美丽的脸蛋长长叹了口气：一个理发员和一个服务员的“二员婚姻”，哪里会有什么美满可言呢！

然而，同时在她面前出现了另一张略显苍白的、清秀的、带有几分羞涩的小伙子的脸。上个星期日在滑冰场意外地同他结识的当天，她就已经知道他的名字叫王志松了。他还给她留下了一个电话号码，表示绝不逃避对当天那桩“不幸事件”的一切责任和后果。不知为什么，整整一个星期以来，“工业大学”四个字，时时在她脑海中闪现。啊，难道这是“爱情线”上意外激发出来的弧光吗？正当她想入非非，陶醉在又甜又美的幻景中的时候，有人轻轻叫了她一声："美丽！"一回头，见是徐彦，有点不高兴地乜斜了他一眼，没哼声。徐彦掏出两张票，怀着极大的希望邀她星期天一块儿去工人文化宫观看文艺会演。看到票，她眼睛忽然一亮，沉吟了一下，微笑着说："我的一个表哥从外地来了，把这两张票都给我吧！"为了安慰徐彦有些失望而遗憾的情绪，她从衣袋里抓了一把夹心糖塞给他……

三

星期天，当工人文化宫里的文艺会演散场的时候，"美丽姑娘"同王志松随着人流双双走了出来。

"啊，今天晚上的月色多迷人呀！我真不愿意去挤公共汽车，陪我走一程好吗？"她微笑着提出请求，还向他投过了亲密而含有爱意的一瞥。他点点头同意了。她和他并肩在人行道上慢慢地走着，她大方而自然地依偎着他。虽然仅仅是第二次见面，她似乎已经与他很熟了，翻起睫毛瞟了他一眼，问："你们大学里，像你这样年轻的助教一定不多吧？"问罢，露出了一排像贝壳般的光洁整齐的牙齿来。

"大学？"他奇怪了，喃喃地回答，"我，我不是……"她短促而轻微地"哦"了一声，站住了，凝视着他脸上的表情，忽然莞尔一笑："得啦，你真谦虚！那天你明明戴着大学校徽的！"他因她的误会很窘，认认真真地解释："不不，那天，我穿的是我弟弟的衣服……"

"可当时我明明亲耳听到有人喊你'助教'的嘛！"

"不不，那是他们在喊我的绰号！朋友们总是取笑我太文气了，就给我起了那个绰号。"她脸上那种温柔俏雅的笑容顿时僵住了。

他感慨地叹了口气："前几年，我爸爸因为是一个老干部，被'四人帮'打成了'走资派'，在残酷的迫害下，我连上大学的资格都没有，哪能当什么助教呢！"

她听到这里，脸上的肌肉立刻又恢复了对大脑神经讯号的敏迅的反应，笑容重新浮现了。她用一种十分关怀的热情的语调问："那么，你爸爸现在……"

他感激地对她笑了笑："组织安排他在高干疗养所疗养了一个阶段，现在已经恢复工作了。”

“高干疗养所？”她轻轻重复了一句，似乎有些不信，但他脸上坦率诚实的表情打消了她的疑问。

于是，她和他又慢慢向前走。

她好像才想起似的，从手提包里拿出一本包着书皮的书递给他：“我现在正补习数学，有一道难题，你能替我解答吗？”

“试试看吧！”他老实地回答，“如果我不懂，可以代你请教别人。”说着想打开书。

“你干吗这么性急？”她含笑带嗔地制止了他，“总不能站在马路上给我讲解数学呀！回家去再钻研吧！”那双妩媚的眼睛又一次如夜空中的星星一样闪烁出迷人的光彩。

他们走进一处饭店，她邀他一起吃顿饭。他们为谁付钱相互争执了一小会儿，最后，老诚的小伙子终于向热情的“美丽姑娘”让了步。落座时，她猛地想到自己竟忘了一句顶顶重要的话，立刻用一种仿佛随随便便的样子问：“你还没有告诉我在哪个单位工作呢！”

他刚想回答，突然，小伙子听到有人在叫他的名字！一转脸，一个饭店里的老服务员站在了他面前。这老服务员身材不高，略胖，脸上挂着一层油汗。肩上搭着一条毛巾。手里端着托盘，上面层层叠叠地摆着饭碗菜碟。小伙子红着脸朝老服务员叫了一声：“爸爸！”又局促地指指身旁的“美丽姑娘”，“这，是小徐……”这位当服务员的父亲一面打量她，一面点点头说：“这是你们要的鸡丝面！”麻利地将两大碗鸡丝面放在了他俩面前。“美丽姑娘”一时怔怔地呆住了。她看看小伙子，又瞅瞅老服务员，忽然冷冷地说：“哎呀，我有点急事儿，真对不起！”倏地站起身，头也不回地匆匆走了。被撇下的小伙子望着那满满两大碗热气腾腾的鸡丝面，一时不知如何是好……

四

几天之后，东风旅馆的服务员小郝，把一个新来乍到的青年介绍给全体服务员。小郝最后说：“该给你介绍介绍古兰丹姆啦”

“古兰丹姆？”那青年又好奇又感兴趣。

“嗯！”小郝认真地说，“就是电影《冰山上的来客》里那个古兰丹姆，可不是那个真的，而是‘眼睛后面有一双眼睛’的那个！”

他们边说边走，来到理发室。“美丽姑娘”突然见到那青年，愣住了。那青年不是别人，正是王志松。王志松自然也愣住了，奇怪地嘟哝了一句：“你？古兰丹姆？”小郝耸耸肩，看看他，又看看她：“早知道你们认识，我就不多此一举了！”很识趣儿地转身走开了。

王志松红着脸，喃喃地开口说：“小徐同志，你，夹在那本书里的信我看了。你，给我出了一道严肃的课题。你，在信上写着你深深地爱我。可是我，我觉得……”

她却异常冷静地，不，简直可以说是冷漠地回答：“第一，请你原谅我的唐突。第二，请把我的书和信还给我。第三，我今后不愿同你有任何来往，也请你能够自尊！”

“你……”

“现在请你离开这里吧！不要影响我工作！”

小伙子感到一种从未经受过的奇耻大辱，一阵冷气从心底升起，他使劲儿咽了口唾沫，定定神，转身而去。

我们的“美丽姑娘”也是在一种极其烦恼的心情中度过了这一天的上午的。书和信又回到了她的手提包里。书，当然不是什么《数学》，而是一本《新式家具式样图》。信，是在上个星期六的晚上搜索枯肠“创作”出来的。但交给王志松的决心，却是在走出工人文化宫的一路上才下定的。此刻，她心里恨恨地咒骂他：“这个卑鄙的小骗子！天字第一号的伪君子！什么老干部、高干疗养所，见他的鬼！哼，差一点点被骗了呢！”她从镜子里望着自己美丽俊俏的脸蛋，想到自己今年已经二十五岁了，不禁分外伤心。眼见身旁许多并不漂亮的姑娘都纷纷寻找到了幸福美满的爱情，自己却仍像一只无伴的孤独的小鸟！

突然，我们的“美丽姑娘”又从镜子里发现理发室的门窗外有一双戴眼镜的眼睛，正隔着玻璃向她注视。接着，一个又瘦又高的男人轻轻推开门走了进来，矜持而彬彬有礼地朝她弯了弯身子。“快下班啦！”她没好气地说。“不，我不理发。”那人微笑了一下，“我有事儿想问……”“有事儿到问讯室去，这是理发室！”她简直恼怒起来。那人十分意外，惊愕不已，后退着出去了。几乎是同时，服务员快嘴小王走进来，求“美丽姑娘”给剪剪发。小王刚坐到椅子上，便问：“那小伙子来干什么？”“小伙子？”她嘲讽地反问，

“没见着！”

“当然是小伙子啦！四十岁以内没结婚的男人都是小伙子嘛！何况他才三十六！”小王用一种很权威的口吻说，还特别强调那个“才”字。“结婚？看他那德行！像只面拖虾！”“我看他对你可挺注意呢！经常偷偷地打量你，还向我探问你今年多大岁数啦，结婚没有，工作表现怎样，问得怪详细的！”“哼！癞蛤蟆想吃天鹅肉！”“人不可貌相呀！人家是北京一个话剧团的导演呢！”“导演？吹牛！”“美丽姑娘”心中对王志松的恼怒又被挑了起来。“真的！我给他登的记嘛！咱们郝主任临去开服务质量会之前还向我交代过，说有位导演要到这里来修改剧本。我亲眼看见他拿着厚厚的剧本，一个人在房间里哇啦哇啦地朗诵，还比比画画的没完！不是他是谁？”“美丽姑娘”不由自主地停下手中的剪刀，轻轻咬住了下唇。“听郝主任讲，他父亲还是个什么局长呢！”“美丽姑娘”急切地问：“那，你都对他讲了我一些什么？”“我……当然挑好的说啦！哎呀，死丫头，你心跑到哪去啦！都快给我剪成分头啦！”

小王走后，“美丽姑娘”的一颗春心又一次被搅乱了。她借着帮小郝换被单儿的理由，敲开了那位导演的房门。“面拖虾”果然在很有激情地朗读剧本，见她进来，分外殷勤地笑着说：“徐美丽同志，我自已来换吧！”“美丽姑娘”心中一动，啊，他已经知道了她的名字！她明眸一闪，不露齿地微微一笑，一边换被单一边撩起眼角偷偷地打量他：眼镜，证明有学问。秃顶，勤奋的象征。三十六岁，年纪是大了些。不过，大有大的长处，社会经验丰富，迟发的爱情更真挚。中外无数大作家、大艺术家也并非美男子！

导演兼剧作家踱到她面前，一双不大的眼睛透过眼镜片盯着她，亲切地问：“美丽同志，今年多大岁数了？”“二十……七。”她有意把年龄说大了两岁，为了使她和他在年龄上更接近一些。“谈过恋爱么？”“这……”她摇摇头。我们的“美丽姑娘”尽管饱经爱情沧桑，但却永远表现得像初恋的姑娘们一样含娇带羞，令人怜爱。导演兼剧作家又缓缓地开口说：“美丽同志，能够偶然结识你，我真高兴！我，很喜欢您，喜欢您的性格，喜欢您的形象……”“美丽同志”，称呼多么亲切！他开诚布公地表示喜欢我，多么坦率！“美丽姑娘”不无愧悔地说：“请您原谅，刚才我……”

“没什么，没什么，那正是你性格的表现么！”他忽然看看表，“哎呀，真遗憾，多想跟你再谈一会儿！可是，我得立刻去买飞机票了。因为，我今天晚上就要回北京！”

“什么？今晚就走？您为什么走得这样急呢？！”“为了工作嘛！”“那，您什么时候再来呢？”她恋恋不舍地盯着他，希望她的目光能将他挽留住。他笑了，挠挠秃顶：“情山常在，谊水长流，也许我们很快就会再见面的！”

当“美丽姑娘”离开这个房间时，心里就像有十来对小兔在翻腾一样纷乱。她忽然有了主意，从手提包里翻出写给王志松的那封信，将“王志松”三个字撕掉，拿起笔，他姓什么叫什么呢？她美丽的大眼睛眨动了几下，落笔写出“我深爱的导演兼编剧同志”几个字……

五

第二天，“美丽姑娘”在上班的路上，反复回味着昨夜甜蜜的“爱情”。往日，每当她踏上旅馆的石阶，心中便感到很怅然。今天，她心中竟仿佛有无限的希望，望见了爱情的闪光！说不定哪一天，那位多情的导演会把她从这里，甚至从这座城市带走呢！别了，东风旅馆！别了，理发推子！她一走进旅馆，直奔信报处，也许她那位多情的导演会在临行前给她留下一封表示内心爱慕的信呢！然而没有。她颇觉失望。转念一想，也许他的时间太紧了，来不及吧？看来她只好再等待几天，才能收到他的回信了。既是福音书，何时都不晚。她哼着歌儿向理发室走去。刚刚推开门，却听到一声怒吼：“徐美丽！你做的漂亮事！”平素像羊羔一般驯服的徐彦，此刻横眉竖目地瞪着她，将一封信抛在她脚下。她捡起来一看，立刻判定是那位多情的导演写给她的，一时气得面红耳赤：“小徐，你怎么敢私拆我的信！”

且慢，就像电影摄影棚里的停机再拍那样，我们有责任为徐彦来澄清一下事实。那位导演因为只知东风旅馆有个徐美丽，不知还有个徐彦，犯了知其一不知其二的错误，仅在信皮上写了“转交小徐同志”几个字。想不到这封信经过几个人的手竟转交到了徐彦手中。旅馆的服务员们经常收到住客的感谢信、表扬信，徐彦也就随手拆开了。同志们以为他又做了什么助人为乐的好事，争相聚拢来看。结果，这封信的内容就成了旅馆当天的号外。

事情的过程交代清楚，再回头来听听徐彦对“美丽姑娘”的回答：“我拆看你的信是无意的！你玩弄我的感情却是存心的！”“美丽姑娘”也发起火来：“爱情是自由的！我有选择的自由！我爱他！爱他！爱他。”徐彦却镇定地说：

“你还是先看看信吧！”“美丽姑娘”急忙当着徐彦的面儿抽出信纸看了起来。信上用一笔一画的字迹写着：“徐美丽同志：你写给我的信我临走前看了。这真是天大的误会！第一，我已经结婚了，我和妻子已有两个孩子。我们感情很好，生活得也很幸福。第二，我所以对你很注目，是因为我不久将要导演部话剧，我觉得你很适合剧中的一个角色——一个不理解爱情的真正价值但又终日幻想爱情的姑娘。当然，这个角色的最后确定还要征求其他同志的意见。你的信现退还给你……”

“美丽姑娘”呆呆地盯住了这封信，信上的字仿佛在飞快地跳舞，跳舞，她一时觉得天眩地转！羞辱！难忍的羞辱！使她真想钻入千丈深的地底下去！她一下子捂住脸，难过地哭了。大家听到她的哭声都聚拢到理发室来。谁都想劝劝她，可是谁都找不到一句适当的话。最后，还是老诚笃实的王志松首先走近她说：“别哭了！往后遇事冷静些就是啦！”不料“美丽姑娘”却把他的话当成嘲讽，瞪起一双泪眼反唇相讥：“你不配挖苦我！你不过是一个小饭店里‘老跑堂’的儿子！我当一辈子老处女也绝不会嫁给你的！”小伙子不由后退了一步，注视了她好一会儿，才一字一句地说：“哦，原来是这样！现在我才明白，小郝为什么说你眼睛后面还有双眼睛！”

正在这时，大家一齐朝门口转过脸去，只见旅馆郝主任陪着一个身材不高、略胖的老头走进来。王志松对老头叫了一声“爸爸”，老头对大家和气地笑笑。郝主任向大家介绍：“这是咱们商业局的王局长，到咱们旅馆来检查服务质量工作！”又指指王志松，“可能大家都知道了吧，这是咱们王局长的儿子，市文化局的青年编剧，目前正在写一个爱情方面的话剧，到我们这里来体验生活的。”

“美丽姑娘”一眼认出，王志松的爸爸正是那天饭店中的那个“老跑堂”，她惊呆了。大家不再理会她了，纷纷地离去。

王志松走过她身旁时，轻声说：“徐美丽同志，物色演员的事情，我作为话剧编剧非常赞同导演的目光，相信你会演得挺出色的！”

“是你？”“美丽姑娘”喃喃地吐出两个字，但小伙子已经走出去了。

两滴泪水，从“美丽姑娘”美丽的大眼睛里滚落下来，落在她的手心上，落在那条又短又浅的“爱情线”上……

散文

龙！龙、龙

某些人一见我这篇散文的题目，必然的并且立刻的就会联想到日本电影《虎！虎！虎！》；他们中有人还会太自以为是地下结论——看，为了吸引眼睛，连文题都进行如此相似的拷贝了！足见中国作家们已浮躁到何种地步！没什么可写的就不写算了嘛，何必硬写？

见他们的鬼去！

我之写作，非是他们的心所能理解的。

我笔写我心，与他们的心无关；与《虎！虎！虎！》更是无关。

几天前我做了一个梦。

二十几年来，由于严重的颈椎病，入睡成为一件极困难的事。终于成眠，到底也只不过是浅觉，一向辗转反侧，想做梦也做不成的。

然而几天前真的做了一梦——梦见自己站在半空，仿佛是从我家可以隔窗望到的盘古大厦的厦顶。在更高的半空，在抓一把似能有实物在手，并能像湿透了的棉絮般拧出不洁的水滴的霾层间，有龙首俯视我，龙身在霾中一段隐一段现的，其长难断，然可谓巨。

我却未觉惊恐。是的，毫无惊恐。反觉我与那龙之间，有着某种亲缘的存在，故它定不会伤我。龙身青虾色，鳞有光，虽霾重亦不能尽蔽。

我正疑惑，龙叫我："二哥……"

其声如鼓槌轻击大鼓，半空起回音。听来稔熟，并且，分明是小心翼翼的叫法；又分明的，它怕猝然地大声叫我，使我如雷贯耳，惧逃之。

我不惧，问："你是玉龙？"

龙三点首。

又问："玉龙，你怎么变成了一条真龙？"

龙说："二哥，我也不明白。"

再问："你这一变成真龙，萌萌和她妈往后的日子谁陪伴？你们家失去了你的支撑怎么行呢？还有你姐和两个妹妹，没有你的经济接济，她们的生活也更困难了呀！"

龙说："是啊！"

接着，龙长叹了一声。

我生平第一次听到一条龙的叹息——如同一万支箫齐吹出"米、发"二音；在我听来，像是"没法"。

我顿时满心怆然，为玉龙的妻和女儿，为他的姐姐和两个妹妹；也为他自己，尽管他变成的是一条龙，而非其他。在人和龙之间，我愿他仍是一个人，即使是中国草根阶层中的一个人。他仍是一个人，对他的亲人们终究是有些益处的。我想，这肯定也是他的愿望。

我见龙的双眼模糊了，不再投射出如剑锋的冷光。它双眼一闭，清清楚楚的，我又见有两颗乒乓球般大的泪滴从半空落下。一颗落在我肩头，碎了，仿佛有大雨点溅我颊上，冰凉冰凉。另一颗落在离我的脚半米远处，也碎了，溅湿了我的鞋和裤脚。

随之，我又听到了一声龙的叹息，如同一万支箫包围着我齐吹"米、发"。

"没法……没法……"龙的叹息在霾空长久回响。

我的双眼，便也湿了。

斯时我心如海，怆然似波涛，一波压一波，一涛高过一涛，却无声。我觉喘不上气来，心脏像是就要被胀破了。

龙叫我脱下上衣，接住它给我的东西。

我照做。

龙以爪挠身，它的鳞片从霾空纷纷而落。我喊起来："玉龙，不要那样！"然而，又不能不慌忙地接。

龙说："我的鳞，都是玉鳞，上好的和田玉。每片怎么也值数万元！请二哥分给我的姐姐和两个妹妹，从此我对她们的亲情责任一劳永逸了……"

鳞落甚多，我衣仅接多半，少数不知飘坠何处了。也有的落在盘古大厦之顶，发出清脆铿锵的响声，如磬音。

"玉龙，不要再给啦！"

我眼里禁不住地淌下泪来。抬头望龙，大吃一惊，见龙以一只前爪，抓出了自己的一只眼睛！

龙说：“二哥，我的一只眼睛，值几千万元。你替我创办一个救助穷人的基金吧。百分之五，作为你的操心费……”

分分明明的，一颗龙眼自空而落。龙投睛投得很准，使其准确地被我接住了——与那些鳞片一样，带着如人血一般样殷红的血迹。大约中碗，透明似水晶，眸子尚在内中眨动，如在传达眼语。

我再次抬头望它，见它已掉头而去。我又喊：“玉龙，别走！我还有话对你说！”

“二哥放心，我会做一条对人间有益的好龙的！空中霾气太重，我肺难受，得赶紧去往空气质量好的地方将养鳞伤眼伤。这是你我最后一面，从此难见了……”霾空传下那龙最后言语，如阵阵闷雷。

我大叫：“玉龙！玉龙！玉龙你回来……”然而，龙转瞬不见了。

我将自己叫喊醒了。

玉龙是我家50年前的近邻卢叔、卢婶家的长子。当年我刚入中学，当年他才上小学。我们那一条小街，是哈尔滨市极破烂不堪的一条小街，土路，一年几乎有一半的时间是泥泞的。当年我们那个同样破烂不堪的院子九户人家，共享100多平方米的院地，而我家和卢家，是隔壁邻居，我家28平方米，他家约20平方米。我曾在我的小说《泯灭》中，将那条小街写成“脏街”。我也曾在我的小说《从一个红卫兵自白》中，写到“卢叔”这样一个不幸的人物。那是一部真实与虚构相交织的小说。这样的小说，按普遍经验而言，其中具有了虚构成分的人物本是不该写出真实之姓的。然而，我却据真所写了——当年的我，哪里有什么写作经验呢。

真实的卢叔，亦即《一个红卫兵的自白》中的“卢叔”的原型，可以说是一个美男子。我家成为卢家的近邻那一年，卢叔三十六七岁。当年我还没看过一部法国电影，现在自然是看过多部了。那么现在我要说——当年的卢叔，像极了法国电影明星阿兰·德龙。

卢叔参加过抗美援朝，这是真实的。

卢叔复员后曾在铁路局任科级干部，也是真实的。

不久，卢叔被开除了公职，没有了收入，成了一个靠收废品维持生计的人，这也是真实的。如今看来，那肯定是一桩受人诬陷的冤假错案无疑了。年轻的科长，有抗美援朝之资本，还居然有张欧化的脸，是美男子，肯定有飘飘然的时候。那么，被嫉妒也就不足为怪了。

卢婶当年似乎大卢叔两岁，这是我当年从大人们和他们夫妻俩开的玩笑中得知的。她年轻时肯定也是个窈窕好看的女子，身材比卢叔还略高。我们两家成邻居那一年，她已发胖，却依然有风韵。但，那显然是种根本不被她自己珍惜的风韵。底层的，丈夫有工作的人家，日子尚且都过得拮据，何况她的丈夫是个体收废品的。想来，她又哪里有心思重视自己的风韵呢?

好在卢婶是个极达观的女子、妻子和母亲。她一向乐盈盈地过他们一家的穷日子，仿佛穷根本就不是件值得多么发愁的事。用今天的说法，全院的大人当年都觉得她的幸福指数最高。那一种幸福感，是当年的我根本无法理解的。

现在的我，当然已能完全理解——与卢叔那样一个美男子成为夫妻，在底层的物质生活极其匮乏的年代，在对物质生活的憧憬若有若无的她那一类女人心里，大约等于实现了第一愿望吧？何况，卢叔是个有生活情趣的男人，还是个懂得心疼自己妻子的丈夫，同院的大人们常拿这样一句话调侃他——“这是留给你妈的，谁偷吃我打谁！”而所留好吃的，往往是难得一见的一点儿肉类食品罢了。

玉龙是卢家长子。他的姐姐叫玉梅，弟弟叫玉荣。玉荣之下，还有两个妹妹。他最小的妹妹，是我们两家成为近邻之后出生的。有一点是过来人对从前年代有时难免怀旧一下的理由，那就是比之于如今的孩子们，从前的孩子们真的格外有礼貌。这不仅体现于他们对于大人的称呼，更体现于他们对于邻家子女的称呼。即使年长半岁，甚或一两个月，他们也惯于在名字后边加上“哥”或“姐”的。我家兄弟四个依次都比卢家的子女年长，故依次被卢家的孩子叫作“大哥”“二哥”“三哥”“四哥”。我的哥哥精神失常以后，卢家的孩子照样见着了就叫“大哥”的。卢家的子女都很老实，从不惹是生非。我只记得玉龙与另一条街上的孩子打过一次架，原因是“他们当街耍笑我大哥”！

卢家孩子称呼我家兄弟四人，“哥”前既不加“梁家”，也不带出名字。玉龙和玉荣兄弟两个，从小又是极善良极有正义感的孩子。我从未听卢叔或卢婶教育过他们应该怎样做人。进言之，他们在这方面是缺乏教育的。我想，他们的善良与正义，几乎只能以“天性”来解释。当年，我每天起码要听到十几次出自卢家孩子之口的“二哥”。卢家五个孩子啊，往往一出家门就碰到了一个，听到了一句啊！

如今想来，当年的我，每天听到那么多句“二哥”，对我是一件重要之事。那使我本能地远避羞耻的行为。被邻家的孩子特亲近地叫“二哥”，这与被自己的亲弟弟亲妹妹所叫是很不同的。被邻家的孩子特亲近地叫“二哥”，使当年的我不可能不在乎配不配的问题。

大约是 1984 年或 1985 年春节前，我第二次从北京回哈尔滨探家。

我已是年轻的一夜成名的作家，到家的当天晚上，便迫不及待地挨家看望邻居的叔叔婶婶们，自然先从卢叔家开始。

而卢家人正吃晚饭，除了卢婶，我见到了卢家全家人。卢叔瘦多了，我问他是不是病过，他说确实大病了一场。玉龙的姐姐玉梅，弟弟玉荣，还有玉龙的大妹妹，全都从兵团、农场返城了，全都还没有正式工作。除了卢叔，卢家儿女们，皆以崇拜的目光看我，使我颇不自在。我 60 多岁的老父亲，虽已劳累了一辈子，从四川退休回到哈尔滨后，为了使家里的生活过得宽裕点，在一个建筑队继续上班。经我父亲介绍，玉龙也在那个建筑队上班。我问玉荣为什么不也像他哥哥一样找份临时的工作。

玉荣被问得有些难为情，玉龙则替弟弟说：“弟弟是兵团知青时患了肺结核，从此干不了体力活了。而要找到一份不累的工作，像玉荣这么一个毫无家庭背景的返城知青，等于异想天开。”

气氛一时就很愁闷。

我心愀然。事实上，连我返城的三弟，当时也只能托我那当了一辈子建筑工人的老父亲的“福”，也与我父亲在同一个建筑队干活。

我又问：“卢婶怎么不在家？”

卢叔反问我：“你家没谁告诉你？”

我闻言困惑。

而玉龙忧伤地说：“二哥，我妈秋天里病故了。”

玉龙实际上只有小学文化，从他口中说出“病故”二字而非“死”字，使我感觉到了他心口那一种疼的深重——不知他要对自己进行多少次提醒，才能从头脑中将“死”字抠出去，并且铆入他不习惯说的“病故”二字，吸收足了他对他母亲的怀念之情。

我的心口也不禁疼了一下。那样一家，没有了卢婶，好比一棵树在不该落叶的季节，掉光了它的叶子。

我又没话找话地说了几句什么，逃脱似的起身告退。

“二哥……”我已站在门口时，玉龙叫了我一声。

我扭回头，见卢家人全都望着我。

卢叔凄笑着说：“大老远的，你还想着给叔带几盒好烟回来，叔多谢了。”

我说：“院里每位叔都有的。”

卢叔说：“那你给我的也肯定比给他们的多。”

而玉龙说：“二哥，我们全家都祝贺你是名人了。”

我又不知说什么好。

卢家的儿女们，一个个虔诚地点头。

因为我哥哥几天前又犯病了，我的家也笼罩在愁云忧雾之中；家人竟都没顾得上告诉我卢婶病故了……

第二年春季，父亲到北京来看孙子。

父亲告诉我，卢叔也病故了。

父亲夸玉龙是个好儿子，为了给卢叔治病，将他家在后院盖的一间小砖房卖了。

父亲惋惜地说：“因为急，卖得也太便宜了，少卖了五六百元。如果不卖，等到动迁的时候，玉龙和玉荣兄弟俩就会都有房子结婚了。”

父亲最后说：“但玉龙是为了使你卢叔走前能用上些好药，少受些罪。他做得对，所以全院都夸他是个好儿子。”

夏季，玉龙忽一日成为我在“北影”的家的不速之客——将近一米八的个子，一身崭新的铁路制服，一表人才。

他说他父亲当年的“问题”得到了纠正，所以他才能有幸成为一名铁路员工。

我问他具体的工作是什么。他说在货场管仓库，说得很满意。

他反问我：“二哥，我文化也太低呀！所以应该很满意啊，对不对？”

我和我的父亲连说：“对、对。”

我和父亲特为他高兴。

他怕误了返回哈市的列车，连午饭也不一块吃，说走就走。

我和父亲将他送出“北影”大门外。

他说：“真想和大爷和二哥合一张影。”可临时哪儿去借照相机啊！当年连我这种人还没见过手机呢！

父亲保证地说：“下次吧！下次你来之前怎么也得先通个气儿，好让你二哥预先借台照相机预备着。”

玉龙说：“大爷，我爸妈都不在了，有时我觉得活得好孤单，我以后可不可以把您当成老父亲啊？”

父亲连说：“怎么不可以！怎么不可以！”

玉龙看着我又说：“那二哥，以后你就好比是我的亲二哥了吧。”

我说：“玉龙，我们的关系不是早就那样了吗？”

望着玉龙走远的背影，父亲喃喃自语：“好孩子啊！也算熬到了出头之日了，他弟弟妹妹们有指望了……”

两年后，我有了正式工作不久的三弟“下岗”了。

那一年的冬季，玉龙又出现在我面前，穿一件旧而且破了两处，露出棉花的蓝布棉大衣，看去像个到北京上访的人。他很疲惫的样子，不再一表人才。我讶异于他为什么穿那么一件大衣，以为大衣里边肯定还穿着铁路员工的蓝制服。但他脱下大衣后，上身穿的却是一件洗褪了色的紫色秋衣，显然又该洗澡了。

玉龙说：“二哥，我下岗了。”

我一时陷于无语之境。

他买了我写的十几本书，说是希望通过送书的方式结识什么人，帮自己找到份能多挣几十元钱的活儿干，说再苦再累他都干，只要能多挣几十元钱。

我一边签自己的名，一边问他弟弟妹妹们的情况如何。

他说，他弟玉荣的病还是时好时犯，好时就找临时的工作，一向只能找到又累又挣钱少的活儿，干到再次病倒了算。他姐有小孩了，也“下岗”了。他两个妹妹同样没有正式工作。

我听着，机械地写着自己的名字，不忍抬头看他，宁愿一直写下去。

书中有一本是《一个红卫兵的自白》。

我正要签上名，玉龙小声说：“二哥，这本不签了吧。”

我头也不抬地问：“为什么？”

他说：“你就听你弟的吧。”

我固执地说：“这一本书我写得不那么差。”

他沉默片刻，以更小的声音说：“二哥，不瞒你，有看了这一本书的人，撺掇我告你。”

我这才想到，在《一个红卫兵的自白》中，我写到的一个人物用了卢叔的真姓，但却在书中那个“卢叔”身上加了一些虚构的成分，还是那种有理由使卢家人提出抗议的虚构成分。我终于放下笔，缓缓抬起头，以内疚极了也怜悯极了的目光看定他说：“玉龙，你起诉二哥吧。你有权力也有理由起诉我，那样你会获得一笔名誉补偿金，而那也正是二哥愿意的。”

我说的是真诚的话。

事实上每次见到玉龙，我必问他缺不缺钱。而他总是说不缺，说真到了缺的时候，肯定会向我开口的。然而，我觉得他肯定永远不会主动向我开口的。据我所知，卢叔卢婶在世时，生活最困难的卢家，不曾向院里的任何一户邻居开口借过钱。在这一点上，卢家儿女有着他们父母的基因。

听了我的话，玉龙的脸顿时红到了脖子，当面受了侮辱般地说：“二哥，你这不是骂我吗？哪儿有弟弟告哥哥的呢？我那么做我还是人啊！”

我说：“兄弟互相告，姐妹互相告，甚至父母和子女互相告，这类事全国到处发生。你放心，二哥保证，绝不生你的气。”

他说：“那我自己也会一辈子生自己的气。我姐我弟我妹他们也会生我的气！二哥你要是不欢迎我了，我立刻就走好啦！”

我只得笑着说：“那再版时，二哥一定做一番认真修改。”

后来，玉龙又出现在我家时，我送给他一本签了我的名也写上了他名字的《一个红卫兵的自白》，告诉他，是一本修改过的书。

他又红了脸，笑道：“二哥你看你，还认真了，这你让我多不好意思！”

该脸红、该不好意思的是我，却反倒成了他。我情不自禁地拥抱了他一下。

他扛着拎着的，带来了两大旅行兜五六十本书。他累得不断地出汗，说经人介绍，帮一位是东北老乡的生意人在北京跑批发，联系业务得自己出钱送礼，而送我的签名书，对他是花钱不多、却又比较送得出手的礼物。

我不许他以后再买我的书，要求他提前告诉我，我会为他备好签名书，他来取就是。他说：“那不行。这已经够麻烦二哥的了，怎么能还让二哥送给我书呢！何况我每次需要的又多，二哥写一本书很辛苦，绝对不行！”

到现在为止，他一次也没向我要过书。

后来，我的人生中发生了两件毫无思想准备的伤心事，先是父亲去世了，几年后母亲又去世了——这两件事对我的打击极沉重。

再后来，我将哥哥接到北京，也将玉荣请到北京帮我照顾哥哥，同时算我这个“二哥”替玉龙暂时解决了一件操心事，等于给他的弟弟安排了一份力所能及的“工作”。

但玉荣在回哈尔滨看望哥哥姐姐妹妹的日子里，不幸身亡。而我四弟的妻子不久患了尿毒症，一家人的生活当时乱了套。

那一个时期，在我的头脑之中玉龙这个弟弟不存在了似的。两年后，等我将我这个哥哥的种种责任又落实有序了，才关心起久已没出现在我面前的玉龙来。

那是北京寒冷的冬季。我给四弟寄回了两万元钱，嘱他必须尽早聚上玉龙，不管玉龙需不需要，必须让玉龙收下那两万元钱。

不久，四弟回我电话说，交代给他的任务他完成了。

春季里的一天，下午我从外开罢一次会回到家里，见玉龙坐在我家门旁的台阶上，双眼有些浮肿，上唇起了一排火泡——他一副心力交瘁的样子，却没带书，只背一只绿书包。

进屋后，他刚一坐下，我便问他遭遇什么难事了。

他说他最小的妹妹也大病一场，险些抢救不回生命来。

我问他为什么不告诉我。

他说：“我知道四嫂那时候也生命危险啊，我什么忙都帮不上，怎么还能告诉二哥我自己着急上火的事呢。”

“二哥，你的心意我领了，但这两万元钱我不能收。二哥的负担也很重，我怎么能收呢？”他从书包里掏出了两万元钱，放在我面前。他说等了我将近三个小时，他这次来我家就是为了送钱。两万元钱带在身上他怕丢，所以一直耐心地等我回来。

我生气了，与他撕撕扯扯地，终于又将两万元钱塞入了他的书包。

这时响起了敲门声，我开了门见是某出版社的编辑——我忘了人家约见的事了。

玉龙起身说他去洗把脸。

他洗罢脸就告辞了。

编辑同志问他是我什么人。

我如实说是老邻居家的一个弟弟，关系很亲。

编辑同志说她见过玉龙。

我心中暗惊一下，猜测或许是给对方留下了某种不良印象的“见过”。

编辑同志却说，前几天她出差从外地回到北京，目睹了这么一种情形——有一精神不正常的中年女子，赤裸着上身在广场上边走边喊，人们皆视而不见，忽有一男人上前，脱下自己的大衣，替那疯女子穿上了。

我说："你认错人了吧？"

她说："不会的。当时我也正想脱下上衣那么做，但他已那么做了。我站在旁边，看着一个非亲非故的男人为一个疯女人一颗一颗扣上大衣扣子，心里很受感动。他给我留下的印象极深，所以不会认错人。"

编辑走后，我见里屋的床上有玉龙留下的两万元钱。

那一年，玉龙出现在我面前的次数多了，隔两三个月我就会见到他一次。虽然用手机的人已经不少了，但他还没有手机，我也没有。他或者在前一天晚上往我家里打电话，那么第二天我就会在家里等他；或者贸然地就来了，每撞锁，便坐在我家门旁台阶上等，有时等很久。

"二哥，你瘦了。"

"二哥，你显老了。"

"二哥，你脸色不好。"

"二哥，你可得注意身体。"

以上是他一见到我常说的话，也是我一见到他想说的话。每次都是他抢先说了，我想说的话也就咽回去不说了。

那一年，我身体很差，确如他说的那样。

那一年，他的身体看去也很差，白发明显地多了，脸还似乎有点浮肿。

我暗暗心疼他，正如他发乎真情地心疼我。

他带来的书也多了。书是沉东西！——想想吧，一个人带五六十本书，不打的，没车送，乘公交，转地铁，是一件多累的事啊！以至于我往往想给他几本我新出的书，由于心疼他，犹犹豫豫地最终也就作罢了。

他来的次数多，我于是猜到他换挣钱的地方也换得频了。

赠某某局长、处长、主任、经理……我按名单签着诸如此类的上款，而他常提醒我不要写"副"字，"赠"字前边加上"敬"字。

我根本不认识那些人，他显然也一个都不认识。他只不过是在落实他"老板"交给的任务。

有次签罢书，他起身急着要走。

我说："别急着走，坐下陪二哥说会儿话。"

他立刻顺从地坐下了。

我为他换了茶水，以闲聊似的口吻说："怎么，不愿让二哥多知道一些你的情况吗？"

他说："我有啥情况值得非让你知道的呢？"

我说："比如，做了什么好事、坏事……"

他立刻严肃地说："二哥，我绝没做过什么坏事。如果做了，我还有脸来见你吗？"

我说："二哥的意思表达不当，我指的是好事。"

他的表情放松了，不无自卑地说："你弟这种小民，哪儿有机会做好事啊！"

我就将编辑朋友在火车站见到的事说了一遍，问那个好人是不是他。他侧转脸，低声说："因为大哥也是得的精神病，我不是从小就同情精神病人嘛，那事儿更不值得说了。"

我一时语塞，良久，才说："玉龙，我是这么想的——二哥帮你在哈尔滨租个小门面，你做点儿小本生意，别再到北京四处打工了吧，太辛苦啦！"

他低下头去，也沉默良久才又说："二哥，那不行啊。在咱们哈尔滨，租一个最便宜的而且保证能赚到钱的门面，起码一年五六万，还得先付一年的租金。二哥你负担也重，我不能花你的钱。再说，我也没有生意头脑，一旦血本无归，将二哥帮我的钱亏光了，那我半辈子添了块心病了。我打工还行，力气就是成本。趁现在还有这种不是钱的成本，挣多少是多少吧！二哥你家让你操心的事就够多的了，别为我操心了吧……"

我又语塞，沉默了良久才问出一句废话："打工不容易是吧？"

玉龙忽地就低声哭了。

我竟乱了方寸，一时不知该怎么劝他。

他边哭边说："二哥，有些人太贪了，太黑了，太霸道了，太欺负人了……只要有点儿权有点儿钱，就不将心比心地考虑考虑我这种人的感受了……"

我已经记不清我是怎么将他送出门的了。

我独坐家里，大口大口地深吸着烟，集中精力回忆玉龙说过的话。

我能回忆起来的是如下一些话："二哥，我受欺负的时候，被欺负急了就说，'别以为我好欺负，我是不跟你一般见识！我二哥是作家梁晓声！'多数时刻不起作用，但也有少数起作用的时候。二哥，你是玉龙的精神支柱啊！别说三哥四哥秀兰姐家的生活没有了你的帮助不行，我玉龙在精神上没有你这个支柱也撑不下去啊……

“二哥，我希望雇我的人多少看得起我点儿，有时忍不住就会说出我有一个是作家的二哥。他们听了，就要求我找你，帮他们疏通这种关系、那种关系。我知道你也没那么大神通，只能实话实说。结果他们就会认为我不识抬举，恼羞成怒让我滚蛋……

“二哥，有时我真希望你不是作家，是个在北京有实权的大官，也不必太大，局一级就行，那我在人前提起你来，底气也足多了……

“二哥，有时候我真想自己能变成一条龙，把咱们中国的贪官、黑官、腐败的官全都一口一个吞吃了！但是对老百姓却是一条好龙，逢旱降雨，逢涝驱云。而且，一片鳞一块玉，专给那些穷苦人家，给多少生多少，鳞不光，给不完……”

那一天，我吸了太多的烟，以至于放学回来的儿子，在门外站了半天才进屋。

那次见面后的一个晚上，玉龙给我打来一次电话。

他说：“二哥，我真有事求你了。”

我说：“讲。”仿佛我真的已不是作家，而是权力极大的官了。

玉龙说的事是：东北农场要加盖一批粮库，希望我能给农场领导写封信，使他所在的工程队承包盖几个粮库。

我想这样的事我的信也许能起点儿担保作用，爽快地答应了。

我用特快专递寄出了一封长信，信中很动感情地写了我家与卢家非同一般的近邻关系，以及我与玉龙的感情深度，我对他人品的了解、信任。我保存了邮寄单，再见到玉龙时郑重其事地给他看——为了证明我的信真寄了。

玉龙顿时高兴得像个小孩子，也将我像搂抱小孩子似的搂抱住，连连说：“哎呀二哥，你亲口答应的事我还会心里不落实吗？还让我看邮寄单，你叫我多不好意思呀二哥……”

但那封信如泥牛入海，杳无回音。

而那一次，是我那一年最后一次见到玉龙。

他并没来我家找我问过，也没在电话里问过。

我想，他是怕我在他面前觉得没面子。大概，也由于觉得我是为他才失了面子的，没勇气面对我了。

之后两年多，我没再见到过玉龙。

今年五月的一天，我应邀参加一次活动，接我的车竟是一辆车体很宽大的奔驰。行至豁口，遇红灯。车停后，我发现从一条小胡同里走出了玉龙。他缓慢地走着，分明的，有点儿驼背了。剃成平头的头发，白多黑少了。穿一件褪色了的蓝上衣，这儿那儿附着黄色的粉末。脚上的旧的平底布鞋也几乎变成黄色的了。

他一脸茫然，目光惘滞，显然满腹心事。他走到斑马线前，想要过马路的样子，可却呆望着绿灯，似乎还没拿定主意究竟要不要过。

他就那么一脸茫然，目光惘滞地站在斑马线前，呆望着马路这一端的绿灯，像在呆望着红灯。

我想叫他。可是如果要使他听到我的声音，我必须要求司机降下车窗；必须将上身俯向司机那边的窗口；还必须喊。因为，奔驰车停在马路这一边，不大声喊他是听不到的。

我话到嘴边，却终究并没有要求司机降下车窗。

然而，玉龙到底是踏上了斑马线。

当他从车头前缓慢地走过时，坐在车内的我不由得低下了头。我怕他一转脸看到了我。那一时刻，某些与感情不相干的杂七杂八的想法在我头脑中产生了。那一时刻，我最不愿他看到他的“精神支柱”。被人当成“精神支柱”而实际上又不能在精神上给予人哪怕一点点支撑力的人，实际上也挺可怜的。

那一刻，我对自己鄙薄极了。

玉龙终于踏上了马路这一边的人行道，站在离奔驰四五步远处；似乎，还没想清楚应去往何方，去干什么。

我停止胡思乱想，立即降下车窗叫了他一声。

然而，红灯变绿灯了。

奔驰车开走了。

玉龙似乎听到了我的叫声——他左顾右盼。左顾右盼的他，瞬间从我眼前消失……

几天后，传达室的朱师傅通知我：“那个叫你二哥的姓卢的人，在传达室给你留下了一个纸箱子。”

纸箱子很沉。我想，必定又是书。

我将纸箱子扛回家，拆开一看——不仅有二三十本我的书，还有两大瓶蜂蜜。

一张纸上写着这样一行字："二哥，蜜是我从林区给你买的，野生的，肯定没受污染，也没有加什么添加剂。"

下边，是密密麻麻的一片需要我写在书上的名字。

所有的书我早已签写过了，然而现在都是两个多月以后了，玉龙却没来取走。他也没打过我的手机，没给我发过短信。他是有我的手机号的。

以前，他也有过将书留在传达室，过些日子再来取的时候。但隔了两个多月还不来取，这是头一次。

我也有他的手机号。

我拨过几次，每次的结果都是——该手机已停用。

他在哪里？在干什么？难道忘了书的事了吗？

不由得，不安了。

后来，我就做了那场玉龙他变成了一条龙的梦。

我与四弟通了一次电话，"指示"他必须替我联系上玉龙。

四弟第二天就回电话了，说他到玉龙家去过，而玉龙家动迁后获得的小小两居室又卖了，已成了别人的家。四弟也只有玉龙的一个手机号，就是那个已停用的手机号。看来，我只有等了。不是等他来将我签了名的书取走，那一点儿都不重要了。

我盼望他再一次出现在我面前，使我知道他平安无事。

有些人的生活，做梦似的变好着。好得以至于使我们一般人觉得，作为人，而不是神，生活其实完全没必要好到那么一种程度。即使真有神，大多数的神们的生活，想来也并不是多么奢华的。

有些人挣钱，姑且就说是挣钱吧，几百万几千万几亿的，几通电话，几次秘晤，轻轻松松地就挣到了。这里说的还不是贪污，受贿，是"挣"。

而有些人的生活，像垃圾片似的，要出现一个小小的好的情节桥段，那几乎就非从头改写不可。而他们的草根之命是注定了的，靠他们自己来改写，除非重投一次胎，生到前一种人的家中去，否则，"难于上青天"。

而有些人挣钱，仍会使人联想到旧社会——受尽了屈辱、剥削和压迫。

最不幸的姑且不论，中国又该有多少玉龙，其实艰难地生活在无望与渺茫的希望之间呢？

而卢家的这一个玉龙，他有许多种借口坑、蒙、拐、骗，却在人品上竭尽全力地活得干干净净——我认为他的基因比某些达官贵人高贵得多！

我祈祷中国的人间，善待他这一个野草根阶层的精神贵族。

凡欺辱他者，我咒他们八辈祖宗！

玉龙，玉龙，快来找我……

复旦与我

我曾写过一篇散文，题目是《感激》。

在这一篇散文中，我以感激之心讲到了当年复旦中文系的老师们对我的关爱。在当年特殊的时代背景下，对我，他们的关爱还体现为一种不言而喻的、真情系之的保护。非是时下之人言，老师们对学生们的关爱所能包含的。在当年，那一份具有保护性质的关爱，铭记在一名学生内心里，任什么时候回忆起来都是凝重的。

我还讲到了另一位并非中文系的老师。

那么他是复旦哪一个系的老师呢？

事隔三十余年，我却怎么也不能确切地回忆起来了。

我所记住的只是一九七四年，他受复旦大学之命在黑龙江招生。中文系创作专业的两个名额也在他的工作范围以内。据说那一年复旦大学总共从黑龙江生产建设兵团招收了二十几名知识青年，他肩负着对复旦大学五六个专业的责任感。而创作专业的两个名额中的一个，万分幸运地落在了我的头上。

事情大致是这样的——为了替中文系创作专业招到一名将来或能从事文学创作的学生，他在兵团总部翻阅了所有知青文学创作作品集。当年，兵团总部每隔两年举办一次文学创作学习班，创作成果编为诗歌、散文、小说、报告文学、通讯报道与时政评论六类集子。一九七四年，兵团已经培养起了一支不止百人的知青文学创作队伍，分散在各师、各团，直至各基层连队。我是他们中的一个，在基层连队抬木头。兵团总部编辑的六类集子中，仅小说集中收录过我的一篇短篇《向导》。那是我唯一被编入集子中的一篇，它曾发表在《团战士报》上。

《向导》的内容是这样的：一个班的知青在一名老职工的率领下进山伐木。那老职工在知青们看来，性格孤倔而专断——这一片林子不许伐，那一片林子也坚决不许伐，总之已经成材而又很容易伐到的树，一棵也不许伐。于是在这一名老“向导”的率领之下，知青离连队越来越远，直至天黑，才勉强凑够了一爬犁伐木，都是歪歪扭扭、拉回连队也难以劈为烧材的那一类。而且，老“向导”为了保护一名知青的生命，自己还被倒树砸伤了。即使他在危险关头那么舍己为人，知青们的内心里却没对他起什么敬意，反而认为那是他自食恶果。伐木拉到了连队，指责纷起。许多人都质问：“这是拉回了一爬犁什么木头？劈起来多不容易？你怎么当的向导？”——而他却用手一指让众人看：远处的山林，已被伐得东秃一片，西秃一片。他说：“这才几年工夫？别只图今天我们省事儿，给后人留下的却是一座座秃山！那要被后代子孙骂的……”

这样的一篇短篇小说在当年是比较特别的。主题的“环保”思想鲜明。而当年中国人的词典里根本没有“环保”一词。我自己的头脑里也没有。只不过所见之滥伐现象，使我这一名知青不由得心疼罢了。

而这一篇仅三千字的短篇小说，却引起了复旦大学招生老师的共鸣，于是他要见一见名叫梁晓声的知识青年。于是他乘了十二个小时的列车从佳木斯到哈尔滨，再转乘八九个小时的列车从哈尔滨到北安，那是那一条铁路的终端，往前已无铁路了，改乘十来个小时的长途汽车到黑河，第二天上午从黑河到了我所在的团。如此这般的路途最快也需要三天。

而第四天的上午，知识青年梁晓声正在连队抬大木，团部通知他，招待所里有位客人想见他。

当我听说对方是复旦大学的老师，内心一点儿也没有惊喜的非分之想。认为那只不过是招生工作中的一个过场，按今天的说法是作秀。而且，说来惭愧，当年的我这一名哈尔滨知青，竟没听说过复旦这一所著名的大学。一名北方青年，当年对南方有一所什么样的大学，一向不会发生兴趣的。但有人和我谈文学，我很高兴。

我们竟谈了近一个半小时。

我对于“文革”中的“文艺”现象“大放厥词”，倍觉宣泄。

他从自己的包里取出一本当年的“革命文学”的“样板书”《牛田洋》，问我看过没有，有什么读后感。

我竟说：“那样的书翻一分钟就应该放下，不是任何意义上的文学作品！”

而那一本书中，整页整页地用黑体字印了几十段“最高指示”。

如果他头脑中有着当年流行的“左”，则我后来根本不可能成为复旦的一名学子。倘他行前再向团里留下对我的坏印象，比如“梁晓声这一名知青的思想大有问题”，那么我其后的日子更加不好过了。

我记得清清楚楚，我们分手时，他说的是“你跟我说过的那些话，不要再跟别人说了，那将会对你不利”。这是关爱。在当年，也是保护性的。后来我知道，他确实去见了团里的领导，当面表达了这么一种态度——如果复旦大学决定招收该名知青，那么名额不可以被替换。没有这一位老师的认真，当年我根本不可能成为复旦学子。我入学几年后，就因为转氨酶超标，被隔离在卫生所的二楼。他曾站在卫生所平台下仰视着我，安慰了我半个多小时。三个月后我转到虹桥医院，他又到卫生所去送我……至今想来，点点滴滴，倍觉温馨。进而想到——从前的大学生（他似乎是一九六二年留校的）与现在的大学生是那么不同。虽然我已不认得他是哪一个系哪一个专业的老师了，但却肯定地知道他非是中文系的老师。而当年在我们一团的招待所里，他这一位并非中文系的老师，和我谈到了古今中外那么多作家和作品。这是耐人寻味的。

大千世界，芸芸众生。人皆一命，是谓生日。但有人是幸运的，能获二次诞辰。大学者，脱胎换骨之界也。“母校”说法，其意深焉。复旦乃百年名校，高深学府；所育桃李，遍美人间。是复旦当年认认真真地给予了我一种人生的幸运。她所派出的那一位招生老师身上所体现出的认真，我认为，当是复旦之传统精神的一方面吧！我感激，亦心向复旦之精神也。故我这一篇粗陋的回忆文字的题目是《复旦与我》，而不是反过来，更非下笔轻妄。我很想在复旦百年校庆之典，见到一九七四年前往黑龙江生产建设兵团招生的那一位老师。

紧绷的小街

迄今，我在北京住过三处地方了。

第一处自然是从前的北京电影制片厂院内。自一九七七年始，我在这里住了十二年筒子楼。往往一星期没出过北影大门，家、食堂、编导室办公楼，白天晚上数次往返于三点之间，像继续着大学生的校园生活。出了筒子楼半分钟就到食堂了，从食堂到办公室才五六分钟的路，比之于今天在上下班路上耗去两三个小时的人，上班那么近实在是一大福气了。

一九八八年底我调到了中国儿童电影制片厂，次年夏季搬到童影宿舍。这里有一条小街，小街的长度不会超过从北影的前门到后门，很窄，一侧是元大都的一段土城墙。当年城墙遗址杂草丛生，相当荒野。小街尽头是总参的某干休所，所谓“死胡同”，车辆不能通行。当年有车人家寥寥无几，“打的”也是一件挺奢侈的事，进出于小街的车辆除了出租车便是干休所的车了。小街上每见住在北影院内的老导演老演员们的身影，或步行，或骑自行车，或骑电动小三轮车，车后座上坐着他们的老伴儿。他们一位位的名字在中国电影史上举足轻重，掷地有声。当年北影的后门刚刚改造不久，小街曾很幽静。

又一年，小街上有了摆摊的。渐渐，就形成了街市，几乎卖什么的都有了。别的地方难得一见的东西，在小街上也可以买到。我在小街买过野蜂窝，朋友说是人造的，用糖浆加糖精再加凝固剂灌在蜂窝形的模子里，做出的“野蜂窝”要多像有多像，过程极容易。我还买过一条一尺来长的蜥蜴，卖的人说用黄酒活泡了，那酒于是滋补。我是个连闻到酒味儿都会醉的人，从不信什么滋补之道，只不过买了养着玩儿，不久就放生了。我当街理过发，花二十元当街享受了半小时的推拿，推拿汉子一时兴起，强烈要求我脱掉背心，我拗他不过，只得照办，吸引了不少围观者。我以十元钱买过三件据卖的人说是纯棉的出口转内销的背心。也买过五六种印有我的名字、我的照片的盗版书，其中一本的书名是《爱与恨的交织》，而我根本没写过那么一本书。当时的我穿着背心、裤衩，趿着破拖鞋，刚剃过光头，几天没刮胡子。我蹲在书摊前，看着那一本厚厚的书，吞吞吐吐地竟说："这本书是假的。"

卖书的外地小伙子瞪我一眼，老反感地顶我："书还有假的么？假的你看半天？到底买不买？"

我说我就是梁晓声，而我从没出版过这么一本书。

他说："我看你还是假的梁晓声呢！"

旁边有认识我的人说中国有多少叫梁晓声的不敢肯定，但他肯定是作家梁晓声。

小伙子夺去那本书，"啪"地往书摊上一放，说："难道全中国只许你一个叫梁晓声的人是作家？！"

我居然产生了保存那本书的念头，想买。小伙子说冲我刚才说是假的，一分钱也不便宜给我，爱买不买。我不愿扫了他的兴又扫我自己的兴，二话没说就买下了。待我站在楼口，小伙子追了上来，还跟着一个小女子，手拿照相机。小伙子说她是他媳妇儿，说："既然你是真的梁晓声，那证明咱俩太有缘分了，大叔，咱俩合影留念吧！"人家说得那么诚恳，我怎么可以拒绝呢？于是合影，恰巧走来人，小伙子又央那人为我们三个合影，自然是我站中间，一对小夫妻一左一右，都挽我手臂。

使小街变脏的首先是那类现做现卖的食品摊——煎饼、油条、粥、炒肝、炸春卷、馄饨、烤肉串，再加上卖菜的，再加上杀鸡宰鸭剖鱼的……早市一结束，满街狼藉，人行道和街面都是油腻的，走时粘鞋底儿。一下雨，街上淌的像刷锅水，黑水上漂着烂菜叶，间或漂着油花儿。

我在那条小街上与人发生了三次冲突。前两次互相都挺君子，没动手。第三次对方挨了两记耳光，不过不是我扇的，是童影厂当年的青年导演孙诚替我扇的。那时的小街，早六七点至九十点钟内，已是水泄不通，如节假日的庙会。即使一只黄鼬，在那种情况之下企图窜过街去也是不大可能的。某日清晨，我在家中听到汽车喇叭响个不停，俯窗一看，见一辆自行车横在一辆出租车前，自行车两边一男一女，皆三十来岁，衣着体面。出租车后，是一辆搬家公司的厢式大车。两辆车一被堵住，一概人只有侧身梭行。

我出了楼，挤过去，请自行车的主人将自行车顺一下。

那人瞪着我怒斥："你他妈少管闲事！"

我问出租车司机怎么回事，他是不是刮蹭着人家了。

出租车司机说绝对没有，他也不知对方为什么要挡住他的车。

那女的骂道：“你他妈装糊涂！你按喇叭按得我们心烦，今天非堵你到早市散了不可！”

我听得来气，将自行车一顺，想要指挥出租车通过。对方一掌推开我，复将自行车横在出租车前。我与他如是三番，他从车上取下了链锁，威胁地朝我扬起来。

正那时，他脸上“啪”地挨了一大嘴巴子。还没等我看清扇他的是谁，耳畔又听“啪”的一声。待我认出扇他的是孙诚，那男的已乖乖地推着自行车便走，那女的也相跟而去，两个都一次没回头……至今我也不甚明白那一对男女为什么会是那么一种德性。

两年后，“自由市场”被取缔，据说是总参干休所通过军方出面起了作用。

如今我已在牡丹园北里又住了十多年，这里也有一条小街，这条小街起初也很幽静，现在也变成了一条市场街，是出租汽车司机极不情愿去的地方。它的情形变得与十年前我家住过的那条小街又差不多了。闷热的夏日，空气中弥漫着腐败腥臭的气味儿。路面重铺了两次，过不了多久又粘鞋底儿了。下雨时，流水也像刷锅水似的了，像解放前财主家阴沟里淌出的油腻的刷锅水，某几处路面的油腻程度可用铲子铲下一层来。人行道名存实亡，差不多被一家紧挨一家的小店铺完全占据。今非昔比，今胜过昔，街道两侧一辆紧挨一辆停满了廉价车辆，间或也会看到一辆特高级的。

早晨七点左右，“商业活动”开始，于是满街油炸烟味儿。上班族行色匆匆，有的边吃边走。买早点的老人步履缓慢，出租车或私家车明智地停住，耐心可嘉地等老人们蹒跚而过。八点左右街上已乱作一团，人是更多了，车辆也多起来。如今买一辆廉价的二手车才一两万元，租了门面房开小店铺的外地小老板十之五六也都有车，早晨是他们忙着上货的时候。太平庄那儿一家“国美”商城的免费接送车在小街上兜了一圈又一圈，相对于对开两辆小汽车已勉为其难的街宽，“国美”那辆大客车是庞然大物。倘一辆小汽车迎头遭遇了它，并且各自没了倒车的余地，那么堵塞半小时、一小时是家常便饭。“国美”大客车是出租车司机和驾私家车的人打内心里厌烦的，但因为免费，它却是老人们的最爱。真的堵塞住了，已坐上了它或急着想要坐上它的老人们，往往会不拿好眼色瞪着出租车或私家车，显然他们认为一大早添乱的是后者们。

傍晚的情形比早上的情形更糟糕。六点左右，小饭店的桌椅已摆到人行道上了，仿佛人行道根本就是自家的。人行道摆满了，沿马路边再摆一排。烤肉的出现了，烤海鲜的出现了，烤玉米烤土豆片地瓜片的也出现了。时代进步了，人们的吃法新颖了，小街上还曾出现过烤茄子、青椒和木瓜的摊贩。最火的是一家海鲜店，每晚在人行道上摆二十几套桌椅，居然有开着“宝马”或“奥迪”前来大快朵颐的男女，往往一吃便吃到深夜。某些男子直吃得脱掉衣衫，赤裸上身，汗流浃背，喝五吆六，划拳行令，旁若无人。乌烟瘴气中，行人嫌恶开车的；开车的嫌恶摆摊的；摆摊的嫌恶开店面的；开店面的嫌恶出租店面的——租金又涨了，占道经营等于变相地扩大门面，也只有这样赚得才多点儿。通货膨胀使他们来到北京打拼人生的成本大大提高了，不多赚点儿怎么行呢？而原住居民嫌恶一概之外地人——当初这条小街是多么幽静啊，看现在，外地人将这条小街搞成什么样子了？！那一时段，在这条小街，几乎所有人都在内心里嫌恶同胞……

而在那一时段，居然还有成心堵车的！

有次我回家，见一辆“奥迪”斜停在菜摊前。那么一斜停，三分之一的街面被占了，两边都堵住了三四辆车，喇叭声此起彼伏。车里坐一男人，听着音乐，悠悠然地吸着烟。

我忍无可忍，走到车窗旁冲他大吼：“你他妈聋啦？！”

他这才弹掉烟灰，不情愿地将车尾顺直。于是，堵塞消除。原来，他等一个在菜摊前挑挑拣拣买菜的女人。那一时段，这条街上的菜最便宜。可是，就为买几斤便宜的菜，至于开着“奥迪”到这么一条小街上来添乱吗？我们的某些同胞多么难以理解！

那男人开车前，瞪着我气势汹汹地问：“你刚才骂谁？”

我顺手从人行道上的货摊中抄起一把拖布，比他更气势汹汹地说：“骂的就是你，混蛋！”

也许见我是老者，也许见我一脸怒气，并且猜不到我是个什么身份的人，还自知理亏，他也骂我一句，将车开走了……

能说他不是成心堵车吗？！

可他为什么要那样呢？我至今也想不明白。

还有一次——一辆旧的白色“捷达”横在一个小区的车辆进出口，将院里街上的车堵住了十几辆，小街仿佛变成了停车场，连行人都要从车隙间侧身而过。车里却无人，锁了，有个认得我的人小声告诉我——对面人行道上，一个穿T恤衫的吸着烟的男人便是车主。我见他望西洋景似的望着堵得一塌糊涂的场面幸灾乐祸地笑。毫无疑问，他肯定是车主。也可以肯定，他成心使坏是因为与出入口那儿的保安发生过什么不快。

那时的我真是怒从心头起，恶向胆边生。倘身处古代，倘我武艺了得，定然奔将过去，大打出手，管他娘的什么君子不君子！然我已老了，全没了打斗的能力和勇气。但骂的勇气却还残存着几分。于是撇掉斯文，瞪住那人，大骂一通混蛋王八蛋狗娘养的！

我的骂自然丝毫也解决不了问题。最终解决问题的是交警支队的人，但那已是一个多小时以后的事了。在那一个多小时内，坐在人行道露天餐桌四周的人们，吃着喝着看着"热闹"，似乎堵塞之事与人行道被占一点儿关系都没有……

十余年前，我住童影宿舍所在的那一条小街时，曾听到有人这么说——真希望哪天大家集资买几百袋强力洗衣粉、几十把钢丝刷子，再雇一辆喷水车，发起一场义务劳动，将咱们这条油腻肮脏的小街彻底冲刷一遍！

如今，我听到过有人这么说——某时真想开一辆坦克，从街头一路轧到街尾！这样的一条街住久了会使人发疯的！

在这条小街上，不仅经常引起同胞对同胞的嫌恶，还经常引起同胞对同胞的怨毒气，还经常造成同胞与同胞之间的紧张感。互相嫌恶，却也互相不敢轻易冒犯。谁都是弱者，谁都有底线。大多数人都活得很隐忍，小心翼翼。

街道委员会对这条小街束手无策，他们说他们没有执法权。

城管部门对这条小街也束手无策。他们说要治理，非来"硬"的不可，但北京是"首善之都"，怎么能来"硬"的呢？

新闻单位被什么人请来过，却一次也没进行报道。他们说，我们的原则是报道可以解决的事，明摆着这条小街的现状根本没法解决啊！

有人给市长热线一次次地打电话，最终居委会的同志找到了打电话的人，劝说——容易解决不是早解决了吗？实在忍受不了你干脆搬走吧！

有人也要求我这个区人大代表应该履责，我却从没向区政府反映过这条小街的情况。我的看法乃是——每一处摊位，每一处门面，背后都是一户人家的生计、生活甚至生存问题，悠悠万事，唯此为大。

在小街的另一街口，一行大红字标志着一个所在是“城市美化与管理学院”。相隔几米的街对面，人行道上搭着快餐摊棚。下水道口近在咫尺，夏季臭气冲鼻，情形令人作呕。

城管并不是毫不作为的。他们干脆将那下水道口用水泥封了，于是那儿摆着一个盛泔水的大盆了。至晚，泔水被倒往附近的下水道口，于是另一个下水道口也臭气冲鼻，情形令人作呕了。

又几步远，曾是一处卖油炸食物的摊点。经年累月，油锅上方的高压线挂满油烟嘟噜了，如同南方农家灶口上方挂了许多年的腊肠。架子上的变压器也早已熏黑了。某夜，城管发起“突击”，将那么一处的地面砖重铺了，围上了栏杆，栏杆内搭起“执法亭”了。白天，摊主见大势已去，也躺在地上闹过，但最终以和平方式告终。

本就很窄的街面，在一侧的人行道旁，又隔了一道 80 公分宽的栏杆，使那一侧无法停车了。理论上是这样一道算式——斜停车辆占路面一点五米宽即一百五十公分的话，如此一来，无法停车了，约等于路面被少占了 70 公分。两害相比取其轻，不得已而为之的办法，一种精神上的“胜利”。这条极可能经常发生城管人员与占道经营、无照经营、不卫生经营者之间的严峻斗争的小街，十余年来，其实并没发生过什么斗争事件。斗争不能使这一条小街变得稍好一些，相反，恐怕将月无宁日，日无宁时。这是双方都明白的，所以都尽量地互相理解，互相体恤。

也不是所有的门面和摊位都会使街道肮脏不堪。小街上有多家理发店、照相馆、洗衣店、打印社，还有茶店、糕点店、眼镜店、鲜花店、房屋中介公司、手工做鞋和卖鞋的小铺面。它们除了方便于居民，可以说毫无负面的环境影响。我经常去的两家打印社，主人都是农村来的。他们的铺面月租金五六千元，而据他们说，每年还有五六万的纯收入。

这是多么养人的一条小街啊！出租者和租者每年都有五六万的收入，而且或是城市底层人家，或是农村来的同胞，这是一切道理之上最硬的道理啊！其他一切道理，难道还不应该服从这一道理吗？

在一处拐角，有一位无照经营的大娘，她几乎每天据守着一平方米多一点儿的摊位卖咸鸭蛋。一年四季，寒暑无阻，已在那儿据守了十余年了。一天才能挣几多钱啊！如果那点儿收入对她不是很需要，七十多岁的人了，想必不会坚持了吧。

大娘的对面是一位东北农村来的姑娘，去年冬天她开始在拐角那儿卖大馇子粥。一碗三元钱，玉米很新鲜，那粥香啊！她也只不过占了一平方米多一点儿的人行道路面。占道经营自然是违章经营，可是据她说，每月也能挣四五千元！因为玉米是自家地里产的，除了点儿运费，几乎再无另外的成本。她曾对我说："我都二十七了还没结婚呢，我对象家穷，我得出来帮他挣钱，才能盖起新房啊！要不咋办呢？"

再往前走十几步，有一位农家妇女用三轮平板车卖豆浆、豆腐，也在那儿坚持十余年了。旁边，是用橱架车卖烧饼的一对夫妻，丈夫做，妻子卖，同样是小街上的老生意人。寒暑假期间，两家的两个都是小学生的女孩也来帮大人忙生计。炎夏之日，小脸儿晒得黑红。而寒冬时，小手冻得肿乎乎的。两个女孩儿的脸上，都呈现着历世的早熟的沧桑了。

有次我问其中一个："你俩肯定早就认识了，一块儿玩不？"

她竟说："也没空儿呀，再说也没心情！"

回答得特实在，实在得令人听了心疼。

"五一"节前，拐角那儿出现了一个五十来岁的外地汉子，挤在卖咸鸭蛋的大娘与卖鞋垫的大娘之间，仅占了一尺来宽的一小块儿地方，蹲在那儿，守着装了硬海绵的小木匣，其上插五六支风轮，彩色闪光纸做的风轮。他引起我注意的原因不仅是因为他卖成本那么低、肯定也挣不了几个小钱的东西，还因为他右手戴着原本是白色、现已脏成了黑色的线手套——一种廉价的劳保手套。

我心想："你这外地汉子呀，北京再能谋到生计，这条街再养得活人，你靠卖风轮那也还是挣不出一天的饭钱的呀！你这大男人脑子进水啦？找份什么活儿干不行，非得蹲这儿卖风轮？"然而，我一次、两次、三次、四次地看到他挤在两位大娘之间，蹲在那儿，五月份快过去了他才消失。

我买鞋垫时问大娘："那人的风轮卖得好吗？"

大娘说："好什么呀！快一个月了只卖出几支，一支才卖一元钱，比我这鞋垫儿还少伍角钱！"

卖咸鸭蛋的大娘接言道："他在老家农村干活儿时，一条手臂砸断了，残了，右手是只假手。不是觉得他可怜，我俩还不愿让他挤中间呢……"

我顿时默然。

卖咸鸭蛋的大娘又说，其实她一个月也卖不了多少咸鸭蛋，只能挣五六百元而已，这五六百元还仅归她一半儿。农村有养鸭的亲戚，负责每月给她送来鸭蛋，她负责腌，负责卖。

“儿女们挣的都少，如今供孩子上学花费太高，我们这种没工作过也没退休金的老人，”她指指旁边卖鞋垫的大娘，“哪怕每月能给第三代挣出点儿零花钱，那也算儿女们不白养活我们呀……”

卖鞋垫的大娘就一个劲儿点头。

我不禁联想到了卖豆制品的和卖烧饼的。他们的女儿，已在帮着他们挣钱了。父母但凡工作着，小儿女每月就必定得有些零花钱——城里人家尤其是北京人家的小儿女，与外地农村人家的小儿女相比，似乎永远是有区别的。

我的脾气，如今竟变好了。小街日复一日年复一年地教育了我，逐渐使我明白我的坏脾气与这一条小街是多么的不相宜。再遇到使我怒从心起之事，每能强压怒火，上前好言排解了。若竟懒得，则命令自己装没看见，扭头一走了之。

而这条小街少了我的骂声，情形却也并没更糟到哪儿去。正如我大骂过几遭，情形并没有因而就变好点儿。

我觉得不少人都变得和我一样好脾气了。

有次我碰到了那位曾说恨不得开辆坦克从街头轧到街尾的熟人。

我说：“你看我们这条小街还有法儿治吗？”

他苦笑道：“能有什么法儿呀？理解万岁呗，讲体恤呗，讲和谐呗……”

由他的话，我忽然意识到，紧绷了十余年的这一条小街，它竟自然而然地生成了一种品格，那就是人与人之间的体恤。所谓和谐，对于这一条小街，首先却是容忍。

有些同胞生计、生活、生存之艰难辛苦，在这一条小街呈现得历历在目。小街上还有所小学——瓷砖围墙上，镶着陶行知的头像及“爱满天下”四个大字。墙根低矮的冬青丛中藏污纳垢，叶上经常粘着痰。行知先生终日从墙上望着这条小街，我每觉他的目光似乎越来越忧郁，却也似乎越来越温柔了。

尽管时而紧张，但十余年来，却又未发生什么溅血的暴力冲突——这也真是一条品格令人钦佩的小街！发生在小街上的一些可恨之事，往细一想，终究是人心可以容忍的。发生在中国的一些可恨之事，却断不能以“容忍”二字轻描淡写地对待。“为之于未有，治之于未乱。”——老聃此言胜千言万语也！

兄长

如果，谁面对自己的哥哥，心底油然冒出“兄长”二字的话，那么大抵，谁已老了。并且，谁的“兄长”肯定更老了。

这个“谁”，倘是女性，那时刻她眼里，几乎会漫出泪来；而若是男人，表面即使不动声色，内心里也往往百感交集。男人也罢，女人也罢，这种情况之下的他或她以及兄长，又往往早已是没了父母的人了。即使这个人曾有多位兄长，那时大概也只剩对面或身旁那唯一的一个了。于是同时觉得变成了老孤儿，便更加互生怜悯了。老人而有老孤儿的感觉，这一种忧伤最是别人难以理解和无法安慰的，儿女的孝心只能减轻它，冲淡它，却不能完全抵消它。

有哥的人的一生里，心底是不大会经常冒出“兄长”二字的。“兄长”二字太过文化了，它一旦从人的心底冒了出来，会使人觉得，所谓手足之情类似一种宗教情愫，于是几乎想要告解一番，仿佛只有那样才能驱散忧伤……

几天前，在精神病院的院子里，我面对我唯一的哥哥，心底便忽然冒出了“兄长”二字。那时我忧伤无比，如果附近有教堂，我将哥哥送回病房之后，肯定会前去祈祷一番的。我的祷词将会很简单，也很直接：“主啊，请保佑我，也保佑我的兄长……”我一点儿也不会因为这样的祈求而感到羞耻。

我的兄长大我六岁，今年已经六十八周岁了。从二十岁起，他一大半的岁月是在精神病院里度过的。他是那么渴望精神病院以外的自由，而只有当我是一个退休之人了，他才会有自由。我祈祷他起码再活十年，不病不瘫地再活十年。我不奢望上苍赐他更长久的生命。因为照他现在的健康情况看来，那分明是不实际的乞求。我也祈祷上苍眷顾于我，使我再有十年的无病岁月。只有在这两个前提之下，他才能过上十年左右精神病院以外的较自由的生活。对于一个四十八年中大部分岁月是在精神病院中度过的，并且至今还被软禁在精神病院里的人，我认为我的乞求毫不过分。如果有上帝、佛祖或其他神明，我愿与诸神达成约定：假使我的乞求被恩准了，哪怕在我的兄长离开人世的第二天，我的生命也必结束的话，那我也宁愿，绝不后悔！

在我头脑中，我与兄长之间的亲情记忆就一件事：大约是我三四岁时，我大病了一场，高烧，母亲后来是这么说的。我却只记得这样的情形——某天傍晚我躺在床上，对坐在床边心疼地看着我的母亲说我想吃蛋糕。之前我在过春节时吃到过一块，觉得那是世上最好吃的东西。外边下着瓢泼大雨，母亲保证说雨一停，就让我哥去为我买两块。当年，在街头的小铺子里，点心乃至糖果也是可以论块买的。我却哭了起来，闹着说立刻就要吃。于是当年十来岁的哥哥脱了鞋、上衣和裤子，只穿裤衩，戴上一顶破草帽，自告奋勇，表示愿意冒雨去为我买回来。母亲被我哭闹得无奈，给了哥哥一角几分钱，于心不忍地看着哥哥冒雨冲出了家门。外边又是闪电又是惊雷的，母亲表现得很不安，不时起身走到窗前往外望。我觉得似乎过了挺长的钟点哥哥才回来，他进家门时的样子特滑稽，一手将破草帽紧拢胸前，一手拽着裤衩的上边。母亲问他买到没有，他哭了，说第一家铺子没有蛋糕，只有长白糕，第二家铺子也是，跑到了第三家铺子才买到的。说着，哭着，弯了腰，使草帽与胸口分开，原来两块用纸包着的蛋糕在帽兜里。那时刻他不是像什么落汤鸡，而是像一条刚脱离了河水的娃娃鱼；那时刻他也有点儿像在变戏法，是被强迫着变出蛋糕来的。变是终归变出来了两块，却委实变得太不容易了，所以哭，大约因为觉得自己笨。

母亲说：“你可真死心眼儿，有长白糕就买长白糕嘛，何必多跑两家铺子非买到蛋糕不可呢？”

他说：“我弟要吃的是蛋糕，不是长白糕嘛！”

还说，母亲给他的钱，买三块蛋糕是不够的，买两块还剩下几分钱，他自作主张，还为我买了两块酥糖……

“妈，你别批评我没经过你同意啊，我往家跑时都摔倒了。”

其实对于我，长白糕和蛋糕是一样好吃的东西。我已几顿没吃饭了，转眼就将蛋糕狼吞虎咽地吃了下去。

而母亲却发现，哥哥的胳膊肘、膝盖破皮了，正滴着血。当母亲替哥哥用盐水擦过了伤口，对我说也给你哥吃一块糖时，我连最后一块糖也嚼在嘴里了……

是的，我头脑中只不过就保留了对这么一件事的记忆。某些时候我试图回忆起更多几件类似的事，却从没回忆起过第二件。每每我恨他时，当年他那种像娃娃鱼又像变戏法的少年的样子，就会逐渐清楚地浮现在我眼前。于是我内心里的恨意也就会逐渐地软化了，像北方人家从前的冻干粮，上锅一蒸，就暄腾了。只不过在我心里，热气是回忆产生的。

是的——此前我许多次地恨过哥哥。那一种恨，可以说是到了憎恨的程度。也有不少次，我曾这么祈祷：上帝呵，让他死吧！并且，毫无罪过感。

我虽非教徒，但由于青少年时读过较多的外国小说，大受书中人物影响，倍感郁闷、压抑了，往往也会像那些人物似的对所谓上帝发出求助的祈祷。

千真万确，我是多次憎恨过我的哥哥的。

我上小学三年级时，哥哥已经在读初三了，而我从小学四年级到六年级的三年里，正是哥哥从高一到高三的阶段。那时，我又有了两个弟弟一个妹妹。而实际上，家中似乎只有我和两个弟弟一个妹妹四个孩子。除了过年过节和星期日，我们四个平时白天是不太见得到哥哥的。即使星期日，他也不常在家里。我们能见到母亲的时候，并不比能见到哥哥的时候多一些。而是建筑工人的父亲，则远在大西南。某几年这一省，某几年那一省。从我小学一年级的时候起，父亲就援建“大三线”去了——每隔两三年才得以与全家团圆一次，每次十二天的假期。那对父亲如同独自一人的万里长征，尽管一路有长途汽车和列车可乘坐，但中途多次转车，从大西南的深山里回到哈尔滨的家里，每次都要经历五六天的疲惫途程。父亲的工资当年只有六十四元，他每月寄回家四十元，自已花用十余元，每月再攒十余元。如果不攒，他探家时就得借路费了，而且也不能多少带些钱回到家里了。到过我家里的父亲的工友曾同情地对母亲说：“梁师傅太仔细了，舍不得买食堂的菜吃，自已买点儿酱买几块豆腐乳下饭，二分钱一块豆腐乳，他往往就能吃三天！”

那话，我是亲耳听到了的。

父亲寄回家的钱，十之八九是我去邮局取的。从那以后，每次看着邮局的人点钱给我，我的心情不是高兴，而竟特别地难受。正是由于那种难受使我暗下决心，初中毕业后，但凡能找到份工作，我一定不读书了，早日为家里挣钱才更要紧！

那话，哥哥也是当面听到了的。

父亲的工友一走，哥哥哭了。

母亲已经当着来人的面落过泪了，见哥哥一哭，便这么劝：“儿子别哭。你可一定要考上大学对不对？家里的日子再难，妈也要想方设法供你到大学毕业！等你大学毕业了，家里的日子不就有缓了吗？爸妈不就会得你的济了吗？弟弟妹妹不就会沾你的光了吗……”

从那以后，我们见到哥哥的时候就更少了，学校几乎成了他的家了。从初中起，他就是全校的学习尖子生，也是学生会和团的干部，他属于那种多项荣誉加于一身的学生。这样的学生，在当年，少接受一种荣誉也不可能，那是自己做不了主的事。将学校当成家，一半是出于无奈，一半也是根本由不得他自己做主。我们的家太小太破烂不堪，如同城市里的土坯窝棚。在那样的家里学习，要想始终保持全校尖子生的成绩是不太可能的，所以他整天在学校里，为那些给予他的荣誉尽着尽不完的义务，也为考上大学刻苦学习。

每月四十元的生活费，是不够母亲和我们五个儿女度日的。母亲四处央求人为自己找工作。谢天谢地，那几年临时工作还比较好找。母亲最常干的是连男人们也会叫苦不迭的累活儿脏活儿。然而母亲是吃得了苦的。只要能挣到份儿钱，再苦再累再脏的活儿，她也会高高兴兴地去干。每月只不过能挣二十来元吧。那二十来元，对我家的日子作用重大。

一年四季，我和弟弟妹妹们的每一天差不多总是这样开始的：当我们醒来，母亲已不在家里，不知何时上班去了。哥哥也不在家里了，不知何时上学去了。倘是冬季，那时北方的天还没亮。或者，炉火不知何时已生着了，锅里已煮熟一锅粥了，不是玉米粥，便是高粱米粥。或者，只不过半熟，得待我起床了捅旺火接着煮。也或者，锅火并没生，屋里冷森森的，锅里是空的，须我来为弟弟妹妹们弄顿早饭吃。煮玉米粥或高粱米粥是来不及了的，只有现生火，煮锅玉米面粥……

我从小学二三年级起就开始做饭、担水、收拾屋子，做几乎一切的家务了。在当年的哈尔滨，挑回家一担水是不容易的。我家离自来水站较远，不挑水也要走十来分钟。对于才小学二三年级的孩子，挑水得走二十来分钟了，因为中途还要歇两三歇。我是绝然挑不起两满桶水的，一次只能挑半桶。如果我早上起来，发现水缸里居然已快没水了，我对哥哥是很恼火的。我认为挑水这一项家务，不管怎么说也应该是哥哥的事。但哥哥的心思几乎全扑在学习上了，只有星期日他才会想到自己也该挑水的，一想到就会连挑两担，那便足以使水满缸了。而我呢，其实内心里也挺期待他大学毕业以后，能分配到较令别人羡慕的工作，挣较多的钱，使全家人过上较幸福的生活。这种期待，往往很有效地消解了我对他的恼火。

然而我开始逃学了。

因为头一天晚上没写完作业或根本就没顾得上写，第二天上午忙得顾此失彼，终究还是没得空写——我逃学。

因为端起锅时，衣服被锅底灰弄黑了一大片，洗了干不了，不洗再没别的衣服可换（上学穿的一身衣服当然是我最体面的一身衣服了）——我逃学。

因为一上午虽然诸事忙碌得还挺顺利，但是背上书包将要出门时，弟弟妹妹眼巴巴地望着我，都显出我一走他们会害怕的表情时——我逃学。

因为外边大雪纷飞，天寒地冻，而家里若炉火旺着，我转身一走不放心；若将炉火压住，家里必也会冷得冻手冻脚——我逃学。

因为外边在下雨，由于房顶处处破损，屋里也下小雨，我走了弟弟妹妹们不知如何是好——我逃学……

我对每一次逃学几乎都有自认为正当的辩护理由。而逃学这一种事，是要付出一而再、再而三的代价的。我头一天若逃学了，晚上会睡不着觉的，唯恐面对老师当着全班同学面的训问不知如何回答是好。结果第二天又逃学，第三天还逃学。最多时，我连续逃学过一个星期，并且教弟弟妹妹怎样帮我圆谎。纸里包不住火，谎言终究是要被戳穿的。有时是同学受了老师的指派到家里来告知母亲，有时是老师亲自到家里来了。往往的，母亲明白了真相后，会沉默良久。那时我看出，母亲内心里是极其自责的，母亲分明感觉到对不住我这个二儿子。

而哥哥却生气极了，他往往这么谴责我：你为什么要逃学呢？为什么不爱学习呢？上学对于你就是那么不喜欢的事吗？你看你使妈妈多难堪，多难过！你是不对的！还说谎，会给弟弟妹妹们什么影响？！明天我请假，陪你去上学！

却往往的，陪我去上学的是母亲。母亲不愿哥哥因为陪我去上学而耽误他的课。

哥哥谴责我时，我并不分辩。我内心里有多种理由，但那不是几句话就自我辩护得明白的。那会儿，我是恨过我的哥哥的。他一贯以学校为家，以学习为“唯此为大”之事。对于家事，却所知甚少。以他那样一名诸荣加身的优秀学生看来，我这样一个弟弟简直是不可理喻的，也是一个令他蒙羞的弟弟。在我的整个小学时期，我是同学们经常羞辱的“逃学鬼”，在哥哥眼中是一个令他失望的、想喜欢也喜欢不起来的弟弟。

一九六二年，我家搬了一次家。饥饿的年头还没过去，我们竟一个也没饿死，几乎算是奇迹。而哥哥对于我和弟弟妹妹，只不过意味着有一个哥哥。他在家也只不过就是我们学习的榜样。

那一年我该考中学了，哥哥将要考大学了。

六月，父亲回来探家了。那一年父亲明显地老了，而且特别瘦，两腮都塌陷了。他快五十岁了，为了这个家，每天仍要挑挑抬抬的。他竟没在饥饿的年代饿倒累垮，想来也算是我家的幸事了。

一天，屋里只有父亲、母亲和哥哥在的时候，父亲忧郁地说：我快干不动了，孩子们一个个全都上学了，花销比以前大多了，我的工资却十几年来一分钱没涨，往后怎么办呢？

母亲说：你也别太犯愁，那么多年苦日子都熬过来了，再熬几年就熬出头了。

父亲说：你这么说是怪容易的，实际上你不是也熬得太难了吗？我看，千万别鼓励老大考大学了，让他高中一毕业就找工作吧！

母亲说：也不是我非鼓励他考大学，他的老师、同学和校领导都来家里做过我的工作，希望我支持他考大学……

父亲又对哥哥说：老大，你要为家庭也为弟弟妹妹们作出牺牲！

哥哥却说：爸，我想过了，将来上大学的几年，争取做到不必您给我寄钱。

父亲火了，大声嚷嚷：你究竟还是不是我儿子？！难道我在这件事上就一点儿也做不了主了吗？！他们都以为我不在家，其实我只不过趴在外屋小炕上看小说呢。那一时刻，我的同情是倾向于父亲一边的。

在父亲的压力之下，哥哥被迫停止了高考复习，托邻居的一种关系，到菜市场去帮着卖菜。

又有一天，哥哥傍晚时回到家里，将他一整天卖菜挣到的两角几分钱交给母亲后，哭了。那一时刻，我的同情又倾向于哥哥了。

他的同学和老师都认为，他天生似乎是可以考上北大或清华的学生。我也特别地怜悯母亲，要求她在父亲和哥哥之间立场坚定地反对哪一方，对于她都未免太难了。是我和哥哥一道将父亲送上返回四川的列车的。父亲从车窗探出头对哥哥说：老大，我该说的都说了，你自己再三考虑吧！父亲流泪了。哥哥也流泪了。列车就在那时开动了。等列车开远，我对哥哥说：“哥，我恨你！”依我想来，哥哥即使非要考大学不可，那也应该暂且对父亲说句谎话，以使父亲能心情舒畅一点儿地离家上路。可他居然不。

多年以后，我理解哥哥了。母亲是将他作为一个“理想之子”来终日教诲的，说谎骗人在他看来是极为可耻的，那怎么还能用谎话骗自己的父亲呢？

哥哥没再去卖菜，也没重新开始备考。他病了，嗓子肿得说不出话，躺了三天。同学来了，老师来了，邻居来了，甚至街道干部也来了，所有的人都认为父亲目光短浅，不要听父亲的。连他的中学老师也来了，还带来了退烧消炎的药。居然有那么多的人关心我的哥哥，以至于当年使我心生出了几分嫉妒。直至那时，我在街坊四邻和老师同学眼中，仍是一个太不让家长省心的孩子。

哥哥考上了唐山铁道学院——他是为母亲考那所学院的。哈尔滨当年有不少老俄国时期留下的漂亮的铁路员工房。母亲认为，只要哥哥以后成了铁道工程师，我家也会住上那种漂亮的铁路房。

父亲给家里写了一封有一半错字的亲笔信，以严厉到不能再严厉的词句责骂哥哥。哥哥带着对父亲对家庭对弟弟妹妹的深深的内疚踏上了开往唐山的列车。

我上的中学，恰是哥哥的母校。不久全校的老师几乎都认得我了。有的老师甚至在课堂上问：“谁是梁绍先的弟弟？”——哥哥虽然考上的不是清华、北大，但他是在发着烧的情况之下去考的呀！而且他放弃了几所保送大学，而且他是为了遵从母命才考唐山铁道学院的！一九六二年，在哈尔滨市，底层人家出一名大学生，是具有童话色彩的事情。这样的一个家庭，全家人都是受尊敬的。

我这名初中生的虚荣心在当年获得了巨大的满足，我开始以哥哥为荣，我也暗自发誓要好好学习了。第一个学期几科全考下来，平均成绩九十几分，我对自己满怀信心。

饥饿像一只大手，依然攥紧着大多数中国人的胃，从草根草籽到树皮树叶，底层中国人几乎将一切能吃的东西都吃遍了，吃光了，并尝试吃许多自认为可以吃的，以前没吃过不敢吃的东西。父亲在大西北挨饿，哥哥在大学里挨饿，母亲和我们在家里挨饿。哥哥居然还不算学校里家庭生活最困难的学生，他每月仅领到九元钱的助学金。他又成了大学里的学生会干部，故须带头减少口粮定量，据说是为了支援亚非拉人民闹革命。父亲不与哥哥通信，不给他寄钱，也挤不出钱来给他寄。哥哥终于也开始撒谎了——他写信告诉家里，不必为他担什么心，说父亲每月寄给他十元钱。那么，他岂不是每月就有十九元的生活费了么？这在当年是挺高的生活费标准了，于是母亲真的放心了，并因父亲终于肯宽恕哥哥上大学的“罪过”而感动。哥哥还在信中说他投稿也能挣到稿费。其实他投稿无数，只不过挣到了一次稿费，后来听哥哥亲口说才三元……

哥哥第一个假期没探家，来信说是要带头留在学校勤工俭学。第二个假期也没探家，说是为了等到父亲也有了假期，与父亲同时探家。而实际上，他是因为没钱买车票才探不成家。

哥哥上大学的第二个学年开始不久，家里收到了一封学校发来的电报——“梁绍先患精神病，近日将由老师护送回家”。电文是我念给母亲听的。

母亲呆了，我也呆了。

邻居家的叔叔婶婶们都到我家来了，传看着电报，陪母亲研究着，讨论着——精神病与疯了是一个意思，抑或不是？好心的邻居们都说肯定还是有些区别的。我从旁听着，看出邻居们是出于安慰。我的常识告诉我，那完全是一个意思，但是我不忍对母亲说。

母亲一直手拿着电报发呆，一会儿看一眼，一直坐到了天明。

而我虽然躺下了，却也彻夜未眠。

第二天我正上最后一堂课时，班主任老师将我叫出了教室——在一间教研室里，我见到了分别一年的哥哥，还有护送他的两名男老师。那时天已黑了，北方迎来了第一场雪。护送哥哥的老师说哥哥不记得往家走的路了，但对母校路熟如家。

我领着哥哥他们往家走时，哥哥不停地问我：家里还有人吗？父亲是不是已经饿死在大西北了？母亲是不是疯了？弟弟妹妹们是不是成了街头孤儿……

我告诉他母亲并没疯时，不禁泪如泉涌。

那时我最大的悲伤是——母亲将如何面对她已经疯了的“理想之子”。

哥哥回来了，全家人都变得神经衰弱了。因为哥哥不分白天黑夜，几乎终日喃喃自语。仅仅十五平方米的一个破家，想要不听他那种自语声，除非躲到外边去。母亲便增加哥哥的安眠药量，结果情况变得更糟，因为那会使哥哥白天睡得多，夜里更无法入睡。但母亲宁肯那样。那样哥哥白天就不太出家门了，而这不至于使邻居们特别是邻家的孩子们因为突然碰到了他而受惊。如此考虑当然是道德的，但我家的日子从此过得黑白颠倒了。白天哥哥在安眠药的作用下酣睡时，母亲和弟弟妹妹们也尽量补觉。夜晚哥哥喃喃自语开始折磨我们的神经时，我们都凭意志力忍着不烦躁。六口人挤着躺在同一铺炕上，希望听不到是不可能的。当年城市僻街的居民社区，到了夜晚寂静极了。哥哥那种喃喃自语对于家人不啻是一种刑罚。一旦超过两个小时，人的脑仁儿都会剧痛如灼的。而哥哥却似乎一点儿不累，能够整夜自语。他的生物钟也黑白颠倒了。母亲夜里再让他服安眠药，他倒是极听话的，乖乖地接过就服下去。哥哥即使疯了，也还是最听母亲话的儿子。除了喃喃自语是他无法自我控制的，在别的方面，母亲要求他应该怎样不应该怎样，他都表现得很顺从。弟弟妹妹们临睡前都互相教着用棉团堵耳朵了。母亲睡前也开始服安眠药了。不久我睡前也开始服安眠药了……

两个月后，精神病院通知家里有床位了。

于是一辆精神病院的专车开来，哥哥被几名穿白大褂的男人强制性地推上了车。当时他害怕极了，不知要将他送到哪里去，对他怎么样。母亲为了使他不怕，也上了车。

家人的精神终于得以松弛。而我的学习成绩一败涂地。

我又旷了两天课。也不用服安眠药，在家里睡起了连环觉。

哥哥住了三个月的院，在家中休养了一年。他的精神似乎基本恢复正常了。一年后，他的高中老师将他推荐到一所中学去代课，每月能开回三十五元的代课工资了。据说，那所中学的老师们对他上课的水平评价挺高，学生们也挺喜欢上他的课。

那时母亲已没工作可干了，家里的生活仅靠父亲每月寄回的四十元勉强维持。忽一日一下子每月多了三十五元，生活改善的程度简直接近幸福了。

那是我家生活的黄金时期。

家里还买了鱼缸，养了金鱼。也买了网球拍、象棋、军棋、扑克。在母亲，是为了使哥哥愉快。我和弟弟妹妹们都知道这一点的至关重要，都愿意陪哥哥玩玩。

如今想来，那也是哥哥人生中的黄金时期。

他指导我和弟弟妹妹们的学习十分得法，我们的学习成绩都快速地进步了。我和弟弟妹妹们都特别尊敬他了，他也经常表现出对我们每个弟弟妹妹的关心了。母亲脸上又开始有笑容了。甚至，有媒人到家里来，希望能为哥哥做成大媒了。

又半年后，哥哥的代课经历结束了。

他想他的大学了。

精神病院开出了“完全恢复正常”的诊断书，于是他又接着去圆他的大学梦了。那一年哥哥读的桥梁设计专业迁到四川去了，而父亲也仍在四川。父亲的工资涨了几元，他也转变态度，开始支持哥哥上大学了。父亲请假到哥哥的大学里去看望了哥哥一次，还与专业领导们合影了。哥哥居然又当上了学生会干部，他的老师称赞他跟上学习并不成问题，同意他从大三第一学期开始续读。因为他在家里自学得不错，大二补考的成绩还是中上。

一切似乎都朝良好的方面进展。

那一年已经是一九六五年了。

然而哥哥的大三却没读完——转年“文革”开始，各大学尤其乱得迅猛，乱得彻底。有人“大串联”去了，有人赴京请愿告状了，有人留在学校打“派仗”。

哥哥又被送回了家里。

这一次他成了“政治型”的疯子。

他见到母亲说的第一句话居然是“妈，我不是‘反革命’！”

哈尔滨也成了一座骚乱之城，几乎每天都有令人震动的事发生，也时有悲惨恐怖之事发生。全家人都看管不住哥哥了，经常是，一没留意，哥哥又失踪了。也经常是，三天五天找不到。找到后，每见他是挨过打了。谁打的他，在什么情况下挨的打，我和母亲都不得而知。母亲东借西借，为哥哥再次住院凑钱。钱终于凑够了，却住不进精神病院去。精神病人像急性传染病患者一样一天比一天多，床位极度紧张。盼福音似的盼到了入院通知书，准备下的住院费又快花光了。半年后才住上院。那半年里，我和母亲经常在深夜冒着凛冽严寒跟随哥哥满城市四处去“侦察”他幻觉中的“美蒋特务”的活动地点。他说只有他亲自发现了，才能证明自己并非“反革命”。他又整夜整夜地喃喃自语了。他很可怜地对母亲解释，他不是自己非要那样折磨亲人，而是被特务们用仪器操控的结果，还说他的头也被折磨得整天在疼。母亲则只有泪流不止。

在那样的一些日子里，我曾暗自祈祷：上帝啊，让我尽快没了这样的一个哥哥吧！

即使那时我也并没恨过哥哥，只不过太可怜母亲。我怕哪一天母亲也精神崩溃了，那可怎么办呢？对于我和弟弟妹妹们，母亲才是无比重要的。我们都怕因为哥哥这样了，哪一天再失去母亲。怕极了。

哥哥住了三个月的院，花去了不少的钱，都是母亲借的钱。报销单据寄往大学，杳无回音。大学已经彻底瘫痪了。而续不上住院费，哥哥被母亲接回家了，他的病情一点儿也没减轻。

在接下来的一年里，全家人的精神又备受折磨，整天提心吊胆。哥哥接连失踪过几次，有次被关在某中学的地下室，好心人来报信，我和母亲才找到了他，他的眼眶被打青了。还有一次他几乎被当街打死，据说是因为他当众呼喊了句什么反动口号。也有一次是被公安局的"造反派"关押了起来，因为他不知从哪儿搞到了笔和纸，写了一张反动的大字报贴到了公安局门口……

"上山下乡"运动开始了。

我毫不犹豫地第一批就报了名。

每月能挣四十多元钱啊！我要无怨无悔地去挣！那么，家里就交得起住院费了，母亲和弟弟妹妹们就获拯救了。

我下乡的第二年，三弟也下乡了。我和三弟省吃俭用寄回家的钱，几乎全都用以支付哥哥的住院费了。后来四弟工作了，再后来小妹也工作了。他俩的学徒工资头三年每月十八元。尽管如此，还是支付不起哥哥的常年住院费，因为那每月要八十几元。但毕竟的，我们四个弟弟妹妹都能挣钱了。幸而街道挺体恤我家的，经常给开半费住院的证明。而半费的住院者，院方是比较排斥的。故每年还有半年的时间，哥哥是住在家里的。

有一年我回家探亲，家里的窗上安装了铁条，钉了木板，玻璃所剩无几；镜子、相框，甚至暖壶，一概易碎的东西一件没有了，菜刀、碗和盘子都锁在箱子里。

我发现，母亲额上有了一处可怕的疤，很深。那肯定是皮开肉绽所造成的。我还在家里发现了自制的手铐、脚镣、铁链。四弟的工友帮着做的。四弟和小妹谈起哥哥简直都谈虎变色了。四弟说哥哥的病不是从前那种"文疯"的情况了。而母亲含着泪说，她额上的伤疤是被门框撞的。那时刻，我内心里产生了憎恨。我认为哥哥已经注定不是哥哥了，而是魔鬼的化身了。那时刻，我暗自祈祷：上帝啊，为了我的母亲、四弟和小妹的安全，我乞求你，让他早点儿死吧！以往我回家，倘哥哥在住院，我必定是要去看望他两次的。第二天一次，临行一次。那次探亲假期里，我一次也没去看他。临行我对四弟留下了斩钉截铁的嘱咐：能不让他回家就不让他回家！我的一名知青朋友的父亲是民政部的领导，住院费你们别操心，我要让他永远住在精神病院里！我托了那种关系。哥哥便成了精神病院的半费常住患者……而我回到兵团的次年，成了复旦大学的"工农兵学员"。这件事，我是颇犯过犹豫的。因为我一旦离开兵团，意味着每月不能再往家里寄钱了，并且，还需家里定期接济我一笔生活费。我将这顾虑写信告诉了三弟，三弟回信支持我去读书，保证每月可由他给我寄钱。这样的表示，已使我欣然。何况当时，我自觉身体情况不佳，有些撑不住抬大木那么沉重的劳动了，于是下了离开兵团的决心。

在复旦的三年，我只探过一次家，为了省钱。分配到北京电影制片厂后，我又将替哥哥付医药费的义务承担了。为了可持续地承担下去，我曾打算将独身主义实行到底。两个弟弟和小妹先后成家，在父母的一再劝说和催促之下，我也只有成家了。接着自己也有了儿子，将父母接到北京来住，埋头于创作。在北京"送走了"父亲，又将母亲接来北京，攒钱帮助弟弟妹妹改善住房问题……各种责任纷至沓来，使我除了支付住院费一事，简直忘记了还有一个哥哥。哥哥对于我，似乎只成了"一笔支出"的符号。

一九九七年母亲去世时，我坐在病床边，握着母亲的手，问母亲还有什么要嘱咐我的。

母亲望着我，眼角淌下泪来。

母亲说："我真希望你哥跟我一块儿死，那他就不会拖累你了……"

我心大恸，内疚极了，俯身对母亲耳语："妈妈放心，我一定照顾好哥哥，绝不会让他永远在精神病院里……"

当天午夜，母亲也"走了"……

办完母亲丧事的第二天，我住进一家宾馆，命四弟将哥哥从精神病院接回来。

哥哥一见我，高兴得像小孩似的笑了，他说："二弟，我好想你。"

算来，我竟二十余年没见过哥哥了，而他却一眼就认出了我！

我不禁拥抱住他，一时泪如泉涌，心里连说：哥哥，哥哥，实在是对不起！对不起……

我帮哥哥洗了澡，陪他吃了饭，与他在宾馆住了一夜。哥哥以为他从此自由了。而我只能实话实说：现在还不行，但我一定尽快将你接到北京去！

一返回北京，我动用轻易不敢用的存款，在北京郊区买了房子。简易装修，添置家具。半年后，我将哥哥接到了北京，并动员邻家的一个弟弟“二小”一块儿来了。“二小”也是返城知青，常年无稳定工作、稳定住处。我给他开一份工资，由他来照顾哥哥，可谓一举两得。他对哥哥很有感情，由他来替我照顾哥哥，我放心。

于是哥哥的人生，终于接近是一种人生了。

那三年里，哥哥生活得挺幸福，“二小”也挺知足，他们居然都渐胖了。我每星期去看他们，一块儿做饭、吃饭、散步、下棋，有时还一块儿唱歌……

却好景不长，“二小”回哈尔滨探望他自己的哥哥及妹妹时，某日不慎从高处跌下，不幸身亡。这噩耗使我伤心了好多天，我只好向单位请了假，亲自照看哥哥。

我对哥哥说：哥，二小不能回来照顾你了，他成家了……

哥哥怔愣良久，竟说：好事。他也该成家了，咱们应该祝贺他，你寄一份礼给他吧。

我说：照办。但是，看来你又得住院了。

哥哥说：我明白。

那年，哥哥快六十岁了。他除了头脑、话语和行动都变得迟钝了，其实没有任何可能具有暴力倾向的表现。相反，倒是每每流露出次等人的自卑来。

我说：哥，你放心，等我退休了，咱俩一块儿生活。

哥哥说：我听你的。

哥哥在北京先后住过了几家精神病院，有私立的，也有公立的。现在住的这一所医院，据说是北京市各方面条件最好的。每月费用四千元左右。幸而我还有稿费收入，否则，即或身为教授，只怕也还是难以承担。

前几天，我又去医院看他。天气晴好，我俩坐在院子里的长椅上，我一边看着他喝酸奶，一边和他聊天。在我们眼前，几只野猫慵懒大方地横倒竖卧。而在我们对面，另一张长椅上坐着一对老伴儿，他们中间是一名五十来岁的健壮患者，专心致志、大快朵颐地吃烧鸡。那一对老伴儿，看去是从农村赶来的，都七十五六岁了。二老腿旁，也都斜立着树杈削成的拐棍。他们身上落了一些尘土，一脸疲惫。

我问哥：你当年为什么非上大学不可？

哥哥说：那是一个童话。

我又问：为什么是童话？

哥哥说：妈妈认为只有那样，才能更好地改变咱们家的穷日子。妈妈编那个童话，我努力实现那个童话。当年我曾下过一种决心，不看着你们几个弟弟妹妹都成家立业了，我自己是绝不会结婚的……他看着我苦笑。原来哥哥也有过和我一样的想法！我心一疼，黯然无语，呆望着他，像呆望着另一个自己的化身。哥哥起身将塑料盒扔入垃圾筒，复坐下后，看着一只猫反问："你跟我说的那件事，也是童话吧？""什么事？"我的心还在疼着。"就是，你保证过的，退休了要把我接出去，和我一起生活……"想来，那一种保证，已是六七年前的事了，不料哥哥始终记着。他显然也一直在盼着。

哥哥已老得很丑了。头发几乎掉光了，牙也不剩几颗了，背驼了，走路极慢了，比许多六十八九岁的人老多了。而他当年，可是一个一身书卷气、儒雅清秀的青年，从高中到大学，追求他的女生多多。

我心又是一疼。

我早已能淡定地正视自己的老了，对哥哥的迅速老去，却是不怎么容易接受的，甚至有几分慌恐、恓惶，正如当年从心理上排斥父亲和母亲无可奈何地老去一样。

"你忘了吗？"哥哥又问，目光迟滞地望着我。我赶紧说："没忘，哥，你还要再耐心等上两三年……""我有耐心。"他信赖地笑了，话说得极自信。随后，眼望向了远处。

其实，我晚年的打算从不曾改变——更老的我，与老态龙钟的哥哥相伴着走向人生的终点，在我看来，倒也别有一种圆满滋味在心头。对于绝大多数的人，人生本就是一堆责任而已。参透此谛，爱情是缘，友情是缘，亲情尤其是缘，不论怎样，皆当润砾成珠。

对面的大娘问："是你什么人呀？"我回答："兄长。"话一出口，自窘起来。现实生活中，谁还说"兄长"二字啊！大娘耳背，转脸问大爷："是他什么人？"大爷大声冲她耳说："是他老哥！"

我问大娘："你们看望的是什么人啊？"

她说："我儿子。"看儿子一眼，她又说，"儿子，慢点儿吃，别噎着。"

大爷说："为了给他续上住院费，我们把房子卖了。没家了，住女婿家去了……"

他们的儿子津津有味地吃着，似乎老父亲老母亲的话，他一句也没听到。

我心接着一疼。这一次，疼得格外锐利。

我联想到了电视新闻报道的那件事——一位崩溃了毅忍力的母亲，绝望之下毒死了两个一出生便严重智障的女儿；也联想到了电影前辈秦怡在接受采访时讲述的实情——她的患精神病的儿子一犯病往往劈头盖脸地打她……

中国境内，不是所有精神病患者的家里，都有一个有稿费收入的小说家，或一位著名的电影演员啊！

我又暗自祈祷了：上帝啊，人间有些责任，哪怕是最理所当然之亲情责任，亦绝非每一个家庭只靠伦理情怀便承担得了的！您眷顾他们吧，您拯救他们吧……

这一次，在我意识中，上帝不是任何神明，而是——我们的国……

种子的力量

当然，种子在未接触到土壤的时候，是没有任何力量可言的。尤其，种子仅仅是一粒或几粒的时候，简直那么的渺小，那么的微不足道，那么的不起眼，谁会将一粒或几粒种子的有无当回事呢？

我们吃的粮食，诸如大米、小米、苞谷、高粱……皆属农作物的种子；桃和杏的核儿，是果树的种子；柳树的种子裹在柳絮里，榆树的种子夹在榆钱儿里；榛树的种子就是我们吃的榛子，松树的种子就是我们吃的松子……都是常识。

据说，地球上的动物，包括人和家畜家禽类在内，哺乳类大约四五千种之多；仅蛇的种类就在两千种以上；鸟类一万五千余种；鱼类三百种以上。虫类是生物中最多的。草虫之类的原生虫类一万五千余种；毛虫之类四千余种；章鱼、墨鱼、文蛤等软体动物近十万种；虾和螃蟹等甲壳类节肢动物估计两万种左右；而我们常见的蜘蛛竟也有三万余种；蝴蝶的种类同样惊人的多……

那么植物究竟有多少种呢？分纲别类的一统计，想必其数字之大，也是足以令我们咂舌的吧？想必，有多少类植物，就应该有多少类植物的种子吧？

而我见过，并且能说出的种子，才二十几种，比我能连绰号说出的《水浒》人物还少半数。

像许多人一样，我对种子发生兴趣，首先由于它们的奇妙。比如蒲公英的种子居然能乘“伞”飞行；比如某些植物的种子带刺，是为了免得被鸟儿吃光，使种类的延续受到影响；而某类披绒的种子，又是为了容易随风飘到更远处，占据新的“领地”……关于种子的许多奇妙特点，听植物学家们细细道来，肯定是非常有趣的。

我对种子发生兴趣的第二方面，是它们顽强的生命力。它们怎么就那么善于生存呢？被鸟啄食下去了，被食草类动物吞食下去了，经过鸟兽的消化系统，随粪排出，相当一部分种子，居然仍是种子。只要落地，只要与土壤接触，只要是在春季，它们就“抓住机遇”，克服种种条件的恶劣性，生长为这样或那样的植物。有时错过了春季，它们也不沮丧，也不自暴自弃，而是本能地加快生长速度，争取到了秋季的时候，和别的许多种子一样，完成由一粒种子变成一棵植物进而结出更多种子的“使命”。请想想吧，黄山那棵“知名度”极高的“迎客松”，已经在崖畔生长了多少年了啊！当初，一粒松子怎么就落在那么险峻的地方了呢？自从它也能够结松子以后，黄山内又有多少松树会是它的“后代”呢？飞鸟会把它结下的松子最远衔到了何处呢？

我家附近有小园林。前几天散步，偶然发现有一蔓豆角秧，像牵牛花似的缠在一棵松树上。秧蔓和叶子是完全地枯干了。我驻足数了数，共结了七枚豆角。豆荚儿也枯干了。捏了捏，荚儿里的豆子，居然相当的饱满。在晚秋黄昏时分的阳光下，豆角静止地垂悬着，仿佛在企盼着人去摘。

在几十棵一片松林中，怎么竟会有这一蔓豆角秧完成了生长呢？

哦，倏忽间我想明白了——春季，在松林前边的几处地方，有农妇摆摊卖过粮豆……

为了验证我的联想，我摘下一枚豆角，剥开枯干的荚儿，果然有几颗带纹理的豆子呈现于我掌上。非是菜豆，正是粮豆啊！它们的纹理清晰而美观，使它们看去如一颗颗带纹理的玉石。

那些农妇中有谁会想到，春季里掉落在她摊床附近的一颗粮豆，在这儿会度过了由种子到植物的整整一生呢？是风将它吹刮来的？是鸟儿将它衔来的？是人的鞋在雨天将它和泥土一起带过来的？每一种可能都是前提。但前提的前提，乃因它毕竟是将会长成植物的种子啊！

我将七枚豆荚都剥开了，将一把玉石般的豆子用手绢包好，揣入衣兜。我决定将它们带回交给传达室的朱师傅，请他在来年的春季，种于我们宿舍楼前的绿化地中。既是饱满的种子，为什么不给它们一种更加良好的，确保它们能生长为植物的条件呢？

大约是一九八四年，我们十几位作家在北戴河开笔会。集体散步时，有人突然指着叫道：“瞧，那是一株什么植物呀？”——但见在一片蒿草中，有一株别样的植物，结下了几十颗红艳艳的圆溜溜的小豆子。红得是那么的抢眼，那么的赏心悦目。红得真真爱煞人啊！

内中有南方作家走近细看片刻，断定地说：“是红豆！”

于是有诗人诗兴大发，吟“红豆生南国，春来发几枝”之句。

南方的相思红豆，怎么会生长到北戴河来了呢？而且，孤单单的仅仅一株，还生长于一片蒿草之间。显然，不是人栽种的。也不太可能是什么鸟儿衔着由南方飞至北方带来并且自空中丢下的吧？

年龄虽长，创作思维却最为活跃浪漫的天津作家林希兄，以充满遐想意味的目光望那艳艳的红豆良久，遂低头自语：“真想为此株相思植物，写一篇纯情小说呢！”

众人皆促他立刻进入构思状态。

有一作家朋友欲采摘之，林希兄阻曰：不可。曰：愿君勿采撷，留作相思种。数年后，也许此处竟结结落落地生长出一片红豆，供人经过时驻足观赏，岂非北戴河又一道风景？

于是一同离开。林希兄边行边想，断断续续地虚构一则缠绵悱恻的爱情故事，直听得我等一行人肃静无声。可惜十几年后的今天，我已记不起来了，不能复述于此。亦不知他其后究竟写没写成一篇小说发表……

我是知青时，曾见过最为奇异的由种子变成树木的事。某年扑灭山火后，我们一些知青徒步返连。正行间，一名知青指着一棵老松嚷：“怎么会那样！怎么会那样！”——众人驻足看时，见一株枯死了的老松的秃枝，虬劲地托举着一个圆桌面大的巢，显然是鹰巢无疑。那老松生长在山崖上，那鹰巢中，居然生长着一株柳树，树干碗口般粗，三米余高。如发的柳丝，繁茂倒垂，形成帷盖，罩着鹰巢。想那巢中即或有些微土壤，又怎么能维持一棵碗口般粗的柳树的根的巩扎呢？众人再细看时，却见那柳树的根是裸露的——粗粗细细地从巢中破围而出，似数不清的指，牢牢抓着巢的四周。并且，延长下来，盘绕着枯死了的老松的干。柳树裸露的根，将柳树本身，将鹰巢，将老松，三位一体紧紧编结在一起。使那巢看去非常的安全，不怕风吹雨打……

一粒种子，怎么会到鹰巢里去了呢？又怎么居然会长成碗口般粗的柳树呢？种子在巢中变成一棵嫩树苗后，老鹰和雏鹰，怎么竟没啄断它呢？

种子，它在大自然中创造了多么不可思议的现象啊！

我领教种子的力量，就是这以后的几件事。

第一件事是——大宿舍内的砖地，中央隆了起来，且在夏季里越隆越高。一天，我这名知青班长动员说：“咱们把砖全都扒起，将砖下的地铲平后再铺上吧！”于是说干就干，砖扒起后发现，砖下嫩嫩的密密的，是生长着的麦芽！原来这老房子成为宿舍前，曾是麦种仓库。落在地上的种子，未被清扫便铺上了砖。对于每年收获几十万斤近百万斤麦子的人们，屋地的一层麦粒，谁会格外在惜呢？而正是那一层小小的、不起眼的麦种，不但在砖下发芽生长，而且将我们天天踩在上面的砖一块块顶得高高隆起，比周围的砖高出半尺左右……

第二件事是——有位老职工回原籍探家，请我住到他家替他看家。那是在春季，刚下过几场雨。他家灶间漏雨，雨滴顺墙淌入了一口粗糙的木箱里。我知那木箱里只不过装了满满一箱喂鸡喂猪的麦子，殊不在意。十几天后的深夜，一声闷响，如土地雷爆炸，将我从梦中惊醒。骇然地奔入灶间，但见那木箱被鼓散了几块板，箱盖也被鼓开，压在箱盖上的腌咸菜用的几块压缸石滚落地上，膨胀并且发出了长芽的麦子泻出箱外，在地上铺了厚厚一层……

于是我始信老人们的经验说法——谁如果打算生一缸豆芽，其实只泡半缸豆子足矣。万勿盖了缸盖，并在盖上压石头。谁如果不信这经验，膨胀的豆子鼓裂谁家的缸，是必然的。

我们兵团大面积耕种的经验是——种子入土，三天内须用拖拉机拉着石磙碾一遍，叫“镇压”。未经“镇压”的麦种，长势不旺。

人心也可视为一片土。

因而有词叫“心地”，或“心田”。

在这样那样的情况下，有这样那样的种子，或由我们自己，或由别人们，一粒粒播下在我们的“心地”里了。可能是不经意间播下的，也可能是在我们自己非常清楚非常明白的情况下播下的。那种子可能是爱，也可能是恨；可能是善良的，也可能是憎恨的，甚至可能是邪恶的。比如强烈的贪婪和嫉妒，比如极端的自私和可怕的报复的种子……

播在“心地”里的一切的种子，皆会发芽，生长。它们的生长皆会形成一种力量。那力量必如麦种隆起铺地砖一样，使我们“心地”不平。甚至，会像发芽的麦种鼓破木箱，发芽的豆子鼓裂缸体一样，使人心遭到破坏。当然，这是指那些丑恶的甚至邪恶的种子。对于这样一些种子，“镇压”往往适得其反。因为它们一向比良好的种子在人心里长势更旺。自我“镇压”等于促长。某人表面看去并不恶，突然一日做下很恶的事，使我们闻听了呆若木鸡，往往便是由于自以为“镇压”得法，其实欺人欺己。

唯一行之有效的措施是，时时对于丑恶的邪恶的种子怀有恐惧之心。因为人当明白，丑陋的邪恶的种子一旦入了“心地”，而不及时从“心地”间掘除了，对于人心构成的危险是如癌细胞一样的。

首先是，人自己不要往“心地”里种下坏的种子；其次是，别人如果将一粒坏的种子播在我们心里了，那我们就得赶紧操起我们理性的锄子……

“人之性如水焉，置之圆则圆，置之方则方”——古人在理之言也。

人类测试出了真空的力量。

人类也测试出了蒸汽的动力。

并且，两种力都被人类所利用着。

可是，有谁测试过小小的种子生长的力量么？

什么样的一架显微镜，才能最真实地摄下好的种子或坏的种子在我们“心地”间生长的速度与过程呢？

没有之前，唯靠我们自己理性的显微倍数去发现……

狡猾是一种冒险

从前，在印度，有些穷苦的人为了挣点儿钱，不得不冒险去猎蟒。

那是一种巨大的蟒，一种以潮湿的岩洞为穴的蟒，背有黄褐色的斑纹，腹白色，喜吞尸体，尤喜吞人的尸体。于是被某些部族的印度人视为神明，认定它们是受更高级的神明的派遣，承担着消化掉人的尸体之使命。故人死了，往往抬到有蟒占据的岩洞口去，祈祷尽快被蟒吞掉。为使蟒吞起来更容易，且要在尸体上涂了油膏。油膏散发出特别的香味儿，蟒一闻到，就爬出洞了……

为生活所迫的穷苦人呢，企图猎到这一种巨大的蟒，就佯装成一具尸体，往自己身上遍涂油膏，潜往蟒的洞穴，直挺挺地躺在洞口。当然，赤身裸体，一丝不挂。最主要的一点是双脚朝向洞口。蟒就在洞中从人的双脚开始吞。人渐渐被吞入，蟒躯也就渐渐从洞中蜒出了。如果不懂得这一点，头朝向洞口，那么顷刻便没命了，猎蟒的企图也就成了痴心妄想了……

究竟因为蟒尤喜吞人的尸体，才被人迷信地图腾化了，还是因为蟒先被迷信地图腾化了，才养成了“吃白食”的习性，没谁解释得清楚。

我少年时曾读过一篇印度小说，详细地描绘了人猎蟒的过程。那人不是一个大人，而是一个十三岁的孩子。他和他的父亲相依为命。他的父亲患了重病，奄奄待毙，无钱医治。只要有钱医治，医生保证病是完全可以治好的。钱也不多，那少年家里却拿不起。于是那少年萌生了猎蟒的念头。他明白，只要能猎得一条蟒，卖了蟒皮，父亲就不至眼睁睁地死去了……

某天夜里，他就真的用行动去实现他的念头了。他在有蟒出没的山下脱光衣服，往自己身上涂遍了那一种油膏。他涂得非常之仔细。连一个脚趾都没忽略。一个少年如果一心要干成一件非干成不可的大事，那时他的认真态度往往超过了大人们。当年我读到此处，内心里既为那少年的勇敢所震撼，又替他感到极大的恐惧。我觉得世界上顶残酷的事情，莫过于生活逼迫着一个孩子去冒死的危险了。这一种冒险的义务性，绝非“视死如归”四个字所能包含的。“视死如归”，有时只要不怕死就足够了，有时甚至“但求一死”罢了。而猎蟒者的冒险，目的不在于死得无畏，而在于活的侥幸。活是最终目的。与活下来的重要性和难度相比，死倒显得非常简单不足论道了……

那少年手握一柄锋利的尖刀，趁夜仰躺在蟒的洞穴口。天亮之时，蟒发现了他，就从他并拢的双脚开始吞他。他屏住呼吸。不管蟒吞得快还是吞得慢。猎蟒者都必须屏住呼吸。蟒那时是极其敏感的，稍微明显的呼吸，蟒都会察觉到。通常它吞一个涂了油膏的大人，需要二十多分钟。猎蟒者在它将自己吞了一半的时候，也就是吞到自己腰际时，猝不及防地坐起来——以瞬间的神速，一手掀起蟒的上颚，另一手将刀用全力横向一削，于是蟒的半个头，连同双眼，就会被削下来。自家的生死，完全取决于那一瞬间的速度和力度。削下来便远远地一抛。速度达到而力度稍欠，猎蟒者也休想活命了。蟒突然间受到强烈疼痛的强刺激，便会将已经吞下去的半截人体一下子呕出来。人就地一滚躲开。蟒失去了上颚连同双眼，想咬，咬不成；想缠，看不见。愤怒到极点，用身躯盲目地抽打岩石，最终力竭而亡。但是如果未能将蟒的上半个头削下，蟒眼仍能看到，那么它就会带着受骗上当的大愤怒，蹿过去将人缠住，直到将人缠死，与人同归于尽……

不幸就发生在那少年的身体快被蟒吞进了一半之际——有一只小蚂蚁钻入了少年的鼻孔，那是靠意志力所无法忍耐的。少年终于打了个喷嚏，结果可想而知……

数天后，少年的父亲也死了。尸体涂了油，也被赤裸裸地抬到那一个蟒洞口……

三十多年过去了，我却怎么也忘不了读过的这一篇小说。其他方面的读后感想，随着岁月渐渐地淡化了。如今只在头脑中留存下了一个固执的疑问——猎蟒的方式和经验，可以很多，人为什么偏偏要选择最最冒险的一种呢？将自己先置于死地而后生，这无疑是大智大勇的选择。但这一种“智”，是否也可以认为是一种狡猾呢？难道不是么？蟒喜吞人尸，人便投其所好，从蟒绝然料想不到的方面设计谋，将自身作为诱饵，送到蟒口边上，任由蟒先吞下一半，再猝不及防地“后发制人”，多么狡猾的一着！但是问题又来了——狡猾也真的可以算是一种“智”么？勉强可以算之，却能算是什么“大智”么？我一向以为，狡猾是狡猾，“智”是“智”，二者是有些区别的。诸葛亮以“空城计”而退压城大军，是谓“智”。曹操将徐庶的老母亲掳了去，当作“人质”逼徐庶为自己效力，似乎就只能说是狡猾了罢！而且其狡其猾又是多么的卑劣呢！

那么在人与兽的较量中，人为什么又偏偏要选择最最狡猾的方式去冒险呢？如果说从前的印度人猎蟒的方式还不足以证明这一点，那么非洲安可尔地区的猎人猎获野牛的方式，也是同样狡猾同样冒险的。非洲安可尔地区的野牛身高体壮，狂暴异常，当地土人祖祖辈辈采用一种与众不同的方式猎杀之。他们利用的是野牛不践踏、不抵触人尸的习性。

为什么安可尔野牛不践踏不抵触人尸，也是没谁能够解释得明白的。

猎手除了腰间围着树皮和臂上带着臂环外，也几乎可以说是赤身裸体的。一张小弓，几支毒箭，和拴在臂环上的小刀，是猎野牛的全副武装。他们总是单独行动，埋伏在野牛经常出没的草丛中。而单独行动则是为了避免瓜分。

当野牛成群结队来吃草时，埋伏着的猎手便暗暗物色自己的谋杀目标，然后小心翼翼地匍匐逼近。趁目标低头嚼草之际，早已瞄准它的猎手霍然站起放箭。随即又卧倒下去，动作之疾跟那离弦的箭一样。

箭在野牛粗壮的颈上颤动。庞然大物低哼一声，甩着脑袋，好像在驱赶讨厌的牛蝇。一会儿，它开始警觉地扬头凝视，那是怀疑附近埋伏着狡猾的敌人了。烦躁不安的几分钟过去后，野牛回望离远的牛群，想要去追赶伙伴们了。而正在这时，第二支箭又射中了它。野牛虽然目光敏锐，却未能发现潜伏在草丛中的敌人。但它听到了弓弦的声响。颈上的第二支箭使它加倍地狂躁，鼻子翘得高高的，朝弓弦响处急奔过去。它并不感到恐惧，只不过感到很愤怒。突然间它停了下来，因为它嗅到了可疑的气味儿。边闻，边向前搜索……

人被看到了！野牛低俯下头，挺着两支锐不可当的角，笔直地冲上前去。对那猎手来说，情况十分危险。如果他沉不住气，起身逃跑，那么他死定了！但他却躺在原地纹丝不动。野牛在猎手跟前不停地踩蹄，刨地，摇头晃脑，喷着粗重的鼻息，大瞪着因愤怒而充血的眼睛……最后它却并没攻击那具“人尸”，轻蔑地转身走开了……

但这只是一种“战术”而已——野牛的“战术”。这“战术”也许是从它的许多同类们的可悲下场本能地总结出来的。它又猛地掉转身躯，冲回到人跟前，围绕着人兜圈子、跺蹄、刨地，眼睛更加充血、瞪得更大，同时一阵阵喷着更加粗重的鼻息，鼻液直喷在人脸上。而那猎手确有非凡的镇定力。他居然能始终屏住呼吸，眼不眨，心不跳，仰躺在原地，与野牛眼对眼地彼此注视着，比真的死人还像死人。野牛一次次地，杀了五番“回马枪”，仍对“死人”看不出任何破绽。于是野牛反倒认为自己太多疑了，决定停止对那“死人”的试探，放开四蹄飞奔着去追赶它的群体，而这一次次地疲于奔命，加速了箭镞上的毒性发作，使它在飞奔中四腿一软，轰然倒地。这体重一千多斤的庞然大物，就如此这般地送命在狡猾的小小的人手里了……

现代的动物学家们经过分析得出结论——动物们不但有习性，而且有种类性格。野牛是种类性格非常高傲的动物，用形容人的词比喻它们可以说是“刚愎自负”。进攻死了的东西，是违反它的种类性格的。人常常可以做违反自己性格的事，而动物却不能。动物的种类性格，决定了它们的行为模式，或曰“行为原则”也未尝不可。改变之，起码需要百代以上的过程。在它们的种类性格尚未改变前，它们是死也不会违反“行为原则”的。而人正是狡猾地利用了它们呆板的种类性格。现代的动物学家们认为，野牛之所以绝不践踏或抵触死尸，还因为它们的“心理卫生”习惯。它们极其厌恶死了的东西，视死了的东西为肮脏透顶的东西，唯恐那肮脏玷污了它们的蹄和角。只有在两种情况下才发挥武器的威力——发情期与同类争夺配偶的时候以及与狮子遭遇的时候。它的“回马枪”也可算作一种狡猾的。但它再狡猾，也料想不到，狡猾的人为了谋杀它，宁肯佯装成它视为肮脏透顶的“死尸”……

比非洲土人猎取安可尔野牛更狡猾的，是吉尔伯特岛人猎捕大章鱼的方式。吉尔伯特岛是太平洋上的一个古岛。周围海域的章鱼之大，是足以令世人震惊的。它们的触角能轻而易举地弄翻一条载着人的小船。

猎捕大章鱼的吉尔伯特岛人，双双合作。一个充当“诱饵”，一个充当“杀手”。为了对“诱饵”表示应有的敬意，岛上的人们也称他们为“牺牲者”。

“牺牲者”先潜入水中，在有大章鱼出没的礁洞附近缓游，以引起潜伏的大章鱼的注意。然后突然转身，勇敢地直冲洞口，无畏地闯入大章鱼八条触角的打击范围。

充当“杀手”的人，埋伏在不远处，期待着进攻的机会。当他看到“诱饵”已被章鱼拖到洞口，大章鱼已用它那坚硬的角质喙贪婪地在“诱饵”的肉体上试探着，寻找一个最柔软的部位下口。于是“杀手”迅速游过去，将伙伴和大章鱼一起拉离洞穴。大章鱼被激怒了，更凶狠地缠紧了“牺牲者”。而“牺牲者”也紧紧抱住大章鱼，防止它意识到危险抛弃自己溜掉。于是“杀手”飞快地擒住大章鱼的头，使劲把它向自己的脸扭过来，然后对准它的双眼之间——此处是章鱼的致命部位，套用一个武侠小说中常见的词可叫“死穴”——拼命啃咬起来。一口、两口、三口……不一会儿，张牙舞爪的大章鱼渐渐放松了吸盘，触角也像条条死蛇一样垂了下去，就这样一命呜呼了……

分析一下人类在猎捕和“谋杀”动物们时的狡猾，是颇有些意思的。首先我们可以得出结论，狡猾往往是弱类被生存环境逼迫生出来的心计。我们的祖先，没有利牙和锐爪，甚至连凭了自卫的角、蹄、较厚些的皮也没有，连逃命之时足够快的速度都没有。在亘古的纪元，人这种动物，无疑是地球上最弱的动物之一种。不群居简直就没有办法活下去。于是被生存的环境、生存的本能逼生出了狡猾。狡猾成了人对付动物的特殊能力。其次我们可以得出结论，人将狡猾的能力用以对付自己的同类，显然是在人比一切动物都强大了之后。当一切动物都不再可以严重地威胁人类生存的时候，一部分人类便直接构成了另一部分人类的敌人。主要矛盾缓解了，消弭了；次要矛盾上升了，转化了。比如分配的矛盾，占有的矛盾，划分势力范围的矛盾。因为人最了解人，所以人对付人比人对付动物有难度多了。尤其是在一部分人对付另一部分人，成千上万的人对付成千上万的人的情况下。于是人类的狡猾就更狡猾了，于是心计变成了诡计。“卧底者”、特务、间谍，其角色很像吉尔伯特岛人猎捕大章鱼时的“牺牲者”。“置于死地而后生”这一军事上的战术，正可以用古印度人猎蟒时的冒险来生动形象地加以解说。那么，军事上的佯败，也就好比非洲土人猎杀安可尔野牛时装死的方法了。

归根结底，我以为狡猾并非智慧，恰如调侃不等于幽默。狡猾往往是冒险，是通过冒险达到目的之心计。大的狡猾是大的冒险，小的狡猾是小的冒险。比如“二战”时期日军偷袭珍珠港的军事行径，所冒之险便是彻底激怒一个强敌，使这一个强敌坚定了必予报复的军事意志。而后来美国投在广岛和长崎的两颗原子弹，对日本军国主义来说，无异于是自己的狡猾的代价。德国法西斯在“二战”时对苏联不宣而战，也是一种军事上的狡猾。代价是使一个战胜过拿破仑所统帅的侵略大军的民族，同仇敌忾，与国共存亡。柏林的终于被攻陷，并且在几十年内一分为二，是德意志民族为希特勒这一个民族罪人付出的代价。

而智慧，乃是人类克服狡猾劣习的良方，是人类后天自我教育的成果。智慧是一种力求避免冒险的思想方法。它往往绕过狡猾的冒险的冲动，寻求更佳的达到目的之途径。狡猾的行径，最易激起人类之间的仇恨，因而是卑劣的行径。智慧则缓解、消弭和转化人类之间的矛盾与仇恨。也可以说，智慧是针对狡猾而言的。至于诸葛亮的“空城计”，尽管是冒险得不能再冒险的选择，但那几乎等于是唯一的选择，没有选择之情况下的选择。并且，目的在于防卫，不在于进攻，所以没有卑劣性，恰恰体现出了智慧的魅力。

一个人过于狡猾，在人际关系中，同样是一种冒险。其代价是，倘被公认为一个狡猾的人了，那么也就等于被公认为是一个卑劣的人一样了。谁要是被公认为是一个卑劣的人了，几乎一辈子都难以扭转人们对他或她的普遍看法。而且，只怕是没谁再愿与之交往了。这对一个人来说，可是多么大的一种冒险，多么大的一种代价啊！

一个人过于狡猾，就怎么样也不能称其为一个可爱可敬之人了。对于处在同一人文环境中的人，将注定了是危险的。对于有他或她存在的那一人文环境，将注定了是有害的。因为狡猾是一种无形的武器。因其无形，拥有这一武器的人，总是会为了达到这样或那样的目的，一而再，再而三地使用之，直到为自己的狡猾付出惨重的代价。但那时，他人，周边的人文环境，也就同样被伤害得很严重了。

一个人过于狡猾，无论他或她多么有学识，受过多么高的教育，身上总难免留有土著人的痕迹。也就是我们的祖先们未开化时的那些行为痕迹。现代人类即使对付动物们，也大抵不采取我们祖先们那种种又狡猾又冒险的古老方式方法。狡猾实在是人的种类性格的退化，使人类降低到仅仅比动物的智商高级一点点的阶段。比如吉尔伯特岛人用啃咬的方式猎杀章鱼，谁能说不狡猾得带有了动物性呢？

人啊，为了我们自己不承担狡猾的后果、不为过分的狡猾付出代价，还是不要冒狡猾这一种险吧。试着做一个不那么狡猾的人，也许会感到活得并不差劲儿。

当然，若能做一个智慧之人，常以智慧之人的眼光看待生活，看待他人，看待名利纷争，看待人际摩擦，则就更值得学习了。

“廊桥遗梦”：中国性爱启示录

现在，我读完了它。读得很认真。有些段落读两遍。有些句子或划了红线。我如此认真地读这一本美国人写的，译成中文只八万字的异形三十二开的畅销书，由于受到两方面影响——媒介的宣传和读过这一本书的人们的推荐。

通常，我是一个不容易受媒介宣传影响的人。我知道，这一种宣传，背后往往是一次精心的纯粹商业营销性质的策划。它出版前，曾在某报连载。我读了几章，既没被故事所吸引，也没觉文字闪烁特殊的魅力，便未再读下去。

相对而言，我较容易受读过某一本书的人们的口头推荐之影响。道理是那么的简单——一个人如果阅读旨趣不俗，读一本书，之后推荐给朋友，一定有些值得推荐的方面。在出版业，我还未闻有“连锁直销”的手段被运用。那么一个人推荐某一本书给朋友读，除了希望共同分享阅读的愉悦，和自己的金钱利益是不发生丝毫关系的。何况每每不是怂恿你去买，而是主动将自己买了的书借给你，只希望你无偿地读。和媒介的宣传相比，当然是无私可言的。

于是我手中竟有了三本。都是外国文学出版社出的。其中一位朋友告诉我：“我妻子一边看一边哭！”我说：“是么？”——不禁地有些“友邦惊诧”。并问：“你呢？”他耸耸肩：“我又不是女人，没她那么容易受感动。”——随即补充，“是她催促我快给你送这本书来。不是我对你有这份儿热忱。”另一位朋友送书来时说：“你认真看看，看看美国女人的性观念！”送第三本书来的朋友年长我不少，五十多岁了。他说：“唉，当儿女的，都像这本书里的儿女们那么理解父母多好！”——欲走不走的，似乎还有满肚子话要往外倾诉。见我正写作，最后留下一句话——“读了这本书，更他妈使人感到压抑了！”

我知道他在闹离婚。离婚后想和一个比自己小十七八的女人再婚。而他的儿女们威胁他："老东西，如果胆敢颠覆我们这个好端端的家庭，非打残废你不可！"

他的处境好比幻想黄连变甘蔗，却两头儿都苦。

当晚，中央电视台某节目的某位女主持人，深情地说："我把活的生命给了我的家庭，我把剩下的遗体给罗伯特·金凯——《廊桥遗梦》女主人公的这一句话，将使我们长久地感慨万千……"

于是电视屏幕上出现了那一句话的字幕。

背景是池水。两只鸭结伴而游。我看得很清楚，的确是两只鸭，非是两只天鹅，也非是一对鸳鸯。但似乎是野鸭，不是家鸭。因为它们将身体完全潜在清澈的水波下游。家鸭一般没这能耐……

那节目片断做得不错。很浪漫。很柔情。很有意境和意味儿。尽管象征男女主人公的是两只野鸭，而非两只天鹅，或一对鸳鸯。我却觉得是两只野鸭似乎更好，更对头。若是两只天鹅，未免格调太高贵。一个流浪汉和一个农妇的婚外恋，象征高贵了反而就显得矫情了不是？一对鸳鸯呢，象征又未免太中国化也太甜腻了……

我就是从那一天晚上开始细读《廊桥遗梦》……

一个老故事，一本畅销书

爱是文学艺术中老得不能再老的主题，却永远的老而不死。真真是一个"老不死的东西"。我想这大概由于读者们总是一代一代老得很快，总是一代一代相继死去的原因吧？好比服装，对于这一代人过时了，对于下一代也许恰恰又流行，又时髦。这一代人悄悄退出服装消费者群体，下一代人又成长起来了。丢弃了童装，集结为新的一批成人服装消费群体。所以除了饮食业，服装业最为经久不衰。各个国家都是这样。如果一个服装设计者，不经款式的改造，一厢情愿地便将十八、十七世纪，甚至更老世纪的服装向当代人兜售，那么大多数当代人一定不太买他的账。酒是"跨世纪"的最好，服装往往是刚上市的最畅销。"名牌"而老，实际上买了穿着已不再是内心里的喜欢，仅仅是某种可以示人的骄傲。对于当代人，服装的魅力是传统中有当代性。没有就会使当代人敬而远之。对于当代人，小说的魅力也许恰恰反过来，恰恰需要在当代性中有传统。没有当代人也是会敬而远之的。大多数当代人既不愿执拗地生活在传统观念中，其实也不愿非常激进地生活在种种时代的“先锋”观念中，往往习惯于生活在传统与“先锋”之间的“过渡带”。所以“当代”一词之于当代人，细细想来，必然是一个含糊的、暧昧的、定义不甚明确的词。

《少年维特之烦恼》不能不算一个好的爱情故事。《罗密欧与朱丽叶》尤其是经典。与《廊桥遗梦》相比起码毫不逊色。还有中国的《红楼梦》《白蛇传》《梁山伯与祝英台》。但是大多数当代人绝对地再不打算为它们唏嘘落泪了。尽管爱是一个“老不死”的主题，但是关于爱的小说、戏剧、诗和歌，也像它的读者、观众和听众一样，一批又一批地老了、旧了、死了。没死的，也不过象征性地“活”在文学史中、戏剧史中、老唱片店里。当代人不但要读关于爱的故事，更要读当代人创作的，尤其要读当代人反映当代人的。在这一点上，不管人们承认不承认，前世纪的文学大师们，永远竞争不过后来的当代的小说家们。如果后者们水准并不太低的话，哪怕他们永远成不了大师。

这便是《廊桥遗梦》在美国畅销的前提吧？也是在中国畅销的前提吧？何况，《廊桥遗梦》讲了一个够水准的爱情故事，一对儿当代美国男女的爱情故事，一个既迎合当代人的当代性爱观念又兼顾当代人对传统家庭观念依依不舍之心理的爱情故事。

老故事和畅销书之间的关系，其实正意味着当代人和爱、和性、和家庭观念之间的尴尬——不求全新，亦不甘守旧。全新太耗精力，守旧太委屈自己。

罗伯特·詹姆斯·沃勒相当谨慎又相当自信地把握了当代美国人的这一种心理分寸。这乃是《廊桥遗梦》在美国畅销的第二个前提。我认为他的社会心理分析和判断方面的能力，显然高出他写小说方面的才华。而他的分析和判断在美国首先应验了。其次在中国也应验了。

为中年男女讲的爱情故事

中国的爱情故事，十之八九是为青年男女们讲的，也十之八九讲的是青年男女的爱情。《红楼梦》中的男女主人公们，甚至可以说是些少男少女。曾经在大陆很畅销了一阵子的台湾女作家琼瑶的系列小说的男女主人公，几乎皆属青春偶像型。所以搬上银幕或拍成电视连续剧，男主角个个是“白马王子”，女主角个个是“靓女俏妹”。中国文学、戏剧和电影电视剧中，为中国中年男女讲的爱情故事实在太少了。这和中国的国情似乎有极大的关系。像五十二岁的罗伯特那把年纪，在中国五六十年代差不多开始做爷爷了。而五十年代的中国男人，到了五十二岁，由于物质生活水平的普遍低劣，大多数也都老得没精气神儿了。四十五岁的中国女人，一般当然要比同年纪的男人还要老些，该被尊称为“大婶”了。由“大婶”而“大娘”，其间最长也只不过有十年最短才五六年的“过渡阶段”。一旦被叫“大娘”，女人也就不大好进入文学、戏剧或电影、电视剧中充当爱情的有魅力的主角了。中国的小说家戏剧家电影家们又是很“势利眼”的，既或在结构爱情结束时仁慈地考虑到了她们的存在，也不过只将她们搅进去做“陪衬人物”。的确，又老，又穷，精神上根本浪漫不起来，婚外恋的可能性究竟会有多少呢？反映了，又会有多少浪漫色彩呢？既难浪漫，小说家戏剧家电影家们也就不自设难题自找麻烦了。不识好歹地“迎着困难”上，也将被视为“反映老年婚姻问题”一类，搞得自己不尴不尬的。更不要说很容易被指斥曰“颠覆传统道德”“有伤风化”“有损老年人形象”云云了……

近年，情形似乎有了很大变化。物质生活水准提高了，五十多岁的男人不再个个都像小老头儿了。四十多岁的女人也普遍都非常在意地减肥、健美，想方设法使自己年轻化了。事实上，她们也真比五六十年代的女人们年轻得多。人既年轻，心也就俏少。半老不老的女人们的内心里，其实是和少女们一样喜欢读爱情小说的。只不过不喜欢读爱情一方主角是少女的小说罢了。少女们从爱情小说中间接品咂爱情滋味儿。供她们读，以她们为主角，或者以几年以前的她们为主角的爱情小说多的是。一批一批地在印刷厂赶印着。她们每天读都读不过来。她们对浪漫爱情的幻想后边连着对美好婚姻的幻想。但是半老不老的女人们和半老不老的男人们内心里所幻想的，直接的就是婚外恋。因为她们和他们，大抵都是已婚者。尤其她们，恰似《廊桥遗梦》的女主角弗朗西丝卡是做了妻子的女人一样。这样的女人们的内心里，要么不再幻想爱情，要么幻想婚外恋。一旦幻想产生，除了是婚外恋，还能是别种样的什么爱情呢？即使结果是离婚再婚，那“第一章”，也必从婚外恋开始。正如《廊桥遗梦》这篇小说从婚外恋开始。

如果在三十五岁至四十五岁的中国女人们之间进行一次最广泛的社会

调查，如果她们发誓一定说真话绝不说假话，那么答案可能是这样——起码半数以上的她们，内心里曾产生过婚外恋幻想。有的经常产生。有的偶尔产生。有的受到外界诱因才产生……诸如读《廊桥遗梦》这样的缠绵悱恻的爱情小说，或看过类似的电影电视剧之后。有的不必受到什么外界诱因也会产生。比如独自陷于孤独和寂寞的时候。在她们中，尤以四十至四十五岁的女人们幻想的时候经常些。因为三十多岁的女人们，是不甘仅仅耽于幻想的。几次的幻想之后，便会积累为主动的行为了。而四十至四十五岁的女人们，由于家庭、子女、年龄和机会的难望难求等等的原因，则不甚容易采取主动行为。即使婚外恋真的发生，她们也每每是被动的角色。她们中又尤以有文化的女人为主。却不以文化的高低为限。对于婚外浪漫恋情的幻想，一个只有小学三四年级文化程度的女人绝不比一个受过大学高等教育的女人或女硕士女博士什么的稍逊，甚至有过之而无不及。初级教育给人幻想的能力。高等教育教给人思想的能力，而思想是幻想的“天敌”，正如瓢虫是蚜虫的天敌。婚外恋幻想是中产阶层妇女传统的意识游戏之一。中国在七十年代以前至一九四九年，不但消灭了资产阶级而且改造了中产阶级。所以几乎没有严格意义的中产阶层妇女可言。只有劳动妇女、家庭妇女、知识妇女，统称为“革命妇女”。“革命妇女”的意思便是头脑之中仅只产生“革命幻想”和“革命思想”的女人。情爱幻想和情爱思想是不允许在头脑中有一席之地的。它实际上被逼迫到了生理本能的“牢房”中去。偶或的被女人们自己暗自优待，溜到心理空间“放放风”。倘若一个女人的头脑中经常产生情爱幻想，并且由此产生与“革命幻想”、“革命思想”相悖的情爱思想，尤其是不但自己头脑中产生了，竟还暴露于人宣布于人传播于人，那么便是个“意识不良”的女人了。倘若有已婚的女人胆敢言自己头脑中存在过婚外恋幻想，那么她肯定将被公认为是一个坏女人无疑了。

在知青的年代里，我那个连队，有一名女知青午休时静躺不眠，身旁的亲密女友问她为什么睡不着，是不是想家了？她说不是。经再三的关心的诘问，才以实相告。曰想男人。曰这时候，身旁若躺的是一个男人，可以偎在男人怀里，不管是丈夫不是丈夫，多惬意多幸福多美妙多美好哇！女友将她这种“丑恶”思想向连里汇报了。于是召开全连批判会，批判了三天。男女知青，人人踊跃发言。可谓慷慨激昂，口诛笔伐。团“政治思想工作组”，向各连发了“政治思想工作简报”。“简报”上措辞严厉地提出警诫——“思想政治工作不狠抓了得么？一旦放松能行么？”

当年我也是一个口诛笔伐者。当年我真觉得那名女知青的思想意识“丑恶”极了。这件事当年还上了《兵团战士报》。“专栏批判文章”中，还评出了那一年度的“优秀批判文章”一二三等奖……

当年的“革命样板戏”《海港》和《龙江颂》也最能从文艺的被扭曲了的性质方面说明问题。《龙江颂》中的第一号“女英雄人物”江水英没丈夫、没儿女，当然更不可能有什么“情人”。但她家门上，毕竟还挂一块匾，上写“光荣军属”四个大字。到了《海港》中的方海珍那儿，不但无丈夫，无儿女，连“光荣军属”的一块匾也没有了。舞台上的电影中的方海珍，年龄看去应在四十余岁，比《廊桥遗梦》中的弗朗西丝卡的年龄只小不大。方海珍也罢，江水英也罢，头脑之中仅有“阶级斗争”这根“弦”，没有丝毫的女人意识。生活内容中只有工作，只有教导他人的责任，没有丝毫的情爱内容。如果说她们身上也重笔彩墨地体现着爱和情，那也仅仅是爱国之爱，爱职责之爱，同志之情，阶级之情。一言以蔽之，她们仿佛都是被完全抽掉了男女情爱性爱本能的中性人，而非实实在在的女人。

另一“革命样板戏”《杜鹃山》，乃六十年代初全国现代戏剧汇演中的获奖剧目。原剧中的女党代表柯湘，与反抗地主阶级剥削压迫的农民武装首领乌豆之间，本是有着建立在“共同革命目标基础”上的爱情关系的。然而连建立在这一“革命基础”上的“革命的爱情”关系，在“革命文艺”中，也是被禁止的。因而后来改编成的“样板戏”中，爱情关系被理所当然地一斧砍掉了。我作为知青时，曾被抽调到黑龙江省出版社培训，与当年的文编室主任肖沉老师去黑龙江省边陲小镇虎林县城组稿，在林场的职工食堂里，发现了原剧的作者。对方当年戴着“现行反革命”的帽子在林场接受劳动改造。最主要的也是最“不可饶恕”的罪名，乃因在该剧被改编为“革命样板戏”的过程中，他书生气十足地坚持原作的“创作权益”，反对将男女主人公的爱情关系一斧砍掉。当然也就是反对将他创作的剧目进行“革命性”的改编。也当然就是反对“杰出的文艺旗手”江青同志。我当时见了他，真仿佛见了崇拜已久的文艺前辈。尽管他当年和我现在的年龄差不多，不过四十多岁。我在他面前诚惶诚恐，口口声声尊称他为“老师”，还傻兮兮地问他电影字幕上为什么没有他的名字。惊得他面色顿变，连连说：“我写的是毒草！是大毒草！你千万别把大毒草和‘革命样板戏’往一块儿扯。别人听到了你将吃不消，我更吃不消！”饭没吃完，捧着饭碗逃之夭夭。

肖沉老师当即生气地批评我：“你这年轻人！月球上来的呀？哪壶不开提哪壶！”

他跟对方是好朋友。以后数日，他到处寻找对方，想和对方私下聊聊，问对方需要一些他力所能及的帮助不，对方竟然失踪了，找不到了。离开虎林的前一天，终于知道对方在哪儿了，匆匆带我赶去，对方却不肯见他。

我有些生气地说，不过就写了一部戏，落到这种人下人的地步，干吗还那么大的架子？比孔明还难见！

肖沉老师长叹道：“你懂什么！他是怕连累我啊！”

我说：“有那么严重么？”

他说：“一位省级出版社的文艺编辑室的主任，组稿到了一个地方，苦苦地非要见一名因反对‘文艺旗手’而被打成现行反革命的人，这样的事想定成什么政治性质就可以定成什么政治性质。我如果不是相信你这个年轻人的为人，才不向你介绍他呢！他不肯见我，也是由于你！我了解你，相信你。他丝毫不了解你，怎么能不对你存有戒心。”

到了“文革”结束后的最初几年，情爱主题在文学艺术中依然是一个“禁区”。张洁的《爱，是不能忘记的》，大概是第一篇反映婚外恋主题的小说。它的问世在全国引起沸沸扬扬的反响，酿成过一场不大不小的风波，以至于全国妇联当年也参与进了这场是是非非的纷争之中。

而今天，经历了只不过仅仅十年的演进，中国文学艺术之中的爱、情欲和性，却已经几乎到了无孔不入的程度，却已经只不过成了一种“佐料”。因而便有了这样一句带有总结意味儿的话语：“戏不够，爱来凑。”这样一句总结性的话语，其实包含着显明的批评成分。批评来自于读者，来自于观众，来自于小说评论家和影视批评家。连小说家和编剧家们自己，也相互以此话语自嘲和打趣起来。似乎无奈，又似乎心安理得，又似乎天经地义。爱，情欲和性，尤其在小说和电影中，越来越趋向于低俗，猥亵，丑陋，自然主义（下流的自然主义）。越来越不圣洁了，甚至谈不上起码的庄重了。仿佛原先由于某种锦缎价格昂贵虽心向往之却根本不敢问津，甚至经过布店都绕道而行，忽一日暴发了，闯入大小布店成匹地买。既不但买了做衣服，还做裤衩做背心，做鞋垫做袜子，做床单做台布。而新鲜了几天就索性做抹布做拖布了。几乎凡叫小说的书里都有爱、都有情欲、都有性，就是缺少了关于爱的思想、关于情欲的诗意、关于性的美感。而且，一个现象是，在许许多多的书中，男欢女爱的主角们，年龄分明的越来越小。由三十多岁而二十多岁而少男少女。后者们的爱情故事，在西方是被归于“青春小说”或“青春电影”的。而在中国却似乎成了“主流”爱情故事，既轻佻又浅薄。恰恰是在我们的某些“青春小说”和“青春电影”里，爱被表现得随意、随便，朝三暮四如同游戏。这也许非常符合现实，但失落了文学艺术对现实的“意见”。而这一种“意见”，原本是文学艺术的本质之一。爱的主题并不一定只能或只许开出美的花朵，在现实中往往也能滋生出极丑和极恶。这样的文学名著是不少的。比如巴尔扎克的《贝姨》《搅水女人》，左拉的《娜娜》。但是这些名著中的批判意识显而易见。正如左拉在着手创作《娜娜》之前宣言的——坚定不移地揭示生活中的丑恶和溃疡。《娜娜》这部书中谈不上有爱，充斥其间的只不过是一幕幕变态的情欲和动物般的性冲动。它是我看过的西方古典小说中最“肮脏”的一部，但是却从来也没动摇过我对左拉在法国文学史上文学地位的特殊存在。而中国的当代作家中，有相当一批人，巴不得一部接一部写出的全是《金瓶梅》，似乎觉得《红楼梦》那种写法早已过时了。《金瓶梅》当然也有了不起的价值，如果将其中的情欲和性的部分删除，它也就不是《金瓶梅》了。我当然读过《金瓶梅》，它在每段赤裸裸的情欲和性的描写之后，总是“有诗为证”。而那些“诗”，几乎全部的拙劣到了极点。后来就干脆不厌其烦地重复出现。同样的字、词、句，一而再，再而三地使用。好比今天看电视连续剧，不时插入同一条广告。我们的现当代评论家，不知是出于什么样的原因，基于什么样的心理，一代接一代地也几乎全部都在重复同样的论调，强说它是一部“谴责小说”“暴露小说”“批评现实主义小说”。仿佛中国小说的批判现实主义的精神，正是从兰陵笑笑生那儿继承来的。从《金瓶梅》中男女们的结局看，似乎的确一个都没有什么好下场。有的下场极惨。但这并不意味着就是“谴责”、就是“暴露”、就是“批判”。最多只能说是对追求声色犬马生活的世人们的“告诫”罢了。往最高了评价也不过就是一部带有点儿“劝世”色彩的小说。那“谴责”那“暴露”那“批判”，实在是我们自己读出来的，实在是我们自己强加给笑笑生的。倒是他对西门庆一夫多妻的性生活的羡慕心理，以及对他和女人们做爱时那种五花八门的，每每依靠药物依靠器具的八级工匠似的操作方式的欣赏、愉娱，在字里行间简直地就掩饰不住。据我看来，笑笑生毫无疑问是一个有间接淫癖的男人。他从他的写作中也获得着间接的性心理和性生理的快感。可以想象，那一种快感，于笑笑生显然地形同手淫。后人将“批判”和“谴责”的桂冠戴在他的头上，实在意味着一种暧昧。倒是在日本和在西方对它的评价更坦率些。日本认为它是中国的第一部“性官能小说”。日本当代某些专写“性官能小说”的人面对《金瓶梅》往往惭愧不已。他们中许多人都丝毫也不害羞地承认，他们对性进行官能刺激的描写和发挥和满足读者官能快感的想象，从中国的《金瓶梅》中获益匪浅。而据我所知，在西方，《金瓶梅》是被当作中国的第一部“最伟大的”“极端自然主义的”“空前绝后”的“性小说”的。这才评论到了点子上。《金瓶梅》和《娜娜》是有本质区别的。笑笑生和左拉也是有本质区别的。性爱在中国当代小说中，几乎只剩下了官能的壳。这壳里已几乎毫无人欲的灵魂。

正是在这一文化背景下，美国人的《廊桥遗梦》漂洋过海，用中国的方块字印成书出现在中国。它在中国的畅销顺理成章。

“在一个日益麻木不仁的世界上，我们的知觉都已生了硬痂，我们都生活在自己的茧壳中。伟大的激情和肉麻的温情之间的分界线究竟在哪里，我无法确定。但是我们往往倾向于对前者的可能性嗤之以鼻，给真挚的深情贴上故作多情的标签……”

“在当今这个千金之诺随意打破，爱情只不过是逢场作戏的世界上……这个不寻常的故事还是值得讲出来的。我当时就相信这一点。现在更加坚信不移……”

以上两段话，是沃勒在“开篇”中说的。也就是他在开始讲他的一个关于当代男女的爱情故事之前，对爱所发表的极具当代性的“意见”。他的“意见”包含有明显的沮丧和批判。

我对“肉麻的温情”五个字相当困惑。反复咀嚼，几经思考之后，困惑依然存在，丝毫未减。由我想来，温情乃是爱的相当重要的“元素”。是的，似乎只有用“元素”这个词，才能接近我对温情之于爱情的重要性的表达。没有温情的爱情是根本不可能的。正如没有氧的空气根本不是空气一样。“肉麻的温情”也是温情。我根本无法想象，在性爱中，温情既是一种重要的不可或缺的“元素”——什么样的温情是“肉麻”的？什么样的温情才不是？正如沃勒自己“无法确定”——“伟大的激情和肉麻的温情之间的分界线究竟在哪里”，如果我用我的困惑向他鞠躬请教，他一定更加“无法确定”——

“肉麻的温情”和不肉麻的温情之间的分界线究竟在哪里？即使在他的爱情故事里，温情既不但存在，用他自己轻蔑又不屑的话来说——也相当“肉麻”。且不论那个“颇有才气的女导演”——“毫无例外地，每次他们做过爱，躺在一起时，她总对他说：‘你是最好的，罗伯特，没人比得上你，连相近的也没有。’”沃勒极其欣赏的女主人公弗朗西丝卡在和罗伯特做爱后，也说：“我现在并不是在草地上坐在你身旁，而是在你的身体内，属于你，心甘情愿当一个囚徒。”

我们谁能分清弗朗西丝卡和那个“颇有才气的女导演”，谁当时的温情“肉麻”，谁当时的温情不“肉麻”呢？沃勒就能清清楚楚地分得开来并且明明白白地告诉我们么？

爱着的男女之间的温情都是有几分“肉麻”的。只不过“肉麻”的程度不同罢了。这一点一切爱过的男女——痴爱也罢，逢场作戏也罢，都是心中有数的。而且都有切身体会的。

是否沃勒过分偏执地崇尚性爱的原始冲动又过分偏执地贬斥性爱的温情“元素”呢？

他的《廊桥遗梦》给我的印象，似乎证明着他是一个相当理性的，相当谨慎的，力求不使读者感到偏执，力求不使自己和自己的作品因偏执而遭到读者排斥引起读者逆反的作家。

那么，我不禁猜想，问题也许出在了翻译方面。在“肉麻的温情”这五个字中，要么是“肉麻”两个字不甚准确，要么是“温情”两个字稍欠适当吧？

其实我更想指出的是——沃勒这个美国佬以上两段话，当然是对当代美国人说的。他落笔之前，肯定没想到中国人会作何想法。肯定不会像我们的某些小说家或影视编剧家，预先揣摩西方人尤其美国人的接受心理。

然而他对爱情的极具当代性的“意见”，却既不但在美国获得了普遍的认同，也在中国获得了普遍的知音。

我们从他的“开篇”的字里行间，既看得出他对所讲的爱情故事的价值满怀信心，也同样看得出他是多么地并不自信。他“当时就相信这一点，现在更加坚信不疑”的同时，又有点儿近乎“推销”地说：“不过，如果你在读下去的时候能如诗人柯尔律治所说，暂时收起你的不信，那么我敢肯定你会感受到与我同样的体验。”

《廊桥遗梦》是罗伯特·詹姆斯·沃勒在自信与不自信兼而有之的创作心

态下的产物。

我们理解他的自信，因为他在对性爱的观念做极具当代性的呼唤美好的“发言”。

我们理解他的不自信，因为他所面对的，乃是一个“千金之诺随意打破，爱情只不过是逢场作戏”，“日益麻木不仁”，往往“给真挚的深情贴上故作多情的标签”的令人沮丧的世界。

世界分明比沃勒先生认为的要稍好一些。否则他的这一本讲述爱情故事的小册子，不会仅仅在美国就发行到一千余万。尽管我对这个数字颇持怀疑态度。一千余万，相当于在美国的十个大城市各发行到百万以上。但是《廊桥遗梦》在美国十分畅销，则是毫无疑问的了。

沃勒先生现在肯定已经知道，他的这一本讲述爱情故事的小册子，在中国也引起广泛的兴趣了。这一份儿喜悦和收获显然是他不曾预期的。

这位美国佬值得为自己干一大杯！

专讲给女人听的爱情故事

读过许多关于爱情的小说之后，我已经变得不大容易被爱情故事所感动了。《廊桥遗梦》这个故事本身也没太感动我。它使我联想到我们中国的《白蛇传》和《梁山伯与祝英台》。后者在张扬爱的浪漫和咏叹爱的执著方面，实在不是《廊桥遗梦》所能媲美的。谈到“伟大”，无论故事本身想象魅力的伟大，还是男女主人公身上所具有的感天地泣鬼神的爱力（用沃勒的话叫作“激情”）的伟大，都远远地超过《廊桥遗梦》，简直不能同日而语。相爱男女的灵魂化为彩蝶这一种浪漫想象，从小就使我折服至极。而《白蛇传》中的白娘子这一女性形象，我认为在人类艺术创造史上，更是前无古人，后无来者。蛇是多么可怕的东西！蛇而为精，一向意味着邪恶与凶残。希腊神话和罗马神话中，蛇精蛇怪一再伴着毒辣之神出现。只有在我们中国的《白蛇传》中，成为爱、美、善、刚勇、柔情忠贞、视死如归的化身。白娘子那种对爱宁人负我、我绝不负人，那种为爱不惜赴汤蹈火，不惜以千年修炼之身相殉，那种虽被镇在塔下却爱心不悔的痴，真真是人间天上爱的绝唱！真真令世世代代的男人们永远地自愧弗如啊！只不过《白蛇传》也罢，《梁山伯与祝英台》也罢，都因其神话性和传奇性，冲淡了当代性，不再能令我们当代人感动了。

是的，最感动当代人的爱情故事，必是发生在当代的爱情故事。

“看三国掉眼泪替古人担忧”这句话早已被证明过时。

当代人看“三国”既不会掉眼泪也一点儿不替古人担忧。

当代人看《秦香莲》也不再会一把鼻涕一把泪大动感情了。

可是哪怕极平庸的当代爱情故事，也会至少吸引当代人中的一部分。

这种感动就像嫉妒一样。当代人不会嫉妒古人，不会嫉妒神话中的人和传说中的人，但一定要深深地嫉妒他或她周围的人。

我在上大学时，曾听说过这样一件事——上海市的郊区，一对男女青年自幼暗暗相爱，因其中一方的家庭出身是富农，而另一方的父亲是村党支部书记，他们的爱情当然不被现实所允许。于是他们双双留下遗嘱，服毒死于野外，当夜大雪。南方很少下那么大的雪。当年我的上海同学们，都言那是近三十年内不曾有过的南方冬景。大雪将那一对男女青年的尸体整整覆盖了九天。而据说，按照当地的习俗，一对新人婚后的九天内是不应受到任何贺客滋扰的。这当然是巧合。但有一点人人都说千真万确——他们身上共盖着一张旧年画。年画上是梁山伯与祝英台。那是女青年从小喜欢的一张年画，“破四旧”时期私藏着保存了下来……

大约在九月份，朱时茂派他的下属将我接到他的公司，让我看一则报上剪下来的通讯报道。不是什么连载小说之类，而是实事——“文革”前一年，一个农村少女，暗恋上了县剧团的一名男演员。一次看他演出，在他卸妆后偷走了他的戏靴，当然地引起了非议，也使他大为恼火。她父母问她为什么要那样做，她说她爱上他了，今后非他不嫁，而她才十六岁。以后县剧团再到附近演戏，她父亲便捆了她的手脚，将她锁在仓房，她磨断绳子，撬断窗棂，又光着脚板跑出十几里去看他演戏。她感动了她的一位婶婶。后者有次领着她去见他，央求他给她一张照片。他没有照片给她，给了她一张毛笔画的拙劣的海报，签上了他的名字，海报上是似他非他的一个戏装男人。他二十六七岁，是县剧团的“台柱子”。在他眼里，她不过是一个情感有点儿偏执的小女孩儿。后来就“文革”了。他被游斗了。一次游斗到她那个村，她发了疯似的要救他，冲入人群，与游斗者们撕打，咬伤了他们许多人的手。她没救成他，反而加重了他的罪，使他从此被关进了牛棚。一天夜里，她偷偷跑到县里去看他，没见着。看守的一个“造反派”头头当然不许他们见。但是调戏她说，如果她肯把她的身子给他一次，他将想办法早点儿“解放”

她所爱的人。她当夜便给了。不久她又去县里探望她爱的人，又没见着。为所爱之人，又将自己的身子给了“造反派”一次。而这一切，她爱之人一无所知。东窗事发，“丑闻”四播。她的父母比她更没脸见人了，于是将她跨省远嫁到安徽某农村。丈夫是个白痴。十余年转眼过去。“文革”后，她所爱的人成了县剧团团长。一次又率团到那个村去演出，村中有人将她的遭遇告诉了他。他闻言震惊，追问她的下落。然而她父母已死，婶婶也死了。村中人只知她远嫁安徽，嫁给一个白痴。他当时正要结婚，于是解除婚约，剧团团长也不当了，十余次下安徽，足迹遍布安徽全省农村，终于在同情者们的帮助下，寻访到了她的下落。他亲自开着一辆吉普车前去找她，要带走她，要给她后半生幸福。而她得到妇联方面的预先通知，从家中躲出去了，不肯见他。他只见着了她的傻丈夫，一个又老又傻的男人，和一对傻儿子，双胞胎。三个傻子靠她一个女人养活，家里穷得可以想象。他还看见一样东西——他当年签了名送她的那张海报，用塑料薄膜罩在自制的粗陋的相框里，挂在倾斜的土墙上。她一定希望有一个她认为配得上那海报的相框，却分明是买不起。他怅然地离开了她的家。半路上他的车陷在一个水坑里。正巧有一农妇背着柴从山上下来。他请她帮忙。那憔悴又黑瘦的农妇，便默默用自己的柴垫他的车轮。那农妇便是当年爱他的少女。他当然是万万想不到也认不出她来的，而她却知道眼前正是自己永爱不泯的男人。但是她一句话都没说。她当时又能说什么呢？看着他的车轮碾着她的柴转出水坑，她只不过重新收集起弄得又是泥又是水的柴，重新背起罢了。他是那么的过意不去，给了她一百元钱作为酬谢。那一百元钱当然是她的生活所非常需要的。但是她竟没接。她默默对他鞠了一躬，背着柴捆，压得腰弯下去，一步一蹒跚地走了……

他们之间这一段相见的情形，是记者分头采访了他们双方才使世人知道的。

当地妇联有意成全他们，表示要代为她办理一切离婚事宜。

她说：“那我的两个儿子怎么办？他们虽然傻，但是还没傻到不认我这个娘的地步。我抛弃了他们，他们一定会终生悲伤的。”

他给她写信，表示愿意为她的两个儿子承担起一个父亲的责任和义务。

她没给他回信。通过当地妇联转告他——他才五十来岁，重新组建一个幸福家庭还来得及。娶一个像她这样的女人，对于他已不可能有爱可享。再被两个并非他的血脉的傻儿子拖累，他的后半生也将苦不堪言。这对他太不公平。他不忘她，她已知足了……

他便无奈了。

不久他因悲郁而患了癌症，希望自己死后埋在她家对面的山坡上，希望单位能破例保留他的抚恤金并转在她名下……

朱时茂请我去打算将此事改编为电影剧本，当时我和他都极为那一篇报道所感动。但是后来电影局有关同志转告了一个意见——太悲伤了，涉及“文革”，不要搞了。

于是我们作罢。

我早已变得听话了。

我若不听话将会受到的只不过是对我的“印象损失”。

朱时茂不听话将会受到经济方面的严重损失。

而经济损失有时是比“印象损失”大得多的更不可掉以轻心的损失。

我们当时居然还考虑到拍成影片后的国际市场发行问题，理念得像地道的专门做买卖赚钱的商人。

美国人却从来不会在写小说和拍电影的时候想到中国人。但是他们的电影把我们的电影业冲得稀里哗啦。我丝毫也不怀疑，将要拍成或已经拍成的电影《廊桥遗梦》，一旦在国内上映，将使我们的观众趋之若鹜。而翻译小说一旦印上“美国最畅销”一行字，在中国若不畅销便为咄咄怪事了。这一国与国的文学沟通现象，真是深含耐人寻味之处。

爱情小说既读得多了，我渐渐形成了一种看法，那便是一切的爱情小说，包括神话中的爱情故事和民间的爱情故事，都是有“性别”的。有的可归为“男性”类；有的可归为“女性”类；有的可归为“中性类”。比如《梁山伯与祝英台》，比如《罗密欧与朱丽叶》，就是“中性”类的爱情故事。而《白蛇传》，则是“男性”类的爱情故事。这故事通过许仙这个男人，去感受千年蛇精白娘子。这故事明显不是为女子们讲述的，而是为男人们讲述的。尽管它赚取了女人们的眼泪，但是真正深入的是男人们的心。哪一个男人不曾幻想和一条白娘子那样的大蛇精发生一段恋情呢？可是许仙却不会进入多少女人们的梦里。白娘子世世代代满足着一切中国男人们的爱情幻想，以至于叫白淑贞的女人，如果容貌姣好，常常比姓别的姓叫别的名字的漂亮女人被更多的男人追求。我有一位“知青战友”的妻子就叫白淑贞，秀外慧中。他曾对我说："如果我老婆是蛇精变的就好了，那我就更觉得自己是现世许仙了。"我说："这也是没准儿的事，你可记着千万别陪她喝黄酒，万一她真是蛇精变的，现了原形，把你吓死过去，我们这些朋友可没能耐替你去盗仙草。"他说："把我吓死过去？得了吧您哪！那我更爱她了！夏天夜里搂着睡觉，凉快着呐！保证不长热痱子！"《简·爱》则可归为"女性"爱情小说，这不仅因为作者是女人，不仅因为主人公"简"是女人，更因为夏洛蒂小姐通过"简"，将罗切斯特这样一个男人，"引荐"给女人们认识。她们可能并不爱他，但是却可以经由他望到许多男人内心里关于爱的意识宇宙。十之八九的女人读《简·爱》时虽然肯定会被"简"对爱的执着所感动，但是大多并不愿意碰到另一个罗切斯特。《简·爱》成为名著，在于主人公"简"爱上了一个后来几乎一无所有的男人。自己做不到根本不打算效仿的事，有一个女人做了，而且义无反顾，这会使许多女人感到难以理解。难以理解是女人们在那个世纪风靡一时地读那一本书的"热点"。我曾听到一位知识女性当着我的面教导她的女儿："你给我明白点啊！别学'简'，傻兮兮地看上一个又瞎又老又穷的男人！"她的大学四年级即将毕业的女儿说："妈妈你别把我当白痴！夏洛蒂自己就算不上漂亮，所以她才让同样不漂亮的'简'最终和又瞎又老又满脸烧伤又穷的男人结合！除了终身不嫁，这是'简'唯一的选择。一个相貌平平的女人能找到个丈夫就不错了！我心理没毛病，干吗学她？我看《简·爱》，只不过为了要交毕业论文！"

《廊桥遗梦》也是一本"女性"化的爱情小说。与《简·爱》同"性"而有别之处在于，经由一个叫弗朗西丝卡的，美国的，已婚的，有丈夫有一儿一女的中年女人，将一个叫罗伯特的，五十二岁了仍精力旺盛的，相貌堂堂的，流浪汉型的，牛仔气质的单身男人"引荐"给一切美国的中年女人。而沃勒先生是照着她们准都会喜爱他的诸多特点去刻画他的。好比当代动画师们，摸清了当代孩子们喜爱的人物特点设计动画英雄一样。

婚外恋是一切中产阶级中年女人们最经常的幻想游戏。这几乎是她们世袭的意识特权。这一特权绝对不属于处在社会物质生活底层的中年女人们。

说到中产阶级中年女人们普遍的婚外恋幻想，对于一个男人是有点儿难以启齿的话题。比中产阶级中年女人们自己往往会更难以启齿。我此时所面临的尴尬正是这样。我绝对没有对于中产阶级中年女人们的敌意和挖苦。恰恰相反，我经常怀着一个男人的温厚的心意，像关注我周围一切的新生事物一样关注她们的滋生和存在。是的，在我的视野范围内，在近十年里，很滋生起了一批“中国特色”的中产阶层妇女。由此可以进一步断定，中产阶层正在中国悄悄形成着。这无疑是“改革开放”的一大成绩，证明着中国“脱贫”的人多了起来。而且，不必谦虚，我也是这个正在悄悄形成着的阶层中的一员。只不过我的情感的尾巴梢还搭在我所出身的那个阶层中。只不过我很不心甘情愿很不乐意被这个阶层的某些特征所熏陶所同化。只不过我不是这个阶层的一名妇女。只不过，我对它的某些阶层特征，一向地总有那么点儿克服不了的厌恶。真的，我有时讨厌一个中产阶层特征显明的女人，甚于讨厌柳絮。在春季里，在柳树生长出嫩绿的新叶之前，柳絮飘飞漫舞，落在人的身上和头发上，是令人很不快的事。尤其落满人家的纱窗，那纱窗若不彻底刷洗，就透气不畅，起不到纱窗的作用了。中产阶层的显明的特征，再加上显明的“中国特色”，你如果稍有社会学常识，那么你想象一下吧，会使女人变得多么酸呢？柳絮落满纱窗的情形，常使我联想到人的大脑沟纹里积满灰尘的情形。我再强调一遍，我对中产阶层的妇女们绝无敌意。只不过有时候有点儿厌恶。但那是完全可以忍受的一种厌恶。正如我从来也不曾对柳絮咬牙切齿。说到底，我厌恶她们的主要一点恐怕仅仅是——她们成了中产阶层女人以后的沾沾自喜和成不了资产阶层女人的那种嘟嘟哝哝，以及对于劳动者妇女背负的沉重装出视而不见的模样。她们往往还暧昧地说几句有违社会良心社会公道的话。她们往往以为，又生产出了一种新的系列化妆品，社会便又美好多了……

现在，她们的中产阶层的异国同“性”姐妹，风姿绰约的美国女人弗朗西丝卡，向她们“引荐”了自己的一位婚外老情人罗伯特，于是他几乎便也成了她们婚外恋幻想中的性偶像。如果她们是诚实的，她们则就不得不承认——她们的被感动的眼泪中，包含有失意和自怨自艾的成分：

美国女人那么美妙的经历，中国女人为什么没有机会？

弗朗西丝卡那么美妙的经历，我为什么没有机会？

中国的罗伯特你在哪儿？你究竟在哪儿？你正在从哪一条大路上向我走来么？在某一个早晨或某一个傍晚，你会像美国的罗伯特奇迹般地出现在弗朗西丝卡面前一样，也奇迹般地，既风尘仆仆又精神抖擞地出现在我面前么？……

于是她们首先被自己的幻想、企望和期待感动得哭了……

而我，正是在这一点上，多少有点儿同情并理解她们。

因为，她们乃是中国许许多多的，最乏幸福可言的家庭中的主妇。她们中的大多数，当年嫁给她们的丈夫，比弗朗西丝卡当年为了容易被当地人所接受，为了得到一张教师执照而嫁给理查德要更“现实主义”得多。甚至，相比而言，弗朗西丝卡要比她们幸运得多。因为用她自己的话说，她嫁的毕竟不是一个“次一等”的男人。而中国的没有婚外情人的弗朗西丝卡们，当年可能仅仅因为不得不结婚必须结婚了，就几乎没有选择余地地，仓促无奈而嫁给了某一个男人。那个男人可能恰恰在某些重要的方面是“次一等”的男人，包括在性能力方面。即使他们后来“抓住机遇”先富起来，成了经济学概念中的中产阶层男人甚至“大款”，并“提携”她们成了中产阶层的女人甚至“大款”的老婆，他们也依然无可救药地还是在某些重要的方面是“次一等”的男人。中国的中产阶层虽然正在悄悄形成，但一个事实是，其质量也不像我们所预期的那么高。她们中许多人和她们的男人的婚姻关系，比弗朗西丝卡和理查德更像“经营上的合伙人”。哪怕她们在许多方面曾经是优秀的，那许多方面的优秀，后来也很快被质量很差的中产阶层男人的俗劣抵消了。她们像美国女人弗朗西丝卡一样——“一部分觉得这样挺好”，“但是身上还有另外一个人在骚动”，这个人，更确切地说，她们身上的另外一个女人，每每幻想“让人（当然是男人）抱起来带走，让一种强大的力量层层剥光”，每每幻想“和一个一半是人，一半是别的什么的生命长时间地做爱”。

美国作家沃勒先生，用一张特别的“国际通行邮票”——他的《廊桥遗梦》这一本薄薄的小书，为她们寄来了那样一个“生命”。名字叫罗伯特，和沃勒先生自己同名。

他“是一只动物，是一只优美、坚强、雄性的动物”，一只“仿佛骑着彗星的尾巴来到地球上的动物”。

他是沃勒先生按照美国中年女人对男人的口味儿“创造”的。

在目前极其崇尚“洋货”的中国，竟是那么理所当然地也大大吊起了，首先吊起了中国中产阶层中年女性的口味儿。

“他身子瘦、高、硬，行动就像草一样自如而有风度，”“他狭长脸，高颧骨，头发从前额垂下，衬出一双蓝眼睛，好像永远不停地在寻找下一幅拍照对象”。

他有艺术气质，有“最后一个”老牛仔似的外表，是摄影家，还是作家，能与女人谈文学，谈诗，自己也能不伦不类地写上那么几行。是那种“既是诗人同时又是勇猛而热情奔放的情人”的家伙。最重要的还有两点——他能和女人“连续做爱几个小时以上”，能使“多年以前已经失去了性欲亢奋”的女人，比如弗朗西丝卡，感觉到在和他做爱时，他“力气真大，简直吓人”。足以促使她完完全全地处于被“他这种奇妙的力气”的主宰之境；并且他是单身汉，没妻子没儿女没家庭，不至于使和他发生了性关系的女人受到另外任何一个女人的指责抗议。如果他识趣，某个女人和他的性关系便只不过是一种“天知地知，你知我知”的男女隐私。而他正是一个非常识趣的男人。

这样的一个男人有资格做国际式的大情人。

沃勒先生“创造”他时，真是为他的女读者们将一切可能引起不快的细枝末节都周周到到地考虑全面了。

这是典型的美国佬讲的爱情故事。

中国作家如若写出这样的小说，一定会使中国的读者们嗤之以鼻、大倒胃口的。

所以，我听说我的国内同行们，也有人跃跃欲试要写一篇什么中国式的《廊桥遗梦》时，我真想好心地劝他们趁早打消此念。何必非步美国佬之后尘不可呢？中国作家当然应讲出够水准的，不负中国读者厚望的当代的爱情故事。但恐怕只能以非是《廊桥遗梦》这类未免过于甜腻的爱情故事为好。

它太他妈的“中产阶层”味十足了。

当然，我们看弗朗西丝卡是中产阶层中年妇女，而她头脑中一定并没有什么“中产阶层”意识。她只不过是美国的一户普通农家的主妇。在沃勒先生和罗伯特眼中，她只不过是一个“农妇”，一个受过大学高等教育，学过“比较文学”的农妇。这样的农妇在美国几乎遍地都是，而在全中国扳着指头也能数过来，只须扳着一只手的指头就能数过来。

中国的中产阶层女人们，头脑中的“新兴”阶层意识是相当强相当敏感的。正因为她们是“新兴”阶层的女人，她们随时随地都要刻意地显示这一点。这也是她们多少有点儿令人反感的地方。

《廊桥遗梦》这一美国式的当代爱情故事，带有似乎那么纯朴的泥土气息，好比刚从地垄拔出来的萝卜。

可是由弗朗西丝卡的中国姐妹们看来，却好比是一幅镶在金框子里的画。那无形的金框子是当代美国本身。她们是多么想纵身一跃，扑进那像框里，当一回弗朗西丝卡，过足一把婚外恋的瘾啊！但是这对于她们，是比获得一份美国绿卡还难上加难的……

在这种阅读心理下，她们的被感动其实是大打折扣的。

性的快感，爱的质量

在我所读过的爱情小说、听过的爱情故事中，《廊桥遗梦》是最纯粹的。

我用“纯粹”一词，意在阐明，古今中外许许多多的爱情小说和爱情故事，非爱情因素皆对爱情的发生、进展和结局，起着“不可抗拒”的主宰作用。主人公们所面对的，往往是强大无比的家庭势力、宗教势力，乃至整个社会势力。所以那些爱情小说和爱情故事本身，反映出的往往更是社会问题。而且往往不可能不是悲剧。这也许就是为什么，迄今为止的人类文学史中，不朽的大多数是爱情悲剧的原因。

莎翁的《奥赛罗》是个例外。尽管男主人公是黑人，女主人公是美貌绝伦的白人的名门小姐。但是种族的优劣，以及它所可能对爱情形成的危害，并没有被莎翁移植到故事中任其滋长。莎翁所着眼的是男人的嫉妒心理。正是这种男人的有时比女人还愚昧的嫉妒心理，导致男主人公亲手扼死了自己所心爱的无辜的妻子……

我们《聊斋》中的《马骥漂海》也是个例外。书生马骥，在海上漂至罗刹仙岛，与岛上的仙族公主结为伉俪，过着其乐无穷的幸福生活。可他家中有老父母，有贤妻，有爱儿娇女，终于某一天他开始思乡，思亲，厌茶厌饭，难寐难安。于是他又被送回到了人间俗世。

爱情在这个故事里，也不受任何外力的干扰。人所面临的仅仅是自己的心理能否平衡。书生马骥对人间俗世那个家庭的义务感、责任感，是与弗朗西丝卡完全相同的。

故事中龙女对马骥说：“此势之不能两全者也！”“人生聚散，百年犹旦暮耳，何用做儿女哀泣？此后妾为君贞，君为妾义，两地同心，即伉俪也，何必旦夕相守，乃谓之偕老乎？”

这一番肺腑之言，译为白话，与弗朗西丝卡对罗伯特说的，几乎如出一口。

一片农场，一幢农舍，丈夫和儿女都外出了，只留守着中年的，漂亮的，从形体、形象，到气质，都足以引起男人性冲动，自己却“久未体验过性欲亢奋”的弗朗西丝卡——在这种半封闭的环境里，在四天有限的，机不可失、时不再来的时日内，突然光临了一个“只见了几秒之后”“就有某种吸引她的地方”的男人，世纪末女人们久违了的牛仔式的风度卓尔不群的男人，于是一切障碍问题及顾虑都被排除了。“事态”的进展简单得仅仅只剩下了这么一条——他能否使她感到他身上“某种吸引她的地方”更强烈，能否使“某种”展示为“多种”，以及她自己乐意到什么程度，主动到什么程度……

于是爱在弗朗西丝卡和罗伯特之间，呈现为一种“爱你没商量”的爱。纯粹而又纯粹的爱。迅速膨胀极度膨胀祛除了情欲的燃烧和性欲的冲动和快感，不包含任何“杂质”的爱……

《廊桥遗梦》是我所读过的最纯粹的爱情小说，也是我所读过的最简单最肤浅的爱情小说。它在美国的畅销显然与它是最纯粹最简单最肤浅的爱情小说有关。在中国的畅销也显然是。

最纯粹最简单最肤浅的东西，往往使很全面很复杂很深刻的东西处于尴尬之境。时代正在向使一切事物皆朝纯粹简单和肤浅的方面发展。正如电脑研制的越来越精细越来越复杂，乃是为了使我们的头脑变得越来越粗陋越来越简单。如果托尔斯泰和霍桑和司汤达活在当代，我们就会很不幸地将没有《安娜·卡列尼娜》，没有《红字》，没有《红与黑》可读了。

性爱的“伟力”在《廊桥遗梦》中，是弗朗西丝卡和罗伯特之间爱的源发点。罗伯特有足够的那种“伟力”，而弗朗西丝卡盼的就是被那种“伟力”所完全地长时间地占有的快感。

在我读过的爱情小说听过的爱情故事看过的爱情影视中，十之八九都以情为爱的具有持久韧性的纽带和牢固基础。《梁山伯与祝英台》尤其如此。“梁祝”之爱在丝毫没有性内容介入的情况下，就被“不可抗力”的外界因素所摧毁了。没有性内容介入，而将爱表达得那么回肠荡气，构筑在那么浪漫的高度的极致，使我一直崇拜得五体投地，认为是人类文学成就中的一枝奇葩，一个奇迹。其实在中国古典文学中，并非是抑性而溢情的。最优秀的中国古典小说中，恰恰是既恣肆张扬情的浓馥，又淋漓大胆地表现性之快感的。虽文言，但“写实”之风蔚为传统。比如《西厢记》。董解元在《西厢记》中，对性爱的“诗化”描写，一点儿也不比今人差劲儿。且看张生初占莺莺的情形——“青春年少，一对风流种，恰似娇鸾配雏凤。把腰儿抱定，拥入书斋。”“灯下偎香恣怜宠。拍惜了一顿，呜咂了多时，抱紧着啾，那孩儿不动。

更有甚功夫脱衣裳，便得着个胸前，先把奶儿抚弄。”如果说这还并非“做爱”描写本身，那么再且看——“窄弓弓罗袜儿翻，红馥馥地花心，我可曾惯?百般撋就十分闪，忍痛处，修眉敛；意就人，娇声颤；涴香汗，流粉面。红妆皱也娇娇羞，腰肢困也微微喘，郎抱莺娘送舌香……”

打住。再多抄录几近于趁机“播黄”了。难怪《红楼梦》中贾父见宝玉读《西厢记》大动肝火，喟叹“不肖之子”了!《西厢记》中的“诗化”做爱“写真”，到了《金瓶梅》里，则就更加直截了当。官能操练，几近于做爱大全手册了。明末清初的水印版本《白雪遗音》所收录的民歌野调，绝大部分不但是所谓“色情”的，而且有些简直就是赤裸裸的性交唱词。

但是，在中国人的爱情观念中，却是相当忌讳直言性美满的。仿佛只消情深，爱便有了质量保证。于是足可终生厮守，白头偕老了。故在中国人的语汇中，才有句话叫“有情人终成眷属”。以前，男女办结婚登记，主办人往往会很负责任地问一句：“双方感情有基础了么？这可是终身大事呀！”男女离婚，倘闹到法院，审理员首先要调查清楚——感情是否已经真的破裂。

在西方人的爱情观念中，性则往往是摆在第一位的。性生活美满，才是幸福夫妻关系的大前提。我们不知道安娜·卡列尼娜决心要与她的丈夫离婚而不惜做花花公子渥伦斯基的情妇，除了对方风流倜傥的外表，是否也有着她的丈夫性疲软的因素。托翁在他的这一部名著中，一笔也没涉及这一点。《安娜·卡列尼娜》这部法苏合拍的电视连续剧，十年前在中国的电视中播放时，竟使普遍的中国女性从家庭妇女到不少知识女性，观后议论纷纷，大摇其头。不解那么有身份，有地位，受人尊重又好脾气，对妻子忍让到极点的“模范丈夫”，安娜为什么还非要变心？不是“太烧包”了么？于是不得不在报上辟专栏，请几位评论家正确“引导”广大观众，特别是女性观众，向她们分析为什么应该同情安娜·卡列尼娜而不应同情她的丈夫。

但是我们有足够充分的根据，明白弗朗西丝卡爱上罗伯特，重要的原因之一，便是她的丈夫理查德在婚后一直对夫妻性生活持忽略态度。他非是性无能者。这一点他与《查泰莱夫人的情人》那位残疾了的，完全丧失性能力的贵族丈夫是不同的。弗朗西丝卡与康司丹斯婚后的性压抑程度，也是不能同日而语的。前者只不过缺少性快感，后者却是伴着一具行尸走肉，完全没有性生活可言。

在《廊桥遗梦》中，“理查德对性生活的兴趣不太经常，大约两个月有一次，不过很快就结束了，是最简单的，不动感情。”然而，这就足够了。弗朗西丝卡投入罗伯特的怀抱，完全不需要比这一条理由更充分的理由了。事实上也是这样。弗朗西丝卡一经如此，顷刻便被性爱的泡沫所浸没所溶解了。

于是沃勒先生不但扮演了弗朗西丝卡和罗伯特的“月下老”的角色，而且向读者们大唱起性爱至上的赞歌来，而且是那种对原始冲动的性爱的赞歌。

“必须传宗接代。这方式只是轻轻说出了这一需要，岂有他哉？力量是无穷的，而设计的图案精美绝伦。这方式坚定不移，目标明确。弗朗西丝卡感觉到了这一点而不自知，她是在自己的细胞层面上感觉到这一点的……”

“性爱是一种细致的感情，本身是一种艺术形式——弗朗西丝卡认为是的……”“而罗伯特头脑中有某种东西能对这一切心领神会。这点她能肯定……”于是在这赞歌中，弗朗西斯卡和罗伯特初轮做爱便“连续一小时，可能更长些”。“那豹子一遍又一遍掠过她的身体，却又像草原长风一遍又一遍吹过，而她在他身上辗转翻腾……”“她走上楼去，两腿由于整夜绕在他身上而有点儿发软……”“两人所有的时间都呆在一起，不是聊天，就是做爱……”任何事情，无论它与我们的生活的关系多么密不可分，无论它在我们的生命意义中占有多么至关重要的位置，以及它对我们的人性需求给予多么美好的享乐，当它一旦被夸张到至高无上的程度，它的本质也就被扭曲了。那夸张了的它的“断想”，也就同时显得幼稚可笑了。

正是在这一点上，《廊桥遗梦》中那些喋喋不休的，作者情不自禁所从旁大发的关于性爱的启蒙式的议论和说教，以及从男女主人公的头脑里抽丝出来的意识，未免哗众取宠且又华而不实。

诚然，我们对弗朗西丝卡因丈夫在夫妻性生活方面的惰态，而于婚后感到的性缺憾性压抑深表同情。

诚然，我们也对她极其幸运地遇到了自己一见钟情又善于做爱的男人而替她由衷地感到幸运。

诚然，我们也对他们彼此火山喷发般的做爱激情既理解又赞叹。饥渴之人，一旦有机会“暴食狂饮”，可算是一种上帝赐予的补偿。而我们世人对补偿式的赐予，总是表现得嫌少没够的。何况那机会太难祈求，仅仅四天。且被他们在双方必要的彼此试探中浪费掉了一天。

但我们——不，我这一个挑剔的读者，还是觉得书中那些关于性爱的议论和说教，那些从男女主人公头脑里抽出来的性意识，是太哗众取宠华而不实。

我想，这世界上恐怕很难推选出几个男人，即不但和弗朗西丝卡一样对性爱“本身是一种艺术”达到一拍即合的共识，而且有信心在这一点上做她的合格的丈夫。想来想去，西门庆似乎差不多少。但又一想，性爱在西门庆那儿，也不过就是“技术”，还远谈不到“艺术”的水平。何况那西门庆的性爱“技术”，有时操作起来必得依赖一些“器具”。

我又联想到了查泰莱夫人的情人梅洛斯。他曾给予康司丹斯多少美好的性爱享乐啊！但性爱在他看来，根本不是什么“艺术”，只不过就是不受精神的制约和干扰，由着冲动做爱本身。如此看来，他又不太符合弗朗西丝卡的性偶标准。何况他原本是一名磁盘工，尽管在做爱时的力度与罗伯特相比毫不逊色，身上却没有后者那一种悲剧性格，也缺少艺术家型男人的浪漫气质。

在《廊桥遗梦》和《查泰莱夫人的情人》之间，在康司丹斯和弗朗西丝卡之间，作为爱情小说，哪一部更有价值些呢？作为女人，哪一个对性爱的向往和追求更自然一些呢？

在罗伯特·沃勒和劳伦斯之间，一致的地方在哪里呢？不一致的地方又在哪里呢？

《廊桥遗梦》的价值在于它是一部纯粹的爱情小说。只就爱情论爱情，不论别的。这样的一部小说，古今中外是并不多见的。仅仅这一点，就构成了它的较特别的意义。

《查泰莱夫人的情人》的价值，在当代正不可救药地消弥着。首先是其中的“阶级憎恶”的思想，正失去着当时的激烈的意义。即使其中张扬性爱的叛逆精神，也已丧失着当时咄咄逼人的气概。在这一点上，《廊桥遗梦》只不过又极其温和地重复了它（因为已经没有了七十年前被劳伦斯斥骂为“虚伪的卫道家”们，沃勒也就没有了死对头们），却大受当代人青睐。仿佛在沃勒之前，不曾有过一位劳伦斯。在文学的老生常谈中，有时重复本身即意义，有时另一种“包装”即价值。这是一个文学躲闪不开的悖论。

康司丹斯义无反顾地永远离开了克列富特庄园，追求她的矿工情人去了。

弗朗西丝卡却依然留在农场，依然做她的农妇。相夫教子，完成着她对家庭的义务和责任。

她们的去和留是同样合情合理的。

康司丹斯当年反叛了她所属的那个阶级，和它的一切虚伪道德。

弗朗西丝卡皈依了当代人对“家庭”的传统观念，使自己成了一个“好女人”的当代“样板”。这种皈依，也是极具挑战性的。在一个家似乎可以任意摧毁的当代，弗朗西丝卡似乎是一个独树一帜的女性。

康司丹斯在她所处的那个时代的勇敢选择，具有女性个体的积极意义。弗朗西丝卡的选择，则顺应了社会的暗示。前者将被女人所叹服，后者将被社会所叹服。前者征服女人，后者征服男人。《查泰莱夫人的情人》中，不乏深刻，但毫无感人之处。《廊桥遗梦》中，毫无深刻，但不乏感人之处。它感动我们的，不是十四年前的男女婚外恋，而是罗伯特的恪守诺言，以及他对弗朗西丝卡那种“曾经沧海难为水，除却巫山不是云”的专情。这一种专情，确乎足以使当代男人们无地自容，也确乎足以令任何一个当代女人涌泉相报……

七十年前的劳伦斯，因了一本《查泰莱夫人的情人》，而使自己陷于在社会中“横着身子站”的境地。左边他受到“卫道士”们的猛烈抨击，右边他受到青年们的无情嘲讽。故使他在一九二九年的再版序言中愤愤叹息：“进步的青年们却走向另一个极端，把肉体当一种玩具看待……这些青年哪里管什么性爱不性爱，他们只当作一种酒喝……”

他们说：“这本书只表现一个十四岁的男孩儿的爱情罢了！”

是可忍，孰不可忍。

于是老劳伦斯在序言中和他一向偏袒的青年们理论起来。

他说：“也许一个对性爱还有点儿自然的敬畏和适当的惧怕的十四岁男孩的心理，比之拿爱情当酒喝的青年们的心理还要健全呢！这些青年，只知目空一切，只知玩着性爱的玩具！”

……

七十年后，美国佬沃勒先生，用他的《廊桥遗梦》，继承劳伦斯的社会责任感，将后者在自己序言中的愤慨转化为一种情愫，讲出了一个虽不深刻，虽有些华而不实、哗众取宠的絮叨，但的确颇为动人的爱情故事，纯粹的爱情故事。而且，他讲这一个纯粹的爱情故事的良苦用心，几乎被社会最大限度地理解了。尤其是被青年们理解，至少在他的书中是这样……

因为弗朗西丝卡的女儿在读了母亲的遗书后，不禁这样说：“哦，迈可，迈可，想想他们两人这么多年来这样要死要活的渴望，她为了我们和爸爸放弃了他，而他为了尊重她对我们的感情远远离去。迈可，我想到这简直没法处之泰然。我们这样随便对待我们的婚姻，而一场非凡的恋爱却是因了我们得到这么一个结局……”

如果说弗朗西丝卡感动一切做了丈夫的男人，罗伯特感动一切与男人有婚外恋经历的女人或幻想有此经历的女人，那么卡洛琳的最后一句话感动的是全社会……

尤其那话出自一个最早掀起过“性解放运动”的国家的女青年之口，理所当然地更加会使那一个国家的全社会大受感动……沃勒很温和地做到了劳伦斯在七十年前很激烈地想做而终究没做到的事。

性爱泛滥：但愿不要兑现的预言

我认为，《廊桥遗梦》好比是一个气象气球，它飘到中国上空，使我们经由它的出现，足以观测到我们自己所处的“社会气象”。“气象”二字所指，当然是爱情观念和家庭观念。如若劳伦斯依然活着，他将会震惊地看到，使他当年痛心疾首斥以厉言的那类青年，七十年后在中国竟比比皆是。

如若罗伯特·沃勒到中国来与他们和她们坦率交谈，将会震惊地明白——他的《廊桥遗梦》却是在与他的愿望相反的方面感动中国的“新生代”，以及新生的中产阶层男女们。

说不定他们会问他：“美国到处都可碰上弗朗西丝卡那样的女人么？我不会像罗伯特那么不识趣，想要把她从她的家庭中拐走。我只要在她的丈夫不在家时，和她有四天的性爱缘分就够了！”

说不定她们会问他：“美国到处有罗伯特那样的单身汉么？是不是摄影家无所谓。首要是单身汉就行！不是单身汉将会把好事搅得拖泥带水。而且，我不希望他为我专情地委屈自己十四年，那太过分了！在我丈夫和儿女不在家时，他及时出现在我面前我就感激不尽了！”

在人类家庭和爱情的矛盾日益显现之际，在西方人力图从矛盾中寻找到可能缓解的药方的当代，中国人所面临的家庭和爱情的矛盾，将在下一个世纪像地球上的能源污染一般空前严重。而且绝不是《廊桥遗梦》之类药方所能缓解的……

正如劳伦斯在七十年前激烈地所指斥的那样——“在这般卫道的老顽固们中间，在这般摩登的青年们中间（还要加上一些质量极差的新兴中产阶层和质量更差的新兴资产阶层），我还能再做什么？——固守着你们的腐败吧！固守着你们的追逐肮脏东西和时髦放荡的腐败吧！”

“腐败”在中国已不止是一个政治词。

它已开始蔓延到我们社会的各个层面，我们生活的各个方面。

今天是精神。

明天是性和爱。

《廊桥遗梦》，是在中国人之性和爱的准则大塌陷前，从美国飘来的一只好看的风筝。

我们其实正站在即将出现的塌陷巨坑的边沿上，望着那风筝，头脑中祷告着腐败的逻辑和“真理”，期待着在堕落中获得“新生”……

附录

梁晓声主要作品出版年表

1984→《天若有情》(小说集)，北京十月文艺出版社。

1985→《这是一片神奇的土地》(小说集)，百花文艺出版社。

《人间烟火》(小说集)，贵州人民出版社。

1986→《白桦树皮灯罩》(小说集)，北京十月文艺出版社。

1988→《泯灭》(长篇小说)，陕西旅游、经济日报出版社。

《雪城(上下部)》(长篇小说)，北京十月文艺出版社。

《一个红卫兵的自白》(长篇小说)，四川文艺出版社。

1991→《秋之殡》(小说集)，华艺出版社。

1992→《浮城》(长篇小说)，花城出版社。

《黑纽扣》(小说集)，浙江文艺出版社。

1993→《梁晓声知青小说选》(小说集)，西安出版社。

《梁晓声亲情小说选》(小说集)，西北大学出版社。

《梁晓声人生独白》(随笔集)，长江文艺出版社。

1994→《同代人》(小说集)，中共中央党校出版社。

《万千说法》(随笔集)，贵州人民出版社。

《九三断想：谁是丑陋的中国人》(杂文集)，山西高校联合出版社。

1995→《人间烟火》(小说集)，贵州人民出版社。

《鬼畜》(小说集)，新疆人民出版社。

《恐惧》(长篇小说)，贵州人民出版社。

1996→《大鸟》(小说集)，春风文艺出版社。

《九五随想录》(随笔集)，新疆人民出版社。

《年轮》(长篇小说)贵州人民出版社。

《梁晓声自白》(散文集)，经济日报出版社。

1997→《苦恋》(小说集)，经济日报出版社。

《荒弃的家园》(小说集)，中国文联出版公司。

《荒原作证》（小说集），长江文艺出版社。
《丢失的香柚》（散文集），湖南文艺出版社。
《中国社会各阶层分析》（随笔集），经济日报出版社。
《今夜有暴风雪》（小说集），经济日报出版社。
《凝视九七》（时评集），陕西旅游出版社。

1998 →《尾巴》（长篇小说），陕西旅游出版社有限责任公司。
《白猫之死》（小说集），山东文艺出版社有限公司。
《弃偶》（小说集），泰山出版社有限公司。
《梁晓声话题》（随笔集），九州出版社。
《心灵的花园》（随笔集），中国妇女出版社。

1999 →《女人心情》（小说集），中国青年出版社。
《九九断想》（随笔集），九州出版社。
《狡猾是一种冒险》（随笔集），中国青年出版社。

2000 →《带锁的日记》（小说集），九州出版社。
《重塑保尔・柯察金》（创作谈），北京日报出版社有限公司。

2001 →《红晕》（长篇小说），人民文学出版社有限公司。
《黄卡》（长篇小说），百花文艺出版社（天津）有限公司。
《婉的大学》（长篇小说），长江文艺出版社有限公司。

2002 →《恐吓》（小说集），新世界出版社有限责任公司。
《走向诺贝尔——梁晓声卷》（小说集），文化艺术出版社。

2003 →《学子》（小说集），百花文艺出版社（天津）有限公司。
《毕业生》（小说集），文化艺术出版社。
《我想・我看・我论》（随笔集），群言出版社。

2004 →《弧上的舞者》（五卷）（小说集），南海出版公司。
《平民梁晓声》（小说集），中国传媒大学出版社有限责任公司。
《撕裂与迷惘》（小说集），南海出版公司。
《羞于说真话》（随笔集），文化艺术出版社。
《站直了，不容易》（随笔集），文化艺术出版社。
《错位恩仇》（随笔集），文化艺术出版社。
《人生真相》（随笔集），文化艺术出版社。
《致青年》（随笔集），华 中师范大学出版社有限责任公司。

《沉默的墙》（随笔集），新华出版社。

《人性似水》（随笔集），湖南文艺出版社有限责任公司。

2005→《表弟》（小说集），中国画报出版社有限责任公司。

《父亲》（随笔集），中国画报出版社有限责任公司。

《伊人·伊人》（长篇小说），湖南文艺出版社有限责任公司。

2006→《缪斯之子》（长篇小说），中国画报出版社有限责任公司。

《欲说》（长篇小说），东方出版中心有限公司。

《未死的沙威》（随笔集），上海三联书店有限公司。

《梁晓声语录》（随笔集），中国青年出版社。

《我的人生笔记》（随笔集），时代文艺出版社有限责任公司。

2007→《梁晓声自选集》（小说集），二十一世纪出版社有限责任公司。

2008→《政协委员》（长篇小说），河南文艺出版社有限公司。

《一只风筝的一生》（作品集），中国盲文出版社。

《雪地上的足迹》（作品集），中国盲文出版社。

《思想的盛宴》（作品集），中国文联出版社。

《弧上的琐思》（作品集），北京师范大学出版社（集团）有限公司。

《老师》（作品集），中国财富出版社。

《似梦人生》（作品集），中国文联出版社。

2009→《鹿心血》（作品集），中国财富出版社。

《白发卡》（小说集），中国财富出版社。

《红磨房》（小说集），中国财富出版社。

《今夜有暴风雪》（小说集），中国财富出版社。

《从复旦到北影》（随笔集），中国财富出版社。

《上蹿下跳的人们》（随笔集），文化艺术出版社。

《盗靴》（小说集），求真出版社有限责任公司。

《双琴祭》（小说集），求真出版社有限责任公司。

2010→《这是一片神奇的土地》（小说集），新华出版社。

《梁晓声自述人生》（随笔集），时代文艺出版社有限责任公司。

《三平方米的金融海啸》（随笔集），中国财富出版社。

2011→《生非》（长篇小说），百花文艺出版社（天津）有限公司。

《回家》（小说集），湖南文艺出版社有限责任公司。

《歌者在桥头》（随笔集），湖南文艺出版社有限责任公司。

2012→《郁闷的中国人》（随笔集），光明日报出版社。

2013→《中国人，你缺了什么》（随笔集），中华书局出版社。

《忐忑的中国人》（随笔集），光明日报出版社。

《返城年代》（长篇小说），东方出版中心有限公司。

2014→《中国人的淡定从何处来》（随笔集），北京大学出版有限公司。

《我们的时代与社会》（随笔集），中国工人出版社。

《我相信中国的未来》（随笔集），中国青年出版社。

2015→《梁晓声说：我们的时代与文艺》（随笔集），中国工人出版社。

《复仇的蚊子》（作品集），文化艺术出版社。

2016→《梁晓声说：我们的时代与人生》（随笔集），中国工人出版社。

2017→《中国人的人性与人生》（随笔集），现代出版社有限公司。

《此心未歇最关情》（散文集），重庆出版社。